Moritz Pirol

STERNGUCKER
ODER DAS IDYLL EINES OBDACHLOSEN

3

STERNGUCKER
ODER DAS IDYLL EINES OBDACHLOSEN

Erster Band
PURPURFLÜGEL

Zweiter Band
DOPPELSONNEN

Dritter Band
KRANICHRUFE

ISBN 978-3-938647-02-8

M O R I T Z   P I R O L

K R A N I C H R U F E

Prosanetze
auf den Spuren von Schillerlegende und Männerbünden

VERLAG <ORPHEUS UND SÖHNE>

Umschlag Michael Sauer

unter Verwendung

von Symbolen der Freimaurerlogen,

eines anonym überlieferten Scherenschnittes
von Friedrich Schiller in Hofuniform um 1790
aus dem Schiller-Nationalmuseum Marbach

und des Schiller-Porträts 1793 von Ludovike Simanowiz
in der Österreichischen Nationalbibliothek Wien

"Gott sagt:
Wenn ihr umkehrt, dann bleibt diese Welt;
wenn nicht, dann kommt ihr Ende."

"Sefer Hajaschar" ("Das rechte Buch "), *circa* 9. bis 11. Jahrhundert

"Wenn du einen Menschen siehst,
der ganz dem Bauche ergeben ist und auf der Erde kriecht,
so wisse, es ist ein Strauch und kein Mensch, was du da siehst."

Giovanni Pico della Mirandola, 23: "Oratio de hominis dignitate", 1486

"Eine große und allgemeine Geistesrevolution
werde ich schwerlich Zeit haben, in mir zu vollenden ... ,
aber wenn endlich das Gebäude zusammenfällt,
so habe ich doch vielleicht
das Erhaltenswerte aus dem Brande geflüchtet."

Schiller, 34: Brief an Goethe, 31. August 1794

"Der Mensch,
wie sehr ihn auch die Erde anzieht
mit ihren tausend und abertausend Erscheinungen,
hebt doch den Blick forschend und sehnend zum Himmel auf ... ,
weil er es tief und klar in sich fühlt,
daß er ein Bürger jenes geistigen Reiches sei."

Goethe, 67, im April 1818 auf Schloß Dornburg,
vom Kanzler Friedrich von Müller beglaubigt und ediert in dessen
"Unterhaltungen mit Goethe", 1982

"Ich glaube an Idealismus
und Idealisten. Aber ich habe lange keine mehr getroffen."

Bob Dylan, 60: SPIEGEL-Interview am Tage vor dem 11. September 2001

AD ad
Medien-Telex von United Press International (UPI) New York, Australian Associated Press (AAP) Sydney und Kyodo Tsushin (News Service) Tokio

Das Weltall stürzt doch nicht ein.

Der kosmische Kollaps, der erst kürzlich von einem amerikanisch-australisch-japanischen Forscherteam als astronomische Sensation vorhergesagt wurde, ist nun offiziëll überraschend dementiert worden.

Wie aus Veröffentlichungen der Nachlaßverwaltung Dr. Tanghobányi jetzt hervorging, hatte es sich bei dieser Nachricht, die seinerzeit die Welt alarmierte, um eine strikt geheim gehaltene Werbeaktion gehandelt, deren Ziel es war, das Wachstum des globalen Konsums maximal zu steigern. Tatsächlich hatte die Meldung von einem drohenden Einsturz des Universums sprunghaft optimierte Rekordbilanzen des Welthandels zur Folge.

Ihre jetzige Entlarvung als fantastische Werbeïdee löste hingegen spontan eine weltweit folgenschwere Börsenkrise aus. Die Kurse befinden sich zur Zeit in einem anhaltend dramatischen Gefälle, dessen Beruhigung noch nicht absehbar ist. Bankensprecher kündigten übereinstimmend eine Weltwirtschaftskrise von bislang unbekannten Dimensionen an.

Die Konzernleitung der *Tanghobányi-Institute* distanzierte sich von dieser Werbemaßnahme, die sie als einen bedauerlichen Mißgriff ihres legendären Firmengründers bezeichnete. Zusammenhänge dieser Fehlentscheidung mit seinem Tode an der grassierenden Seuche OIRU seien aber medizinisch nach wie vor umstritten.

Das Universum habe vielmehr an den äußersten Rändern, heißt es noch im selben Dementi, die Geschwindigkeit seiner kosmischen Ausdehnung weiterhin beschleunigt. Das könne auf unsichtbare Materie oder auf Kräfte ausserhalb hinweisen, die stärker sind als unser Weltall und es daher anziehen.

Herren aus Eiern

Fernsehübertragung von der Verleihung des Dioskurenpreises im Nationaltheater Weimar (Ausschnitt)

Offsprecher:

Meine Damen und Herren: wir sehen nun Giovanni Blaugold, einen der beiden soëben ausgezeichneten ersten Preisträger des Dioskurenpreises, ans Rednerpult treten, um sich für diese Ehrung zu bedanken.

Giovanni Blaugold:

Herr Bundespräsident!
Herr Ministerpräsident!
Herr Oberbürgermeister!
Frau Präsidentin der Jury!
Verehrte Jurorinnen und Juroren!
Meine sehr verehrten Damen und Herren:

ich danke Ihnen allen wirklich von Herzen.

Nur weiß ich gar nicht recht, worüber ich mich am meisten freue: daß ausgerechnet wir, mein Zwillingsbruder und ich, die ersten Preisträger sind oder aber daß dieser neue Dioskurenpreis begründet und gestiftet wurde – daß es ihn von nun an gibt. Denn das bedeutet auch, daß es hinfort alljährlich Träger dieses Preises geben wird, die mit nationaler, gar internationaler Beachtung die kostbare Botschaft dieser Auszeichnung verkünden und weitertragen.

Was für eine Botschaft ist das aber?

Bitte lassen Sie mich also einleitend – und um das Ausmaß meiner eigenen Freude auszuloten – mit einigen Strichen skizzieren, was ich persönlich für die Botschaft dieses Dioskurenpreises halte. Anschließend will ich dann von einem klassischen Dioskurenpaare, das mir besonders am Herzen liegt, Neues zu berichten versuchen.

1.

Die Dioskuren sind eine griechische Gottheit, die aus zwei Männern bestand. Sie wurde im ganzen antiken Griechenland und von allen Schichten des Volkes verehrt, war also sehr volkstümlich und sehr, sehr alt. Die früheste Erwähnung, die uns überliefert ist, eine Felsinschrift unterhalb des Apollotempels auf Santorin, stammt aus dem 7. oder 8. Jahrhundert noch vor der christlichen Zeitrechnung. Aber angebetet wurde diese Gottheit, die es zuerst in Messenien oder im idyllischen Arkadien gab, natürlich schon lange vor diesem ältesten Manifest.

Von Anfang an bestand sie aus zwei Männern, die zusammengehörten und zunächst einfach *Ánakes* hießen: Herren – aber Herren im Sinne nicht von vornehmen Gentlemen, sondern eher von *Dominus*, also jenes Herrn, der auch schon gleich dein Gott ist.

Diese Herren Götter nun wurden aber früh, zumal in der Anrede des Gebetes, auch schon als Söhne oder Knaben des Zeus, des alleurobersten Gottes persönlich also, und auf Griechisch eben als *dios-kuroi* bezeichnet. Anfangs hatten sie überhaupt nur diese beiden Sammelnamen, Herren und Gottessöhne, und keinerlei individuëlle Einzelbenennung.

Das erwies sich auf die Dauer als nicht allzu praktisch. Daher ließ man sie, wohl zuërst in Sparta, nach und nach mit zwei Einzelgöttern zusammenfließen, die gleichfalls aus grauer oder goldener Frühzeit stammten und beide auf Licht bezogen waren, daher mit Sonne und Mond, aber meist mit Sternen und mit strahlend weißen Rossen abgebildet wurden. Vielleicht sogar waren sie selbst zunächst weiße Pferde, später erst Götter mit weißen Pferden, beide übrigens auf Bildnissen meist nackt und langgelockt, aber immer bartlos, also sehr jung oder einfach androgyn.

Der eine war jedenfalls Reiter und hieß Kastor, was sprachlich vielleicht auf seine Helligkeit hinweist, der andere ein Boxer namens Polydeúkes, was wörtlich einen *"ganz Süßen"* meinen könnte und von den Römern später zu Pollux vereinfacht wurde.

Diese Herren Gottessöhne also, Kastor und Polydeúkes, wurden von ihren griechischen Anbetern allerorten anfangs wohl einfach als Sportskameraden oder Genossen, dann als Freunde und Vertraute, auch als Gesponse oder

Liebespaar, überdies als Brüder und schließlich als Zwillinge begriffen. Auf diese Weise wurde ihre intime Zusammengehörigkeit und Einheit in ein Extrem gesteigert. Als Zwillinge wurden sie vollends für eineiïg und für Söhne, wie gesagt, des Zeus erklärt, der sie in Gestalt eines Schwanes, also des phallisch längsthalsigen aller Vögel, mit der menschlichen Leda zeugte, deren Name sich anagrammatisch aus dem lykischen *lade* ableite und da einfach *die Frau* bedeute.

Diese *Lade* aber gebar ihre Gottesfrucht nicht nach Frauen- oder Menschen-, sondern nach Schwanen-, also Vogelweise: sie legte ein Ei, aus dem ihre Sohneseinheit erst ausgebrütet werden mußte, also noch eine ganze Brutzeit lang bei- und miteinander blieb. Der männerliebende Dichter Íbykos aus dem griechischen Calabrien sang da im 6. Jahrhundert vor Christos wie lange vor ihm auch schon der Orpheus in einem überlieferten Fragmente sogar von einem *"silbern glänzenden"* Ei, dem dieses Paar dann nur umso leuchtender, auch umso schamanistischer entstieg. Bei Íbykos hatte es vermutlich zunächst gar nur einen einzigen, gleichsam siamesisch gemeinsamen Leib mit vier Armen, vier Beinen und zwei Köpfen. Eben hiermit schloß es an tradierte Orpheus-Mythen und deren dionysisch-apollinische Zweiheit oder artefaktische Verschmelzung an.

Sie spüren, meine Damen und Herren: was da zum Ausdruck gelangen sollte, war die kostbar erlesene, gottesmenschliche Einheit von zwei vollkommen gleichartigen Lichtwesen, die füreinander und miteinander lebten, die aufeinander bezogen und absolut untrennbar waren. Sie verhalfen den Griechen zu einem Symbol für etwas schon damals offenbar besonders Benötigtes, Entbehrtes und Ersehntes: für die Vereinigung alles Getrennten und eine Zweieinigkeit, die wirklich und in alle Ewigkeit unaufhebbar, eben untrennbar war.

Spätere Generationen und andere Kulturen nannten das gern eine Treue noch über den Tod hinaus. Auch sie nämlich wurde in diesem Mythos belegt. Denn spätestens als diese Dioskuren starben, stellte sich heraus, daß einer von ihnen, Polydeúkes, mehr Gottes- als Menschensohn und daher unsterblich, Kastor jedoch mehr Laden- als Zeussohn und insofern tatsächlich sterblich war. Aber von Vater Zeus vor die Wahl gestellt, als Gott, aber ohne Partner in den Olymp einzugehen oder aber das irdische Schicksal des geliebten Bruders und brüderlichen Geliebten zu teilen, entschied sich Polydeúkes ohne jedes Bedenken für solche Gemeinsamkeit in halbierter Ewigkeit, Amen.

Seither nun verbringen die beiden, auch im Tode also noch unzertrennlich, jeweils einen Tag gemeinsam in der Unterwelt und den nächsten miteinander im Elysium: ein halbiertes Doppel, für immer und ewig so verbannt wie erlöst, so lebendig wie tot und so lichtlos wie leuchtend.

"Denn auch unter der Erde beehrte sie Zeus mit dem Vorrecht,
Daß sie beid' abwechselnd den einen Tag um den andern
Leben und wieder sterben und göttlicher Ehre genießen."

So besang sie Homer schon in seiner *"Odyssee"* (Vers 302ff.). Aber von anderen griechischen Künstlern wurden die beiden wohl ebendeshalb gern als Doppelaxt oder auch mit je einem weißen und einem schwarzen Pferde dargestellt. Von ihren beiden Lanzen, deutlich phallischen Attributen, pflegte prototypisch die eine aufwärts, die andere abwärts zu zeigen. In Sparta, wo diese Dioskuren als Hausgötter erst nur der dortigen Doppelkönige, dann auch der meisten Bürger angebetet wurden, gehörten bisweilen nicht minder phallische Schlangen zu ihren Begleitern, manchmal auch Hahnenpaare.

Kultischer Brauch waren vielerorts auch Mahlzeiten für die Dioskuren. Sie hießen *Theoxénien*, also Gottesgeschenke und mochten ihrem Sinne nach jenen Geisterhäuschen ähneln, in denen Buddhisten auch heute noch Tag um Tag Nahrung für ihre Verstorbenen servieren.

Die Abbildung aber dieser nationalen Doppelgottheit selbst erfolgte meist in Gestalt jener δοκανα oder dókana, einer Ikone, die aus zwei phallisch senkrechten Stäben oder Balken mit einer Querverbindung bestand und wie eine Versalie unseres Buchstabens H anmutet. Dieses Kultbild, meist aus Holz, manchmal auch aus Bronze oder Marmor, aus Elfenbein oder Horn und von der Kunstgeschichte als *Xoanon* oder Frühform sakraler Plastik eingeordnet, diente den Spartanern auch als Fetisch und zierte Altäre, Gräber, Häuser, Amphoren, Vasen, Amulette und Medaillons in zahllosen Varianten, mit und ohne Schlangen, aber immer in H-Form. In vielen ihrer Häuser bildete es auch weniger ein Zierat als vielmehr eben in solcher Dioskurengestalt gleich das ganze Fachwerk.

In Athen, Epídauros, Eláteia und mancherorts mehr gab es Heiligtümer, die *Anakeîon* hießen, also eigens diesen beiden *ánakes* geweiht waren und die

Opferung von jeweils zwei Stieren verlangten. Die Herkunft dieser Sanktuarien aus den Kulten des Orpheus zeigte sich nicht zuletzt auch daran, daß allen Frauen hier der Zutritt rigoros verboten war.

Dennoch baten vornehmlich Frauen um Schutz und Fürbitte dieser männlichen Doppelgottheit. Auch ihre Eide schworen anfangs nur Frauen bei Kastor und Polydeúkes. Da diese nämlich als Brüder und helfende Retter ihrer Schwestern Heléna und Klytaimnéstra galten, wurden sie auch von betenden und schwörenden Frauen gar nicht so sehr als Männer empfunden, sondern nur als Brüder. Gar für Ehe und Sexualität mit griechischen oder göttlichen Frauen kamen diese beiden Dioskuren überhaupt nicht in Frage. Umsomehr jedoch wurden sie als Hüter aller Freundschaft verehrt. Umsomehr auch bewährten sie sich als brüderlicher Beistand in allen Lebensnöten.

Selbst ja zunächst eher Rossebändiger oder Wagenlenker und Faustkämpfer, als solche auch zu Leitern jener allerersten *Olympischen Spiele* ihres Schülers Heraklés berufen, halfen sie mit Vorliebe anfangs bei allen sportlichen, später auch bei kriegerischen Kämpfen, überdies als Heiler, die beratend sogar in Träumen oder bei Erkrankungen, ferner allen Reisenden erschienen: zumal in Sturm und Seenot.

Aber für alle Gefährdungen des Menschen auf Gewässern erwiesen sie sich als Söhne vielleicht auch gar nicht des Zeus persönlich, sondern dessen maritimen Bruders Poseidõn oder gar des Göttervaters Okeanós als sonderlich kompetent. Das bestätigte sich bei Orkanen und in Nächten, die von den lichten Dioskuren durch Sterne, namentlich im Sternbild der Zwillinge erhellt wurden. Noch Franz Schubert sang ja das *"Lied eines Schiffers an die Dioskuren"*: *"Dioskuren, Zwillingssterne"* (oder Doppelsonnen: A und B?). Doch bei Bewölkung und in Gewittern gab es auf See jenen magischen Funkenflug an Schiffsmasten, Segeln und Tauen, den man später Elias-, meist jedoch Sankt-Elms-Feuer oder Büschellicht nennen sollte und den die Griechen schon gern für eine charakteristische Epiphanie der rettenden Dioskuren persönlich hielten.

Ihr Dichter Simonídes aus Kéos hat schon ein halbes Jahrtausend vor Christos solche leibhaftige Erscheinung dieser Nothelfer in einem Liede besungen, und noch im zweiten Teile von Goethes *"Faust"*, *"auf dem Vorgebirg"*, erklärt auch Faust seinem Kaiser diese rätselhafte Naturerscheinung an den Speerspitzen des kampfbereiten Heeres in solchem Sinne:

"KAISER:
Doch wie bedenklich! Alle Spitzen
Der hohen Speere seh ich blitzen;
Auf unsrer Phalanx blanken Lanzen
Seh ich behende Flämmchen tanzen.
Das scheint mir gar zu geisterhaft.

FAUST:
Verzeih, o Herr, das sind die Spuren
Verschollner geistiger Naturen,
Ein Widerschein der Dioskuren,
Bei denen alle Schiffer schwuren,
Sie sammeln hier die letzte Kraft" (Verse 10593 ff.).

Eben als solche Spezialisten sonderlich für alle Gefahren der Seefahrt wurden die Dioskuren auch schon von Jáson in die Besatzung seiner *"Argó"* aufgenommen und dort im Innenraum dieses legendären Schnellbootes just mit Orpheus gemeinsam untergebracht. Auch Hýlas, der junge Geliebte des Heraklés, logierte dort mit ihnen, bevor er entführt wurde. Vielleicht in ebendieser sinnlichen Atmosphäre und gemeinsam mit Orpheus haben Kastor und Polydeúkes da das Tanzen erfunden, was ausgerechnet die amusischen Spartaner ihnen als unvergängliche Leistung zugute hielten.

Daß aber die ganze Odyssee dieses wundersam schnellen Schiffes in Wahrheit eine Jenseitsreise im Sinne einer goëtisch beschwörenden Schamanen-Fahrt darstellte, hat nicht nur der kundige Gräkist und Mythologe Robert Böhme um 1970 in seinem Buche über *"Orpheus"* nachgewiesen. Dort stellt er auch unter Berufung gar auf Aißchýlos die faszinierende These auf, daß zwar *"Orpheus als Goët der Urargonaut"*, das Dioskurenpaar jedoch bei dieser Reise *"ins Jenseits der Schwelle, da sich die Wege von Nacht und Tag begegnen"*, unverzichtbar und ausschlaggebend *"Hauptgottheit und Urhelfer"* bei einem Unterfangen war, das den drohenden Zorn der Unterweltsgötter verhindern sollte.

Der Zusammenhang von Argonauten und Dioskuren, wie er im korinthisch benachbarten Sikyón auch von einem Fries aus dem 7. und in Athen von einem Gemälde aus dem 5. vorchristlichen Jahrhundert jeweils im Heiligtum dieser Zwillingsgottheit bezeugt wird, reicht also bis in jene existentiëllsten Tiefen, wo Kastor und Polydeúkes den Wechsel von Licht und Dunkel, gar von Leben und Tod verkörpern. Vielleicht deshalb wurden im heimischen Messenien auf der Peloponnes diese Dioskuren als die gar allerobersten Götter verehrt.

Sie blieben auch nicht auf Griechenland beschränkt. Die indischen Açvins waren gleichfalls göttliche Zwillinge des Lichtes, Retter in Seenot, Ärzte und Helfer von Frauen und Verfolgten. Da es vergleichbare Dioskuren ausserdem auch bei Kelten, Letten, Germanen, vollends bei den Römern oder in den Mythen der afrikanischen Dogon und vieler anderer Völker gab, vermutet die Forschung hier das ursprünglich indogermanische Erbgut einer göttlichen Doppelung.

Wirklich fallen einem ja mühelos quer durch unsere ganze Kulturgeschichte hindurch archaïsche Bruderpaare ein, die Zwillinge oder sonst in alle Ewigkeit untrennbar sein mögen. Ihre Geschichten unterscheiden sich, aber der Bezug aufeinander, diese Zweieinigkeit scheint unaufhebbar. Ich nenne Ihnen da nur Kálaïs und Zetis oder Kain und Abel oder Horus und Seth oder Jaakob und Esau oder Moses und Aaron oder Eteoklēs und Polyneíkes oder Romulus und Remus oder Isaak und Ismail oder Ótos und Ephiáltes.

Aber solche Zwiewesen gab es ja durchaus auch noch in historischeren Epochen. Zum Beispiel im alten Rom die beiden Gracchen, auch die Brüder Cicero und die diversen Gebrüder Scipio, in unserer Goethezeit die Gebrüder Grimm, die Brüder Humboldt, die Brüder Robespierre, die Brüder Schlegel, die Gebrüder Stolberg, im 20. Jahrhundert, nur als Exempel, Heinrich und Thomas Mann oder Vincent und Theo van Gogh oder Friedrich Georg und Ernst Jünger oder Wolfgang und Wieland Wagner: lauter geistige, auch gesellschaftliche Doppelsonnen. Noch im frühen 21. Jahrhundert standen gar veritable Zwillingsbrüder im modernen Polen mit Lech und Jaroslaw Kaczynski an der politischen Spitze des Staates, im *Tokio Hotel* gar sonderlich vital mit Bill und Tom Kaulitz an der Spitze der Pop-Musik und dokumentierten so allesamt noch eine fortgesetzte Aktualität dieses archaïschen Prinzips.

Nur daß solche mehr oder minder liebevollen ovarischen Zwillinge oder leiblichen Brüder sich schon in mythischen Frühzeiten oftmals auch zu bekennenden Bluts- oder Geistesbrüdern, schönsten Falles gar zu fraternen Geliebten verwandelten. Hieran erinnern uns Orpheus und Kálaïs, Achilleús

und Pátroklos, Oréstes und Pyládes, David und Jonathan, Gilgamesch und
Enkidu oder Harmódios und Aristogeíton.

Natürlich erschienen solche legendären Urpaare später auch in der Literatur
und setzten sich dort in scheinbar fingierten Doppelexistenzen fort: in Don
Quijote und Sancho Pansa oder Don Juan und Leporello oder Faust und Mephisto oder Karl und Franz Moor oder Julius und Raphaël hin bis in die Niederungen von Winnetou und Old Shatterhand oder Max und Moritz oder
Plisch und Plum: lauter Dioskuren, demnach alle in Gottes Namen auch
Gottessöhne.

Dieses dergestalt poëtische Grundmuster also von männlicher Doppelgottheit, oft gar von Götter- oder Gottesvater und Gottessohn, wie alle Religionen und Mythen es kennen und lieben, ist es wohl, was ein Religionsphilo-
soph immerhin vom Range Martin Bubers noch in der Mitte des 20. Jahrhunderts zu so verblüffender Formulierung veranlaßte:

*"Vater und Sohn, die Wesensgleichen, sind die unaufhebbar wirklichen
Zwei, die zwei Träger der Urbeziehung".*

Das reicht tatsächlich von Zeus und Heraklés, Zeus und Sarpedón, Zeus und
Apóllon oder manchem andern *"lieben Sohn"*, an dem ein Vater *"Wohlgefal-
len hat"*, über dieses dioskurische Zwillingsei des Okeanós mit der Lade
oder über Osiris und Horus mit Seth bis hin zu Goethes nicht eben minder
poëtischem Wilhelm Meister mit seinem Sohne Felix. Denn eben letztere
gigantisch vielschichtige Welt- und Daseinswanderung endet just mit einer
Lebensrettung, also zweiten und bewußteren Geburt oder Menschwerdung
des Sohnes durch den Vater und mit einer ebenso existentiëllen Bindung des
geretteten Felix an Vater Wilhelm:

*" 'Wenn ich leben soll, so sei es mit dir!' Mit diesen Worten fiel er dem er-
kennenden und erkannten Retter um den Hals und weinte bitterlich. So standen sie fest umschlungen, wie Kastor und Pollux, Brüder, die sich auf dem
Wechselwege vom Orkus zum Licht begegnen."*

Aber so dioskurisch brüderliche Paarung gar von Vater und Sohn bleibt
nicht auf Mythen und Poësie, bleibt nicht auf die Phantasie und nicht einmal
auf legendenbildende Einzelfälle der Geschichte beschränkt. Auch uns realen Heutigen noch scheint ja, wenn wir Acht geben und empfänglich sind,
manche magische Begegnung direkt vom Himmel in den Schoß oder ins

Herz zu fallen. Meinem eigenen Zwillingsbruder Abraham zum Beispiel, diesem affinen Preiskumpan, ist das unverhofft und absolut unerklärlich auf einer seiner vielen Reisen im südöstlichen Asien so widerfahren. Ausgerechnet dort hat er einen Menschen getroffen, den er schon beim ersten Worte für seinen Bruder oder Sohn zu halten gar nicht umhin konnte, obwohl die beiden alles eher unterschied als verband. Religion, Sprache, Kultur, Elternhaus, Ausbildung, Sozialisierung, Lebensalter, Sexus und Welterfahrung: in alledem trennten sie nachweislich ganze Äonen. Es einte sie eigentlich gar nichts. Trotzdem war da auf Anhieb eine wechselseitige Affinität, die unaufhebbar blieb, auch über kontinentale Entfernungen und sogar noch über den frühen Tod dieses Menschen hinaus. Er selbst wußte sich — wider alle sonstigen Überzeugungen seines unbezweifelten Buddhismus — auch keine andere Erklärung als eine Symbiose schon in früheren Existenzen: als Gebrüder oder Paar oder vielleicht auch, sagte er wörtlich, als Vater und Sohn. Auf jeden Fall als eine Spielart von Dioskuren also: eine untrennbare gleichgeschlechtliche Zweieinigkeit, wie auch immer.

Solch ein Mirakel, will ich damit bezeugen, ist also nicht nur in Sagen und Legenden anzutreffen. In Zeiten wie den Unseren mag solche unaufhebliche Gemeinsamkeit sogar besonders beglückend, weil besonders selten sein. Denn diese Epoche mag ihr Stigma nicht zuletzt von all den Heerscharen geschiedener oder sogenannt getrennt lebender oder allein erziehender oder verwaister oder verlassener oder verstoßener, verschmähter oder sonstig ungeliebter, nicht mehr gewollter, nicht benötigter Menschen, eben von allen jenen beziehen, die wir summarisch einfach als *Singles* zu bezeichnen uns angewöhnt haben. In einer Ära so vereinsamter Einzelkämpfer muß jede Spielart von Dioskuren zum Hoffnungsschimmer, zur Sehnsucht, zum Idol, zum Fetisch gereichen und zumindest als fixe Idee oder eben einfach nur als Idee das Leben heller, schöner und leichter machen helfen.

Vielleicht ebendeshalb singen zumindest in Deutschland schon viele Generationen seit nahezu zwei Jahrhunderten an ihren kriegerischen oder friedlichen Gräbern mit dem Text von Ludwig Uhland

*"Ich hatt' einen Kameraden,
Einen bessern find'st du nit".*

Die letzte Zeile der zweiten Strophe ist hierzulande gar zum geflügelten Worte für so endgültige Verbindung zweier Menschen geworden:

"Als wär's ein Stück von mir".

Meine Damen und Herren, ich hoffe, Sie verstehen nun noch besser, warum ich die Stiftung dieses Dioskurenpreises so begrüße. Er steht im Dienste an einer Idee, die in heutigen Einsamkeiten und Finsternissen wie der rettende Funkenflug eines Elmsfeuers leuchten möge. Daher bedanke ich mich in unser aller Namen bei Initiatoren und Juroren auch dafür, daß es ihn nunmehr gibt.

2.

Aber ich formuliere meinen Dank mit spezieller Rührung von der Bühne dieses Theaters herab, auf dessen Vorplatz das sonderlich gelungene Denkmal eines Dioskurenpaares steht, das sich zumindest für die deutsche Nation als solch ein ungemein freundlicher und dienlicher Nothelfer erwiesen hat. Ich spreche vom Geistesbrüder-, Freundes- oder Liebespaar Goethe und Schiller. Auch sie sind seit zwei Jahrhunderten eine undividierbare und gottgesegnete, wenn nicht gar göttliche Einheit und haben sich unzählbar oft als funkensprühendes Sankt-Elms-Feuer, als rettender Leuchtturm, als strahlend heller Lichtblick bestätigt.

Beide empfanden ganz unübersehbar auch selbst eine deutliche Affinität zu diesem mythischen Männerpaare und streuten dessen Erwähnung beiläufig, aber generös und sympathisierend quer durch ihr ganzes eigenes Werk. Sonderlich Goethe erwähnte sie oft und immer mit Wärme: schon in *"Götz von Berlichingen"*, aber auch in *"Wilhelm Meister"*, in *"Dichtung und Wahrheit"*, in der *"Italienischen Reise"*, wieder und wieder in *"Faust II"*.

Irgendwann nach Schillers Tode erwarb er gar den graphitüberzogenen Gipsabdruck jener mannshohen hellenistisch-römischen Marmorskulptur aus dem 1. Jahrhundert vor Christos, die nach ihrem Fundorte, einem spanischen Kloster, heute vorsichtig nur als *"Jünglingsgruppe von Ildefonso"* bezeichnet wird, von Goethe aber für eine Darstellung just der Dioskuren gehalten wurde. Schon 22jährig hatte er eine Kopie dieser Figur im berühmten Mannheimer *Antikensaal* bewundert und sich noch vierzig Jahre später in *"Dichtung und Wahrheit"* überschwänglich daran erinnert:

"Besonders aber hatte ich der Gruppe von Kastor und Pollux [...] die seligsten Augenblicke zu danken".

Auch Schiller hatte, 25jährig, diese selbe Skulptur ebendort, wenn auch erst dreizehn Jahre später, für sich entdeckt, sie 1785 in seinem fiktiven *"Brief eines reisenden Dänen"* ausdrücklich *"unter die besten Stücke in diesem Saal"* gezählt und den *"äußerst delikaten Stil des Kastor und Pollux"* gepriesen.

Goethes Kopie steht noch heute in seinem hiesigen Hause am Frauenplan und fällt dort jedem Besucher schon gleich im Treppenhause auf, wo sie neben der Wohnungstür mit dem berühmten *SALVE* in der Schwelle auf Schönheit und Bedeutung allen Dioskurentums hinzuweisen scheint.

"Diese beiden Epheben", schrieb ihr 63jähriger Besitzer just an Schillers 53. Geburtstage seinem Hausfreunde Johann Heinrich Meyer, *"waren mir immer höchst angenehm"* (am 10. November 1812) und ließ dabei unausgesprochen, ob auch er da in Kastor und Pollux sich selbst mit Schiller wiedergespiegelt sah, sich also der Untrennbarkeit auch ihrer eigenen Doppelexistenz schon bewußt war.

Die Geschichte ihres nicht eben unproblematischen Zusammenfindens und ihrer hiernach beseligenden Partnerschaft ist inzwischen hinlänglich bekannt und muß nicht abermals nacherzählt, kann hier jedoch noch um die Pointe ergänzt werden, daß jeder von ihnen der Sohn eines väterlichen Johann Kaspar und einer mütterlichen Elisabeth, also durchaus ebennamiger Eltern und so zumindest nominell oder symbolisch von gleicher Herkunft war.

Verwirrender freilich verhält es sich mit dem Fortbestand ihrer dioskurischen Symbiose auch über Schillers dubios gebliebenen Tod noch hinaus. Allzu widersprüchlich berührt uns nachgeborene Beobachter da das Verhalten Goethes.

Natürlich kennen wir alle die unvergeßlichen Sätze des trauernd Zurückgebliebenen:

"Ich kann, ich kann den Menschen nicht vergessen";

"Ich verlor die Hälfte meines Daseins";

"Ich war ja vernichtet";

"Nein, die Zerstörung!";

"Ich möchte auch lieber nicht mehr da sein"

oder, zu seiner Schwiegertochter Ottilie, als die sich über Schillers Texten langweilte:

"Ihr seid alle viel zu armselig und irdisch für ihn"

und manches mehr von diesem Volumen, auch nach Jahrzehnten noch zu Eckermann.

Natürlich kennen wir auch seinen *"Epilog zu Schillers 'Glocke' "* und jene Terzinen vermeintlich *"bei Betrachtung von Schillers Schädel"* mit all ihrem tiefempfundenen Bekenntnis.

Wir wissen auch, daß Goethe kurz nach Schillers Tode zu ergrauen begann. Wir wissen, daß er, noch fünfzehn Jahre später, selbst inzwischen siebzigjährig, bei den Karlsbader Begegnungen mit dem Legationsrat von Conta *"am liebsten von seinem Freunde Schiller"* sprach, aber schon 1817 in seinem *"Tag- und Jahreshefte"* verräterisch unauffällig festgehalten hatte, wie er

"an einem schönen sonnigen Morgen, ohne Absicht aus dem Hause fahrend, von meiner Leidenschaft überrascht, ohne Vorbereitung aus dem Stegreife nach Rudolstadt lenkte und mich dort an den erstaunenswürdigen Köpfen von Monte Cavallo für lange Zeit herstellte".

Damit meinte er die Häupter jener marmornen Kolossalfiguren von Kastor und Pollux, die er vor rund dreißig Jahren in Rom gesehen hatte, wo diese Kopiën griechischer Originale seit dem 4. Jahrhundert die Thermen Kaiser Constantins I., seit 1589 aber und heute noch immer in ihrer imponierenden Höhe von 5,60 Metern, fast nackt und mit Resten jener Eierschalen ihrer göttlichen Schwanen-Abkunft auf ihren Köpfen, die betörende *Piazza del Quirinale* auf dem *Monte Cavallo* zieren, der sogar seinen Namen von den marmorn mitgeführten Pferden dieser beiden Rossebändiger bezieht und heutzutage die Residenz des italienischen Staatspräsidenten beherbergt.

"Weder Augen noch Geist sind hinreichend, sie zu fassen", hatte Goethe gleich am 3. November 1786, seinem dritten Tage in Rom, über diese Figuren notiert und am 7. März 1788 nach einem Besuch im Hause des Restaurators Cavaceppi hinzugefügt:

"Unter vielen köstlichen Sachen haben mich vorzüglich ergötzt zwei Abgüsse der Köpfe von den Kolossalstatuen auf dem Monte Cavallo. Man kann sie bei Cavaceppi in der Nähe in ihrer ganzen Größe und Schönheit sehen".

Solche Kopiën hiervon gab es seit 1805, just Schillers Todesjahr, nun ausgerechnet auch in Rudolstadt, jenem magischen Platze ihres ersten, noch so fremdelnden Gespräches im Hause Lengefeld vor nunmehr fast dreißig Jahren. Der improvisierte, aber "leidenschaftliche" Ausflug des 68jährigen Goethe ebendorthin mag *anno* 1817 also diesem ganzen *"erstaunenswürdigen"* Amalgam aus Kastor, Pollux und Schiller gegolten haben und ebenso ein okkulter Hilfeschrei gewesen sein, wie es auch jene scheinbar souveräne Floskel gewesen sein dürfte, mit der er am 12. Februar 1802 seinen Brief an Schiller beëndet hatte:

"Helfen Sie sich mit mir durch die irdischen Dinge durch, damit wir wieder zu den überirdischen gelangen können".

Als bezöge er sich hierauf, hat der erstaunlich sensible Gustav Portig noch knapp hundert Jahre später in seinem Buch über Schillers Freundschaft und Liebe zu Goethe so manche Männerfreundschaft als Flucht *"aus dem Elend der politisch-sozialen Zustände [...] in eine erträumte Existenz"* definiert, in der zwei solche Flüchtlinge *"Entschädigung suchten für den Ausfall der unbefriedigenden Wirklichkeit"*. Auf diese Weise haben sich für Portig *"einzelne Prophetengestalten der Freundschaft zu einer Höhe emporgeschwungen, von welcher herab sie als geistige Sonnen der Menschheit für immer ihre lebenwirkenden Strahlen senden"*.

Tatsächlich muß wohl auch diesmal jene angerufene Doppelsonne just im stigmatisierten Rudolstadt den offenbar aufgewühlten oder immer noch trauernden, immer noch verzweifelnden, jedenfalls einsamen und sehr hilfsbedürftigen Goethe in einem Maße erfreut oder beruhigt haben, daß es ihn eben *"für lange Zeit herstellte"*.

So stark also wirkte da auch auf ihn noch jene legendäre Heilkraft des Dioskurentums. Im antiken Rom hatte eben sie diesen Kastor und seinen Pollux sogar zu Patronen der ganzen Stadt werden lassen, die ihnen auf ihrem *Forum* am Fuße des Palatin eigens einen Tempel errichtet hatte, wo Leidende aller Art zu übernachten und sich andern Morgens genesen wiederzufinden pflegten. Hieran ist abzulesen, welche Heilwirkung damals in Rom einer brüderlichen Liebe zugeschrieben wurde, die so unbedingt und unauflöslich war, wie Goethe sie nun auch noch in jenen Dioskurenkopiën von Rudolstadt verkörpert sah und als tröstlich stabilisierend empfand.

Nur umso ratloser also stehen wir alle, meine Damen und Herren, vor jenem befremdlichen Zögern, als alle Welt von ihm eine Gedenkfeier für seinen toten Dioskuren erwartete. Wir wissen um die gescheiterten Text-Fragmente zu einer eigens geschriebenen Totenfeier, von der er zwar behauptete, sie werde ihm *"nach unsres Freundes Tod die erste erfreuliche Arbeit sein"* (am 1. Juni 1805 an Freund Zelter), aber wir wissen auch um all die fragwürdigen Ersatzveranstaltungen primär im externen Bad Lauchstädt. Noch in seinem *"Tag- und Jahresheft"*, das er zwölf Jahre später, 1817, über jenes Todesjahr 1805 notierte, bekannte er, daß

"einer beabsichtigten eigentlichen Feier sich mancherlei Hindernisse entgegenstellten".

Was denn für Hindernisse und von welcher Seite?

Darüber weit hinaus aber wissen wir auch um seinen spontanen Plan, den unvollendeten *"Demetrius"* des Freundes stellvertretend zu Ende zu schreiben. Weil das zunächst ein so emphatisches Anliegen war, bitte ich Sie, meine Damen und Herren, Ihnen in Auszügen vorlesen zu dürfen, wie begeistert Goethe im selben *"Tag- und Jahresheft 1805"* noch ganze zwölf Jahre später dieses Projekt beschrieben hat:

"Mein erster Gedanke war, den Demetrius zu vollenden. Von dem Vorsatz an bis in die letzte Zeit hatten wir den Plan öfters durchgesprochen [...], das Stück war mir so lebendig als ihm. Nun brannt' ich vor Begierde, unsere Unterhaltung, dem Tode zu Trutz, fortzusetzen, seine Gedanken, Ansichten und Absichten bis ins einzelne zu bewahren und ein herkömmliches Zusammenarbeiten [...] hier zum letzten Mal auf höchstem Gipfel zu zeigen. Sein Verlust schien mir ersetzt, indem ich sein Dasein fortsetzte. Unsere gemeinsamen Freunde hofft' ich zu verbinden; das deutsche Theater, für welches wir bisher gemeinschaftlich [...] übend und ausführend gearbeitet hatten, sollte [...] durch seinen Abschied nicht ganz verwaist sein. Genug, aller Enthusiasmus, den die Verzweiflung bei einem großen Verlust in uns aufregt, hatte mich ergriffen. Frei war ich von aller Arbeit, in wenigen Monaten hätte ich das Stück vollendet. Es auf allen Theatern zugleich gespielt

zu sehen, wäre die herrlichste Totenfeier gewesen, die er selbst sich und den Freunden bereitet hätte. Ich schien mir gesund, ich schien mir getröstet."

Meine Damen und Herren, mich persönlich überzeugt dieser Text. Ich glaube ihm. Ich spüre seine Wahrhaftigkeit.

Trotzdem hat Goethe jenem geschilderten Fragmente des *"Demetrius"* nicht einen einzigen Buchstaben hinzugefügt.

Warum nicht?

Seine Begründung am selben Orte ist weniger eloquent, weniger plausibel und rechtschaffen armselig. Sie ist eine Kapitulation.

Vor wem?

Das verschleiert er nach Art eines gewieften Geheimniskrämers.

"Nun aber setzten sich der Ausführung", stammelt er, *"mancherlei Hindernisse entgegen".*

Was denn schon wieder für Hindernisse? Dieselben wie bei der Totenfeier?

"Mit einiger Besonnenheit und Klugheit" wären sie, bezichtigt er sich selbst diffus, *"vielleicht zu beseitigen"*, doch habe er diese nebulosen Hemmnisse *"durch leidenschaftlichen Sturm und Verworrenheit nur noch vermehrt"*:

"eigensinnig und übereilt gab ich den Vorsatz auf, und ich darf noch jetzt nicht an den Zustand denken, in welchen ich mich versetzt fühlte. Nun war mir Schiller eigentlich erst entrissen, sein Umgang erst versagt".

Wer aber war das, der da "entrissen" und "versagt" hatte?

Das deutet er nur an:

"Meiner künstlerischen Einbildungskraft war verboten, sich mit dem Katafalk zu beschäftigen, den ich ihm aufzurichten gedachte."

"Verboten" also. Wer konnte ihm das verbieten?

Eigentlich niemand. Auf poëtischen Gefilden war er damals absolut autark und niemandem untertan.

Also muß es sich auch um außerpoëtische, also solche Gefilde gehandelt haben, wo er sich übergeordneten Instanzen fügen mußte.

Deren gab es nur zwei:

den Herzog Carl August, dem er freilich schon häufig zuwider zu handeln durchaus stark genug gewesen war,

und jene Freimaurer- und Illuminatenlogen, als deren Mitglied er sich selbst zu absolutem Gehorsam und Schweigen verpflichtet hatte.

Sonstige Befehlsgewaltige, denen sich ein Goethe 1805 unterworfen hätte, kann ich nirgends erblicken. Eine von diesen beiden Instanzen oder auch beide gemeinsam müssen also Goethes Vollendung von Schillers *"Demetrius"* verboten haben. Seine künstlerische Fantasie, gab Goethe trauernd zu,

"wendete sich nun und folgte dem Leichnam in die Gruft, die ihn gepränglos eingeschlossen hatte. Nun fing er mir erst an zu verwesen; unleidlicher Schmerz ergriff mich, und [...] so war ich in traurigster Einsamkeit befangen. Meine Tagebücher melden nichts von jener Zeit; die weißen Blätter deuten auf den hohlen Zustand".

War damit also das Ende dieser dioskurischen Zweieinigkeit erreicht? Es schien so:

"Wie oft mußt' ich nachher im Laufe der Zeit still bei mir lächeln, wenn teilnehmende Freunde Schillers Monument in Weimar vermißten; mich wollte fort und fort bedünken, als hätt' ich ihm und unserm Zusammensein das erfreulichste stiften können".

Und ließ sich das, frage ich Sie und mich und ihn selbst, von einem Herzog, von Logenfunktionären untersagen? Schwer zu glauben.

Aber auch auf Humboldts und Körners Anfragen bezüglich einer gemeinsamen Edition von Schillers Nachlaß und einer Biografie des Freundes reagierte Goethe noch fünf Jahre später befremdlich abweisend: indem er, wohl

"jenes frühern Versuchs schmerzlich gedenkend, allem Anteil an einer Herausgabe und einer biographischen Skizze des trefflichen Freundes standhaft entsagte" ("Tag- und Jahresheft" 1806).

Unverkennbar wollte er neuerlichen Verboten aus dem Wege gehen.

Als er zwanzig Jahre später seinen Terzinen *"bei Betrachtung von Schillers Schädel"* Entscheidendes schuldig zu bleiben und sie noch fortsetzen oder ergänzen zu müssen spürte, gelangen ihm nur noch stammelnde und schwer leserliche Bruchstücke:

"So nah der Freund von der und jener Seite
Und immer ich gebunden an der Stelle
Von wo ich gern [?] ins Breite und ins [?] Weite

Mich oft erkühnte wider Meereswelle [...]

Die Strömung bricht an Felsen, schäumt an Riffen [...]

Der kluge Segler eilt vorbeizuschiffen
ergriffen".

Aber noch weitere fünf Jahre später, im August 1831, also zwei Jahre nach dem Tode nun auch seines Herzoges, ließ der 82jährige den Berliner Kollegen und Hofrat Friedrich Förster wissen: Schillers

"Demetrius hätte ich fortsetzen gekonnt, so genau hatte er mich davon unterrichtet".

Aber er tat es auch nach Ablauf dieses Vierteljahrhunderts nicht – sondern segelte weiterhin klug und ergriffen daran vorbei.

3.

Harter Schnitt auf einen Werbeblock des Fernsehens:

Added ads

Werbeblock des Fernsehens

Sequenz von Werbespots

zugunsten

einer Bank,

einer Lebensversicherung,

eines Immobilienkonsortiums,

eines Juwelengroßhandels,

einer Marketingberatung,

einer Kapitalversicherung,

der Konsumentenaktion *SNABB-SNABB*

und einer weiteren Bank.

Horn-H

SMS aus Berlin nach Sils

Die Fernsehdioskuren Deines brillanten Zwillingsbruders gaben eben in
Weimar auch Deinem und meinem beseligend eineiïgen Büschellicht seine
hornige H-Form vor. Ich liebe und küsse Dich von aufrechtem Balken zu
aufrechtem Balken: Deine hälftige Dókana Lulu

Joachim ist Friedrich

Fortsetzung der Fernsehübertragung aus dem Nationaltheater Weimar
(Verleihung des Dioskurenpreises)

Giovanni Blaugold (setzt seine Ansprache fort):

Schon gleich in Schillers Todesjahr hatte Goethe seinen geheimnisvoll untersagten *"Demetrius"* durch ein Monument ersetzt, das scheinbar einem andern galt.

"Die einsame Tätigkeit mußt' ich nun auf einen andern Gegenstand werfen", notierte er noch für dasselbe 1805 im *"Tag- und Jahreshefte"* und meinte damit Johann Joachim Winckelmann.

Dessen Briefe, die herauszugeben schon ein Leitmotiv seiner eigenen letzten Briefe an Schiller gewesen war, *"veranlaßten mich, über diesen herrlichen, längst vermißten Mann zu denken"*, und er tat das nun abschließend in ausdrücklich eingestandener Stellvertretung für den *"Demetrius"*. Denn *"Schiller hatte versprochen, nach seiner Weise teilzunehmen"* an dieser Edition von Briefen eines Mannes, der nicht nur allen späteren Generationen, sondern auch ihnen beiden und ihrer Zeit den Zugang zur inspirierenden griechischen Antike recht eigentlich in einem Maße erschlossen hatte, daß der geplante Gedenkband dann schließlich *"Winckelmann und sein Jahrhundert"* hieß.

Noch auf dem Krankenbette dieses Frühjahrs hatte Schiller bestätigt, Goethes Sendung mit einer ersten Fassung, die er noch *"unsre Winckelmanniana pp."* nannte, käme *"eben recht, um meine Rekonvaleszenz zu befördern"*. Also schickte Goethe ihm auch noch seinen Essay, den er *"in doloribus pinxit"* oder unter Schmerzen geschrieben hatte und der primär die charakterlichen Qualitäten dieses Kunsthistorikers und Archäologen herausstellte.

Zwar mußte er nur allzubald auf Schillers zugesagte Mitarbeit verzichten, doch *"wirkte seine Freundschaft vom Totenreiche aus noch fort, als die meinige unter die Lebendigen sich gebannt sah"*.

Dort war Goethe dann mutig genug, über alle kunstgeschichtliche und ästhetische Bedeutung *"unseres Winckelmann"* hinaus auch auf eine damals gänzlich unübliche Weise dessen homoërotisches Leben zu würdigen, indem er zunächst generell das Phänomen erotischer Dioskuren und deren *"leidenschaftliche Erfüllung liebevoller Pflichten"* beschrieb:

"die Wonne der Unzertrennlichkeit, die Hingebung eines für den andern, die ausgesprochene Bestimmung für das ganze Leben, die notwendige Begleitung in den Tod".

Erst nach solcher Schilderung einer *"Freundschaft unter Personen männlichen Geschlechts"*, wie sie unverkennbar auch sein eigenes fürsorgliches Verhältnis zu Schiller gewesen war, bilanzierte er:

*"Zu einer Freundschaft dieser Art fühlte Winckelmann sich geboren, der-
selben nicht allein sich fähig, sondern auch im höchsten Grade bedürftig".*

Aber auf so verständnisvoll huldigende und mühelos nachvollziehende,
gleichwohl dezente Weise nannte er nicht nur die praktizierte Promiskuität
dieses Epoche machenden Schöngeistes und bekennenden Homo-Eroten
beim Namen. Er sparte auch dessen skandalierendes Sterben nicht aus.
Denn auch unser Winckelmann wurde gewaltsam getötet: fünfzigjährig, am
vexatorisch spiegelbildlichen 8. 6. 68, im eben durchreisten Triest, wegen
einiger Goldmedaillen, von einem Raubmörder, der auch Zuhälter, vielleicht gar Lustmörder war, Francesco und ausgerechnet Arcangeli, *plurali-
ter* also *Erzengel* hieß, erotisch oder sexuëll zumindest involviert gewesen
sein dürfte und sein Opfer doppelt, mit Schlinge und mit Dolch, ermordete.

Goethe benennt auch diesen Tod, aber verklärt ihn und möchte Winckelmann

*"glücklich preisen, daß er von dem Gipfel des menschlichen Daseins zu den
Seligen emporgestiegen, daß ein kurzer Schrecken, ein schneller Schmerz
ihn von den Lebendigen hinweggenommen. Die Gebrechen des Alters, die
Abnahme der Geisteskräfte hat er nicht empfunden"* –

wie auch jener andere nicht, jener Intimus und andere Männerfreund, der
schon mit 45 Jahren ermordet worden sein mag.

In Winckelmann, des Weiteren, *"hatte die Natur gelegt, was den Mann
macht und ziert. [...] Er hat als Mann gelebt und ist als ein vollständiger
Mann von hinnen gegangen"* –

ja, wie der andere auch, von dem noch nach zwei Jahrzehnten der 76jährige
mit fast demselben Wortlaut verriet:

"Bei vollen Kräften ist er von uns gegangen": keineswegs als Siecher.

Also vielleicht von jedem der beiden in ein und demselben 1805 auch dies:

*"Nun genießt er im Andenken der Nachwelt den Vorteil, als ein ewig Tüchti-
ger und Kräftiger zu erscheinen: denn in der Gestalt, wie der Mensch die
Erde verläßt, wandelt er unter den Schatten, und so bleibt uns Achill als
ewig strebender Jüngling gegenwärtig."*

Nicht nur der, dieser weitere Dioskur. Auch Schiller. Wohl vor allen andern sein Schiller, der erst vor wenigen Wochen ebenso starb wie dieser Winckelmann schon vor 37 Jahren.

"Daß Winckelmann früh hinwegschied, kommt auch uns zugute. Von seinem Grab her stärkt uns der Anhauch seiner Kraft und erregt in uns den lebhaftesten Drang, das, was er begonnen, mit Eifer und Liebe fort- und immer fortzusetzen."

Ein Epilog auf Schiller, wie Goethe ihn verweigerte, hätte kaum anders lauten können.

Es ist auch kaum denkbar, daß er nicht an Schiller gedacht haben sollte, als er, so kurz nach dessen Tod, diese glühend beteiligten Worte erscheinen ließ. Indem er da von Winckelmann sprach, der schon so lange tot war, dürfte er zumindest zusätzlich oder gleichzeitig auch Schiller im Sinne gehabt haben.

Ohne Quellenangabe zitierte daher 1936 jene arge Mathilde Ludendorff Teile dieses selben Wortlauts als Äußerungen Goethes gar nicht mehr über Winckelmann, sondern ausschließlich über Schiller:

"Wir dürfen uns wohl glücklich preisen, daß er von dem Gipfel des menschlichen Daseins zu den Seligen emporgestiegen ... Daß Schiller so frühe von hier wegschied, kommt auch uns zugute."

Ob die fantasievolle Generalsgemahlin diesen Text verwechselt, gefälscht oder tatsächlich irgendwo so aufgespürt hat, habe ich bislang nicht klären können. Unfreiwillig bestätigt sie jedenfalls, wie sehr sich jener Nachruf auf Winckelmann zumindest manchem Leser, wenn nicht gar dem Autor selbst auch auf Schiller bezog.

Durch solche Gleichsetzung oder Parallele also informierte Goethe schon kurz nach Schillers Tode zumindest indirekt über dessen Ermordung.

Aber natürlich genügte ihm dieser Umweg so noch nicht.

4.

Vorläufig unterschwellig baute Goethe für den weggerissenen Freund noch weiterhin an einem anderen, deutlicheren und dauerhafteren Denkmal, das auch *"den Völkern und künftigen Zeiten ein Denkmal"* der Freundes-, der Männerliebe werden sollte wie schon in seiner *"Achilleïs"* jenes beispielhafte Zwillingsmausoleum für Achill und Pátroklos.

Aber erst Thomas Mann hat kurz vor dem eigenen Lebensende mit seiner Schiller-Rede in Stuttgart und Weimar verführerisch darauf hingewiesen, daß Goethe mit dem Herkules seiner Chíron-Szene in *"Faust II"* in Wahrheit, wehmütig und sehnsüchtig, seinem geliebten Schiller gehuldigt habe: denn *"er hat ihn geliebt, es ist kein Zweifel"*.

Tatsächlich kann ein Leser dort Chírons Schilderung dieses Herkules mühelos auf Schiller übertragen. Die dortige Behauptung, er sei *"dem ältern Bruder untertänig"* gewesen, bezöge sich dann so schlüssig wie liebevoll auf Schillers verfallene Hingabe an Goethe, diesen anderen Dioskuren, selbst.

Was aber eine Verkörperung Schillers in diesem *"herkulischen Menschen- und Gottessohn aus beiden Welten"* (Goethe) jedenfalls am aufregendsten, vielleicht auch am beweiskräftigsten erscheinen läßt, ist der Tod jenes mythischen Heroën der Griechen. Zwar verschweigt Thomas Mann in seiner Rede zu Schillers 150. Todestage 1955, daß tatsächlich auch der Heraklés ermordet wurde. Mit Hilfe des sprichwörtlichen Nessushemdes, das im toxischen Blute eines getöteten Kentauren getränkt worden war, wurde er vergiftet.

Damit steht unweigerlich die Möglichkeit im Raume, daß Goethe mit dieser jähen Erwähnung des Herkules, die ohnehin an dieser Stelle seines Textes nicht eben allzu zwingend, eher etwas willkürlich, auch folgenlos verzichtbar scheint, indirekt an die Ermordung Schillers erinnern wollte. Bei seinen damaligen Lesern konnte er sich durchaus darauf verlassen, daß sie mythologisch hinlänglich informiert waren, um seine interlineare Anspielung auf das Nessushemd entsprechend zu verstehen und zu beziehen.

Wem jedoch von Ihnen, meine sehr verehrten Damen und Herren, diese Behauptung, Goethe zeige in *"Faust II"* die Vergiftung Schillers an, allzu tollkühn und waghalsig erscheint, dem empfehle ich, mit seiner Lektüre der dortigen *Klassischen Walpurgisnacht* so lange fortzufahren, bis er, nur 270 Verse später, auf eine kriegerische Auseinandersetzung stößt, die zwischen Kranichen und Pygmäen stattfindet. In all ihrer Absurdität ist sie durchaus keine originäre Erfindung Goethes, sondern greift auch ihrerseits wieder alterslos urzeitliche Mythen aus Oriënt und Afrika auf.

Für naturfremde Großstädter hierzu ein hilfreich gemeinter Exkurs über Kraniche.

5.

Schon als Kreaturen dieses Planeten haben ja Kraniche eine wissenschaftlich geschätzte Präsenz von mehr als sechzig Millionen Jahren und sind Geschöpfe daher des Eozäns in jenem frühen Tertiär, als starker Vulkanismus rund um den Globus alpidische Gebirge und zwischen Europa und Afrika das Mittelmeer entstehen ließ. Damals also, als von Menschen weder die Rede noch überhaupt ein Gedanke sein konnte, gab es in allen Kontinenten bereits diverse Familien, Gattungen und Arten dieses Vogels. Heute zählen die Ornithologen nur noch vier Gattungen mit fünfzehn Arten und diversen Unterarten. Aber Jahrmillionen lang soll es sieben Gattungen mit vierundzwanzig Arten gegeben haben.

In Indonesiën hielt man den Kranich lange für das älteste Lebewesen überhaupt, und die australischen Aborigines erzählen sich, in Urzeiten habe solch ein Brolga, der noch heute so viel hüpft, knickst, tanzt und Pirouetten dreht wie keine andere Kranichart sonst, eines Tages einen brennenden Zweig im Schnabel gehalten und, als gefiederter Prometheús der Antipoden, einen Stapel Holz entzündet, ihnen also so das Feuer geschenkt. Andere Mythen, denen allen dieses Tier als Symbol des Allerältesten galt, siedeln es zunächst in Indiën an, von wo es erst der Buddhismus weiter verbreitet habe.

Den antiken Griechen jedoch, die diesen Vogel nur beim alljährlich zweimaligen Überfliegen ihrer Gefilde im Februar und November beobachten konnten, war er im hyperboreïschen Thrakiën beheimatet, wo ja auch die Boreaden zu Hause waren und der sibirische Schamane sein orphisches Asyl fand: *"Kraniche gleichfalls"*, dichtete noch im späten 2. Jahrhundert vor Christos der Epigrammatiker Antípatros in Sidon, *"die hoch fliegen von Thrakien her"*, aus der prähistorisch anarchischen "kalten Heimat" also zwischen Makedoniën und Bosporus gleichsam, von wo das meiste rätselhaft Unbegreifliche über Griechenland kam.

Aber nicht nur die Griechen staunten da über diese mirakulösen Vögel. In den Mythen aller Erdteile wurde deren hohe Entwicklungsstufe registriert und bewundert. Man bemerkte zunächst ihre Flugkunst, die sie in unsichtbaren Höhen von mehreren tausend Metern in 24 Stunden bis zu zweitausend Kilometer ohne Zwischenlandung zurücklegen und unter kluger Beachtung von Winden oder Strömungen mit einer heute noch bestätigten Durchschnittsgeschwindigkeit von 65 Stundenkilometern von Rußland nach Afrika, von Sibirien nach Mexico gelangen ließ. Dabei haben sie Techniken und meteorologische Kenntnisse, auch Organisationsformen und ein Sozialverhalten entwickelt, die auf eine monarchische Verfassung schließen lassen, wie sie sonst einzig hautflügelige Insekten und zeitweilig der Mensch besitzen.

Seine auffallende Intelligenz, die sich mit menschenfreundlichen Charakterzügen und beispielhafter Monogamie verbindet, ließ den Kranich in China schon früh zum *"Patriarchen aller Gefiederten"* und in Südafrika zum *"obersten Vogel"* aufsteigen, der für alle andern Vögel, aber auch für den Menschen zu sorgen pflegte. Nordamerikanischen Indianern soll er als *"Großvater Kranich"* sogar bei mancher Flucht assistiert und als leibhaftige Luftbrücke über Abgründe hinweggeholfen haben.

Einen solchen Freund und Verbündeten versuchte der Mensch nur allzubald und allenthalben zu domestizieren. Das gelang ihm in so verblüffendem Maße, daß sogar die Bibel seinen beispielhaften Gehorsam preist (Jeremia 8, 7). Aber schon 2400 oder 3000 Jahre vor Christos schmückten die Ägypter ihre Grabkammern mit Reliëfs von ganzen Herden gezähmter Kraniche, und gleichfalls viele Jahrhunderte vor unserer Zeitrechnung hielten die alten Chinesen sie an ihren Kaiser- und Fürstenhöfen, ließen sie bei ihren Festlichkeiten tanzen, respektierten sie wie hohe Gäste und als Reisegefährten gar in eigenen Karossen oder Sänften, verliehen ihnen auch den Rang ihrer höchsten Beamten oder Generäle und honorierten sie mit angemessen hohen Gehältern. Als frühe Vorläufer römischer Auguren trafen chinesische Potentaten auch ihre politischen Entscheidungen nach dem Ratschlag ihrer Kraniche und ließen sich von denen gar das Wetter prophezeïen. Chinesische Eremiten machten einen Kranich bisweilen zu ihrem einzigen Lebensgefährten.

Im 4. Jahrhundert vor Christos erwähnten dann schließlich auch Platons *"Politikós"* die thessalischen Kranichgehege, und im 1. Jahrhundert nach

Christos sowohl Plutarch als auch Plinius *senior* die Tänze und Kämpfe eingefangener Kraniche, die auch als Spielzeug für Damen dienten und sich dazu abrichten ließen, Leitern zu erklimmen und Maschinen in Gang zu setzen. Der Historiker Dio Cassius berichtete noch um 200 nach Christos, wie der römische Kaiser Titus zu Beginn der christlichen Zeitrechnung im eben vollendeten *circus maximus* vier leibhaftige Elefanten zu Schaukämpfen just gegen Kraniche mißbrauchen ließ.

Derlei erstaunliche Eignungen hatten aber den römischen Dichter Decimus Laberius schon im 1. Jahrhundert vor Christos von den *"menschlichen Allüren"* dieser Vögel sprechen lassen. Noch viele Jahrhunderte später, bereits zu Lebzeiten Schillers, veranlaßten sie den französischen Ornithologen Louis Pierre Viellot, eine ihrer Gattungen gar als Anthropoïden zu klassifizieren, also in eine überraschende Nähe zu Menschenaffen oder Menschenahnen zu rücken. Manche Legenden halten sie auch für verwandelte, sonderlich gütige Menschen und berichten daher von *"Kranichmenschen"*.

Diese und sonstige Identität oder Verwandtschaft von Kranichen und ihren Züchtern begünstigte aber nicht nur solche Einschätzung und zutrauliche Freundschaft zwischen Mensch und Tier, sondern auch ein sonderlich genaues Studium dieses Vogels. Man entdeckte in und an seinem Körper gar medizinisch verwertbare Heilkräfte, Stimulantien der Fruchtbarkeit und aphrodisierende Substanzen, die zu allerlei Mißhandlung der Tiere und einem weltweit berühmten Aberglauben Anlaß boten. Ihre Federn zum Beispiel sollten über Haustüren und auf Hüten der Menschen vor jedem Unheil schützen.

Ihren Wetterprognosen zu trauen, wie das vor unserer Zeitrechnung im 8. Jahrhundert bereits Hesíod, im 5. auch Heródot und im 1. noch Vergil bezeugten, beruht da noch auf nachvollziehbaren Beobachtungen des Verhaltens dieser Vögel. Denn noch in unserm Herbst 2006 verweigerten geschätzte zehntausend Kraniche ihren obligaten Zug gen Süden und setzten sich hier einem nördlichen Winter aus, der dann tatsächlich just so außergewöhnlich milde und warm verlief, wie diese Vögel das vorhergewußt haben müssen.

Ihre Lebensdauer in der Gefangenschaft bisweilen von mehr als achtzig Jahren, die sie also so manchen ihrer Züchter und Beobachter mit unverminderter Fortpflanzungsfähigkeit vital überdauern ließen, veranlaßten die Japaner noch im 3. Jahrhundert vor Christos, an ein tausendjähriges Leben dieser Vögel zu glauben, und die Chinesen des 6. vorchristlichen Jahrhunderts, sie sogar für ganz und gar unsterblich zu halten; aber im Alter von 1600 Jahren benötigen sie, hieß es da, keine andere Nahrung mehr als nur noch Wasser.

Starb so ein Kranich aber dennoch, so wurde er, wie Lao-tse das gleichfalls im 6. Jahrhundert vor Christos notierte, zum Vermittler oder Sendboten oder Herold zwischen Jetzt und Danach. Auch die Japaner hielten ihn für ein Verbindungswesen zwischen den Welten oder Realitäten. Daher konnten Heilige auf Kranichen gut zum Himmel reisen. Gar das Sterben taoïstischer Priester vollzog sich als Verwandlung in einen Kranich, der ins Reich der Seligen aufbrach.

Die Ägypter hingegen sahen alle ihre Toten samt und sonders in Gestalt von Kranichen ins Jenseits fliegen. Dort wurden sie, eben als Kraniche, auch für antike Griechen zu vertrauten Begleitern oder Schützlingen ihrer Gottheiten Apóllon und Hermés, Deméter, Ártemis und Letó.

Selbst insofern *"göttlich"*, überbrachten sie den Buddhisten Botschaften aus deren Himmel, wo sie als *"Kraniche der Seligen"* den chinesischen Göttern auch als Reittiere dienten. Also wurden sie noch von den sibirisch benachbarten Jakuten und deren kundigen Schamanen für heilig, von den fernen Kelten sogar selbst zu Göttern sei es der Unterwelt und rund um den Globus zu mysteriösen *"Vögeln des Glücks"* erklärt.

Den Griechen galten schließlich Vögel überhaupt als Boten göttlicher Offenbarungen oder als Epiphaniën verstorbener Seelen, wenn nicht gar der Götter selbst. In ihrer Kunst jedenfalls diente jedweder Vogel gern als Attribut einer Gottheit, speziell der Kranich aber den Musen zum Begleiter.

Folgerichtig war der Kranich viele Jahrtausende lang in allen Kulturen des Globus ein beliebtes Motiv aller Künste. Spätestens dreitausend Jahre vor Christos gaben Ägypter ihren Verstorbenen schon Abbildungen dieses gefiederten Lotsen zwischen den Hemisphären mit ins Grab. Auch frühe Bilder der *Arche Noah* zeigen ihn als dortigen Insassen und Reisebegleiter gerade über die Gewässer der Sintflut. Aber poëtische Astronomen benannten auch ein Sternbild am südlichen Himmel nach dem Kranich.

Gleichfalls seit mehreren Jahrtausenden ist er ein ungewöhnlich reich vertretenes Thema der chinesischen, später auch der koreanischen, japanischen, indischen oder sonstig asiatischen Malerei und Bildhauerei mit meistens religiösem oder mindestens höfischem Bezuge. Zumal das Palastmuseum in Beijing belegt das heute noch mit zahllosen Exponaten in allen denkbaren Techniken, Schulen, Stilen oder Materialien und aus allen Religionen, Dynastiën oder Epochen bis in die Gegenwart hinein. Noch 1986 malte der kommunistisch regierte Chinese Huang Yong Yu sein Kranichbild, das sechzig Quadratmeter groß ist und den Titel *"Die Reise ins Paradies"* trägt. Maos Erben respektierten es.

Die Künstler der griechischen und römischen Antike verewigten den Kranich meist auf Vasen oder Grabsteinen, in Gemmen, Reliëfs oder Edelsteinen, gern in Gesellschaft von Musikanten oder selbst musizierend und mit badenden Frauen oder gleich mit dem Éros persönlich.

Der späteren europäischen Malerei lieferten Albrecht Dürer und der jüngere Lukas Cranach hier in Weimar, aber auch Matthäus Merian und die Künstler der Emblem- und Impresenbücher zumal unseres 16. und 17. Jahrhunderts immer wieder Variationen dieses Tieres. Emblematik wie auch Heraldik bevorzugten hierfür ihre Darstellungen dieses rätselhaften Vogels und machten ihn zum beziehungsreichen Wappentier für Familien, Siegel, Gebäude, Zünfte und ganze Städte, die sich dann oft auch nach ihm benennen. Hier in der Nähe gar liegen Kranichfeld bei Weimar und Kranichborn bei Erfurt: die kennen Sie sicher beide. Aber auch Schweden, das afrikanische Uganda und nicht zuletzt die jakutische Republik Sakha in Sibirien verwenden den Kranich heute noch in ihren Wappen, ganze vier Fluggesellschaften als Firmen-Logo.

Aber auch Ritus, Folklore, Kunstgewerbe und Mode nutzten in aller Welt diesen sympathischen Vogel für ihre diversen Ziele und Zwecke. In Japan, wo Tawaraya Sotatsu *anno* 1611 sein fünfzehn Meter langes Gold- und Silberbildnis *"Tausend Kraniche"* schuf, integrierte er auch die Verse von 36 Poëten und löste damit eine Tradition der Kranichkunst aus, die bis in unsere Tage reicht. Tausend kindlich gefaltete Papierkraniche gelten dort seither als Talisman für Glück und langes Leben des Bastlers ebenso wie jedes hiermit Beschenkten.

Auch die kleine Sadako Sasaki, die am 6. August 1945 in Hiroschima von der amerikanischen Atombombe lebensgefährlich verletzt wurde, faltete bis zu ihrem baldigen Strahlentode noch einige hundert solcher Papierkraniche.

"Darauf sammeln", berichtete noch 1998 Carl-Albrecht v. Treuenfels in seinem betörend schönen Kranichbuche, *"Kinder von mehr als dreitausend Schulen im gesamten Land das Geld für ein Standbild des Mädchens, das die Erinnerung an alle Opfer wachhalten soll. Täglich legen Besucher Tausende von Papierkranichen an der Statue nieder, um auf diese Weise ihren ständigen Friedensappell zu unterstützen. Die 'Kette der tausend Kraniche' wird seitdem auch anderswo als international verständliches Friedenssymbol eingesetzt"*.

Nach den Bomben von Hiroschima und Nagasaki habe der Tenno 1945, heißt es,

"mit der Stimme des Kranichs",

die für seine Landsleute sonderlich maßgebend ist, der japanischen Regierung die Kapitulation und somit die Beëndigung des *Zweiten Welktkrieges* empfohlen und sich damit durchgesetzt. Denn der Kranich, weiß ein japanisches Sprichwort, braucht nur ein einziges Mal zu rufen, um überall gehört und verstanden zu werden.

Aber im *"Schijing"*, dem chinesischen *Buch der Lieder*, heißt es sogar:

"Wenn ein Kranich am Teich schreit, erreicht seine Stimme den Himmel".

Das ließen sich auch die Literaten aller Zungen nur einmal zurufen.

Aber zunächst einmal lernten sie schreiben: ebenfalls bei den Kranichen. Assyrer, Sumerer und Hethiter, sagt man, haben sich zu ihrer Keilschrift, die Griechen gar zu ihrem Alphabet von den Flugformationen dieses Vogels inspirieren lassen. Mit diesen Buchstaben schrieben sie dann allerorten auch Märchen, in denen Kraniche oft als Wohltäter figurieren: am meisten vielleicht in China. In Rußland ist das Märchen vom *"Geldbeutel des Kranichs"* besonders beliebt. Im sibirischen Jakutien mit seinen Schneekranichen und dem tanzenden Kranichpaar im Wappen des heutigen *Ministeriums für Naturschutz* wurde unter dem Titel *"Die Kranichfeder"* das Märchen der Gebrüder Judschian und Chodschugar, anderer Dioskuren also, erzählt und aufgeschrieben.

Schon in frühgeschichtlicher Zeit wurden in China und Japan, später auch in Griechenland und Rom mit Gedichten, Dramen und ganzen Romanen Erlebnisse mit diesem Vogel festgehalten. Bei den Hellenen taten das jedenfalls

Homer im 8., der Aísopos mit seinen Fabeln im 6., Pausanías und Euripídes
(mit Kranichen als Boten seiner *"Heléna"*) im 5. und Aristotéles mehrfach
im 4., zahllose Lyriker und Epigrammatiker in jedem Jahrhundert schon vor
der christlichen Zeitrechnung. Gleich nach Christos ist dann bei den Griechen namentlich Plutarch, sind bei den Römern der ältere Plinius und Mar-
tial als Panegyriker des Kranichs zu nennen. Im christlichen Mittelalter ragt
besonders Kaiser Friedrich II. von Hohenstaufen im frühen 13. Jahrhundert
mit den Kranichbildern in seinem ornithologischen Buche *"De arte venandi
cum avibus"* hervor, das das Verhalten auch von Kranichen erstaunlich genau beschreibt.

Eine andere Verbindung von Poësie und Politik mit Vogelkunde stellte in
Armenien das Volkslied *"Krunk"* her, dessen Titel *Kranich* bedeutet und das
sich etwa seit 1678 zu einer Art Nationalhymne entwickelt hat. Sein Titel
gab auch armenischen Künstler- und Emigrantenzeitschriften noch des 19.
und 20. Jahrhunderts, 1988 schließlich bei den Kämpfen gegen Asserbei-
dschan um das legendäre Berg-Karabach einem armenischen Organisations-
komitee den Namen dieses Vogels.

In der westeuropäischen Literatur ist spätestens seit dem 13. Jahrhundert der
Kranich eine Art Leitmotiv. Er erscheint bei Dante und Boccaccio, in den
Fabeln von Jean de La Fontaine und Ewald von Kleist, in der Lyrik von Ni-
kolaus Lenau und Annette von Droste-Hülshoff, von Bertolt Brecht, Günter
Eich und Ingeborg Bachmann ebenso wie in der Prosa von Puschkin und
Fontane, von Tschechow bis Tschingis Aitmatow oder bei den sogenannten
Humoristen Wilhelm Busch und Eugen Roth.

Als sympathische Pointe gipfelt das alles seit 1983 in den *"Kranichsteiner
Literaturtagen"* des *Deutschen Literaturfonds* mit seiner Preisverleihung einer Kranichstatue.

Aber gleichsam intern ist der Kranich auch bei Goethe ein Leitmotiv.

Schon in den *"Leiden des jungen Werther"* hatte der 25jährige den Kranich-
zug als Metapher für die Gottessehnsucht seines Helden verwendet. Im
Osterspaziergang von *"Faust I"* scheint der dortige Titelheld sich ihr zunächst gleichsam anzuschließen, wenn er bedauert:

*"Ach! zu des Geistes Flügeln wird so leicht
Kein körperlicher Flügel sich gesellen."*

Aber bereits im Geiste Schillers sieht er da aus solcher irdisch leiblichen
Unzulänglichkeit einen Notausgang im Immateriëllen:

"Doch ist es jedem eingeboren,
Daß sein Gefühl hinauf und vorwärts dringt,
Wenn [...] über Flächen, über Seen
Der Kranich nach der Heimat strebt".

Auch hier also griff Goethe die Tradition, den Kranich als Signal des Überirdischen zu empfinden, auf und setzte sie fort. Ebendort auch, in der mythischen und literarischen Überlieferung, spürte er früh

das Motiv jenes Kampfes oder Krieges der Kraniche gegen die Pygmäen
auf.

6.

Damit, meine sehr verehrten Damen und Herren, beënde ich meinen Exkurs
über diesen mysteriösen Vogel und kehre zu meinem Ausgangspunkte zurück: zu jenem Kriege also zwischen Kranichen und Pygmäen in *"Faust II"*.

Die Herkunft dieses Themas ist ebenso unbekannt wie sein ursprünglicher
Sinn. Am längsten liegt ein literarischer Nachweis in der *"Ilias"* vor, wo
Homer gleich zu Anfang des *Dritten Gesanges* für den Lärm der Troër die-
sen Vergleich verwendet:

"So wie Geschrei hertönt von Kranichen unter dem Himmel,
Welche, nachdem sie dem Winter entflohn und unendlichem Regen,
Dort mit Geschrei hinziehn an Okeanos' strömende Fluten,
Kleiner Pygmaien Geschlecht mit Mord und Verderben bedrohend,
Und aus dämmernder Luft zum schrecklichen Kampfe herannahn"
(Vers 3 ff.).

Das hat Homer da in seinem 8. Jahrhundert vor Christos keineswegs erfunden. Er beruft sich vielmehr auf allgemein Bekanntes, ihm bereits Überlie-
fertes, das er nicht zu erklären braucht, auf eine Sage vermutlich oriëntalischen Ursprungs.

Außerdem macht er klar, daß dieser wohlbekannte Krieg zwischen Vögeln
und Zwergen keine Episode, sondern einen Dauerzustand, eine natürliche

Gegebenheit, ein biologisches Grundgesetz darstellt. Das wurde jedenfalls so von Aristotéles und seither in zahllosen Varianten der griechischen und römischen Antike vielgestaltig wiederholt und fantasievoll weitergedichtet. So reizvoll erschien das Motiv den damaligen Künstlern und ihren Lesern oder Hörern.

Mit dem Wort *Pygmäën* freilich konnten die antiken Griechen noch nicht die zentralafrikanischen Binga, die Bambuti in Zaïre, die Bongo in Gabun, die Bagiëlli in Kamerun oder die negriden Batwa in Burundi, Ruanda und Uganda meinen, wie wir das heute tun. Von ihnen allen wußten sie noch nichts. Nein, ihre Vokabel *pygme* für *die Faust* als ein kurzes Längenmaß verwendeten sie ganz generell, um alle kleinwüchsigen Völker, wo auch immer, als die eben nur Faustgroßen, als Fäustlinge zu bezeichnen. Sie vermuteten sie gleich südlich von Ägypten, auch in Indiën, aber doch vor allem vage irgendwo dort unten im zentraleren Afrika.

Weil die griechischen Erzähler und Maler aber ihr mythisches Thema jenes Dauerkrieges zwischen Kranichen und exotischen Pygmäën nicht in so unbekannten Ländern ansiedeln konnten oder mochten, verlegten sie ihn kurzer Hand ins periphere Thrakiën innerhalb ihres eigenen Kulturkreises oder auch ins externe, aber argonautisch erfaßte Kolchís am transkaukasisch östlichen, heute georgischen Ufer des *Schwarzen Meeres*, wo Jáson auch mit Orpheus, mit Dioskuren und Boreaden jenes blonde Fell entführt hatte.

Aber weder dort noch im makedonisch nordöstlichen Thrakiën mit seinen Kranichen gab es je Pygmäën. Das erklärte man sich passend mit einem Endsieg der Kraniche, die alle dortigen Zwergenvölker längst vertrieben oder gar ausgerottet hätten. Ohnehin schlug das Herz jener frühen griechischen Künstler, also wohl auch ihres Publikums mehr für die Kraniche als für jene klein geratenen Artgenossen.

Dennoch wurden diese Pygmäën anfangs noch nicht als mißgestalt, eher als possierliche Wichte vor- und dargestellt, wie sie Ackerbau betrieben, ihr Getreide mit Ästen mähten und sich mit den räuberischen Kranichen um die ausgelegten Saaten streiten mochten. Aber so naturalistische Motivation konnte dem Mythos ihres Krieges ebensowenig gerecht werden wie später Petrarcas Unterstellung, die 1559 aus seinem Traktat *"De remediis utriusque fortunae"* dergestalt ins Deutsche übersetzt wurde, daß *"der kranch sich mit zwerglins oder der bergmänlin bluot neren tuot"*. Solcher Vampirismus ist aber nirgends glaubhaft belegt.

Aber nur umso mehr natürlich verzerrten die überheblichen Griechen und Kranichfreunde die Pygmäen zu schwarzhäutigen Schraten, die in beiden Geschlechtern ganzleibig dicht behaart, fast nackt, zudem sehr feige waren, weil sie sich mit keinem Nachbarn verständigen konnten und jeden daher als gefährliches Raubtier fürchteten. Anfangs ernährten sie sich aus dem Meer, später meist als Schmiede.

Kirchenvater Augustinus schließlich zählte um 400, als sein menschenfreundliches Christentum schon zur römischen Staatsreligion erkoren wurde, in seiner *"Civitas Dei"* die Pygmäen mit Einäugigen, Doppelgeschlechtlichen, Mundlosen und solchen, denen Pflanzen aus den Schenkeln wachsen, zu den mißgebildet abnormen Monstern der göttlichen Schöpfung.

Bei den obligatorischen Kämpfen dieser Unholde gegen die Kraniche ritten sie gern auf Rebhühnern, Widdern oder Ziegenböcken, verwechselten aber Kraniche bisweilen töricht mit Rebhühnern oder Hähnen und bekämpften dann auch diese. Zwar waren sie bewaffnet, aber in heimtückischer Feigheit vernichteten sie am liebsten die Nistplätze mit Gelegen oder Nestlingen der gefiederten Feinde.

Trotzdem sind sie im Kampfe gegen Kraniche immer die Unterlegenen und Verlierer. Wo aber kyrenische oder unteritalische Vasenmaler des 5. Jahrhunderts vor Christos die Pygmäen sogar auf den Kranichen reiten lassen, dürfte es sich wiederum um eine kleinhirnig törichte Verwechslung mit den Rebhühnern oder aber um eine arge ironische Geste der gefiederten Sieger handeln, die mit ihren Opfern spielen, bevor sie sie triumphierend der gerechten Bestrafung überantworten: wie Katzen mit ihren erbeuteten Mäusen.

Zur Motivation dieses anhaltend irrational empfundenen Dauerstreites ließ der Mythos endlich die griechische Dichterin Boio in ihrer *"Ornithogonia"* die Geschichte jener Pygmäen-Prinzessin Gerana erzählen, die in Ermangelung eines männlichen Thronfolgers zur Königin der Pygmäen oder *Pygmœa Mater* gekrönt und von ihren winzigen Untertanen dann gleich dermaßen verehrt wurde, daß sie sich bald in verblendetem Hochmut auch selbst für schöner erklärte, als die griechischen Obergöttinnen Héra, Athéna, Ártemis und Aphrodíte es seien. So blasphemischer Größenwahn ausge-

rechnet einer Liliputanerin mußte natürlich gnadenlos geahndet werden.
Göttermutter Héra persönlich verwandelte das winzige Großmaul in einen
Vogel, den die Bestrafte persönlich für sonderlich häßlich hielt: einen Kranich. Aber in so abstoßendem Federkleide konnte die Verzauberte nicht vergessen, daß einzig jene übertriebene Verehrung des eigenen Pygmäenvolkes
ihr diese mißliche Metamorphose eingetragen hatte. Daher gab diese Gerana
allen griechischen Kranichen die Erlaubnis oder gar Anweisung, sich ihr zu
Ehren hinfort *géranos* zu nennen, und stiftete sie zu einer Gegenleistung an,
die aus dieser niemals endenden kriegerischen Rache an allen Pygmäen unseres Planeten, ihren eigenen Untertanen und Kindern also, bestand.

Noch der ältere Plinius wußte, daß in der heute rumänisch-bulgarischen
Landschaft Dobrudscha die Stadt Gerania diesen Namen singender Kraniche erhielt, die dort alle ansässigen Pygmäen vertrieben hatten. Nur wenig
vorher erwähnte Ovid, der in ebendieser Dobrudscha verbannt war und
starb, im *Sechsten Buche* seiner *"Metamorphosen"*

" ... der pygmaeischen Mutter / Klägliches Schicksal" oder eben *"fatum mi-
serabile"*: wie sie *"Kranich werden und Krieg ihrem eigenen Volke erklären"* mußte (Vers 90 ff.).

Aber auch dieser große Poët referierte da, schon zu Beginn der christlichen
Zeitrechnung, nur den Anlaß, wußte aber gleichfalls keine schlüssige Motivation oder Deutung dieses Ewigen Krieges.

Auch seine nachfolgenden Kollegen blieben, wenn sie diese abstruse Geschichte wiedererzählten, derlei schuldig. Noch im frühen 16. Jahrhundert
trieb der bizarre Rabelais sie mit seinem satirischen *"Gargantua und Pantagruël"* in ein vollends absurdes Extrem, indem er im 27. Kapitel des Zweiten Buches seinen *"allgewitzten"* und polylingualen Panurg einen Furz fahren läßt und hieraus das folgende Verhalten seines titelgebenden Riesenhel-
den ableitet:

*"Pantagruel [...] wollte es ihm nachmachen; aber von dem lauten Furz,
den er ließ, erbebte die Erde neun Meilen in der Runde und erzeugte aus
ihm heraus mit der verdorbenen Luft zusammen mehr denn dreiundfünfzig-
tausend winzige, mißgestaltete Zwerge, mit einem leisen Furz aber, den er
hinterher schickte, ebensoviele Zwerginnen, alles verhutzelte kleine Dinger,
wie man sie ab und zu hier und da zu sehen kriegt, die niemals wachsen, es*

sei denn nach unten wie Kuhschwänze oder in die Runde wie limousinische Rüben."

Da sieht man den Rassismus des Kirchenvaters noch nach tausend christlichen Jahren so hämische Urständ' feiern, daß Rabelais davon gar nicht genug bekommen kann:

– 'Donnerwetter', sagte Panurg, 'wie Eure Fürze fruchtbar sind! Wahrlich, eine putzige Sorte Männlein und Fräulein! Die muß man zusammentun, das wird ein Geschlecht von Schmeißfliegen geben'. Und wirklich, Pantagruel tat das und nannte sie Pygmäen; dann sandte er sie nach einer benachbarten Insel, wo sie sich seither sehr vermehrt haben. Aber die Kraniche führten fortwährend Krieg gegen sie, und sie wehrten sich auf das Tapferste, denn diese kleinen Menschenzipfelchen – Striegelgriffe nennt man sie in Schottland– sind sehr cholerisch. Das kommt wahrscheinlich daher, daß bei ihnen Herz und Scheiße so dicht beieinander liegen" (deutsch nach Ferdinand Adolf Gelbcke).

7.

Harter Schnitt auf einen Werbeblock des Fernsehens:

Add added ads!

Werbeblock des Fernsehens

Sequenz von Werbespots

zugunsten

einer Bank,

einer Lebensversicherung,

eines Immobilienkonsortiums,

eines Juwelengroßhandels,

einer Marketingberatung,

einer Kapitalversicherung

des *TANGHOBÁNYI KONZERNS*,

der Konsumentenaktion *SNABB-SNABB*

und einer weiteren Bank.

Krimi und Kuschen

Chat im Internet: www.speakerscornerTV.de//blaugold-dioskuren

Autor: Ferdinand

Giovanni Blaugold hat uns berichtet, wie es Goethe seinerzeit verboten wurde, Schillers nachgelassenen *"Demetrius"* zu Ende zu dichten.

Da Goethe sich diesem Verbote anstandslos fügte, dürfte gerade damit im
Krimi um Schillers Tod eine entscheidende Spur zu den Mördern führen –
oder zumindest zu den Hehlern. Korrekt?

Also lautet jetzt die Frage: von wem ließ sich ein Goethe Befehle geben, die
er befolgte?

Daß er sich bei solchen literarischen Projekten von seinem Landesfürsten
nicht gängeln ließ, vermutet schon Blaugold selbst. Das läßt sich auch vielfach so belegen, und dieser Herzog soll es gewußt und gebilligt haben, *"daß
Goethes Gehorsam begrenzt war"* (Friedrich Sengle, Literarhistoriker).

Aber als mögliche Befehlsinstanz, der Goethe sich fügsam unterwarf, erwähnt Blaugold auch

*"jene Freimaurer- und Illuminatenlogen, als deren Mitglied er sich selbst zu
absolutem Gehorsam und Schweigen verpflichtet hatte"*.

Leider geht Blaugold dann dieser ominösen Spur nicht weiter nach. Warum
nicht? (Ist er selbst vielleicht Mitglied in solchen Logen? Sein einschlägiger

Name jedenfalls, sofern er ein Pseudonym ist, entspricht der Farbsymbolik dieser Männerbünde.)

Wer von Euch weiß also mehr darüber, was es im Mordfall Schiller mit den Freimaurern auf sich haben könnte?

Warum hätte ein Goethe vor ihren Logen kuschen sollen?

Und warum hätten diese Logen den *"Demetrius"* zu verhindern wünschen sollen?

Eine Antwort hierauf könnte weiterführen und spannend sein: *www.speakers' corner TV/blaugold-dioskuren.de*.

Rigorose Reporte

Teletext: Tafel "Kultur und Medien" (Ori-ginal)

Unter dem Namen *Radio Radikal* hat sich eine neu gegründete Rundfunkanstalt zum Ziel gesetzt, nur noch einen Journalismus zu practizieren, der rigoros auf jede Berichterstattung verzichtet, die beschönigt, verharmlost, eine beruhigende Auswahl trifft oder anderweitig zu mannipu-lieren versucht.

In *Radio Radikal* soll es daher keine Nachrichtensendungen zu festen Zeiten und in vorgestanzten Formaten geben. Jede einzelne Nachricht von Belang wird sofort nach ihrem Eintref-fen und nach dem Muster früherer Sondermeldungen das laufende Programm unterbrechen und unredig-iert ausgestrahlt.

Hierbei sollen solche *News* bevorzugt werden, mit denen konventionellere Nachrichtenredaktionen ihre Zuschauer oder Hörer zu verschonen pflegen.

Diese Berichterstattung, die sich selbst als "gnadenlos" bezeichnet, wird in ein laufendes Programm eingebettet, das ausführliche Kriegsberichte mit Reportagen abwechselt, die über Erdbeben, Vulkanausbr-üche, Tsunamis, Verkehrsunfälle, Entführungen, Geiselnahmen, Unfallkl-iniken, specktakuläre Mord- und Überfälle oder sonstige Katastrophen informieren. Zur Entspannung werden Ausschnitte überwiegend aus Kampfsportveranstaltungen und Tecknokonzerten eingeblendet.

Dieses Konzept von *Radio Radikal* soll einem ungeschönten, einem unretuschierten Realismus dienen und der Bevölkerung jede falsche Beschwichtigung ersparen. Jeder soll wissen, was ihn bedroht.

Kraniche gegen Zwerge

Fortsetzung der Fernsehübertragung aus dem Nationaltheater Weimar (Verleihung des Dioskurenpreises)

Giovanni Blaugold (setzt seine Ansprache fort):

Meine Damen und Herren, ich danke Ihnen für das Interesse, mit dem Sie meinem Ausflug zu den Zipfelmenschen bis in die Niederungen ihrer Diffamierung bei Rabelais gefolgt sind, und bitte Sie, mich nun auch wieder zurück zu Goethe zu begleiten.

Denn tatsächlich hat auch er diese Urfehde der verachteten kleinen Leute gegen die allseitig respektierten, immer hoheitsvollen Götter- und Himmelsboten in ihrem engelhaften Flügel- und Federkleide zum eigenen Thema gemacht, als der 42jährige sein Romanfragment *"Reise der Söhne Megaprazons"* zu schreiben begann.

Dieser Roman war als eine Fortsetzung eben des Rabelais und Titelheld Megaprazon als veritabler Urenkel jenes monströsen Pantagruël geplant. Er hatte sechs Söhne, also drei Dioskurenpaare, die als Erben ihres Vorfahren, um dessen *"Nachlese zu halten"*, und als andere Argonauten ein *"künstlich gebautes Schiff"* zu einer Abenteuerreise besteigen, die der Route Pantagruels folgen und *"ein Gleichnis unseres eignen Zustandes"* auf der menschlichen Lebensreise werden sollte.

Hierbei sollten sie auch, Goethes Exposé zufolge, einen jener 53 000 ururgroßväterlich herausgeblähten *"Striegelgriffe"* fangen und einer geplanten *"Erzählung des Pygmeen"* lauschen.

Erzählung wovon? Worüber? Über Kraniche und Krieg vielleicht?

Denn tatsächlich ausgeführt und geschrieben wurde stattdessen eine Szene an Bord ihres Schiffes, als diese sechs Dioskuren, die sonst immer *"fast mit einer Stimme"* sprechen, zwar *"friedlich bei einander"* sitzen, aber bei ihrem Gespräch über *"einen seltsamen Krieg der Chranige mit den Pygmeen"* auch *"die Ursachen dieser Händel"* zu ergründen trachten. Hierbei polarisiert sich ihre Runde, *"so daß in kurzer Zeit die Menschen, die wir bisher so einträchtig kannten, sich in zwei Partein spalteten, die aufs heftigste gegen einander zu Felde zogen"*. Drei der Dioskuren stehen da plötzlich gegen drei andere, eine repräsentative Hälfte also gegen eine zweite.

Zwar hat Goethe ihre kontroversen Standpunkte zur Erklärung jenes unbegreiflichen Krieges zwischen Engeln und Blähungen skizziert, aber unverkennbar knapp. Denn *"diese mäßigen Argumente"*, betont er deutlich, *"wurden nicht lange gewechselt, als das Gespräch heftig zu werden anfing"*. Goethe gibt zu, daß *"von beiden Seiten mit Scheingründen"* gefochten wird, und offenbart so, wie ansteckend jene rätselhafte Urfehde ist: wie sie sich schon auf alle ausdehnt, die sie wenigstens zu begreifen versuchen. *"Ein wilder Schwindel ergriff die Brüder"*, heißt es schließlich;

"von ihrer Sanftmut und Verträglichkeit erschien keine Spur mehr in ihrem Betragen, sie unterbrachen sich, erhuben die Stimmen, schlugen auf den Tisch, die Bitterkeit wuchs, man enthielt sich kaum jählicher Schimpfreden, und in wenigen Augenblicken mußte man fürchten, das kleine Schiff als einen Schauplatz trauriger Feindseligkeiten zu erblicken".

So virulent ist hier das Virus der Zwietracht vom Mythos auf seine Analytiker übergesprungen.

Zwar weiß Goethe ein brüderliches Massaker gerade noch märchenhaft zu verhindern, aber jene ansteckende Erkrankung, *"von der so viele Menschen jetzt heftig, ja! bis zum Wahnsinn angegriffen sind"* und die *"von der größten Wichtigkeit ist"*, wird als *"Zeitfieber"* diagnostiziert und bezeichnet den Prozeß der Parteiung, der Meinungskontroverse, der Spaltung, des Zerwürfnisses und der Disharmonie überhaupt:

"Es ist eine böse ansteckende Krankheit, die sich sogar durch die Luft mitteilt".

Man erkennt sie hieran: *"der Mensch vergißt sogleich seine nächsten Ver-*
hältnisse [...], er opfert alles, ja! seine Neigungen und Leidenschaften ei-
ner Meinung auf [...], kommt man nicht bald zu Hilfe [...], so setzt sich
die Meinung im Kopfe fest und wird gleichsam die Achse, um die sich der
blinde Wahnsinn herumdreht".

Goethe erklärt hier also das Obsessive aller parteiïschen Konfrontationen
nicht nur zu pathogenem Irrsinn, sondern führt auch seine Unergründlich-
keit *ad absurdum*.

Plötzlich ist der Dauerkrieg zwischen Pygmäen und Kranichen gleichsam
eine Metapher für jene unbefriedbare Urfehde zwischen Mensch und Tier,
wie sie schon im paradiesischen Frieden des Gartens Eden mit der Feindschaft zwischen Schlange und Ehepaar Adam ihren unguten Anfang nahm
und sich seither im Massaker eines endlosen wechselseitigen Massenmordes
fortsetzt. Die sonst meist übliche Unverhältnismäßigkeit der Kräfte oder
ewige Ungleichheit der jeweiligen Chancen ist hier freilich aufgehoben und
durch ein angemessen gerechteres Kräfteparallelogramm ersetzt. Denn die
sonst meist arg benachteiligten Tiere haben im Falle von Kranichen und
Pygmäen mit den 150 bis 160 Zentimetern zum Beispiel der indischen Sa-
ruskraniche fast schon die Größe von Menschen, die etwas kleineren Lilipu-
taner also gar keinen Vorteil mehr.

Erst durch diese Gleichberechtigung und Chancengleichheit scheinen auch
alle moralischen Vorurteile oder Rechtfertigungsversuche aufgehoben, und
die ausbalancierte Zwietracht offenbart die absolute Absurdität jeder Unversöhnlichkeit, jedes Streits, jedes Krieges. Der militante Parteigänger, läßt
Goethe diese Episode seines Romanes gipfeln, *"sieht Vater und Mutter,*
Brüder und Schwestern nicht mehr, und ihr, die ihr so friedfertige vernünfti-
ge Menschen schienet, ehe ihr in dem Falle waret" –

da bricht er ab.

Im November 1792 hat er im rheinischen Pempelfort vor dem Freundeskreise seines geliebten Friedrich Heinrich Jacobi zweifellos auch diese Para-
phrase zum Kriege von Pygmäen und Kranichen aus seinem Romane vorgelesen, aber damit auch in diesem vorher friedlich scheinenden Zirkel so viel
Widerstand, Gegenwind, Mißmut und Meinungswahnsinn ausgelöst, daß er
die fortgesetzte Ansteckungsgefahr so mythisch archaïscher Zwietracht er-

kannte und *"das ganze Projekt auf sich selbst beruhen"* ließ. Erst 1837, ganze fünf Jahre nach seinem Tode, erschien es erstmals im Druck: doch als friedfertig harmloser Torso.

8.

Freilich war durch diesen Verzicht auf seinen Roman auch Goethes eigene Infektion mit dem Zwist zwischen Kranichen und Pygmäen keineswegs auskuriert, eher einem chronischen Leiden an der durchschauten Urfeindschaft gewichen. Außer Homer und Rabelais mögen ihn da auch viele Fresken und Mosaïke, Vasen und Gemmen, auch Amphoren, Trinkhörner und Arýballoi bei seinem Studium der antiken, namentlich der pompejanischen und herculaneïschen Malerei mit ihren zahllosen Variationen dieses Motivs beeinflußt haben.

Als der Achtzigjährige endlich seinen *"Faust"* vollendete, fand er in der *Klassischen Walpurgisnacht* des *Zweiten Teiles* schließlich den adäquaten Ort für eine neuerliche Positionierung jener abstrusen Urfehde.

Die *Klassische Walpurgisnacht,* virtuëlle Weltmetapher, rätselhaftes *"Fabelreich"* oder sehnsüchtige Fiktion des körperlos immateriëllen, des paracelsisch geklonten und mephistophelisch ermächtigten Homunkulus, läßt in der Ebene des nordgriechischen Thessaliën, eines ausgewiesenen Hexen- und Goëtinnenlandes, mit vulkanischer Urgewalt nur in einer einzigen Augustnacht einen ganzen Berg entstehen. Er wird vom Seismós, jenem mythischen Titanensohn, der schon den gottgeweihten Olymp geschaffen und die thessalischen Gebirge Pélion und Óssa aufeinander getürmt hatte, so plötzlich und heftig aus dem Boden gestampft, daß Raffaël Santi ihn mitten im Vollzuge eines solchen Erdbebens gemalt hat und Mephistopheles ironisch anfragt,

"Ob unter ihm sich nicht der Boden bläht?".

Mit solcher Anspielung schließt Goethe hier an jene Verdauungsgase des Pantagruël bei Rabelais an und läßt diesen neu entstandenen Berg tatsächlich von Winzlingen bewohnt sein, die ihre Existenz demselben Riesenfurz aus ubiquitär vergnüglicher Gesäßspalte verdanken:

"Haben wirklich Platz genommen,
Wissen nicht, wie es geschah;
Fraget nicht, woher wir kommen:
Denn wir sind nun einmal da!
Zu des Lebens lustigem Sitze
Eignet sich ein jedes Land;
Zeigt sich eine Felsenritze,
Ist auch schon der Zwerg zur Hand" (Vers 7606 ff.).

Denn der neu geborene Berg hat Goldadern.

"Gold in Blättchen, Gold in Flittern
Durch die Ritze seh' ich zittern" (Vers 7582 f.).

Die Pygmäen sind hier prompt gewitzt genug, die Gewinnung dieses Goldes zu organisieren. Denn:

"In solchen Ritzen
Ist jedes Bröselein
Wert zu besitzen" (Vers 7591 ff.).

So erweisen sie sich als Sippschaft jener Wichte, die ja im hiesigen Thüringisch auch *Gütgen* heißen:

"Den frommen Gütgen nah verwandt,
Als Felschirurgen wohlbekannt;
Die hohen Berge schröpfen wir,
Aus vollen Adern schöpfen wir;
Metalle stürzen wir zu Hauf,
Mit Gruß getrost: Glück auf! Glück auf!" (Vers 5848 ff.)

Nur tun das Pygmäen oder Gütgen nicht etwa persönlich. Als Goldschürfer beschäftigen sie die noch kleineren Daktylen, griechische *Finger* also oder phrygische Däumlinge, die manuëll geschickte Schmiede, orphische Zauberer und Staubgeburten sind, die sich auch mit den Kureten, Korybanten, Kabiren und sonstigen hellenischen, meist aberwitzig phallischen Kobolden vermengen. Hier aber sind sie den machtbewußten Pygmäen der Walpurgisnacht ebenso untertan wie auch all die Arten emsiger Ameisen dieses Berges. Zu denen gehören auch hunds- oder fuchsgroße Imsen, einäugige Arimaspen und jene Myrmidonen, aus denen sich gar ein thessalischer Volksstamm entwickelt hat.

Mit ihnen allen bauen diese *"erdleutlin pigmeorum"*, wie schon Sebastian Brant sie 1494 in seinem *"Narrenschiff"* genannt hat, eine hierarchisch gegliederte Industrie auf.

"Laßt euch solchen Schatz nicht rauben;
Imsen, auf! es auszuklauben!" (Vers 7584 f.)

Chorisch, also kollektiv und solidarisch versucht das ausgebeutete, aber schon vereinigte Proletariat aller Ameisenvölker, sich selbst für seine Fron zu motivieren:

"Allemsig müßt ihr sein,
Ihr Wimmelscharen;
Nur mit dem Gold herein!
Den Berg laßt fahren!" (Vers 7598 ff.).

Das tun sie auch so und stören getrost den Berg und die ganze Ökologie:

"Die wenig Bäume, nicht mein Eigen,
Verderben mir den Welt-Besitz" (Vers 11242 f.);

also zerstören sie unaufhaltsam den Wald, die Natur und überfordern sie, übervölkern sie gar:

"Schnell quillt der Berg von Myrmidonen,
Die Felsenspalten zu bewohnen,
Pygmäen, Imsen, Däumerlinge
Und andre tätig kleine Dinge" (Vers 7873 ff.) –

all die tätig kleinen Dinge tätig kleiner Gütgen und Gnomen eben.

Sogar noch 1949 bezeichnete Helmut Rehder, Germanist mit Hamburger Wurzeln, schon im marktwirtschaftlich ja nicht eben zimperlichen Illinois diese Pygmäen der *Klassischen Walpurgisnacht* als *"representatives of misshapen earthly cupidity and greed"* oder *"Repräsentanten mißgestalter irdischer Gier und Habsucht"* und markierte damit all

ihr Sammeln und Häufeln, ihr Hamstern und Speichern, Ergattern und Sparen und Schürfen und Schröpfen, das Scheffeln und Schachern, das Grap-

schen und Wuchern, Beschaffen und Lagern, das Baggern und Schnappen,
Ergreifen, Erbeuten, Erwerben, Verzinsen, das Aneignen, Zulangen, Einverleiben und immer nur dies: Profitieren, Verdienen, Gewinnen, Bereichern
und Raffen und Raffen und Raffen

all dieser Raffer und Raffkes und Gierkes und Happkes und Heckers und
Krämers und Stoffels, die hier in Goethes Thessaliën einfach Habebald und
Eilebeute heißen.

"O! welch ein Schatz liegt hier zu Hauf!
Wo fang ich an! Wo hör' ich auf?" (Vers 10785 f.) – :

Existenzproblem all dieser Höker und Schieber, Spekulanten und Hamster,
Pfennigfuchser und Moneymakers, Makler und Agenten oder Betriebswirte,
Nationalökonomen und Nepper, Börsianer und Profiteure, Schlotbarone,
Leuteschinder, Kredithaie, Blutsauger, Halsabschneider.

"Im Nehmen sei nur unverdrossen,
Nach allem andern frag' hernach!" (Vers 10337 f.)

Für rettende, hilfreiche, brüderlich nächstenliebende Dioskuren, meine Damen und Herren, ist da absolut kein Platz mehr in einer Gesellschaft,

"Wo jedes für sich selber schafft,
Wie Leuchtameisen wimmelhaft;
Und wuselt emsig hin und her,
Beschäftigt in die Kreuz und Quer" (Vers 5844 ff.) –

jedes von ihnen allen ein selbstischer Krösus, ein epigonaler Mídas, ein Nabob *in spe*; ein Harpagon oder Lavoisier, ein Pluto, ein Mammon persönlich
und jeder ein Koofmich; auch eine Goldmarie oder Krämerseele mit Krä-
mergeist: lauter Marktbeherrscher und Globalisten, verkäufliche Kobolde
und käuflich gernegroße Wichte, kleine Leute eben mit klitzekleinen Gang-
lien und riesengroßem Umsatz, gigantischem Zuwachs, ohne selbst je zu
wachsen, und mit einem Weltbild, das ihr hämisch betrachtender Mephistopheles so beschreibt:

"Was ihr nicht rechnet, glaubt ihr, sei nicht wahr,
Was ihr nicht wägt, hat für euch kein Gewicht,
Was ihr nicht münzt, das, meint ihr, gelte nicht" (Vers 4920 ff.).

Nur: wohin mit alledem? Wohin mit all dem Berechneten, Gewogenen und Gemünzten?

"Zwar Nehmen ist recht gut, doch besser ist's, behalten" (Vers 10342).

Wie jedoch behält man all die zusammengetragenen, eingeheimsten, aufgeschichteten, hochgestapelten Schätze, Erlöse, Erträge, Profite? Was machen die neuen armen Reichen mit alledem?

"So sind am härtsten wir gequält,
Im Reichtum fühlend, was uns fehlt" (Vers 11251 f.).

Ein sicheres Silo fehlt. Oder wenigstens ein Giro. Schon sind in der *Klassischen Walpurgisnacht* hierfür ein gewisser Haltefest und die Greifen da:

"Herein! Herein! Nur Gold zu Hauf,
Wir legen unsre Klauen drauf;
Sind Riegel von der besten Art,
Der größte Schatz ist wohl verwahrt" (Vers 7602 ff.).

Diese Greifen greifen nach allem, legen es in ihre Kassetten und Tresore, in Safes und Panzerschränke oder *"treu und ohne Fehl"* in Depots oder Festgeld, in Sparverträgen, Pfandbriefen, Investments, Aktienfonds, Versicherungen oder sonstwo an:

"Man greife nun nach Mädchen, Kronen, Gold,
Dem Greifenden ist meist Fortuna hold" (Vers 7102 f.).

Nachdem sie so glückhaft gegriffen haben, haben sie Soll und Haben, haben sie Dividenden und Zinsen, Renditen und Zinseszinsen. Oder sie investieren. Aber in was?

Die gewitzten Pygmäen wissen auch hierin Rat.

"Noch ist es Friede;
Baut euch die Schmiede,
Harnisch und Waffen
Dem Heer zu schaffen" (Vers 7630 ff.).

So entsteht hier ein anderer chalybischer Zusammenhang von Bodenschätzen und Rüstungsindustrie oder Stahl und aggressivem Hau-den-Lukas-oder-sonstwen.

"So eilet zu der glühenden Schmiede,
Wo das Gezwerg-Volk, nimmer müde,
Metall und Stein zu Funken schlägt" (Vers 10744 ff.).

Schon muß der geplünderte Berg den kleinen Schmieden auch alle andern benötigten Materialien liefern. Sie kommandieren:

"Ihr Imsen alle
Rührig im Schwalle,
Schafft uns Metalle!
Und ihr Daktyle,
Kleinste, so viele,
Euch sei befohlen,
Hölzer zu holen!
Schichtet zusammen
Heimliche Flammen,
Schaffet uns Kohlen!" (Vers 7634 f.).

Daß sie auch Erdöl und Erdgas herbeischaffen lassen, verschweigen sie diplomatisch. Es versteht sich auch von selbst.

Die unterdrückten Gnomen durchschauen zwar, was da geschieht:

"Das ist von Grund aus wohlgemeint
Wir sind der guten Menschen Freund.
Doch bringen wir das Gold zu Tag,
Damit man stehlen und kuppeln mag" (Vers 5854 ff.).

Reichtum kriminalisiert. Imsen und Daktylen fürchten schon das Schlimmste:

"Wer wird uns retten!
Wir schaffen's Eisen,
Sie schmieden Ketten" (Vers 7654 ff.).

Ketten kann man doch sprengen; gemach, gemach:

"Uns loszureißen,
Ist noch nicht zeitig,
Drum seid geschmeidig" (Vers 7657 ff.).

Kommt Zeit, kommt hoffentlich Rat. Also ruhig weiterhin zur Arbeit gehn und erst mal Eisen zutage fördern. Schließlich braucht man es ja nicht nur für Ketten. Wer aufrüstet, hat noch ganz andre Pläne:

*"Nicht Eisen fehle dem stolzen Mann,
Der allgemeinen Mord ersann"* (Vers 5858 f.).

Wieso denn Mord? An wem? Wen bloß wollen diese Pygmäen mit ihren Greifern und Bänkern so generell ermorden? Nur Geduld.

*"Krieg, Handel und Piraterie,
Dreieinig sind sie, nicht zu trennen"* (Vers 11187 f.).

Wer erst mal Waffen hat, findet auch einen Feind, um sie anzuwenden.

*"Indes zerfiel das Reich in Anarchie,
Wo groß und klein sich kreuz und quer befehdeten
Und Brüder sich vertrieben, töteten,
Burg gegen Burg, Stadt gegen Stadt,
Zunft gegen Adel Fehde hat,
Der Bischof mit Kapitel und Gemeinde;
Was sich nur ansah, waren Feinde"* (Vers 10261 ff.):

Grund genug, ständig Nachschub zu ordern.

Hilfe! Wo bleiben da, denkt bald jeder, die rettenden Kraniche aus *Olims Zeiten* gegen all diese kleinen Leute und großen Mörder?

Plötzlich sind sie da.

Wirklich sind plötzlich mitten in dieser *Klassischen Walpurgisnacht* leibhaftige Kraniche zur Stelle:

*"Sieh hin! die schwarze Kranich-Wolke!
Sie droht dem aufgeregten Volke"* (Vers 7885 f.).

Unverzüglich kommt es zum Kriege.

Nur daß diese Kraniche hier nicht mehr dieselben sind, die Homer und Aristotéles, die Ovid und Plinius *senior,* die Rabelais und noch vor 35 Jahren gar Goethes eigene *"Söhne Megaprazons"* erwähnten und priesen oder fürchteten.

9.

Meine sehr verehrten Damen und Herren: als in der *Klassischen Walpurgis-nacht*, diesem virtuëllen Teufelsspuk, die Kraniche erscheinen und Rettung vor all den wimmelnden Krämern und Kriegern verheißen, nennt Goethe sie jählings gar nicht mehr *Kraniche*, sondern *Die Kraniche des Ibykus*. Das ist ihr Rollenname, ganz offiziëll. Ich wiederhole es: nicht mehr *Kraniche*, sondern *Kraniche des Ibykus*.

Damit ist alles anders als früher und sonst. Nichts mehr ist, wie es war. Mit diesen zwei Wörtern eines besitzanzeigenden Genitivs hat Goethe eine Weiche gestellt, die in andere Dimensionen führt.

Er hat den Mythenkreis um jenen archaïschen Dauerkrieg zwischen Kranichen und Pygmäën verlassen und öffnet demonstrativ das Tor zu einer ganz andern Überlieferung: eben von den Kranichen des Íbykos.

Dieses *"Kraniche des Íbykos"* entdeckte Goethe vermutlich im Mai 1797 zunächst als eine Redewendung der Hellenen, ihr *Ibýku géranoi*, als der 48jährige in den *"Adagia sive proverbia græcorum"* des Andreas Schottus gleich zweimal unter dem lateinischen Stichwort *Ibyci grues* auf die Geschichte zu diesem Sprichwort stieß. Nur zwei Monate später bat er den Weimarer Gymnasialgräkisten Böttiger um Auskunft zu ebendiesem Sprichwort: *"wo sich die Geschichte begeben und ob von dem Manne selbst etwas Näheres als sein letztes Schicksal bekannt wäre?"*

Von diesem Böttiger also, der noch am selben Tage antwortete, und von der einschlägigen Forschung durch Gräkisten und Literarhistoriker seither wissen wir über diesen plötzlichen Íbykos heute so viel:

Íbykos war ein griechischer Lyriker und lebte vor rund zweieinhalb Jahrtausenden: im 6. Jahrhundert vor unserer Zeitrechnung. *"Wir sind ja"*, gesteht uns jedenfalls Ulrich von Wilamowitz-Moellendorf, Doyen der wilhelminischen Altphilologen, *"nicht einmal sicher, etwas zu besitzen, das älter als Íbykos wäre"*. Demnach ist er ein Uranfang, eine Basis.

Aber ebendas war wohl dieses ganze 6. Jahrhundert.

Im griechischen Sprachraum lebten und wirkten damals auch Pythagóras aus Sámos, Heráklit aus Éphesos, Thalẽs, Anaximánder und Anaxímenes aus Mílet und Xenophánes, also die vorsokratischen Begründer der griechischen Philosphie und Mathematik, aber auch Sólon und Kleisthénes als Wegbereiter der Demokratie, auch Théspis und Aißchýlos als Begründer des europäischen Theaters, auch Anakréon und Sáppho, Aísopos und Píndar als frühe große Poëten; ferner entstanden eben damals ionische Säule, dorischer Baustil und attische Vasenmalerei, auch der griechische Tempelbau, der Diónysoskult und die *Orphischen Mysterien*, das Orakel in Delphi und die Akropolis in Athen; Athen besiegte auch Sparta.

Aber die Perser bauten damals eine Brücke über den Bosporus und verbanden so erstmals bewußt Europa mit Asien. Sie begründeten auch ihr Persépolis, die Anfänge ihrer Weltherrschaft und hatten schon mit Zoroáster oder Zarathustra einen Stifter ihrer parsischen Religion.

Im benachbarten Babylon blühte die Kultur unter Nebukadrezzar oder Nebukadnezar II., der aber auch Jerusalem zerstörte und die Juden in jene *Babylonische Gefangenschaft* verschleppte, wo deren große Propheten ihre Religion stabilisierten, wo die Bücher Mosis und die Thorarollen entstanden – also auch unser *Altes Testament*. In Indien erblühte gleichzeitig die Religion der Weden, aber lehrte auch schon der Buddha und wurden die philosophischen Texte der Upanischaden notiert, während in China sowohl Laotse (oder Lau-tsi) als auch Kong Fuzi (oder Konfuzius) Zeitgenossen waren.

Es war die Epoche auch des Taoïsmus, der griechischen *"Sieben Weisen"*, jener *"Hängenden Gärten der Semiramis"*, des *Turmbaus von Babel* und jener Kultur der skythischen Fürstenhügelgräber in Sibirien, aber auch der Päderastie in Sparta, der ersten Gold- oder Geldmünzen allenthalben und in Babylon der ersten Banken.

Im östlichen Italien blühte noch die Kultur der Etrusker, aber wurde auch das historisch nachweisliche Rom mitsamt seinem Forum begründet, das später zum Zentrum der Welt werden sollte.

Getrost also können wir dieses eine 6. Jahrhundert vor Christos als Wiege der Kulturgeschichte bezeichnen, wie es sie später in solcher Ballung von Genialität nie wieder gegeben hat und wie sie die ganze nachfolgende Humangeschichte bis gar in unsere barbarischen Niederungen hinein nachhaltig geprägt und beeinflußt, überhaupt ermöglicht hat.

Kind und Mitgestalter dieser gigantischen Ära also war auch jener Íbykos.

Im damals griechischen Rhegion, heute süditaliënischen *Reggio di Calabria*, also direkt an der *Straße von Messina* mit ihren berühmten und rätselhaft fantastischen *Fata Morganen* (auch in *"Faust II"*: Vers 10584 ff.) und ebenda in vornehmem Hause geboren, hätte er seinem Vater Phytios als maßgeblicher Kommunalpolitiker nachfolgen sollen. Er aber zog ein Leben als Poët und Rhapsode vor, wanderte singend durchs Land und gelangte schließlich auf die ferne Insel Sámos vor der ionischen, heute türkischen Küste mit jenen *"Felsbuchten des ägäischen Meeres"*, in denen Goethe seine *Klassische Walpurgisnacht* so idyllisch enden läßt.

Auf Sámos gehörte Íbykos zum Musenhofe des dortigen Herrschers Polykrátes, dessen Sohn er in einem Gedicht besang wie später Schiller den Vater in seiner Ballade; auf Sámos mag er auch den Orphiker Pythagóras getroffen und Kontakte zu den Poëten auf jener vorgelagerten und äolisch "liederbegabten" Insel Lésbos gepflegt haben, wo ja das abgeschlagen schwimmende und singende Haupt seines Vorgängers Orpheus gestrandet und weitersingend abhanden gekommen sein soll. Jedenfalls weisen die Gedichte des Íbykos trotz ihres dorischen Dialektes überraschende Sprachelemente der lesbisch äolischen Lyrik auf.

Der Höhepunkt im Leben des Íbykos wird mit der 61. Olympiade datiert: dem Zeitraum also zwischen 536 und 533 vor Christos. In dieser Zeit mögen die meisten oder besten seiner Gedichte entstanden sein, von denen es ganze sieben Bände gegeben haben soll. Nur Bruchstücke liegen uns noch vor und geben Aufschluß über poëtische Qualitäten, die zu Vergleichen mit Anakréon und Sáppho Anlaß geboten haben. Noch 1949 wiederholte im fernen Illinois der hanseatische Germanist Helmut Rehder, dieser Íbykos sei *"no ordinary mortal, but a creative Genius, the counterpart to Sappho"*: also *"kein gewöhnlicher Sterblicher, sondern ein schöpferisches Genie und Pendant zur Sappho"*.

Bei den Liedern dieses Dichters handelt es sich meist um Balladen oder Chorgesänge mit mythologischen Bezügen, so gut wie immer aber um erotische Gedichte, die die Knabenliebe verherrlichen. Noch nach rund einem halben Jahrtausend pries sie Cicero, bevor er selbst enthauptet wurde, und bestätigte mit seinen *"Tusculanæ Disputationes"*, am meisten von all den Panegyrikern dieses Eros scheine *"der Rheginer Íbykos in Liebe gebrannt zu haben, wie aus seinen Werken hervorgeht"*: *"maxume vero omnium flagrasse amore Reginum Ibycum apparet ex scriptis"* (4, 71).

Hierauf mag sich später jener Tommaso Fazelli beziehen, der noch 1749, als Goethe eben geboren wurde, in seiner Sizilianischen Geschichte *"De Rebus siculis decas prima"* diese Lyrik als *"maxime lascivum"* bezeichnete.

Denn in ihren wenigen überlieferten Fragmenten erzählt der Íbykos

die Geschichte des göttlichen Mundschenken Ganyméd und chiffriert mit diesem Liebling des Zeus einen eigenen Geliebten;

er vergleicht seine Leidenschaft mit dem Frühling, der freilich Befristungen habe: *"Aber mir läßt der Eros zu keiner Zeit Ruhe. / Seit den Knabenjahren hält er mein Herz gefangen in finsterer Erbarmungslosigkeit"*; er lasse *"sengende Leidenschaften"*, hat Wilamowitz-Moellendorf die originalen Verse in handliche deutsche Prosa übertragen, just so *"wehen wie der thrakische Boréas"*.

"Mit raffinierter Künstlichkeit", beweist dieser Übersetzer, in Personalunion auch kompetenter Interpret dieses Gedichtes, seien hier *"die Beiwörter von Eros und Boréas hin und herübergeschoben, um die volle Gleichartigkeit beider [...] auszudrücken"*: Éros ist also Boréas, jener personifizierte Nordwind, und dieser Boréas ist Éros, jene kosmogonische Gottheit der Anmut ursprünglich just von Jünglingen und Knaben.

Wie erotisch triebhaft und hemmungslos animalisch dieser windige Boréas war, hat ja in seiner *"Ilias"* schon Homer besungen (XX, 223ff.):

"Boreas selbst, von den Reizen entbrannt der weidenden Stuten,
Gattete sich, in ein Roß mit dunkeler Mähne gehüllet;
Und zwölf mutige Füllen gebaren sie seiner Befruchtung",

während Apollónios Rhódios uns sechshundert vorchristliche Jahrhunderte später verführerisch beschrieben hat, wie der knäbische Éros und der göttlich schöne Ganyméd, Gespiele und Gspusi des Gottvaters Zeus persönlich, nicht nur *"beide beisammen / Wohnten"*, sondern auch miteinander in einem Knöchel-Spiel zu versinken pflegten, wie es noch der tote Pátroklos seinem träumenden Geliebten in ebenjenem 23. Gesang der *"Ilias"* beschwört, den der 29jährige Schiller zu seinem Lebenssinn erklärte.

Dieser *"thrakische Boréas"* des Íbykos jedoch erinnert auch an jenen pur-
purgeflügelt leiblichen Sohn dieses Windes, jenen Zwilling Kálaïs, der bei
den Argonauten nicht nur Ruderkollege der authentischen Dioskuren, sondern auch und vor allem der Geliebte des Orpheus und schon ebenso rothaa-
rig war wie später ihrer beider agamogenetischer Urenkel Friedrich Schiller.

Also ist hier nun unausgesprochen, aber unmißverständlich der dichtende
Liebhaber dieses boreadischen Éros ein anderer Orpheus. Auch Íbykos sieht
sich persönlich also in der direkten Nachfolge jenes legendären Urpoëten.

In einem andern Fragmente erwähnt er diesen *"Namhaften"* auch namentlich: *"onomáklytos Orfén"*. Es ist die älteste Erwähnung des Orpheus, die
wir kennen. Sie ist etwa ebenso alt wie auch seine älteste Darstellung im
Bilde: in jenem Fries des sikyonischen Schatzhauses zu Delphi. Er zeigt den
Orpheus an Bord eines Schiffes, vermutlich jener *"Argó"*, zwischen Kastor
und Polydeúkes, jenen beiden Dioskuren, die ihm offenbar sonderlich nahe
standen, und stammt aus der Mitte desselben 6. vorchristlichen Jahrhunderts. Damals scheint dem menschlichen Bewußtsein auch wichtig geworden zu sein, eine Gestalt wie den Orpheus und dessen Geschichte vor dem
drohenden Vergessenwerden möglichst zu bewahren.

Eben als selbsternannter Wiedergänger also jenes thrakischen Sängers aller
Sänger der humangeschichtlichen Überlieferung soll der Íbykos damals
auch ein orphisch anmutendes Saiteninstrument erfunden haben, das Sam-
buka oder Bukina, Bykane oder Sambyke oder sogar Ibyktés genannt wird:
die Silbe *byk* oder *buk* könnte an den Namen seines Erfinders erinnern sollen.

Der aber mag bei seinem stolzen Vergleich mit dem Orpheus auch dessen
Geschick für sich selbst bereits vorhergesehen haben. Denn in einem andern
erhaltenen Fragmente beschreibt er die Liebe als das tödliche Stellnetz eines
Vogelfängers, *"dem man sich nicht entwindet"*. Damit mag er zunächst auf
die etymologische Herkunft seines eigenen Namens von *ibyx*, dem ionischen Worte für den reiherartigen Ibis aus der Kranichfamilie, anspielen,
sich dann jedoch primär vor solchem Schicksal einer Jagdbeute ängstigen:

"Wahrhaftig, ich bange vor dem, was naht".

Tatsächlich wurde dann auch der Íbykos ermordet.

Er wurde erschlagen.

Wohl meuchlings.

Nicht von Frauen, aber sonst wie Orpheus.

Uns sind zwei Grabepigramme auf diesen Zweiten Orpheus überliefert.

Das eine, dessen Autor und Alter nicht bekannt sind, preist nur anspielungsreich

"... im Schatten der Ulmen den Íbykos, jenen
Freund der Harfe und Freund reizender Jungen, der sich
vielfach bewährt im Genusse. Er läßt noch über dem Grabe
üppig, in leuchtendem Grün, aufsprießen Efeu und Rohr".

Noch in der florentinischen Renaissance nutzte der Philosoph Giovanni Pico della Mirandola in seiner repräsentativen *"Oratio de hominis dignitate"*, wirklich einer Rede über die Menschenwürde, eine Pflanzensymbiose just mit Ulmen als Metapher für die magische Vermählung von Himmel und Erde, *"das heißt des Unteren mit den Gaben und Kräften der Oberwelt"*.

Aber das andere Epigramm über die Ermordung des Íbykos ist deutlicher und wohl zur ergiebigeren Quelle für alles Folgende geworden.

Es wird dem Antípatros zugeschrieben, der vierhundert Jahre nach dem Íbykos, in der zweiten Hälfte des 2. Jahrhunderts vor Christos also, in Sidon, jener südsyrischen, heute libanesischen Hafenstadt der Purpurfärber und semitischen Phönizier, geboren wurde, und redet den ermordeten Vorgänger und Kollegen (im Deutsch von Dietrich Ebener, 1981) persönlich an:

"Íbykos, Räuber erschlugen dich, als du die Insel betratest,
jenen einsamen Strand, wo sich kein andrer befand."

Halt! Was wollte er dort: schöne Verse machen? Oder schöne Knaben treffen? Aber wenn da niemand war?

Und wer waren dann seine Räuber? Wirklich nur Räuber? Aber an einem einsamen Strande, wo niemand war? Hatten sie es ausgerechnet dort auf Goldmedaillen abgesehen? Oder was denn besaß solch ein wandernder Poët an Raubenswertem, das er an einsame Strände mitnahm? Damals hatte man weder Armbanduhren noch Portemonnaies oder Mobiltelefone bei sich. War da vielleicht noch anderes im Spiele?

Denn weshalb war er da so allein an diesem Strande? Helmut Rehder in der Universität von Illinois weist auf *"solitary pilgrimage"* und *"loneliness of the poet"* hin, aber vielleicht war es ja auch die erwünschte Einsamkeit einer erotischen Pirsch? Schiller immerhin wußte oder dachte oder wünschte sich, daß er dort unbekleidet war. Oder jene Räuber entkleideten ihn gierig. Denn:

"Der nackte Leichnam wird gefunden" ...

Wie auch immer: *"helpless and desperate"*, trifft Rehder auf jeden Fall ins Schwarze, *"Ibycus meets no response from the human world around him"* – kein Mensch half ihm gegen seine Mörder.

Wohl aber Vögel, erinnerte sich der Antípatros:

"Aber ein Schwarm von Kranichen hörte um Hilfe dich rufen,
*   Zeuge der furchtbaren Tat, die dir das Leben geraubt."*

Wie jedoch konnten solche Zeugen, die in großer Höhe vorüberfliegen, einem Mordopfer helfen?

Weil sie Kraniche waren, vermochten sie es so:

"Folgen beschwor dein Rufen herauf. Denn die Göttin der Rache
*   konnte im Sisyphosland, weil dort die Kraniche schrien,*
deine Mörder bestrafen."

Wie denn das? Was bezeugte das Schreien der Kraniche? Kraniche schreien immer im Fluge, nicht nur im Sísyphoslande, wo liegt das überhaupt? Rings um Korinth, dessen mythischer Begründer und erster Herrscher jener Sísyphos war, der als Onkel des argonautisch minyïschen Jáson später sogar den Tod überlistete.

In dessen Stadt also ausgerechnet, die an einem andern Isthmus liegt und schon damals eine Metropole von Geschäfts-, also Geldleuten, also Gnomen, Gütgen und Greifen, laut Helmut Rehder im artverwandten Chicago *ergo "the most opulent and luxurious city of Greece"* war, da könnte Íbykos, vermuten einige Quellen, die berühmten Isthmischen Wettkämpfe, andere *Olympische Spiele* also, zu besuchen beabsichtigt haben. Aber ein schwuler

Künstler und Sport? Benjamin Hederich, dessen spätbarockes *"Reales Schullexikon"* von 1717 auch Goethe und Schiller gern verwendeten, verweist hier überzeugender auf jenen früh in Korinth berühmten Tempel der Aphrodíte mit seiner generösen Offerte von Tempelprostitution in jeder nur denkbaren Spielart: ein anderes Sündenbabel, früheres Paris, Sankt Pauli, San Francisco oder Bangkok also?

In diesem Korinth eines Todüberlisters jedenfalls, wie auch immer, überlisteten schreiënde Kraniche nun die listig zeugenlosen Mörder des Íbykos und lieferten sie der Gerechtigkeit aus, die es in Gestalt einer *"Göttin der Rache"* also sogar in solchen Zeiten und so aussichtslosen Fällen wie diesem immer noch gab.

Was genau da freilich geschah und wie es vor sich ging, blieb dieser Antípatros aus Sidon in seinem Epigramm dessen Lesern noch schuldig.

Aber die Geschichte von diesem Morde am Íbykos und einer Sühne mit Hilfe von Kranichen wurde seither, vielleicht auch schon vorher, noch von vielen anderen Autoren der Antike erzählt: so vom Zenobios, vom pythagoräïschen Philosophen Apollónios von Týana und vom römischen Dichter Papinius Statius in dessen *"Silvae"*. Doch zur maßgeblichsten Quelle für die nachchristliche Weitergabe wurden die *"Moralia"* des boiotischen Geschichtsphilosophen Plutarch, der um 100 nach Christos in seinem Kapitel über die Geschwätzigkeit, latinisiertem *"Liber de futili loquacitate"*, kurz und bündig festhielt: die Mörder des Íbykos

"saßen im Theater, als einige Kraniche am Himmel auftauchten. Lachend flüsterten die Mörder einander zu: 'Da sind die, die Íbykos rächen sollten'. Schon lange nämlich hatte man Íbykos vermißt und gesucht. Deshalb wurden die Umsitzenden aufmerksam, als sie die Worte horten, und zeigten sie bei den Behörden an. Die Verbrecher wurden überführt und fortgeschleppt" (deutsch nach Wilhelm Ax, 1942).

Noch runde dreihundert Jahre später hielt sich Decimus Magnus Ausonius aus Bordeaux mit seinem Bericht an diese Vorlage, gar im 10. Jahrhundert ebenfalls die *"Anthologia Palatina"*.

Um 1000 nach Christos zitierte dann das byzantinische Lexikon Suda jenes Sprichwort, das später auch Goethe auffallen sollte. Es hieß *"Ai 'Ibýku géranoi"* und bezeichnete inzwischen, was der Bamberger Literarhistoriker Wulf

Segebrecht 1983 jene *"unerwartete Instanz"* nannte, *"durch die ein scheinbar unsühnbares Verbrechen doch noch seiner gerechten Strafe zugeführt
wird"*.

In solchem Sinne wurde die Geschichte noch ein weiteres halbes Jahrtausend später, 1508, von Erasmus von Rotterdam, diesem pseudonym sehnsüchtigen Desiderius, in seiner populären Anthologie *"Adagia"* erzählt, die
dieses Sprichwort jetzt mit *"Ibyci grues"* in der Rubrik *"Utio malefacti"*, Rache für Übeltaten, wiedergeben, und noch andere hundert Jahre später vom
barocken Biologen Ulissis Aldrovandi im *Dritten Teil* seiner zwanzigbändi-
gen *"Ornithologia"* von 1610. Sie vor allem wurde Goethe von seinem
Gymnasialphilologen Böttiger zur genauen Information über die *Kraniche
des Ibykus* empfohlen.

Dieser ganzen späteren Tradition ist also wieder zu eigen, was der profanierte Plutarch verwarf, jener frühhellenistische Antípatros aber schon als
religiöses Resümee und rhetorische Frage an das Ende seines Epigrammes
gestellt hatte:

*" ... Ihr Räuber, gierig auf Beute,
    warum scheutet ihr euch nicht vor dem göttlichen Zorn?"*

Wie um ihnen zu beweisen, daß ihr eigenes Schicksal und dessen ewige
Verflechtung mit jenen Kranichen des Íbykos ganz und gar kein Einzelfall
ist, zitierte der Epigrammatiker in direktem Anschluß und noch zum Abschluß den Parallelfall des legendären Ägist:

als König Agamémnon von Mykéne in den *Trojanischen Weltkrieg* zog, be-
stellte er einen Mann, von dem er wußte, daß er Frauen nicht gefährlich
wurde, zum Wächter über seine Strohwitwe Klytaimnéstra, jene Schwester
der Urdioskuren Kastor und Polydeúkes, die sich aber in Abwesenheit ihres
Mannes mit dem Aígisthos amüsieren wollte; dieser erschlug also kurzer
Hand und auf einsam *"verwilderter Insel"* den lästigen *bodyguard*, wurde
aber später von Klytaimnéstras Sohn Oréstes hierfür selbst erschlagen. Der
ermordete Wächter jedoch war gleichfalls ein Sänger: wie Íbykos und wie
Orpheus – nun schon der dritte einer ganzen Serie oder Tradition.

Homer in seiner *"Odyssee"* hat diesem Meuchelmord ganze fünf Verse gewidmet (III, 266 – 270), aber jener Antípatros benötigte für einen Vergleich
der Geopferten nur die beiden letzten Verse seines Epigramms:

*"Auch Aigisthos entrann nach dem Mord an dem schuldlosen Sänger
    dem verschleierten Blick rächender Gottheiten nicht!"*

Also gibt es ein waltendes Schicksal und dessen Gerechtigkeit! *"Equally po-
pular in classical and mediæval literature"*, kennzeichnet Helmut Rehder
diese ofterzählte Geschichte noch 1949 im nicht minder bedürftigen Chicago, *"it served as an impressive illustration of the devious and inescapable
march of fate"*: der verschlungenen, aber unentrinnbaren Pfade des Schicksals also.

Manchmal bedient es sich ziehender Kraniche.

Auch im islamischen Oriënt erzählt man sich seit vielen Generationen, daß
die untergetauchten Mörder des Derwischs Danadil auf öffentlichem Ge-
betsplatze überführt wurden, als ziehende Kraniche ihn rufend überquerten.

Damit, meine sehr verehrten Damen und Herren, habe ich das Ende meines
eigenen Pensums erreicht. Welches Verbrechen nun diese *Kraniche des Ibykus* in Goethes *"Faust II"* ans Licht des Tages bringen, wird Ihnen ordnungshalber nach einer kurzen Pause mein Zwillingsbruder Abraham berichten, um sich damit seinerseits für die ehrenvolle Verleihung des Dioskurenpreises ebenso zu bedanken, wie ich es hiermit tue:

ich danke Ihnen von ganzem Herzen.

Das Publikum applaudiert.

*Gegenschnitt auf das applaudierende Publikum im Nationaltheater Wei-
mar.*

Darüber eingeblendeter Lauftext:

BITTE ENTNEHMEN SIE IHRER PROGRAMMZEITSCHRIFT DEN
VERLEGTEN SENDETERMIN FÜR DIE AUSSTRAHLUNG DES
ZWEITEN TEILS DIESER AUFZEICHNUNG AUS DEM NATIONAL-
THEATER WEIMAR BITTE ENTNEHMEN SIE IHRER PROGRAMMZ
EITSCHRIFT DEN VERLEGTEN SENDETERMIN FÜR DIE AUSSTRA

Tonüberblendung vom Applaus des Publikums zum Gähnen von Raubkat-
zen.

Ffffff + Chchchchch

Datendiskurs im Virtuëllen Olymp

Raubkatzenhaftes Gähnen im Ultraschallbereich findet sich eingebettet in ebenmäßiges Röcheln und knurrendes Schnarchen.

(Die Frequenz des Virtuëllen Schlummers blendet sich automatisch aus.)

Maschine und brav

Chat im Internet: www.speakerscornerTV.de/blaugold-dioskuren

Autor: "HOFMARSCHALL VON KALB"
antwortet   "FERDINAND":

Als Autor des Buches *"Klassische Freimaurer"* verweise ich auf folgende Fakten:

Goethe war dreißig, als er im Februar 1780 brieflich darum bat, in die Weimarer Freimaurerloge aufgenommen zu werden, die, der jetzigen Herzogin-Mutter zu Ehren, *"Amalia zu den drei Rosen"* hieß und dort schon sechzehn Jahre lang existierte.

Er selbst gab als Grund an, *"mit Personen, die ich schätzen lernte, in nähere Verbindung zu treten"*:

"dieses gesellige Gefühl ist es allein, was mich um die Aufnahme nachsuchen läßt".

Interne Aspekte der Weimarer Machtverhältnisse mögen noch hinzugekommen sein, da Jakob Friedrich Freiherr von Fritsch, als Erster Staatsminister unübersehbar Goethes politischer Konkurrent im Einfluß auf den jungen Herzog, auch amtierender Vorsitzender oder *"Meister vom Stuhl"* dieser Loge war: einen Logenbruder würde der nicht länger bekämpfen!

Überdies mag die Vermutung W. Daniel Wilson's und anderer Exegeten zutreffen, daß Goethe das Agieren eines so mächtigen Geheimbundes einzig
durch Mitwirkung einsehen und kontrollieren zu können hoffte.

Schon vier Monate später wurde er im Rahmen der Johannisloge, des allgemeinen Bruderfestes zu Ehren ihres Schutzpatrons, Johannes des Täufers,
am 23. Juni 1780 in diese Weimarer Freimaurerloge aufgenommen.

Bereits bei dieser Aufnahme als Lehrling, dem untersten von drei Graden,
schwor er im traditionellen Eidestext,

*"sich den Konstitutionen, den Pflichten und Anordnungen und allen ande-
ren guten Bräuchen zu unterwerfen"*

und ihnen

"mit aller Demut, Ehrerbietung, Liebe und Bereitwilligkeit"

zu folgen. Er solle sich, hieß es damals verbindlich,

*"auch gegen Unter-Obrigkeiten niemals halsstarrig und ungehorsam bezei-
gen"*.

Gute neun Monate nach solchem Gelöbnis beantragte Lehrling Goethe in
demütigster Haltung bei seinem *"Meister vom Stuhl"*:

*"So sehr ich mich allen mir unbekannten Regeln des Ordens unterwerfe, so
wünschte ich doch auch [...], weitere Schritte zu tun, um mich dem Wesentlichen mehr zu nähern,"*

und bat auch gleich schon, ihn

"gelegentlich bis zu dem Meistergrade hinaufzuführen" (Brief vom 31. März
1781).

Richtig wurde er schon in der folgenden Johannisloge noch im selben Jahre
1781 vorzeitig zum Gesellen und nach acht weiteren Monaten *"extrajudica-
liter"* zum Meister befördert (am 2. März 1782).

Da seine Weimarer Loge sich zwischen mehreren rivalisierenden Systemen
für eine Oriëntierung an der konservativ hochgradmaurerischen *"Strikten
Observanz"* entschlossen hatte, wurde er schon im selben Jahre 1782 als
"Andreasmaurer" auch in diesen umstrittenen *"Orden der Tempelherren"*

aufgenommen, zu dessen zentralen Prinzipien gleichfalls eine absolute Obediënz gehörte.

Also hier erst recht mußte Goethe in der sogenannten Unterwerfungsakte *"strengsten Gehorsam"*, ganz *"ohne Widerrede"*, geloben und schon im Initiationsritual sein Ehrenwort geben,

"allen Gesetzen und Verordnungen des Ordens gehorsam zu sein".

Mit alledem noch nicht genug, trat der inzwischen 33jährige schon zwei Monate später, im Februar 1783, auch noch dem neu erblühten *Geheimbund der Illuminaten* bei. In dessen Weimarer *"Minerva-Tempel"* erwarb er bald schon den Grad eines sogenannten *Regenten* und nach fünf weiteren Monaten durch das Los auch noch das Amt eines Zensors.

Seinen hier obligaten Ordensnamen leitete er von einem legendären Wundermann oder Zauberer aus dem *"Lande der Hyperboreer"*, also einem Skythen, Thraker oder andern Orpheus ab, der Ábaris hieß, ein Zeitgenosse jenes lydischen Krösus oder schon des Íbykos im 6. vorchristlichen Jahrhundert, da aber auch ein Lehrer des Pythagóras gewesen sein soll und über welchen Heródot berichtet, daß er Zaubersprüche oder Gedichte verfaßte und von Apóllon persönlich dafür einen Pfeil bekam, auf dem er über die ganze Erde ritt, ohne Nahrung zu sich zu nehmen: gänzlich vergeistigt also, eben geistreisend oder ätherisch, ein nomineller Ahne seines später eigenen körperlosen Homunkulus oberhalb der Materië.

Als solch ein neuer *Ábaris* also hatte Goethe abermals absoluten Gehorsam zu leisten. Denn auch der Illuminatenorden war auf Hierarchie, Subordination und totale Kontrolle gegründet. Jeder Novize mußte sich eidlich zu *"totaler Unterwürfigkeit"*, zu *"unverbrüchlicher Treue und Gehorsam allen Obern und Satzungen des Ordens"* verpflichten und

"auf alle meine Privat-Einsicht und Eigensinn wie auch auf allen meinen eingeschränkten Gebrauch meiner Kräfte und Fähigkeiten"

verzichten.

In einem überlieferten Aufnahmeprotokoll von 1776 mußte der Aspirant auf einen Fragenkatalog mit vorgegebenen Sätzen antworten. So ist auf die Frage, *"ob er unbedingten Gehorsam angelobe und wisse, was das sei"*, die Antwort überliefert: *"Ja, freilich ist das wichtig".*

Von Goethe liegen zu alledem keine schriftlichen Kommentare vor. Herder jedoch, der nur knappe fünf Monate später, im Juli 1783, demselben Weimarer *Minerva-Tempel* beitrat und dessen *"Decanus"* wurde, hat in seinem Dialoge *"Glaukon und Nicias"* ebendiese Verpflichtung, *"seinen Obern blind zu gehorchen"*, scharf kritisiert:

"Ein Mann, der sich dazu anheischig macht, ist kein Mann, kein Mensch, kein vernünftiges Wesen mehr; er ist eine Maschine".

Freilich nahm Herder zugleich auch *"mächtige Feinde"* wahr, die ihn von einer Veröffentlichung solcher Anklage absehen ließen.

Goethe hat derlei gar nicht erst versucht, sondern sich – diplomatisch, strategisch oder feige – unterworfen. Er hat wirklich "gekuscht".

Treize points

Bulletin der Weltgesundheitsorganisation

Die Weltgesundheitsorganisation gibt hiermit zur global galoppierenden Seuche OIRU (*Overkill Items Remain Unknown*) den medizinisch aktuëllen Erkenntnisstand bekannt.

Sie will auch allen grassierenden Gerüchten und offiziösen Therapiën mit dieser umfassenden Fakteninformation entgegentreten, die sich aus derzeit 13 Punkten zusammensetzt:

01. Die Seuche OIRU breitet sich zur Zeit noch unvermindert weiter aus.

02. Weder zu Infektionswegen noch zur Diagnostik von OIRU gibt es derzeit definitive Erkenntnisse. Folglich kann es auch keine Therapie geben. Alle bisherigen therapeutischen Versuche haben den Krankheitsverlauf nur begünstigt, ohne die letalen Folgen verhindern zu können.

03. OIRU verbreitet sich ungebremst in einem Tempo, das bisher nur kontinuïerlich zugenommen hat und sich auch weiterhin noch beschleunigt.

04. Auch der individuëlle Verlauf jeder einzelnen Erkrankung strebt zunehmend schneller dem Exitus zu.

05. Die Zahl der bisherigen OIRU-Toten wird offiziëll auf achtzig bis hundert Millionen geschätzt. Die vermutliche Dunkelziffer liegt aber wesentlich höher.

06. Eine beträchtliche Dezimierung der ganzen Menschheit scheint durch OIRU gewährleistet.

07. Die weltweite Abschaffung barer wie auch unbarer Zahlungsmittel hat einer weiteren Ausbreitung von OIRU keinerlei Abbruch getan. Die Zahl der Neuërkrankungen hat seither sogar erheblich zugenommen.

08. Trotzdem bestätigen alle involvierten Mediziner und Labore einen scheinbar irrationalen, aber unleugbaren Zusammenhang zwischen OIRU und Währungen, Devisen oder Kontobewegungen. Nach wie vor scheint die Übertragung von OIRU kommerziëll begünstigt zu werden.

09. Auch jede rationale oder logisch ausgerichtete Lebensführung und jedes wirtschaftlich bewußte oder aufgeklärte Rentabilitäts- und Nützlichkeitsdenken scheint eine Ansteckung mit OIRU eher zu erleichtern, da es von der selben zerebralen Deformation ausgelöst werden dürfte.

10. Sogar soziale Karriëren machen ihre Günstlinge körperlich zunächst unverkennbar abstoßend, dann anfällig und psychisch hinlänglich labil oder destruktiv, um eine schnelle Infektion zu befördern.

11. Alle journalistischen Schuldzuweisungen zumal durch die Boulevardmediën haben sich als haltlos erwiesen. Weder Farbige noch Juden, Türken oder sonstige Moslems noch auch Schwule, Lesben und Transvestiten oder andere rassische, religiöse, ethnische und sexuëlle Minderheiten können für Ausbruch und Verbreitung von OIRU haftbar gemacht werden. Derzeit scheinen in allen Gesellschaftsschichten eher mentale, intellektuëlle und merkantile Kriterien zu gefährden.

12. Neu und verheißungsvoll hingegen scheint eine Spur zu sein, die unter den Elektronenmikroskopen auf eine bisher unbekannte Speziës *"Geistiger Viren"* hinweist, die anscheinend beliebig und wie in einem Wechselstrom zwischen materiëller und immateriëller Präsenz alternieren. Daher entziehen

sie sich aus noch unbekannten Gründen biweilen jeder Beobachtbarkeit, Evidenz und Therapie.

13. Die populär gewordene Behauptung, schon jener rätselhaft gebliebene Tod des kürzlich wiederentdeckten deutschen Schriftstellers Friedrich Schiller sei ein allererster Fall von OIRU gewesen und habe die jetzige Epidemie in verschleppter Spätfolge ausgelöst, ist nachweislich falsch. Kriminalistische Spuren deuten da eher auf Liquidation.

Staat im Staate

Chat im Internet: www.speakerscornerTV.de/blaugold-dioskuren

Autor: "MORTIMER"
antwortet   dem "HOFMARSCHALL VON KALB":

Verehrter "HOFMARSCHALL VON KALB" –

dann bin ich eben MORTIMER, warum auch nicht: habe ich doch schon während meines ganzen Germanistik-Studiums in Freiburg und Hamburg gegen das 68er-Vorurteil meiner Professoren ankämpfen müssen, daß Goethe als unterwürfig opportunistischer Fürstendiener immer nur "gekuscht" habe.

Auch im vorliegenden Falle seiner Zugehörigkeit zu den diversen Geheimbünden entspricht solch ein Kuschen keineswegs der Wahrheit.

Schon als Jüngling in Frankfurt hatte er den Verlockungen der dortigen Logen *"aus einem Unabhängigkeitsgefühl"* widerstanden. Später, bei seiner Lehrlings-Initiation in die Weimarer Loge *"Amalia"* verweigerte er das rituell obligatorische Verbinden der Augen und versprach, stattdessen die Augen freiwillig geschlossen zu halten. Ob er das eingehalten hat, weiß ich nicht.

Aber nur ein Jahr später schrieb er just am Vortage seiner Weihe zum Gesellen derselben Loge an Freund Lavater, er habe inzwischen *"Spuren, um nicht zu sagen Nachrichten von einer großen Masse Lügen, die im Finstern schleicht":*

"unsre moralische und politische Welt ist mit unterirdischen Gängen, Kellern und Kloaken minieret".

Schon drei Tage später berichtete er brieflich seinem Herzog, die ganze Zeremonie seiner Beförderung zum Gesellen sei *"magerer als ein Hof zur Kurzeit"* gewesen und ihm allzu lässig, also unprofessionéll erschienen:

"Mehr Böcke sind wohl überhaupt im Ritual und Formal an keinem Johannistage vorgegangen. [...] Und sobald von so etwas der Pedantismus getrennt ist, dann Gute Nacht."

Solche Kritik an formalen Unzulänglichkeiten mag dazu beigetragen haben, diese astrologische Jungfrau in die Arme der sehr viel rigideren *Strikten Observanz* zu treiben. Von hier aber scheuchte ihn eine Überdosis esoterischer Mystik zu den wohltuénd aufklärerischen *Illuminaten*.

Letztere aber belog er vorsätzlich schon bei seiner Aufnahme, denn im entsprechenden Revers gelobte er *"bei meiner Ehre und gutem Namen"*,

"daß ich keine Verbindlichkeit von einer anderen Gesellschaft auf mir habe, Geheimnisse, welche man mir unter dem Siegel der Verschwiegenheit anvertraut, anderen mitzuteilen: so wahr ich ein ehrlicher Mann bin und sein will".

Als er das unterschrieb, war er verschwiegener Freimaurer schon seit bald drei Jahren und geheimniskrämerisches Mitglied der *"Strikten Observanz"* obendrein. Auch das zu verheimlichen, hatte er also keinerlei Bedenken.

Aber ohnehin mag jede dieser Logen ihm auf ihre Art auch schon die vorgeschriebene Anwesenheit, wie sie für jeden "Bruder" oder "Ritter" bei allen ihren Veranstaltungen obligatorisch war, verleidet haben. Goethe war ein säumiger Freimaurer. Manche behaupten, er sei überhaupt nur ein einziges Mal bei den obligaten Versammlungen "präsent" gewesen.

Vollends nachdem es 1785 seinem Herzoge definitiv mißlungen war, den preußischen Kronprinzen für die politischen Zwecke des angestrebten *Deutschen Fürstenbundes* als Logenbruder zu gewinnen, erlahmten Goethes maurerische Aktivitäten.

Auch an all den hochdramatischen Auseinandersetzungen der *Illuminaten* um die programmatischen Reformversuche des Freiherrn von Knigge nahm Goethe keinerlei Anteil. *"Das gesamte masonische Engagement Goethes"*, resümiert Dirk Kemper noch im *Goethe-Jahrbuch 1994*, war *"primär von externen Interessen gesteuert und von einem äußerst pragmatischen Kalkül geprägt"*.

Zwei markante Einschnitte seiner Biografie ließen ihn dann in seiner ganzen zweiten Lebenshälfte zu allen solchen Geheimgesellschaften nur noch auf Distanz gehen.

Zuerst trug die Italiënreise mit ihren sehr konträren Eröffnungen dazu bei, das Interesse an derlei ideologisch eingegrenzter Vereinsmeierei und Geheimniskrämerei zu verlieren.

Seit 1789 aber sorgte dann zusätzlich der Verlauf der *Französischen Revolution* für noch energischere Vorbehalte. Denn unverkennbar bezog dieser folgenschwere Aufruhr gegen alles Bisherige sein gedankliches, sein philosophisches Gerüst aus den Theoriën dieser Geheimbünde des 18. Jahrhunderts. Sowohl der idealistische Humanismus der diversen Freimaurergruppierungen als auch das unterschwellig radikale und politische Aufklärertum der *Illuminaten* standen beim Sturm auf die Bastille und allen folgenden Pariser Gewalttaten unübersehbar Pate.

Zwar wollten Freimaurer ihr Ziel einer freien und toleranten Gesellschaft gleichberechtigter Brüder nur in esoterischen Zirkeln, die *Illuminaten* ihre tiefgreifend konzipierte Veränderung von Staat und Gesellschaft einzig auf evolutionärem Wege mittels Unterwanderung oder eines ersten *"Marsches durch die Institutionen"* realisieren, aber ihre gemeinsame Utopie einer sittlich emanzipierten, vernünftig agierenden und pluralistischen Menschheit ohne Klassenunterschiede entsprach genau dem Schlachtruf jener blutrünstigen Revolutionäre in Paris:

"liberté – égalité – fraternité".

Tatsächlich gab es 1789 in Frankreich mehr als zweitausend Logen. Mehr als dreihundert Mitglieder, ganze vier Fünftel also der Pariser Nationalversammlung, waren bekennende Freimaurer. Alle Anführer dieser Befreiungs- und Schreckensjahre waren Logenbrüder: Danton, Robespierre, Mirabeau, Marat, Camille Desmoulins, Condorcet, Brissot, die meisten andern. Auch

La Fayette, der die *"Erklärung der Menschenrechte"* entwarf, war Freimaurer, und noch 1916 rühmte eine Publikation des Logenmeisters Wilhelm Ohr: *"Die Freimaurerei gab Frankreich die Verfassung von 1791"*.

Sogar der radikale *Jakobinerclub* berief und bezog sich namentlich auf Jakob von Molay, jenen letzten Großmeister des Templerordens, der der *Strikten Observanz* zum Vorbild diente. Molay wurde 1314 wegen Ketzerei und grassierender Homosexualität in seinem Orden vom französischen König Philippe II. lebendig verbrannt. Die Hinrichtung König Ludwigs XVI. wurde 1793 von manchem Freimaurer als späte Bestrafung der Krone für ihre Ermordung jenes Ordensmeisters vor knapp einem halben Jahrtausend verstanden. Andre wieder bezogen sich auf die Verbannung aller Freimaurer *anno* 1737 vom Hofe seines Großvaters, König Ludwigs XV.

Der verschreckte und entsetzte Goethe jedoch sah als überraschter Zeitgenosse nur die geistigen Zusammenhänge und Entsprechungen zwischen Blutbad und Logen, konnte aber gleichwohl noch die gebotene Distanz bewahren, um die programmatische Friedlichkeit und Gewaltlosigkeit der Freimaurer, auch ihre Absage an alle ochlokratisch basisdemokratische Diktatur der Straße differenziert zu erkennen.

Als aber Adam Weishaupt, der akademisch intellektuélle Begründer des *Illuminaten*-Ordens, in seiner bayrischen Heimat verfolgt und vertrieben wurde, verweigerte Bruder *"Ábaris"* dieser seiner obersten illuminaten Obrigkeit, die als Flüchtling im benachbarten Herzogtum Sachsen-Gotha Asyl gefunden hatte, so Unterstützung wie Obdach als Professor für Philosophie oder Kirchenrecht an seiner Universität in Jena. Eine unbotmäßigere Verletzung des vorgeschriebenen Logengehorsams gegenüber einem Oberen, gar dem Allerobersten läßt sich kaum denken. Goethe beging sie mit rigoroser Courage und brutaler Konsequenz.

Doch als "Propagandazentrum des Illuminatismus" oder Sammelbecken illuminater Opposition gegen die allgemein herrschenden Zustände wurden die Universitäten mit den aufgeklärt aufmüpfigen Lehrkörpern jenes Jahrzehntes zwischen 1780 und 1790 ohnehin zu Gefahrenherden für die öffentliche Ordnung. Darum ging Goethe in seinem Abscheu vor jedem wilden Aufruhr noch weiter.

Als 1789, eben im Jahre der Pariser Revolution, Studentenkreise in Jena die Gründung einer dortigen Freimaurerloge erwogen, leistete der dreifache Logenbruder Goethe mit allem erdenklichen Nachdruck Widerstand. Mit seinem Herzoge diskutierte er den Gedanken, *"ein Collegium über das Unwesen der Geheimen Gesellschaften lesen zu lassen"*, und in eben der Jenenser *"Allgemeinen Literatur-Zeitung"* unterbreitete er *"einen Vorschlag [...], wodurch allen geheimen Verbindungen ein harter Stoß versetzt wird"* (am 6. April 1789 an den Herzog); denn es sei gut, *"daß man öffentlich Feindschaft setze zwischen sich und den Narren und Schelmen"*.

Das tat er noch sehr viel mutiger mit seinem Lustspiel *"Der Groß-Kophta"*, einer schonungslosen Demaskierung des sizilianischen "Grafen Cagliostro", jenes europaweit agierenden "Narren und Schelmen" oder Rattenfängers und schwulen Hochstaplers, der sich als Magiër, Prophet, Exorzist, Alchimist und Wundertäter gerierte, im Haag eine Damenloge, in Straßburg aber die "androgyn" genannte *Ägyptische Loge* gründete, die er in Lyon und schließlich in Paris zu beachtlicher Blüte zu bringen verstand. Aber ebenhier war er auch in jene historische Halsbandaffäre verwickelt, mit der die französische Königin den Ausbruch der Pariser Revolution noch beschleunigte. Im Verhör der römischen Inquisition behauptete dieser Cagliostro 1790, Kontakte auch zu führenden Illuminaten gepflegt zu haben, deren erklärtes Ziel es gewesen sei, *"alle despotischen Fürsten auszurotten"*.

Mit seinem entlarvenden Theaterstück über diesen zeitgenössisch authentischen Scharlatan schien Goethe endgültig den Stab über alle Maurer und sonstigen Geheimbündler gebrochen zu haben.

Als es in Jena schon ein Jahr später, 1792, zu eigentlich unpolitischen Studentenunruhen kam, konnten die Weimarer Verantwortlichen sie schon gar nicht mehr unpolitisch sehen. Herzog Carl August, persönlich Mitglied der drei selben Logen wie auch Goethe, befürchtete *"die Überpflanzung neufranzösischer Grundsätze auf deutschen Boden"*, witterte Zusammenhänge mit den Logen und befahl:

"Die Orden müssen auf alle mögliche Weise ausgerottet werden" (am 15. Juli 1792 an seinen Minister Voigt, einen anderen Illuminaten).

Sein Souffleur auch hierbei war aber Goethe: *"Kein Staat soll keine geheime Verbindung dulden"* (schon im Januar 1792).

Als fünfzehn Jahre später, schon zur Zeit des Freimaurerfreundes Napoleon, in Jena erneut die Gründung einer eigenen Loge angestrebt wurde, verweigerte Carl August ihr die benötigte Genehmigung des Landesherrn primär auf Grund eines Gutachtens von Goethe. Es befand am 31. Dezember 1807: die Freimaurerei *"einzuführen, wo sie nicht war, ist niemals rätlich"*. Auch *"in Weimar brauchen wir sie eigentlich gar nicht, und für Jena halte ich sie [...] für gefährlich"*.

Sein wichtigstes Argument war hierbei politisch: sie mache *"durchaus statum in statu"*, also einen Staat im Staate, eine institutionalisierte Opposition. Das überzeugte den Herzog, sie im März 1808 unter Androhung von *"öffentlichen Polizeimaßregeln"* zu verbieten: so groß war damals die Angst vor einer Wiederholung der *Französischen Revolution* auf deutschem Boden.

Freilich muß Goethes Interesse an allem Logenwesen damals schon völlig erloschen gewesen sein. Er nahm an nichts mehr teil, und vollends der 63-jährige richtete am 5. Oktober 1812 an den damaligen *"Meister vom Stuhl"* der Amalien-Loge ein entsprechendes Gesuch mit der Bitte,

"mich auf irgend eine schickliche, der maurerischen Form nicht unangemessene Weise als Abwesenden betrachten und meine Verpflichtungen gegen die Gesellschaft suspendieren"

zu wollen,

"da es mir unmöglich fällt, den Logen regelmäßig beizuwohnen".

Dieser Bitte wurde zwar entsprochen, aber noch als die fünfzigjährige Logenzugehörigkeit des inzwischen Achtzigjährigen gebührend gefeiert werden sollte, wurde die Deputation der *"Amalia"* vom Jubilar *"wegen Unpäßlichkeit"* nicht empfangen.

Der Widerwille muß allzu groß geworden sein.

So, meine Lieben, das war's von mir. Bißchen lang, tut mir leid. Aber nur so war zu beweisen, daß Goethe keineswegs vor den Logen zu "kuschen" pflegte. Alles klar?

Kuschen oder nicht

Chat im Internet: www.speakerscornerTV.de/blaugold-dioskuren

Autor: "FERDINAND VON WALTER"
antwortet "MORTIMER":

Alles sehr interessant.

Warum aber kuschte Goethe, als er Schillers *"Demetrius"* zu Ende schreiben wollte?

Und vor wem denn kuschte er da: doch nicht vor all den Logenbrüdern, die er sonst also angeblich so resolut bekämpfte?

Vor wem aber sonst?

Eine Antwort hierauf steht noch aus.

Kotau des Konformen

Chat im Internet: www.speakerscornerTV.de/blaugold-dioskuren

Autor: "MARQUIS VON POSA"
antwortet "MORTIMER":

Teuerster "MORTIMER", mein Kompliment zunächst: sorgfältig recherchiert und überzeugend nachgewiesen, daß Goethe vor den Logen keineswegs "gekuscht" habe. Bravo!

Leider übersehen Sie, wie vor Ihnen auch schon "HOFMARSCHALL VON KALB", den zentralen Beweggrund, aus dem sich Goethe überhaupt zur Mitgliedschaft in all den Logen entschlossen hat: es sind ihre Inhalte, ihre Ideën, ihre Utopiën.

Man vergesse nicht: all diese Mitgliedschaften ging er noch vor der *Französischen Revolution*, also zur Zeit des voll entfalteten, überreizten, auch mißbrauchten und deformierten Absolutismus ein, als alle geistigen und gesellschaftlichen Reformvorschläge, alle fortschrittlichen Entwürfe sich einzig und allein in Geheimbünden artikulieren konnten. Geheimbünde nahmen damals die Stelle jedweder Opposition ein. Ihr demokratischer und religiöser Humanismus war damals Avantgarde und die Hoffnung aller progressiven Intellektuëllen. Aber auch Adel, Militär, Beamtenschaft, Finanzwelt und Handel schlossen sich in einem Maße an, daß es in Europa damals weit mehr als eine Million Logenbrüder gab.

Daß auch Goethe davon angezogen und stark beeindruckt, gar beeinflußt wurde, geht wohl am sinnfälligsten zunächst aus seinen maurerisch getönten Gedichten hervor, wie sie sich im lyrischen Œuvre aller Lebensphasen finden lassen.

Als ihres Geistes erkennen da die Freimaurer selbst aus der Zeit nach seinem Eintritt in die Weimarer Loge *"Amalia"* gern schon jenes *"Göttliche"* mit seinem populär gewordenen Insistieren auf der Empfehlung

"Edel sei der Mensch,
Hilfreich und gut!"

Aber auch *"Tischlied"* (mit seinem Ausklang *"Und das Wohl der ganzen Welt / Ist's, worauf ich ziele"*),

"Generalbeichte" (mit der Aufforderung, *"im Ganzen, Guten, Schönen / Resolut zu leben"*),

"Rechenschaft" (mit dem Dialog zwischen Meister und Adepten)

und die spätere Fassung seines *"Bundesliedes"* reflektieren eine Geselligkeit, die von Logenbrüdern als freimaurerisch reklamiert wird.

Im Alter, also auch noch nach all den Krisen und Protesten, die "MORTIMER" uns so plastisch aufgelistet hat, scheinen sich die Gedichte zu Ehren des Freimaurertums sogar eher noch zu mehren. Ich nenne nur *"Verschwiegenheit"*, *"Trauerloge"*, *"Dank des Sängers"*, *"Gegentoast der Schwestern"* und namentlich *"Zur Logenfeier des dritten September 1825"* und *"Dem würdigen Bruderfeste"*, mit dem sich der Achtzigjährige für die Huldigung der Weimarer Freimaurer zu seiner fünfzigjährigen Mitgliedschaft bedankt:

*" ... Doch lebendig stets aufs neue
Tut sich edles Wirken kund,
Freundesliebe, Männertreue
Und ein ewig sichrer Bund".*

Aber mehr noch als all die andern Gedichte, in denen sich ihr Ethos reflektieren mag, machen die Logenbrüder jenes *"Symbolum"* als ihnen zugehöriges Emblem aus, das der 65jährige nach seinem angeblich einzigen Logenbesuche schrieb und 1816 in den *"Gesängen für Freimaurer"* erstmals publizierte. Das *"Internationale Freimaurerlexikon"* von Eugen Lennhoff und Oskar Posner bezeichnet noch in seiner Ausgabe von 1966 dieses Gedicht als

"das Tiefste, was jemals in poëtischer Form über Freimaurerei gesagt wurde".

Es gipfelt in jenem klassisch gewordenen Vers *"Wir heißen euch hoffen".*

Aber auch Goethes *Zweiter Teil* zur *"Zauberflöte"* ist ein Bekenntnis zum Freimaurertum, und schon sein *"Märchen"*, vollends aber der *"Wilhelm Meister"* mit diesem Namen seines Titelhelden, mit *Lehrbrief, Mysterien im Schlosse, Bund* und *Gesellschaft vom Turme* verwendet überzeugt und reichhaltig Elemente des Logenlebens.

Leider ist sein Epos *"Die Geheimnisse"* Fragment geblieben: es sollte, kurz nach seinem Beitritt zu jenen drei Logen, religiöse Toleranz und grenzenlose Ökumene an einem praktischen Beispiel ermöglichen, das seine Herkunft aus den Utopiën der Freimaurer nicht verheimlicht hätte: zwölf Rittermönche sollten ein friedliches Neben- und Miteinander von zwölf verschiedenen Religionen aus allen Erdteilen praktizieren. Ihrer aller Hohepriester sollte Humanus heißen.

*"Humanus heißt der Heilige, der Weise,
Der beste Mann, den ich mit Augen sah".*

Solche Beispiele, die quer durch das riesige *opus* um zahllose weitere ergänzt werden könnten, beweisen Goethes letztlich ungebrochene Sympathie und geistige Zugehörigkeit zu den Idealen der Freimaurer bis hin zu seinem Tode.

So erklärt sich auch, daß er 1801, als die Weimarer *"Amalien"*-Loge vorübergehend ruhte, das Bedürfnis verspürte, einen sehr spezifischen eigenen
Geheimbund zu begründen:

*"daß man auf die Kunst eigentlich eine geheime Gesellschaft fundieren soll-
te, wobei das Lustige wäre, daß sehr viele Künstler in die höhern Grade gar
nicht kommen könnten, auch müßte man sie selbst dem Fähigsten nicht
g e b e n , sondern, wenn er endlich dahin gelangte, ihm nur erklären, daß
er sie erreicht habe"* (am 14. März 1801 an wen denn sonst als Schiller).

Zu einem so elitären *numerus clausus* der Besten seines Gewerbes ist es nie
gekommen, wohl aber zu einer überraschenden Reaktivierung jener pausie-
renden *"Amalien"*-Loge. In nachgerade verdächtig direktem Anschluß an
seine so energische Verhinderung einer Logengründung in Jena hielt es derselbe Goethe, *"weil der Zudrang zu diesen Quasi-Mysterien im Momente
wirklich sehr groß ist"*, für *"das Rätlichste"*, nunmehr lieber *"die hiesige Loge Anna Amalia zu den drei Rosen wieder zu beleben"*.

Da er hierbei deutlich den Wünschen seines herzoglichen Logenbruders
Carl August folgte, der doch eben noch solche Orden *"auf alle mögliche
Weise ausgerottet"* zu sehen gewünscht hatte, hält der linksparanoïde W.
Daniel Wilson mit seiner akribischen Arbeit über *"Geheimräte gegen Ge-
heimbünde"* dieses ganze Manöver für den politischen Schachzug von ver-
schreckten Kontrolleuren.

Aber auch napoleonische Interventionen mögen hierbei inzwischen schon
eine Rolle gespielt haben. An die Stelle jener templerisch reaktionären
Strikten Observanz, die sich inzwischen längst selbst liquidiert hatte, ließ
Goethe nun jedoch als Oriëntierung für die wiederbelebte *"Amalia"* jenes
authentischere und liberalere Ritual im sogenannten *Hamburger System* des
Theaterstars Friedrich Ludwig Schröder treten. *"Der Funke zum Entstehen,
zum Werden einer Freimaurerloge"*, sagte Goethe fast trotzig ausgerechnet
zu Professor Johann Christian Stark, einem der abgeschmetterten Jenenser
Initiatoren, *"er komme her, woher er wolle, so ist es gut"*.

Er kandidierte jetzt sogar selbst für die Position des führenden *"Meisters
vom Stuhl"*, unterlag freilich 3 : 9 jenem Großunternehmer und Pressezaren
Bertuch, schon einem geistesverwandten Vorfahren Hugenbergs, Springers,
Murdoch's, Leo Kirchs und Berlusconis.

Ihr Verhältnis war ohnehin nicht allzu gut gewesen. Schon als der jüngere Bertuch noch Schatullverwalter bei Herzog Carl August war, hatte Goethe ihn hörbar lauthals einen *"Philister"* genannt. Dafür hatte dieser Bertuch später als Teilhaber des Verlages Göschen mit einer Drosselung der geschäftlichen Konditionen

eine nachhaltige Verstimmung Goethes ausgelöst, der ihn noch 71jährig als den *"größten Virtuosen im Aneignen fremder Federn"* zieh, weil er selbst *"nie eine Idee gehabt"*.

Auch sein gutgläubiger Freund und Partner Wieland, der noch den 28jährigen Bertuch *"wie einen Sohn"* zu lieben zugab, bezichtigte ihn später finanziéller Übervorteilungen und Unseriositäten. Aber *"Bertuch und Herder"* erst mal, wußte Schiller, *"hassen einander wie die Schlange und des Menschen Sohn"* (am 29. August 1787 an Körner).

So wetterleuchtete also schon um den Wechsel vom 18. zum 19. Jahrhundert jene Ära, die einen Wirtschaftsboß und Mediënmogul den denkbar größten Geistern gegenüber bevorzugte und unsern *Dritten Weltkrieg* zwischen Goldschürfern und Kranichen oder Wichten und Schiller leise einzuläuten begann.

Aber Goethe resignierte damals durchaus nicht. Nun erst recht, zitiert noch 1863 das imponierend wohlinformierte *"Allgemeine Handbuch der Freimaurerei"* den Weimarer Staatsminister und Regierungschef Karl Wilhelm Freiherrn von Fritsch, Goethes letzten *Meister vom Stuhle*, unterlagen *"die wichtigeren Reden, Gesänge und Anordnungen meist seiner vorausgehenden Prüfung und Billigung"*. So mag er inoffiziéll die entscheidenden Hebel der Weimarer Loge betätigt haben.

"Wenn der edelste Zweck des Maurerbundes [...] Humanität ist", konnte Friedrich von Müller, der Vertraute seiner letzten Jahre, daher zu Goethes fünfzigstem Logenjubiläum sagen, *"wer hat wohl diesen Zweck erfolgreicher gefördert, wer diese Aufgabe meisterhafter gelöst [...] als Goethe?"* (am 24. Juni 1830).

Keine zwei Jahre später war Goethe tot oder, freimaurerisch, *"zu höherer Arbeit abberufen"*.

Er sei *"seinem innersten Wesen nach Freimaurer"* gewesen, behauptete nun jener Staatsminister Fritsch vom Stuhle der Trauerloge herab, und Logenbruder von Müller ergänzte:

"Die ganze Richtung seines Sinnes und Gemütes weihte ihn zum Freimaurer" (am 9. November 1832).

Tatsächlich nahmen seine Brüder der Loge *"Amalia"* demonstrativ an seiner Beisetzung teil.

Denn ihr Bruder Müller hatte seine These von Goethes Freimaurertum ausführlich und überzeugend fundiert, indem er nicht zuletzt auch darlegte, in wie hohem Maße Goethe das oberste Logengebot der Geheimhaltung zu befolgen pflegte. In seinem Gedichte *"Verschwiegenheit"* hatte er gar gepriesen:

"Niemand soll und wird es schauen,
Was einander wir vertraut:
Denn auf Schweigen und Vertrauen
Ist der Tempel aufgebaut".

Solche Spielregeln einzuhalten, fiel dem geborenen Geheimniskrämer vermutlich nicht schwer. So hat er auch, scheint mir, nirgends in all seinem hinterlassenen Schrifttum jemals seine Mitgliedschaft bei *Strikter Observanz* und *Illuminaten* selbst bezeugt.

Gleichermaßen den gelobten Gehorsam zu wahren, dürfte seinem Naturell etwas schwerer gefallen sein. Aber auch für solche Selbstüberwindung gibt es Belege. Wir alle haben gelesen, wie strikt sich Goethe immer von Krankenlagern, Sterbebetten, Trauerfeiern und Begräbnissen fern hielt und sogar Kondolenzen brutal verweigerte. Diese Phobie schloß auch seine liebsten Menschen, auch Ehefrau Christiane, auch Herzog Carl August, auch Schiller mit ein.

Als aber seine Freimaurer eine Mitwirkung an ihrer Trauerloge für den verstorbenen Kollegen und Logenbruder Wieland verlangten, fügte er sich dieser argen Zumutung. Noch mehr als das: auf Wunsch des Herzogs, dessen Erzieher der Tote gewesen war, sollten ausnahmsweise auch Frauen an dieser exklusiv internen Trauerfeier ihres Männerbundes teilnehmen dürfen. Goethe war strikt dagegen: seine anbefohlene Rede rechne nicht mit der Anwesenheit von Frauen, *"anderer Gründe meiner Abneigung dagegen nicht zu gedenken"*. Aber die Frauen kamen, und Goethe sprach.

Vorher bat er Ridel, derzeit *"Meister vom Stuhle"*, wegen seines Protestes gegen die obrigkeitlich zugelassenen Frauen sogar um Verzeihung. Er fügte sich auch der Anordnung dieses "Meisters", *"die besprochene Rede bald zu sehen"*, und legte sie brav zur Zensur vor: *"um gütige Bemerkungen bittend, von denen ich bei weiterer Ausarbeitung Gebrauch zu machen nicht verfehlen werde"*. Ausdrücklich erklärte sich Goethe hier abermals *"zu allem willig und bereit, was die verehrten Brüder beschließen werden"* (am 6. Februar 1813 an Ridel).

Sein Nachruf auf Wieland, ein inzwischen klassisch gewordener Text, unterließ es dann zwar nicht, den Ritus einer solchen Trauerloge mit all ihrem obligaten Schwarz gleich eingangs zu kritisieren und durch den absolut konträren Gegenentwurf eines farbenfroh heiteren Totengedenkens zu kontrapunktieren, die den verstorbenen Götterliebling *"keineswegs mit Klage, sondern mit Ausdruck der Freude und des Jubels"* verabschieden würde.

Dennoch war durch diese mehrfache Disziplinierung keine anhaltende Verstimmung entstanden, und keine drei Jahre später (1815) veranlaßte und ermöglichte Goethe den Eintritt seines einzigen Sohnes in die Weimarer Freimaurerloge, wo er bald von Grad zu Grad und schließlich gar zum *Zweiten Schaffner*, auch zum Sprachrohr oder Spion seines meist absenten Vaters avancierte.

Der soll, behauptet nicht eben völlig unbewiesen Else Frucht in ihrem Buche *"Goethes Vermächtnis"* von 1913, hinter seinem Gartenhause im Ilm-Park eigenhändig und in Form einer Basilika den Grundriß eines Freimaurer-Tempels angelegt haben, der noch heute verifizierbar wäre.

Jedenfalls verbrachte er sein Greisenalter so einvernehmlich mit den Ordensregeln seiner Loge, daß auch der 72jährige wieder als Redner ausgerechnet der Trauerloge für die verstorbenen *Brüder* des Jahres 1821 bestallt wurde. Denn Dr. Johann Kornelius Ridel, vormals Erzieher des Erbprinzen und ganze neun Jahre lang *"Meister vom Stuhle"* der *"Amalien"*-Loge, war gestorben und mußte, nach Logenbrauch, mit all den andern toten *"Brüdern"* desselben Jahres angemessen gewürdigt werden. Das waren diesmal fünf: auch ein Kantor der Stadtkirche, der Kastellan des Wittumspalais', der

Vizebürgermeister von Jena sowie jener fatale Ferdinand Jagemann, Bruder der verabscheuten Schauspielerin und vor sechzehn Jahren ominöser Porträtist des toten Schiller.

Sie alle wurden nun im Tode von einem eingeschworenen, einem manischen, fast hysterischen Thanatophoben eben als Freimaurer vorschriftsmässig gepriesen. Bei Jagemann vermutete er, gar stellvertretend für manchen andern Logenbruder, endlich

"die Ahnung dessen, was ihm sein Leben durch gefehlt hatte [...], einen gewissen Halt nämlich, ein Regulativ, woran er sich als Künstler messen, als Mensch, Freund und Liebender prüfen könnte. In unserem Bunde erschien ihm zum ersten Male das Ehrwürdige, das uns selbst Würde gibt, die alles umschlingende, aus lebenden Elementen geflochtene Kette, der Ernst einfacher, immer wiederkehrender und doch immer genügender und hinreichender Formen".

Zu ihrer aller pauschalem Gedenken jedoch formulierte dieser widerstrebend genötigte Pflichtredner abschließend auch noch das Verdienst ihres Bundes, der schon *"die Lebenden gleich macht"*, so daß *"die entschiedenste Art von Gleichheit entsteht"*.

So überraschend bekannte sich Goethe plötzlich an unerwartetem Platze zum ebenso maurerischen wie exotisch demokratischen Revolutionsprinzip der *égalité*. Deren Zwilling, die *fraternité*, also Brüderlichkeit oder Brudertum, war dem bruderlos Aufgewachsenen lebenslänglich, inner- wie außerhalb jedweden Männerbundes und gar *in memoriam* des frühverstorbenen leiblichen Bruders Jakob ohnehin ein Bedürfnis und Lebensbedingnis. Die Loge mag da nur noch dienlichen Vorschub geleistet haben.

Daher ist es nur legitim, wenn jenes *Allgemeine Handbuch der Freimaurerei* eben aus der Rede zu dieser Trauerloge Goethes Satz *"Wir leiden alle am Leben"* zum Anlaß nimmt, um den eigenen Goethe-Passus angemessen gipfeln zu lassen:

"Die Notwendigkeit, leben zu müssen, suchte er dadurch weniger drückend zu machen, daß er das Leben zu einer Lebenskunst erhob, und hiezu schien ihm auch die Freimaurerei ein geeignetes Mittel zu sein".

Unter Brüdern da gelegentlich auch mal zu kuschen, war ihm seine Lebenskunst offensichtlich wert.

Klar: unklar !

Chat im Internet: www.speakerscornerTV.de/blaugold-dioskuren

Autor: "SCHUFTERLE"
antwortet   allen:

Hallo, Freunde.

Also, "FERDINAND" hat recht: daß Goethe manchmal widerwillig Lei-
chenreden gehalten hat und sich auch sonst an manche Spielregel seiner
Loge hielt (an manche ja auch nicht), das besagt noch nicht allzuviel.

Vor allem erklärt es überhaupt nicht, warum er bloß um alles in der Welt
den *"Demetrius"* nicht weiterschrieb. Warum denn sollten die Freimaurer
das nicht wünschen?

Und was befürchtete er denn eigentlich für den Fall, daß er es trotzdem getan hätte?

Alles unklar. Kann endlich jemand weiterhelfen?

Brüder oder Rivalen

Chat im Internet: www.speakerscornerTV.de/blaugold-dioskuren

Autor: "DON MANUEL" + "DON CESAR"
antworten   dem "MARQUIS VON POSA":

Der "MARQUIS VON POSA" hat hier die Brüderlichkeit als Ideal der Freimaurer erwähnt.

Da wir ja alle noch in blaugoldnem Kielwasser schwimmen, wollen wir nur kurz ergänzen, daß bei den Freimaurern diese klassischen Dioskuren tatsächlich eine wichtige Rolle spielen. Ist ja auch klar: Männerbünde, bei denen Brudergeist oder *fraternité*, also Brüderlichkeit so im programmatischen und emotionalen Zentrum steht wie in diesen Logen, konnten den Mythos von *Kastor und Pollux* natürlich nicht einfach unbeachtet lassen.

So gab es im estnischen Dorpat, heutigen Tartu mit seiner damals deutschen Universität und Oberschicht im 18. Jahrhundert, also zu Lebzeiten Goethes und Schillers eine Loge, die sich *"Pollux"* nannte.

Und im polnischen Rawicz, einer Kleinstadt der damals preußischen Provinz Posen, nicht allzu weit von Breslau, wurde von der Berliner *Großen Landesloge* im Jahre 1796, also auf dem Höhepunkte jener Freundschaft Schillers mit Goethe, eine Loge gegründet, die *"Castor und Pollux"* hieß. Als sie später inaktiv wurde, stiftete ihre Berliner Großloge 1862 eine neue Loge mit dem Namen *"Tempel der Bruderliebe"*.

Dies alles nur als lustigen i-Punkt.

Aber *fraternité* muß ja damals wirklich ein echtes Bedürfnis gewesen sein. In heutigen Wettbewerben wird sie ja eher als Konkurrenz empfunden.

Oder?

Kehle, Augen, Brust und Herz

Chat im Internet: www.speakerscornerTV.de/blaugold-dioskuren

Autor: "PRINZESSIN VON EBOLI"
antwortet "FERDINAND VON WALTER" und "SCHUFTERLE":

Also, für "FERDINAND", "SCHUFTERLE" und alle, die Goethes Angst vor diesen Männerbünden noch nicht schnallen können:

Die Freimaurer hatten sich damals eigenmächtig aus der offiziëllen Justiz einfach ausgeklinkt und eine eigene Gerichtsbarkeit etabliert. Der war in Logendingen jedes Mitglied automatisch unterworfen oder ausgeliefert.

Nachzulesen in James Anderson's normenstiftenden *"Constitutions of the Freemasons"* von 1723 und all ihren zahllosen Nachfolgetexten:

"Der schuldig befundene Bruder soll sich dem Urteil und der Loge stellen, die der rechte und zuständige Richter ist [...]. Ihr dürft niemals vor ein ordentliches Gericht gehen in Sachen, welche die Maurerei betreffen" (zitiert nach Allan Oslo, Freimaurer, Frankfurt am Main 1988).

Noch in der Ausgabe von 1984 druckte das liberaler gewordene Gesetzbuch der *Großen Landesloge der Freimaurer von Deutschland* eine Ordensregel ab, die erst 1973 wieder als Gesetz bestätigt worden war:

"9. Der Freimaurer-Orden verpflichtet seine Mitglieder zur gewissenhaften Einhaltung seiner Gesetze und Ordnungen. In Ordensangelegenheiten sind alle Brüder dem Ehrenrecht des Ordens unterstellt" (zitiert nach Klaus C. F. Feddersen, Constitutionen, Husum 1989).

Was aber genau in diesem Sinne als "Ordensangelegenheit" begriffen wird und was nicht, ist auch heute noch reichlich unklar und allgemein oder eben pragmatisch dehnbar definiert. So lautete zum Beispiel in der Ordensregel des Gesetzbuches derselben *Großen Landesloge der Freimaurer von Deutschland* jedenfalls noch 1964 der § 28 so:

"Wer gegen die allgemeine Regel des Ordens verstößt,

wer insbesondere wider die unveränderlichen Grundlagen der Ordenslehre redet oder schreibt,

wer den Orden schmäht oder seine Einrichtungen herabwürdigt,

wer sich wider ihn und die Ordens-Vorgesetzten auflehnt

oder seine Gerichtsbarkeit nicht anerkennt,

wer die Verschwiegenheit verletzt oder sein Maurerwort bricht,

wer wissentlich Uneinigkeit unter den Brüdern stiftet

und wer den Orden durch seinen Wandel in Unehre bringt:

der soll als Aufrührer und falscher Bruder nach des Ordens Gesetz gerichtet werden".

Das dürfte beliebig auslegbar und anwendbar sein.

Aber zu Zeiten Goethes und Schillers, um die es uns hier ja geht, gab es nicht einmal solche späteren Gummiparagraphen. Also war die beanspruchte Gerichtsbarkeit der Logen damals noch sehr viel beliebiger auslegbar und anwendbar.

Dafür aber wurde, zumindest seit 1745 und anders als heutzutage, jedem Mitgliede noch *expressis verbis* bekannt gegeben, welche Bestrafung es gegebenenfalls erwartete. Denn schon in seinem Lehrlings-Eide mußte der Aspirant oder *"Suchende"* zum Beispiel absolute Verschwiegenheit schwören,

"und im Übertretungsfalle willige ich ein, daß mir die Kehle abgeschnitten, die Augen ausgestochen, die Brust durchbohrt, das Herz herausgerissen, die Eingeweide von dem Körper abgesondert, verbrannt und zu Asche verwandelt in den Abgrund des Meeres versenkt oder von den vier Winden auf der Oberfläche zerstreut und dadurch meines Namens Gedächtnis ganz unter den Menschen ausgerottet werden soll. Es geschehe also, so wahr mir Gott helfe und sein heiliges Evangelium".

Wer solchen Eid geleistet hatte, kuschte: ob er nun Goethe war oder sonstwer.

Alles klar?

Kammer und Katechismus

Chat im Internet: www.speakerscornerTV.de/blaugold-dioskuren

Autor: "GERTRUD STAUFFACHER"
antwortet   der "PRINZESSIN VON EBOLI":

Bravo, "PRINZESSIN VON EBOLI"! Endlich hat sich mal jemand getraut!

Aber der Wortlaut dieses Eides war ja mit seinen fürchterlichen Drohungen noch längst nicht alles.

Der Novize wurde eingangs in einem alten, abgeschabten Gewande, rituéll nämlich *"weder nackend, noch bekleidet"*, ferner nach Entblößung von rechter Wade und linker Brust sowie mit einem Pantoffel am linken Fuße als durchaus lächerliche oder gedemütigte und entwürdigte Figur in einem abgedunkelten und verschlossenen Raume, der *"Kammer der verlorenen Schritte"*, mit einem Totenkopfe oder ganzen Skelett, bisweilen auch *"mit toten Gebeinen und verfallenen Särgen"*, in Amerika gar mit künstlicher oder echter Leiche eingeschlossen und alleingelassen, dann einem kurzen Verhör durch seinen Aufseher, den sogenannten *"Schrecklichen Bruder"*, unterzogen.

Aus einer solchen Katechisierung zitiert "Bruder" Karl Christian Friedrich Krause in seinem Standardwerk *"Die drei ältesten Kunsturkunden"* von 1810:

"Frage: Habt Ihr es genugsam überlegt, daß Ihr Euch hieher wagt?
Antwort: Wer zu wahren Freunden geht, hat nichts zu befürchten.
Frage: Seid Ihr denn furchtsam?
Antwort: Vor nichts Ungerechtem.
Frage: Zaghaft?
Antwort: Nur wenn ich mich schuldig weiß.
Frage: Gehorsam?
Antwort: In allen Stücken.
Frage: Wie versichert Ihr das?
Antwort: Mit meinem Leben."

Nach so rigorosem Gelöbnis legte der *"Schreckliche Bruder"* dem Aspiranten einen Strick oder eine Kette um den Hals, verband ihm die Augen und führte den rundum Gedemütigten unter den blank gekreuzten Degen der anwesenden "Brüder" wie durch ein Spalier von Spießruten hindurch.

Wurde ihm die Augenbinde endlich wieder abgenommen, sah er sich von "Brüdern" umringt, deren gezogene blanke Degen auf seine entblößte Herzgegend zeigten. Das bedeutete: *"Wehe dem Abtrünnigen! Er entgeht nicht unserm Gericht"*. Denn die nackte linke Brustseite symbolisierte nicht nur ein offenes Herz für alle Tugenden, sondern auch die stete Bereitschaft, für jedweden Verrat oder Eidbruch den Todesstoß zu empfangen.

In einigen Logen soll auch warnend ein Sarg bereitgestanden haben, in den der Neophyt sich legen lassen oder den er übersteigen mußte, wobei er mehrfach geschlagen wurde; in andern Logen wurde er stattdessen nur unter ein Leichentuch gelegt.

Während dieser *"Suchende"* dann knieënd den Eid mit all den fürchterlichen Drohungen leistete, lag seine rechte Hand auf den gekreuzten Degen der andern, und die linke Hand mußte eine Zirkelspitze, bei manchen Riten einen blanken Degen auf die nackte Haut über seinem Herzen halten oder drücken lassen. *"Die Alten"*, ergänzte schon 1810 der cartesianische Philosoph "Bruder" Karl Christian Friedrich Krause in seinen logenkritischen Publikationen, *"bedienten sich eines Schwertes oder Speeres anstatt des Zirkels"*.

Das alles sollte die Einschüchterungen des Eides noch steigern. Tat es vermutlich auch.

Nach absolviertem Eide wurde im *Schwedischen System* zuërst mit einer Maurerkelle das Siegel der Verschwiegenheit auf die Zunge des Novizen gedrückt, dann allenthalben mit einem Hammer gegen seine Stirn geschlagen. Erst hiernach erhielt er den Schurz als Zeichen seiner nunmehr erfolgten Aufnahme unter die Freimaurer.

Nicht in allen Logen, aber zum Beispiel bei den Templern des besagten *"Schwedischen Systems"* gab es außerdem das Zeremoniëll des *Bluttrankes*. "Bruder" Merzdorf behauptete noch 1879 in der Logenzeitschrift *"Bauhütte"*, dieser Bluttrank

"existiert wirklich. Das dem geritzten Daumen (des Neophyten) entströmende Blut wird in einen Becher mit Wein getröpfelt und dann von allen Umstehenden getrunken. Der etwa bleibende Rest wird in einer Phiole aufbewahrt zum nächsten Gebrauch, so daß auf diese Weise das Blut aller früheren Templer sich mischt".

Atavistische Blutsbrüderschaft.

Von vergleichbarer Blutsschwesternschaft habe ich noch nie was gehört. Ihr vielleicht?

Halb so wild

Chat im Internet: www.speakerscornerTV.de/blaugold-dioskuren

Autor: "ISOLANI"
antwortet   allen:

Hallo.

In meiner Familie hat es seit Generationen viele Freimaurer gegeben: Vater, Großväter, Onkels, alle.

Daher weiß ich, daß es einen Eid mit so fürchterlichem Wortlaut wohl tatsächlich mal gegeben hat. Aber wohl nicht in allen Logen. Er wurde dann auch bald nicht mehr so geschworen, stattdessen nur noch *"abgenommen"*, also vorgelesen, aber nicht mehr nachgesprochen, sondern durch Handgelübde *"an Eides Statt"* oder gleichwertige schriftliche Schweigeversicherung ersetzt, die dann *"Verpflichtung"* oder *"Gelöbnis"* genannt wurde.

Außerdem gab es jenen fürchterlichen Eid mit Todesdrohung eher in England, wo sowas ohnehin damals üblich war. Auch Piraten wurden da so bestraft.

Aber die allerältesten Riten, auf die das alles zurückgeht, sollen diesen Eid übrigens sowieso noch nicht in dieser extremen Form enthalten haben. Erst später wurde er um ein so übertriebenes Strafenregister erweitert, das sich je *"nach den verschiedenen Systemen immer grauser gestaltete"*.

Also, original oder eigentlich war das alles nur halb so wild, nur die Ruhe!

Lippe, Zunge, Gurgel

Chat im Internet: www.speakerscornerTV.de/blaugold-dioskuren

Autor: "GRAF LEICESTER"
antwortet   allen:

Guten Tag, allerseits.

Also, tatsächlich waren wohl die Eidesformeln der Freimaurer seinerzeit keineswegs einheitlich. Es gab ja auch weder national noch international, weder geistig noch organisatorisch eine einheitlich zentrale Führung, die allgemeinverbindliche Regeln erlassen hätte.

So liegt mir zum Beispiel der etwas abweichende Wortlaut des sogenannten *"Schottischen Ritus"* vor, der auch in ganz Europa und den USA verbreitet war und eher der *Strikten Observanz* nahestand. Hier nun mußten die Bewerber strikte Verschwiegenheit *"bei der Strafe"* schwören,

"daß man mir die Lippen mit einem glühenden Eisen abbrenne, die Hand abhaue, die Zunge ausreiße, die Gurgel abschneide und endlich meinen Körper in einer Loge der Brüder Freimaurer während der Arbeit und Aufnahme eines neuen Bruders zur Schande meiner Untreue und zum Schrekken der übrigen aufhenke, ihn nachher verbrenne und die Asche in die Luft streue, damit nicht eine Spur übrig bleibe von dem Andenken meiner Verräterei".

Auch nicht übel, oder?

Eingeweide und Geier

Chat im Internet: www.speakerscornerTV.de/blaugold-dioskuren

Autor: "THIBAUT D'ARC"
antwortet   allen:

Dieser Eid wurde nicht nur von allen Novizen abgelegt, die Freimaurer-Lehrlinge werden wollten.

Wenn aus diesen Lehrlingen Gesellen, aus den Gesellen Meister werden sollten, gab es neuerliche Rituale, bei denen auch wieder Eide geleistet und Strafen angedroht wurden.

Jedenfalls in den USA zum Beispiel mußte der Aspirant im Geselleneide für den Fall eines Verstoßes schwören, es *"soll meine linke Brust auf- und auseinander gerissen, sollen mein Herz und alle meine Eingeweide herausgezogen und über meine linke Schulter geworfen und in das Tal Josaphat gebracht werden, damit sie dort eine Beute der wilden Tiere und der Geier und aller Adler der Lüfte werden".*

Wißt Ihr, was das Tal Josaphat ist? Es steht in der Bibel, ich habe nachgeschlagen: im *Buche des Propheten Joël* (Kapitel 4, Verse 2 und 12) wird es als Ort des apokalyptisch endzeitlichen Gerichtes erwähnt: im Tal Josaphat *"will ich sitzen zu richten alle Heiden um und um".*

Und alle schwatzhaften Logengesellen also erst recht.

Aber im Eide zur Erlangung des Meistergrades wurde in mancher deutschen Loge *"unter keiner geringeren Strafe als den folgenden"* geschworen,

"daß mein Hals quer durchschnitten, meine Zunge ausgerissen, mein Herz aus meiner linken Brust genommen und mein Leib in zwei Stücken verteilt werde".

In England schließlich mußte jeder angehende Meister sein Einverständnis schwören, daß er schuldigenfalls

"in zwei Hälften zerteilt, seine Eingeweide verbrannt, ihre Asche über die ganze Erdoberfläche verstreut und von den Winden aller vier Himmelsrichtungen so verweht werden, daß keinerlei Spur oder Erinnerung an ein solches Scheusal sich unter Menschen je noch wiederfinden lasse".

Sela.

Alte Hüte

Chat im Internet: www.speakerscornerTV.de/blaugold-dioskuren

Autor: "MEISTER STEINMETZ"
antwortet   der "PRINZESSIN VON EBOLI", "GERTRUD STAUFFA-
CHER", "ISOLANI", dem "GRAFEN LEICESTER" und "THIBAUT
D'ARC":

Mit Verlaub, liebe Freunde: das ist alles Quatsch. Ihr seid da völlig auf dem Holzweg.

Diese Eide hat es gegeben, das stimmt. Aber das waren Restbestände: Überbleibsel aus archaïschen Zeiten; Rudimente aus Mysteriënkulten des Mittelalters oder noch sehr viel älterer Zeit mit primitiveren Lebensformen, für die die angedrohte Folter der einzige Schutz vor Gesetzesübertretungen darstellte.

Was nun aber die einzelnen Torturen betrifft, mit deren Auflistung Ihr vermutlich Goethes Ängste vor solchen Strafen der mörderischen Freimaurer beweisen wollt, so darf ich Euch auffordern, lieber erst mal die Bibel zu lesen, aus der diese Eidesformeln ihr Strafmaß bezogen haben.

Im *Buche des Propheten Jeremia* werdet Ihr da in Kapitel 34 die Verse 18 und 20 finden:

"Und will die Leute, so meinen Bund übertreten und die Worte des Bundes, den sie vor mir gemacht haben, nicht halten, so machen wie das Kalb, das sie in zwei Stücke geteilt haben und sind zwischen den Teilen hingegangen.

Und will sie geben in ihrer Feinde Hand, die ihnen nach dem Leben stehen, daß ihre Leichname sollen den Vögeln unter dem Himmel und den Tieren auf Erden zur Speise werden".

Das dürfte die honorige Quelle all der angedrohten Strafen und insofern zumindest für Menschen des christlichen Mittelalters noch eine Legitimation gewesen sein.

Außerdem ist dieser Bibeltext natürlich eine Metapher.

Insofern ist auch das Strafregister der Freimaurereide einzig und allein metaphorisch zu verstehen. Sogar ein Autor wie Michel Dierickx, der als Jesuït sozusagen *ex cathedra* zu einer kritischen Sicht des Freimaurertums angehalten ist, kommt noch 1967 in seinem Buche *"Freimaurerei. Die große Unbekannte"* zu diesem Ergebnis. Mit einem applaudierenden Vorwort von Herbert Vorgrimler, nicht nur Professor für katholische Dogmatik an der Theologischen Fakultät in Luzern, sondern auch *Consultor Secretariatus pro non credentibus*, kommt der Historiker Prof. Dr. Dierickx zur Feststellung:

"Wir haben in der ganzen Geschichte kein einziges Beispiel als zwingenden Beweis dafür finden können, daß ein ungetreuer Freimaurer von seinen Brüdern ermordet worden ist".

Namens der bezichtigten Logenbrüder selbst jedoch versichert der achtbare Autor Hjalmar Vollkammer *"im Auftrage der Großloge der Alten Freien und Angenommenen Maurer von Deutschland"* noch 1980:

"Dazu sei betont, daß die in der alten Eidsformel dem Verräter angedrohten Strafen symbolisch zu verstehen waren und niemals vollstreckt worden sind".

Damit können wir diese ganze schäbige Diskussion wohl als erledigt betrachten: diese Eide sind eine Schimäre und ein alter Hut. Goethe hat wohl Gespenster gesehen oder vor sonst wem gekuscht: vielleicht ja vor der intriganten Schauspielerin Karoline Jagemann, seinem chronischen Feindbild.

Oder er hatte einfach keine Lust, das Stück eines andern zu Ende zu schreiben.

Vielleicht konnte er es ja auch nicht.

Florenzende Florentiner

Archebriefing LL

Hallo, all Ihr Mit-Archivare, Archo-Nauten oder Arche-Typen und sonstige Minoristen: dies hier schreibt Euch wieder mal Euer LuLu persönlich.

Für alle neu hinzugekommenen Mitglieder und Sympathisanten unseres Minderheiten-Forums sei aber ordnungshalber noch einmal darauf hingewiesen, daß wir Eure oder unsere Probleme und Themen bis auf Weiteres grundsätzlich nur in Form solcher Rund- oder Sammelbriefings behandeln können. Das hat den Vorteil, uns allesamt mit unsern subjektiven oder individuëllen Einzelfällen solidarisieren und aus vielen Einzelkämpfern allmählich eine Gemeinschaft machen zu können, die dann eines Tages hoffentlich zurecht den Namen einer rettenden Arche trägt.

*Heute möchte ich Euch mit einem echt minderheitlich elitären Fall konfron-
tieren, der es freilich verdient, bekannter zu werden. Ich tuë das in Zusammenarbeit mit* Arche N, *unserer Vater-Loge, die meinen heutigen Text zu
gegebener Zeit um einen zweiten Teil ergänzen wird. Hier kommt also zunächst mal nur meine erste Hälfte:*

Im Norden der heute italiënischen Provinz *Emilia Romagna*, wo der Po mit
seinen Nebenflüssen Secchia und Panaro die natürlichen Grenzen eines
dreiëckigen Territoriums bildet, wurden mehrere Jahrhunderte lang die
Grafschaften Mirandola und Concordia von einer Dynastie beherrscht, die
Herkunft und Namen von Picus, einem Neffen des römischen Kaisers Constantin I. (306-337) ableitete. Ein Manfredo Pico war dann immerhin schon
im Jahre 1118 im benachbarten Modena der Bürgermeister.

Ein halbes Jahrtausend später wurden dessen Nachfahren, kaiserliche
Lehnsherren dieser höchst einträglichen, aber weltlichen Pfründe, zu erblichen Herzögen ernannt, deren letzter, der kinderlose Francesco Maria, wegen unerwünschter Parteinahme 1709 von Kaiser Joseph I. geächtet und zur
Flucht an den spanischen Hof gezwungen wurde.

Aber schon 1463 war seinem Vorfahren, dem Grafen Giovanfrancesco II.,
am 24. Februar ein letztes Kind geboren worden, das auf sehr undynastische
Weise zu dauerhaftem Weltruhm gelangen sollte. Es hieß Giovanni Pico,
signore della Mirandola e conte di Concordia.

Mütterlicherseits literarisch und humanistisch stigmatisiert, wuchs dieser
Erbe patrilinear einer Familie von streitbaren Haudegen als Liebling doch
eher seiner Mutter und vornehmlich in deren Obhut auf. Diese weichherzige
und zärtliche Giulia Boiardo, deren Bruder Matteo Maria, Graf von Scan-
diano, die romantische Ritterpoësie Italiëns begründete, mag ihrem aufge-
weckten jüngsten Sohne jenen *"eigentümlich femininen Zug seines Charakters"* und eine ungewöhnliche *"Zartheit und Schmiegsamkeit"* vererbt oder
auch so schuldhaft beschert haben, wie sein deutscher Herausgeber Arthur
Liebert sie noch 1905 als artfremd beanstandete.

Mutter Giulia jedenfalls förderte auch Interessen und Talente des heranwachsenden Giovanni, begünstigte dessen Laufbahn als Geistlicher, Intel-
lektuëller oder Literat und ließ den 14jährigen im nahen Bologna Kirchen-

recht studieren. Nach ihrem Tode wechselte der 16jährige an der Universität seines Schwagers, des regierenden Herzogs Ercole I. (*"der ihn sehr liebte"*, weiß Thomas More) im Ferrara der Familie d'Este, damals kultureller Hochburg Europas mit immerhin 300 herzoglichen Ärzten, zu den neuen *studia humanitatis* über, erwarb da einen ersten akademischen Titel, disputierte schon mit einem namhaften zeitgenössischen Philosophen über dessen Unsterblichkeitslehre und ließ sich vom dortigen Hofpoëten Tito Vespasiano Strozzi in zwei Elegiën selbst bereits bedichten und verherrlichen.

Wirklich dürfte wohl nicht zuletzt auch die äußere Erscheinung dieses hocharistokratischen Philosophiestudenten besingenswert gewesen sein. Denn Gianfrancesco Pico della Mirandola – Sohn seines ältesten Bruders Galeotto mit Bianca d'Este, einer Herzogsschwester, und später Biograf seines berühmt gewordenen Onkels, der diesen Neffen in vielen Briefen gar als seinen eigenen, *"von ganzem Herzen"* geliebten Sohn apostrophierte und quasi zu seinem Erben ernannte –   hat uns sein Aussehen so geschildert:

"Sein Körper war schön und schlank gebaut, in seinen Bewegungen lag ein edles Maß. Sein Fleisch war weich und zart, sein Antlitz von blühender Frische und Anmut, blitzweiß und regelmäßig seine Zähne und die Augen grau und lebhaft. In langen Strähnen fiel das blonde Haar auf die Schulter".

Thomas More oder Morus, jener englische Lordkanzler, humanistische Staatstheoretiker und Männerfreund, der jeweils aus religiösen Gründen 1532 enthauptet und 1935 heilig gesprochen wurde, dürfte in diesem Giovanni Pico das Vorbild eines katholischen Humanisten verehrt haben und übertrug jene nepotische Darstellung *anno* 1510 recht frei ins Englische, pries da *"Gestalt und Aussehen"* seines Helden als *"auffallend schön, hochgewachsen und stattlich"* und ergänzte, mit oder ohne sonstige Quellen:

"Seine Haut war zart und sanft", *"seine Farbe weiß, mit hübschem Rot untermischt [...], sein Haar war blond, aber nicht gefärbt"*.

Folglich konnte Namens- und Fleischesbruder Thomas Mann, in Kenntnis gewißlich auch zumindest des überlieferten Porträts der Uffizien, getrost noch 1905 in seinem schwirrenden Männer- und Florentinerdrama *"Fiorenza"* denselben Giovanni Pico gar als 29jährigen so beschreiben:

*"Er ist ein üppiger Jüngling, elegant und willkürlich in seidene Stoffe ge-
kleidet, mit langen, wohlgepflegten blonden Locken, feiner Nase, einem
Frauenmunde und Doppelkinn".*

Seinen sterbenden Lorenzo de' Medici vollends, jenen florentinischen Potentaten, *"Magnifico"*, Mäzen, Männerfreund und musischen Gönner speziell auch dieses jungen Philosophen, läßt der kundige Thomas Mann denn
auch noch liebevoll *"mein ambrosisch gelockter Pico"* sagen. Dabei unter-
schlägt er die tradierte Anekdote, wie derselbe Lorenzo seinen *"himmlischen"* Lockenprinzen ans Sterbelager rufen ließ. *"Ich wäre recht unzufrie-
den gestorben"*, soll dieser große Erot sich da verabschiedet haben, *"wenn
ich mich nicht vorher an deinem Anblicke ein wenig hätte erfreuen können"*.

Der Anblick so erfreulicher Schönheit dürfte aber seine kuppelnde Rolle
schon gespielt haben, als der gräfliche Studiosus *anno* 1479, also sechzehn-
jährig, von Ferrara aus eine Reise nach Florenz unternahm und dort nicht
zuletzt auch Marsilio Ficino kennen lernte.

Dieser Philosoph, bereits 46 Jahre alt, aber Junggeselle und Vegetarier, will
just damals jene Platon-Übersetzung abgeschlossen haben, die den großen
griechischen Philosophen der lateinisch katholischen Welt überhaupt erst
zugänglich machen und damit für mehrere Jahrhunderte die abendländische
Platon-Rezeption entscheidend beeinflussen sollte. Der junge Pico dürfte da,
nach Ficinos pointenbewußter Überlieferung, in diesem historischen Augenblick einer seiner ersten Leser und Bewunderer gewesen sein. Schon bald
wurde er wirklich von Ficino als *"Bruder in Platon"* oder *"complatonicus"*
angeredet.

Ficino selbst, *recte*: Diotifeci und Arztsohn aus dem Arnotale, hatte in Florenz seinerzeit Rhetorik, Grammatik, Medizin und Musik, aber auch griechische Sprache und Philosophie auf eine so kirchenkritische Weise studiert, daß er der Ketzerei bezichtigt wurde und vor der drohenden Todesstrafe ins liberalere Bologna emigrieren mußte. Dort aber hatte der 21jähri-
ge schon mit eigenen philosophischen Texten aufzufallen begonnen, wurde
von Cosimo de' Medici, dem Bankier des Vatikans und titellosen *"padre
della patria"* aller Florentiner, als Sohn seines Leibarztes zurückgerufen,
weiterhin ausgebildet, gefördert und nicht zuletzt als Sänger jener *Orphischen Hymnen* geschätzt, die Ficino zu seiner *lira orfica* vortrug und zunehmend auch in seinen Traktaten zu zitieren begann.

Diese *Orphischen Hymnen* waren erst ein knappes Jahrzehnt vor Ficinos
Geburt im legendären Gepäck des Giovanni Aurispa von Konstantinopel
nach Florenz gelangt. Dieser sizilianisch gebürtige Universitätsprofessor für
Gräkistik und später gar Sekretär des Papstes war 45jährig ins türkisch bela-
gerte frühere Byzanz und heutige İstanbul gereist, dort Sekretär des Kaisers
Johannes Palaiológos geworden und schon nach zwei Jahren wieder zurückgekehrt: im umso denkwürdigeren Jahre 1423. Denn er brachte da eine
Sammlung von 238 Textkopiën antiker griechischer Autoren mit und importierte so erstmals den Sophoklēs, auch *codices* von Aißchýlos, Plutarch, Xe-
nophōn, Cassius Dio, vor allem aber die platonische *"Politeia"* und ebenjene
Hymnen, die man damals einhellig noch dem Orpheus zuschrieb.

Sie bestanden aus 87 hexametrischen Gedichten, philosophischen Abhand-
lungen, mystischen Fragmenten und didaktischen Texten, die ein zusam-
menhangloses *corpus* ohne jede Einheit waren und gemeinsam mit den
ebenso apokryphen *"Orphischen Argonautica"* für ein Erbe des historischen
Orpheus und daher für Offenbarungen archaïscher Weisheit und heiliger
Schriften einer Mysterienreligion aus vorolympischen Zeiten gehalten wurden. Erst seit Schillers 18. Jahrhundert sieht man in ihnen Bearbeitungen,
Imitate oder gar Fälschungen, die um oder kurz nach Christi Geburt im thrakischen Kleinasien, dort gar im mysisch-lydischen Pérgamon entstanden,
sich freilich wohl auf sehr viel ältere dionysische Mysterien beziehen.

Schon kurz nach jenem Import dieser *"Orphischen Hymnen"*, wohl um
1437, fügte der florentinische Bildhauer Luca della Robbia, Protagonist der
toscanischen Renaissance zumal durch seine Marmorkanzel mit tanzenden
und musizierenden Knaben, ein weiteres Marmorreliëf in jenen Zyklus ein,
den wohl schon Giotto gute hundert Jahre zuvor als ein Lobpreis der
menschlichen Kulturgeschichte für seinen Glockenturm des florentinischen
Domes entworfen hatte. Lucas Reliëf, etwa 82 mal 70 Zentimeter groß,
zeige dort den musizierenden Orpheus mit seiner Leier inmitten lauschen-
der Tiere und gilt als eine der frühesten Darstellungen dieses Motivs in der
Renaissance überhaupt. Heute ist es in strapaziertem Zustande noch im florentinischen *Museo dell'Opera del Duomo* zu entdecken.

Ficino dürfte es gekannt haben, als er, 26jährig, von seinem mediceïschen
Mäzen mit der Gründung einer *"Platonischen Akademie"*, aber schon als deren 29jähriger Präsident mit der Übertragung griechischer Philosophen be-

auftragt wurde. Seine erste, freilich noch streng geheime Übersetzung aus dem Griechischen galt schon in diesem selben Jahre 1462 ebenjenen *Orphischen Hymnen* und *Argonautica*. Aber ihre lateinische Gestalt hat der Christ Ficino aus Befürchtung heidnischer Auslegung nie veröffentlicht. Sie erschienen wohl erst postum, 1500 im heimischen Firenze, wurden zwar im 16. Jahrhundert ganze zehn Male nachgedruckt, aber liegen heute noch als fragmentarisches Manuskript vor.

Freilich verlangte sein Geldgeber allzubald schon vorrangig eine Übersetzung der Texte Platons. Schnell aber wechselte dieser lebensmüde Greis seine Prioritäten und verlangte zunächst nach einer lesbaren, also lateinischen Fassung jenes *"Corpus Hermeticum"*, das der byzantinisch beamtete Universalgelehrte Psellós im 11. Jahrhundert mit magischen und alchimistischen Texten herausgegeben hatte: die stammten angeblich aus einem jüngst zerstörten Tempel in Harran oder Charan, wurden jenem ominösen *Hermés Trismegistos*, einem damals noch für historisch gehaltenen altägyptischen Magier und ibisköpfigen, gar ibisgestaltigen Zeitgenossen von Moses und Zarathustra, zugeschrieben und dominierten Jahrhunderte lang die gesamte mystische Szene. *"Mach den Hermés, Ficino!"*, soll Cosimo sich plötzlich eines andern besonnen haben.

So also lernten nun Ficino und dessen *"zweiter Vater"* Cosimo diese hermetischen Dialoge als Basis für Platon, aber auch als Zugang zu antiken und orphischen Mysterien, auch zu deren heidnischen, deren exotisch fernöstlichen, ungriechisch hyperboreïschen Ritualen kennen, die barbarisch und blutrünstig waren, doch mit all ihrer Beschwörung von Erbsünde und infernalischen Höllenstrafen in orphisch erlebter Perspektive immerhin freilich auch Erlösung und kultische Entsühnung verhießen. Das war neu, war verführerisch für Erben eines okzidental verfinsterten Mittelalters und wurde begierig als bereichernde Ergänzung des Christentums begriffen. Wenn Cosimo seinen musizierenden Hausphilosophen jetzt noch zu sich bat, tat er das immer mit der hermetisch konspirativen Formel

"Komm nicht ohne die orphische Leier".

Das mag der Gerufene nur allzu gern so befolgt haben. Denn in manchem seiner eigenen Traktate hat er dieses orphische Instrument unter Berufung auf Plotin auch als Metapher schon für den Austausch kosmischer Energiën oder Informationen verwendet und seinen Gönner eben hiermit bezaubert.

Der nun beschenkte daher seinen singenden Philosophen gar mit einer eigenen Villa in Careggi außerhalb von Florenz. Dort lebte Ficino mit seinem
geliebten Giovanni Cavalcanti, einem elf Jahre jüngeren florentinischen
Aristokraten, zusammen, und eben in dieser schwulen Wohn- und Lebensgemeinschaft begann auch vage zu entstehen, was heute Renaissance heißt.
Ficino selbst, fast sechzigjährig, machte sie brieflich noch 1492 als ein *"goldenes Jahrhundert"* aus, das so vergessene Künste wie den *"antiquuum ad
Orphicam lyram carminum cantum"* wiederbelebe.

Aber in Careggi übertrug er philosophische Texte auch noch von Speusíp-
pos, Xenokrátes und Pythagóras ins vertrautere Latein, später auch noch den
Hermías, Synésios, Psellós, Iámblichos, Porphýrios, Próklos und den Pseu-
do-Dionýsios Areopagíta.

Den Zugang zum religiösen Platon jedoch, dieser *"Medizin für die Seele"*,
und zu dessen vorausgelieferter Harmonie mit dem späteren Christentum
betrachtete er als seine eigentliche Lebensleistung. Denn mit platonischen
Argumenten ließen sich optimal auch alle sensualistischen oder materialistischen Gegner der christlichen Seelenlehre widerlegen.

Parallel zu alledem entstanden auch Ficinos eigene Texte, vor allem die
"Theologia Platonica", jenes achtzehnbändige *opus maximum*, das seine
Auseinandersetzung mit Platon krönte und auf logisch rationalem Wege die
Göttlichkeit und Unsterblichkeit des Menschen, *ergo* auch die Einheit von
Philosophie und Religion zu beweisen versuchte. In einer Verschmelzung
platonischer und hermetischer Elemente mit der jüdisch-christlichen Tradi-
tion sah er hier den verlockenden oder zwingenden Weg zu einer alternati-
ven Theologie.

Die aber formulierte er erst ganze zehn Jahre nach jener ersten Begegnung
mit dem jungen Pico della Mirandola. Der war damals zwar aus dem lediglich bereisten Florenz zur Universität zurückgekehrt, aber unter dem Eindruck und Einfluß Ficinos nach Padua übergewechselt, wo die Philosophische Fakultät ein Zentrum aristotelischen Denkens war und er selbst als
Schüler nunmehr eines namhaften jüdischen Lehrmeisters auch die isla-
misch-neuplatonischen Synthesen jenes Averroës studierte, der als Araber
aus dem synkretistischen Córdoba des 12. Jahrhunderts stammte und eigentlich Abūl-Walīd Muhammad ibn Ahmad ibn Muhammad ibn Rušd hieß.

Aber in Padua begann dieser schöne Eleve Pico dann auch, mit Ficino zu korrespondieren. Vor allem kündigte er die eigene Versenkung in dessen Platon an, den er nun, in Nachfolge des Neuplatonikers Boëthius, mit dem Aristotéles, jenem Guru der traditionellen Scholastik, kritisch vergleichen wolle. Ficino griff das auf und erwiderte auch die angebotene Freundschaft, die noch weit reichen sollte.

Nach zwei Jahren in Padua kehrte der wohlhabende Neunzehnjährige ins heimatliche Mirandola zurück, um sich dort dem weiteren Studium diverser Philosopheme zu widmen und *"mit angespanntester Bemühung"* Hebräïsch, Arabisch, das esoterisch gehütete Chaldäïsch oder Aramäïsch und von einem flüchtigen Kreter, seinem Hausgast, vor allem Griechisch zu erlernen. Seine legendäre Beherrschung von schließlich 22 Sprachen, zu denen sein eigenes Italiënisch wohl nur bedingt gehörte, wurde vom skeptischen Loki Voltaire noch zweihundert Jahre später kritisch belächelt. Aber Picos Wissensdurst war wohl wirklich unstillbar, seine Aufnahmefähigkeit schier unbegrenzt. Gott habe auf ihn, gab später sogar der rabiate Bußprediger Savonarola zu, so *"große Gaben und besondere Gnaden ausgeschüttet"*, daß er *"alle Gelehrten der letzten achthundert Jahre in den Schatten gestellt"* haben könnte.

Als erster Christ nicht jüdischer Herkunft las er *"mit größter Sorgfalt und unermüdlichen Anstrengungen"* so systematisch wie ausführlich in okkulten Texten der Kabbalah, die er — gemeinsam mit deren jüdischen Anhängern — für jene ursprünglich einzig mündlich überlieferte Auslegung des mosaïschen Gesetzes hielt. Also verehrte er es als den Urbezug aller großen Religionen seiner Zeit, besonders des Christentums, aber auch der platonischen Philosophie und als beste astronomische Erfahrungswissenschaft.

"Hier findet man das Mysterium der Dreifaltigkeit", verteidigte er seinen Exkurs in die Exotik dieser Kabbalah als eine legitime Heimkehr, *"hier die Fleischwerdung des Wortes, hier die Göttlichkeit des Messias, hier las ich von der Erbsünde, von ihrer Sühnung durch Christus, über das himmlische Jerusalem, vom Sturz der Dämonen, über die Ordnungen der Engel, über das Fegefeuer, von den Strafen in der Unterwelt dasselbe, was wir bei Paulus und Dionysius, bei Hieronymus und Augustinus täglich lesen. In dem aber, was sich auf die Philosophie bezieht, kann man geradezu Pythagoras*

und Platon hören, deren Lehrsätze dem christlichen Glauben so verwandt sind" (aus seiner späteren *"Rede über die Menschenwürde"*).

Also übersetzte er kabbalistische Texte sogar ins Lateinische und machte sie so der abendländischen Wissenschaft erstmals zugänglich. Er studierte auch den Talmud in seiner nachgerade babylonisch-chaldäïschen Mundart und las im arabischen Koran.

Zwanzigjährig erstmalig dauerhafter in Florenz, beschäftigte er sich nun auch systematisch mit Platon, in dem er mehr und mehr den unkonventionellen Autor des *"Phaídon"*, also einen *"gotttrunkenen Mann"* und orphischen Propheten oder Magiër und Theologen schätzen lernte, dessen Spiritualität und Religiosität sich am Ewigen oriëntieren und all die dämonischen Verstrickungen des Aristotéles im krude Materiëllen verführerisch in den Schatten stellen.

Von Ficino hierin bestätigt, vertiefte er so auch ihre persönliche Freundschaft und trug diesem *"wiedererstandenen Platon"* nun *"mit großer Dringlichkeit"* an, demnächst den Plotĩnos für ihre Zeit zu übersetzen, zu kommentieren, zu entdecken.

Ficino folgte auch diesem Vorschlag aus dem stetig wachsenden Spektrum seines jungen Freundes, den er mit schillerndem Wortwitz bald als *"vir certe mirandus"*, einen wirklich bewundernswerten Mann oder eben Mirandolaner, bald auch, ironisch blasphemisch, als *"Picus noster Mirandulanus vir virtute mirandus"* pries.

Aber der so doppelsinnig Akklamierte ging 22jährig nach Paris, um an der dortigen Sorbonne, Hochburg averroïstisch aristotelischer Scholastik, acht Monate lang seine Kenntnisse in eben solcher Philosophie und Theologie angemessen zu erweitern und sich in der Technik öffentlicher Disputationen zu üben.

Der 23jährige kehrte von der Seine aber weder nach Padua noch ins Elternhaus, sondern stracks ins bereits heimisch gewordene Florenz und zum Freunde Ficino zurück. Der mag ihm da allmählich auch seinen eigenen Umkreis zugänglich gemacht und die geistigen wie die sinnlich emotionalen Spannungen jener *Platonischen Akademie* erschlossen haben, die er schon vor einem Vierteljahrhundert begründen geholfen hatte und immer noch leitete.

Selbige Akademie war eine Idee seines damaligen Gönners Cosimo de' Medici gewesen, seit dieser *anno* 1439 beim ökumenischen Unions-Konzil von Florenz im 650köpfigen Gelehrtengefolge des byzantinischen Kaisers Johannes VIII. Palaiológos dem greisen griechischen Philosophen Georgios Gemistios begegnet war, der in den heimischen Bergschluchten von Mistra, nahe dem klassischen Sparta, selbst eine Philosophenschule nach platonischem Urbilde ins Leben gerufen hatte, dort aber einen alexandrinisch neuplatonischen und antiaristotelischen Synkretismus lehrte, der in so christlich orthodoxem Umfelde als heidnisch galt und mit der Todesstrafe geahndet wurde. Hier in Florenz nun aber, einer autonomen Republik und der zensurlosen Szene eines platonischen Humanismus, gab er sich selbst den Namen Plethon und trat unbekümmert leidenschaftlich für eine platonische Vermischung philosophisch und theosophisch heterogener Elemente ein.

Erst Cosimos Idee einer Nachbildung jener Akademie von Mistra sollte Florenz, diese immerhin fünftgrößte Stadt Europas, seit 1459 zu einem Zentrum der Platoniker machen. Der hiermit beauftragte Ficino ging freilich eigene Wege und entwickelte, was im kalifornischen Berkeley der amerikanische Historiker Gene Brucker noch 1969 als *"lockere und informelle Führungsrolle"* verbrämen mochte.

Denn Ficinos Akademie in einer Villa der Medici zu Careggi bei Florenz war weniger dogmatisches Schulungsinstitut als eher der liberale Freundeskreis, eine Lebensgemeinschaft gleich- oder möglichst ähnlich-, also platonisch gesinnter und hermetisch interessierter Künstler, Gelehrter, Politiker und Geistlicher, auch Diplomaten, Ärzte und Juristen, Bankiers und Kaufleute, die sich mit unorthodoxen Anlässen und an wechselnden Orten zu einem Beisammensein trafen, das auch handverlesener Männerbund oder elitäre Arche war.

"Sie alle glaubten an den Beginn eines neuen Zeitalters", haben Michael Baigent und Richard Leigh all das zusammengefaßt, *"und daran, daß die Welt vor einer folgenschweren Veränderung stand. Ein noch nie dagewesener Optimismus lag in der Luft. [...] Man erwartete auch die baldige Entstehung einer neuen universellen Religion, die das Christentum mit dem Platonismus und der Hermetik aussöhnen würde"* (Seite 142).

Ficino erläuterte seinen Mitbrüdern, Gästen und Schülern, die er pauschal gern als *"Geliebte in Platon"* anredete, auch die neu erschlossene *Weiße*

Magie und deren Umsetzung kosmischer Energiën und Prinzipiën in talismanische Kunstwerke, Elixiere oder Architektur, empfahl ihnen rituëlles Singen *Orphischer Hymnen* als kultischer Beschwörungsformeln und zierte die Wände der Akademie mit astrologischen Illustrationen und seinen favorisierten Maximen:

"Alles wird vom Guten zum Guten geleitet",

"Fröhlich in der Gegenwart, lege keinen Wert auf Vermögen, und trachte nach keinem hohen Rang!",

auch *"Meide das Zuviel, meide die Geschäfte, fröhlich in der Gegenwart!"*.

Selbst in der Kirche *Santa Maria degli Angeli* hielt Ficino Vorträge über Platon und die Hermetik, im Kloster Camaldoli fanden jene *"Disputationes Camaldulenses"* statt, die der orphische Poët Cristoforo Landino als Augenzeuge beschrieben hat, und jeweils am 7. November, vermeintlich Platons Geburts- und Todestag, lud Lorenzo de' Medici, Landesvater und stets präsentes Mitglied ihrer Akademie, in eins seiner Landhäuser in Careggi, Cafaggiuolo oder *Poggio a Caiano* zu einem Gastmahl, das von einer Lesung des platonischen *"Sympósion"* mit verteilten Rollen, auch einer Analyse und Diskussion des Textes gekrönt wurde.

Hiervon mag Präside Ficino inspiriert worden sein, unter dem Titel *"Commentarium in convivium Platonis, de amore"* einen Kommentar zum *"Sympósion"* zu schreiben und ihn formal den platonischen Dialogen so anzunähern, daß selbst Goethe noch bislang für authentischen Platon hielt, was aber schon Ficino war. Auch dieser Kommentar, der sogar in spätere Platon-Ausgaben aufgenommen wurde, bedient sich der äußeren Gestalt eines mediceïschen Festmahls mit musisch neun befreundeten Gästen und behandelt exklusiv ein platonisches Thema, das Ficinos Text auch den gebräuchlichen Kurztitel lieferte: *"De amore"* – von der Liebe.

Schon hier im Gefolge Platons pointierte der 35jährige, was er in späteren Schriften vollends ins Zentrum seines Philosophierens rücken sollte:

"Eros herrscht in allen Dingen und zieht zu allen hin, ist Schöpfer und Erhalter aller, ist Herr und Meister aller Künste" (*Dritte Rede*, Kapitel 3).

Sein Busenfreund, der sonderlich schöne Historiker Giovanni Cavalcanti, *"welchen die Festteilnehmer wegen seines hochgesinnten Charakters und*

seiner edlen Erscheinung den Heros nannten" und den Ficino immerhin drei
von nur sieben dieser Reden *"De amore"* halten ließ, beruft sich in diesem
zentralen Satz auf den Orpheus persönlich und auf dessen Definition, der
Eros verfüge über die Schlüssel zu allem oder gar zum All: *"omnium claves
habentem"*.

Diesen Bezug auf die orphische Spielart der Liebe und deren Universalität
dürfte Ficino hier schwerlich zufällig hergestellt haben. Denn schon gleich
zu Beginn der *Vierten Rede* ließ er den Cristoforo Landino, der *"als vorzüg-
licher orphischer und platonischer Dichter bekannt geworden"* sei, jene
These des originalen *"Sympósion"* bekräftigen, daß es beim Menschen ursprünglich drei Geschlechter gegeben habe: *"das männliche, das weibliche
und das zusammengesetzte"*, welches vom Monde abstamme, *"luna genite"*,
und die Gerechtigkeit verkörpere (~ *"iustitiam, promiscuam"*).

Hieraus dürften für den Pseudo-Cavalcanti schon in der *Ersten Rede* jene
"drei Beispiele der Liebe" resultieren, wie sie auch der platonische Phaĩdros
unterscheidet:

*"Das eine handelt von der Liebe des Weibes zum Manne [...]; das andere
handelt von der Liebe des Mannes zum Weibe [...]; das dritte von der Liebe des Mannes zum Manne ('masculi ad masculum')"* (3. Kapitel).

Auch für Ficino selbst scheint diese dritte Liebesart die eigentlich repräsentative gewesen zu sein. Denn dieser sein ganzer Kommentar *"De amore"*,
den er Giovanni Cavalcanti, seinem Lebensgefährten, nicht nur liebevoll in
den Mund gelegt, sondern auch gewidmet hat, bezieht sich ausschließlich
nur auf sie. Noch wo deutsche Übersetzungen in *"geliebte Person"* oder
"geliebtes Wesen" ausweichen und der arglose Leser also eher *"die Geliebte"* oder *"seine Frau"* erwartet, machen die grammatikalischen Endungen im
lateinischen Original unmißverständlich dingfest, daß hier vorherrschend
von *amator* und *amatus*, zwei Männern also und deren Liebschaft, die ein-
deutige Rede ist.

Zwar *"fangen die Weiber mit Leichtigkeit die Männer ein"*, aber doch schon
*"am ehesten diejenigen Frauen, welche etwas männlich aussehen. Leichter
aber noch nehmen männliche Personen die Männer ein, da sie ihnen mehr
gleichen als die Frauen"* (*Siebente Rede*, 9. Kapitel). Denn *"die Liebe wird
durch Ähnlichkeit hervorgebracht"*, behauptete Ficino immer, und erfasse

nur *"das ihr Gleichartige"*. Nämlich *"überall ist eine Ähnlichkeit die Ursache der Liebe"*, vertraute er auch einem Briefe an Matteo da Forlì an: *"Dies sieht man deutlich an den Sternen und Elementen, den Pflanzen und Lebewesen"*.

Gar seine namentlichen Beispiele wohlbekannter Liebespaare greifen daher meist nicht auf Heró und Léandros oder Héktor und Andromáche zurück, sondern mit unverkennbarer Vorliebe eben auf Achilleús und Pátroklos oder Oréstes und Pyládes oder Phaîdros und Lysías oder Dámon und Phintiás (wie auch Schillers *"Bürgschaft"*). Noch den göttlichen Éros persönlich versieht Ficino *"mit einer menschlichen Erscheinung"*, beschreibt ihn aber definitiv *"nach dem Bilde eines wohlgestalteten Mannes"*, der freilich *"weich, fein und zart"* sei, *"weil die sanften Gemüter leichter der Liebe unterliegen"* (*Fünfte Rede*, 7. Kapitel).

Wirklich findet hier, was Ficino als *"wahre Liebe"* (*"verus amor"*) oder auch *"sokratischen Eros"* (*"amor socraticus"*) bezeichnet, immer zwischen Männern, vorwiegend aber zwischen Jüngling und reifem Manne (wie zwischen Cavalcanti und Ficino selbst) statt, denn tatsächlich *"liebten die Jünglinge den Socrates noch mehr, als er irgendeinen von ihnen liebte"* (*Siebente Rede*, 16. Kapitel). Platon habe daher den Eros *"genau dem Vorbilde und dem Lebenswandel des Sokrates entsprechend geschildert"* (*Siebente Rede*, 2. Kapitel).

So nennt denn Giovanni Dall'Orto, der mehrfach zu diesem Thema publiziert hat, noch 1989 diese *"sokratische Liebe"* eine *"Tarnkappe für gleichgeschlechtliche Liebe in der italienischen Renaissance"*:

"a disguise for same-sex love in Italian Renaissance".

Noch in seiner *home page* verweist er auf die vielen Indizien (*"numerosi indizi"*), die uns *"denken lassen, Ficinos erotisches Begehren habe sich auf Männer gerichtet"* (*"che fanno pensare che il desiderio erotico di Ficino si dirigesse verso gli uomini"*); nach seinem Tode hätten daher viele Biografen auf seine homosexuëllen Tendenzen angespielt (*"alludevano alle sue tendenze omosessuali"*).

Noch 1998 zählte der Hamburger Historiker Bernd-Ulrich Hergemöller in seinem brillanten Lexikon *"Mann für Mann"*, obwohl es sehr vorsichtig und eher zögerlich operiert, zumindest Marsilio Ficino und Giovanni Pico zu denen, *"in deren Leben das gleichgeschlechtliche Moment eine wichtige Rolle spielt"*.

Daß sie da nicht die einzigen blieben, belegt nicht zuletzt die deutsche Verschleierung dieser Liebesart durch den Ausdruck *"florenzen"*, der sich von Martin Luther über Sebastian Brant und Lessing bis zu den Gebrüdern Grimm nachweisen läßt, bei diesen im Sinne des biblischen Erkennens gleichermaßen *"die Knaben und allerlei Vieh"* betrifft und in einem Synonym von Johannes Rasch aus dem Jahre 1589 so entzaubert wird: *"...sodomitisch laster, florenzung"*.

Ficino selbst allerdings erschwerte oder irritierte so naheliegende Unterstellung, indem er Liebe und Sexualität rigoros voneinander unterschied: *"als einander entgegengesetzt. Deswegen sind die Lust zum Beischlaf und die Liebe nicht nur keine gleichartigen Regungen, sondern contrarii esse monstrantur – erweisen sich als Gegensätze"*. Für seinen vermeintlichen Cavalcanti jedenfalls ist im Gefolge Platons und vermutlich auch in Ficinos eigenem Betracht

"jede Liebe sittlich und jeder Liebende züchtig, weil jegliche Liebe schön und anständig ist und sich nur auf das ihr Gleichartige erstreckt. Die zügellose Brunst aber, welche uns zu unkeuschen Handlungen verleitet, ist, da sie uns zum Häßlichen hinführt, als Widerpart der Liebe anzusehen": *"amari contrarius iudicatur"* (*Erste Rede*, 3. Kapitel).

Fortpflanzung oder Arterhaltung werden vom wahrhaft Liebenden ausdrücklich ausgeklammert:

"Die Verrichtung des Zeugens hingegen übt er nur bis zu dem Maße aus, als die Ordnung der Natur und die von einsichtsvollen Männern gegebenen Staatsgesetze es vorschreiben":

als unerläßlichen Tribut also nur an diverse Legislativen. Ansonsten sei das lieblos emanzipierte *"Gelüste des Tastsinns"* nur *"die Verirrung eines niedrigen Menschen"* (*Zweite Rede*, 9. Kapitel).

Wer aber, von Natur oder auch aus Bildung, lieber geistig als körperlich zeuge, sei *"der himmlischen Liebe ergeben"* und ziehe *"die Männer den Weibern vor und zwar die Jünglinge den Knaben, weil in jenen die Schärfe des Begriffsvermögens in höherem Maße entwickelt ist"*.

Da aber alle Zeugungskraft seelisch bedingt sei, fehle ihr jedes Erkenntnisvermögen. Ficino weiß, daß der Körper *"nur Begleiter und Produkt der Seele"* ist und mancher daher auch für ihn selbst eine *"allzu große Liebe"* empfindet. *"Deshalb kommt es öfters vor, daß solche, welche mit Männern Umgang pflegen, sich mit ihnen fleischlich vermischen, um den Geschlechtstrieb zu befriedigen"*. Ganz offensichtlich kennt sich der Beschreibende da aus. *"Solche Handlung ist allerdings ungehörig"*, da sie ja immerhin *"zur Fortpflanzung dienen soll"* und daher *"nicht an männlichen, sondern an weiblichen Personen zu erfolgen hat"*, wenn sie keine *"zwecklose Verschleuderung des Samens"* sein solle (*Sechste Rede*, 14. Kapitel).

So strikte Trennung der Vermehrung von aller *"himmlischen Liebe"* zwischen Männern dürfte ein Versuch des Philosophen Ficino sein, auch den virulenten Eros der florentinischen "Akademiker" in seine metaphysischen oder theologischen Konstrukte einzubeziehen und von allem ausschließlich triebhaften Animalismus zu befreien: eben weil ihm der Eros so wichtig ist wie kaum etwas sonst.

Solche Freundschaft zwischen Männern nämlich, fixiert er auch in einem Brief an seinen Cavalcanti, sei *"die höchste Eintracht zweier Seelen"*. Doch *"die wahre und stetige Einheit zwischen mehreren kann nur durch die ewige Einheit selbst bewirkt werden. Die wahre und ewige Einheit aber ist Gott selbst"*. So legitimiert er den Eros auch inmitten allen Philosophierens: in seiner Religiosität. *"Deshalb sind hier nicht nur zwei Freunde, sondern notwendig immer drei, nämlich zwei Menschen und ein Gott"*. Durchaus ist Gott also auch bei solchen Liebenden und deren Art von Verbindung. Ihre *"einzige Hoffnung"* sei daher die Besinnung auf Gott, *"der ja weiß, eine wie schwierige und gefährliche Provinz er uns bewohnen und beherrschen läßt"*. Erst Er nämlich *"verbindet uns zur Einheit"* und ist daher *"der unlösliche Knoten und beständige Wächter der Freundschaft"*.

Das mag sich primär auf Ficinos persönliche Passion zunächst für den Adressaten jener glühenden Liebesbriefe bezogen haben, die der Vierzigjährige an den *"heroïschen"* Giovanni Cavalcanti als seinen *"amicus unicus"* oder *"amico mio perfettissimo"* schrieb, mit dem er sich *"in Liebe verbunden"* und durch so *"heilige Bande von Liebe und Freundschaft"* in der Nachfolge jener großen Männerpaare fühlte, wie sie auch die Geschichte von Philosophie und Theologie markieren: Zarathustra und Amiraspis, Hermés Trismegistos und Asklépios, Orpheus und Musaĩos, Pythagóras und Aglaóphamos, Platon und Xenokrátes also ebenso wie nun auch *"Giovan Cavalcanti und Marsilio Ficino"*, deren *"freudenvolle Gemeinschaft"* und Freundschaft er *"für würdig erachtete, den Genannten hinzugezählt zu werden"*.

Später mag Ficino Vergleichbares auch für den jungen Giovanni Pico empfunden haben. Aber ganz abgesehen von solchen persönlichen Affinitäten ließ sich auch prinzipiëll und philosophisch weder übersehen noch abstreiten, wie sehr seine florentinische Akademie von Platonikern zu einem Sammelbecken mehr oder minder offen bekennender Homo-Eroten wurde. In seiner Publikation über das *"Florenz in der Renaissance"* bestätigt Gene Brucker in Berkeley dieser Akademie zwar eine *"Gelehrsamkeit um ihrer selbst willen, ohne Rücksicht auf berufliche oder praktische Vorteile"*, nannte aber als *"die wesentlichen Kennzeichen dieser Gemeinschaft"* doch primär und prüde ihre *"Privatheit"* und ihre *"Intimität"*: was immer er in seinen puritanischen USA damit meinen mochte. Benedetto Varchi jedenfalls, Ficinos Nachfolger als Präside dieser Akademie, wurde wegen seiner gleichgeschlechtlichen Amouren öffentlich angeklagt.

Aber gleichfalls von Cosimo und Lorenzo de' Medici, den beiden generösen florentinischen Sponsoren, wie auch von den Akademisten Girolamo Benivieni, Bernardo Bembo, Sandro Botticelli, auch von Ficinos minderjährigem Schüler Michelangelo Buonarroti, besonders evident jedoch von Poliziano ist uns ihr genüßliches *Florenzen* überliefert und bezeugt.

Angelo Poliziano, eigentlich Angiolo Ambrogini, war aus dem senesischen Montepulciano des später nicht minder florenzenden Hans Werner Henze gebürtig und ein Schüler oder *"philosophisch geschulter Liebling"* (Wesselski) jenes Ficino, den er mehrfach als "wahren thrakischen Orpheus mit der Kithára" feierte. Ohnehin mag seine tief verschreckte Seele auf der traumatischen Suche nach einer Autorität gewesen sein, wie sie ihr schon in jungen Jahren zweimal brutal entrrissen wurde: zuërst dem Zehnjährigen durch die Ermordung seines leiblichen Vaters, später dem Jüngling durch jenes päpstliche Attentat auf Giuliano I. und Lorenzo de' Medici, seine väterlichen Dienstherren, die während eines Hochamts im florentinischen Dome niedergestochen wurden. Nur Lorenzo überlebte: durch Polizianos Hilfe. Aber dieser Mordanschlag, der vom päpstlichen Bankhaus Pazzi finanziert wurde, ging als die *"congiura de' Pazzi"* in die Geschichte ein.

Ebendiese *"Verschwörung der Pazzi gegen die Mediceer"* war dann auch Stoff und Titel jener ersten Tragödië des 17jährigen Schiller, der ihr Bestes bald in die *"Räuber"* übernahm und den Rest noch 28jährig seinem Meininger Freunde, dem Bibliothekar Friedrich Wilhelm Reinwald, zur Bearbeitung überließ, aber später vernichtete.

Jener historisch betroffene Kronzeuge Poliziano jedoch war schon 21jährig für vier Jahre im Hause Medici Erzieher des dreijährigen Stammhalters Piero geworden, 23jährig Nutznießer einer geistlichen Pfründe, 26jährig Universitätsprofessor für Poëtik, Rhetorik, antike Literatur und Eigentümer eines Landhauses in Fiesole, übersetzte da Homer in lateinische Hexameter und schrieb, noch immer 26jährig, mit *"Fabula di Orpheo"* das erste weltliche Drama der italiënischen Literatur, das, 1480 in Mantua uraufgeführt, eine uferlose Tradition, auch von *"Orpheus"*-Opern begründete.

Offiziëll Privatsekretär, intimer Hausfreund, Hofpoët und humanistischer Herold der Medici, war er Autor lateinischer Verse *"von hoher Anmut"* (Pongs, 1961), schon 21jährig von italiënischen Stanzen aus dem *"Reiche der Venus"* und anonym einer Sammlung von vierhundert teils recht deftigen *"Schwänken und Schnurren"* (*"Facetie et motti"*) des 25jährigen überwiegend aus der mediceïschen Hofgesellschaft. Aber Lorenzos Ehefrau, Clarice Orsini, verstieß ihn, vielleicht ja nicht einzig aus pädagogischen Gründen.

Noch Thomas Mann, der ihn zu einem Protagonisten seiner *"Fiorenza"* erkor und dort als *"Leuchte des Jahrhunderts"* pries, ließ seinen siebzehnjährigen Kardinal Giovanni de' Medici zu diesem Poliziano sagen: *"Niemand singt so süß wie Ihr das Lob eines schönen Knaben"*.

Die frauenkritischen Verse in Polizianos *"Orpheo"* blieben hier diplomatisch ebenso unerwähnt wie auch Ficinos aggressive Verachtung alles Weiblichen. Aber noch Elisabeth Frenzel wies 1963 in ihren *"Stoffen der Weltliteratur"* leicht irritiert darauf hin, daß Poliziano seinen Orpheus tatsächlich *"zum Verteidiger der Knabenliebe"* mache.

Hundert Jahre zuvor jedoch hatte Fleischesbruder Jacob Burckhardt als authentischer Chronist der italiënischen Renaissance all die Briefe Polizianos bereits in Bausch und Bogen als *"Meisterwerke nicht nur des lateinischen Stils, sondern der Epistolographie als solcher"* gepriesen. Die an Pico ge-

103

richteten seien mit ihrem herzlichen Charme ganz besonders lesens- und liebenswert.

Doch auch der Briefsteller Ficino machte über seinen Text *"De amore"* weit
hinaus den Eros zum zentralen Programm seiner *"Platonischen Akademie"*
oder gar des eigenen Lebens.

In zahllosen Briefen, die er vorgeblich nur an die Mitglieder seiner Akademie, in Wahrheit aber zur Veröffentlichung für jedermann schrieb und 1492
lateinisch, drei Jahre später dann auch italiënisch erscheinen ließ, formulierte und zelebrierte er einen Freundschaftskult, den er schon etymologisch mit
Liebe gleichsetzte: sei doch das lateinische *amicitia* für *Freundschaft* unübersehbar aus dem Wort *amor* für *Liebe* entwickelt. *"Da die Freundschaft"*, schrieb er auch dem befreundeten Kollegen Alamanno Donati, *"Bedeutung und Namen von der Liebe empfängt [...], so ist offenkundig die
Freundschaft immer von derselben Beschaffenheit wie die Liebe selbst, von
der die Freundschaft abgeleitet und benannt ist"*. Die Liebe sei ihr wahres
Fundament.

Diese Freundesliebe bildete noch 1972 für Ficinos Exegeten Paul Oskar
Kristeller

*"einen Hauptgegenstand des ficinischen Briefwechsels, ja der Liebesbrief,
die* epistola amatoria*, ist darin geradewegs zu einer besonderen literarischen Gattung ausgebildet"*.

Ihr Tonfall sei eindeutig erotisch, mache diese Freundesliebe insofern zum
"geistigen Bindemittel seines Schülerkreises" und zu einem *"weithin sichtbaren Programmpunkt"* ihrer Akademie.

*"Denn als wir neulich unseren Kommentar zu Platons Gastmahl über die
Liebe erklärten, da haben wir einander so zu lieben begonnen, daß wir die
Idee der wahren Liebe, welche Platon dort gestaltet, anscheinend in uns
selbst nachgebildet und vollendet haben"*,

schreibt er noch im selben Briefe an den Philosophen Alamanno Donati,
prägt da auch, wohl als erster, den Begriff der *Platonischen Liebe*, die zur
Folge habe, daß wir *"eine einzige Seele in den Körpern mehrerer Freunde
erblicken"*.

Solche Einheit bezeuge ihm *"die geistige Freundesliebe, welche die Mitglie-*

der der 'Akademie' zu einer Gemeinschaft zusammenschließt" (Kristeller)
und ist der geschichtlich wohl nachhaltigste Kern seines ganzen Philosophierens. Sie eröffnete auch die eklektische, aber kulturhistorisch so bedeutende, fast schon postmoderne *Liebesspekulation* der Renaissance und hat
ihr *"für etwa ein Jahrhundert die Richtung gewiesen"* (Kristeller in seinem
Buch über *"Die Philosophie des Marsilio Ficino"*).

Denn auch die Institution einer so konzipierten "Akademie" sich liebender
Freunde erwies sich als außerordentlich erfolgreich und half den Zeitgeist
prägen. Noch vor 1470 entstand in Neapel eine zweite solche Akademie,
bald in Rom eine dritte, deutlich radikalere, die der Vatikan prompt verbot,
bevor ein neuer Papst sie 1471 wieder erlaubte und dadurch eine vierte in
Venedig provozierte.

Dabei muß ich auch an unsere Archen N und LL denken, denen beiden ich
gleichfalls noch viele Nachfolger wünsche. In Italiën nahm ihre Zahl damals
derartig zu, daß es da im frühen 18. Jahrhundert schließlich mehr als fünfhundert Akademiën (oder eben Archen) gab, von denen viele auch schon an
Freimaurerlogen erinnerten: lauter elitäre Zirkel. Hergemöller weist darauf
hin, daß bestimmte Logentraditionen auch Ficino und Pico zu ihren frühen
Mitgliedern zählen.

Den eigentlich gleichgeschlechtlich erotischen Grundzug ihrer Florentiner
Akademie jedoch betonte noch Thomas Mann, als er in *"Fiorenza"* den ster-
benden Männerfreund Lorenzo de' Medici mit unverkennbar amourösem
Vokabular von seinem Hausphilosophen Ficino Abschied nehmen läßt:

*" ... mein großer Marsilius, Brautwerber und Liebesbote zwischen mir und
der Weisheit – ."*

Nun, in dessen männerbündisch eingestimmte Akademie oder eben doch
fleischesbrüderlich oriëntierte Arche platonischer Freundesliebe also wurde
spätestens 1486 auch jener 23jährig vollends in Schönheit erblühte Sor-
bonne-Heimkehrer Pico della Mirandola eingeführt und aufgenommen.
"Nur in dieser Umgebung", orakelte auch noch Geistes- und Fleischesbruder
Jacob Burckhardt, *"konnte ein Pico della Mirandola sich glücklich fühlen"*.

Er dürfte dort die schwül begeisterte Atmosphäre solidarischer Freundesliebe selbst sogar noch weiter angefacht haben. Denn schon bald war er hier

"ein gern gesehener Gast bei allen Zusammenkünften wissenschaftlicher oder gesellschaftlicher Natur", weiß sein Biograf Arthur Liebert, spricht von Picos *"vergeistigtem Epikureïsmus"* und deutet noch 1905 mit all der Prüderie seiner wilhelminischen Generation diskret, aber spitzzüngig an:

"Er suchte zu gefallen und sich Freundschaften zu erwerben. Er glich dem Schmetterlinge, der sich an dem Dufte jeder Blume am Wegesrand berauscht, der an nichts, was schön und begehrenswert, vorüberging, ohne zu naschen".

Im selben Jahre wurde Thomas Mann sehr viel direkter, wenn er in *"Fiorenza"* seinen Pico im mediceïschen Garten *"eine ganze Schar von Künstlern"* sehen und dann sagen läßt: *"Wir wollen uns mit den braven Knaben lustig machen"*. Mit so lapidar verheißungsvoller Ankündigung endet der *Erste Akt* dieses Dramas.

Aber schon in jenen spät geschriebenen *"Zwölf Regeln für einen wahren Liebhaber"* lauten dann vom historischen Pico die wichtigsten so:

"1. Liebe nur einen Einzigen, und verachte alles Übrige.
2. Halte den für unglücklich, der sich nicht bei dem Geliebten befindet.
3. Nimm alles auf dich, selbst den Tod, um bei dem Geliebten zu sein.
5. Trachte auf alle Weise, bei ihm zu sein. Kann es nicht leiblich sein, so in Gedanken.
6. Liebe alles, was sein ist: seine Freunde, sein Haus, seine Kleider und seine Bilder.
9. Begehre, für ihn Beschwerden auf dich zu nehmen; Beschwerden um seinetwillen werden dir süß sein.
11. Es ermatte dich die Sehnsucht nach ihm, und die Leidenschaft für ihn durchglühe dich wie brennende Lohe.
12. Sei sein Knecht, und denke weder an Sold noch an Belohnung."

In seinem Brief vom 15. Oktober 1486 an den besorgten Freund Andrea Corneus aus Urbino jedoch, der dem notorischen Ehegegner nicht nur ein bürgerliches Leben, sondern speziell auch eine solide Heirat angeraten hatte, antwortete der 23jährige resolut, er *"nehme in allen Punkten, die sich auf diese Dinge beziehen, von Kopf bis Fuß festbewehrt Stellung"* und habe *"allem Liebesgetändel Valet gesagt"*. Literarisch und mythologisch unentwirrbar verschlüsselnd, ließ er hier aber auch durchblicken, daß gleichwohl *"nichts stärker als die Liebe"* sei und er *"aus Erfahrung"* wisse, *"was sie im Menschen anrichtet"*. Aber *"wem ich einmal ein Freund bin, dem bin ich es"*, klipp und klar, *"für immer"*.

Das dürfte wohl sonderlich auf Marsilio Ficino zutreffen, dem er etwa gleichzeitig brieflich gestand, daß es für ihn *"nichts Heiligeres als die Freundschaft gibt"* und daß *"ich dein bin und immer war"*.

Ficino seinerseits scherzte, er sei *"durch Amor, den Künstler der Verwandlung, in die jugendliche Gestalt des Freundes umgeschaffen worden"* (laut Kristeller) und nannte diesen Freund nun, unter Anspielung auf dessen Titel und Namen, einen *"princeps concordiae"*: *"Fürsten von Concordia"* oder aber auch *"vornehmsten Herzensfreund"*.

Hierzu wurde er schnell auch für Ficinos Schüler Poliziano, der Pico als den *"Phönix unter den Genies"* und 1489 in seiner *"Miscellaneorum Centuria Prima"* rundum, primär jedoch als höchst viril glorifizierte:

"Pico: ein einzigartiger Mann [= vir unus], ja, ein Held in allen Wirrungen des Schicksals; von herrschaftlicher Erscheinung [= corporis maiestate], äußerst scharfsinnigem Verstand, einmalig ausgeprägtem Gedächtnis, unerschöpflichem Eifer und ebenso anmutiger wie reicher Redegabe [...], in allen ehrbaren Wissenschaften über jedes glaubhafte Maß hinaus firm und gerüstet. Kurzum, größer, als es jedes Lob ausdrücken kann".

Schwärmerei also. Dieser selbe Pico nämlich, der mit ihm, Poliziano, auch *"die süßesten Interessen"* oder gar Liebesangelegenheiten (= *"curas dulcissimas"*) teile und manchmal *"entzückend zu flirten (= nugari suaviter)"* pflege, habe ihn auch *"zum nahezu ständigen Begleiter"* erkoren: *"prope assiduum comitem"*.

Der also Angehimmelte seinerseits schrieb noch wenige Monate vor seinem Tode in einem späten Briefe an Jacopo Antiquario, milanesischen Staatskanzler und literarische Autorität, Poliziano sei für ihn *"der größte Schriftsteller unseres Zeitalters"*, überdies *"seit meiner Kindheit mein beredtester Dolmetsch"* und habe ihm häufig *"seiner Gewohnheit gemäß Vergnügen bereitet"* (28. Juni 1494): welcher Art diese Gewohnheit auch immer gewesen sein mag.

Noch in seinem späten Essay über das Sein und die Einheit, *"De ente et uno"*, richtete Pico die Vorrede unmittelbar an diesen Poliziano und nannte ihn hier seinen *"trautesten Genossen, mit dem ich fast zu einer untrennbaren Einheit verwachsen bin"*.

Bis zu ihrem benachbarten Tode aber bildeten Pico und Poliziano gemeinsam mit ihrem Lehrmeister Ficino auch das Muster eines *"Literarischen Terzetts"*, dem das poëtische Bekenntnis zu einer orphischen Theologie als der neuplatonische Brückenschlag von der verehrten Antike zum obligaten Christentum dienen sollte. Just für Poliziano wurde da der historisch verstandene Orpheus, dessen uferlose Verherrlichung dieser mediceïsche Favorit für die ganze folgende Neuzeit recht eigentlich erst begründete, zur Ikone, indem er noch nach seiner dramatischen *"Festa di Orfeo"* als 32jähriger Universitätslehrer ein Lehrgedicht verfaßte, das *"Nutricia"*, also *"Ernährung"* oder *"Atzung"* hieß und die humane Kulturgeschichte *via* Horaz und Quintilian insgesamt auf dem Orpheus begründete, weil dieser eben Poësie, Musik und Gesang mit Weisheit, Prophetie und theologischem Wissen erstmals und vorbildlich zu vereinen vermochte.

Aber dieses so gesonnene orphische Terzett war bald auch als das *"Florentiner Triumvirat"* gefürchtet, weil es das Genre philologischer Textkritik begründete, als deren Initiator Poliziano mit seinen *"Miscellanea"* noch heute gilt.

Wohl nicht nur deshalb war er auch der vermutlich einzige Freund, dem Pico damals, *"der Dir so innig Freund ist"*, die Liebesgedichte seiner frühen Jahre zu lesen gab. Sie umfaßten ganze fünf Bände, waren vermutlich die Dokumente seiner erwähnten Schmetterlingsräusche, wohl mit Rücksicht auf ihre Adressaten in volkstümlichem Italiënisch geschrieben, für ihren Autor aber *"die unreifen Sprößlinge, mit denen mich die Muse in meiner Jugend beschenkt hat"* und an denen nun Kritiker Poliziano *"die Rute nicht sparen"* sollte.

Als dieser *"die entzückende Schar deiner Sprößlinge bei mir aufgenommen"* hatte, weigerte er sich freilich auf liebenswürdigste Weise, *"gegen der Venus ganzes Gefolge auf den Kampfplatz treten"* zu sollen, zumal es *"nichts Gerundeteres, Lieblicheres und Vortrefflicheres"* als diese Poëme geben könne.

Später warf Pico sie samt und sonders ins Feuer: warum auch immer. Poliziano protestierte, es habe hierfür *"keinen Grund"* gegeben, und bedichtete nun seinerseits dieses Autodafé eines frühen Eros, konnte aber einfühlsam nachvollziehen:

"Zahlreich wohl sind, mein Pico, die Wunden, die du erlitten
Von den Pfeilen der Liebe, die keine Rüstung dir fernhielt ... ".

So dokumentierte er den geheimen und heute fast verschollenen Erotiker Pico.

Dieser freilich, der in seinen *"Theologischen Aphorismen"* jedweden *"Pfad der Tugend"* als *"eine Straße unaufhörlichen Kampfes gegen die Lust des Fleisches"* bezeichnete, war wohl früh schon ein Intimus auch des zehn Jahre älteren Poëten Girolamo Benivieni, der gleichfalls zu Ficinos platonischer Gefolgschaft gehörte und dort zu einer *"canzone de amore"*, einem philosophisch-theologisch so verschlüsselten *"Lied der Liebe"*, inspiriert worden war, daß Pico noch im Jahre seiner jetzigen Ankunft in Florenz einen Kommentar dazu in populär italiënischer Sprache verfaßte: *"Commento sopra una canzone de amore"*.

Auch in diesen *"platonisierenden"* sieben Stanzen zu den Stanzen Benivienis wird das Geschlecht des *"geliebten Gegenstandes [= amato obbietto]"* diskret (oder gerade indiskret) verheimlicht. Dennoch wurde dieser Kommentar eines Vertrauten weder zu Picos Lebzeiten noch auch danach von Benivieni zur Veröffentlichung freigegeben, kursierte nur, ein Vorbild für unsern Göng, in handschriftlichen Kopiën und wurde erst 25 Jahre nach Picos Tode in zensierter Gestalt bekannt.

Pico, der damals *"allein in der Veröffentlichung meiner Schriften den Lohn meiner Mühen"* sah (an Andrea Corneus), nahm das geduldig hin, zumal er gleichzeitig auch ein Projekt entwickelte, das ihn sehr viel mehr beschäftigte und die ganze zivilisierte Welt verändern wollte.

Hierüber, meine lieben Mit-Archenauten in Platon und Pico, wird Euch zu gegebener Zeit ein kompetenter Archivar der *Arche N* berichten.

Bis dahin also!

Gallische Greuel

Chat im Internet: www.speakerscornerTV.de/blaugold-dioskuren

Autor: "LA HIRE"
antwortet   allen Vorrednern:

Als Elsässer, dessen ganze Familie eher französisch ist als deutsch, kann ich
zu Eurem interessanten *chatting* rein zufällig beitragen, daß bei den Freimaurern in der *"Grande Lodge Nationale Française"* jedenfalls bis 1965
und darüber hinaus die Aspiranten immer noch Verschwiegenheit schwören
mußten:

*" ... bei der Strafe, daß mir die Kehle durchschnitten, die Zunge herausge-
rissen und ich verscharrt werde im Sande des Meeres, so daß Ebbe und Flut
mich in ewige Vergessenheit tragen".*

Daß dieser Eid auch heute, nur wenige Jahrzehnte später, noch ebenso geschworen wird, ist mir zwar nicht direkt bekannt, aber eher wahrscheinlich.

Kanadische Kritik

Chat im Internet: www.speakerscornerTV.de/blaugold-dioskuren

Autor: "GENERAL TIEFENBACH"
antwortet   "MEISTER STEINMETZ":

Zum rein symbolischen Verständnis dieser fürchterlichen Eide finde ich in
Walton Hannah's immerhin 11. Auflage seines *"Darkness Visible"* schon
1966 eine Argumentation, die mir etwas differenzierter erscheint als die zitierte Dierickx-These von 1968.

Zu Euer aller Bequemlichkeit erlaube ich mir, ein paar entscheidende Sätze
dieses Autors, der in seinem fernen Montreal ausdrücklich keinen einzigen

Freimaurer angreifen zu wollen gelobt, in unser leichter zugängliches Idiom
zu übertragen:

"Entweder diese Eide meinen, was sie sagen", polarisiert dieser Kanadier
höchst plausibel, *"oder sie meinen es nicht"*.

Ebenso dialektisch folgert er hieraus:

"Sollten sie meinen, was sie sagen, läßt sich der Kandidat da auf ein Ab-
kommen ein, das seiner eigenen Ermordung durch barbarische Folter und
Verstümmelung zustimmt – falls er es verletzt.

Sollten sie aber gar nicht meinen, was sie sagen, dann ist das Ganze nichts
als hochtrabender Kinderblödsinn ('high-sounding schoolboy nonsense'),
den er da auf die Bibel schwört – was an Blasphemie grenzt."

Als *"einfache Lösung dieses Problems durch den gesunden Menschenver-*
stand" bezeichnet auch Hannah zunächst die Deutung dieser Strafen als *"pu-*
re Symbolik". Er räumt aber ein, daß dadurch die Einwände keineswegs beseitigt werden. Denn *"diese symbolische Auslegung bedeutet, daß der illo-*
yale Freimaurer solche fürchterlichen körperlichen Bestrafungen auch
dann sehr wohl verdiene, wenn sie gar nicht vollzogen werden können oder
dürfen. [...] Das heißt, daß auch eine symbolische Auslegung jedem Sinn
für Gerechtigkeit und Verhältnismäßigkeit ins Gesicht schlage."

Aber nicht nur solche Bestrafung, sondern schon ihre Beschwörung in einer
Atmosphäre religiösen Ernstes sei mit der Trivialität des jeweils gehüteten
Geheimnisses keineswegs vereinbar und insofern selbst profaniert.

Hannah begründet das zusätzlich mit der Unangemessenheit einer solchen
Eidesformel, die auf die Bibel und in Anwesenheit Gottes ausdrücklich

"ohne Ausflucht, Doppelsinn oder geistigen Vorbehalt jedweder Art"

geschworen zu werden pflege: *"without evasion, equivocation, or mental re-*
servation of any kind".

Ohne allen Doppelsinn dergestalt beim Worte genommen, versage sich diese Eidesformel also selbst schon jegliche Auslegung ihrer Inhalte als pure
Symbole oder Metaphern.

Schönen Gruß in diesem Sinne an Mijnheer Dierickx und seine *Societas Jesu!*

Sekrete Signale

Chat im Internet: www.speakerscornerTV.de/blaugold-dioskuren

Autor: "RAZMANN"
antwortet "MEISTER STEINMETZ":

Metapher oder Symbol sind schon fraglich genug, mein lieber "MEISTER STEINMETZ", aber *"Schimäre und alter Hut"* sind diese fürchterlichen Eide ganz bestimmt nicht.

Denn zumindest bis weit ins 20. Jahrhundert hinein, vielleicht auch noch heute, erkennen sich Freimaurer gegenseitig an geheimen Signalen, die sich unmißverständlich auf ebendiese Eidesformeln beziehen.

"Lehrlinge" nämlich offenbaren sich mit dem Hals-, "Gesellen" mit dem Brust- und "Meister" mit dem Bauchzeichen: dabei werden die Finger der rechten Hand jeweils so gehalten, schildert das Robert Schneider, *"daß sie mit der Handwurzel einen rechten Winkel bilden"* und in dieser Haltung *"quer über den Hals, bzw. über die Brust oder über den Leib"* fahren. Je nach bezeichnetem Körperteil gibt ein Freimaurer so bei jeder Begegnung gleich zu erkennen, *"daß er sich lieber die Gurgel durchschneiden oder die Brust oder den Bauch aufreißen lassen will, als die Geheimnisse des Bundes zu verraten".*

Gestalt und Bedeutung dieser Zeichen oder Griffe werden in gleichem Sinne auch von Walton Hannah, Gregor Schwartz-Bostunitsch, Friedrich Wichtl und vielen anderen Autoren beschrieben.

Auch "Bruder" Otto Hieber, 37 Jahre lang *Stuhlmeister* der Königsberger Loge *"Zum Totenkopf und Phönix"*, gab 1920 in seinem *"Leitfaden durch die Ordenslehre der Großen Landesloge der Freimaurer von Deutschland"* unumwunden zu:

"Durch diese drei Zeichen werden die drei Körperhöhlen bezeichnet, die die Organe des eigentlichen Lebens enthalten, die Kopfhöhle mit dem Gehirn, dem Sitz des Geistes, die Brusthöhle mit dem Herzen, in das wir den Sitz des Gemüts- und Seelenlebens hineinverlegen, und die Bauchhöhle mit den Organen, die dem Stoffwechsel und der Verwandlung unseres Leibes dienen".

Er fügte hinzu: *"Nun verstehen wir auch die Androhung der furchtbaren Strafen, mit welchen der alte Freimaurereid den Verräter bedroht. Das Abschlagen des Hauptes, das Ausreißen des Herzens, das Auswinden der Eingeweide ist die Vernichtung des ganzen Menschen, dessen Geist, Seele und Leib vertilgt werden sollen, so daß keine Spur des Verräters zurückbleibt".*

Robert Schneider, der 1932 in Sachen Freimaurertum vor dem Landgericht Frankfurt am Main sogar prozessierte, zitiert hierzu einschlägige Zeugenaussagen weiterer hoher Logenfunktionäre.

So habe Dr. Eugen Müllendorff, fünfzehn Jahre lang *Großmeister* der *Grossen Landesloge der Freimaurer von Deutschland* und deren militanter Verfechter einer anti-aufklärerischen und anti-pazifistischen Umwandlung zu einem *"Deutsch-christlichen Orden"*, nachweislich zu Protokoll gegeben: *"Das Halszeichen steht mit dem alten Eid insofern in Zusammenhang, als es Bezug nimmt auf die eine Drohung des alten Eides"*, und Dr. Karl Habicht, derzeit *Großmeister* der Berliner *Großen National-Mutterloge zu den drei Weltkugeln*, habe vor demselben zuständigen Amtsgericht Berlin bezeugt: *"Es gibt freimaurerische Kreise, die das Halszeichen, das Brust- und das Bauchzeichen auf den alten Eid beziehen lassen".*

Zeuge Müllendorff fügte im März 1932 noch wörtlich hinzu: *"Dieses Halszeichen ist heute noch in Gebrauch".*

Daß es gegebenenfalls auch Leben retten konnte, ist aus der Frühzeit der *Französischen Revolution* bekannt. Da soll der legendäre Scharfrichter Sanson sich jedem seiner Delinquenten am Fuße der Guillotine mit solchem Geheimzeichen als Freimaurer zu erkennen gegeben haben; wurde dieses Zeichen dann angemessen erwidert, überliefert der Abbé Augustin Barruel schon 1797 in seinen vierbändigen *"Mémoires pour servir à l'histoire du Jacobinisme"*, ließ der Henker Gnade vor "Recht" ergehen und den "Bruder" Todeskandidaten laufen.

Insofern also war zumindest diese gestisch geheime Reminiszenz jener fürchterlichen Initiations-Eide keine Schimäre, sondern konnte sehr reale Konsequenzen nach sich ziehen.

Das dürfte, lieber "MEISTER STEINMETZ", auch späterhin noch *mutatis mutandis* oft der Fall gewesen sein.

Disposal of Disposals

Sondermeldung im Radio Radikal

Nach der erfolgreichen Nuklearentsorgung der Innenstadt von Mumbai (früher Bombay) hat die *Ständige Gutachterkonferenz* der *Vereinigten Kontinente (United Continents)* auf den Inseln Capri, Go Hong und Helgoland eine geheime Liste mit den Namen von zehn weiteren Städten erstellt, deren schwer verstrahlte und schwelende City-Deponiën kurzfristig gleichfalls durch je einen radioaktiven Sprengsatz, wie es heißt, befriedet werden sollen.

Diese Liste wurde streng vertraulich an die *Vereinten Nationen* weitergeleitet und empfiehlt dort ein gezieltes Bombardement zunächst von Mexico City, Yokohama, Recife, Chicago, Kairo, Wladiwostok, Islamabad, Surabaya, Dschidda und Frankfurt am Main (in derselben Reihenfolge).

Mit einer zügigen Umsetzung dieser kostengünstigen Problemlösung ist schon in wenigen Wochen zu rechnen.

Kritiker Krause

Chat im Internet: www.speakerscornerTV.de/blaugold-dioskuren

Autor: "PHILIPP DER GUTE, HERZOG VON BURGUND"
antwortet "PRINZESSIN VON EBOLI", "GERTRUD STAUFFACHER",

"ISOLANI", dem "GRAFEN LEICESTER", "THIBAUT D'ARC", "MEISTER STEINMETZ" und "LA HIRE":

Ihr habt alle Recht, meine Lieben. Nur daß es gegen diese Eide der Freimaurer auch in den eigenen Reihen schon frühen und kompetenten Widerspruch gab.

Ich zitiere nur mal den Philosophen Karl Christian Friedrich Krause, immerhin Schellings und Fichtes Schüler, der 1814 nach der Unterwerfung Napoleons mit seinem Entwurf eines Europäischen Staatenbundes *"als Basis des allgemeinen Friedens"* und als unverzichtbarer Vorstufe für einen globalen *"Rechtsbund der Erde"* Aufsehen erregte. In Lessings Todesjahr 1781 geboren, war er 21jährig in Jena Privatdozent und 24jährig im thüringischen Altenburg Freimaurer geworden. Hierbei hatte er bereits anstelle jenes umstrittenen Eides das Gelöbnis abgelegt, *"ein sittlicher und guter Mensch, ein gewissenhafter und treuer Br. Maurer"* und *"hinsichtlich der Maurerei verschwiegen"* sein zu wollen, *"sofern dies mit seinem Gewissen und seinen sonstigen moralischen Verpflichtungen, insonderheit auch [...] gegen den Staat in Einklang stehe"*.

Die hier bereits unterschwellig anklingende Kritik an den sonst üblichen Eidesformeln formulierte er dann fünf Jahre später *expressis verbis* in seinem Hauptwerk, das ihn von 1810 bis 1813 zum eigentlichen Begründer des klassischen freimaurerischen Humanismus nach Lessing machte: *"Die drei ältesten Kunsturkunden der Freimaurerbrüderschaft"*.

In dieser akribischen Analyse des Logenwesens und seiner Geschichte kommt Krause auch zum Schlusse,

"daß jeder Eid dem Wesen der Freimaurerei, an sich selbst, in jeder Form widerstreitet"

und daß die derzeitigen Logenbrüder berechtigt seien,

"abzuschaffen, was d e m G e i s t e der Freimaurerei, s o w i e e r u n s v o n u n s e r e n V o r f a h r e n s e l b s t d a r g e s t e l l t w i r d , so zuwider ist".

Zumal die im Eide angedrohte Strafe sei

"so roh und unmenschlich als widerrechtlich und unausführbar"

und sollte aus *"einem Institute der M e n s c h l i c h k e i t "* ganz und gar *"verbannt sein"*:

"Ich erkläre also obige Eidesformel [...] aus Gründen der höheren Kritik für unecht."

Stattdessen erlaubt sich Krause, *"die Logen zu loben, welche eine bessere Eidesformel einführten, noch mehr aber die, welche den Eid ganz abgeschaffet haben"*.

Durch diesen nämlich werde

"die Brüderschaft auch entweiht, von ihrer eigentümlichen und wesentlichen Bestimmung abgelenkt und in zwei furchtbare, alles Gute im Menschen erstickende Krankheiten gestürzt, in G e h e i m n i s s u c h t u n d b l i n d e n G e h o r s a m . Hierdurch wurde das Tor zur Maurerei der Lüge, dem Betruge, dem Stolze, der Herrschbegier, der Gewinnsucht und allen selbstsüchtigen Neigungen weit eröffnet. – An diesen Übeln liegt die Brüderschaft a l l e n t h a l b e n   noch jetzt danieder."

Alle Hervorhebungen in diesem Wortlaute stammen von Krause selbst.

Kaum aber wurde dieser Text bekannt, versuchten die Hamburger und Berliner Großlogen, Krause zu bestechen und ihn für eine Geldsumme in beliebiger Höhe von einer Publikation Abstand nehmen zu lassen. Als er das ablehnte, wurde er mit Stimmenmehrheit aus seiner Loge ausgeschlossen.

Sein *"fernerer Lebenslauf"*, gibt sogar Lennhoff/Posners *"Internationales Freimaurerlexikon"* zu, *"ist eine Kette von Verfolgungen und Mißerfolgen, die materielle Not seine ständige Begleiterin"*, bis dieser aufmüpfige Vater von zwölf Kindern schließlich 51jährig starb. Zwar wurde er also nicht direkt ermordet, wohl aber so nachhaltig erledigt, daß *"seines Namens Gedächtnis ganz unter den Menschen ausgerottet"* wurde. Denn wer kennt heute noch den Philosophen Krause?

Seither aber scheint es so fundamentale Kritik an den Eidesformeln der Freimaurer nicht mehr gegeben zu haben.

Vatikanische Verdikte

Chat im Internet: www.speakerscornerTV.de/blaugold-dioskuren

Autor: "MARIA STUART"
antwortet "MEISTER STEINMETZ":

Daß Michel Dierickx, S. J., und sein akademischer *"Berater für alle Ungläubigen"* die Freimaurer vom Verdacht des Mordes freisprechen, ist für die Logen sicher eine Erleichterung.

Als Historikerin, aber auch als strenggläubige Katholikin möchte ich jedoch ausdrücklich in Erinnerung bringen, daß der Vatikan alle Freimaurerlogen nicht zuletzt wegen dieser unsanktionierten Strafandrohung in ihren Eidesformeln nachhaltig mit dem Bann belegt hat.

Schon gleich in der frühen Gründungsphase des Logenwesens reagierte Papst Clemens XII. *anno* 1738 mit der Bannbulle *"In eminenti apostulatus specula"*, die in mehreren Ländern über alle dortigen *"Liberi Muratores"* wegen der *"von ihnen behaupteten Gleichwertigkeit aller Konfessionen und Religionen"*, aber auch wegen ihrer erzwungenen Geheimhaltung unerbittlich die Exkommunikation verhängte.

Nur dreizehn Jahre später dehnte Papst Benedikt XIV. mit seiner Bulle *"Providas"* diesen Bannfluch noch auf weitere Länder aus und ermächtigte damit auch die Inquisition zur gnadenlosen Verfolgung aller Freimaurer, die jetzt als *"Sodomiten und Zauberer, Ketzer und Atheisten"* für vogelfrei erklärt und schon 1814 durch zwei weitere Bannbullen des Papstes Pius VII. als solche bestätigt wurden.

Neun Jahre hiernach, 1823, machte Papst Leo XII. es mit seiner Bannbulle *"Quo traviora mala"* möglich, daß 1825 sieben Spanier, die man bei ihrer Aufnahme in eine Loge überraschte, aufgehängt wurden; es folgten weitere Hinrichtungen von Freimaurern in Granada und Barcelona sowie ein Logen-Pogrom in Lissabon.

Papst Pius IX., der seine eigene Unfehlbarkeit *ex cathedra* zum Dogma erhob, verdammte und bannte die Freimaurerei mit seinen Enzykliken und Allokutionen ganze acht Male als *"Synagoge des Satans"*.

Aber am allerschärfsten und folgenschwersten reagierte Papst Leo XIII., der *anno Christi* 1884 mit seiner Enzyklika *"Humanum Genus"* den Freimaurern nicht nur ihre ökumenische Behauptung, *"es sei gar kein Unterschied zwischen den verschiedenen Religionen"*, zum Vorwurf machte, sondern auch ihre strenge Handhabung der Disziplin und ihre Bereitschaft, *"Anheimgegebene zu jeder Freveltat zu mißbrauchen [...], die Hand zum Morde zu bewaffnen"* und

"im Falle der Weigerung harte Strafen und selbst den Tod auf sich zu nehmen. Und in der Tat wird gar nicht selten über diejenigen, die man der Verletzung des Geheimnisses und des Ungehorsams gegen die Oberen schuldig befindet, die Todesstrafe verhängt und mit solcher Verwegenheit und Hinterlist vollzogen, daß der Mörder sehr oft den Augen der spähenden und strafenden Gerechtigkeit verborgen bleibt".

Somit wurde der päpstliche Bann ganze siebzehn Male über das Logenwesen der Freimaurer verhängt.

Das änderte sich nicht einmal im säkularisierten 20. Jahrhundert. Noch 1958 brandmarkte der politisch so umstrittene und gegen Massenmord keineswegs immer so empfindliche Papst Pius XII. die Freimaurerei als *"gemeinsame Mutter"* von wissenschaftlichem Atheïsmus, dialektischem Materialismus, Rationalismus, Laïzismus und *"modernem Glaubensverfall"*.

Damit schloß er an jene Enzyklika an, mit der 1884 schon Leo XIII. die Logen bezichtigt hatte, für jene *"Zerrüttung und Umwälzung aller Verhältnisse"* einzutreten, wie sie *"von den verbündeten Vereinen der Kommunisten und Sozialisten geplant"* würden.

Als schließlich ganze hundert Jahre später ein liberaler Kardinal für die Entschärfung dieser überlieferten Spannung eintrat, bekräftigte noch unter Papst Johannes Paul II. die *"Kongregation für die Glaubenslehre"* anno 1981 alle alten Bannbullen gegen die Freimaurer als nach wie vor gültig und daß auch jetzt *"weder die Exkommunikation noch die andern Strafen"* aufgehoben werden können.

Zwei Jahre danach wurde jener Bann, der beim Eintritt in eine Loge automatisch die Exkommunikation auslöste, zwar tatsächlich endlich aufgehoben, aber in Deutschland beschloß unter ausdrücklicher Zustimmung von
Papst Johannes Paul II. die hiesige Bischofskonferenz, daß Katholizismus
und Freimaurerei nach wie vor unvereinbar bleiben.

Das wurde nun und immer bereits mit vielen theologischen, geistlichen,
auch juristischen und politischen Motiven begründet. Aber schon lange vorher, 1863, hatte jenes maurerisch redigierte *"Allgemeine Handbuch der
Freimaurerei"* eingeräumt, daß

*"einen Hauptgrund für den Erlaß der päpstlichen Bannbullen der Eid ab-
gab"*:

mitsamt seinem ausdrücklich monierten Strafenkatalog.

Erst runde hundert Jahre hiernach, 1964, machte ein anglikanischer Bischof,
selbst Großmeister einer Provinzial-Loge, seiner Londoner Großloge den
Vorschlag, jenen verfänglichen Text ihres Eides abzuändern und die Aspiranten hinfort lieber einfach

"under no less penalty than ever bearing in mind the ancient penalty"

schwören zu lassen:

*"bei keiner geringeren Bestrafung, als jener alten Strafen immer gewärtig
zu sein"*.

Die angesprochene Großloge leitete diesen Vorschlag weltweit an sämtliche
untergeordneten Logen des ganzen *Commonwealth* weiter und diskutierte
ihn ausführlich auf ihrer nächsten Vierteljahresversammlung. Er wurde
mehrheitlich erst angenommen, nachdem das Wort *"ancient"* durch *"tradi-
tional"* ersetzt worden war. Dadurch war verhindert worden, daß das her-
kömmliche Strafmaß für *alt* im Sinne von *veraltet* oder *antiquiert* erklärt
wurde. Seine Kennzeichnung als *Tradition* verhinderte jegliche Abwertung
jener drakonischen Strafen im Sinne einer Änderung in der Sache.

Außerdem wurde diese beschlossene Variante für nicht verbindlich erklärt,
also jeder einzelnen Loge des *Commonwealth* nur anheim gestellt. Wieviele
also weiterhin lieber beim überlieferten Gruselkatalog ihres Eides geblieben
sind, ist mir nicht bekannt. Sicher so manche. Vielleicht ja auch alle.

Denn ihr Verzicht auf eine zentrale Kommando-Instanz nach Art des Vatikan hat unumgänglich zur Folge, daß auch so mancher rabiate, orthodoxe, radikale, fanatische, rachgierige, sadistische oder verwirrte *Meister vom Stuhle* diesen umstrittenen Eid nicht nur weiterhin ablegen, sondern unter Berufung hierauf im Falle einschlägiger Vergehen auch die entsprechenden Todesurteile vollstrecken lassen konnte oder kann.

Also verharren diese beiden feindlichen Fronten, Vatikan und Freimaurerlogen, auch weiterhin in ihrer Verhärtung.

Jede meint, überzeugend zwingende Gründe haben.

Maurer-Morde

Chat im Internet: www.speakerscornerTV.de/blaugold-dioskuren

Autor: "LUISE MILLERIN"
antwortet "MEISTER STEINMETZ":

Lieber "MEISTER STEINMETZ": wer andere zitiert, sollte es vollständig tun.

Der von Ihnen bemühte Jesuït Michel Dierickx hat das mörderische Strafregister der Freimaurereide in seinem erwähnten Buche nicht nur für ein Symbol erklärt, das nie praktiziert worden sei, sondern gleich im Anschluß auch selbst von zwei Morden berichtet, die sehr wohl von Freimaurern begangen wurden.

Das eine Opfer war William Morgan aus Batavia/USA, der wegen *"Geheimnis-Verrates"* von seinen Logenbrüdern exekutiert wurde,

das andere Gabriel García Moreno, zweimal Präsident der Republik Ecuador, aber 1875 wegen seines inquisitorischen Regierungsstils und einer reaktionären Politik, die Staat und Kirche zu vereinen, alle Freimaurer aber *"standrechtlich zu behandeln"* plante, in vermutlich freimaurerischer Notwehr ermordet.

Mir persönlich ist da drittens noch der Fall des Abbé J. F. Lefranc (oder auch le Franc) bekannt. Er war Superior bei der *"Weltpriesterkongregation"* der Eudisten in deren Gründungsort Caën und publizierte 1791 sein *"Le voile levé pour les curieux ou le secret de la révolution rélevé à l'aide de la francmaçonnerie"*, das die französische Nationalversammlung als freimaurerisch und die ganze bisherige Revolution seit 1789 als das geplante Werk von Freimaurerlogen dekuvrierte. Er berief sich dabei auf Auskünfte von Logenbrüdern und wurde deshalb 1792 in einem Karmeliterkloster ermordet. Das *"Allgemeine Handbuch der Freimaurerei"* gibt zu, er sei *"massakriert"* worden.

So viel zunächst zum "Symbolwert" der *"nie vollstreckten"* Strafen für Geheimnisverräter.

Wer noch andere Gegenbeispiele kennt, möge sich doch bitte hier melden – und sei es Schiller zuliebe.

Opfern, oder?

Chat im Internet: www.speakerscornerTV.de/blaugold-dioskuren

Autor: "GRÄFIN FUENTES"
antwortet   allen:

Hallo, Leute! Euer chatting ist Klasse.

Denn in der Bücherwand meiner Eltern habe ich leider nur ein einziges Buch über Freimaurer gefunden. Es ist von einem Peter Francis Lobkowicz, heißt *"Die Legende der Freimaurer"* und ist schon 1971 im Hamburger Bauhütten-Verlag der Freimaurer erschienen. Kennt das jemand?

Da ist eine ganz tolle Geschichte über einen Typen drin, der auch von Maurern ermordet wurde. Ein gewisser Hiram. Ich glaube, der lebte zur Zeit der Bibel oder so. Echt toll. Kann ich nur empfehlen.

Aber dann ist da auch ein Satz drin, der genau zu eurem chatting paßt.

"Es ist nicht ehrlich zu sagen, daß ein Mann nicht geopfert werden dürfe."

Findet ihr das gut? Nee, mal ehrlich? Es geht noch weiter:

"Oft muß ein Mensch oder müssen Menschen geopfert werden im Interesse vieler."

Aber das ist noch nicht alles. Über seinem Schreibtisch hat mein Vater, noch von seinem Opa, so einen ähnlichen Spruch von Schiller in goldenem Rahmen hängen:

"Der Idealist wird die Mängel seines Systems mit seinem Individuum und seinem zeitlichen Zustand bezahlen, aber er achtet dieses Opfer nicht."

Also, ich weiß ja nicht. Wer sowas denken kann –

Oder?

Ganz liebe Grüße!!!

Hitlers Halali

Chat im Internet: www.speakerscornerTV.de/blaugold-dioskuren

*Autor: "DIE ERSCHEINUNG EINES SCHWARZEN RITTERS"
antwortet   "MARIA STUART" und "GRÄFIN FUENTES":*

Ähnlich rabiat wie im 18. Jahrhundert durch Vatikan und Inquisition wurden die Freimaurer später bisher nur von Adolf Hitler verfolgt, der freilich ebenfalls der katholisch autoritären Tradition entstammte.

In einem *"Führererlaß"* vom 1. März 1942 *"an alle Dienststellen der Wehrmacht, der Partei und des Staates"* stellte dieser Diktator persönlich die Freimaurer den verhaßten Juden und jedem *"mit ihnen verbündeten weltanschaulichen Gegner"* gleich, die er allesamt als *"Urheber des jetzigen gegen das Reich gerichteten Krieges"* anklagte. Daher bezeichnete er die *"planmäßige geistige Bekämpfung dieser Mächte"* als *"kriegsnotwendige Aufgabe"* und beauftragte seinen Reichsleiter Alfred Rosenberg, *"diese Aufgabe im Einvernehmen mit dem Chef des Oberkommandos der Wehrmacht durchzuführen"*.

Das war sein gnadenloses NS-Halali zu Treibjagd und Endlösung auch für alle greifbaren Freimaurer.

Dabei konnte man damals in der Schweiz schon nachlesen, was Hermann Rauschning, vormals nationalsozialistischer Staatspräsident von Danzig, in seinen heute noch als glaubwürdig erachteten *"Gesprächen mit Hitler"* zum Thema der Freimaurer protokolliert hatte:

"Ich glaube natürlich nicht im Ernst", soll Hitler da gesagt haben, *"an die abgrundtiefe Bosheit und Schädlichkeit dieser inzwischen verspießerten und in Deutschland immer harmlos gewesenen Vereinigung zur gegenseitigen Beförderung der eigenen Interessen. Ich habe mir sehr genau Bericht erstatten lassen. Nun, was da von angeblichen Greueln zutage kam, von Skeletten und Totenköpfen, Särgen und geheimnisvollen Zeremonien, das ist alles Kinderschreck".*

Warum dann aber nur wenige Jahre später der Befehl zur gnadenlosen Ausrottung dieses "Kinderschrecks"?

Weil er schon zu Anfang der dreißiger Jahre im Gespräch mit Rauschning zu erkennen gegeben hatte:

"Entweder wir oder die Freimaurer".

Denn *"eins ist das Gefährliche"* an diesen Logenbrüdern:

"Sie bilden einen Priesteradel. [...] Der hierarchische Aufbau und die Erziehung durch Symbole und Riten, das heißt, ohne den Verstand zu behelligen, sondern durch die Befruchtung der Phantasie, durch magische Einwirkung von kultischen Symbolen: das ist das Gefährliche",

aber

"auch dasjenige, was ich von den Freimaurern übernommen habe".

Hitler hatte also, spürsicher wie schon im Falle seines Pioniers Richard Wagner, genau durchschaut, was präzise bei diesen Logen eine Manipulation des Irrationalen bewirkte, und alles adaptiert, was dort magisch-kultisch provozierte Exzesse des Unterbewußten oder gar des Imaginären ermöglichte: *"ohne den Verstand zu behelligen".*

Im zitierten Freimaurer-Gespräch nannte er derlei noch das *"von mir Über-nommene"*, wir aber nennen es heute abgekürzt einfach das Faschistische, das Hitler in seiner Münchner Frühzeit schon in jener "Thulegesellschaft" vorfand, die sich zumindest strukturell an Freimaurerlogen oriëntierte und viele von Hitlers späteren "Paladinen" zu ihren Anhängern oder Mitgliedern zählte.

Dies alles nur als Ergänzung zur Gefährlichkeit der Logen jedenfalls bei ihren späteren Ausläufern und Nachahmern.

Über Überlebende

Chat im Internet: *www.speakerscornerTV.de/blaugold-dioskuren*

Autor: "ATTINGHAUSEN"
antwortet −

Quer durch alle Länder und Zeiten haben folgende prominente Freimaurer und noch viele, viele andere jene so umstrittenen Eide geleistet, ohne deswegen zu Mördern oder gar zu Mordopfern zu werden:

die Deutschen Kaiser Franz I., Wilhelm I. und Friedrich III., die Kaiser Franz II. von Österreich, Napoleon I. und III. von Frankreich sowie der russische Zar Peter III.,

die Könige Maximilian I. von Bayern, Leopold I. von Belgien, Frederik VIII. und Christian X. von Dänemark, Wilhelm III., Georg IV., Wilhelm IV., Eduard VII. und Georg VI. von England, Ludwig XVIII., Karl X. und Louis Philippe von Frankreich, Konstantin I. und Georg II. von Griechenland, Ernst August und Georg V. von Hannover, David Kalakaua, Kamehameha IV. und V. von Hawaii, Wilhelm II. der Niederlande, Håkon VII. von Norwegen, Stanislaus I. von Polen, Friedrich II. (der Große), Friedrich Wilhelm II. und III. von Preußen, Karl XIII., Gustav III., Karl XIV. Johann, Gustav IV. Adolf, Oskar I., Karl XV., Oskar II., Gustav V. und Gustav VI. Adolf von Schweden, Karl III. von Spanien, Friedrich I. von Württemberg und 25 deutsche Herzöge oder Großherzöge, der Herzog Philipp von Edinburgh,

insgesamt 54 Mitglieder regierender Häuser in Deutschland und viele, viele andere quer durch Europa;

der ismaïlitische Imam Aga Khan III.;

die Politiker Viktor Adler, Kemal Atatürk, Eduard Beneš, Holger Börner, Simón Bolívar, Léon Victor Bourgeois, Aristide Briand, Jean-Jacques Regis de Cambacérès, Camillo Graf von Cavour, Winston Churchill, Georges Clemenceau, Thomas Dehler, Félix Faure, Joseph Fouché, Benjamin Franklin, Léon Gambetta, Giuseppe Garibaldi, François Grévy, Alexander Hamilton, Karl August Freiherr von Hardenberg, Abd el-Kader, Wenzel Fürst von Kaunitz, Lajos Kossuth, Alexander Fjodorowitsch Kerenskij, Wilhelm Leuschner, Giuseppe Mazzini, Pandit Nehru, Thomas Payne, Raymond Poincaré, Cecil Rhodes, Hjalmar Schacht, Karl Schurz, Karl Reichsfreiherr vom und zum Stein, Gustav Stresemann, Antonio José de Sucre, Sun Yatsen, Charles Maurice Herzog von Talleyrand-Périgord, Tschiang Kaischek, Tatanka Yotanka (= *Sitting Bull*), George Washington, Woodrow Wilson und viele, viele andere mehr;

die Generäle Rufus Putnam, Friedrich Wilhelm Freiherr von Steuben, Stephen Fuller Austin, Joseph Warren, Prinz Heinrich von Preußen, Lord Jacob Keith, Gebhard Leberecht Fürst von Blücher, Arthur Herzog von Wellington, August Graf Neithardt von Gneisenau, Gerhard David von Scharnhorst, Prinz Georg Ludwig von Holstein-Gottorp, Rufus R. Dawes, John J. Pershing, Horatio Herbert Lord Kitchener of Khartoum und viele andere mehr;

die Admiräle Horatio Viscount Nelson, Alfred von Tirpitz und andere;

die Schriftsteller Vittorio Graf von Alfieri, Ernst Moritz Arndt, Bertold Auerbach, Hermann Bahr, Pierre-Auguste-Caron de Beaumarchais, Ludwig Bechstein, Ludwig Börne, Albert Emil Brachvogel, Gottfried August Bürger, Giacomo Casanova, Adalbert von Chamisso, Matthias Claudius, Michael Georg Conrad, Charles de Coster, Denis Diderot, Arthur Conan Doyle, Ferdinand Freiligrath, Théophile Gautier, Johann Wolfgang Goethe, Maxim Gorkij, Johann Gottfried Herder, Karl Leberecht Immermann, Heinrich Eduard Jacob, Friedrich Heinrich Jacobi, Heinrich Jung-Stilling, Joseph Rudyard Kipling, Ewald von Kleist, Friedrich Gottlieb Klopstock, Adolph

Freiherr von Knigge, Theodor Körner, August von Kotzebue, Karl Laufs, Eugen Lennhoff, Felix Graf von Luckner, Alessandro Manzoni, Karl Philipp Moritz, Carl von Ossietzky, Alexander Sergejewitsch Puschkin, Friedrich Rückert, Felix Salten, Max von Schenkendorf, Friedrich Schlegel, Walter Scott, Stendhal, Laurence Sterne, Eugène Sue, Jonathan Swift, Kurt Tucholsky, Mark Twain, Johann Heinrich Voß *senior*, Lewis Wallace, Zacharias Werner, Christoph Martin Wieland, Oscar Wilde und viele, viele andere mehr;

die Komponisten Johann Christian Bach, Jean Philippe Rameau, Joseph Haydn, Ludwig Spohr, Wolfgang Amadeus Mozart, Johann Nepomuk Hummel, Ludwig van Beethoven, François Adrien Boieldieu, Giacomo Meyerbeer, Arrigo Boito, Albert Lortzing, Franz Liszt, Carl Loewe, Giacomo Puccini, Jean Sibelius, Franz Abt, Oskar Nedbal, Irving Berlin, Duke Ellington und viele, viele andere mehr;

die Bildhauer Johann Gottfried Schadow und Bertil Thorvaldsen, der Maler Lovis Corinth und viele, viele andere mehr;

die Wissenschaftler Alfred Brehm, Richard E. Byrd, Alexander Fleming, Samuel Hahnemann, C. G. Jung, Martin Heinrich Klaproth, Friedrich List, Wilhelm Ostwald, Johann Heinrich Pestalozzi, Heinrich Schliemann, Robert F. Scott und viele, viele andere mehr;

die Philosophen Voltaire, Charles Baron de Montesquieu, Johann Gottlieb Fichte, Claude-Adrien Helvétius, Karl Marx und andere mehr;

die Schauspieler Edmund Kean, Konrad Ekhof, Friedrich Ludwig Schröder, August Wilhelm Iffland, Emanuel Schikaneder, Karl Ludwig Devrient, Ferdinand Gregori, Ernst von Possart, Joseph Jefferson, Oliver Hardy, George Bancroft, Charles Chaplin, Harold Lloyd, Douglas Fairbanks, Henry Irving, Al Jolson, George Alexander, Clark Gable und viele, viele andere mehr;

die Theater- und Filmproduzenten Florenz Ziegfeld, Jack M. Warner, Cecil B. de Mille und andere;

die Industriellen oder Unternehmer Friedrich Justin Bertuch, Otto Ballin, Samuel Colt, Eberhard Faber, Henry Ford, Frank G. Hoover, Charles Horace Mayo, George M. Pullmann, Anton Philipp Reclam, Amschel Rothschild, Ferdinand Rothschild, James Rothschild, Nathan Meyer Rothschild, Karl Ruß-Suchard, Owen D. Young und viele, viele mehr;

der Clown Grock;

die Flugpioniere Jacques-Etienne Montgolfier und Charles Lindbergh, der Flieger Floyd Bennet, die Astronauten John Glenn, Edwin Aldrin, Donn Fulton Eisele

und viele, viele andere mehr: lauter Überlebende!

Zu ihnen gehört, nicht zuletzt, auch jener unsterblich überlebende schweizerische Philanthrop und Friedensnobelpreisträger Henri Dunant, der immerhin nichts Geringeres als die segensreiche *Genfer Konvention* veranlaßte, ferner das *Rote Kreuz* begründete und dessen Signet sich vom christlich farbneutralen Symbol insofern unterscheidet, als es sich auf freimaurerische Weise nur aus vier statt aus fünf Quadranten zusammensetzt und daher kürzer ist als jedes Kruzifix von Golgatha: einen *"Orden vom roten Kreuz"*, wie ihn die Freimaurer im Zehnten Grade ihres *Schwedischen Systems* verleihen, soll nach Logenlegende jener persische König Dareios I., der um 520 vor Christos den Wiederaufbau des Tempels in Jerusalem gestattete, zum Andenken seiner Freundschaft mit dem judäischen Statthalter Serubbabel, wie auch immer, gestiftet und damit seinem jüngeren Geistes- oder auch Fleischesbruder, dem Genfer Männerfreunde Dunant, ein inzwischen weltweit geachtetes Muster geliefert haben.

Er und sie alle leben hoch!

Verdis vendetta

Chat im Internet: www.speakerscornerTV.de/blaugold-dioskuren

Autor: "FRANZ MOOR"
antwortet "ATTINGHAUSEN":

Zu Attinghausens Liste seiner unbehelligten Logenprominenzen:

anno 1792, als Schiller schon drei Jahre lang in Jena war, wurde König Gustav III. von Schweden, nach zwanzig Regierungs- und 46 Lebensjahren auf einem Maskenball in seinem Schlosse Drottningholm erschossen.

Man kennt die Geschichte heute eher aus Verdis Oper, die zuerst *"La vendetta in domino"* hieß, insofern an mafiotische Blutrache denken ließ und auf einem Libretto beruht, das von Eugène Scribe für Rossini geschrieben, aber 1833 zunächst von François Auber vertont wurde.

Verdis *"Maskenball"* von 1857 wurde von der bourbonischen Zensur aus politischen Rücksichten nach Nordamerika transplantiert. Aber August Strindbergs Schauspiel *"Gustav III."* von 1902 rekonstruïerte die Vorgeschichte dieses Mordes, und noch Carl Zuckmayer nutzte 1938/1953 ihre Theatralik für seine Bühnenballade um *"Ulla Winblad oder Kunst und Leben des Carl Michael Bellman"*, eines musischen Günstlings am Hofe jenes ermordeten Königs.

Historisch war Gustav III. ein leiblicher Neffe Friedrichs des Großen von Preußen und ebenso schwul, auch Freimaurer wie dieser, wie aber auch dessen anderer Neffe und wie sein Schwager, also die Herzöge Carl August von Sachsen-Weimar und Ferdinand von Braunschweig, nicht minder: alles ein und dieselbe Familie, Sipp- und Bruderschaft, kaum zu entwirren.

Aber dieser schwedische Monarch war vom schottischen Thronprätendenten Charles Edward Prince Stuart, jenem selbst schwulen "Bonny Prince Charles", auch zum Großmeister des Freimaurerordens für alle Logen im Norden berufen worden und trug als *Protector Ordinis* im eher mystisch oriëntierten schwedischen Tempelherrensystem *Chapitre illuminé* den ominösen Namen *Eques a corona vindicata: Ritter der besiegten Krone.*

Aber plötzlich und unverhofft hatte sich dieser Gustav gleichwohl ins Lager jener Logengegner geschlagen, die allen progressiven Ideën abhold waren. Denn per Staatsstreich von oben beëndete er die sogenannte *"Freiheitszeit"* eines voll emanzipierten Parlamentarismus und führte, dezidierter Gegner der *Französischen Revolution*, sein Land in einen überwunden geglaubten Absolutismus zurück. Das mußte von allen aufgeklärten Freimaurern seiner Zeit radikal mißbilligt und als Verrat empfunden werden.

Insofern ist denkbar, was 1929 der jesuïtische Autor Léon de Poncins enthüllte: schon 1784 sei auf einem Konvent der *"Großen eklektischen Loge"* in Frankfurt am Main die Todesstrafe für diesen schwedischen König und abtrünnigen "Bruder" mehrheitlich beschlossen worden.

Folgerichtig war denn auch sechs Jahre später sein Mörder, jener Graf Anckarström und Verdis "Renato" oder "René", historisch ein Freimaurer aus der Greifswalder Filiale des *Ordens der Unitisten*, der sich überwiegend aus norddeutschen und baltischen Aristokraten zusammensetzte. Ob dieser Anckarström mit oder ohne Auftrag seiner Loge schoß, ist allerdings bis heute nicht ganz geklärt.

Aber ein französischer Weinhändler, selbst ja gleichfalls vielleicht ein Logenbruder, soll das Attentat schon drei Tage vorher in Hannover angekündigt haben, und im dänischen Altona vor den Toren Hamburgs wurde Anckarström in der Zeitschrift *"Proserpina"* als Vorkämpfer einer neuen Zeit gepriesen.

Prof. August Ludwig Schlözer, Historiker in Göttingen und Hauslehrer in Schweden, nannte Anckarströms Loge der Unitisten ungeniert eine Brutstätte für Königsmörder, und Prof. Johann August Starck, Theologe und Philosoph, Oberhofprediger und selbst ein vielumstrittener Protagonist der Freimaurer, wird einschlägig mit der Aussage zitiert, es sei sogar in den illuminierten Freimaurerlogen des revolutionären Frankreich geschehen,

"daß der Mörder des Königs von Schweden zum Meuchelmorde seines Monarchen bestellt wurde".

Tatsächlich soll im Pariser *Jakobinerclub*, diesem Freimaurerzentrum, eine Büste Anckarströms neben die des Brutus gestellt worden sein, und Rudolf Salzmann, vielfacher Logenfunktionär aus Straßburg, deutete jubelnd: *"Der schwedische Brutus heißt Anckarström"*.

Jedenfalls war hier ein abtrünniger Freimaurer von einem seiner Logenbrüder aus vermutlich ideologischen oder sogar disziplinarischen Gründen ermordet worden.

Ihrer beider Eidesformel war so zur Realität geworden.

Schieber Schacht

Chat im Internet: www.speakerscornerTV.de/blaugold-dioskuren

Autor: "BOURGOGNINO"
antwortet "ATTINGHAUSEN"

Hallo, FREIHERR VON ATTINGHAUSEN, was denkst Du über den folgenden Fall aus Deiner Liste unbeschadeter Freimaurerprominenzen:

Hjalmar Schacht war dreizehn Jahre lang Präsident der Reichsbank, das zweite Mal unter Hitler, zu dessen Steigbügelhaltern er gehörte und als dessen Wirtschaftsminister, später Reichsminister ohne Portefeuille (*zur besonderen Verwendung*) er ein ganzes NS-Jahrzehnt lang exponiert kollaboriert haben mag.

Dieser gleichwohl bedeutende Finanzpolitiker war Freimaurer und engagierte sich im sogenannten *Bluntschli-Ausschuß*, einer Berliner Initiative von Logenbrüdern, die sich auf Prof. Johann Caspar Bluntschli, den herausragenden Schweizer Staatsrechtler und Logen-Fusionisten des 19. Jahrhunderts, bezog und es

"sich zur Aufgabe gestellt hat, den mit der Freimaurerei so nahe verwandten Völkerbund-Gedanken im Bruderkreise zu vertreten und zu verbreiten. Brüder, die Freunde des Völkerbunds-Gedankens sind und anerkannten Freimaurerlogen angehören, werden um Mitarbeit gebeten".

So warb 1919 im *"Bundesblatt der Großen National-Mutterloge"* ein Aufruf, zu dessen acht Unterzeichnern für die *"Großloge der Freundschaft"* auch der damals 42jährige *"Bruder Dr. Schacht"* gehörte.

Dieser Aufruf zur Völkerverständigung, wie US-Präsident Woodrow Wilson, selbst wohl gleichfalls Freimaurer, sie angeregt hatte, löste so kurz nach dem Debakel des *Ersten Weltkrieges* und dem sogenannten *"Diktat von Versailles"* auch in deutschen Freimaurerkreisen nationalen Unmut aus und wurde als eine Art Landesverrat gebrandmarkt.

Denn als am 28. Juni 1919 in Versailles jener so schmachvoll empfundene Friedensvertrag unterzeichnet wurde, fand am selben Tage in der Londoner *Albert Hall* eine repräsentative Friedensfeier der Internationalen Freimaurerlogen statt. Lord Arthur Oliver Villiers Russel Ampthill, Großmeister der *Großen Loge von England*, deutete dort in seiner Rede die Neugründung eines Völkerbundes, dieses Vorgängers der heutigen UNO, als den glorreichen Abschluß *"einer weltgeschichtlichen Epoche freimaurerischer Arbeiten an der Veredlung der Menschheit"* an, wie sie 1789 von der *Französischen Revolution* in die Wege geleitet worden sei.

Chauvinistische Kreise im besiegten Deutschland jedoch, die keinen Frieden, sondern Rache ersehnten, bekämpften nicht nur den Völkerbund, sondern auch jenen *Bluntschli-Ausschuß*, griffen namentlich den *"Devisenschieber"* Schacht an, bedrohten ihn nachhaltig und ausdrücklich als hohen Logenfunktionär und forderten *"die altpreußischen Großlogen"* auf, sich von Seinesgleichen zu distanzieren und *"ihren Mitgliedern die Beteiligung an solchen – das Nationalgefühl schädigenden Unternehmungen"* zu verbieten.

Dennoch trat Deutschland auf Betreiben seines Außenministers, des Logenbruders Gustav Stresemann, 1926 diesem Völkerbunde zur Erhaltung des internationalen Friedens bei und löste damit in vielen Lagern nationalistische Aggressionen aus.

Als Schacht 1931 einen schweren Autounfall hatte, bei dem sich sein Wagen überschlug und er selbst nur schwer verletzt überlebte, sah die *"Schlesische Tageszeitung"* hierin einen Mordanschlag der Freimaurer, und der nationalsozialistische *"Freiheitskampf"* in Chemnitz titelte am 9. November 1931

"Die Hand der Freimaurerei? Der sonderbare Auto-Unfall des Dr. Schacht".

Ein Hamburger Logenblatt konterte sofort scheinheilig: *"Das Ulkigste [...] ist aber, daß Schacht selbst Freimaurer ist, und zwar seit 1907"*. Schon vor rund 25 Jahren also dürfte Schacht bei seiner Initiation geschworen haben, gegebenenfalls mit der Todesstrafe einverstanden zu sein. Also begriff er nun mühelos die erteilte Lektion und stellte sich, wiederhergestellt, ganz in den Dienst der nationalen Sache, die inzwischen zur nationalsozialistischen Sache geworden war.

Fünfzehn Jahre später überlebte der so konvertierte Schacht um dieselbe Haaresbreite den Strick des Nürnberger internationalen Kriegsverbrechertribunals, von dem er trotz seiner wertvollen Zuarbeit und Mitarbeit für die Nazis freigesprochen wurde.

Eine deutsche Spruchkammer zur Entnazifizierung verurteilte ihn dann zu einer achtjährigen Gefängnisstrafe, die aber flugs aufgehoben wurde, und vier weitere Verfahren sprachen ihn frei. Er wurde Wirtschaftsberater nunmehr völkerbündisch international in Indonesien, Ägypten und Iran, gründete noch 76jährig eine Bank und starb 93jährig eines vermutlich natürlichen Todes.

Die Zugehörigkeit zu Freimaurerlogen dürfte sein Leben also gelegentlich bedroht und gefährdet, ebenso aber auch beschützt und gerettet haben.

K. u. k. Killer

Chat im Internet: www.speakerscornerTV.de/blaugold-dioskuren

Autor: "ARNOLD VOM MELCHTAL"
antwortet "ATTINGHAUSEN":

Nur kurze vier Wochen vor jenem schwedischen Könige Gustav III., in Schillers selbem Jenaër März 1792, starb noch ein anderer europäischer Monarch im konservativen Lager eines sehr rätselhaften Todes: Kaiser Leopold II. in Wien.

Er war ein Sohn jener populären Kaiserin Maria Theresia und als Nachfolger seiner Bruders, Kaiser Josephs II., gerade erst, vor zwei Jahren, auf den Thron gekommen.

Seine Schwester Marie-Antoinette, Königin von Frankreich und Gemahlin dort König Ludwigs XVI., die ihre fatale *"Halsbandaffäre"* um den schwulen Freimaurer-"Grafen" Cagliostro, Goethes *"Groß-Kophta"*, bereits hinter sich hatte und in deren Lande seither die Revolution auf ihren königsmörderischen Höhepunkt zusteuerte, hatte brieflich gewarnt:

"Hüten Sie sich bloß vor allen Freimaurerverbindungen [...]; auf diesem Wege glauben die hiesigen Bösewichter, in allen Ländern das gleiche Ziel

zu erreichen" – : "tous les monstres d'ici comptent d'arriver dans tous les pays au même but".

Das Schreckbild dieser gefährlich schwelenden Revolution dicht vor den brüderlichen Augen, war Leopold daher primär auf innenpolitisch beschwichtigenden Frieden bedacht und machte die meisten Neuerungen seines Vorgängers wieder rückgängig, der als Reformkaiser, auch als Freund der Freimaurer galt und *"Sozialist auf dem Thron"* genannt worden war. Dieses sein Programm einer *"Revolution von oben"* flankierte Leopold mit einer extrem repressiven Präventiv-Zensur zum Wohle solcher *"Aufrechterhaltung der allgemeinen Ruhe"* und mit einer drastischen *"Verbesserung der Polizeianstalten"* und deren *"Geheimen Dienstes"* samt seinen etwa zweitausend Spionen, die vorrangig alle Freimaurerlogen als potentiéll revolutionäre Zellen zumindest observierten.

Hierfür hatte sich dieser Kaiser gewitzt mit einem Stabe von Mitarbeitern oder auch Beschützern eben aus Freimaurerkreisen umgeben, die ihn bei seiner Bekämpfung dieser Gefahr in einer unergründlichen Mischung aus Opportunismus, Scheinheiligkeit, Skrupellosigkeit und doppelbödiger Strategie umgaben und unterstützen sollten.

Besonders tat sich hier der Böhme Leopold Alois Hoffmann, Professor für deutsche Sprache und Literatur in Budapest, hervor. Er war Mitglied bei den *Illuminaten* und in der *Loge der Asiatischen Brüder*. Der Freimaurerloge *"Zur Wohltätigkeit"* diente er gar als bestallter Sekretär, dem sein Orden wiederholt mit bedeutenden Geldbeträgen aushalf.

Trotzdem oder ebendeshalb publizierte dieser bislang radikale Aufklärer plötzlich ein Pamphlet gegen alle Wiener Logen, wurde von Kaiser Leopold hierfür als k. u. k. Rat und Professor der Eloquenz nach Wien berufen und hier auch als *"Verfechter der bedrohten Staatsruhe"* eingesetzt.

Als solcher gab er die *"Wiener Zeitschrift"* heraus, in der er das Freimaurertum passioniert als die Keimzelle aller bisherigen und künftigen Revolutionen bekämpfte und so zu einem der Gründungsväter jener manisch antirevolutionären und reaktionären Publizistik wurde, wie es sie in boulevardesk populären Ausläufern heute noch gibt.

Aber von der Logen-Zeitschrift *"Latomia"* wurde dieser Hoffmann noch 1864 als *"freimaurerischer Judas"* bezeichnet, von den Autoren der *"Zauberflöte"* noch sehr viel später als exotischer "Mohr" Monostatos verachtet.

Sein Kaiser jedoch archivierte begierig oder paranoïd in der späteren Wiener *Fideïkommiß-Bibliothek* jede irgend publizierte Polemik gegen die Logen, obwohl er seinen Hauptlieferanten Hoffmann sehr wohl durchschaute: *"Der Kerl ist ein Esel, ich weiß es, aber er leistet mir als Spion sehr gute Dienste"*.

Im Kreise so zwielichtig liebedienernder Zuträger, Ratgeber und sogar auch Doppelagenten also starb Kaiser Leopold II. unverhofft, jählings und ohne entsprechend bedrohliche Erkrankung schon nach zwei Regierungsjahren und im Alter ebenso von 45 Jahren wie auch sein Schicksalsgenosse Schiller, über den wir ja eigentlich hier chatten.

Leopolds Tod erschien seinen Untertanen so widernatürlich und ominös, daß zwei Gerüchte bald alle andern in den Schatten stellten. Aber wer von den zahllosen Flüsterern an eine tödliche Überdosis sexuëller Stimulantien nicht recht glauben mochte, sah sich unweigerlich im größeren Lager derer, die einen Giftmord zwar für unbeweisbar, aber umso wahrscheinlicher hielten.

Die fernen Jakobiner wurden bezichtigt, dann die Freimaurer wo auch immer. Ein französischer Logenbruder namens Colombe sollte die Tat im Auftrage der regierenden *Jakobiner* begangen haben. Eine Straßburger Emigrantenzeitung sprach von einem Lohn für Leopolds Unterdrückung der Freiheit und drohte allen regierenden Gesinnungskollegen mit einem gleichen Schicksal: sei es in Drottingholm.

Aber *"Le Père du Chesne"*, das Pariser Journal der *Jakobiner*, jubelte unverhohlen, daß Kaiser Leopold *"ein Tränkchen verabreicht"* worden sei, und dessen Liebediener Hoffmann behauptete noch vier Jahre später in einem Pamphlet, der Monarch sei *"meuchlerisch"* beseitigt worden.

Seine *"Wiener Zeitschrift"* jedoch bekannte sich schon 1792 dazu,

"diesen mordbrennerischen Bemühungen", wie *"neidische und ehrgeizige Freiheitshelden"* sie namentlich *"in mancher bereits schon sehr verführten deutschen Provinz"* (wie Weimar?) besonders *"durch philosophische Auf-*

wieglungen" und *"eine zugrund richtende Schwärmerei"* an den Tag legten, *"nach allen Kräften entgegen zu arbeiten"*.

Angeblich war damit Schiller gemeint.

Zwar nicht dieser aalglatte Wendehals Hoffmann persönlich, wohl aber mancher andere vormals aufgeklärt freimaurerische Judas unter Leopolds Handlangern und Agenten endete dann als *"österreichischer Jakobiner"* selbst auf dem Schafott: vielleicht ja auch als eidbrüchiger Verräter seiner unabdingbar beschworenen Ideën zum Fortschritt der Menschheit?

Denn *"in den Reihen der Gegner"*, publiziert jedenfalls noch um 1940 Gregor Schwartz-Bostunitsch, *"hält man die Freimaurerei fast durchweg für fähig, an dem Abtrünnigen die angedrohte Strafe zu vollziehen, wenn auch die Art der Ausführung nicht gerade die in der Formel angegebene ist"*.

Hoffmanns Tropfen

Chat im Internet: www.speakerscornerTV.de/blaugold-dioskuren

Autor: "DOMINGO"
antwortet   keinem:

Da unsre Diskussion, eigentlich ja über Goethes Rückzug von Schillers *"Demetrius"*, ohnehin schon in weltpolitische und toxische Dimensionen abgedriftet ist, erlaube ich mir nunmehr, Euren Blick noch einmal speziëll auf jenen Geheimbund der *Illuminaten* zu lenken, die sich ursprünglich sogar noch *Perfektibilisten* genannt hatten und zu deren Mitgliedern nicht zuletzt auch Goethe und sein Herzog gehörten.

Im Gegensatz zu den genuïn friedlichen Utopiën der originären Freimaurer hatten es die *Illuminaten* – "MORTIMER" hat das hier schon erwähnt – auf das Fernziel einer antifeudalen, demokratischen Gesellschaftsveränderung abgesehen. Um das eines späten Tages wirklich erreichen und realisieren zu können, galt es, taktisch vorsichtig, aber umso effiziënter zu operieren.

Das begann mit einem Aspiranteneid, der auf alle brutalen Morddrohungen zu verzichten schien. Der Initiant erklärte sich lediglich bereit, dem Illuminatenorden

"mit meinem Gut, Ehr und Blut zu dienen".

Das klingt wie die unverbindlich phrasenhafte Formel aus einem epigonalen Gedicht, aber erwähnt immerhin auch das Blut des Schwörenden und fährt fort:

"So unterwerfe ich mich allen Ahndungen und Strafen, so mir von meinen Obern zuerkannt werden" –

faktisch also mit einer Blanco-Auslieferung, die auf ein Auflisten von Folterungen verzichten kann, weil sie ausnahmslos alle und jede schon impliziert.

Aber in jenem zusätzlichen Aufnahmeprotokoll der *Illuminaten*, das auch "MORTIMER" hier schon zitierte, hat der Bewerber Franz Anton Steger, Jurist aus dem oberbayrischen Eichstätt, auf die Frage,

"ob er dieser Gesellschaft oder Orden auch das Ius vitae et necis, aus was für Gründen oder nicht, zugestehe",

in akademisch und professionell genauer Kenntnis, daß es sich hierbei um das *Recht über Leben und Tod* handle, die erwünschte oder gar obligatorische Antwort niedergeschrieben:

"Ja, warum nicht? Wenn es einmal nicht anders sein kann".

Aber nicht nur so indirekt lateinische Befragung und verharmloste Eidesformel, auch die Aktionen und Exekutionen der *Illuminaten* bedienten sich subtilerer und diskreterer Mittel als die der Freimaurer.

Johann Sulpitius Marquis de Cossandey, Weltpriester und Professor an der Marianischen Landakademie in München, aber selbst auch Mitglied der *Illuminaten*, referierte und kommentierte 1785, also fünf Jahre nach Gründung dieses Ordens, dessen bislang nur mündlich weitergereichte Zentralthesen. Deren jesuitisch vorgegebenen Kernsatz, daß der Zweck alle Mittel heilige, erläuterte dieser Eingeweihte so:

"Also Giftmischungen, Todesschläge [...], alle Schandtaten sind erlaubt, sind löblich, wenn sie zum Zwecke führen".

Zu jener anderen Devise der *Illuminaten*, daß

"den, der uns verrät, kein Fürst mehr schützen"

könne, merkte derselbe *Insider* an:

"Sie müssen also Mittel besitzen, ihre Ankläger unbestraft aus dem Wege zu räumen, diese Mittel lassen sich erraten".

Daß auch "Giftmischung" dazu gehöre, bestätigte mit fast gleichem Wortlaut noch im selben Jahre ein weiterer Eingeweihter: der Münchner Illuminat, Professor und Hofkammerrat Joseph von Utzschneider, später Bürgermeister in München.

Aber schon ein Jahr vorher, 1784, publizierte im heimgesuchten München auch der 28jährige Joseph Marius von Babo, Publizist, Dramatiker und später Theaterdirektor, seine kritische Analyse des *Illuminaten*-Ordens. Sie erschien anonym und trug den irrigen Titel *Ueber Freymaurer. Erste Warnung"*, weil Babo die *Illuminaten* noch für eine getarnte Freimaurerloge hielt.

Im übrigen aber war er als *"ehemaliger Mitbruder"* auch über Interna so gut informiert, daß es bis heute kaum noch eine Veröffentlichung über die *Illuminaten* gibt, die sich nicht auf ihn bezieht. Selbst Richard van Dülmen, der seit 1975 als Doyen moderner *Illuminaten*-Forschung gilt, sagt von diesem ersten aller Pamphlete gegen Weishaupts Loge:

"Kaum eine antiilluminatische Schrift hat später den Orden und seine Mitglieder so direkt angeklagt und denunziert wie diese".

Schon Babo nämlich durchschaute die politischen Ziele dieser Loge, prangerte ihren geplanten *"Komplott"* gegen den Staat an, kritisierte ihren radikalen inneren Despotismus und enthüllte nicht zuletzt jene ruchlosen Mittel, die hier nun heute auch von uns noch bewiesen werden sollen.

Gleich eingangs zitierte er in zwei Briefen vermutlich führender Illuminaten auch diese Anordnung:

"Sie müssen mit [...], unsre Gegner unterdrücken und, wenn ich wollte, morden. Wer sich immer unserm Fortgang in den Weg stellt, wird zertreten: wenn auch tausend Opfer der guten Sache fallen, Millionen gewinnen".

Babo selbst fügte hinzu, diese *"geheime Verbrüderung"* wisse zu *"morden im Dunkeln"*, beherrsche *"die Gewalt des Blutbannes"* und bediene sich *"vielleicht des Giftes, in dessen Mischung und künstlicher Zubereitung man ihre Geschicklichkeit sehr renommiert"*.

Dieser Text von Babo, den der illuminierte Nachbar Herzog Ernst II. Ludwig von Sachsen-Gotha und Altenburg als *"abscheulich"* bezeichnete, aber schon im März 1785 nach Weimar auslieh, dürfte dort mit Sicherheit von Herzog Carl August und Goethe gelesen worden sein. Spätestens jetzt also waren sie zumindest gewarnt und über die mögliche Mordbereitschaft einer Loge informiert, der sie beide angehörten.

Oder war dieser Babo nur ein Verleumder?

Aber mit dem doppelten Abstand sowohl eines zugereisten Ausländers als auch eines illuministischen Außenseiters hatte im selben Jahre, eben 1784, Louis Antoine Chalgrin als Legationsrat der französischen Gesandtschaft im selben München die gleiche arge Information bekommen, daß diese *Illuminaten*

"morden können, ohne entdeckt zu werden".

Aus diesem Grunde *"suchen sie auch alle Apotheker, Medici und Hofmeister an sich zu ziehen"*.

Das läßt mich unweigerlich an Schillers letzten Arzt Dr. Huschke, dessen 1805 verordnete *"Serpentaria"* und den Weimarer Hofapotheker Hoffmann denken.

Doch dieser Diplomat Chalgrin beobachtete oder erfuhr über die bayrischen *Illuminaten* auch noch,

"daß man bei diesem Orden so vergiften könne, daß man nach und nach an der Auszehrung sterben müsse".

Auch das erinnert an Schillers Sterben.

Also gehört es hierher.

Blau und bitter

Chat im Internet: www.speakerscornerTV.de/blaugold-dioskuren

Autor: "GRÄFIN TERZKY"
antwortet niemandem direkt:

Hallo!

Daß Goethe über die Vergiftung durch Logen genau informiert war, geht
auch aus seinem apokryphen Gedicht hervor, das Johannes Urzidil aus Prag
erst 1930 in der Freimaurerbibliohek im Haag entdeckte und in den *"Preußischen Jahrbüchern"* erstmalig publizierte.

Er hatte es im Nachlaß des Frankfurter Arztes und Herzoglich Sachsen-Al-
tenburgischen Medizinalrates Prof. Dr. Johann Georg Kloß aufgespürt, der
sich als bedeutender Historiker des Freimaurertums und bibliophiler Sammler einen Namen gemacht hat.

Seine freimaurerische Bibliothek von siebentausend Bänden und zweitausend Autographen war nach seinem Tode vom Prinzen Frederik Willem Ka-
rel, einem Großmeister der *Großen Loge der Niederlande*, angekauft und
1862 in dessen Bibliothek der Freimaurerloge einverleibt worden. Sie enthielt auch zahlreiche Veröffentlichungen der Weimarer Loge *"Amalia"*, hie-
runter gar einen Abdruck von Goethes Rede, die er bei der Trauerloge für
Wieland gehalten hatte.

In den vergilbten Blättern ebendieser Wielandrede also fand sich auch ein
Logengedicht, das Goethe zwischen 1818 und 1823 im Karlsbad geschrieben haben soll und das sich unmißverständlich an seine Logenbrüder richtet,
die er hier loyal und logenkonform ermahnt,

"nach Gesetzen im geheimen Bunde"

zu leben und so *"der großen Seuche"* von Einwänden, Vorurteilen und Ver-
führung zu entrinnen. Er empfiehlt, sich *"an die Stummen und die Tauben"*,
also an die Verschwiegenen zu wenden:

"Haltet fest an der Gemeine
Und verlaßt die Widerscheine."

Offenbar hat es damals solche *"Widerscheine"* in ihrer aller Loge gegeben, denn in der dritten Strophe greift der Autor zum Mittel der warnenden Einschüchterung:

"Aber eitle Schulgezänke
Sind wie giftge Liebes-Tränke,
Die durch bittere blaue Kerne
Euch zur dunkeln Zisterne
Weit von unserer Gemeine
Ziehen mit dem Totenbeine."

Wer denkt da nicht an die Blausäure des tödlichen Zyklons in Mandel- und Aprikosenkernen oder an den giftig alkaloïden *Blauen Eisenhut*, jenes *Aconitum napellus* der Ärzte Dr. Duda und Dr. Berner, und an das zisternenartige Verlies jenes vielerörterten Weimarer Kassengewölbes?

Aber natürlich ist die Authentizität dieses Gedichtes bei den Germanisten umstritten. Da es, wie eine Vielzahl seiner Arbeiten gerade aus den späteren Jahren, in der Handschrift nicht seines Autors, sondern nur eines Schreibers oder Kopisten vorliegt und nicht eigens signiert oder affirmiert wurde, ist es anfechtbar, zumal die Angabe *"Carlsbad, November"* ebenso fehlerhaft sein muß, wie es auch das Metrum mehrerer Verse ist: denn Goethes Karlsbader Aufenthalte fanden bisweilen im September, aber nie im November statt.

Manche Philologen halten das Gedicht trotzdem für echt, andre nicht, und viele zweifeln einfach.

Aber selbst wenn es nicht von Goethe stammt: sein Fundort macht die Weimarer *"Amalien"*-Maurer jedenfalls zu den Adressaten dieser Warnung eines Logenbruders, wer immer der sei, vor möglicher Vergiftung. Das steht fest.

Wenn hierüber also in Weimar auch ein anderer dichtender Freimaurer informiert war, dürfte Goethe es erst recht gewesen sein.

Und nur darum geht es hier: daß Goethe um die Giftmorde seiner Loge wußte.

Sela.

Versailles vers Serajewo

Chat im Internet: www.speakerscornerTV.de/blaugold-dioskuren

Autor: "GRAF VON SHREWSBURY"
antwortet "FRANZ MOOR" und "MELCHTAL":

Weil bajuwarisch vollmundige Drohungen oder noch so mörderische Absichtserklärungen einen preußischen Volljuristen wie mich zu einer so gravierenden Anklage, wie wir sie hier erwägen, ebenso wenig bewegen können wie auch bajuwarisch rachlüsterne oder paranoïde Denunziationen von fantasievollen Theaterleuten oder die gereimten Gruselvisionen eines Urlaubsgedichtes aus der Feder jenes nicht identifizierten Badegastes in den Glaubersalzquellen eines westböhmischen Kurortes gar nicht weit von Bayern –

weil das alles, kurz, so noch nicht justiziabel sein dürfte, will ich hier an Kaiser Leopold II. und König Gustav III. von Schweden anschließen. Denn beide scheinen mir durchaus keine Einzelfälle, sondern prototypisch für eine großangelegte Mordpolitik zu sein.

Wie Kaiser Leopold II. sind auch schon dessen beide Vorgänger, Vater Franz I. und Bruder Joseph II., beide Mitregenten der Kaiserin Maria Theresia, *anno* 1765 und 1790 jeweils eines unerklärlich plötzlichen Todes gestorben: der eine 57-, der andere 49jährig, der eine das erste kaiserliche Mitglied einer Loge, der andere zumindest ein deutlicher Sympathisant, doch auch Kritiker und bremsender Regulator der Freimaurer.

Weniger dubios waren so definitive Ermordungen wie

1801 des russischen Zaren Pawel I., der die Logen zuerst begünstigte, dann verbot: vermeintlich durch vier namentlich bezichtigte Freimaurer aus dem Adel (wie jener Graf Anckarström);

1825 seines Sohnes und Nachfolgers, des Zaren Alexander I., der das väterliche Verbot der Logen aufhob, selbst vermutlich Mitglied wurde, sich später von den Freimaurern bedrängt fühlte und sie nach knapp zwanzig Jahren wieder verbot und verfolgte; ihr geheimer *"Bund des öffentlichen Wohles"* soll ihn ermordet haben;

1854 des Herzogs Carlo III. von Parma, und

1900 des Königs Umberto I. von Italien durch den sogenannten "Anarchisten" Angelo Pressi, der Mitglied einer amerikanischen Loge gewesen sein und in deren Auftrag gehandelt haben soll.

Hinzu kommen alle jene mißlungenen, aber sehr wohl versuchten Attentate, die nach 1793 auf regierende Fürsten verübt wurden und von denen hier lediglich die ausgeführten oder nur geplanten Mordanschläge auf den logenfeindlichen Kaiser Franz II. (nach 1793), Sohn immerhin eben Leopolds II., auf den Freimaurer König Friedrich Wilhelm II. von Preußen (1798), auf König Ferdinand II. von Neapel (1858) und Kaiser Franz Joseph I. (1882 durch den Freimaurer Wilhelm Oberdank) als Beispiele für die Gefährdung solcher Monarchen erwähnt werden sollen, deren politische Moral für deutlich restaurativ gehalten wurde.

Die revolutionären *Jakobiner*-Logen in Paris sollen sogar die Einrichtung einer Legion von 1200 potentiëllen Königsmördern erwogen und die folgenden Kopfgelder ausgesetzt haben:

jeweils 400 000 Livres für den Kaiser, für den König von Preußen und den Herzog von Braunschweig,

jeweils 300 000 Livres für den Grafen von Artois (= Bruder Ludwigs XVI. und Dauphin) und eines Prinzen von Condé,

200 000 Livres für einen Bourbonenprinzen,

100 000 Livres für Mirabeau

und so weiter.

Alle diese und weitere sonstige vollzogene oder versuchte Morde mochte der Freimaurer Eugen Lennhoff, Co-Autor des repräsentativen *"Internationalen Freimaurerlexikons"* von 1932/1966, im Sinne haben, als er 1929 in seinem Buche *"Die Freimaurer"* zugab, daß die Geistesströmung dieser geheimen Männerbünde

"in mehr als einer Schrift offen bezichtigt wird, alle Fürstenmorde der letzten zwei Jahrhunderte ausgeführt oder doch angestiftet zu haben".

Diese Behauptung stützt sich im Wesentlichen auf ihre beiden Eckpfeiler.

Der eine ist die *Französische Revolution* mit der öffentlichen Hinrichtung König Ludwigs XVI., der selbst vermutlich Freimaurer war und über dessen Tod schon neun Jahre vorher, 1784, auf einer außerordentlichen Versammlung der *"Großen eklektischen Loge"* in Frankfurt am Main abgestimmt worden sein soll; später wurde im Pariser Palais des Herzogs Louis Philippe von Orléans, eines gebürtigen Bourbonenprinzen, also leiblichen Vetters des Königs, und mächtigen *Großmeisters der Großen Loge von Frankreich*, der sich in seiner eigenen *Loge des Großmeisters* lieber Philippe Egalité nennen ließ, definitiv beschlossen, den König zu exekutieren.

Ohnehin soll ja das maßlose Blutbad dieser Revolution mit dem öffentlichen Vollzuge einer Lynch-Justiz begonnen haben, die von der Loge *"Die allgemeine Menschenliebe"* als unumgängliches *"système de la terreur"* beschlossen und zumindest an vier Königlichen Verwaltungsfunktionären praktiziert worden sei, deren aufgespießte Köpfe durch Paris getragen wurden.

"Wir müssen uns, wenn auch vielleicht mit Widerwillen", soll jene Loge zuvor beschlossen haben, *"zur Opferung einiger Persönlichkeiten von Rang und Stand entschließen"*.

Daß sich aus diesem Anfang heraus über mehrere Jahre ein allgemeiner Massenmord erstreckte, wurde nur durch eine technische Erfindung möglich, die ein anderer Freimaurer durchsetzte: das mechanische Fallbeil. Vom Pariser Arzt Joseph-Ignace Guillotin vermutlich nicht erfunden, aber vorgeschlagen, wurde es für die *Französische Revolution* ein solches *sine qua non* wie später das Zyklon B für den deutschen Holokaust. Ohne die Guillotine hätte sich dieser freimaurerische Aufruhr wohl schwerlich in so folgenschwerem und welthistorischem Maße verwirklichen können. Der hierfür verantwortliche Dr. Guillotin war nicht nur Freimaurer, sondern auch Mitbegründer der Loge *"Grand Orient de France"*. Nach seinem Tode, 1814, wurde in der Gedenkrede seiner Trauerloge betont, daß er seine Idee dieser Massenexekution nur

"aus übergroßer Empfindlichkeit und Philanthropie gegen die Verbrecher"

entwickelt habe.

Aber der zweite besagte Eckpfeiler für jene These von der Schuld der Freimaurer an allen Fürstenmorden zweier Jahrhunderte ist das Attentat von Serajewo auf den österreichischen Thronfolger, Erzherzog Franz Ferdinand, am 28. Juni 1914. Es hatte den *Ersten Weltkrieg* zur unmittelbaren Folge.

Der Ermordete war aus Freimaurerkreisen gewarnt worden. Der österreichische Außenminister Graf Czernin berichtet in seinen Memoiren, *"der Erzherzog-Thronfolger"* habe ihn schon *"ein Jahr vor Kriegsausbruch"* wissen lassen,

"daß die Freimaurer seinen Tod beschlossen hätten. Er nannte auch die Stadt, wo dieser Beschluß angeblich gefaßt worden sei [...], und nannte die Namen verschiedener österreichischer und ungarischer Politiker, welche davon wissen müssen".

Das soll sich schon 1911 oder 1912 so abgespielt haben.

Prozeßprotokoll und Untersuchungsakten mit dem Wortlaut der Verhöre zum Gerichtsverfahren gegen die Beschuldigten Gavrilo Princip, Major Voja Tanković, Nedjelko Cabrinović, Prof. Dr. theol. Radovan N. Kazimirović und andere wie jenen Eisenbahnbeamten Ciganović bestätigen, daß die Hintermänner und Auftraggeber des Attentates jedenfalls persönlich Mitglieder in Freimaurerlogen waren.

Die eigentlichen Attentäter waren mit ihren achtzehn Jahren noch zu jung, um das sein zu können, haben jedoch auf diesbezügliche Fragen des Gerichtspräsidenten nicht geantwortet. Aber Nedjelko Cabrinović, einer dieser jugendlichen Bombenwerfer, soll im Verfahren wörtlich ausgesagt haben:

"Die Freimaurerei steht mit dem Attentat insofern in Verbindung, als ich dadurch in meinem Vorsatz bestätigt wurde. In der Freimaurerei ist es erlaubt zu töten. Ciganović sagte mir, die Freimaurer hätten Franz Ferdinand schon vor einem Jahr zum Tode verurteilt".

Deutsche Freimaurerkreise haben diese Behauptungen als Trick der Verteidigung und jesuïtische Verleumdung zurückgewiesen. Die betroffeneren außerdeutschen Logen sollen zu diesen Bezichtigungen geschwiegen haben. Aber in den Presseorganen namentlich der angelsächsischen Freimaurer wurde der *Erste Weltkrieg* häufig als *"Krieg der Freimaurer"* bezeichnet.

Hier wie auch bei all den andern erwähnten politischen Morden sind die Zusammenhänge mit dem Freimaurertum natürlich nicht bis in ihre letzten kausalen Keimzellen einwandfrei nachweisbar. Geheimhaltung, Kolportage,

Verleumdungen, Sensationsbedürfnis und Parteiënpolemik machen die Erhellung der wahren Ursachen im Nachhinein unmöglich. Auch wo die Attentäter Logenbrüder waren, muß das nicht unbedingt auf einen Auftrag hinweisen. Manche Bezichtigung mag da also ungerechtfertigt sein.

Aber fest steht dennoch unzweifelhaft, daß sich in Europa während des ganzen 18. und 19. Jahrhunderts die Ablösung des Absolutismus durch die Demokratie vollzog. Hierbei, kann man getrost verallgemeinern, wurde der politische Fortschritt in Richtung einer humanistischen Befreiung von allen feudalistischen Unterdrückungen samt und sonders von den Freimaurern repräsentiert. Sie müssen als der eigentliche Motor der aufgeklärten Neuzeit gewürdigt werden.

Insofern sind sie in der Tat auch an allen gewaltsamen Aktionen im Dienste dieser riesigen Emanzipation zumindest ideëll beteiligt. Ohne ihre Utopiën wären alle diese Befreiungstaten schwerlich erfolgt. Sie erst schufen jedenfalls das geistige Klima als innere Voraussetzung für den Umbruch.

Ihr legerer Umgang aber mit dem *ius vitae et necis*, unreflektierte Erbschaft nicht zuletzt auch aus dem Methodenarsenal des alten Systems, mag dabei den Verlauf bisweilen beschleunigt oder erleichtert haben.

Aber schon im 18. Jahrhundert gab es auch unter Freimaurern hellsichtige Köpfe, die von so bedrohlichen Methoden ihrer Logen zu prinzipiëllen Zweifeln veranlaßt wurden.

Angeblich von Benjamin Franklin, diesem anglo-amerikanischen Politiker, Naturforscher, Erfinder, Diplomaten und Schriftsteller, auch Co-Autor von Unabhängigkeitserklärung und Verfassung seines Landes, denen der engagierte und exponierte Logenbruder auch freimaurerische Konzepte zu integrieren half,

von Benjamin Franklin also gibt es angeblich einen legendären Satz,

der nur durch mündliche Überlieferung zunächst von seinem Autor zu Johann Georg Forster, diesem Logenbruder, Weltreisenden und Kollegen in Naturforschung wie Schriftstellerei aus Schillers amikalem Umfeld,

von Forster ebenso mündlich zu Lessing gelangte, der ihn 1777 schließlich dem fünften seiner *"Gespräche für Freimäurer"* einverleibte:

"Was Blut kostet, ist gewiß kein Blut wert".

Erst 1790 publizierte auch Forster in seinem Nekrolog auf Franklin diesen Text:

"Benjamin Franklin! [...] Ich vernehme noch deine Worte: 'Ihr Kinder Europens! [...] Wut und Haß können nur Blut vergießen; mit Blut allein erkauft ihr die Freiheit nicht. Nein, ihr erkauft euch Schande, Reue, Qual; ihr tötet eure Freude und euren Frieden; darum ist, was Blut kostet, kein Blut wert."

Hier leuchtet, als visionäres Fazit aller freimaurerisch aufgeklärten Emanzipation, schon die Fratze des 20. Jahrhunderts und all seiner Massaker auf, die dann nichts anderes mehr sind als pure Barbarei: ein Werk nicht zuletzt auch skrupellos radikalen Freimaurergeistes.

Aber als Lessing diesen Satz in aufmüpfiger Nichtachtung der Wünsche seines allmächtigen Freimaurer-Herzogs Ferdinand von Braunschweig unbekümmert veröffentlichte, nahm er persönlich schon längst an keiner Loge mehr teil, wurde dann bald, auf wessen Initiative immer, auch in den Matrikeln seiner Loge nicht mehr geführt.

Manche meinen, er habe das auch mit vergiftetem eigenen Blute bezahlen müssen.

Andere halten das für ein Hirngespinst.

Stehen bleibt, für mich jedenfalls: *"Was Blut kostet, ist gewiß kein Blut wert"*.

Reiher und Beize

Fortsetzung der Fernsehübertragung aus dem Nationaltheater Weimar
(Verleihung des Dioskurenpreises)

Offsprecher:

Meine Damen und Herren: wir sehen nun Abraham Blaugold, den zweiten
jener beiden ersten Preisträger des Dioskurenpreises, ans Rednerpult treten,
um sich für diese Ehrung zu bedanken.

Abraham Blaugold:

Herr Bundespräsident!
Herr Ministerpräsident!
Herr Oberbürgermeister!

Offsprecher (überblendet):

Während auch Abraham Blaugold nun die Festversammlung begrüßt, haben
wir Gelegenheit, seine verblüffende Ähnlichkeit mit Giovanni Blaugold
festzustellen. Die beiden sind Zwillingsbrüder und offenbar bemüht, das
auch durch gleiche Kleidung und gleichen Haarschnitt zu unterstreichen.
Sogar ihre Stimmen gleichen sich zum Verwechseln: echte Dioskuren also
als Träger dieses neuen Dioskurenpreises.

Abraham Blaugold hat nun Begrüßung und einleitende Danksagung beëndet
und setzt im folgenden den Vortrag seines Bruders über die Dioskuren Goethe und Schiller, aber auch über deren *Kraniche des Ibykus* fort.

Abraham Blaugold:

Zunächst also mindestens alles das, was mein Zwillingsbruder Giovanni Ihnen bisher über Pygmäen, über Kraniche und den historischen Íbykos vorgetragen hat, schwingt mit und muß mitgelesen werden, meine sehr verehrten Damen und Herren, wenn Goethe in der *Klassischen Walpurgisnacht*
seines *"Faust II"* unverhofft Kraniche auftauchen läßt. Aber in ihrem obligaten, ihrem klassisch überlieferten Kriege gegen Zwerge, den der Germanist Wilhelm Emrich als einen *"ungeschichtlich-mythischen Naturkampf"*
bezeichnet, treten sie hier nicht mehr, wie Jahrtausende lang, einfach als
Kraniche in Aktion, sondern ausdrücklich als die *Kraniche des Ibykus*.

Da werden also zwei verschiedene Sagenkreise miteinander verwoben oder
umeinander angereichert. Die Kraniche sind plötzlich nicht mehr nur eine

der beiden Kriegsparteiën, sondern sie offenbaren auch ein Verbrechen ihres Gegners. *Kraniche des Íbykos* fungieren im kriminalistischen wie im moralischen Sinne als Polizei, als Vertreter der Anklage, als Staatsanwälte.

Aber gibt es denn, muß man jetzt fragen, tatsächlich ein Verbrechen, das die feindlichen Pygmäen der *Klassischen Walpurgisnacht* begangen, das die *Kraniche des Ibykus* mit dem Überblick ihrer großen Flughöhe ausgemacht haben und an den Tag bringen können? Ja, ist die Antwort, dieses Verbrechen gibt es da.

Denn die Pygmäen haben mit all ihren winzigen Helfershelfern einen Massenmord begangen.

Aber an wem denn?

An den Reihern.

Wie bitte, an wem?

An den Reihern.

"Ein Frevel tötete die Reiher,
Umstellend ruhigen Friedensweiher" (Vers 7890 f.).

Dieses Massaker also haben die Kraniche erspäht und betreten Goethes Szene nunmehr mit ihrer Aufdeckung eines Genozids:

"Mordgeschrei und Sterbeklagen,
Ängstlich Flügelflatterschlagen,
Welch ein Ächzen und Gestöhn
Dringt herauf zu unsern Höhn!
Alle sind sie schon ertötet,
See von ihrem Blut gerötet" (Vers 7660 ff.).

Was aber soll das alles, wer sind diese Reiher?

1.

Runde fünfzig Millionen Jahre alt, galten Reiher zu Goethes Zeiten noch als nahe Verwandte der Kraniche. Heute sehen Ornithologen das zwar anders, können jedoch den damaligen Irrtum noch nachvollziehen. In einem Buch über den mitteleuropäischen Grau- oder Fischreiher mit seinen Unterarten in

Indien und Amerika gibt Dr. Gerhard Creutz von der Vogelschutzwarte Neschwitz noch 1981 zu, daß diese Reiherart, die die *"kleinste unter unseren großen Stelzvögeln ist"*, tatsächlich *"am ehesten mit dem Kranich zu verwechseln"* sei.

Umgekehrt weiß Kranichforscher Carl-Albrecht v. Treuenfels noch 1998, daß diese beiden Vogelarten sich *"auf den ersten Blick ähnlich sehen"* und daß die Gestalt der Kraniche *"häufig zu Verwechslungen mit Reihern"* führte: *"Früher wurden die Kraniche als eine Gattung der Reihervögel angesehen"*. Besonders am Boden ähnelt der eurasische *Gemeine oder Graue Kranich* (*Grus grus*) dem Graureiher (*Ardea cinerea*), während der sonderlich populäre Mandschuren- oder Rotkronenkranich selbst unter heutigen Biologen noch *Ardea japonensis* heißt: *Japanischer Reiher*.

Unumstritten ist hingegen auch heutzutage die nahe Verwandtschaft von Reihern und Ibissen, die beide zu den Stelz- oder Schreitvögeln, den *gressores*, zählen. Aber der ibisartige Waldrapp oder Waldrabe, der in Europa wegen seines schmackhaften Fleisches schon seit *circa* dreihundert Jahren ausgestorben, also ausgerottet oder massakriert ist und nur noch in sechs kleinen Kolonien zwischen Marokko und Euphrat überlebt, wird von der *"Naturalis historia"* des älteren Plinius im 1. Jahrhundert nach Christos als *"ibis in Alpibus"*, von heutigen Zoologen als *Geronticus eremita*, also *Eremitenkranich*, bezeichnet.

Ihnen allen, Reihern also wie Ibissen und Kranichen, ist gemeinsam, daß sie sich von Wassertieren oder Wasserpflanzen ernähren, daher überwiegend in Feuchtgebieten aufhalten und dort bisweilen auch in der Geselligkeit gemeinsamer Kolonien leben. Fliegen sie auf und davon, so erkennt man sie auch daran, daß sie noch bei ihren langen Nachtflügen laute, heisere, aber herrisch klingende Schreie ausstoßen, die an durchdringende Trompetenstöße erinnern. Ob sie sich damit gegenseitig verständigen können, bleibt so dahingestellt wie nicht ausgeschlossen. Aber unsere Vorfahren vermochten noch zu Christi Lebzeiten, aus diesen Rufen meteorologische Prognosen herauszuhören.

Vollends zur Entstehungszeit der *Klassischen Walpurgisnacht* jedenfalls waren die Grenzen zwischen Kranichen, Reihern und Ibissen so fließend, daß sie alle zumindest als familiär zusammengehörig galten und jene *Kra-*

niche des Ibykus den Pogrom der Pygmäen an den Reihern als einen Angriff auf sich selbst begreifen mußten.

Was aber Reiher von Kranichen deutlich unterscheidet, ist ihre Friedlichkeit. Die Kampf-, Verteidigungs- wie auch Angriffslust der Kraniche ist ihnen gänzlich fremd. Schon in jenem 6. Jahrhundert vor Christos dürfte der legendäre phrygische Sklave Aísopos auf Samos mit seiner Fabel von *"Reiher und Wolf"* auf die Gutartigkeit und Vertrauensseligkeit der Reiher hingewiesen haben. Im antiken Rom, überliefert der ältere Plinius, galten sie gar als so sanftmütig und geduldig, daß zum Beispiel Menschen ihre Schlafstörungen beheben konnten, indem sie einen Reiherschnabel in eine Eselshaut einnähten und sich nachts vor die Stirn banden. So beruhigend war damals die Wirkung dieser Vögel.

Ihre Wehrlosigkeit ließ sie nur umso mehr zum Jagdobjekt des Menschen werden. Die Reiherbeize, in Indien schon vor mehr als zwei Jahrtausenden und in Rom seit dem 5. Jahrhundert nach Christos nachgewiesen, fand auch im übrigen Europa des frühen Mittelalters ihre Liebhaber. Meist waren es weltliche oder geistliche Fürsten, die diesen Sport zu ihrem exklusiven Privileg erklärten. Das taten zumal die deutschen Kaiser Friedrich Barbarossa und Heinrich VI. im 12. Jahrhundert, Friedrich II. im 13. Jahrhundert sogar literarisch mit seinem berühmten Buche *"De arte venandi cum avibus"* (*"Über die Kunst, mit Vögeln zu jagen"*), Maximilian I. im 15. und Rudolf II. im 16. Jahrhundert. Kaiser Karl VI. soll noch im frühen 18. Jahrhundert im Verlaufe von nur zwölf Jahren etwa 1500 Reiher gebeizt, sein Zeitgenosse Markgraf Wilhelm Friedrich von Ansbach gar bis in Goethes Kindheit hinein ganze 4174 Reiher auf diese Weise gejagt haben.

Besonders am bayrischen, württembergischen und hessischen, am meisten freilich am sächsischen Hofe spielte die Reiherbeize Jahrhunderte lang eine wichtige Rolle, aber in ganz Europa erlebte sie etwa von 1200 bis 1500 eine Blütezeit. Sie wurde von zahllosen Verordnungen und Mandaten begleitet, die es gesellschaftlich Unbefugten verbieten sollten, die Bestände der Reiher illegitim zu dezimieren. Im England unter König Edward II. stand hierauf im 14. Jahrhundert sogar die Todesstrafe. Aber schon im 9. Jahrhundert hatte Kaiser Karl der Große allen "Unfreien" seines Reiches die Reiherbeize gesetzlich untersagt. Das Jagdvergnügen der herrschenden Klasse durfte nicht von Niedrigerstehenden durchkreuzt werden, die ihm aber offenbar ebenso leidenschaftlich frönten wie der Adel.

Die Beize des Grau- oder Fischreihers galt zunächst als "Hohe Jagd", seit 1717 aber als Niederjagd. In der zweiten Hälfte des 18. Jahrhunderts wurde sie allenthalben nach und nach verboten oder unmodern und reizlos. *"Jedem Jagdberechtigten preisgegeben"*, weiß Dr. Gerhard Creutz, *"setzte eine starke Verfolgung der Reiher ein, die in Hessen bereits 1794 durch ein Schußgeld gefördert wurde"*. Der Frankfurter Goethe mag hierdurch zu seinem Massaker der Reiher inspiriert worden sein.

Freilich verlief eine reguläre Reiherbeize meist sehr viel unblutiger. Ein Jagdherr pflegte mit seiner Dame einer Jagdgesellschaft voranzureiten und beim Anblick eines Reihers den mitgeführten Falken freizugeben. Der verfolgte dann den flüchtigen Reiher und zwang ihn zum Kampfe, bis der wehrlos Gejagte zu Boden fiel. Nun mußte der Jäger schnell genug zur Stelle sein und verhindern, daß sein Raubvogel den gegriffenen Reiher tötete. Denn die Dame des Jagdherrn mußte dem lebenden Reiher zum Schmucke seines Jägers eine Nackenfeder herausreißen können, bevor das traumatisierte Tier wieder freigelassen oder zum Abrichten mitgenommen, nur im Falle einer Verletzung getötet wurde. Dieser Fall trat freilich nicht eben selten ein.

Vorrangig die Prachtfedern des Silber- und Seidenreihers wurden zur begehrten und teuer gehandelten Trophäe besonders auf dem führenden Federmarkt in London.

Das sollte man tunlichst wissen, um auch in Goethes *Klassischer Walpurgisnacht* die Opferrolle dieser Vögel richtig einzuordnen. Auch für vulkanische Berg- oder Erdpygmäen und deren plebejische Urfehde gegen ätherisch-neptunische Aristokraten aus konträrem Elemente müssen die friedfertig unaggressiven Reiher willkommene Beute und Angriffsziele sein.

2.

Was aber mag nur in der *Klassischen Walpurgisnacht* den jähen Überfall von Pygmäen auf diese prädestinierten Opfertiere auslösen? Gibt es einen konkreten Anlaß, einen plötzlichen Grund für das grausame Gemetzel dieses Massenmordes, der ja über eine konventionelle Beize weit hinausgeht?

Ja, es gibt einen Anlaß. Es gibt ihn in Gestalt eines jähen Befehls von oben. Der *Generalissimus* aller Pygmäën erläßt die Order:

"An jenem Weiher
Schießt mir die Reiher" (Vers 7646 f.).

Prompt geschieht es. Befehl ist Befehl auch bei Gnomen und Gütgen. Also wieder einmal und auch da schon ein Völkermord im Befehlsnotstand, dem kein Pygmäë sich widersetzen mag. In geschlossenem Kollektiv exerzieren sie den anberaumten Holokaust.

Was aber bedeutet das? Warum läßt Goethe hier mitten im Märchenzauber jener mondübergossenen Phantasiewelt seines körperlos amateriëllen Homunkulus unverhofft und scheinbar ohne Not das Blutbad einer solchen Bartholomäus- und Reichskristallnacht über eine Vogelkolonie am *"ruhigen Friedensweiher"* hereinbrechen? Nur weil Mephistopheles auch da an den Strippen zieht?

Ganze Generationen von Germanisten und sonstigen hilfsbereiten Exegeten haben beharrlich darauf hingewiesen, daß diese ganze *Klassische Walpurgisnacht* sich mitsamt ihrem Reiherpogrom nicht nur auf und nahe dem Schlachtfeld von Phársalos, sondern auch noch genau zum Jahrestage dieses historischen Waffenganges, dem 9. August, ereignet: also seien dramatische Parteiung und kriegerische Auseinandersetzungen der hiesige *genius loci* und insofern auch symbolisch vorprogrammiert.

Denn in heutigem Rückblick gilt jene Schlacht von Phársalos ein knappes halbes Jahrhundert vor Christos nicht nur als eigentlicher Endpunkt der ganzen Antike, sondern auch als Entscheidung in jenem römischen Bürgerkriege zwischen Julius Cæsar und Pompeius, seinem Schwiegersohn und Mitregenten im Triumvirat. Hier im thessalischen Phársalos also, sehr fern vom strittigen Rom, entschied sich an diesem Augusttage dessen politisches Schicksal gleich für das nächste halbe Jahrtausend.

Denn als Cæsar den flüchtigen Verlierer dieser Schlacht von hier in Thessaliën bis nach Ägypten verfolgte und als ihm dort dessen abgeschlagenes Haupt präsentiert wurde, hatte die republikanisch-demokratische Idee in der ganzen damals zivilisierten Welt abgewirtschaftet und wurde beispielgebend durch Monarchie, Diktatur, Tyrannei und sonstige Formen von Alleinherrschaft und Unterdrückung der Völker abgelöst.

Für diesen folgenschweren System- und Paradigmenwechsel also ist die hiesige Schlacht von Phársalos das Signum. Also mag es verführerisch gewesen sein, die Struktur ihres politischen Resultates auch in Goethes virtuëllem Jubiläum dieser Schlacht wiederzuerkennen.

Das begünstigt gleich eingangs die thessalische Hexe Erichtho, wenn sie das jetzige Geschehen als *"Nachgesicht der sorg- und grauenvollsten Nacht"* bezeichnet. In der Inhaltsangabe zu dieser nächtlichen Szene eben auf den *"Pharsalischen Feldern"* erläutern Goethes Paralipomena von 1826, *"daß die gegenwärtige Nacht gerade mit der Stunde zusammentreffe, wo die pharsalische Schlacht vorbereitet worden und welche sowohl Caesar als Pompejus schlaflos zugebracht"* (H P123C) – also wohl ohne sedierende Reiherschnäbel in Eselshäuten vor ihren Stirnen.

Aber aus dieser Kontroverse zweier gesellschaftspolitischer Prinzipiën zu folgern, daß analog der Streit *"zwischen Pygmäen und Kranichen"*, wie mein unvergeßlicher Doktorvater Wilhelm Emrich ihn sah, *"deutlich als Kampf zwischen Demokraten und Aristokraten erscheint"*, der *"die naturgesetzte Ganzheit der Nation in zwei Hälften zerreißt, ohne je zu einer sinnvollen Lösung zu gelangen"* – :

das fällt mir schwer, meine Damen und Herren. Weder kann ich Nationen so als naturgesetzte Axiome begreifen noch gar die Pygmäen, diese untertänigsten Befehlsvollstrecker eines Generalissimus, als Demokraten.

Schließlich läßt Goethe schwerlich zufällig im anschließenden *Dritten Akte* *"vor dem Palaste des Menelas zu Sparta"*, also weit außerhalb aller klassisch virtuëllen Walpurgisnacht und auf einer Ebene antik mythologischer Wirklichkeit, zur geplanten Enthauptung der Kriegsverbrecherin Heléna – leiblicher Schwester der Dioskuren Kastor und Pollux, aber schuldig am *Trojanischen Weltkriege* – ausgerechnet *"vermummte Zwerggestalten"* auftreten, die da am Schafott als veritable Henkersknechte fungieren und *"die ausgesprochenen Befehle alsobald mit Behendigkeit ausführen"* (nach Vers 8936): wahrhaft kadavergehorsame Kreaturen und verantwortungslos devote, blindwütig gefügige Schergen, die auf der alleruntersten Stufe humaner Gesellschaft deren Lichtgestalten wie Goethes Heléna oder Orpheus oder Cicero oder Thomas Münzer oder die Geschwister Scholl oder eben auch Schiller zu köpfen keinerlei Hemmung, sondern nur arge Gelüste haben.

Also sehe ich selbst auch in der vorausgegangenen Polarisierung solcher *Kleinen Leute* mit *Hohen Tieren* die zeitlose Konfrontation von Unterprivilegierten und Eliten. Von Barbaren und Kultivierten. Von Abschaum und Geistesadel. Oder Materialisten und Idealisten. Oder Dummen und Klugen. Oder Profanen und Religiösen. Oder Sodomiten und Engeln. Solch ein qualitatives Gefälle also. Solchen ewig wiederkehrenden Urkonflikt.

Richtig hatte Mephisto schon im Vorfeld des *Laboratoriums* prophezeit:

"Mich langweilt's, denn kaum ist's abgetan,
So fangen sie von vorne wieder an" (Vers 6958 f.).

Und gleich in den ersten Versen der *Klassischen Walpurgisnacht* bestätigt Hexe Erichtho, daß jene historische Schlacht zwischen Republikanern und Kaisertreuen auch hier in Phársalos kein Einzelfall geblieben ist:

"Wie oft schon wiederholt sich's. Wird sich immerfort
In's Ewige wiederholen ... " (Vers 7012 f.).

Damit dürfte diese Hexe vielleicht noch auf die zephirisch umfächelte, auch purpurn umonkelte Zeugung des griechischen Kriegsheroën Achill in der hiesigen Hochzeitsnacht seiner argo-nautischen Eltern anspielen, mit Bestimmtheit jedoch auf den seinerzeit aktuëllen Freiheitskampf der Griechen, die sich zwischen 1821 und 1829 gegen die türkische Fremdherrschaft erhoben und eben hier in der vielfach stigmatisierten Gegend um Phársalos von den Osmanen entscheidend gestellt wurden. Zeitgenosse Goethe sympathisierte damals mit den aufbegehrenden Griechen, ließ 1824 den befreundeten Kanzler von Müller wissen, daß er diesen Krieg *"als ein Analogon und Surrogat der Kreuzzüge ansehe"* (11. Oktober), und ließ das im faustischen *Arkadien* den Euphoríon so formulieren:

"Welche dies Land gebar
Aus Gefahr in Gefahr,
Frei, unbegrenzten Mut's,
Verschwendrisch eig'nen Bluts,
Den nicht zu dämpfenden
Heiligen Sinn
Alle den Kämpfenden
Bring es Gewinn!" (Vers 9843 ff.).

Diese rätselhaften und vielumrätselten, auch grammatisch nicht ganz ein-
wandfreien Verse im Zusammenhang mit den griechisch-türkischen Kämpfen von Phársalos zu lesen, hat mein Lehrer Albrecht Schöne in seinem unverzichtbaren *"Faust"*-Kommentar von 1999 auf so plausible Weise empfohlen, daß ich ihm gern folge. Aber die türkischen Unterdrücker mit den
Pygmäen zu identifizieren, dürfte hierbei leichter gelingen als die griechischen Freiheitskämpfer mit den versöhnlichen Reihern. Ohnehin hat ja Mephistopheles schon im Vorhinein des *Laboratoriums* illusionslos orakelt:

"Sie streiten sich, so heißt's, um Freiheitsrechte,
Genau besehn sind's Knechte gegen Knechte" (Vers 6962 f.).

Hierin mag sich Goethes Skepsis gegenüber allen Arten von Freiheitsbewe-
gungen spiegeln.

3.

Aber viele Germanisten sehen im hiesigen Kriege zwischen Zwergen und
Vögeln gern eine andere historische Streitigkeit der Goethezeit gespiegelt
und entwickeln ihre These aus der seismischen Entstehung jenes gold- und
gnomenhaltigen Berges dieser *Klassischen Walpurgisnacht*. Sie sei Ausdruck dessen, was die zeitgenössischen Geognostiker als *Vulkanismus* ver-
traten und aggressiv gegen den sogenannten *Neptunismus* ausspielten.

Diesen Letzteren gab es in wissenschaftlichen Kontroversen und öffentlichem Bewußtsein, seit der Freiberger Geologe Abraham Gottlob Werner
1788 seine These publiziert hatte, daß die Erde in einem langsamen, organi-
schen Wachstums- und Entwicklungsprozeß durch allmähliche Ablagerun-
gen und Anschwemmungen eines "Ur-Ozeans" entstanden sei und daß Basalt also ein Produkt des Nassen sei. In Jena machte sich der Naturphilosoph
Lorenz Oken zum weiteren Wortführer dieser *Neptunisten* und beeindruckte
auch Goethe stark.

Ihrer aller damals neuen Theorie widersprachen Wissenschaftler, die die
Entstehung von Basalt und ganzen Gebirgen einzig dem Feuer des Erdinne-
ren zuschrieben und zu Resultaten von Erdbeben oder plötzlichen Eruptio-
nen erklärten. Die Vertreter dieser vulkanistischen Gegenthese also wurden
von den Naturforschern Leopold von Buch, Elie de Beaumont und Alexander von Humboldt angeführt.

Goethe, der schon 28jährig im Auftrage seines Herzogs eine Dienst- und Studienreise zu den Berg- und Hüttenwerken des winterlichen Harzes unternommen und dort bedenklich kritische Stunden und Tage auch in Erdhöhlen verbracht hatte, stand in diesem Gelehrtenstreite mit ganzer Sympathie und Überzeugung an der Seite der *Neptunisten* und des Jenensers Oken, der just 1819 verkündet hatte:

"Daß aus dem Meere alles Lebendige gekommen, ist eine Wahrheit, die wohl niemand bestreiten wird, der sich mit Naturgeschichte und Philosophie befaßt hat" – *"denn im Wasser muß alles Organische entstehen".*

Ebenso apodiktisch ließ Goethe hiernach die *Sirenen* seiner *Klassischen Walpurgisnacht* singen:

"Ohne Wasser ist kein Heil" (Vers 7499),

und noch im Februar 1831, nach Abschluß der ganzen *Klassischen Walpurgisnacht* also, schrieb der 81jährige in seinem *"Entwurf zu einer Einführung in geologische Probleme"*, daß *"die ganze Heberei der Gebirge [...] bloß Worte, schlechte Worte"* seien, *"die weder Begriff noch Bild geben"* und daß er daher *"diese vermaledeite Polterkammer der neuen Weltschöpfung verfluche".*

In solchem Sinne ist die Szene der unverhofften Aufstülpung eines neuen Berges in der *Klassischen Walpurgisnacht* zunächst nur als Satire auf jenen damals modischen, aber anorganisch chaotisch empfundenen *Vulkanismus* zu belachen.

Freilich unterwandert der listige Goethe sie auch selbst noch unterirdisch, indem er ausgerechnet den Titanen Seismós zu ihrem *"erderschütternd"* gewalttätigen Urheber erklärt. *Seismós* ist jedoch nichts anderes als das griechische Wort für *Erdbeben* und wird von Goethe hier nur als Deckname für den Poseidõn, jenen klassischen "Erderschütterer" der griechischen Mythologie und später römischen *Neptun*, verwendet. Als vulkanischer Seismós getarnt, ist Poseidõn also offiziell der Gott des Meeres ebenso wie auch des Erdbebens und verursacht so sehr wohl das Aufbrechen von Gebirgen wie sonst von Inseln. Dẽlos zum Beispiel hob er eigens vom Meeresboden der Ägäis an die Oberfläche, um Letó dort Apóllon und Ártemis gebären zu lassen.

" ... Es ist derselbe,
Jener Alte, längst Ergraute,
Der die Insel Delos baute,
Einer Kreißenden zulieb'
Aus der Wog' empor sie trieb. [...]
Wie ein Atlas an Gebärde,
Hebt er Boden, Rasen, Erde,
Kies und Grieß und Sand und Letten,
Unsres Ufers stille Betten" (Vers 7531 ff.).

Alle Erdformationen also, seien sie noch so plötzlich aufgeworfen, sind *"aus der Wog' empor"*, aus dem Meere zutage gefördert und bilden nunmehr Flußbetten, Uferböschungen oder Bergküsten.

Trotz solcher unterschwellig eindeutigen Parteinahme für die *Neptunisten* antizipierte Goethe mit prophetischen Sensorien doch auch die heutigen Erkenntnisse, daß alle Natur ein ewig ausbalanciertes Wechselspiel konträrer Kräfte und Elemente sei, es zum sympathischeren *Neptunismus* also sehr wohl auch *vulkanistische* Energiën gebe.

Spätestens in seinem *"Wilhelm Meister"* erfand er mit dem mysteriösen Geologen Montanus eine faszinierende Inkarnation all seiner eigenen Affinitäten für Mineralogie und Bergbau, auch eine Sympathiefigur, die sich *"in die tiefsten Klüfte der Erde versenkt"*, um ebendort zu entdecken,

"daß in der Menschennatur etwas Analoges zum Starrsten und Rohsten vorhanden sei".

Durch diesen Montanus lernt Wilhelm Meister dann auch einsehen:

"An und in dem Boden findet man für die höchsten irdischen Bedürfnisse das Material, eine Welt des Stoffes, den höchsten Fähigkeiten des Menschen zur Bearbeitung".

Wohl ebendeshalb ließ Goethe dann auch seinen walpurgisch vermeintlichen Seismós sagen:

"Und hätt' ich nicht geschüttelt und gerüttelt,
Wie wäre diese Welt so schön?" (Vers 7552 f.)

In so begriffener Dialektik bevölkerte Goethe dann das virtuëlle Bestiarium seiner *Klassischen Walpurgisnacht* und deren Ensemble von Hexen, Sphinxen, Greifen, Sirenen, Nymphen, Kentauren, Ameisen, Pygmäen, Daktylen, Lamiën und *Kranichen des Ibykus* unverhofft auch noch mit zwei historischen Gestalten der griechischen Antike: den Naturphilosophen Anaxágoras und Thalēs von Mílet aus dem 5. und 6. Jahrhundert vor Christos und insofern Zeitgenossen etwa auch des Íbykos.

Anaxágoras ist authentischer Apologet des Feuers (*"Die Sonne ist eine durchglühte Metallmasse"*), also *Vulkanist*, Thalēs aber des Wassers und insofern *Neptunist* (*"Alles ist aus dem Wasser entsprungen"*). Sie beide begleiten den dämonisch immateriëllen Homunkulus auf seiner Körpersuche in die harmonisierende Idylle jener *"Felsbuchten des Ägäischen Meeres"*, die zu guter Letzt also eine *vulkanistisch-neptunistische* Synthese der beiden gegensätzlichen Prinzipiën erstellen.

Solche germanistischen Deutungsversuche bleiben freilich jede Auskunft schuldig, warum sich jene vulkanisch erzeugten Pygmäen *"zum Angriff der Reiher (Neptunisten) wappnen"* und diese ätherisch-marinen Friedensgeschöpfe vollends niedermetzeln. Nur der beachtliche amerikanische *"Faust"*-Übersetzer und -Interpret Bayard Taylor mußte schon um 1870 in seinen *"Erläuterungen und Bemerkungen"* zu Goethes *"Faust"* die *"Verlegenheit"* einräumen, daß *"allerdings eine vollständige, bis ins Einzelne gehende Auslegung"* dieses Massakers *"nicht zu erhoffen"* sei, zumal auch *"ein Teil der deutschen Kritiker, ohne eine Erklärung zu versuchen, über die Stelle hinweggeht"*.

Er selbst versuchte, diese Scharte auszuwetzen, indem er in jenem mörderischen *Generalissimus* der Pygmäen kurzer Hand *"Elie de Beaumont oder Leopold von Buch"*, also einen der *vulkanistischen* Pioniere von damals dingfest machte. Der viel berühmtere Alexander von Humboldt blieb unverdächtigt. Was aber jene beiden Wortführer der *Vulkanisten* zu einem solchen Massaker unter den *Neptunisten* veranlassen sollte, vermochte auch der kluge Taylor nicht zu entschlüsseln.

4.

Erst knappe zwei Jahrzehnte später, gegen Ende des 19. Jahrhunderts, gab es in Hamburg den Versuch einer völlig anderen und neuen Deutung.

Sie wurde von Ferdinand August Louvier (1830-1900), einem hanseatischen Schulreformer, unternommen, dessen eigenwilliger Code zur Entschlüsselung des *"Faust II"* sich aus weitgehend unbewiesenen Behauptungen zusammensetzt, die fernab aller germanistischen Konventionen ebenso fantasievoll und tollkühn wie allzuoft auch aberwitzig oder abwegig erscheinen. Hier geht unbekümmerter Dilettantismus meist überstürzt oder vorschnell eine Verbindung mit bisweilen erstaunlich hellsichtigen Einfällen ein.

Im Gegensatz zu manchem allzu linearen oder eindimensionalen *"Faust"*-Interpreten war es diesem verblüffenden Exegeten durchaus bewußt, daß sich die Semantik so großer Literatur wie zum Beispiel der Bibel oder Dantes oder eben des *"Faust"* bisweilen durchaus in einer dramaturgischen Tektonik aus mehreren übereinander lagernden Schichten oder *"Geheimbedeutungen"* verschlüsselt. In der sichtlich bewußten Bescheidung, selbst bestenfalls nur eine einzige, eine periphere von also mehreren solchen Sinnebenen erschließen zu können, unterfing Louvier sich, die ganze *Klassische Walpurgisnacht* als Metapher für die literarische Szene der Goethezeit auszulegen. Ohne sich dabei im Einzelnen mit Belegen aufzuhalten, setzte er auf die Überzeugungskraft von Kontext und Fazit.

In solchem Sinne operierte er ungeniert mit wilden Hypothesen. So hält er dort, ohne zu fackeln, die Sphinxen für das Alphabet, die thessalischen Hexen für Allegorien, den Kentauren Chíron für die leibhaftige Literaturgeschichte, alles Gold für Gedachtes, aber Gold in Blättchen für Vokabeln, zu Geld gemünztes Gold für Sophistik, alles Wässerige oder Feuchte für Sprache, jeden Fluß für einen Wortstrom, jeden Tropfen für einen Laut und Vögel teils für Zitate, teils jedoch, eben als Federvolk, für Schriftsteller, einzig Schwäne aber für Gedichte. Gnomen seien Irrtümer, Pygmäen literarische Zeitschriften, Daktylen deren Setzer oder Drucker, aber Ameisen die Sprachforscher.

Mit diesem mutwillig gesprenkelten Code oder Cocktail aus Unsinn und Spürsinn gelang diesem besessenen Amateur eine durchaus verblüffende Deutung, als er beim akribischen Durchleuchten der ganzen *Klassischen Walpurgisnacht* zu jenem *Generalissimus* vordrang, der die rätselhafte Ermordung der Reiher anordnet. Wie kaum ein anderer Interpret streicht Lou-

159

vier hier die Einzigartigkeit dieser Figur heraus: sie trete im ganzen *"Faust"* nur dieses eine Mal auf, befehle das Blutbad und verschwinde dann für immer und ohne jede weitere Erwähnung. Dieser Generalissimus sei Massenmörder und sonst gar nichts, verrate aber seine Identität, indem er den Pygmäen angibt, mit welcher ihrer Waffen sie die Reiher töten sollen:

*"Mit Pfeil und Bogen
Frisch ausgezogen!"* (Vers 7644 f.)

Mit dem Pfeil, dem Bogen jedoch komme im deutschen Volksmund seit Schillers *"Wilhelm Tell"* nur einer so *"durch Gebirg und Tal"* gezogen: *der Schütz*. Also erkennt Louvier in diesem Generalissimus mühelos den Jenaër Philologen und Hofrat Christian Gottfried Schütz, der dort auch passend eine Professur eben für Poësie und Beredsamkeit innehatte. Für noch wichtiger aber hält Louvier es, daß dieser Schütz auch Mitbegründer, -herausgeber, Hauptredaktor und selbst Rezensent der vielgelesenen *"Allgemeinen Literatur-Zeitung"* war. Da dieses Blatt sich *"allgemein"* nannte, generalisierte es also, und sein Oberhaupt könne sich daher nur als Generalissimus verrätselt finden.

Indem nun im *"Faust"* diese Zeitung durch Anordnung ihres Machthabers auf Reiher am Weiher schießen läßt, offenbaren sich schon in diesem Reim die ungereimten Attacken des Rezensenten auf gefiederte Geschöpfe am Wasser, die Louvier also flugs als die *"edlen Dichter"* in Weimar deutet. Da das Wort *Weimar* sich tatsächlich etymologisch aus dem alt- oder mittelhochdeutschen *wîh mar* für *heiliges Gewässer* ableitet, scheint diese Assoziation zum Weiher sogar plausibel, und dessen Reiher entschlüsselt dieser Exeget prompt als

*"Unzählig nistende,
Hochmütig brüstende"* (Vers 7648 f.)

hiesige Autoren wie *"Goethe, Schiller, Herder, Wieland u. a. m."*. Schon findet er im kurzen Text des Generalissimus auch das eigentliche Motiv für dessen Mordbefehl: auf

*"Daß wir erscheinen
Mit Helm und Schmuck"* (Vers 7652 f.).

Hierin erkannte Louvier die stereotype Lust aller Rezensenten, sich auf Kosten ihrer Opfer *"mit fremden Federn zu schmücken"* und ihren eigenen Lesern so nur umso attraktiver zu erscheinen.

Tatsächlich spürte dieser findige Literaturdetektiv im Signet oder Kopfe jener *"Allgemeinen Literaturzeitung"* des Hofrats Schütz die Abbildungen sowohl von *Pfeil und Bogen* als auch eines solchen Helmes auf und hielt sie triumphierend für einen schlagenden Beweis seiner Theorie.

Er übersah oder verkannte nur, daß Rezensenten ihre Ziele zwar anzuschiessen, meist aber nicht zu erlegen imstande sind. All die genannten gefiederten Koryphäen an den Weimarer Gestaden sind von der *"Allgemeinen Literaturzeitung"* und anderen kritischen Blättern sicherlich allzuoft verletzt und beschädigt worden, haben diese Blessuren aber in strahlender Unsterblichkeit verkraftet und überlebt.

Freilich mit Ausnahme Schillers, vielleicht.

Aber Goethes *Kraniche des Ibykus* referieren den Reiherpogrom ausdrücklich so:

"Alle sind sie schon ertötet" (Vers 7664).

Diesen Holokaust hat also niemand überlebt.

Louviers Unterfangen, den folgenden Krieg der Kraniche gegen die Pygmäen als Strafaktion sonstiger Schriftsteller gegen diese mörderischen Kritiker aller *"edlen Dichter"* auszulegen, dürfte als Metapher wohl zusätzlich durch den realen Mangel an so kollegialer Solidarität unter Literaten als eher mißlungen gelten.

Nein, meine sehr verehrten Damen und Herren: auch dieser Versuch, die Verknüpfung des ungeschichtlich-mythischen Naturkampfes zwischen Kranichen und Pygmäen mit den historischen Kranichen des leibhaftigen Poëten Íbykos zu durchleuchten und aufzuhellen, führt offensichtlich in eine Sackgasse.

Goethe, der die allzu kantianisch aufklärerische Oriëntierung dieses Schütz und seines Blattes nicht eben sonderlich schätzte, hat achtzigjährig und genau zwei Jahre vor seinem Tode solche Auslegungen zwar einerseits selbst ermutigt, sie aber gleichzeitig auch für aussichtslos erklärt, als er mit Eckermann über ebendiese *Klassische Walpurgisnacht* sprach:

"Was darin an Piken vorkommt, habe ich so von den besonderen Gegenständen abgelöst und ins Allgemeine gespielt, daß es zwar dem Leser nicht an Beziehungen fehlen, aber niemand wissen wird, worauf es eigentlich gemeint ist" (21. März 1830).

Insofern mag es darauf angelegt gewesen sein, daß ein Louvier wie auch alle andern Exegeten verkennen, was diese *Kraniche des Ibykus* ihrem Autor in Wahrheit verkörpern.

5.

Harter Schnitt auf einen Werbeblock des Fernsehens:

Tamtam

Werbeblock des Fernsehens

Sequenz von Werbespots zugunsten

der Konsumentenaktion *SNABB-SNABB*,

des *TANGHOBÁNYI KONZERNS*,

einer Bank,

einer Marketingberatung,

einer Kapitalversicherung,

eines Juwelengroßhandels,

eines Immobilienkonsortiums,

einer Lebensversicherung,

der *SCHILDBÜRGER-Zeitung.*

einer weiteren Bank

sowie einer neuen Branche des Tourismus, die Rundflüge über die verstrahlten, verkohlten oder noch immer brennenden Plastikdeponiën in den Innenstädten ehemals bewohnter Metropolen anbietet. Interessenten können da zwischen deutschen, europäischen und transkontinentalen City-Flügen auswählen oder sich auch weltweit für das Pauschalprojekt *Global Glower* entscheiden. Das Internet informiert über solche *sight-seeing*-Programme zu Einzelstädten oder als Kettenreisen in unterschiedlichen Kategoriën. Satellitenfotos anfordern. Langfristige Subskriptionen.

Höllischer Hofarzt

Chat im Internet: www.speakerscornerTV.de/blaugold-dioskuren

Autor: "DON LUDWIG MERCADO, LEIBARZT DER KÖNIGIN"
antwortet "DOMINGO":

Hallo!

Toll, "DOMINGO", daß Du diesen Leibarzt Dr. Huschke und seine verdächtige Therapie des todkranken (oder bereits vergifteten) Schiller erwähnt hast.

Ich mußte schon dauernd an ihn denken, als ich las, was die "PRINZESSIN VON EBOLI", was "GRAF LEISTER" und "THIBAUT D'ARC" hier im Internet aus den Strafandrohungen der diversen Freimaurer-Eide zitierten. Jedesmal, wenn da davon die Rede war, das Herz eines Schuldigen herauszureißen, fiel mir das Obduktionsprotokoll ein, mit dem jener Dr. Huschke seinem Herzog (und Auftraggeber?) schilderte, wie er Schillers Herz *"in kleine Stücke zerflockt"* habe.

Da ich gerade ein medizinhistorisches Seminar belegt habe, konnte ich günstig recherchieren, daß es auch im frühen 19. Jahrhundert auf gar keinen

Fall zu den Gepflogenheiten der Pathologen gehörte, die Herzen der obduzierten Leichen so zu *"zerflocken"*.

Wenn Dr. Huschke das trotzdem getan zu haben behauptet, entspricht das also eher dem Strafenkatalog in den Freimaurer-Eiden. Aus diesem Grunde berichtet er auch vermutlich seinem Auftraggeber darüber. Sonst würde ein seriöser Arzt sowas doch wohl eher verschweigen. Zumal bei einem so prominenten und populären Patienten. Oder?

Allerdings gibt Dr. Huschke ja gar nicht vor, Schillers Herz eigenhändig zerflockt zu haben. Er referiert nur, daß *"man"* es in kleine Stücke *"zerflokken konnte"*.

Auch das Wort *"konnte"* ist hier aufschlußreich: man konnte dieses Herz zerflocken. Das bedeutet, wenn man das wollte. Also muß "man" oder jemand es zerflocken gewollt haben. Oder?

Vielleicht hat Dr. Huschke ja auch, wie jene Logeneide es vorschreiben, dieses Herz eines maurerisch Straffälligen nur *"herausgerissen"* und später gesehen, wie *"man"*, also irgendein befugter Logenfunktionär es anderswo zerflockte? Oder?

Die mißtrauischsten Kommentare unterstellen ja, diese ganze umstrittene Autopsie sei nichts anderes als ein Vorwand gewesen, um Schillers Herz entwenden und zerflocken oder eben vernichten und seine Eingeweide entfernen oder irgendwie entsorgen zu können. Zwingend widerlegen kann solche Unterstellung niemand.

Allerdings soll dieser Dr. Huschke ja selbst gar kein Logenbruder gewesen sein – dann aber eben als Leibarzt des Herzogs diesem einflußreichen Freimaurer völlig untertan und gefügig.

Vielleicht nicht zufällig schrieb Goethe in einem Paralipomenon zu *"Faust II"* den verräterischen Vers

"Ein Leibarzt muß zu allem taugen" (H P66)

und ergänzte ihn um den fragmentarischen Zusatz

"Als Phisicus des Hofs auf Taschenspiel Künste".

Tatsächlich tummelt sich in der *Kaiserpfalz* von *"Faust II"* ein unseriöser Quacksalber, hinter dem sich aber Mephistopheles verbirgt: *"Meph als Phisicien de la cour"* (H P70), oder aber der Hofmedicus ist also auch da des Teufels, gar kein Zweifel.

Solche nicht genau datierten Notizen zum Hofarzt als Teufel beziehen sich auf Goethes allerälteste Pläne und werden von den Experten heute zu den *"Paralipomena aus der Zeit vor 1808"* gezählt: vielleicht stammen sie also unter dem Eindruck Huschkes just aus Schillers Sterbejahr 1805, wer weiß?

Der echte Dr. Huschke, den Goethe als 29jährigen Leibarzt der reisenden Herzoginmutter 1790 in Venedig kennengelernt und nach gemeinsamer Rückreise seinem Herzog in Weimar *"ja festhalten"* zu wollen empfohlen hatte, war dann wenigstens acht Jahre lang ausschließlicher Hausarzt auch der Familie Goethe gewesen, bis er, seit 1800, bei allen ernsteren Erkrankungen des Hausherrn nur noch im Kollegium mit anderen Ärzten, nach Ehefrau Christianes Tod aber gar nicht mehr konsultiert wurde.

Er soll aber weiterhin – sei es nun mephistophelisch quacksalbernd – nicht nur die Weimarer Hofgesellschaft, sondern medizinisch exklusiv auch die Mitglieder der dortigen Freimaurerloge *"Amalia"* betreut haben und denen insofern intim verbunden gewesen sein.

Bei alledem mag dienlich mitgespielt haben, daß dieser Huschke, ein Jahr jünger als Schiller, der einzige Sohn eines Apothekers war, der seinerseits die Tochter des Hofapothekers in Eisenberg und Stadtapothekers in Birgel bei Jena geheiratet und so zur vertrauensbildenden dortigen Stadtapotheke später auch noch die einflußreichen Ämter eines Ratskämmerers, sachsen-weimarischen Steuereinnehmers und schließlich Bürgermeisters von Bürgel übernommen hatte. Dem medizinisch arrivierten Filius hat er seine Stadtapotheke zwar nicht vererben, wohl aber sicher mühelos für ausgefallenere Rezepturen wie Serpentaria oder Eisenhut zugänglich machen können.

Als dieser Dr. Huschke dann 1828, nur wenige Wochen nach seinem Herzog und Hauptpatienten, 68jährig starb, wurde in derselben Trauerloge, die die Weimarer Freimaurer für den Durchlauchtigsten Bruder Carl August an dessen 71. Geburtstag zelebrierten, mit überraschender Ehrung auch seines "profanen" Leibarztes Wilhelm Ernst Huschke gedacht, der erst am Vortag verschieden war. Aber die Loge glaubte, schreibt noch 77 Jahre später ihr

Alt- und Ehrenmeister Hofrat Dr. Hugo Wernekke, diesem Leibarzte ihrer aller,

"obwohl er nicht Maurer gewesen, ein ehrendes Andenken öffentlich zollen zu müssen, da er im schönsten Sinne die Grundsätze des Bundes geübt und um viele der Brüder sich verdient gemacht hatte".

Ich stelle mir dabei bildlich vor, wie er diese *"Grundsätze des Bundes"* auch an Schillers Herzen verdienstvoll übte, das er als *"leeren Beutel"* und *"häutigen Sack"* ganz *"ohne Muskelsubstanz"* bezeichnet hat. Dann fällt mir auch sofort eine Stelle aus der *Klassischen Walpurgisnacht* ein, wo Goethe, gar nicht weit entfernt von seinen Hinweisen auf Schillers Reiherermordung, den Sphinxen zu Mephistopheles sagen läßt:

"Sprich nicht vom Herzen! das ist eitel;
Ein lederner verschrumpfter Beutel" (Vers 7179f.);

er hätte hinzufügen können: *"den man in kleine Stücke zerflocken kann".*

Ich könnte heulen vor Wut.

Pa- Pa- Pan ...

Chat im Internet: www.speakerscornerTV.de/blaugold-dioskuren

Autor: "FRÄULEIN NEUBRUNN"
antwortet   eigentlich Goethe und Clemens F. aus Hitzacker:

Hallo, zusammen! Ich weiß nicht, aber vielleicht kann ich zum Verständnis der rätselhaft ermordeten Reiher in der *"Klassischen Walpurgisnacht"* etwas Hilfreiches beitragen. Darf man dabei auch spinnen? Ich tu es einfach mal: ich spinne.

Es gibt nämlich nicht nur Graureiher, Silberreiher, Seidenreiher, Fischreiher und *Japanische Reiher*, wie Professor Blaugold sie uns aufgelistet hat.

Nein, es gibt auch noch den besonders seltenen, besonders scheuen und wenig bekannten *ardea purpurea* oder Purpurreiher. Er lebt europäisch bevorzugt im südlichen Osten, aber möglichst nie in offenem Gelände, erst recht nicht auf Bäumen und vertraut auch sein Nest und Gelege lieber einem noch so sumpfigen Erdboden an als irgend sichtbarer Luftigkeit oder Höhe. Aber um ganz sicher zu gehen, ist dieser Reiher, weiß ich zufällig, auch noch sowas wie ein Schauspieler. Denn in Situationen, die er für gefährlich hält, greift er zum bewährten Theater-Mittel der Mimikry: tatsächlich.

Hierzu müßt Ihr aber vorher erfahren, daß sich dieser Purpurreiher fast immer nur in unzugänglich wilden Schilfgebieten aufhält, wo ihn niemand sehen kann. Dafür muß das bevorzugte Röhricht freilich ziemlich hochgewachsen sein, denn der Purpurreiher selbst kann bis zu 86 Zentimetern hoch werden und will trotzdem möglichst unentdeckbar sein.

Hat er aber trotzdem gelegentlich die Befürchtung, von einem Feinde, gar Menschen gesehen oder schon bedroht zu werden, flüchtet er sich in den Schutz einer komödiantischen Verwandlung, reckt seinen langen Hals so weit es geht in die Höhe und spielt also Schilfkolben unter Schilfkolben: mimt ein regloses Röhricht. Das muß im Laufe evolutionärer Jahrtausende oft genug erfolgreich gewesen, um genetisch fixiert worden zu sein.

Aber als ich im *briefing* der *Arche LL* den Beitrag von Clemens F. aus Hitzacker las, kam mir eine Idee, die jetzt helfen könnte.

Clemens schildert dort, wie sich die Nymphe Syrinx in griechischer Mythen- oder Urzeit vor Vergewaltigungen des ziegenböckigen Pan ins Röhricht eines arkadischen Flußufers verwandelte; Pan aber, so die Sage noch bei Ovid, habe vor lauter Sehnsucht und Gier einige solcher Schilf- oder Helophytenkolben abgeschnitten und zu einem Blasinstrument zusammengefügt, das wir heute noch mehrheitlich Pan- oder Hirtenflöte nennen und gern für ein Monopol des rumänischen Virtuosen Gheorghe Zamfir halten.

Aber das ist, bei allem Respekt vor dessen Meisterschaft, ein Irrtum. Dieses Instrument ist etwa sechstausend Jahre lang geblasen worden, aber nicht nur in Arkadien und Rumänien. Noch die Indianer in den Anden kennen und spielen es bevorzugt als Sopran oder Baß, als Tenor oder Alt und nennen es *siku*, die Spanier *zampoña*, aber die Rumänen *nai*. Noch im Issaan, dem nordöstlichen Thailand am Ufer des Mähkohng und gen Laos also, wird diese Flöte aus sechs bis neun Bambusstengeln hergestellt, allenthalben gespielt und โหวด genannt: *woht*.

Aber dort wie in ganz Südostasien und auf vielen Inseln des Pazifik verzichtet man auch gern auf den menschlichen Atem und überläßt diese *Äolische Bambusorgel* einzig dem göttlich bestallten Aíolos oder sonstigen örtlichen Winden, deren Hauchen sie zu so betörendem Schwingen und Klingen veranlaßt, daß man sie auch den *Schluchzenden Bambus* nennt. Unvorstellbar, wie das erst getönt haben mag, wenn der Boreade Kálaïs auf dem Höhepunkt seiner Liebe zum Orpheus mit umso tiefer erröteten Purpurflügeln durch diese Flöten- oder Orgelschächte oder über die magische Syrinx jenes Purpurreihers strich!

Denn eine so globale Beliebtheit quer durch Jahrtausende und Kontinente läßt sich, meine ich, auf gar keinen Fall nur einzig und allein mit dem gierigen Schnaufen des böckischen Pan und der wimmernden Klage eines präpubertär verwunschenen Süßgrashalmes erklären. Nein, ich bin sicher, daß der lüsterne Pan, selbst ja Sohn einer Nymphe, von seiner wahrscheinlich also auch noch ödipal stimulierten Mutterjagd erschöpft und vor Geilheit fast erblindet, dem Mimentrick eines weisen Purpurreihers aufgesessen ist, der dort im Röhricht ängstlich seinen Hals in die Höhe streckte und reglosen Rohrkolben spielte.

Pan mit gezückter Sichel glaubte da enttäuscht,

"statt eines Nymphenleibes nur Schilf in Händen gehalten"

zu haben (Ovid, *Metamorphosen*, I, 706), und verkannte den Reiherhals, den er also mitsamt den andern Kolben durchschnitt, abschnitt und klebrig zusammenwachste: *"Pan hat zuerst uns gelehrt, mit Wachs die Rohre zu binden"* (Vergil, *Corýdons Liebesklage* in *Bucolica*, um 40 vor Christus in Verona geschrieben).

Aber in dieses Rohrgebinde auch den versteiften Hals eines unbemerkten Purpurreihers einzufügen, hieß da auch jene Syrinx einverleiben, die just die Ordnung dieser Reihervögel schon seit runden 50 (seien es 49) Millionen Jahren als das muskulär unergründliche Gesangsorgan unterhalb ihres Kehlkopfs im Halse trug. Unverhofft, ergibt sich mir schlüssig, hatte Pan da eine solche Vogelsyrinx in seine Flöte eingebaut, die da seither so beseelt und verführerisch klingt wie sonst eben wirklich nur singende Vogelstimmen.

Hierzu paßt auch, daß Purpurreiher, die es eben dort im östlichen Südeuropa zahlreich gibt, just seither nicht mehr singen können, sondern nur noch ein entenartig amputiertes *"Rääp"* in den Himmel rufen, wenn sie wegfliegen oder ins Afrikanische weiterwandern und ihre hiesige Anwesenheit nicht länger verheimlichen müssen.

Immer wenn ich jetzt auf Reisen aus großer Flughöhe dieses *"Rääp"* eines Purpurreihers höre, halte ich mich sofort an jenen bestrickenden Sehnsuchtsklängen gütlich, die er an diese Flöte ausgeliehen oder abgetreten hat. Seinen eigentlichen Gesang, der so wohlklingend gewesen sein mag wie auch der seines artverwandten Goliath-Reihers in Indien, hört man nur noch von *woht* oder *siku* und *nai* oder *zampoña* und sonstigen Hirten- oder Bambusflöten rings um den Globus: er betört.

Das ist das Eine.

Jetzt kommt das Andere.

II

Es gibt mythische Abgründe, die uns Nachfahren vorenthalten wurden: warum auch immer.

Hierzu gehört der staffettenartige Wechsel dieser Hirtenflöte von ihrem Erbauer Pan zu dessen hierarchisch übergeordnetem Onkel Apóllon. Plötzlich gehörte sie diesem: unverhofft und geheimnisvoll.

Was uns gern vorgetäuscht wird, ist ein Verlust dieses Blasinstrumentes durch den ordnungslos unorganisierten Pan, der es irgendwo achtlos liegen ließ und sich dann tumb ein neues baute. Diesem Nachbau aber fehlte natürlich die Syrinx aus dem steifen Halse eines Purpurreihers.

Das erklärt dann auch das Unterliegen des Bläsers beim geschilderten *concours* gegen den Apoll im Tmõlos-Gebirge. Mit diesem Imitat war solch ein Wettbewerb der Sonderklasse unmöglich zu gewinnen.

Das Original dieser Bambusflöte war da übrigens längst schon beim Apoll, diesem zuständigen Schutzgott aller Künste und Patron der Musen, angelangt. Der ließ es nirgendwo unachtsam liegen, sondern hütete es angemessen als Preziose und übergab es allenfalls, als eigene Erfindung, seinen Musen zum kompetenten Gebrauch.

Eben hiervon nun berichtet Vergil in seinem *"Lied des Silenus"*. Es wurde
gleichfalls um 40 vor Christus in Verona geschrieben und versteckt in 86
Versen nur jene wohlvertraute Situation, wie der Silénus, Sohn immerhin
des ziegenböckigen Pan und selbst ja halbwegs ein Pferd, in einer Grotte
seinen Weinrausch ausschläft. Er wird von Satyrn aufgefunden, die sein Geheimnis kennen und daher die verrutschten Kränze des Schläfers als Fesseln
mißbrauchen. Denn einzig gefesselt wird dieser ja zum zwanghaft begnade-
ten Sänger wie kaum einer sonst: so später im Schlosse des Königs Mídas,
seines Geiselnehmers, aber so auch diesmal.

Hier bei Vergil nun beginnt der Silén seinen abgezwungenen Vortrag mit
der atomistischen Schöpfungsgeschichte schon laut Demokrit und Epikur,
singt auch von Sintflut, Arche und Archenbewohner Deukalíon, dem griechischen Noah, dann vom politischen Saturn und dem listigen Prometheús,
auch vom heraklischen Hýlas, wie er verschwindet und von allen gesucht
wird, auch von jener Sonnentochter, die einen Stier begehrte und den Minó-
tauros gebar, aber auch von der ausgetricksten Männin und Sprinterin Atalánta, auch von den goldenen Äpfeln jener libyschen Atlasnymphen in Bir-
ken-, Pappel- und Ulmengestalt, gar von drei Sonnentöchtern oder Heliaden,
die nach dem Tode ihres Bruders aus Trauer und Schuldgefühlen zu Erlen
wurden: lauter vertraute Geschichten und Metamorphosen also, tausendmal
weitererzählt und beschrieben, jeder kennt sie seit den Zeiten Ovids oder
Olims.

Nur daß dieser Silénus sie so faszinierend besang wie scheinbar niemand
zuvor. Denn

*"Wunder kann man da erblicken: es tanzen die Faune, die Tiere
mit im Takte, es wiegen die Wipfel steifbeinige Eichen"*.

Fast glaubt man schon, Orpheus singt da oder sein abgeschlagenes Haupt
noch immer. Aber nein, wehrt Vergil das ab, denn Berge seien

"so verzückt nicht, schlägt Orpheus die Saiten".

Ja, er geht gotteslästerlich einen Schritt noch weiter und behauptet:

"So reißt hin nicht der Sang Apollos den Fels des Parnassos".

Das ist Blasphemie. Man denkt an die Häutung des Marsýas, an die Eselsohren des Mídas und ist schon auf Schlimmstes gefaßt.

Aber scheinbar überhört der Apoll diese Hybris und läßt den Vergil erst einen absolut genialen Haken schlagen, seinen Silénus noch ein weiteres Mal das Thema wechseln. Denn plötzlich singt der von Caius Cornelius Gallus, einem *gallos* der Kybéle also oder deutschen Hahn: von jenem römischen Studienfreunde und Gönner Vergils aus dem gallischen *Forum Iulii*, heutigen Fréjus in der Region *Provence-Alpes-Côte d'Azur*, von dieser politisch-militärischen Prominenz ihrer Zeit, dem Vertrauten und General des Augustus gegen Marc Antón und römischem Gouverneur in Ägypten, aber gleichwohl auch sehr bedeutendem Poëten von subjektiven Liebeselegiën, die gleichfalls um 40 vor Christus entstanden: unter dem Einfluß jenes legendären Elegikers Euphoríon aus Chalkís. Auch Properz und Ovid verehrten diesen Gallus.

Vergil, der ihm viel zu danken hatte, überlebte den Selbstmord dieses Freundes um sieben Jahre und hatte ihm da auch schon eine ganze Ekloge unverkennbar seines Namens gewidmet – *"Gallus"*:

"wer kann einem Gallus Gedichte verweigern?"

Darum *"hoch erhebet den Preis der Verse, die Gallus geschrieben, Gallus, den mehr und mehr ich liebe von Stunde zu Stunde"* –

nun schon zweitausend Jahre lang.

Aber damals war Gallus noch leibhaftig: eine politische Gegenwart, ein atmender Zeitgenosse, der so zum Gegenstand des singenden Silénus wurde wie vorher Hýlas, Atalánta, Hesperiden und sonstige Mythengestalten nicht minder.

Sie wie auch alle seine andern vorherigen Themen und Figuren bilden vermutlich einen Katalog der poëtischen Stoffe auch jenes Gallus.

Also sang dieser trunkene Barde zwar von so manchem zeitlosen Mythos, war aber selbst grade das durchaus nicht. Er war geschichtlich, machte seinen eigenen Mythos zu historischer Realität und verwischte so alle Zeitlichkeit. Als realer Konvive des leibhaftigen Gouverneurs von Ägypten besang er in seinem Liede just, wie dieser veritable Mitmensch Gallus *"an des Permessus Wassern wandelte"*, am Ufer jenes Flusses also, den die poëtische Tradition seit dem 7. vorchristlichen Jahrhundert des Hesíod in den *Aonischen Bergen* ein *"Tal der Musen"* durchfließen ließ. Auch Vergil bezeichnet es als *"Stätte der Musen"* und läßt *"eine der Schwestern"* seinen Liebling Gallus dorthin begleiten: eine Muse demnach im persönlichen Umgang mit einem historischen General seines Kaisers Augustus.

Schon Vergil also collagierte hier mühelos beiläufig geschichtliche und virtuëlle Wirklichkeiten zu undividierbarer Einheit.

Aber eben an diesem entscheidenden Punkte brach er gleich nochmals diese eben erst neu gewonnene Ebene wieder auf. Denn seinem leibhaftigen Freunde, diesem namhaften Politiker Gallus, dem sei, singt der Silénus Vergils sein Lied nun weiter, bei besagter Wanderung durch jenes musische Flußtal im griechischen Helikón-Gebirge das Folgende widerfahren:

" ...es erhob vor dem Sterblichen sich der Chor des Apollo".

Das dürfte für einen Römer der Zeitenwende ebenso unglaubhaft und mysteriös gewesen sein, wie für unsereinen heutzutage eine unbefleckte Empfängnis noch vor jenem römischen Procurator Pontius Pilatus, einem quasi Kollegen und Zeitgenossen des Gallus jenseits ihres *mare nostrum* in eben derselben afrikanischen Provinz des augusteïschen *Imperium Romanum*.

Denn auch der griechische Chorgesang, wie wir ihn nur noch als dramaturgisches Element der antiken Tragödie und als Wiederbelebung in Schillers *"Braut von Messina"* oder *"Kraniche des Ibykus"* (oder *"Die Malteser"*) kennen, war im Theater damals allenthalben nur noch als Schwundstufe einer überholten Kunstform vorhanden, die zuvor jedoch autark die griechische Lyrik und Musik repräsentierte. Meist wurde sie tanzend dargeboten.

Chorlyrik hatte es schon prähomerisch in der Ägäïs und in Ionien gegeben, dann viele Jahrhunderte lang, bis in die Kaiserzeit hinein, in allen griechischen Landesteilen. In Form von Reigentänzen, bei Frühlingskulten, nationalen Festlichkeiten, Sportkämpfen, Olympiaden (seit 536/533 vor Christos) oder sonstigen Siegesfeiern gehörte chorisch vorgetragene, gesungene, getanzte Lyrik ins Zentrum kultureller Identität, in Form von Dithyramben aus jeweils 50 (oder seien es 49) singenden Männer- oder Knabenkehlen zum Diónysoskult.

Wo sie jedoch stattdessen, wie hier von Vergil und dessen Silén, dem konträren Apóllon und dessen Chor zugeschrieben wird, handelte es sich meist um den populären *paián*, einen Bitt-, Dank- oder Sühne-Gesang, der so auch in Gestalt von kultischen Prozessionen bekannt war.

Was dem römischen Gallus hier begegnete, dürfte eine solche apollinische Prozession, freilich aus allerarchaïschsten Zeiten gewesen sein. Denn ihr Wort- oder Chorführer, singt der Silénus, war Linus: *"Hirte und göttlicher Sänger"*. Schon Theókritos um 300 vor Christos, aber auch noch Plinius im 1. und Pausanías im 2. Jahrhundert nach Christos priesen diesen Línos als namhaften griechischen Komponisten und Kitharöden. Aber auch Homer kennt als *línos* jenen Winzergesang, der aus einem Klagelied zu Ehren des Musikers Línos entstanden war und von der Phorminx, einem *"schrill-, süß- und helltönig"* klingenden Saiteninstrument, begleitet wurde.

Dieser so verewigte Línos aber ragt nun irritierend aus mythisch archaïscher Frühzeit auf. Denn er soll, wissen Sagen, ein Sohn des Apóllon gewesen, von seinem Schüler Heraklés jedoch mit der Leier erschlagen worden sein. Nach einem musikalischen Wettstreit freilich soll sich auch Vater Apoll, als Gott der Musik so kompetent wie unduldsam, über den (allzu guten oder schlechten?) Beitrag seines hochtalentierten Sohnes so geärgert haben, daß er ihn ebenso totschlug wie dessen Eleve und wie er selbst bei ähnlichem Anlaß den Marsýas häutete. Kunst, singt das alles im Chore, ist gnadenlos.

Aber dieser mythische Línos also stand nun um das Jahr 40 vor Christus mitsamt apollinischem Chor im griechischen Musentale vor dem römischen Feldherrn Gallus. Kein Wort davon beim Silénus, daß das ein Wunschtraum, eine Halluzination, Schimäre, Vision oder sonstig Imaginiertes war.

Nein, Gallus und dessen Muse begegneten da dem realen Línos und seinem *paián*-Chor auf ein und derselben Wirklichkeitsebene. Schon Vergil also lehrt uns so, daß es nur eine gibt: man kann das virtuéll, man kann es poëtisch, auch idealisch nennen.

Und was geschah nun in dieser jener einen Wirklichkeit? Dies geschah: der legendäre Línos überreichte dem römischen Generalspoëten just eine Syrinx, jene Flöte also mit dem Kehlkopf eines Purpurreihers, und sagte:

"Nimm hin diese Gabe der Musen".

Nachdrücklich stigmatisierte er dieses überreichte Instrument als Eigentum der Musen, die es nach Belieben oder Verdienst auch weiterzuschenken pflegen – oder auszuleihen: denn Línos ergänzt, daß die Musen eben diese selbe Syrinx

"vormals geschenkt dem greisen Sänger von Ascra".

Jeder weiß, daß in dieser boiotischen Stadt nur einer gemeint sein konnte: der große Epiker Hesíodos, ein Zeitgenosse Homers.

"Zauberhaft lockte sein Spiel von den Höhen die störrischen Eschen",

fügte Línos noch hinzu und machte auch diesen Virtuosen der Hirtenflöte so zu einem andern, einem weiteren Orpheus zwischen lauschend angelockten Bäumen.

Dessen so bemeisterte Syrinx aber hielt Gallus nun in Händen und hörte den Línos noch bitten:

"Spiele auf ihr die Legende vom Ursprung des Haines von Grynium",

jenes apollinischen Heiligtums und Orakels beim lydischen Klazomenaí, heute türkischen Burla zwischen İstanbul und Izmir.

Dieses Grýneion sollte Gallus nun zu später Stunde noch zur berühmtesten Kultstätte des Apóllon machen: zu einem Zentrum der Künste also, der Ordnung, der Weisheit, des Friedens und alles dessen, was schon dem purpurgeflügelten Kálaïs seinerzeit geholfen hatte, aus einem sibirischen Schamanen den ewigen Orpheus zu machen – auch einem Ort des Rechtes also, der Harmonie und der Reinheit, des Lichts und der Sonne.

Ob der so auserkorene Gallus diesen Auftrag erfüllt hat, verschweigt der Silénus Vergils und singt anstatt dessen über andere Geschichten, die man bis dahin für mythisch gehalten hätte: zum Beispiel, wie Prókne, eine thrakische Königin, ihrem arglosen Ehemann Tercús den eigenen Sohn zu verzehren gab und ihm anschließend separat noch den Kopf dieses Ítylos als Dessert servierte: wieder so einen abgeschlagenen Kopf!

Doch des silenischen Gesanges *"Widerhall stieg zu den Sternen"*

und wurde dort jenseits aller Zeiten und Ebenen sicher mit Sympathie für den Sänger und dauerhaft zur Kenntnis genommen.

Aber erst hiernach erschließt sich dem Leser dieses silenischen Liedes, was sein Autor Vergil in den Anfangsversen allzu vornehm verschlüsselt hat.

"Fürsten und Schlachten versucht' ich zu singen", wohl wie Freund Gallus, gesteht er verschämt, bis auch ihn eines Tages Apóllon *"zupfte am Ohr"* und *"mahnte"*:

" ... zart sei das feine Gespinst deines Liedes".

Vergil, wiewohl ja Lombarde (oder Römer), begriff diesen Gottesauftrag aus Griechenland, brach seine Arbeit an einem Liede über den römischen Feldherrn Varus ab und begann stattdessen mit dem vorgelegten *"Lied des Silenus"*: samt all seiner literarischen Revolte und Befreiung. Er wolle fortan nun hier wie überhaupt, verrät er unprätentiös,

"nur mit bescheidenem Schilfrohr mich üben in ländlichen Weisen":

mit der Syrinx und deren Gesang eines Purpurreihers also exklusiv zivile, erotische, humane Geschichten erzählen.

Etwa gleichzeitig sang oder schrieb er auch *"Die Liebesklage Corýdons"*, jenes dichtenden Hirten, den André Gide noch knappe zweitausend Jahre später zum Pionier der Männerliebe und Titelhelden seines Bahn wie Eis brechenden Essays über allen Homo-Eros erkor. Für Vergil liebt dieser Korýdon seinen Aléxis, der *"du in Helle erstrahlest"*, ohne jede Hoffnung je auf Erwiderung.

Korýdon vergleicht sich mit dem thebanischen Amphíon, dem Erfinder der Leier, der lydischen Harmonie oder der Musik überhaupt und musischem Zwilling jenes Zēthos, mit dem er gemeinsam als boiotische Variante der Dioskuren im heimischen Thében ein Doppelgrab erhielt:

"Singen kann ich, wie einst in Theben Amphíon gesungen".

Aber Vergils Korýdon vergleicht sich auch mit dem schönen Dáphnis, jenem sizilianischen Hirten vom Ätna, Begründer aller bukolischen Dichtung und Schüler des Pan persönlich:

"Pan hat zuerst uns gelehrt, mit Wachs die Rohre zu binden",

aber auf ebendieser selbstgebauten Syrinx des Purpurreihers dann auch persönlich zu musizieren.

Doch nach unerwidert gebliebener Liebe gab Dáphnis dieses magische Instrument an seinen Konstrukteur zurück, fuhr, ein anderer Heraklés oder

Míthras oder Jesus, gen Himmel, wurde im Olympos zum Gott und führte von dort aus das *Goldene Zeitalter* ein – immerhin: im Vorgriff schon auf Schillers Idee jener allgemeinen Idylle von da oben aus!

Das alles hat Vergil in einer andern, schon der fünften seiner *"Eklogen"* um 40 vor Christus auch noch zwei weitere dichtende Hirten so bezaubernd besingen lassen, daß einer den andern, Menálkas den Mópsos, zum Danke so beschenkt:

"die dünne Rohrflöte nimm hier;
auf ihr spielte ich einst 'Für den schönen Aléxis erglühte
heiß Corýdon der Hirte' ".

Da aber hatte Vergil just diesen selben heiß erglühenden Korýdon schon in seiner zweiten *"Ekloge"* mit zaubernder Syrinx jenem angeschmachteten Aléxis vorschlagen lassen:

"Singen sollst du zusammen mit mir wie Pan in den Wäldern".

Denn *"den Wechselsang lieben die Musen"*, und (auch dies souverän verdeutscht von Harry C. Schnur, keinem Fachmann freilich des Flötenbaus)

"eine Blockflöte hab' ich, aus sieben verschiedenen Rohren".

Er hat, was da sicher keine Block-, sondern mit ebendiesen sieben verschiedenen Rohren eine Panflöte war, von Damœtas, einem sterbenden Kollegen, als ein musisches Vermächtnis geërbt, das er nun mit dem Geliebten teilen will:

"Laß es dich nicht verdrießen, am Schilfrohr die Lippe zu wetzen:
nichts hat Amyntas gescheut, um diese Kunst zu erlernen",

und um solches Instrument habe eben dieser selbe Kollege, *"Tor, der er ist,*
mich beneidet".

Wer dieser neidische Flötenadept Amýntas war, folgt weiter unten. Fest steht jetzt schon: nicht jeder also hat eine solche Syrinx. Sie wird verliehen, vererbt, geschenkt oder sonstig weitergereicht und anvertraut: verehrt.

Nur ausgewählte Poëten der Sonderklasse also dichteten oder sangen zu diesen geblasenen, gehauchten, durchatmeten Klängen des Purpurreihers. Oder mit dessen Hilfe. Zwischen Hesíod im 6. und Vergil im 1. tat das mit sei-

nem Rätselgedicht *"Technopaígnion"* auch der sizilianische Bukoliker Theókritos im 3. Jahrhundert vor jenem Christos, dessen Zeitgenosse Ovidius
Naso sich mit seinen *"Metamorphosen"* ebenfalls esoterisch eingeweiht und
so auserkoren erwies, daß er Wissen und Kunst dieser ominösen Pfeife noch
an einen griechischen Romancier des fernen 5. Jahrhunderts weiterreichen
konnte: an Achilleús Tátios im synkretistischen Alexándria.

Hiernach muß das Geheimnis um dieses Instrument versickert oder irgend
einbehalten, verweigert worden sein. Zu Schiller um 1800 scheinen mir nur
noch zweierlei Spuren zu führen. Freilich sind es die kompetentesten, die es
geben mag: Goethe und Mozart.

Von ihnen als Katalysatoren des Purpurreihers handelt nun mein Drittens.

III

Goethe schloß 1797 souverän an die Vorgaben Theokrits und des Vergilius
Maro an und schrieb in der Schweiz ein artifiziéll verschlüsseltes, aber umso virtuoseres Liebesgedicht, das er prompt keinem anderen als Schiller
schickte oder schenkte oder offenbarte und das da als Titel den Namen jenes
flötenden Geliebten eines sterbenden Damoetas trug: *"Amyntas"*.

Nur ein so gebildeter Vergil-Übersetzer wie dieser Beschenkte konnte sofort
bezeugen, wie nachhaltig diese Elegie *"das Tiefste aufregt und das Höchste
bedeutet"* (am 28. November 1797 an Goethe), aber auch wissen und ein-
ordnen, wer das eigentlich war: Amýntas.

Denn er kannte Vergils *"Bucolica"* und die dortigen Erwähnungen dieses
antik fiktiven, dieses virtuéllen Kollegen. Schiller wußte, was der singende
Hirte Menálkas in der Ekloge *"Dáphnis"* dem Flötenspieler Mópsos zuge-
stand:

"Nur Amyntas tut es dir gleich in unseren Bergen",

und wie Mópsos ergänzte:

"Ach, ging's nach dem, übertrifft er Apóllon selbst im Gesange".

So war Amýntas unter Musikern als ein Allerbester, ein mehr als Göttlicher
eingestuft und wertgeschätzt.

Wie Goethe nun seinen eigenen Amyntas ließ schon Vergil seinen Intimus Gallus in der Ekloge dieses Namens am Schmerz einer unerwiderten Liebe leiden und von Apóllon, von Faunus und Pan getröstet werden. *"Trostlos"* aber rief der vergilische Gallus die *"Hirten Arkadiens"* an und bat diese *"Meister des Sanges"*, daß noch nach seinem Tode

"mein Lieben und Leiden ihr einmal singet zur Flöte.
Wär ich doch einer von euch gewesen – ein Hirte der Herde [...] !
Sicherlich wär ich in Phyllis verliebt – oder auch in Amyntas",

jenen exotischen Poëten vor der Herde – und dieser

"Amyntas sänge mir Lieder".

Die hätten allenfalls trösten können wie vormals vielleicht noch die Verse jenes Euphoríon aus Chalkís, der auch *"Verwünschungen gegen einen Mörder"* hinterließ.

Aber das Leben auch dieses ungeliebten Gallus verläuft nach keinem Optativ:

"Fort geh ich; Lieder, die einst in Chalkidischem Vers ich geschrieben,
will auf der Flöte fortan des sizilischen Schäfers ich spielen".

Damit meinte er die Syrinx Theokrits, die seit zweihundert Jahren schwieg. Doch gar über 1800 Jahre hinweg hatte Goethe für seinen Schiller zur Syrinx Vergils gegriffen und sich selbst als einen Amýntas bezeichnet, der unheilbar an Liebe erkrankt sei.

Nach Lage der Dinge konnte Goethe *anno* 1797 damit nur seine Liebe zu Schiller meinen, von der wir hier erfahren, daß er sie als unheilbar, also unerfüllt, als unzulänglich erwidert empfand. Flötenkünstler Amýntas dient ihm in ebendieser Zeit ihrer beider *"Leidenschaften aller Art"* und seiner eigenen ungestillten Sehnsucht nach Schillers angefaßter *"Geselligkeit"*, eben *"auch dem Körper nach"*, als ein Herold oder Dolmetsch, um schließlich noch im letzten Verse ein Allerletztes anzufragen und einzugestehen:

"Wer sich der Liebe vertraut, hält er sein Leben zu Rat?"

Das flötet hier panische Opferbereitschaft aus Liebe.

Schon drei Jahre vorher, 1794, hatte Goethe begonnen, für Mozarts *"Zauberflöte"*, diese Logen-Schalmei, die er selbst auf sein Weimarer Theater gebracht und die auch Schiller dort aus seiner vergitterten Loge gesehen hatte, einen *"Zweiten Teil"* zu schreiben. Er wurde *"Der Liebe und Freundschaft gewidmet"*, die beide sich ihm gerade damals nur in Schiller inkarnierten. Der griff den Wortlaut dieser Widmung auf und erwiderte ihn unverändert bei seiner eigenen Adaption eines anderen Meisterwerks: des mörderischen *"Macbeth"*. Auch da ist ja eine der persönlichsten Intarsien, Schillers *"Hexenlied"*, just *"Der Liebe und Freundschaft gewidmet"*.

Es war die passionierteste Zeit ihrer beider Liebe, auch ihrer beider *"Xenien"* und Balladen. Auch ihrer beider *"Kraniche des Ibykus"*.

In Goethes erweiterter *"Zauberflöte"* nun wird auch eine Rolle fortgesetzt, die mit ihrem Spiel auf einer solchen Syrinx des Purpurreihers weltweit populär geworden ist: Papageno – denn

"ich Vogelfänger bin bekannt
bei Alt und Jung im ganzen Land".

Bei Goethe nun vermehrt sich dieser brünstig vorgegebene Vogelmensch schließlich mittels veritabler Eier – wie weiland jene Leda mit ihren göttlichen Schwaneneiern aus der Lade:

"Diese Eier welches Fest
Ja sie fanden sich im Nest
Sinds wohl Papagenos Eier
Sinds wohl Papagenas Eier – "

jedenfalls Eier, aus denen zwar menschliche, aber geflügelte Kinder schlüpfen.

Doch Papagenos *"Faunen-Flötchen"*, wie Schikaneders Libretto es im *Ersten Teil* bezeichnet, hat schon dort musikgeschichtlich seinen Ritterschlag erhalten und seither seinen Anteil auch an Musik des allerersten Ranges.

So kann man auch heute noch prüfen und nachvollziehen, warum die Musen und Apóllon, Hesíod, Theokrit und Vergil dieses Instrument so bevorzugten wie kaum eins sonst. Zumal mit der Musik eines Mozart, der auch einen androgynen Amintas auf die Opernbühne zu bringen wußte, hat es schon viele Generationen vollends kirre gemacht.

Bei Goethe hat König Tamino überdies dem Papageno zur Hochzeit auch noch seine eigene Zauberflöte des *Ersten Teiles* weitergeschenkt, die Paminas irrealer Vater dort *"in einer Zauberstunde [...] aus tiefstem Grunde / der tausendjähr'gen Eiche"* herausschnitt und *"mit der wir alle Tiere herbeilocken"*.

Aber der so Beschenkte hat nach schillerisch kinderlosem Eheanfang seinerseits das eigene Glockenspiel nunmehr (*"hony soit qui mal y pense!"*) seiner Frau Papagena vermacht.

"Sie: Ich darf nur darauf schlagen, sogleich stürzen sich alle Vögel ins Netz. Die Tauben fliegen uns gebraten ins Maul.

Er: *Die Hasen laufen gespickt auf unsern Tisch!"*

Diese schlaraffige Profanierung einer archaïsch orphischen Magie wird auf Goethes Szene *ad oculos* demonstriert, indem dieses Vögelpärchen (*"Besorgt das Gewerbe, / Genießet in Ruh ... "*) nunmehr mit Pfeife und Geläute dort unverdrossen bläst und bimmelt. Wirklich

"erscheinen auf den Felsen Hasen und Kaninchen. Indessen sind auch Löwen, Bären und Affen gekommen und treten dem Papageno in den Weg. Auf den Bäumen lassen sich Papageien sehen".

Große Illustratoren der *"Zauberflöte"* wie Schinkel, Schwind, Kokoschka, Slevogt, Chagall, Ernst Fuchs und andere haben auch diese Szene festgehalten, aber den Papageno inmitten der angelockten Tiere bisweilen nicht mit Taminos Zauberflöte, sondern dessen eigener Pan- oder Hirtenflöte dargestellt. Immerhin diente sie diesem Vogelfänger ja zur Ausübung seines jägerischen Berufes:

*"Weiß mit dem Locken umzugehn
und mich aufs Pfeifen zu verstehn".*

Auch das läßt auf die nahverwandt balzende Syrinx eines andern Vogels in ihrem Innern schließen: sei es eines rufenden Purpurreihers ...

Goethe hat diesen seiner *"Zauberflöte Zweiten Teil"*, nachdem er ihn Schiller zugeeignet hatte, nicht fortgeführt. Freilich hatte Schiller ihm in Ermangelung eines zweiten Mozart oder Orpheus auch dringend abgeraten: *"Denn bei der Repräsentation selbst rettet kein Text die Oper, wenn die Musik nicht gelungen ist"* (am 12. Mai 1798). Aber Teile dieses Textes hat Goethe dann gleichwohl als anderer Orpheus irgend im *"Faust"* versteckt (schon im *Vorspiel auf dem Theater*: *"An Tier und Vögeln fehlt es nicht"*).

Aber noch einer von Goethes Enkeln, längst erwachsen und Männern verfallen, glossierte sich selbst als einen *"Walther von der Floete aus dem Hause Tamino"* und behauptete kryptisch: *"Die Taminoflöte hat Jeder, wenn er nur will"*.

Ich denke mir, daß er sich dabei versprach und nicht jene obligat goldene Block- oder Querflöte dieses Prinzen meinte, die aus einer mythenalten Eiche stammte, sondern die noch sehr viel mysteriösere und exotischere Fauns-, Pan- oder Papageno-Flöte mit ihren integrierten Rufen eines Purpurreihers.

Denn das magisch Makaberste und Doppeldeutigste an alledem ist der originale Titel dieser späteren *"Zauberflöte"*:

*"Lulu
oder die Zauberflöte"*.

Er bezog sich auf ein Märchen dieses Titels von August Jakob Lindemann, das Wieland 1789 in seiner Sammlung *"Dschinnistan oder auserlesene Feen- und Geistermärchen"* abgedruckt hatte. Dort gab es eine Zauberflöte, die jeden ihrer Hörer prompt Sympathie oder Zuneigung für den empfinden ließ, der sie spielte.

Wer aber, all ihr lieben und liebenden Sympathisanten von Mozarts *"Zauberflöte"*, könnte denn in diesem wohlbekannten Theaterstück als Lulu bezeichnet werden: hm?

Wohl jeder von uns denkt da auf dem Umwege über Frank Wedekinds Monsterweib allenfalls an die *Königin der Nacht*, die Wolfgang Hildesheimer 1977 immerhin angemessen als *"gewaltige Über-Mutter"*, als *"Vertreterin des archaischen Matriarchates im Kampf gegen die Welt der Männer"* beschreibt und an der schon Schikaneders Libretto mäkelt,

"sie ist ein Weib, hat Weibersinn".

Für Sarastros Männerbund bedeutet das: *"Ein Weib tut wenig, plaudert viel"*. Drum:

Für Goethe war dieselbe *Königin der Nacht* weniger verächtlich, aber in der vorgeschrieben kosmischen Chaotik ihrer symmetrischen Glorie inmitten von Nordlicht, Kometen, Elmsfeuer und *"Lichtballen"* nur umso erschrekkender mit ihrem *"zwar grausenhaften, doch angenehmen Effekt"*.

So widersprüchlich wahrgenommen und empfunden, hätte diese *Königin der Nacht* tatsächlich Lulu sein können. Aber sie ist es nicht.

Nach allem, was wir vom Dogon-Lulu der *Arche LL* erfahren haben, könnte Lulu hier auch jener zwiespältige Vogelmensch sein, der auf Taminos Anpfiff *"Sei ein Mann!"* sofort erwidert:

"Ich wollt', ich wär' ein Mädchen!".

Aber auch er heißt letztendlich nicht Lulu, sondern Papageno.

Nein, Lulu war ein Männername. Auch da schon. Schon in diesem Zaubermärchen hieß vormals nur der eigentlich zentrale Prinz und Retter so, der bei Goethe auch noch König und Vater des *"Genius"* wurde: Tamino.

Tamino war Lulu ist Tamino von der Flöte ist Lulu und basta.

Wohl nicht zufällig also wies hier ausgerechnet der Ordnungshüter Goethe seine strapazierte Szene so an:

"Das Theater geht in ein Chaos über ... ".

Was aber die zitierte Frauenfeindlichkeit betrifft, so dürfte sie ein Beitrag von Schikaneders Co-Autor Karl Ludwig Giesecke sein. Dieser als Johann Georg Metzler in Augsburg geborene *Erste Sklave* im Gefolge des *"Mohren"* Monostatos bei der Wiener Uraufführung der *"Zauberflöte"*, aber wohl auch Souffleur, Faktotum und Autor von zwanzig Stücken des dortigen Volkstheaters, später aber Mineraloge in Grönland und Entdecker des Gesteins *Gieseckit*, war in Wien auch Schüler jenes bedeutenden Geologen, Bergamtsdirektors, Hofrats und Reichsritters Ignaz von Born. Dieser nun war als Freimaurer Stuhlmeister jener Loge *"Zur wahren Eintracht"*, der auch Mozart seit 1784 angehörte und Giesecke irgendwann beitrat. Born aber, Mitglied auch bei den *Illuminaten* und ein Gönner des Jenenser Philosophen Reinhold, legte 1786 alle Maurerämter nieder, trat aus rätselhaft ge-

bliebenen Gründen auch aus seiner eigenen Loge aus und starb, gut vier
Monate vor Mozart, schon 1791: erst 48jährig und unter mysteriösen Umständen auch er.

Weil Schikaneder da schon lange aus seiner Regensburger Loge ausgestos-
sen war und auch keiner andern mehr beitreten durfte, kann es also nur jener
Giesecke gewesen sein, der in Sarastro seinem Guru Born ein Denkmal
setzte und ihrer *"Zauberflöte"* auch alle andern Merkmale dieses Männerbundes angedeihen ließ. Hierzu kann dann auch besagte Misogynie zu rechnen sein, zumal sich Giesecke als das erwies, was Hildesheimer zu Adenau-
ers prüden Zeiten einen *"schwärmerisch disponierten, ja, labilen 'Jüngling' "* und *"Bewunderer großer Gelehrter"* nannte, der sogar, ganz nach
vermeintlicher Frauen-Art, ein *"reichhaltiges Poesie-Album"* kursieren ließ.

Aber damit bin ich am Ende dort wieder angelangt, wo ich aufbrach: bei den
Freimaurern, die wir ja eigentlich hier nur diskutieren. Mein Beitrag liefert
sicher keine hieb- und stichfesten Belege, aber demonstriert, wie Allerunzu-
sammengehörigstes unverhofft dennoch zusammenwächst oder orchestral
zusammenspielt: sei es in virtuëller Flöten-Combo mit Reiher-Syrinx. Denn
festzustehen scheint immerhin: keine Syrinx ohne Purpurreiher und kaum
ein wahrer Poët ohne Syrinx. Also auch kein Poët ohne Purpurreiher: auch
Schiller nicht!

Euer spinnend virtuëlles *"FRÄULEIN NEUBRUNN"*

Tribunal aus Theater und Tieren

Fortsetzung der Fernsehübertragung aus dem Nationaltheater Weimar
(Verleihung des Dioskurenpreises)

Abraham Blaugold (setzt seine Ansprache fort):

Nur eingangs vermutlich hatte Goethe mit seinen *Kranichen des Ibykus* jene
sprichwörtliche Redewendung der antiken Griechen im Sinne. Als er jedoch
die *Klassische Walpurgisnacht* niederschrieb und diesen Topos da erneut
verwendete, hatte sich dessen Sinn und Klima für ihn entscheidend verän-

dert und erweitert. Denn inzwischen gab es seit mehr als drei Jahrzehnten unter ebendiesem selben Titel auch eine Ballade von Schiller: *"Die Kraniche des Ibykus"*.

An deren Entstehung war Goethe ausschlaggebend beteiligt gewesen. Denn als der Höhepunkt seiner Zusammenarbeit mit Schiller in Gestalt der gemeinsam geschriebenen *"Xenien"* überschritten schien und beide das lebhaft bedauerten, beschlossen sie, die Ausgabe ihres nächsten Musen-Almanachs (*"für das Jahr 1798"*) nur mit Balladen zu füllen, die sie beide eigens hierfür zu schreiben verabredeten.

Für dieses Projekt plante Goethe eine eigene Ballade zur altgriechischen Redewendung von den *"Kranichen des Íbykos"*. Aber bevor er hierfür überhaupt zu recherchieren begann, schickte Schiller ihm bereits seine fertige Ballade vom *"Ring des Polykrates"* und bezeichnete diese flugs als *"ein Gegenstück zu Ihren Kranichen"* (Brief vom 26. Juni 1797). Schon andern Tages reagierte Goethe mit dem Wunsche, *"daß mir mein Gegenstück ebenso geraten möge"* (27. Juni 1797). Beide dürften sie da eine innere Parallele in der jeweiligen Thematisierung von unentrinnbar feststehendem Schicksal, so Glück wie Unglück, Höhenflug wie Absturz, aber auch im Schauplatz gesehen haben. Denn eben am Hofe jenes samischen Glückspilzes Polykrátes, den schon allzubald die Perser fangen und kreuzigen sollten, verbrachte der historische Íbykos wichtigste Jahre seines vermutlich nicht allzu langen Lebens.

Als Schiller nur vierzehn Tage später zu einem einwöchigen Hausbesuch am Weimarer Frauenplane eintraf, scheint da auch von alledem hinlänglich die Rede gewesen zu sein. Noch während seiner Anwesenheit nämlich bat Goethe jenen Gymnasialgräkisten Böttiger, *"uns einigen Aufschluß"* über Íbykos und Kraniche zu geben, denn *"nun soll aus diesem Stoff eine Ballade gedichtet werden, und wir wünschten zu diesem Behufe einige Nachricht"* (16. Juli 1797). Das mehrfache *Wir* dieser Anfrage läßt noch auf den Plan einer neuerlich gemeinsamen Autorenschaft schließen. Aber als Schiller schon zwei Tage später, am 18. Juli, nach Jena zurückkehrte, hatte Goethe ihm definitiv diesen Stoff für eine eigene Verarbeitung abgetreten, wie dieser Dioskur das ja später auch mit dem *Wilhelm Tell* und mancher anderen Idee noch machen sollte.

Schiller schrieb dann seine Ballade von den *"Kranichen des Ibykus"* schon in der Zeit vom 11. bis 16. August 1797, stellte sie aber sofort einer ausführlichen Diskussion mit Goethe, denn *"das Angenehmste wäre mir zu hören, daß ich in wesentlichen Punkten Ihnen begegnete"* (am 17. August 1797). Tatsächlich ergänzte er sie nach Goethes Vorschlägen noch um ganze sechs Strophen und veränderte sie so beträchtlich, daß da abschließend getrost von einer gemeinsamen Verfasserschaft gesprochen werden sollte. Goethe würde für Idee, Konzeption und dramaturgische Struktur zeichnen, Schiller für den gesamten Wortlaut, wiewohl Freund Körner gerade *"die Versification mehr Göthen als Dir ähnlich"*, Humboldt hingegen *"eine Größe und Erhabenheit darin"* fand, *"die Ihnen wiederum ganz eigen ist"*. Die ewig unentwirrbaren *"Xenien"* dieser untrennbaren Dioskuren lassen auch hier also grüßen. Goethe selbst wollte beide Teile dieser Doppel-Ballade, *"Kraniche"* wie *"Ibykus"*, tatsächlich *"als eine neue, die Poesie erweiternde Gattung angesehen wissen"* (Schiller noch am 27. April 1798 an Körner).

Was Körner und Humboldt als erste Begutachter hieran jedoch bemängelten, mag eben das spezifisch Schillerische sein. Die Ermordung des Íbykos, den er ausdrücklich als *"Götterfreund"*, als *"frommen Dichter"* und *"des Gottes voll"* bezeichnet und den erst er *"in Poseidons Fichtenhain"*, an sakralem Orte also, erschlagen werden läßt, wie dann auch Verurteilung und Bestrafung seiner Mörder sind Schiller ein so komplex axiomatisches Faktum, daß alle näheren Umstände oder Bedingnisse eines solchen Frevels gar nicht mehr relativierbar erscheinen. Wohl eher unwissentlich ergänzte er so aus Überzeugung das griechische Sprichwort noch um ein altirisches: *"Wer eine Hand gegen einen Dichter erhebt, der sei verflucht!"*.

Allerdings stellte er die einzig überlieferte Raublust der Poëtenmörder in Frage und erweiterte sie um auch noch mögliche andere Motive:

"Sinds Räuber, die ihn feig erschlagen?
Tats neidisch ein verborgner Feind?"

Mit solcher Mißgunst heimlicher Gegner bezieht er summarisch auch noch ein, was zur Ermordung des Orpheus oder jenes klytaimnestrischen Sängers, auch Aisóps oder Winckelmanns beigetragen und seine Wurzeln jeweils nicht zuletzt auch in erotischen Abgründen haben mochte.

Trotzdem reizte ihn an diesem Stoffe vordringlich die unabdingbare, unentrinnbare Entlarvung und Überführung scheinbar unentdeckt gebliebener Frevler. *"Sobald nur der W e g zur Auffindung des Mörders geöffnet ist"*, gab er Goethe gegenüber zu, *"so ist die Ballade aus, das andere ist nichts mehr für den Poeten"* (7./8. September 1797).

Schillers ekstatischer Glaube an eine unverhinderbare Gerechtigkeit durchglüht und belebt das ganze Gedicht. Dieser Glaube dürfte ihm auch die Idee zu seinem wichtigsten und persönlichsten Beitrag eingegeben haben: den Ausbau des Theatermotivs.

Die von Plutarch, von Aldrovandi, Fazelli, Hederich und schließlich Böttiger überlieferte Ortsangabe, jene Mörder des Íbykos seien durch Kraniche just im Theater demaskiert worden, traf sich mit einer Ästhetik oder Theatertheorie, die schon der 24jährige Schiller nur ein halbes Jahr vor seiner Darmstädter ersten Begegnung mit Herzog Carl August in einem Vortrag vor der *Kurpfälzischen Deutschen Gesellschaft* in Mannheim mit jenem klassisch gewordenen Satze formuliert hatte:

"Die Gerichtsbarkeit der Bühne fängt an, wo das Gebiet der weltlichen Gesetze endigt". Dann aber *"übernimmt die Schaubühne Schwert und Waage und reißt die Laster vor einen schrecklichen Richterstuhl"*.

Ebendas ließ Schiller nun mit dieser Ballade im Theater von Korinth geschehen:

"Die Szene wird zum Tribunal".

Daß dieser berühmte Vers in einem größeren konzeptionellen Zusammenhange mit seiner damaligen Ästhetik steht, wird in jenen Zeilen deutlich, mit denen er zeitgleich auf Goethes Brief vom 9. August 1797 aus Frankfurt antwortet. Von dort hatte dieser ihm berichtet, wie ein großstädtisches "Publikum" derzeit *"in einem beständigen Taumel von Erwerben und Verzehren"* lebe: *"alle Vergnügungen, selbst das Theater, sollen nur zerstreuen, und die Neigung des lesenden Publikums zu Journalen und Romanen entsteht eben daher, weil jene immer und diese meist Zerstreuung in die Zerstreuung bringen"*; Literatur jedoch sei da *"so unbequem wie eine treue Liebhaberin"*.

Solches Stichwort löste umgehend und eben im Umfelde seiner Kranich-
Ballade Schillers Erwiderung aus, *"daß man den Leuten, im ganzen genommen, durch die Poesie nicht wohl, hingegen recht übel machen kann"*:

*"Man muß sie inkommodieren, ihnen ihre Behaglichkeit verderben, sie in
Unruhe und in Erstaunen setzen. [...] Dadurch allein lernen sie, an die
Existenz einer Poesie glauben"*.

Hierüber noch weit hinausgehend, ergänzte er ohne Zögern, daß ebendies
sogar *"der Same des Idealismus ist und daß dieser allein noch verhindert,
daß das wirkliche Leben mit seiner gemeinen Empirie nicht alle Empfänglichkeit für das Poetische zerstört"*. Denn:

"es ist schon viel gewonnen, daß ein Ausgang aus der Empirie geöffnet ist".

Mit diesem außerordentlichen Begleittext über die

Möglichkeit eines Ausgangs aus der gemeinen Empirie

schickte Schiller am 17. August 1797 die zweite und endgültige Fassung
seiner Ballade *"Die Kraniche des Ibykus"* an Goethe.

Ganze sechs Strophen zu je acht Versen lang entfaltet er hier den Auftritt eines Chores im antiken Theater der Griechen und läßt ihn in wörtlichem Zitat
zwei Strophen der Erinnyen aus den *"Eumeniden"*, jenem *Dritten Teile* der
"Orestie" des Aißchýlos, nach einer Übersetzung seines Freundes Wilhelm
von Humboldt sprechen. Sie sind ein drohender Rachegesang, der Mördern
eine ewige Strafverfolgung ansagt und im Original ausgerechnet dem Oréstes gilt, nachdem er seine Mutter Klytaimnéstra erschlagen hatte, die ja
selbst an der Ermordung auch ihres singenden Wächters Mitschuld trug.

Diese Verse des Aißchýlos, der ein jüngerer Zeitgenosse des historischen
Íbykos war und dessen Schicksal gekannt haben dürfte, wurden von Schiller
für seine Ballade zusätzlich mit Reimen versehen, und Übersetzer Humboldt
applaudierte doppelsinnig:

*"Man kann nicht leugnen, daß der Aeschylus überhaupt, besonders aber sei-
ne Eumeniden etwas Steifes, Hartes und Grelles haben. Der Reim mischt
nun [...] gleichsam etwas Gothisches hinzu, und so wird [...] das Fremde,
Sonderbare und Schauderliche vermehrt"* (am 7. Dezember 1797 an Schiller).

Diesen gothischen (!) Schauder ließ Schiller dann nach Abgang des Chores so stark sein, daß sein ganzes Theaterpublikum davon erfaßt ist:

"Und Stille wie des Todes Schweigen
Liegt überm ganzen Hause schwer,
Als ob die Gottheit nahe wär".

Sie ist es in Gestalt jener Kraniche, die der sterbende Íbykos als Augenzeugen angerufen und seine Ermordung zu ahnden beschworen hatte. Als sie just jetzt, nach Abgang des Rachechores, das ergriffen schweigende Theater überfliegen, lösen sie dort im Verein also mit den Erinnyen des Aißchýlos die legendäre Selbstbezichtigung des Mörders aus.

Als Goethe deren Glaubwürdigkeit noch anzweifelte, erklärte ihm Schiller die Psyche seines Mörders so:

"Das Stück hat ihn zwar nicht eigentlich gerührt und zerknirscht [...], aber es hat ihn an seine Tat und [...] was dabei vorgekommen e r i n n e r t, sein Gemüt ist davon frappiert, die Erscheinung der Kraniche muß also in diesem Augenblick ihn überraschen, er ist ein roher dummer Kerl, über den der momentane Eindruck alle Gewalt hat. Der laute Ausruf ist unter diesen Umständen natürlich" (am 7. September 1797, just dem dritten Jahrestage jenes ersten Rudolstädter Gespräches mit Goethe).

"Die Kunst", leitete hieraus später Wulf Segebrecht ab, *"bereitet die Bedingungen für die Gerechtigkeit vor"*, die vollziehende Natur jedoch oder *"die Kraniche lösen ihr Zustandekommen aus"*.

Eben hierdurch dürfte dieser Stoff für Schiller überhaupt erst vollends attraktiv geworden sein. *"Was den Stoff dem Dichter innerlich wert machte"*, bestätigte schon Wilhelm von Humboldt, *"war die daraus hervorspringende Idee der Gewalt künsterischer Darstellung über die menschliche Brust. "*

Humboldt wiederholt, betont und verallgemeinert dann sofort diese besondere Fähigkeit der Kunst noch mit einem Zusatz:

"Diese Macht der Poesie, einer unsichtbaren, bloß durch den Geist geschaffenen, in der Wirklichkeit verfliegenden Kraft, gehörte wesentlich in den Ideenkreis, der Schiller lebendig beschäftigte".

In ihrem Briefwechsel zu dieser Ballade, hat ferner Helmut Rehder beobachtet, nannte Schiller sie kurz meist nur den *"Ibykus"*, Goethe aber lieber *"die Kraniche"*. Das unterstreicht, wie sehr sich Schiller primär für Wahrheitsfindung von Künstlern, Kunst und Theater als Gerichtshof, Goethe jedoch für eine Gerechtigkeit interessierte, die sogar von Vögeln verkörpert werden konnte, also in der Natur schon gesetzhaft mitgegeben sei. Für ihre Gleichberechtigung und Balance neben der Theaterszene setzte er sich auch namentlich ein: *"sie kommen als Naturphänomen und stellen sich so neben die Sonne und andere regelmäßige Erscheinungen"* (22. August 1797).

Schiller griff auch das bereitwillig auf und beantwortete jene vorausgegangene Frage seiner Ballade nach dem eigentlichen Mordmotiv nunmehr so:

"Nur Helios vermags zu sagen,
Der alles Irdische bescheint".

Tatsächlich spricht dann Hélios durch den Schnabel der nahenden Kraniche, deren Stimmen, zumal wenn sie allmorgendlich den Sonnenaufgang begrüssen, *"furchtbar krähn"*, und Goethe ist nun von solchem Zusammenwirken des Theaters mit Tieren oder von Kunst und Natur als kollaborierenden Sachwaltern der Gerechtigkeit sehr überzeugt: *"ich würde, wenn ich an meine Bearbeitung noch denken möchte, diesen Chor gleichfalls aufnehmen müssen"* (22. August 1797).

Er tat das dann auch. Aber dreiunddreißig Jahre später.

6.

Dreiunddreißig Jahre später endlich ließ Goethe in der *Klassischen Walpurgisnacht* seines *"Faust"* nun auch selbst die *Kraniche des Ibykus* als einen szenischen Chor von Rachegeistern sein Theater betreten.

Diese kriminalistische Koalition von Kunst und Natur im Gefolge der gemeinsam entwickelten Ballade von einst kann einzig und allein im vollen Bewußtsein und Gedenken damaliger Absichten und Formulierungen entstanden sein. Wenn Goethe jetzt eben nicht einfach Kraniche, sondern ausdrücklich *Kraniche des Ibykus* über seine Szene fliegen und chorisch anklagen läßt, handelt es sich unumgänglich um jene selben gefiederten und krähenden Assistenten oder Assessoren aus Schillers balladesk dramatischem

Tribunal. Diese Assoziation ist aus seiner eigenen Mitwirkung und Erinnerung unmöglich wegzudenken und hatte sich in Schillers Wortlaut noch so gelesen:

" 'Von euch, ihr Kraniche dort oben,
Wenn keine andre Stimme spricht,
Sei meines Mordes Klag' erhoben!"

Aber welchen Mord oder welche verborgene, welche ungesühnte Untat soll, *"wenn keine andre Stimme spricht"*, nun Goethes eigene Symbiose von Theater und Kranichen zutage fördern? Welchen Frevel hinter dem Morde an jenem Íbykos vor zweieinhalb Jahrtausenden soll sie nun verklagen wie ein Staatsanwalt?

Metaphorisch unzweifelhaft den Meuchelmord an jenen Reihern am Weiher.

Was aber, welche reale Mordtat verbirgt dieser so behutsam operierende Vertreter der Anklage hinter dem bildlichen Opfertode ausgerechnet von Reihern?

Sofern sich dieser Ankläger selbst hier mit den bezichtigend aufklärenden und poëtisch rufenden Kranichen identifizieren mag, sind Reiher seine artverwandten Brüder. Wie er repräsentieren auch sie die Schönheit oder Ästhetik, also Kunst. Sie repräsentieren auch Friedfertigkeit und Unschuld, also eine moralisch hohe Qualität oder gar Instanz.

Insofern mag jener fabulierende Louvier es richtig sehen, daß Reiher zum selben Federvolke gehören wie die Kraniche, also Poëten wie jenen Íbykos und manchen andern sonst noch symbolisieren mögen.

Eben darum ist die Trauer über diesen Verlust so allgemein:

"Ganz Griechenland ergreift der Schmerz,
Verloren hat ihn jedes Herz."

Aber wen denn bloß?

Dieser Verlorene und Betrauerte muß so wichtig sein, daß die Erinnyen mit seinem Mörder kein Erbarmen kennen:

"So jagen wir ihn, ohn Ermatten,
Versöhnen kann uns keine Reu',
Ihn fort und fort bis zu den Schatten
Und geben ihn auch dort nicht frei."

Nach diesem Rezept der Rachegeister bei Aißchýlos und dessen Wiedergänger in Weimar läßt Erbverwalter Goethe nun die Kraniche seiner *Klassi-*
schen Walpurgisnacht wiederholen und bestätigen:

"Ihr Genossen unseres Heeres,
Reihenwanderer des Meeres,
Euch berufen wir zur Rache
In so nahverwandter Sache" (Vers 7670 ff.).

Also überträgt er den *"Reihenwanderern"*, die selbst wandernde Reiher sein
oder bedeuten mögen, *"in so nahverwandter"*, in vielleicht sogar dioskuri-
risch allernächster Sache nicht nur die offenbarende Aufdeckung dieser Ermordung, wie alle seine Vorgänger bisher vom Antípatros in Sidon bis hin
zu Schiller am Weiher von Weimar es noch taten.

Nein, für so geringen Dienst ist ihm diese Sache viel zu *"nahverwandt"*:
verwandt und nah.

"So nah der Freund von der und jener Seite",

hatte er schon vor vier Jahren in jener bruchstückhaften Fortsetzung seiner
Terzinen "bei Betrachtung von Schillers Schädel" eingestanden.

Aus ihrer beider gemeinsamen Ballade nimmt er nun den dortigen Auftrag
des sterbenden Íbykos beim Worte und läßt von den Kranichen seiner thea-
tralisch-klassischen Walpurgisnacht den Reihermord nicht nur überführt
werden. Es wird nun vielmehr dagegen auch *"Klag erhoben"*.

Aber auch damit noch nicht genug. Wie er im juristisch-kriminalistischen
Sinne seine Kraniche von Kronzeugen zu Staatsanwälten werden läßt, so
macht er diese Vertreter einer öffentlichen Anklage unter Auslassung jeder
urteilenden Instanz auch gleich zu Vollstreckern jeder möglichen Höchst-
strafe für die überführten Gnomen oder Gütgen, und

" ... jener Mordgeschosse Regen
Schafft grausam-blut'gen Rache-Segen,

Erregt der Nahverwandten Wut
Nach der Pygmäen frevlem Blut" (Vers 7892 ff.).

Keinen geringeren Reporter als seinen Tháles, jenen offiziëllen Begründer der griechischen Philosophie und einen der klassischen *"Sieben Weisen"*, läßt Goethe diese Strafaktion beobachten und beschreiben:

"Mit scharfen Schnäbeln, krallen Beinen
Sie stechen nieder auf die Kleinen" (Vers 7887 f.).

Aber das ist diesmal mehr als alle sonstigen Auseinandersetzungen zwischen Kranichen und Pygmäen:

"Verhängnis wetterleuchtet schon" (Vers 7889).

Es wetterleuchtet nicht nur. Denn:

"Was nützt nun Schild und Helm und Speer" (Vers 7896),

diese ganze Bewaffnung und industrielle Rüstung,

"Was hilft der Reiherstrahl den Zwergen" (Vers 7897)

oder der Federschmuck dem Generalissimus und jede geplünderte Schönheit oder geistige Strahlkraft jedwedem Plagiator oder Usurpator?

"Wie sich Daktyl und Imse bergen,
Schon wankt, es flieht, es stürzt das Heer" (Vers 7898 f.).

Ihre Niederlage ist so total, daß Kollege Anaxágoras, der *vulkanistisch* feurige Gesprächspartner des *neptunistisch* strömenden Tháles, erst *"nach einer Pause"*, dann aber *"feierlich"* und opportunistisch gar das Thema wechselt:

"Konnt' ich bisher die Unterirdischen loben,
So wend' ich mich in diesem Fall nach oben ... " (Vers 7900 f.)

und beschwört jedwede griechisch-römisch mythische Göttin des Mondes:

"Du richtest uns und Land und Meer zu Grunde" (Vers 7919):

also alles. So verheerend ist das Debakel der materialistischen Pygmäen:

"Sie fahre hin, die garstige Brut" (Vers 7947).

Dem Homunkulus, also Initiator dieses ganzen Geschehens, scheinen auch die Kraniche vernichtet und

"So Freund als Feind gequetscht, erschlagen" (Vers 7941),

und mancher kluge Interpret dieses Krieges, gar Bayard Taylor, hält tatsächlich auch die Kraniche für hingeschlachtet. Aber schon Tháles erinnert sie alle an die Virtualität der ganzen Szene:

"Sei ruhig! Es war nur gedacht" (Vers 7946),

und *"vor dem Palaste des Menelas zu Sparta"* offenbart dann im folgenden *Dritten Akte* dieses zweiten *"Faust"* der hämische Mephistopheles als eigentlicher *spiritus rector* auch noch des Homunkulus auffallend ausführlich den unbeschadeten, unirritierbaren Fortgang der Natur:

" ... gleich der Kraniche
Laut-heiser klingendem Zug, der über unser Haupt,
In langer Wolke, krächzend sein Getön herab
Schickt, das den stillen Wandrer über sich hinauf
Zu blicken lockt; doch ziehn sie ihren Weg dahin,
Er geht den seinen, also wirds mit uns geschehn" (Vers 8765 ff.),

alles geht weiter seinen natürlich vorgegebenen Gang.

Nur daß die Kraniche eben vor dem Weiterziehen einen Fluch hinterlassen und die Einbettung ihrer Rache für allen Poëtenmord in jene Urfehde mit den Gold- und Geldgnomen für alle Zeit und Ewigkeit festgeschrieben haben:

"Ewige Feindschaft dieser Brut!" (Vers 7675).

7.

Diese archaïsch zeitlose Unversöhnlichkeit für immer haben die Kraniche rechtzeitig vor ihrer Strafaktion eben mit der genau präzisierten Schuld der kleinlichen Krämerseelen begründet:

"Mißgestalte Begierde
Raubt des Reihers edle Zierde" (Vers 7665 f.).

Tatsächlich galten zumindest bei den wendischen Elb- und Ostseeslawen schmückende Kranichfedern auch als Zahlungsmittel, waren also bares Geld – anderwärts gut verkäufliche Werte.

Was jedoch des Reihers *"edle Zierde"* dem Symboliker Goethe bedeutete, helfen uns die mythologischen Ornithologen und ornithologischen Theologen archaïscher Kulturen verstehen.

Schon den antiken Ägyptern war der reiherartige Ibis etwa seit dem 4. Jahrtausend vor Christos eine leibliche Hülle ihrer Götter, später Begleiter namentlich ihres Mondgottes Thot, der als Herr der Zeit auch ihr Schutzgott allen Schreibwesens, aller Bibliotheken und Archive, insofern Herrscher der Bücher, insofern auch Patron der Poëten war, die sich daher selbst als die *"Zunft des Thot"* bezeichneten. In seinem Auftrage verwalteten sie auch alle Sprachen, alle Gesetze, alles Wissen. Sie verehrten diesen Thot gar als orphischen Wegbereiter oder goëtischen Seelenführer ins Jenseits und stellten ihn gern als Ibis oder ibisköpfigen Pavian und Hominiden oder also reiherköpfigen Anthropoïden und Vorläufer des Menschen, Pionier des Humanen dar. Daher verstanden diese ägyptischen Reiher auch, was Menschen sagten. Wenn jemand sie zum Beispiel *Knechte* nannte, empörten sie sich. Mit solcher Befähigung fungierten sie bisweilen gar als Boten manches anderen Gottes.

Das mag Homer von den alten Ägyptern übernommen haben, wenn er in seiner *"Ilias"* einen Reiher als solchen Gottesboten im nächtlichen Lager der Griechen auftauchen läßt (*Zehntes Buch*, Vers 274 ff.):

"Ihnen naht' ein Reiher, gesandt von Pallas Athene,
Rechther fliegend am Weg; ihn sahen sie nicht mit den Augen
Durch die finstere Nacht, nur ward sein Schwirren gehöret"

und vom intellektuëllen Odysseus sofort als Gotteszeichen erkannt.

Auch die folgende griechische Poësie übernahm den Reiher als Leitmotiv göttlicher oder gottwohlgefälliger Talente. Auf den *Diomedischen Inseln* konnte er sogar Griechen von Ausländern unterscheiden und ließ sich ausschließlich von jenen Humanisten, nicht aber von diesen Barbaren anfassen und wohlig streicheln.

In Indien soll der Goliath-Reiher sogar mit wohlklingender Stimme gesungen haben, also musisch begabt und allen Sängern oder Poëten ein *"Nahverwandter"* gewesen sein.

Ihre göttliche Herkunft oder Verwandtschaft ist allen diesen ätherisch-marinen Reihern, Ibissen und Kranichen des unirdischen Elementes nicht zuletzt auch daran abzulesen, daß sie alle, wenn sie nicht fliegen oder schwimmen, sondern sich auf der festen Erde aufhalten müssen, ihre dortige Bodenhaftung unübersehbar gern auf ein Minimum reduzieren und daher möglichst nur auf einem Beine stehen. So immateriëll oder spirituëll sind diese Geistesgeschöpfe.

Umso mehr begriff auch Goethe die Antipathie der materialistischen Geld- und Goldzwerge allenthalben: auch ihren Neid, ihre Mißgunst und die Sehnsucht ihrer Häßlichkeit nach der schönen Federzier dieser inbrünstig massakrierten Exoten:

"Weht sie doch schon auf dem Helme
Dieser Fettbauch-Krummbein-Schelme" (Vers 7668 f.).

Ein immerwährender *Dritter Weltkrieg* zwischen Geld und Geist scheint da wirklich unvermeidbar vorprogrammiert.

8.

Trotzdem steht Bayard Taylor, dieser sensible amerikanische Übersetzer des *"Faust"*, spätestens seit 1882 im uferlosen Gestrüpp der *"Faust"*- oder Goethe-Interpreten ziemlich einsam mit seiner Wahrnehmung da, daß sich hinter Goethes Kranich-Gelöbnis einer *"ewigen Feindschaft"* gegen die unseriöse *"Brut"* der fettbäuchigen und krummbeinigen Kleingeister, Goldfinger und Marktwirtschaftler zuallertiefst dennoch keinerlei Haß gegen wen auch immer verbirgt, sondern

"das Weh der Sehnsucht nach dem großen dahingeschiedenen Freund":

nach Schiller also.

Deutlicher wurden erst 1955 die *"Forschungsfragen unserer Zeit"* mit einer Fußnote ihrer Redaktion unter Leitung von Prof. Dr. Bernhard Kummer:

"Gewiß m u ß t e die Einführung der redenden, nach Rache für Mord rufenden 'Kraniche des Ibykus' im Faust II, 2. Akt, jeden Leser an Schillers beliebtes Gedicht erinnern und damit an den 'teuren Sänger' Ibykus-Schiller. [...] Wenn Goethe also hierbei an Schiller dachte, dann mußte ihm

m. M. n. bewußt sein, daß die so ernste und leidenschaftliche Stelle mit der Aufforderung an die 'Reihenwanderer des Meeres' zur 'Rache' 'in so nah-verwandter Sache' die Leser auf mögliche Feinde Schillers und ein Geheimnis um seinen Tod verwies".

Wirklich scheint dieses ganze Areal der homunkuleschen klassisch unkörper-lichen Walpurgisnacht mit all ihren Pygmäen, Reihern, griechischen Philo-sophen und *Kranichen des Ibykus* vorrangig von Goethes unvergeßlichem Dioskuren Schiller zu handeln, dessen Tod noch nach einem Vierteljahrhun-dert keineswegs verschmerzt war, sondern nach wie vor als Ermordung ei-nes göttlich schönen Reihers durch erbärmlich niedrige, macht- und besitz-gierige Schelme und Wichte durchschaut und hier endlich offenbart wurde.

Für den Dioskuren Goethe bedeutete der Entschluß, jene *Kraniche des Iby-kus* auf seiner Szene erscheinen zu lassen, unumgänglich auch die Erinne-rung an Schiller. Vielleicht eben deshalb ließ er sie chorisch reden und fun-gieren, denn eben Schiller war es ja, der mit seiner *"Braut von Messina"* den Chor der attischen Tragödie für das moderne Theater wiedergewonnen hat-te.

Jede Erinnerung an Schiller aber gedachte unweigerlich auch seines Todes. Und *Kraniche des Ibykus* beschwört im Gedenken an dieses ewig rätselhafte Sterben nur der herauf, der Augenzeugenschaft für eine miterlebte Ermor-dung zu präsentieren willens und imstande ist.

Aber daß hier die niedrige Gesinnung gieriger *Kleiner Leute* einen *Hohen Geist* liquidiert hatte, konnte dem Kranich Goethe in diesem Falle nicht ge-nügen. Er mußte endlich, nach einem Vierteljahrhundert, auch anzeigen, wer diesen Mord ersonnen und befohlen hatte.

Wie der Chor des Aißchýlos im Theater der Ballade aus Korinth jenem ka-thartischen Anfluge der Kraniche unmittelbar vorausgeht, so läßt Goethes Theater der *Klassischen Walpurgisnacht* unmittelbar vor Ankunft seiner *Kraniche des Ibykus* den eigentlichen Mörder die Bühne betreten und den Mordbefehl verkünden. Alle Zuschauer des Theaters, das ganze Publikum wird so zum Kronzeugen, auch zum Komplizen. Der Gedanke an Kollektiv-schuld wird da schon gestreift werden müssen.

9.

Wer aber ist das, der da *coram publico* schamlos den Befehl erteilt, Schiller zu ermorden?

Harter Schnitt auf einen Werbeblock des Fernsehens:

Konsumkanonade
Werbeblock des Fernsehens

Wiederholung jener Sequenz von Werbespots zugunsten

des *TANGHOBÁNYI KONZERNS*,

einer Bank,

einer Kapitalversicherung,

eines Juwelengroßhandels,

eines Immobilienkonsortiums,

der Konsumentenaktion *SNABB-SNABB*,

der *SCHILDBÜRGER-Zeitung*,

des *Modesalons Detlev Kremer* in Düsseldorf

sowie jener neuen Branche des Tourismus, die Rundflüge über die zerstörten und verlassenen Plastikdeponiën in den Innenstädten ehemals bewohnter Metropolen anbietet. Interessenten können da zwischen deutschen, europäischen und transkontinentalen City-Flügen wählen oder sich auch weltweit für das Pauschalprojekt *Global Glower* entscheiden. Das Internet informiert über solche *sight-seeing*-Programme in unterschiedlichen Kategorien. Satellitenfotos anfordern! Langfristige Subskriptionen zeichnen!

Hiernach Schnitt auf den nächsten Werbespot:

Ein sehr dekorativer und sympathischer junger Mann im Schiller-*look* des 18. Jahrhunderts geht durch eine Collage aus heutigen Geschäftsstraßen,

Einkaufspassagen, prallen Schaufenstern, Werbefernsehen und Versandka-
talogen, vor deren aggressiver Bedrängung er zu fliehen beginnt und davon-
zulaufen versucht, während ein *off*-Sprecher das so erklärt:

*"Aber noch unruhiger durchkreuzt sich auf allen Haupt- und Nebenstraßen
die Menge derer, die auf unsern Beutel auch gegen unser Wollen Anspruch
zu machen beflissen sind ... "*

Warenproben, Prospekte und Handzettel regnen zuerst wie Konfetti auf den
schönen Rokoko-Flüchtling und bombardieren ihn dann.

Off-Sprecher: *" ... Muster aller Art und Preisverzeichnisse verfolgen uns in
Stadt- und Landhäusern ... "*

Der sympathische Flüchtling bricht unter dem Beschuß der Werbung zusammen und wird von ihr begraben.

Off-Sprecher: *" ... und wohin wir uns auch flüchten mögen, geschäftig überraschen sie uns, Gelegenheit bietend, welche selbst aufzusuchen niemand in
den Sinn gekommen wäre."*

Kakophonische Filmmusik –

Eingeblendete Untertitelung: GEMEINSAME ANTI-WERBUNG
VON ARCHE N, ARCHE LL UND GOETHES "WILHELM MEI-
STER".

Schlafmützen-Schelte

Chat im Internet: www.speakerscornerTV.de/blaugold-dioskuren

*Autor: "KOSINSKY"
antwortet   allen und keinem:*

Alles gut und schön.

Aber noch immer wissen wir nicht, warum denn Goethe diesen *"Demetrius"*
bloß nicht zu Ende schreiben durfte.

Falls wirklich die Freimaurer ihm das untersagten, müßte man doch raus-
kriegen können, was um Gottes Willen ihnen an diesem Fragment aus dem
Rußland um 1600 dermaßen unerträglich erschien, daß Goethe es nur ja
nicht beenden sollte und Schiller selbst vielleicht eben deshalb sogar sterben
mußte.

He, ihr Germanisten, Historiker und Logenbrüder: aufgewacht! Begründun-
gen her! Zumindest Vermutungen!

Na?

Toxische Textilien

Sondermeldung im Radio Radikal

"100 % Cotton", warnt die medizinische Zeitschrift *"Salus"*, sei ab sofort
nur als Warnschild vor irreparablen Deformationen des menschlichen Gehirns zu verstehen.

Die Schädlingsbekämpfung mit Pestiziden habe nicht nur auf indischen
Baumwollplantagen, wie Sprecher der Textilbranche zu verharmlosen trachten, diese verheerenden Spätfolgen für den Konsumenten. Jeder, der reine
Baumwolle trägt, setzt sich global heute einer Zerstörung seines Gehirns
aus.

Generell Genozid

Fortsetzung der Fernsehübertragung aus dem Nationaltheater Weimar
(Verleihung des Dioskurenpreises)

Abraham Blaugold (setzt seine Ansprache fort):

Der Name dessen, der den Reiher Schiller zu ermorden befiehlt, wird in
"Faust II" zwar ausgespart.

Doch es ist der Generalissimus all der Pygmäen.

Wer aber mag das nur sein: so ein namenloser Generalissimus der Pygmä-
en? Ihr Oberhaupt, gut. Wer aber war da am Reiherweiher von Weimar das
Oberhaupt all seiner kleinen Untertanen? Ein Großkopfeter natürlich; oder
auch Größtkopfeter. Ein Großkaufmann vielleicht, ein königlicher: ein
Grossist, ein Bertuch? Warum nicht! Oder auch ein Großherzog, von mir
aus, der ja dem zeitgenössischen Merkantilismus des 18. Jahrhunderts und
seiner Physiokratie auf ihrem Wege zur siegreich strahlenden Nationalöko-
nomie des 19. Jahrhunderts im Falle von Goethes Carl August tatsächlich
auf die Sprünge zu helfen und den wirtschaftlichen Zusammenschluß vieler
Fürstentümer zum *Deutschen Fürstenbunde* zu realisieren trachtete.

Aber Höchstpersönlich hatte Durchlaucht vor so marktwirtschaftlichem
Hintergrunde doch vorrangig zunächst das eigene abgesoffene Bergwerk
von Ilmenau mit seinen wässerig verbarrikadierten Erzgängen wieder zu ak-
tivieren versucht, bevor dieses vulkanistische Unternehmen endgültig an
seinem irreparabel neptunistischen Wassereinbruch scheiterte und technisch
wie geschäftlich in einem unterschwelligen Konkurs dieser *"erdleutlin pigmeorum"* endete.

Auch Durchlauchts ökonomischer Fürstenbund kollabierte nur allzubald.

"Klein ist unter den Fürsten Germaniens freilich der meine",

hatte der damals noch vierzigjährige Goethe schon vor vierzig Jahren in Venedig gedichtet, aber erst elf Jahre später in seinen *"Neuen Schriften"* unter
die *"Venezianischen Epigramme"* einzureihen und dort öffentlich unter seine humorige Lupe zu legen gewagt; denn

"Kurz und schmal ist sein Land, mäßig nur, was er vermag".

Aber dieser Kleine wollte mehr, wollte wohl wirklich auch groß sein, ohne
freilich jene kollegiale Weisheit König Ramas IX. von Thailand umzusetzen,

"daß klein nicht nur schön ist, sondern auch groß".

Ohne auch alle persönlichen militärischen Verdienste wußte sich aber dieser
sächsisch-weimarische Kleinherzog, dessen eigene Armee nur aus 136 In-
fanteristen und einer kleinen Husarenschar bestand, nepotistisch zum *Kom-*

mandierenden Generale wenigstens eines der ältesten und ruhmreichsten
Königlich-Preußischen Kürassierregimenter emporzuhieven, das freilich
keineswegs in Potsdam, sondern nur in den kleinen Landstädten Aschersle-
ben, Oschersleben und Kroppenstedt stationiert, nur an der wenig rühmli-
chen Kanonade von Valmy und der ebenso unrühmlichen Belagerung von
Mainz beteiligt war.

Dessen eigentlicher Generalissimus zu sein, mochte dieser kleine Großherzog unter seinem weißen Federbusch am Hute unausgesprochen jedenfalls
dringend ersehnt haben. Als solchen mag er sich dann wohlig empfunden
haben, als sein Armeecorps 1813 wenigstens das kleine Belgien aus seiner
napoleonischen Okkupation befreite und ihn in Holland den *Russischen General* eines Corps aus Sachsen, Hessen und Russen werden ließ.

Freund Goethe, der ihm wohl oftmals ins Herz sehen konnte, registrierte
vom 35jährigen: *"Zum Soldaten ist er geboren, und wenn man ihn in diesem
Elemente sieht, verdenkt mans ihm nicht, daß er da gerne ist, wo er sich
fühlt"* (am 31. Mai 1793 an seinen Stellvertreter Christian Gottlob Voigt).

Weil jedoch dieser latente, aber nie ernannte Generalissimus 1828 auf dem
Wege nach Groß-Berlin im kleinen Schloß Graditz und immerhin im Kreise
militärischer Chargen starb, unter denen er der Größte war, rief ihm noch
gute hundertfünfzig Jahre später der befugte Geistesbruder Ernst Jünger, sei
es in eigener Offiziersuniform und mit poëtischer Feder nach:

*"Die Staaten sind zunächst zu fragen: «Was habt ihr an Kunstwerken her-
vorgebracht?» In diesem Sinne repräsentiert der Herzog von Weimar ein
Großreich, gemessen an den Superstaaten unseres Säkulums".*

Aber Kollege Ludwig von Knebel, Goethes *"Urfreund"*, hatte schon im
Vorhinein dagegen eingewendet: *"Was auf einen großen Staat passen könnte, paßt wahrlich nicht auf einen so kleinen. Doch wir möchten uns gern
g r o ß dünken! "* (am 16. Dezember 1817 an Schillers Witwe).

Intimus Goethe freilich, *"ablehnend jede Teilnahme an einem Nekrologe"*
(Tagebuch vom 19. Juni 1828), blieb auch den offiziëllen Trauerfeierlich-
keiten für seinen Landesherrn fern, soll diesem aber immerhin nachsichtig,
de mortuis nil nisi bene, nachgerufen haben:

"Der Großherzog war freilich ein geborener großer Mensch, womit alles gesagt und alles getan ist".

Der Zwergenkönig war tot, er lebe als Generalissimus der Pygmäen!

Diese Bezeichnung endlich mochte aber auch ein Amalgam sein, das Magiër Goethe aus diesem Königlich Preußischen Generalsrang mit jener gernverwendeten Anrede *"Serenissmius"* zusammenbraute, die er zur Kennzeichnung seines Herzogs besonders häufig gebrauchte: aus *General* + *Serenissmius* mochte so sein Generalissimus entstanden sein.

Wer oder was aber ist denn ein solcher Generalissimus? Etymologisch ist schon das Wort fast ein Pleonasmus und bildet, nicht ganz frei von bewußter oder unbewußter Ironie und ein ebenso ridiküler *"General de chef"* oder *"Vier-Sterne-General"*, den etwas sinnlosen Superlativ zu einem andern, bereits vorhandenen Superlativ. Aber doppelt gemoppelt mochte auch in diesen Kreisen besser halten.

Meine sehr verehrten Damen und Herren, die Älteren unter uns werden sich mühelos zweier solcher Generalissimi erinnern, die es zu unsern eigenen Lebzeiten furchterregend und allzu unseligen Angedenkens tatsächlich noch gegeben hat. Ich meine den Generalissimus Stalin und den Generalissimus Franco: zwei verabscheuenswert brutale Diktatoren, militärisch aufgemotzte Usurpatoren und mörderische Oberbefehlshaber großmächtig unterdrückter Untertanen, die sie zu subalternen kleinen Wichten erniedrigten und entwürdigten.

In Goethes Jugendzeit gab es nur einen einzigen vergleichbar weltberühmten Generalissimus, dessen Name noch gute hundert Jahre nach seinem Tode allenthalben ebenso Furcht und Schrecken nachzittern lassen mochte wie 1547 Herzog Alba in Rudolstadt und später Stalin und Franco global: das war Wallenstein.

Dieser kleine nordböhmische Landjunker blähte sich im *Dreißigjährigen Kriege* zum Reichsfürsten, Herzog von Friedland und Mecklenburg, Fürsten von Sagan und *"General des ozeanischen und baltischen Meeres"* auf, der dreißig schlimme Jahre lang als militärischer, aber durchaus auch politischer, also omnipotenter Oberfunktionär den europäischen Kontinent ins Chaos zu stürzen wesentlich beitrug. Er *"erlangte"*, orakelt noch 1992 Bertelsmanns zwanzigbändiges *"Neues Taschen-Lexikon"*, ganze *"58 Herr-*

schaften", was immer das im Einzelnen beïnhalten mag. Auf jeden Fall ist es gigantomanisch, Größenwahn eines Kleingewesenen.

Dieser Wallenstein also wurde von Zeitgenossen und Nachwelt so uneingeschränkt und mehrdeutig, wie er selbst es wohl war, *"der Generalissimus"* genannt, daß schon der 31jährige Schiller in jener *"Geschichte des Dreißigjährigen Krieges"*, die er, noch optimistisch, *"seinem"* Herzog geschenkt hatte, mitteilte, wie dieser Karrierist *"sich einen Generalissimus des Kaisers zu Wasser und zu Lande zu nennen"* selbst begonnen habe.

Entsprechend schilderte Schiller da auch Wallensteins Lebensstil und Charakter:

"Sechs Pforten führten zu dem Palaste, den er in Prag bewohnte, und hundert Häuser mußten niedergerissen werden, um dem Schloßhofe Raum zu machen. Ähnliche Paläste wurden auf seinen übrigen zahlreichen Gütern erbaut. Kavaliere aus den edelsten Häusern wetteiferten um die Ehre, ihn zu bedienen, und man sah kaiserliche Kammerherren den goldenen Schlüssel zurückgeben, um bei Wallenstein eben dieses Amt zu bekleiden. Er hielt sechzig Pagen, die von den trefflichsten Meistern unterrichtet wurden; sein Vorzimmer wurde stets durch fünfzig Trabanten bewacht. Seine gewöhnliche Tafel war nie unter hundert Gängen, sein Haushofmeister eine vornehme Standesperson. Reiste er über Land, so wurde ihm Gerät und Gefolge auf hundert sechs- und vierspännigen Wagen nachgefahren; in sechzig Karossen mit fünfzig Handpferden folgte ihm sein Hof. Die Pracht der Livereien, der Glanz der Equipage und der Schmuck der Zimmer war dem übrigen Aufwande gemäß. Sechs Barone und ebensoviel Ritter mußten beständig seine Person umgeben, um jeden Wink zu vollziehen – zwölf Patrouillen die Runde um seinen Palast machen, um jeden Lärm abzuhalten."

Insofern also war dieser Wallenstein, wie Schiller ihn hier beschrieb, schon ein neureicher Parvenu, ein macht- und geldgieriger Emporkömmling und Generalissimus ebenjener Kleingeister, Krämer und Raffkes, deren Leben sich in materiëllem Besitztum erfüllt und erschöpft.

Als Schiller fast zehn Jahre später, schon um die Jahrhundertwende, über diesen Generalissimus jene dramatische und tragische Trilogie schrieb, mit der er nach der langen Pause von Jena im Weimar *"seines"* Herzogs auf das deutschsprachige Theater zurückkehrte, ließ er in *"Wallensteins Lager"*, mit

203

dem er auf Goethes Anraten das riesige Projekt eröffnete, gleichfalls auf Anregung seines Dioskuren, Zuträgers und Mitarbeiters, einen Kapuzinermönch auftreten, der dem Pygmäënheere dieses Generalissimus da die Leviten liest:

"Denn ihr tragt alles offen fort;
Vor euren Klauen und Geiersgriffen,
Vor euren Praktiken und bösen Kniffen
Ist das Geld nicht geborgen in der Truh,
Das Kalb nicht sicher in der Kuh,
Ihr nehmt das Ei und das Huhn dazu".

Aber das Gescherr, weiß auch dieser Bettelmönch und Prediger der Besitzlosigkeit, ist immer nur so wie sein Herr. Denn

" ... wie soll man die Knechte loben,
Kömmt doch das Ärgernis von oben!
Wie die Glieder, so auch das Haupt!"

Und er zeiht den Feldherrn all dieser kleingeistig unterentwickelten Plünderer, Marodeure, Diebe und Kriegsgewinnler, *"so ein Ahab und Jerobeam"*, königlicher Mörder also im Dienste an schnöden Götzen und Goldenem Kalbe, zu sein:

"So ein Bramarbas und Eisenfresser",

"So ein Teufelsbeschwörer und König Saul",

"So ein listiger Fuchs Herodes",

"So ein hochmütiger Nebukadnezer,
So ein Sündenvater und muffiger Ketzer"

und nach dieser Auflistung vergleichbarer landesfürstlicher Untertanen-, Völker-, Priester- und Kindermörder auch noch

"So ein Jehu und Holofern,
Verleugnet wie Petrus seinen Meister und Herrn,
Drum kann er den Hahn nicht hören krähn – "

und all die lauthals krähenden oder nahenden Kraniche des Geistes wohl erst recht nicht.

Nach solcher Exposition seines Titelhelden also besetzte Schiller dann in den anschließenden *"Piccolomini"* den ersten Platz in deren Personenverzeichnis vielsagend so:

"Wallenstein, Herzog zu Friedland, kaiserlicher Generalissimus im Dreissigjährigen Kriege".

Das war das offiziëlle Etikett also auch noch 1799 und nicht minder 1830, als Goethe seiner *Klassischen Walpurgisnacht* einen Generalissimus einverleibte. *Generalissimus* meinte auch da noch einzig den Wallenstein.

Und dieser Generalissimus war so leibhaftig wie poëtisch auch noch ein Herzog.

Das mochte er denn auch in der *Klassischen Walpurgisnacht* sein: ein Generalissimus oder eben der Herzog.

Aber Wallenstein ließ 1830 in erster Linie an Schiller denken.

Und schon das erste Wort von Goethes *Generalissimus* war ein anderer, war noch ein Schiller:

"Mit Pfeil und Bogen
Frisch ausgezogen!"

Das war sein *"Wilhelm Tell"*.

Trotzdem meinte dieses Zitat nicht jenen Kritiker, seinerzeitigen Dörrfisz oder Literaturpapst Schütz, den Louvier mit so hieb- und stichfesten Indizien überführt zu haben schien.

Dieser Hofrat Schütz war in Jena zwar Schillers Nachbar und obwohl Mitarbeiter auch erster Rezensent jener *"Horen"*, mit deren Konzept und Herausgabe Goethes Verbindung mit Schiller eben begann. *"Gegen mich"*, schrieb Schiller über diesen Schütz an Goethe, *"hat er einiges auf dem Herzen, was er mir aber nicht sagen wollte"* (am 28. Januar 1795). Das steigerte sich, so daß Schiller *"mit Schützen seit einiger Zeit wenig Verkehr habe"* (am 23. Dezember 1795 an Goethe) und Goethe einstimmte, mit seinesgleichen *"werden wir wohl niemals einig werden"* (am 26. Dezember 1795 an Schiller). Da Schütz damals Schillers Essay *"Über naive und sentimentalische Dichtung"* so *"erbärmlich schlecht versteht"* (am 29. Dezember 1795 an Goethe), daß Schiller ihm für den Fall seiner ablehnenden Besprechung in der *"Allgemeinen Literaturzeitung"* mit einer blamablen Replik im eigenen Blatte drohte, dürfte die Stimmung noch beträchtlich getrübt worden sein. Vollends ihr gemeinsamer *"Musenalmanach auf das Jahr 1796"* löste aus, *"daß sich Schütz, der Rezension [...] wegen, nicht zu raten und zu helfen wisse. Ich glaub es wohl"* (Schiller am 25. Oktober 1796 an Goethe).

Aber über so obligates Maß von Verärgerungen und Verletzungen gingen die Spannungen zwischen Autor und Kritiker in dieser Konstellation wohl schwerlich hinaus. Zwar mag dieser Schütz und Schütze Schillers Singen bekrittelt und solchen Reiher auch anzuschießen versucht haben. Ihn leibhaftig zu ermorden, dürfte er aber weder einen Anlaß noch die Mittel, noch auch den hierfür benötigten Charakter besessen haben.

Freilich war sein Kompagnon als Herausgeber der *"Allgemeinen Literaturzeitung"* jener suspekte und skrupellose Weimarer Großunternehmer und Oberraffke Bertuch, der zumindest im Zwielicht um Schillers Totenmaske eine dubiose Rolle spielen sollte. Aber als Schiller 1805 auf so verdachterregende Weise starb oder eben so schnöde ermordet wurde wie nur ein schöner Reiher am Weiher der Ilm, war die *"Allgemeine Literaturzeitung"* schon vor zwei Jahren nach Halle, also ins Ausland übergesiedelt und Hofrat Schütz seit 1803 gar nicht mehr in Jena.

Schiller schrieb also *"Wilhelm Tell"*, dessen Schützenlied von Pfeil und Bogen und

*"Wie im Reich der Lüfte
König ist der Weih"*,

als dieser Professor für Beredsamkeit schon außer Landes und für jedweden Schierlingsbecher außer Reichweite war.

Als Generalissimus von Weimar konnte solch ein eher unbedeutender Kritikaster der Beredsamkeit in der Dépendance von Jena ohnehin schwerlich in Frage kommen. Nur seinetwegen hätte Kranich Goethe nicht so umständlich und behutsam die ganze Pygmäenscharade bemühen müssen.

10.

Meine sehr verehrten Damen und Herren: mit diesen Hinweisen auf *"Wallenstein"* und *"Wilhelm Tell"*, diese beiden Eckpfeiler in Schillers klassischer Weimarer Dramatik, hat jener herzogliche Generalissimus aller zu klein geratenen Geister von Weimar seinen Befehl zum Meuchelmorde am Schöngeist eingeleitet, begründet und auf seine provozierenden Quellen verwiesen.

Durch Theaterstücke wie *"Wallenstein"*, wo die Ermordung eines Generalissimus nachvollziehbar gemacht und für notwendig erklärt wird, und wie diesen *"Wilhelm Tell"*, wo ein regierender Landesherr eben mit Hilfe von Pfeil und Bogen erschossen wird, mußte sich ein Pygmäenherrscher in die Ecke der Notwehr getrieben und zum Mordbefehle gezwungen fühlen. Immerhin hatte er diesen gefährlichen und gefährdeten Reiher gleich nach Erscheinen des *"Wallenstein"* ausdrücklich gewarnt, indem er ihn auf den Stoff des Martinuzzi, jenes ungarischen Staatsmannes, verwies, den sein König wegen politischer Unbotmäßigkeit hatte ermorden lassen müssen. Aber diese Drohung hatte der schillernde Reiher ja in den Wind geschlagen und freiheitstrunken weitertrompetet.

Gut, das mag für einen herzoglichen Generalissimus zwingend sein und nicht anders beantwortet werden können als durch Meuchelmord.

Aber warum gleich so viele Reiher, gleich alle? Etwa für diesen *"Wallenstein"* einen, einen zweiten für *"Wilhelm Tell"* und dann für die zahllosen anderen Dramen, Gedichte, Balladen, Essays und fünfhundert Xenien je einen weiteren und so dann die ganze Kolonie?

Wohl kaum. Denn Goethe läßt diesen Generalissimus seiner Wichte in jenem Mordbefehl, der nur zehn knappe Verse lang ist, auch anordnen:

"Auf einen Ruck!
Alle wie einen" (Vers 7650 f.).

Das klingt nach allgemeiner Razzia, nach kollektiver Verfolgung und Pogrom, nach Ausrottung, Endlösung, Genozid.

Wer denn aber bitte noch alles außer diesem unerträglich aufmüpfigen Schiller? Louvier verweist ja auf all die *"edlen Dichter"* Weimars, *"wo sich die Reiher massenhaft versammelten"*, und tippt auf *"Goethe, Schiller, Herder, Wieland u. a. m."*. Aber Goethe, Herder, Wieland und andere mehr enden weder auf Huschkes Seziertisch noch im Kassengewölbe noch in Bibliothekspodest und Fürstengruft: auf daß sich da ein noch so fürstlicher Fremder mit ihren Federn schmücke und

*"Daß wir erscheinen
Mit Helm und Schmuck"* (Vers 7652 f.).

Sie alle leben lange und sterben unbehelligt, in Ehren, jeder seinen eigenen Tod. Nein, der Holokaust an den Reihern galt schwerlich den Weimarer Klassikern *in summa*.

Aber wäre es denkbar gewesen, Schillers gewaltsamen Tod durch den Mord nur an einem einzigen solchen Reiher in Sinnbild und Poësie umzusetzen? Schiller in einem einzelnen solchen Stelzvogel zu symbolisieren, hätte unbefriedigend bleiben, vielleicht sogar ungut komisch werden können. Es hätte auch der Weltsicht des alten Goethe widersprochen, wie sie sich zumal 1817 in seiner Publikation *"Zur Morphologie"* präsentierte. Hier findet sich jenes *"Alle wie einen"* des Generalissimus naturwissenschaftlich schon vorbereitet:

"Jedes Lebendige ist kein Einzelnes, sondern eine Mehrheit; selbst insofern es uns als Individuum erscheint, bleibt es doch eine Versammlung von lebendigen selbständigen Wesen."

Diese Erkenntnis des Biologen spiegelt sich dann auch in der Alterslyrik. Aus der attischen Komödie stammte der Begriff des *Epirrhema*, das dort ein persönliches Apart des Autors in subjektiver Sache bezeichnet und von Goethe als Titel eines so gemeinten Gedichtes verwendet wurde, das der Siebzigjährige 1820 gleichfalls in seiner Zeitschrift *"Zur Morphologie"* publizierte. Es beginnt mit den Versen

*"Müsset im Naturbetrachten
Immer eins wie alles achten"*

und endet, noch deutlicher, so:

*"Kein Lebendiges ist Eins,
Immer ist's ein Vieles"*.

Dieses Prinzip der Natur wandte er dann nur einen Monat vor seinem eigenen Tode im Gespräch mit dem Prinzenerzieher Frédéric Soret aus Genf noch konkret auf einen Heros der antiken Mythologie an, betonte, *"qu'un colosse est composé de pièces"* und daß daher der Heraklés *"est lui-même un être collectif"* (17. Februar 1832). Das sei zum Beispiel auch ihr Zeitgenosse Mirabeau, und *"que suis-je moi-même?"* Auch sein ganzes eigenes Werk sei *"das eines solchen kollektiven Wesens und trage nur den Namen Goethe"*.

Diesen Gedanken variïerte er im abschließenden Epigramm seiner *"Weissagungen des Bakis"* mit nur scheinbar anonymem Bezuge:

*"Ewig wird er euch sein der Eine, der sich in viele
   Teilt und Einer jedoch, ewig der Einzige bleibt"*.

Von wem ist da die Rede? Nicht gar von seinem Hercules Schiller, diesem Muster eines kollektiven Wesens? Jedenfalls endet dieser Vierzeiler mit einer handlichen Gebrauchsanweisung:

*"Findet in Einem die Vielen, empfindet die Viele wie Einen,
   Und ihr habt den Beginn, habet das Ende der Kunst"*.

Anfang und Ende, Alpha und Omega, A und O aller Kunst also liege in solcher Identität von Einzelnem und allen.

Also bestimmt es auch den allgemeinen Meuchelmord der kleinen Krämerseelen am Schöngeist: *"Alle wie einen"*. Auch falls nur einer gemeint ist, muß er in seiner Gesamtheit aufgeopfert, um wirklich beseitigt zu werden. Wer das *"Element Schiller"* aus der menschlichen Gemeinschaft entfernen will, kommt um Aderlaß und Blutbad an einer Vielzahl gar nicht herum.

11.

Freilich ist es auf so naturphilosophischer Basis dem Kranich Goethe auch noch zuzutrauen, daß er wußte, was man den Reihern gern von alters her nachzusagen pflegt: daß sie sich nämlich nur mühsam und widerwillig fortpflanzen, daß das Geschäft der Vermehrung ihnen keine Wollust, sondern Qualen bereite, daß sie während der Kopulation vor Schmerzen schreien und daß dabei aus ihren Augen sogar Blut fließe; später sei dann selbst das Eierlegen der Reiher mühselig und schmerzhaft.

Solcher Mangel an unkompliziert vitaler Virilität, der sich mit unkämpferisch passiver Friedlichkeit, Feigheit, gar mit zartbesaitetem Schönheitssinn, mit gar nicht kerliger, bisweilen vielleicht sogar effeminierter Anfälligkeit

oder Neigung zu fortgesetztem Kränkeln und mit einbeinig halbherzigem
Wirklichkeitssinn inmitten einer Menge vulgär Andersartiger, krummbeini-
ger Fettbäuche und Schelme zum wahren Gegenstück auch der maskulin aggressiven, aktiv strafenden und lebenstüchtigeren Kraniche verbindet,

mag Goethe dazu verleitet haben, diese Reiher als die weicheren, zarteren,
zärtlicheren und sensibleren, aber eben schwächeren, empfindlicheren und
hilfloseren, also auch hilfsbedürftigeren Brüder der ungebrochen militanten
Kraniche zu verwenden.

So eben mögen sie alle ihm geeigneter erschienen sein, einen Freundes-
freund wie Schiller oder Winckelmann oder Íbykos oder Heraklés oder jenen Sänger des Agamémnon oder den Orpheus persönlich angemessen zu
repräsentieren, und so eben mag Goethe 1830 mit dem Abstande eines Vierteljahrhunderts den Mord an Schiller in jenen Massenmord an Dioskuren
eingereiht gesehen haben, der später noch bis zu Tschaikowskij und Oscar
Wilde, bis Walther Rathenau und Federico García Lorca, Dag Hammar-
sköld und Pier Paolo Pasolini fortgesetzt werden und zum Massaker an ganzen Kolonien so liebenswert schöner Reiher ausarten sollte: *"Alle wie Einen"*. Sippenhaft, Pauschalurteile, Kollektivbezichtigungen und sonstige
Generalisierungen bis hin zu Massenexekutionen oder Reihenerschießun-
gen, man kennt das leider – die *Rosa Listen* sind lang.

Nur daß es eben Kraniche gibt, die das alles auffliegen lassen und öffentlich
ahnden und anklagen und verurteilen und bestrafen und sühnen in ewiger
Feindschaft, Amen!

12.

Aber Goethes Verhalten als Kranich seines Íbykos Schiller mußte so chiffriert und verschlüsselt bleiben, weil nicht nur dieser Ibis oder Reiher, sondern auch der Herzogliche Generalissimus und Meuchelmörder sein eigener
Freund, sein Geliebter und Dioskur gewesen war. Da war die Passage eng
wie der Isthmus von Korinth. Oder wie die Straße von Messina mit ihrem
Skylla und Charybdis bei *Reggio di Calabria*.

Er konnte aber in dieser Angelegenheit auch so rätselhaft bleiben, weil es
ihm nicht darum gehen konnte, kriminalpolizeilichen Ermittlungen zuzuar-
beiten. Sein Ziel dürfte die Information von späteren Generationen oder der

Geistesgeschichte überhaupt gewesen sein: zunächst also ein archivalisches Bemühen, allem gnadenlos drohenden Vergessen entgegenzuwirken; dann aber auch der Versuch, die Literatur durch die Exklusivität eines Inhalts von solchem Gewichte aus ihrem Dasein nur als schöner unterhaltender Schein zu befreien, sie insofern handfest aufzuwerten und einzig sie der sogenannten Realität entscheidend wirklichkeitsverändernde Beweise und Fakten liefern zu lassen.

Trotzdem scheint auch Goethe selbst den bisherigen Code für allzu unzugänglich und indirekt gehalten zu haben, so daß er die Möglichkeit seiner Dechiffrierung noch zusätzlich abzusichern trachtete. Erst Dr. Hermann Kaben, Landsmann von Thomas Mann und Friedhelm Reguleit aus Lübeck, hat um die Mitte des 20. Jahrhunderts darauf hingewiesen, daß Vers 7664 im Kranichtext der *Klassischen Walpurgisnacht* eine doppelte Botschaft enthält.

Offiziëll verkündet er den allgemeinen Reihermord:

"Alle sind sie schon ertötet".

Aber nach Art eines griechischen Anagramms oder einer kabbalistischen *temurah* bietet dieser Vers mit neugeordneter Reihenfolge derselben Buchstaben auch noch eine andere Lesart an:

"So töteten sie da Schillern".

(Hierbei bezeichnet das heutzutage irritierende N am Ende des letzten Wortes auf damals übliche Weise den Akkusativ und findet sich in Goethes Texten häufig so. Wer das noch weiß: der gehört zur *Arche N*.)

Hingegen ist in der offiziëllen Version die allzu ungewöhnliche Wendung *"ertötet"* anstelle des gebräuchlicheren *"getötet"* ein Hinweis darauf, daß Goethe die doppelte Semantik bewußt construïert hat. Mit *"getötet"* anstelle von *"ertötet"* hätte sich der latente Subtext nicht bewerkstelligen lassen.

Detektiv Kaben hat bei seiner Suche nach solchen anagrammatischen Verrätselungen keinen zweiten Vers in *"Faust II"* gefunden, der auch okkult einen Sinn ergäbe und sich auf Schiller bezöge.

Aber von Kabens erfolgreicher Spurensuche stimuliert, sind auch jene beiden Internisten, Dr. Duda und Dr. Kerner, deren postume Diagnose eine

Vergiftung Schillers mit Aconit oder Eisenhut auch medizinisch nicht mehr ausschließt, nur zwei Verse vorher, im selben Texte der *Kraniche des Ibykus* also, nach derselben Methode von Anagramm oder *temurah* gleichfalls fündig geworden.

Goethes Vers 7662, der *"Mordgeschrei und Sterbeklagen"* der hingemetzelten Reiher ausführlich schildert, hat den offiziëllen Wortlaut

"Welch ein Ächzen, welch Gestöhn".

Durch lediglich eine Umstellung aller verwendeten Buchstaben (und eine statthafte Auflösung von ä in ae und ö in oe) fanden die beiden Ärzte den Subtext

"Welche Aconit gesehn, wehlechzen".

Auch diese Lesart ist ob ihrer Seltenheit bedenkenswert, das scheinbar künstliche letzte Wort jedoch neben all den zahllosen anderen sprachlichen Artefakten dieses Werkes keineswegs ein Einwand von Belang.

Henning Fikentscher hat mit den Mitteln der Wahrscheinlichkeitsberechnung auch noch mathematisch nachgewiesen, wie hochgradig unglaubhaft es ist, daß ein solcher Doppelsinn nur durch Zufall und ohne Goethes Absicht entstanden sein sollte: zumindest rechnerisch schließe sich das so gut wie aus.

Hierzu ist zu ergänzen, daß Goethe in allen seinen Texten, besonders aber in diesem *"Faust II"* und hier noch besonders in der *Klassischen Walpurgisnacht* seinem unbändigen Hange zu Verrätselungen geradezu orgiastisch nachgegeben hat. Innerhalb wie außerhalb dieses Werkes hat er häufig selbst auf hineinverarbeitete Geheimhaltungen hingewiesen und den Leser entsprechend zu eigenen Entschlüsselungen angeregt.

"Gib Rätsel auf", sagt (in Vers 7131) Mephistopheles zum Sphinxen der *Klassischen Walpurgisnacht*, ergänzt sofort: *"gib allenfalls Scharaden"* und dürfte damit für die Silben eines Satzes dasselbe Verfahren einer neu geordneten Reihenfolge meinen, wie Anagramm oder *temurah* es an Buchstaben exerzieren.

In seinen *"Zahmen Xenien"*, mit denen der Greis 1827 an seine Koproduktionen mit Schiller vor drei Jahrzehnten erinnerte und anschloß, erklärte er ebendiese Rätselform als häufig legitimen Zugang zu seherischer Weisheit:

"Des Propheten tiefstes Wort,
Oft ist's nur Scharade".

Aber schon gleich nach Schillers Tode hatte er in jenem Substitut seines
"Winckelmann"-Essays gestanden: *"So kann man überhaupt jeden Men-*
schen als eine vielsilbige Scharade ansehen", und wirklich antwortet analog
auf den *Pharsalischen Feldern* der Sphinx dem Mephistopheles:

"Sprich nur dich selbst aus, wird schon Rätsel sein" (Vers 7132).

Ein dergestalt vexiertes oder vexatorisches Menschenbild und Lebensgefühl
steht also prinzipiëll hinter all den zahllosen Texten und Figuren Goethes,
die sich dem ersten Blick eines flotten Lesers zu entziehen scheinen.

Schon der 46jährige bekannte noch Schiller gegenüber einen *"gewissen rea-*
listischen Tic", der freilich *"aus meiner innersten Natur"* komme und
"durch den ich meine Existenz, meine Handlungen, meine Schriften den
Menschen aus den Augen zu rücken behaglich finde" (am 9. Juli 1796).

"So werde ich immer gern incognito reisen", dehnte er solche Verheimli-
chung auch auf die eigene Privatperson aus und ergänzte das, 59jährig, in
einer Art Gebrauchsanweisung für den schwäbisch-französischen Diplomaten Karl Friedrich Grafen von Reinhard um die Faustformel: *"Ja, ich leugne*
nicht, daß [...] es mir von je her Spaß gemacht hat, Versteckens zu spielen"
(aus Karlsbad am 22. Juni 1808).

Mit zunehmendem Alter, gestand dann noch der Achtzigjährige dem Freunde und Testamentsvollstrecker Friedrich von Müller, spüre er *"immer mehr*
Neigung, das beste, was ich gemacht habe und noch machen kann, zu sekre-
tieren" (am 28. Juni 1830).

Louvier hat die sprachlichen Mittel aufgelistet, mit denen Goethe das er-
reichte, und registriert neben veritablen Rätseln auch Wort- und Buchsta-
benspiele, Bilder, Gleichnisse, Inhärenzen und alle Arten von Symbolen,
Allegoriën und Metaphern. Else Frucht assistiert ihm dabei mit dem Hinweis, daß alle Chiffrierkünste seinerzeit sehr gebräuchlich und Goethe überdies durch seine diplomatische Tätigkeit, erst recht durch seine Mitgliedschaft bei den Freimaurern mit all den Codes eines solchen Geheimbundes
vertraut war.

Louvier wiederum hat überzeugend daran erinnert, *"daß jeder Geheimschreiber, also auch Goethe, den Wunsch haben muß: irgend einer möge das Verborgene enträtseln"*, sonst brauche er *"keine doppelsinnige Schrift abzufassen"*.

Goethe selbst war dieses Dilemma nur allzu bewußt. Schon der Fünfzigjährige hatte *"An die Günstigen"* gedichtet:

*"Dichter lieben nicht zu schweigen,
Wollen sich der Menge zeigen"*,

und vom 67jährigen im Schenkenbuche, das im *"West-östlichen Divan"* mit seinem Hafis einen oriëntalischen Íbykos beschwören mag, bestätigen lassen:

*"Erst sich im Geheimnis wiegen,
Dann verplaudern früh und spat!
Dichter ist umsonst verschwiegen,
Dichten selbst ist schon Verrat"*.

Mit equilibristischer Artistik gleichsam jonglierte und balancierte daher schon der 33jährige seine Kryptogramme in eine Öffentlichkeit von Ratenden:

*"Was ich leugnend gestehe und offenbarend verberge,
    Ist mir das einzige Wohl, bleibt mir ein reichlicher Schatz"*.

Das schrieb er *"An Knebels Schreibtisch"*, fügte es einem Briefe an Charlotte von Stein hinzu, aber wollte es außerdem öffentlicher machen, als es in solchen Verstecken oder zwischen Buchdeckeln jemals sein könnte:

*"Ich vertrau' es dem Felsen, damit der Einsame rate,
    Was in der Einsamkeit mich, was in der Welt mich beglückt"*.

Später war das nicht weit vom thüringischen Ilmenau in der *Hermannsteiner Höhle* auf eiserner Gedenktafel als Kostprobe dessen nachzulesen, was der Greis in *"Faust II"* zu einem scheinbar undurchdringlichen Labyrinth von Vieldeutigkeiten zu steigern so Lust wie Kunstfertigkeit besaß,

"damit alles zusammen ein offenbares Rätsel bleibe" (im Mai 1831 an Zelter).

Schon drei Jahre vorher hatte er demselben Freunde aus Dornburg, wohin er ja vor den Funeralien für seinen Großherzog geflohen war, eingestanden, daß der entstehende *"Faust II"* auch nach diesem Verluste noch *"fortgesetzt auf einen übermütigen Zustand hindeutet"*, und hinzugefügt:

"Wenn es den Leser nicht auch nötigt, sich über sich selber hinauszumuten, so ist es nichts wert".

Daß der Leser das kann, hielt er für ebenso möglich wie schwierig; denn es habe

"ein guter Kopf und Sinn schon zu tun, wenn er sich will zum Herrn machen von allem dem, was da hineingeheimnisset ist" (am 26. Juli 1828).

Wie einem solchen guten Kopfe und Sinne das gelingen könnte, verriet der 78jährige dem vierzig Jahre jüngeren Bremer Schriftsteller Carl Jacob Ludwig Iken, dem er brieflich *"auch wegen andrer dunkler Stellen in früheren und späteren Gedichten"* so auf die Sprünge zu helfen versuchte:

"Da sich manche unserer Erfahrungen nicht [...] direkt mitteilen läßt, so habe ich seit langem das Mittel gewählt, durch einander gegenüber gestellte und sich gleichsam in einander abspiegelnde Gebilde den geheimen Sinn dem Aufmerkenden zu offenbaren" (am 23. September 1827).

Daß solche Offenbarung von geheimem Sinn schon durch aufmerksame Lektüre möglich ist, bestätigt er ermutigend auch in seinen *"Weissagungen des Bakis"*:

"Schlüssel liegen im Buche zerstreut, das Rätsel zu lösen".

Diesem Ziele mag auch der häufige Rückgriff auf diverse Mythen dienen, die den damaligen Zeitgenossen weitgehend geläufig waren und umso mehr verstehen halfen, als sie jeweils auch zur Verdeutlichung von Undeutlichem beitrugen. Schon 28jährig notierte sich Goethe im Tagebuch (vom 5. April 1777):

"Wenns Mythologie wird, werden die Sachen durch die Bilder groß",

in solcher Vergrößerung also auch sichtbarer und begreiflicher.

Aber als Goethe gestorben oder, als Logenbruder, *"zu höherer Arbeit abberufen"* war, hat bei der *Trauerloge*, die die Weimarer Freimaurer ihm just am Vorabend zum Geburtstage seines Dioskuren Schiller abhielten, Kanzler Friedrich von Müller als *Deputierter Meister* und bestinformierter Vertrauter der letzten Jahre in seiner Gedenkrede eine auffallend ausführliche Passage all den Geheimhaltungen, Verschwiegenheiten und Diskretionen in Goethes Leben und Werk gewidmet.

"Aus jener Liebe zum Geheimnis", folgerte Müller plausibel, *"entsprang nicht minder seine vorherrschende Neigung zum Rätselhaften, die nicht selten den Genuß seiner schriftstellerischen Leistungen erschwert. / Diese Neigung bildete sich in ihm zur überlegten Maxime aus; ich hörte ihn oft behaupten: ein Kunstwerk, besonders ein Gedicht, das nichts zu erraten übrig ließe, sei kein wahres, vollwürdiges; seine höchste Bestimmung bleibe immer, zum Nachdenken aufzuregen, und nur dadurch könne es dem Beschauer oder Leser recht lieb werden, wenn es ihn zwinge, nach eigener Sinnesweise es sich auszulegen und gleichsam ergänzend nachzuschaffen".*

Mit dieser kühnen Maxime dürfte Goethe bereits den Weg zu jener *"rezeptionsgeschichtlichen These von der Entfaltung des Sinnpotentials"* gewiesen und eröffnet haben, die der Frankfurter Anglist Eckhard Lobsien runde anderthalb Jahrhunderte später für literarische Texte generell entwickelte:

"Was der Text ist, wird erst im Laufe seiner Rezeptionsgeschichte sichtbar [...], alles in allem gewinnt er so etwas wie eine Identität erst im Durchgang durch die Folge seiner Auslegungen".

Dieser Lobsien von 1978 wiederholte demnach schon unverfälscht späten Goethe.

13.

Solcher Exkurs in Goethes Konzept seiner Kryptogramme zumal in *"Faust II"* und der dortigen *Klassischen Walpurgisnacht* war unerläßlich, meine sehr verehrten Damen und Herren, um die vorausgegangenen Lesarten und Entschlüsselungen von Reihern, Pygmäen, Generalissimus und Kranichen noch im Nachhinein als ausdrückliche Befolgung von Wünschen oder Geboten ihres Autors zu legitimieren.

Erst mit dieser Rückversicherung wage ich nunmehr abschließend die Folgerung, Goethe habe uns mit diesen Intarsia seiner *Klassischen Walpurgis-*

nacht darüber informieren wollen, daß Schiller ermordet wurde. Ein ganzes Jahrhundert also vor Mathilde Ludendorff und Konsorten tat er das zu einem Zeitpunkt, als niemand auf diesem Planeten auch nur annähernd einen solchen Verdacht zu äußern wagte. Vielleicht ebendeshalb blieb er als tollkühner Eisbrecher einerseits bei so behutsam metaphorischer Einkleidung und Verfremdung.

Andererseits kann auch in diesem scheinbaren Märchen von Zwergen und Stelzvögeln nicht übersehen oder verkannt werden, daß Goethe mit seinen *Kranichen des Ibykus* hier ein unbarmherziges Strafgericht praktizierte und überdies allen Poëtenmördern, Kunstschändern und Kulturvandalen *"ewige Feindschaft"*, also über dieses Werk und die Lebenszeit seines Autors weit hinaus eine Urfehde ansagte, die ja, recht betrachtet, seither nicht eben befriedet werden konnte, sondern sich zu jenem *Dritten Weltkriege* mit seinen barbarischen Verwüstungen und Zerstörungen ausgewachsen hat, in deren Trümmern wir Kinder der Marktwirtschaft uns samt und sonders fassungslos wiederfinden.

Seinen *Kranichen des Ibykus* jedoch gab Goethe, nachdem er sie *"Ewige Feindschaft dieser Brut!"* hat schwören lassen, die szenische Anweisung: *"Zerstreuen sich krächzend in den Lüften"* (nach Vers 7675). Was dieses Krächzen bedeutet, enthüllt er erst im *Fünften Akt*, als Faust im mitternächtlichen Palaste schließlich der leibhaftigen *Sorge* begegnet:

"Ein Vogel krächzt; was krächzt er? Mißgeschick" (Vers 11415).

Wem krächzt er Mißgeschick, hätte er weiterfragen und so beantworten können: allen Geistesmördern, immer und ewig.

14.

Damit, meine sehr verehrten Damen und Herren oder liebwerte Dioskurenfreunde, bin ich auf all den scheinbaren Umwegen längst zu unserem Ausgangspunkte zurückgekehrt, den ich freilich in Wahrheit nie verlassen hatte: zum Dioskurentum jener beiden Denkmalsgestalten draußen auf dem Vorplatze dieses Theaters. Dessen Bühne ist nun also auch in der heutigen Matinee wieder den *Kranichen des Íbykos* bei ihrer Überführung schnöder Poëtenmörder dienlich gewesen.

Zugleich mag deutlich geworden sein, was die vorchristlichen Chinesen schon in grauer Vorzeit diesen mystisch mythischen Kranichen angesehen oder angedichtet haben: daß sie Symbole für Freundschaft und Liebe, für Beständigkeit und Treue seien. Vermutlich hat Goethe auch das gewußt, als er sie zu Richtern und Rächern an Schillers Tod erkor. Schon in seinem Epos vom *"Reineke Fuchs"* hatte der 43jährige dem dortigen Kranich den vorgefundenen Namen *Lütke* belassen, dessen Klang ja an seinen eigenen zumindest assonant zu erinnern vermag. Vollends als Rächer seines Dioskuren mag er sich dann selbst als ein solches Symbol unverbrüchlicher Freundesliebe und zeitloser Zusammengehörigkeit empfunden und dargestellt haben.

In jeder andern Trauerfeier, wie sie von ihm erwartet worden war, hätte er den Mord noch verheimlichen, also Lügen zulassen und selbst auch lügen müssen. Hier in der *Klassischen Walpurgisnacht* und einzig so hatte er über den argen Tod seines Dioskuren Schiller endlich die Wahrheit singen können. Ein schöneres, besseres Requiëm läßt sich kaum denken.

Schiller selbst hatte sich schon vierzigjährig mit seiner *"Nänie"*, die den Tod auch alles Schönen willig hinzunehmen empfiehlt, für eine so bekennende Elegie bedankt:

"Auch ein Klaglied zu sein im Mund der Geliebten, ist herrlich,
*   Denn das Gemeine geht klanglos zum Orkus hinab."*

Hiermit mag er das wohlverdiente Schicksal ungeliebt liebloser, niedriger Gütgen- und Krämerseelen bezeichnet haben.

Bettina Brentano jedoch gibt uns in der schillernden Gestalt von *"Goethes Briefwechsel mit einem Kinde"* die abschließend passende Zusammenfassung dessen, was wir Ihnen, meine Damen und Herren, heute darzulegen versuchten, wenn sie dort ihrem Goethe mitteilt:

"Ich gedenke hier Deiner und Schiller's; die Welt sieht Euch an wie zwei Brüder auf einem Thron"

und wisse dabei gar nicht,

"daß sie durch den einen vom andern berührt"

werde. Aber:

" 'Man berührt nichts umsonst', sagtest Du, 'diese langjährige Verbindung, dieser ernste tiefe Verkehr, der ist ein Teil meiner selbst geworden' ".

Genau ebendas aber empfinden mein Bruder und ich als reales Dioskurentum auch noch in unserer Single- und Neuzeit.

Meinem eigenen Zwillingsbruder Giovanni ist ja kürzlich in Asien das Himmelsgeschenk einer vergleichbar rätselhaften Begegnung zuteil geworden; er hat Ihnen selbst darüber berichtet. Nachzutragen bleibt mir da erstens, daß Schiller, der 1800 den chinesischen Roman *"Haoh Kiöh Tschuen"* oder *"Eisherz und Edeljaspis"* für deutsche Leser zu bearbeiten begann, noch im Februar 1805 auf dem Krankenbett bei utopischen Reiseplänen nach Cuxhaven, wo er endlich einmal das Meer zu sehen hoffte, den skeptischen jungen Voß beschwichtigte: *"Ich glaube, noch nach China zu kommen ... Die Gewißheit, es nicht zu können, würde mich unglücklich machen"*.

Aber nachzutragen bleibt zweitens gleichfalls, daß auch Giovannis exotischer Dioskur, der da rund um die Brunnen siamesischer Regenwälder und an den Gestaden der Andamanensee die Poësie einer außergewöhnlichen Freundschaft, Liebe und Güte nicht eigens aufschrieb, sondern orphisch lebte, von unsichtbar winzigen Dämonen und neidischen Habebalds wahrhaft thessalisch verhext und dann ebenso grundlos wie bestialisch ermordet wurde.

Dieser illiterate Orpheus nicht aus Samos, sondern aus Sahmnohng, einem unauffindbar kleinen Grenzdorfe zwischen Laos und Thailand, hieß tatsächlich eben wie jener mythische Kastor *der Helle, der Leuchtende,* in seiner eigenen Sprache Sawaang (สว่าง) und verfügte, *nomen est omen,* über all die *clairvoyance* eines sensitiv Erleuchteten.

Auch über die bewegende Unschuld eines Reihers am Friedensweiher.

Seine Erdrosselung an eben solchen Augusttagen, an denen Schiller seine Kranich-Ballade notierte, blieb lange so unaufgeklärt wie zunächst auch die Morde an Íbykos und Schiller, an Lumumba, Olof Palme, Martin Luther King und mancher anderen Lichtgestalt.

Doch zur Sühnung auch dieses Frevels mögen die Kraniche nun mit den Offenbarungen, Anklagen und Kriegserklärungen der heutigen Matinee in Schillers Theater einen ersten Beitrag geleistet haben!

Ich danke Ihnen allen auch hierfür.

Das Publikum applaudiert.

Insert: Der vollständige Wortlaut dieser beiden Ansprachen kann mit adressiertem und frankiertem Umschlag beim Sender angefordert werden.

Gruß aus Gumpoldskirchen

Chat im Internet: www.speakerscornerTV.de/blaugold-dioskuren

Autor: "BERTA VON BRUNECK"
antwortet   Herrn Prof. Dr. Abraham Blaugold:

Ich glaube nicht, Herr Professor Blaugold, was Sie in Ihrem wundervollen Vortrag behauptet haben: daß Goethe mit dem mörderischen *Generalissimus* in *"Faust II"* ausgerechnet seinen Freund, den Herzog Carl August, meinte. Der war zwar General, aber keineswegs Generalissimus. Nicht einmal Feldmarschall.

Da meine Mutter aus dem romantischen Gumpoldskirchen stammt, wo auch ich ungetrübt meine Kindheit und so manchen herrlichen Urlaub verbringen durfte, sehe ich mich zu folgendem Hinweis in der Lage:

In Wien war damals vierzig Jahre lang die zurecht so beliebte Maria Theresia unsere Kaiserin. Ihr Ehemann und formeller Mitregent aller österreichischen Erblande war Franz I., seit 1745 titulär auch *Deutscher Kaiser*. Als erster europäischer Landesfürst wurde er Freimaurer, später *Großmeister* der Wiener Loge *"Zu den drei Kanonen"* und als solcher bei der Ausbreitung dieses Ordens tatkräftig behilflich.

Ebendieser Kaiser nun war nicht nur Reichsgeneralfeldmarschall, sondern trug ausdrücklich auch den Titel *Generalissimus*.

Er starb zehn Tage vor Goethes 16. Geburtstage, dürfte ihm daher noch als Vorlage gedient haben und den Zusammenhang seines Schiller- und Massenmordes mit der Freimaurerei bestätigen.

Fürstlicher Falke

Chat im Internet: www.speakerscornerTV.de/blaugold-dioskuren

Autor: "LADY MILFORD"
antwortet   allen Mitchattern:

Zu Professor Blaugolds Hinweisen auf Reiherbeize und Reihermord in
"Faust II" finde ich in den Materialiën zu meiner Dissertation die folgende
Lesart:

Der Aristokratensport der Reiherbeize wurde, wie auch zutreffend darge-
stellt, Jahrhunderte lang in vielen Ländern ausschließlich mit Hilfe eines
abgerichteten Falken veranstaltet.

Daher ist es im Zusammenhang mit der möglichen Ermordung des "Reihers" Schiller vielleicht ganz aufschlußreich, daß sein Herzog, Carl August
von Sachsen-Weimar, seit 1782 Mitglied im Innern Orden der *Strikten Ob-*
servanz, dieser sonderlich konservativen und militärisch oriëntierten Temp-
lerloge, das Ordenspseudonym *Falcone albo*, genauer: *Eques a Falcone Al-*
bo annahm. Das bedeutet *Ritter vom Weißen Falken* oder kurz *Weißer Fal-*
ke.

Damit ließe sich Blaugolds verführerische These zusätzlich unterstützen,
daß dieser Herzog der Falke war, der den Mord an den Reihern zu verant-
worten hatte.

Hierzu ist vielleicht noch interessant, daß schon der 25jährige Carl August
dieses Falken-Pseudonym von einem Verdienstorden ableitete, den sein herzoglicher Vater 1732 gestiftet hatte. Als er ihn selbst noch 1815 als Großherzog erneuerte, spottete Ludwig von Knebel, Schillers Ehe-Rivale, in seinen Briefen an Schillers Witwe, daß solch ein *"neuer Falkenorden die*
Gemüter etwas in Bewegung setzt. Etwas muß sie ja doch beschäftigen. Die
Raubvögel deuten übrigens immer auf Unruhe" (13. Februar 1816), und in
Weimar sei man somit *"recht glückselig, da freut sich einer an des andern*
Falkenorden" (7. Juni 1816).

Denselben Orden verliehen dann Carl August noch 1826 dem Bürgermeister
Schwabe eben für seine Bergung von Schillers vermeintlichen Gebeinen
und sein großherzoglicher Urenkel Wilhelm Ernst gar 1914 dem Anatomen
Prof. Dr. August von Froriep für dessen Verdienste just um die Bergung von
Schillers zweitem vermeintlichen Skelett.

Diese Auszeichnung hieß in all den Fällen *Ritter- oder Komturkreuz des
Großherzoglichen Ordens der Wachsamkeit oder vom Weißen Falken.*

Man beachte die Zusammenstellung der Wörter *Falke* und *Wachsamkeit*
und ihre deutlich wahrgenommene Aktualität im Falle von Schillers vermeintlichen Überresten!

Goethe wußte das natürlich alles, als er den Reihermord seiner *Klassischen
Walpurgisnacht* verrätselte und beschrieb.

Braunschweiger Bräu

Chat im Internet: www.speakerscornerTV.de/blaugold-dioskuren

Autor: "KRIEGSRAT VON QUESTENBERG"
antwortet "BERTA VON BRUNECK":

Also, verehrteste "BARONIN VON BRUNECK", küß die Hand: der große
Kaiser im schönen Wien dürfte da als Massenmörder der Reiherbeize im
kleinen Weimar doch wohl kaum in Frage kommen – Generalissimus hin
oder her.

Aber der Weimarer Herzog Carl August, ja? Der war doch der Sohn der berühmten Anna Amalia, einer geborenen Prinzessin von Braunschweig-Wol-
fenbüttel. Dadurch war er ein Enkel von Karl I., der 45 Jahre lang *Regierender Herzog von Braunschweig-Lüneburg* war.

So, und dieser Herzog Karl I. also war mit einer Schwester Friedrichs des
Großen verheiratet. Friedrich der Große seinerseits aber hatte eine Prinzessin von Braunschweig ehelichen müssen. Dadurch also war er mit dem Hause Braunschweig sogar doppelt verwandt und insofern ein ebenso zwiefa-

cher Großonkel des Weimarer Herzogs Carl August. Außerdem war er ja auch noch einer der ersten prominenten Freimaurer auf deutschem Boden.

So, aber Carl Augusts Großvater, dieser Karl I. von Braunschweig, hatte einen jüngeren Bruder, der *Herzog Ferdinand von Braunschweig-Lüneburg-Wolfenbüttel* hieß. Der hatte in führenden militärischen Positionen 25 Jahre lang seinem Schwager, eben dem preußischen Könige Friedrich dem Grossen, bei jedem Schlesischen oder Siebenjährigen Kriege gedient, galt als der eigentliche Sieger in den Schlachten von Prag und Minden und insofern auch gleich als einer der größten Feldherren seiner Zeit.

Der aber zog sich nach einer Verstimmung über seinen berühmten königlichen Schwager eben 45jährig auf sein Schloß Vechelde im Braunschweigischen zurück und widmete sich dort die restlichen 25 Jahre seines Lebens ausschließlich der Freimaurerei, der er schon mit zwanzig Jahren beigetreten war.

Dieser Herzog Ferdinand nun also war es, der in der zweiten Häfte des 18. Jahrhunderts eben Braunschweig zur Hochburg der deutschen Logentätigkeit machte. *"In keinem damaligen deutschen Staat"*, schreibt auch noch Roman Dziergwa in seiner Publikation über *"Lessing und die Freimaurerei"* von 1992, *"spielte die Freimaurerei eine solche schwerwiegende Rolle wie in Braunschweig"*.

Herzog Ferdinand selbst war Mitglied zuerst der Berliner Loge *"Aux trois globes"*, dann der französischen Loge *"Saint-Charles de l'indissoluble fraternité"*, also einer unauflöslichen Brüderlichkeit in Braunschweig, später auch jener *Strikten Observanz* und schließlich gar noch der *Illuminaten*, denen er in Braunschweig ihr eigentliches "Propagandazentrum" etablierte.

Dieser Ferdinand nun also trug den Titel

eines *Königlich-Preußischen Generalfeldmarschalls*

sowie eines *Großmeisters der Freimaurerei im Herzogtum Braunschweig,*

eines *Großmeisters* oder *Magnus Superior Ordinis per Germaniam Inferiorem* auch *der Schottischen Logen,*

schließlich gar *General-Großmeisters der Vereinigten Logen*

und *Generalobermeisters im System der Asiatischen Brüder;*

als *Eques a victoria* (Ritter vom Siege) und *Amicus et protector* (Freund und Beschützer) war er Mitglied der *Strikten Observanz*.

Herder verspottete ihn als den *"Hohepriester des Nichts"*.

In allen diesen Funktionen war er ein oft besuchter und einflußreicher Berater auch seines eng vertrauten Großneffen Carl August von Sachsen-Weimar.

Leicht möglich also, daß der wohlinformierte Goethe aus all diesen hochtrabenden Titeln in seinem *"Faust II"* schließlich jenen *Generalissimus* der Schillerbeize zusammenbraute und ebendiesen Ferdinand als den eigentlichen Urheber des Reihermordes zum Muster nahm: war der doch nachweislich in Braunschweig und Wolfenbüttel auch maßgeblich und energisch zumindest an der dortigen Unterdrückung und Knebelung seines Logenbruders Gotthold Ephraim Lessing beteiligt, der diesem Obergeneral seinen *"Ernst und Falk"*, jene unorthodoxen *"Gespräche für Freymäurer"*, gewidmet hatte und dessen plötzlicher Tod, schon kurz nach deren Erscheinen, bis heute ähnlich ungeklärt geblieben ist wie das Sterben Schillers.

"Die Ärzte", so der leibliche Bruder Karl Gotthelf Lessing, *"konnten den Grund seiner Krankheit nicht erraten"*: eine andere Reiherbeize?

Heermeister Hund

Chat im Internet: www.speakerscornerTV.de/blaugold-dioskuren

Autor: "HERZOG ALBA"
antwortet "BERTA VON BRUNECK":

Liebe Frau "VON BRUNECK"! Leider vermag ich Ihnen nicht zu glauben, daß Goethes Generalissimus und Schillers Mörder in der Wiener Hofburg zu finden sind.

Ich glaube aber auch nicht, was Abraham Blaugold von diesem sonderlichen Hamburger Schulreformator Louvier übernimmt: daß der Generalissimus der *Klassischen Walpurgisnacht* im ganzen Werke einzig jenes eine Mal und nur in Erscheinung tritt, um den Mord an den Reihern anzuordnen.

Nein, schon im Ersten Akt von *"Faust II"* taucht nämlich in der *Kaiserpfalz* ein *Heermeister* auf.

Ein Heermeister? Was ist ein Heermeister? Keine Ahnung.

Lexika: erwähnen sowas gar nicht. Etymologische Wörterbücher: auch nicht. *"Lexikon untergegangener Wörter"*: dito. *"Faust"*-Kommentare: schweigen.

Nur das Wörterbuch der Gebrüder Grimm wußte noch 1877, daß der *Heermeister* ein *"oberster über das heer, oberbefehlshaber"* sei, und *Google* kartet elektronisch nach, daß *Heermeister* einfach die spätzeitliche Übersetzung jenes oströmisch-byzantinischen *magister militum* sein könnte, den es nach Kaiser Constantin I. da die ganze Spätantike hindurch als den *Befehlshaber eines beweglichen Feldheerverbandes*, manchmal gar als den König eines möglichst barbarischen Germanen- oder eben Gütgenvolkes gegeben habe.

Aha.

Nach alledem könnte *Heermeister* also just genau dasselbe sein wie ein *Generalissimus*.

Demnach kann der Generalissimus der virtuëllen *Klassischen Walpurgisnacht* sehr wohl auch in der politischen Realität einer Kaiserpfalz als Heermeister in Erscheinung treten. Der Wortlaut seines dortigen Textes bestätigt das.

Wenn aber der *Generalissimus einer Phantasmagorie* mit dem *Heermeister einer politischen Realität* identisch ist, müßte diesem nach Adam Riese der Mord an virtuëllen Reihern ebenso schuldhaft angelastet werden können wie auch der am realen Schiller. Oder?

Tatsächlich handelt schon der zweite Satz dieses Heermeisters in der Kaiserpfalz vom entfesselten Mord und Totschlag unter seinem Kommando.

"Ein jeder schlägt und wird erschlagen" (Vers 4813).

Warum nur aber nennt Goethe diesen obersten Befehlshaber realer militärischer Mordkommandos ausgerechnet einen Heermeister? Auch zu seiner

Zeit hätte jeder Generalstitel näher gelegen als jene byzantinische Bezeichnung, die schon im 7. Jahrhundert allenthalben aufgegeben wurde und verloren ging. Was also soll da ein *Heermeister* noch um 1830?

Seit diesem unserm *chatting* hier über Freimaurer weiß ich nun auch das. Deren sogenannte *Strikte Obervanz* nämlich, also ihr mittelalterlich verschrobenster, exklusiv christlicher und anti-ökumenisch intoleranter, auch mystisch okkultistischer, reaktionärster und streng hierarchisch strukturierter Flügel sozusagen ganz rechts außen, war runde drei Jahrzehnte lang untrennbar, gleichbleibend und unverwechselbar mit der Person ihres permanenten Oberhauptes verbunden.

Dieser Karl Gotthelf Reichsfreiherr von Hund und Altengrotkau auf Manoa, Lieske, Merzdorf, Beerwalde und Lipse brachte es im Laufe seines Lebens zum Königlich-Sächsischen Wirklichen Geheimrat, k. u. k. Wirklichen und Geheimen Staatsrat und Ritter des Kaiserlich Russischen Sankt-Annen-Ordens.

Hinter diesen schaumigen Titeln verbarg sich ein ehrgeiziger Schwarmgeist, der in Paris *"aus französischen Nebelkreisen"* (*"Handbuch der Freimaurerei"*), angeblich gar vom männerliebenden schottischen Thronprätendenten Charles Edward Prince Stuart (oder *"Bonnie Prince Charles"*) persönlich in einen mysteriösen Orden aufgenommen und mit dessen Ausbreitung in deutschen Landen beauftragt worden zu sein behauptete.

Auf vielen Reisen, aber vornehmlich von seinen Gütern Kittlitz und Unwürde in der Oberlausitz aus etablierte dieser Krösus nun mit eigenen Mitteln einen obskuren Männerbund und bezeichnete ihn tollkühn als legitimen und geistesverwandten Nachfahren jenes Templerordens, dessen ledige, aber streitbar missionierende Jerusalem-Pilger namens *"arme Brüder des Tempels von Jerusalem"* oder *Tempelherren* oder aber *Ordensritter* wegen allzu mystischer, freilich auch allzu homosexuëller Praktiken verfolgt und vielfach so grausam hingerichtet wurden wie 1314 auch noch Jacques de Molay, ihr letzter Großmeister.

Auch Hund nun begann sein sektiererisches Treiben mit jenem legendären Fähnlein von nur sieben Verschworenen, wie das in vergleichbaren deutschen Schwärmerkreisen rechts außen Tradition oder Prämisse zu sein scheint. Er nannte sie nicht eben *Parteigenossen,* aber *Ritter* und sich selbst gleich säbelrasselnd den *Eques ab ense: Ritter vom Schwerte.*

Ähnlich militant waren Organisation und Ziele dieser männerbündischen Loge, die anfangs noch, unterschwellig obszön, *"Zu den drei Säulen"* hieß, sich als Kommandantur kreuzzüglerisch kriegerischer Mönche gerierte und ihren missionarischen Imperialismus gegen alle Übel dieser Welt durch die Fusion mit der artverwandten Naumburger Loge *"Zu den drei Hammern"* unter der Ägide jenes ominösen Christian Adam Freiherrn Marschall von Bieberstein auf Herrengosserstadt in die Wege leitete. Dieser aber bediente sich von sonstwoher des Titels eines *Heermeisters.*

Spätestens nach Biebersteins baldigem Tode nannte Hund ebendiesen Heermeister seinen *"Herrn Antecessor"* und sich selbst als dessen Nachfolger also und im Auftrage *"Unbekannter Oberer"* gleichfalls nur noch *Heermeister.*

Er belegte diesen Titel mit einem vermutlich erst nachträglich besorgten Heermeisterpatent, das in unleserlichen Chiffren geschrieben war, schottischer Herkunft sein sollte und schon damals vielfach für eine Fälschung gehalten wurde. Wiederholt zur Rede gestellt und um Auskünfte über die Herkunft dieses obskuren Dokumentes gebeten, weigerte Hund sich beharrlich, Namen zu nennen, berief sich dabei auf Gelöbnispflichten, auf Eide oder sein Gewissen und brach in Tränen aus. Wir alle kennen solche Taktik noch aus Krisen unserer aktuëllen Parteiënfinanzierung.

Nachdem es diesem eitlen und prunksüchtigen Heermeister erstaunlich schnell gelungen war, die meisten deutschen Freimaurerlogen seinem Templerorden einzuverleiben und sie alle so zu dominieren, daß tatsächlich 26 deutsche Fürsten ihm und seinen *"Unbekannten Oberen"* Gehorsam schworen und 1775 in Braunschweig einem Konvente beiwohnten, den Hund an der Spitze einer imposanten Prozession eröffnete, nannte er sich hinfort offiziëll

Karl, Ritter vom Schwerte, Ritter des großen Professes, Heermeister der V. und VII., Gubernator der II. und III. und Administrator der VIII. Provinz, Groß-Schatzmeister und Visitor Generalis des ganzen Ordens der Ritter des Heiligen Tempels zu Jerusalem.

Er schmückte sich persönlich mit dem selbstentworfenen Heermeisterkreuz,

gab seinen Lehrlingen im *Ersten Grade* das Symbol einer zwar abgebroche-
nen, gleichwohl phallischen Säule mit der Inschrift *"ad huc stat"* (= *noch
immer aufrecht*) und verordnete all seinen ritterlichen Brüdern (oder Vasal-
len oder Knechten) eine Uniform aus purpurrotem Waffenrock, hellblauer
Weste, neun kleinen goldbestickten Schleifen, Degen, Federhut und einem
Fingerring mit der inneren Gravur *L. V. C.*: *Labor Viris Convenit* oder
Männliche Bemühung verbindet (oder *gefällt?*).

Diese *gemeinsame Bemühung* strebte unverkennbar eine Beeinflussung oder
Beherrschung aller europäischen Fürstenhäuser und insofern als Fernziel eine Art Weltherrschaft seines Ordens an.

Aber da hieß dieser Orden schon allenthalben nur noch die *Strikte Observanz*. Diese Bezeichnung leitete sich aus jenem unbedingten und blinden
Gehorsam ab, wie er zu den unabdingbaren Ordensregeln dieser formali-
stisch aufgeblähten Organisation gehörte und in der *"Obödienzakte"* von allen Mitgliedern *"rituali strictæ observantiæ"* unverbrüchlich gelobt und unterschrieben wurde.

Heermeister Hund persönlich verstand es, solchen gnadenlos geforderten
Untertanengeist mit jenen *"stillen heermeisterlichen Genüssen"* zu verbinden, die das *"Handbuch der Freimaurerei"* ihm in *"passenden Kreisen"* at-
testiert und die er mit seinen abwegig ritualisierten Ritterspielen zu verschmelzen wußte.

So wurde auch jeder Aufzunehmende als zu *"Rectifizierender"* bezeichnet
und mußte sich Einweihungszeremoniën unterziehen, die denen jener pädo-
philen Tempelherren nachempfunden waren und schon damals im 12. und
13. Jahrhundert so anale und anderweitig homosexuëlle Praktiken einbezogen hatten.

Der Hamburger Historiker Prof. Dr. Bernd-Ulrich Hergemöller nun integrierte denn 1998 auch diesen teutsch und tuntig verquasten, rechtschaffen
hochstaplerischen, sicher auch leicht sadistischen ehelosen Männerfreund
und exaltiert pompösen Heer- oder Zuchtmeister in sein höchst verdienst-
volles *"Mann für Mann"*, jenes ungemein spürsichere *"Lexikon zur Geschichte von Freundesliebe und mannmännlicher Sexualität im deutschen
Sprachraum"*, und resümierte da:

*"Hunds wahres Talent bestand in der energischen Neuorganisation einfluß-
reicher Männerbünde und in der phantasievollen Ausgestaltung magisch-
mystischer Geheimrituale".*

Auf diese Weise mag sich seine Loge auch als sonderlich magnetisch für jenen Typus von Scharlatanen, "Magiërn", Hochstaplern und Betrügern erwiesen haben, wie Goethe ihn im *"Groß-Kophta"*, Schiller im *"Geisterseher"* brandmarkte: jene Cagliostro, Johnson-Fünen, Schrepfer, Gassner, Ta-
xil, Freiherr von Gugomos, Konsistorialrat Rosa und andere mehr.

Mancher von denen war Nachfahre, Epigone oder direkter Schüler jenes obskuren Grafen von Saint-Germain, eines Abenteurers und Zauberers an diversen Fürstenhöfen Europas, der sich auch den Marquis von Aynar, von
Betmar, von Belmar oder Bellamare nannte und sein Alter mit 350 bis 2000
Jahren anzugeben pflegte. Ebenso undeutlich starb er irgendwann zwischen
1780 und 1795 auf dem schleswig-holsteinischen Landgut des Landgrafen
Karl von Hessen-Kassel, eines engagierten Logenbruders. Saint-Germain
selbst behauptete, die tiefsten Weihen eines hochgradigen Maurers zu besitzen und etliche Logen mit *"roter Liste"* und eigenem Femegericht gegründet
zu haben: eine erste in Ermenonville bei Paris speziëll für Nudisten, andere
auch für Frauen, für Alchimisten, für Atheïsten. Sie sollen vor autonomer
Lynchjustiz nicht zurückgeschreckt sein, wie ein vergifteter Ritter Lescure
auf seinem letzten Atem noch bekundet haben soll.

Dies alles für "MEISTER STEINMETZ", "LUISE MILLERIN" und andere!

In so diffusem Umfelde übrigens macht Hergemöller auch auf den Königlich-Preußischen Kriegsrat Karl Friedrich Köppen aufmerksam, der schon
mit fünfzehn Jahren Freimaurer wurde, *"nahezu sein ganzes Leben im Kreise geheimer Männerorden"* verbrachte und aus Protest gegen die *"Strikte
Observanz"* des Heermeisters Hund um 1765 sein eigenes *"System der Afrikanischen Bauherren"* begründete:

im Gefolge von Alchemisten und Rosenkreuzern berief es sich auf eine legendäre Bauherrenloge, die vermeintlich bereits jener mythische Ham ins
Leben rief, der Noahs zweiter Sohn und jüdischer Stammvater aller Ägypter
und Äthiopier, Libyer und Kanaaniter, aber islamischer Stammvater sämtlicher schwarzen Völker war, mit deren Hautfarbe er für seine sexuëlle Aktivität in der asketisch konzipierten Arche seines Vaters bestraft wurde; später

war dann ausgerechnet er es, der sich über *"die Blöße"* seines schlafenden Vaters Noah lustig machte und hierfür verflucht und geknechtet wurde;

aber die männerbündische Bauherrenloge dieses straffällig triebhaften Ham, dessen hebräischer Name immerhin *"der Heiße"* bedeutet, hatte für ihren preußischen Reanimator Köppen im Verlaufe ihrer Jahrtausende alten Traditionen Rituale entwickelt, denen der kundige Hergemöller einen *"magisch-mystischen, sado-masochistischen oder konkret sexuellen Charakter"* ansieht:

denn für jeden Intitianten dieses *"Afrikanischen Bauherrensystems"*, dem angeblich auch die florentinischen Renaissance-Philosophen Ficino und Pico della Mirandola, zeitgenössisch auch der Königs- und Fleischesbruder Prinz Heinrich von Preußen und manche andere Prominenz angehörten, standen nach anfänglicher Beschneidung zunehmend *"Todes- und Blutrituale im Vordergrund"*: er wurde *"simulierten Hinrichtungen unterworfen, mit Blut übergossen, gefesselt, ins Wasser getaucht sowie vollständig entkleidet"* und gezwungen, *"einer weiblichen Puppe namens 'Gorgo' das Haupt abzuschlagen"*.

Mit so dubiosen Elementen im Gefolge und einem deutlichen eigenen Faible für spiritistische Experimente trug jener Heermeister Hund allzubald selbst zu einer Abspaltung seiner *Strikten Observanz* von den genuïn aufklärerischen, politischen und humanistischen Strömungen der Freimaurer bei und provozierte schließlich mit so ungutem Schisma bei gleichzeitiger Inhaltslosigkeit die Gründung des klar gesellschaftsverändernd konzipierten Illuminatenordens, dann aber bald auch schon das eigene Ende, ohne auch nur den Ansatz einer Botschaft oder historischen Leistung zu hinterlassen.

Pointe des Lebens: kaum hatte sich diese zwielichtig sadomasochistische *Strikte Observanz* überlebt, wurde schon 1785 ebenjenen politisch anspruchsvoller antretenden Illuminaten-Brüdern in einer anonym publizierten Schmähschrift unter dem Titel *"Auch eine Beylage zur ersten Warnung über Freymaurer"* vorgeworfen, es solle da

"z. B. Sodomie, denn Knabenliebe wäre ein zu feiner griechischer Ausdruck, nichts Seltenes unter ihnen sein".

Nachfolger des schwulen Hund war als Großmeister der *Strikten Observanz* übrigens – hallo, "QUESTENBERG"! – eben Dein Herzog Ferdinand von

Braunschweig: allerdings ohne den Titel eines Heermeisters. Aber den benötigte der auch gar nicht, war er doch ohnehin von Friedrichs des Großen Gnaden ein echter Generalissimus (oder eben Heermeister).

Goethe also, der ja selbst durchaus auch Mitglied jener *Strikten Observanz* gewesen war und sie später als *"weiß-rote Maskerade"* glossierte, setzte demnach in *"Faust II"* seinen Generalissimus des Schiller- oder Reihermordes unverkennbar mit jenem legendären Heermeister gleich.

Damit mag er die Richtung gewiesen haben, aus der er Schillers Ermordung befohlen glaubte.

Bajuwarische Befehle

Chat im Internet: www.speakerscornerTV.de/blaugold-dioskuren

Autor: "JULIA IMPERIALI"
antwortet   "BERTA VON BRUNECK","QUESTENBERG" und dem "HERZOG VON ALBA":

Was soll das alles? Ich meine: wo läuft es hin?

Schiller starb 1805.

Da war dieser Herzog von Braunschweig († 1792) schon runde vierzehn Jahre, Heermeister von Hund († 1776) bereits 29 Jahre und Kaiser Franz I. († 1765) schon ganze vierzig Jahre tot.

Als Modelle für den mörderischen Generalissimus, der sonstwann konzipiert, aber erst 1829 oder 1830 notiert wurde, solltet Ihr die also alle schleunigst vergessen.

Zumal es da einen Zeitgenossen gab, dessen Mordbefehl rechtzeitig eingetroffen wäre. Ich spreche von Adam Weishaupt, dem Erfinder oder Begründer und despotischen Oberhaupt des Illuminaten-Ordens.

Dieser ehemalige Jesuït lebte auf Kriegsfuß mit dem katholischen Orden seiner Jugend, aber auch in offenbar unauflöslicher Fixierung auf ebendenselben. Denn er übernahm für seine illuminate Neugründung nicht nur die streng hierarchisch gegliederte Struktur der *societas Jesu,* nicht nur deren Prinzip des absoluten Gehorsams und einer Geheimhaltung mit totaler wechselseitiger Bespitzelung aller Mitglieder, sondern auch den eigenen Titel.

Als oberster Machthaber und uneingeschränkt Befehlsgewaltiger ließ er sich nach jesuïtischem Vorbilde und mit lebenslänglicher Amtszeit *"Ordens-General"* oder auch strikt *"General"* nennen.

Überdies bezogen sich von seinen diversen Ordens-Pseudonymen der *"Scipio Aemilianus"* auf jenen römischen Feldherrn, der Carthago zerstörte, und der gebräuchlichere *"Spartacus"* auf jenen legendären thrakischen Kriegsgefangenen, der zum Sklavenaufstand aufrief und so die Armee der Weltmacht Rom ganze fünfmal besiegte.

Ein so überragend dominanter General, eigentlich Generalissimus also mochte auch Weishaupt sein wollen.

Aber dieser Stratege und Rebell, der er ja durchaus war, empfand sich überdies auch als militanten Ketzer oder Renegaten seines ursprünglichen Ordens und kleidete sich daher gern in jenes Sanbenito-Hemd, das mit roten Andreas- oder Märtyrerkreuzen, mit Flammen und Teufeln bemalt war und das die Spanische Inquisition ihren Todesopfern überzuziehen pflegte: eine Kampfansage also, eine Kriegserklärung, eine Provokation, ein Martyriumsbedürfnis.

Diesem herrschsüchtigen und bajuwarisch aggressiven Intellektuëllen derzeit schon im Asyl des benachbarten Gotha also ist es nun durchaus zuzutrauen, daß er auch Schillers bewußte oder unbewußte Verstöße gegen den Illuminatismus wahrnahm, registrierte, begriff und gnadenlos ahnden zu müssen glaubte.

Ich bin ganz sicher, daß Goethe mit dem Generalissimus seiner *Klassischen Walpurgisnacht* ebendiesen pensionierten, gleichwohl despotischen und abscheulichen Ordens-General als Schiller-Mörder *outen* wollte.

Schwipp-Schlüssel

Chat im Internet: www.speakerscornerTV.de/blaugold-dioskuren

Autor: "AMALIA VON EDELREICH"
antwortet   ??? :

Professor Blaugold hat in seiner Weimarer Dioskurenrede auch den eigenwilligen *"Faust"*-Interpreten Ferdinand Louvier erwähnt. Also, mit dem bin ich weitläufig irgendwie verwandt, um zahlreiche angeheiratete Ecken herum, also sozusagen schwipp.

Aber deshalb stehen bei mir auch einige seiner Bücher herum: auch sein *"Faust"*-Kommentar mit all diesen ausgefallenen Theoriën, die zwar unbewiesen sein mögen, aber wohl auch nie richtig widerlegt worden sind. Vielleicht stimmen sie ja zum Teil doch auch irgendwie.

Also, da habe ich nun gelesen, daß Goethe im *"Faust"* auch häufig die Freimaurerloge erwähnt: aber nie direkt, versteht sich, nie namentlich, sondern immer nur verschlüsselt. Mein Ur-Schwipp-Onkel behauptete ja, daß Goethe jedesmal die Freimaurer meint, wenn er von *"Bruderkreisen"* oder von *"Kreis"* spricht. Oder von *Kette*, von *Weisheit*, von *Einigkeit*, *Werken* oder *Friede* oder *Stärke*. Auch von *Freude*.

Nun habe ich da mal nachgeschaut. In der *Klassischen Walpurgisnacht* von *"Faust II"* ballen sich diese Code-Wörter besonders im Text der *Pygmäen-Ältesten*, also unmittelbar bevor der *Generalissimus* den Mord an den Reihern befiehlt:

"Eilig zum W e r k e " heißt es da zum Beispiel; und:

"Schnelle für S t ä r k e !
Noch ist es F r i e d e " (Verse 728-730).

Und gleich im Anschluß an jenen Mordbefehl sagen *Imsen und Daktylen*:

"Sie schmieden K e t t e n " (Vers 7656).

Sonst tauchen da diese Chiffren weit und breit überhaupt nicht auf, nur vor und nach dem Mordbefehl in solcher Häufung.

Sollte das vielleicht Goethes verborgener Hinweis sein, daß die Freimaurer was mit Schillers Ermordung zu tun haben?

Also, genau weiß ich das natürlich auch nicht.

Aber ich wollte das mal zur Diskussion stellen. Nichts für ungut.

Ciao.

Französische Feme

Chat im Internet: www.speakerscornerTV.de/blaugold-dioskuren

Autor: "HERZOGIN VON OLIVAREZ"
antwortet   nicht, sondern fragt:

Hilfe, wer kann mir sagen, ob das stimmt, was einige logenkritische Bücher berichten?

Ich lese da, daß während des *Deutsch-Französischen Krieges 1870/71* von zehn Pariser Freimaurerlogen am 16. September 1870 eine Vorladung an König Wilhelm I. von Preußen und dessen Sohn, den Kronprinzen, ergangen sei, die beide Freimaurer waren und nun wegen Eidbruches angeklagt werden sollten: denn der von allen Freimaurern geschworene *"Dienst an der Menschheit"*, der ihr *"Licht und Kultur zu bringen"* und ihren Fortschritt in Frieden zu fördern bezwecke, sei mit dem *"waffenstarrenden"* Militarismus Preußens und dem *"cäsarischen Machtwahn"* seiner imperialistischen Herrscher unvereinbar.

Da diese Vorladung offenbar unbeantwortet blieb, lud die *Loge de St. Genier* in Rouen zu einer Generalversammlung sämtlicher Logen des *Grand Orient de France* für den 27. November 1870 nach Bordeaux ein. Ziel dieses Treffens sollte es sein,

"eine Kommission zu wählen und abzuordnen, die dem Bruder Wilhelm und seinem Sohn die unvergänglichen Grundsätze der Freimaurerei und die feierliche Verpflichtung ins Gedächtnis zurückrufen solle, welche dieselben beim Eintritt in den Orden übernommen haben, und ferner für den Fall, daß

dieselben von ihrem unverantwortlichen Menschenmorden nicht abstehen sollten, denselben im Namen der französischen Freimaurer zu eröffnen, daß sie gänzlich aus dem Orden der Freimaurer ausgestoßen und dem unwiderruflichen Fluche sämtlicher Länder preisgegeben sind" (zitiert nach der *"Geschichte der Großen National-Mutterloge zu den drei Weltkugeln"* in Berlin, 1875).

Aber noch ehe es in Bordeaux zu diesem anberaumten Konvente gekommen war, verschickte im November 1870 die Pariser Loge *"Henri IV"* ein Rundschreiben, mit dem sie

"zur maurerischen Aburteilung der beiden fürstlichen Maurer"

für den 15. März 1871 einen Kongreß ins schweizerisch neutrale Lausanne einberief.

Das alles jedoch wurde von *Grande Loge* und *Grand Orient de France* als den beiden Repräsentanten aller Freimaurer Frankreichs ungeduldig durchkreuzt und überholt, die schon am 26. November 1870 gemeinsam verkündeten, daß *"die Verurteilung der beiden fürstlichen Maurer in contumaciam bereits erfolgt sei"*: also in Abwesenheit der Angeklagten. Dieses Urteil soll folgenden Wortlaut enthalten haben:

"1. Wilhelm und seine beiden Genossen, Bismarck und Moltke, Geißeln der Menschheit und durch ihren unersättlichen Ehrgeiz Ursache so vieler Mordtaten, Brandstiftungen und Plünderungen, stehen außerhalb des Gesetzes wie drei tolle Hunde.

2. Allen unsern Brüdern in Deutschland und in der Welt ist die Vollstreckung dieses Urteils aufgetragen.

3. Für jedes der drei verurteilten reißenden Tiere, Wilhelm, Bismarck, Moltke, ist eine Million Francs ausgesetzt, zahlbar an die Vollstrecker oder ihre Erben durch sieben Zentrallogen."

Je zwei Exemplare dieses Urteils wurden auch an die Zentrallogen der Freimaurer in Deutschland verschickt und von einem Brief begleitet, in dem es von Kaiser und Kronprinz hieß:

"Die beiden Brüder, welche wir ausstoßen, sind keineswegs in Unkenntnis über unsere Grundsätze, unsere Bestrebungen, unsere Ziele. Sie haben die

*deutschen Freimaurer diesen Grundsätzen abspenstig gemacht und [...]
den größten Teil unserer deutschen Brüder fanatisiert. [...] Wir beweinen
den Irrtum unserer Brüder, welche gleich uns dem Ehrgeiz dieser Fürsten
geopfert werden"* (nach opus citatum).

Das Kopfgeld für den preußischen König, der schon zwei Monate später,
am 18. Januar 1871, ausgerechnet im Spiegelsaale des Schlosses von Versailles als Wilhelm I. zum *Deutschen Kaiser* ausgerufen werden sollte, wurde von Adolphe Crémieux, dem Großkommandeuer des *Suprême Conseil*
im *A. u. A. Schottischen Ritus* und mehrfachen Justizminister (!) Frankreichs, persönlich noch um eine weitere Million Francs erhöht.

Zwar ist es wohl nie zu einer Auszahlung einer dieser Prämien gekommen,
aber tatsächlich wurden 1874 in Bad Kissingen auf Bismarck und 1878
zweimal auf Kaiser Wilhelm I. Mordanschläge verübt. Die Attentäter, darunter ein Klempner- und ein Böttchergeselle, wurden damals offiziëll einfach den verteufelten Sozialdemokraten zugeordnet. Daß sie selbst Logenbrüder waren, ist unwahrscheinlich; daß sie freimaurerisch beauftragt waren, möglich, aber unerwiesen.

Dasselbe trifft auf den Tod des damaligen Kronprinzen, späteren Kaisers
Friedrich III. zu. Er starb nach 99 Regierungstagen an Kehlkopfkrebs. Sir
Morell Mackenzie, sein englischer Arzt, hat diese Krankheit lange nicht dia-
gnostizieren können oder wollen und daher selbst die wenigen damals üblichen therapeutischen Möglichkeiten nicht genutzt, den Tod also zumindest
medizinisch beschleunigt: ob mit oder ohne Auftrag und Kopfgeld, steht dahin.

Aber mich erinnert ja diese ganze Art, unliebsame Menschen für vogelfrei
zu erklären, an den mittelalterlichen Bannstrahl oder auch an die spektaku-
läre Freigabe Salman Rushdie's zur beliebigen Ermordung.

Wenn diese Episode aus dem *Deutsch-Französischen Kriege* wirklich so
stimmt, wie es den Anschein hat, bezeugt sie nicht nur den energischen Eingriff von Freimaurerlogen in politische und militärische Prozesse. Sie erwie-
se zudem die Anmaßung einer eigenen Gerichtsbarkeit dieser Logen und ihren Vollzug von Todesstrafen nach Art jener Feme- oder Lynch-Justiz, wie
sie ja auch im amerikanischen Freimaurerparadiese zu Hause ist.

Es wäre überdies die stichhaltige Überführung von Freimaurern auch als zumindest potentiëllen Mördern. Der Schritt ins faktisch Reale wäre da nicht mehr allzu groß.

Also, wie eingangs schon gesagt: Hilfe!

Krimi-Kostüme

Chat im Internet: www.speakerscornerTV.de/blaugold-dioskuren

Autor: "MARFA"
antwortet   allen:

Guten Tag, meine Herrschaften!

Also, obwohl ich in meinem langen Leben von fast 79 Jahren und trotz der ganzen Frauenemanzipation immer noch nicht die Erlaubnis bekäme, bei den Freimaurern Mitglied zu werden, habe ich mich immer für ihr Logenleben interessiert, über das mir meine Brüder, soweit es ihre Eide oder Gelöbnisse gestatteten, dies und das erzählten.

Daher weiß ich auch, daß die Freimaurer, jedenfalls früher, bei ihren Logenversammlungen immer einen schwarzen Anzug und weiße Handschuhe, in Deutschland auch einen schwarzen Hut tragen mußten.

Folglich ist mir nun bei der ganzen Diskussion um Schillers Tod und Bestattung aufgefallen, daß jene *circa* zwanzig jungen Künstler und Akademiker, die seinen Sarg schließlich zu jenem fatalen Kassengewölbe brachten, schwarz gekleidet waren, auch schwarze Hüte und weiße Handschuhe trugen. Anfangs hielt ich das ja noch für einen bedeutungslosen Zufall.

Aber beim Weiterverfolgen Ihrer Diskussion kommt mir der Zusammenhang dieses Todes mit den Freimaurerlogen doch immer verdächtiger vor. Nun waren natürlich diese *circa* zwanzig jungen Sargträger unmöglich alle Freimaurer, schon aus finanziëllen Gründen nicht.

Aber von ihren beiden Initiatoren war der junge Voß jedenfalls Sohn eines berühmten Logenbruders, der junge Schwabe als Sproß eines Weimarer

Bürgermeisters möglicherweise auch und mit Sicherheit später, als er selbst dieses Amt innehatte, gleichfalls Mitglied der Loge *"Amalia"*. Insofern können zumindest zwei dieser Sargträger maurerisch hinlänglich informiert worden oder auch schon gewesen sein, wie sie sich bei einschlägigen Beisetzungen kostümieren mußten.

"Die Brüder finden sich", will ihr Ritual, jedenfalls *"am bestimmten Orte im schwarzen Anzug und mit weißen Handschuhen ein"*.

Verblüffend analog heißt es in Schwabes Rundschreiben an die zwanzig Auserkorenen:

"Ich bitte Sie sämtlich, sich heute nacht ½ 1 Uhr bei mir in der Rittergasse parterre einzufinden.

Sie erscheinen alle schwarz gekleidet. [...] Zur Ordnung gehört, wenn ich nicht irre, daß wir weiße Handschuhe tragen".

Ich habe nun auch in den Unterlagen meiner verstorbenen Brüder nachgelesen, was diese Kleidervorschriften in den Logen zum Ausdruck bringen sollen:

Der Hut, heißt es, diene *"zum Zeichen der vollkommenen Gleichheit unser aller"*. Die weißen Handschuhe aber besagen, daß *"wie die Hände, so auch Gesinnungen und Handlungen immer unbefleckt bleiben müssen"*; ferner bezeugen sie, *"daß die Hände von getaner freimaurerischer Arbeit nie beschmutzt oder befleckt werden können. Sei es auch was für Arbeit der Orden verlangt, immer ist der Freimaurer 'unschuldig' "*.

Also ersparten es die weißen Handschuhe den Logenbrüdern, ihre Hände nach Psalmenart in Unschuld zu waschen. In jener unguten Mainacht 1805 zum Beispiel mögen sie den profanen Sargträgern auch das Waschwasser des Landpflegers Pontius Pilatus ersetzt und ihnen selbst suggeriert haben, daß sie wie dieser damals *"unschuldig an dem Blut dieses Gerechten"* waren (Matthäus 27, 24).

Aber daß die zwanzig hastig zusammengetrommelten Bohémiens einer thüringischen Kleinstadt zu Beginn des 19. Jahrhunderts, alle natürlich bürgerlich und entsprechend unbemittelt, sämtlich *privatim* über die benötigten Kleidungsstücke verfügt haben sollen, mutet eher unwahrscheinlich an. Organisator Schwabe wußte das natürlich. Also heißt es in seinem Rundschreiben hilfreich:

"Für Trauerhüte, Flöre und Mäntel habe ich gesorgt".

Was heißt hier *"habe ich gesorgt"*?

Schwabe hatte erst am Nachmittage jenes 11. Mai, von einer mehrtägigen Reise zurückkehrend, erfahren, daß Schiller tot sei und noch heute nacht bestattet werde. Wie sorgt in solcher Eile ein junger Verwaltungsangestellter in einer Kleinstadt wie Weimar im Handumdrehen dafür, daß für *circa* zwanzig Männer passende Hüte, Mäntel und Flore zur Verfügung stehen? Vermutlich auch noch zwanzig weiße Handschuhpaare, denn sein Rundschreiben ergänzt:

"Sie treffen alles Nötige bei mir an".

Besaß er einen Fundus für alle Fälle? Oder ging er schnell zum Kostümverleih?

Nein, natürlich nicht. Ich kann mir denken, daß die Loge ihn mit allen Accessoires einer vorschriftsmäßig uniformen Einkleidung versorgte. Denn wer sonst?

Oder habe ich doch allzuoft *"Bella Block"* gesehen?

Heikle Hellseher

Chat im Internet: www.speakerscornerTV.de/blaugold-dioskuren

Autor: "OBERST WRANGEL"
antwortet   der "HERZOGIN VON OLIVAREZ":

Das Todesurteil der französischen Freimaurer gegen Wilhelm I., Friedrich III., Bismarck und Moltke ist auch mir bekannt.

Aber damit noch nicht genug.

Nachdem Kaiser Friedrich III. gestorben war und sein Sohn 1888 als Wilhelm II. den Deutschen Kaiserthron bestiegen hatte, muß er wohl eine Einladung, gleichfalls Freimaurer zu werden, ausgeschlagen haben. Jedenfalls soll das Pariser *"Bulletin Maçonnique de la Grande Loge Symbolique Eccossaise"* eine solche Absage in seiner Nummer 102 mit folgendem Wortlaut kommentiert haben:

"Der junge Kaiser hat sich geweigert, dem Bunde beizutreten. Wilhelm II. möchte Deutschland wieder zum Mittelalter zurückführen, kann aber mit solchen Bestrebungen nur das Ende der Hohenzollern beschleunigen. [...]

Die Freimaurer werden sich nicht einschüchtern lassen. Weil der Kaiser sich nicht einweihen lassen will, werden sie das Volk einweihen, und wenn das Kaiserreich sie verfolgt, werden sie in Deutschland die Republik errichten".

Auf dem Freimaurerkongreß, der 1889 in Paris die Hundertjahrfeier der *Französischen Revolution* beging, wurden Reden gehalten, die dieselben Drohungen und dieselben Prophezeiungen enthielten.

Nur ein Jahr später, 1890, veröffentlichte die englische Zeitung *"Truth"* eine Landkarte von Europa mit jenen realen Grenzen, die es erst 1920, also nach dem *Ersten Weltkriege*, tatsächlich bekam.

Da scheint so manches, was sich politisch dann dreißig Jahre später erst verwirklichen ließ, bereits geplant oder gar beschlossen gewesen zu sein.

Schillers Schuld?

Chat im Internet: www.speakerscornerTV.de/blaugold-dioskuren

Autor: "GIANETTINO DORIA"
antwortet   keinem oder allen:

Die Referate meiner verehrten Mit*chatter* über Sinn und Usancen der Freimaurerei sind ja dankenswert instruktiv. Ich weiß jetzt vieles, was mir vorher unbekannt war. Vielen Dank insofern!

Nur ist mir der Zusammenhang dieses Logen-Seminars mit Schillers obskurem Tode noch nicht recht deutlich.

Ich habe gelernt, daß die Freimaurer, jedenfalls im 18. und 19. Jahrhundert, bisweilen zum Mittel einer selbstverfügten Hinrichtung unbotmäßiger, gar eidbrüchiger Logenbrüder griffen, also intern eine eigene Rechtsprechung praktizierten.

Der anscheinend gewitterte Zusammenhang mit Schillers Tod würde demnach nur spruchreif oder aktuëll, wenn es sich bei diesem verdächtig jähen Sterbefall um das Ableben eines unbotmäßigen Freimaurers oder Illuminaten gehandelt hat.

Eben solche Mitgliedschaft ist bisher aber auffällig sorgsam ausgespart worden.

Daher von mir nun klipp und klar die Anfrage: war Schiller irgendwo Logenbruder?

Eine Auskunft hierüber ist am jetzigen Punkte unserer gesell" Recherche unverzichtbar.

Wer weiß da was Verbindliches?

Unblutige USA

Chat im Internet: www.speakerscornerTV.de/blaugold-dioskuren

Autor: "MELVIL"
antwortet   alle deutschen Freunden:

Hello,

ich bin ein Amerikaner, der in Deutschland blieb.

Also, die French Revolution und dass sie von den Ideen der Freimaurer Logen hervorkam: alles okay, ganz bestimmt.

Aber lieben Leute, vergesst nicht, es gab schon zwanzig Jahre frueher ein Realisierung, das war auch ein Produkt von Freimaurern, aber vollkommen blutlos.

Ich spreche natuerlich von die Gruendung der Vereinigte Staaten of America in 1776. Damals die Logen in Paris alle schauten schon nach Philadelphia und haben gedacht: mein Gott, einfach fabelhaft, aber warum nicht auch hier, okay?

Ich weiss schon, in Deutschland die Freimaurer Logen ist ein so grosses Geheimnis, daß niemand gelernt hat: die USA sind absolut Freimaurer.

Lass mich Ihnen erzaehlen:

Unser Unabhaengigkeit Erklaerung von 1776 war geschrieben von Thomas Jefferson, Benjamin Franklin und John Adams, okay? Und jeder von alle drei war schon Freimaurer.

Dann 56 Personen haben signiert unser Unabhaengigkeit Erklaerung, aber 53 waren schon Freimaurer.

Oder unser Constitutional National Versammlung hatte 55 Glieder, aber 50 waren schon Freimaurer.

Oder in 1776 wir hatten dreizehn Staaten, um zu konstruieren diese Vereinigte Staaten of America, aber alle dreizehn Staaten hatten ein Governor, der war schon Freimaurer.

Oder im Unabhaengigkeit Krieg gegen England George Washington hatte 29 Generale, aber zwanzig waren schon Freimaurer. Auch Joseph Warren und Nathaniel Greene oder Lafayette from France und diese Frei Herr von Steu-ben von Frederic die Große, okay?

Aber sie hatten auch 106 Offiziere, aber 104 waren schon Freimaurer.

Ich denke, eine ganze Menge. Oder Freiheit Kaempfer wie James Otis oder Alexander Hamilton und Samuel Adams oder Patrick Henry und John Marshall oder James Madison. Alle schon Freimaurer.

Ich meine, ist das nichts?

Eure Lessing hat damals gleich gesagt, dass in America *"der Kongress eine Loge ist; dass da endlich die Freimaurer ihr Reich gruenden"* immerhin.

Oder nehmen Sie unser President of USA. Ich meine, wir hatten jetzt 43 Stuecke. Aber fuenfzig Prozent waren schon Freimaurer mindestens oder mehr. Ich nenne nur die fabelhafteste Namen davon: George Washington, John Adams, Thomas Jefferson, James Monroe, Andrew Jackson, James Buchanan, Abraham Lincoln, Andrew Johnson, James Garfield, William McKinley, Ted Roosevelt, William H. Taft, Woodrow Wilson (vielleicht auch gar nicht), Warren G. Harding, Franklin D. Roosevelt, Harry S. Truman, Lyndon B. Johnson, Gerald R. Ford und ein paar mehr bestimmt.

Ich meine, so die Freimaurer haben in USA immer die Politics gemacht, aber vollkommen blutlos.

Ich meine naemlich, Freimaurer ist blutlos. Vielleicht in America diese Logen haben nicht solche Geheimnis Strafen, bestimmt nicht.

Ich meine, President Harding hat vor seine Tod im 1923 in Washington D. C. genau gesagt:

"Kein Mann hat je mit groesserer Gewissenhaftigkeit und nach gruendlicherer Erwaegung Eide geleistet und Verpflichtungen unterschrieben, als ich es beim Empfang der verschiedenen Grade der Freimaurerei getan habe, und ich sage nach reiflicher Überlegung: Nie bin ich in der Freimaurerei auf eine Lehre gestoßen, und niemals habe ich eine Verpflichtung aussprechen gehoert, die nicht offen der Welt kundgetan werden koennte."

Maybe that's the difference. Ich meine the American way of life even bei die Freimaurer, okay?

Die Resultat: blutlos.

Aber President Harding auch hat gesagt, warum. *"Die großen buergerlichen Vereinigungen, in denen Menschen zusammen geschlossen sind, um die hoechste Wahrheit menschlicher Bruderschaft zu lehren, verleihen jeder geordneten Gesellschaft Staerke."*

Ich meine, alle die Geschichte und Politics of USA beweisen, daß diese Mann hat Recht.

So, was er sich wuenscht, ist sogar

"Bruederlichkeit unter den Voelkern, wie sie in America zwischen den Menschen gelehrt wird, das unablaessige Verlangen nach Gerechtigkeit, die

Achtung vor dem Rechte anderer, die in der 'Goldenen Regel' aufgezaehlten Ideale der Bruederlichkeit unter den Voelkern und die rechte Kamerad-schaft".

Er sagte das in 1923.

In 1987 die USA hatten vier Millionen Freimaurer Gott sei Dank.

Heute ich weiß nicht. Bestimmt ein paar mehr.

So long everybody! God bless you all!

God bless America!

Knochen kassieren

Chat im Internet: www.speakerscornerTV.de/blaugold-dioskuren

Autor: "SCHWEDISCHER HAUPTMANN"
antwortet   sich selbst und allen:

Ihr habt mich nun in all den diversen Eidesformeln der Freimaurer lesen lassen,

wie sie zumindest im 18. Jahrhundert ausdrücklich gelobten, die leiblichen Überreste eines rituëll exekutierten Bruders zu verbrennen und die Asche in die Luft zu streuen,

"damit nicht eine Spur übrig bleibe",

und wie sie sie in Frankreich jedenfalls noch 1965 im Sande des Meeres zu verscharren schworen,

"so daß Ebbe und Flut mich in ewige Vergessenheit tragen".

Dem entspricht tatsächlich auch, was ich in der sogenannten *"Konkordanz"* gefunden habe, die Dr. Christian Adolf Friedrich Widmann, einer der füh-renden Funktionäre der *Großen Landesloge der Freimaurer von Deutsch-land* nach 1876 aus den Akten seiner Loge zu Papier gebracht, aber keines-wegs veröffentlicht hat. Noch 1932 war Dr. Eugen Müllendorff, *Großmei-*

ster derselben Loge, als Zeuge vor dem Berliner Amtsgericht *"auf das Äusserste bestürzt"*, diese *"Konkordanz"*, ein außerordentlich umfangreiches Konvolut einzig in Maschinenschrift, *"in den Händen eines Profanen zu erblicken"*, und identifizierte sie aktenkundig so:

"Diese Konkordanz ist ein Lexikon meiner Großloge. Sie ist nur für Brüder vom neunten Grad an aufwärts bestimmt. Die Konkordanz wird nur bei der Großen Landesloge aufbewahrt, soweit die Große Landesloge im Besitz von Exemplaren ist. Die einzelnen Logen dürfen sie nicht besitzen" (zitiert bei Rechtsanwalt Dr. Robert Schneider, *"Die Freimaurerei vor Gericht"*).

So, und in dieser okkulten *"Konkordanz"* nun also steht gleichfalls festgeschrieben:

"Freimaurer sind verbunden, das Böse zu vertilgen, daß kein Andenken von ihm möge gefunden werden".

Also, wenn ich das und all Eure Eidesformeln lese, begreife ich plötzlich,

warum in den beiden Schiller-Särgen der Weimarer Fürstengruft kein einziger Knochen, geschweige Schädel vom echten Schiller enthalten ist

und warum sich auch im ganzen Knochensalat des umgewühlten Kassengewölbes kein einziges Teilchen von Schiller auffinden ließ.

Ebenhieraus kann man nun im Umkehrschluß resultieren, daß er von den Freimaurern nicht nur beseitigt, sondern anschließend eben auch so restlos entsorgt wurde,

"daß kein Andenken von ihm möge gefunden werden".

So kann gerade das unbegreiflich perfekte Fehlen seiner sterblichen Überreste als Beweis für seine Ermordung durch die Freimaurer dienen.

Dabei bezogen sie sich aber nicht nur auf die Bibel, sondern auch auf Märchen und manche sonstige Überlieferung alter Völker, von denen viele daran glaubten, daß die Wiederbelebung eines Toten aus seinen wohlverwahrten Gebeinen erfolge. Nicht nur jeder Reliquiënkult, auch alle Friedhofstraditionen mögen damit zusammenhängen. Andererseits konnte man die Wiederkehr von Quälgeistern oder unliebigen Personen nur verhindern, indem auch das kleinste und letzte Knöchelchen seines Leibes beseitigt wurde.

Überdies hielt man einzelne "blutende" oder "singende" Knochen für imstande, noch nach vielen Jahren einen Mörder zu überführen.

Nur mußte solcher Aberglaube sich gerade im Falle Schillers irren. Denn durch das Verschwinden ausschließlich seiner Gebeine wurde er keineswegs *"in ewige Vergessenheit"* verstoßen. Diese Rechnung eines plumpen Materialismus konnte just bei diesem Opfer nie und nimmer aufgehen, gottlob.

Medienmörder

Chat im Internet: www.speakerscornerTV.de/blaugold-dioskuren

Autor: "HEDWIG TELL"
antwortet   Abraham Blaugold u. a.:

Grüetzi mitenand!

Dieser Abraham Blaugold hat uns doch von der Theorie eines gewissen Louvier berichtet: jener Jenaër Schütze Schütz könne mit Pfeil und Bogen seiner Rezensionen den reiherfedrigen Schiller zur Strecke gebracht und ein- für allemal gebeizt haben.

Da mir diese These ziemlich plausibel, aber noch keineswegs widerlegt scheint, bin ich nun nach all Euren aufregenden Informationen über die Freimaurer und deren radikale Rechtsprechung der Frage nachgegangen, ob dieser Christian Gottfried Schütz etwa Logenbruder war.

Das scheint er persönlich zwar nicht gewesen zu sein. Aber: als verantwortlicher Redakteur oder auch Herausgeber jener *"Allgemeinen Literatur-Zeitung"* hatte er zwei einschlägige Mitarbeiter.

Der eine war Johann Gottlieb Hufeland, ein Jahr jünger als Schiller und Jurist, erst Außerordentlicher, dann Ordentlicher Professor der Rechte an der Universität Jena und insofern dort Schillers Kollege. Dreizehn Jahre lang war er anfangs Redaktionsassistent, bald auch selbst Redakteur und Mitherausgeber jener Jenaër *"Allgemeinen Literatur-Zeitung"* und daher also engster Mitarbeiter von Schütz, der aber dreizehn Jahre älter war.

Schiller selbst über diesen Hufeland: *"ein vortrefflicher Kopf, in welchem vielleicht ein großer Mann schlummert. Ein stiller denkender Geist voll Salz und tiefer Forschung"* (am 29. August 1787 an Körner). Als Schiller nach Weimar zog, bot er sein zurückbleibendes Gartenhaus eben dem Kollegen Hufeland zunächst zur Miete, dem Mieter später zum Kaufe an.

Dieser Hufeland also war seit 1784 Illuminat, trug den Logennamen *"Oldendorp"* oder auch *"Johann Oldenburg"* und fungierte in Jena zeitweise gar als Präfekt dieses Ordens. Unmittelbar vor seinem Ämterantritt im Jena von 1786 war der eben Promovierte, schon als aktiver Illuminat, im vorrevolutionären Paris gewesen und da wohl schwerlich ohne Kontakt zu dortigen Geheimbündlern geblieben.

Nur umso unverblümter bekannte er sich in ihrem Jenaër Blatte zu diesen Idealen, so daß

"jedermann die Stellungnahmen der Jenenser zur Illuminatenfrage in der 'Allgemeinen Literaturzeitung' nachlesen konnte. Sie nehmen kein Blatt vor den Mund",

schreibt 1996 der wohlinformierte Hans-Jürgen Schings in seinem Buche *"Die Brüder des Marquis Posa. Schiller und der Geheimbund der Illuminaten"* und bezieht dabei indirekt auch den Kollegen Schütz in diese Geisteshaltung mit ein. Als die *"Originalschriften"* der *Illuminaten* polemisch veröffentlicht wurden und allenthalben Bestürzung oder Aggressionen auslösten, verteidigte Hufeland sie in den Rezensionen ihres Blattes ganz unverhohlen und im gemeinsamen Namen ihres Plurals:

"Diese Schriften enthalten, unserm Urteil nach, vieles Vortreffliche, das dem Orden unendlich viel Ehre bringt und seine Mitglieder, vorzüglich seinen Stifter, schätzens- und liebenswürdig macht" (am 6. Juli 1787); *"wir bewundern auch wirklich die ganze Einrichtung"* (am 17. Juli 1787).

Ferner hatte dieser Hufeland in Christoph Friedrich Hufeland, nur zwei Jahre jünger, einen Vetter, der Arzt in Weimar und seit 1783 ebenfalls Freimaurer, seit 1784 ebenfalls Illuminat war.

Dieser andre Hufeland war auch Goethes Hausarzt und wurde 1787, also 25jährig, Hofmedicus, wie es hier auch schon sein Vater gewesen war, 1793 dann Professor der Medizin in Jena, 1800 in Berlin. Er gilt auch heute noch als Begründer der Makrobiotik.

Wer hierbei also über eine Verlängerung des Lebens geforscht hat, mag sich bisweilen, meine ich, auch mit seiner Verkürzung beschäftigt haben. Jedenfalls dürfte er dort als Leibarzt der Preußischen Königsfamilie und als Direktor von *Collegium medicum* und *Charité* auch in den Jahren 1804 und 1805 ungehinderten Zugang zu den Giftschränken dieser Institute gehabt haben. Als Schiller noch in seinem letzten Lebensjahr in Berlin war, wohnte er bei diesem anderen Hufeland in der Friedrichstraße, war am 12. Mai 1804, just ein Jahr also vor seinem eigenen Begräbnistage, auch ausdrücklich Tischgast seines Gastgebers.

So viel zu den beiden Hufelands.

Der zweite angekündigt *"einschlägige Mitarbeiter"* jenes Schützen war der berühmte Bertuch, Weimars erster Großunternehmer und Medienmogul. Natürlich war er, wie schon mehrfach berichtet, Logenbruder: so aktiv wie wenige, auch als Mäzen und Funktionär in gehobenen Positionen des Ordens.

Aber was ihre *"Allgemeine Literatur-Zeitung"* betraf, war er deren Begründer, Besitzer und Finanziër, für Schütz und Hufeland offiziëll Direktor und Kommissarius, also Auftrag- und Arbeitgeber, von dem sie abhängig waren.

Schütz zum Beispiel bekam von Bertuch 300 Taler im Monat fix und wurde für jedes Hundert einer Erhöhung der Auflage mit weiteren 50 Talern monatlich belohnt. Das mag ihn hinlänglich stimuliert haben. Denn mit ihren vier bis acht Seiten, die sechsmal wöchentlich, also täglich erschienen, hatte diese Zeitung, die sich exklusiv auf Literatur konzentrierte, schon bald eine Auflage von 2400 Exemplaren und war damit doppelt so groß wie vergleichbare Blätter dieser Zeit.

So wurde sie schnell, was der Historiker Hans Tümmler *"so etwas wie eine geistige Macht in Deutschland"* nannte. Heute fehlt uns derlei. Oder auch grade nicht.

Damals war sie so erfolgreich, daß Schiller seinem Freunde Körner nachdenklich mitteilen konnte, daß schon nach zweijährigem Bestehen Bertuch und Schütz *"sich durch sie jeder 2500 Taler"* verdienen, daß *"gegen 120*

Schriftsteller, und von den wichtigsten in Deutschland" an dieser Zeitung mitarbeiten und *"15 Taler p. Bogen bezahlt"* bekommen (am 29. August 1787).

Das ermöglichte Bertuch bald eine Investition auch in Immobilien. Er kaufte in Jena ein Grundstück und bebaute es mit einem Hause, in dem die Zeitung gemacht wurde und ihre Direktoren sogar wohnten.

Sie schrieben in ihrem Blatte auch sehr viel selbst: namentlich Bertuch, der als Lyriker und Dramatiker zuvor gescheitert war. Nun tat er sich in eigenen Rezensionen auf Kosten der Erfolgreicheren gütlich, die er in den Tiefen seines Unterbewußten immer beneidet haben mag.

Sogar die Superstars, Goethe und Schiller, waren jetzt auf seine Gunst und Gnade angewiesen. Goethe blieb reserviert, aber respektierte die beachtliche unternehmerische Effiziënz dieses *"entsetzlich behaglichen Laps"* und dessen neuartige Vermarktung geistiger Güter.

Schiller hingegen mißgönnte dieser *"merkantilischen Seele"* eine Machtposition, die er als unverhältnismäßig erachten mußte. Er dürfte sie auch als gefährlich oder feindlich und als ein Bollwerk empfunden haben, das sich, anders als er selbst, nicht länger an Geist und Ideën, sondern ausschließlich am Profit orientierte. Der Urkonflikt unseres heutigen *"Dritten Weltkriegs"* erlebte da nervös seine Keimzelle.

Mit Protest in der Tonart stellte Schiller gleich eingangs fest, daß dieser Mr. Moneymaker

"ohnstreitig in ganz Weimar das schönste Haus"

besitze. Die ungestellte Frage nach der Berechtigung dieses Privilegs schwang da unüberhörbar mit. Also hielt er diesen parasitären Krösus *"mit einer Art Begeisterung über Commercespekulationen"* zum Narren, täuschte dem genüßlich Gefoppten mit undurchschautem Spotte ein Interesse an gemeinsamen Exportgeschäften vor und höhnte schließlich:

"Der Mann bildet sich ein, daß wir Berührungspunkte hätten".

Tatsächlich gab es wohl wirklich keinen einzigen, und schon 28jährig mußte Schiller angesichts dieses Geschäftstalentes als Gesetzmäßigkeit begreifen:

"Die Bertuchs müssen in der Welt doch überall Glück haben" (am 18./19.
August 1787 an Körner).

Aber so wehmütige Einsicht wich streitbarer Empörung spätestens, als
Schiller in Jena die Redaktionsräume dieses Rezensentenzentrums in Bertuchs Neubau besichtigte. *"Ich habe mich in dem Büro herumführen lassen,
wo eine ungeheuere Quantität Verlagsbücher"*, ließ er Freund Körner wissen, *"auf seinen Richterspruch wartet"*: seinen Richterspruch, eine Verurteilung!

"Eigentlich ist doch", ergänzte er im Namen all der Gebeutelten oder Hinge-
schlachteten solcher Aburteilungen, *"eine rezensierende Sozietät eine brutale und lächerliche Anstalt, und ich muß Dir gestehen, daß ich zu einem
Komplott gegen diese geneigt bin"* (am 29. August 1787).

Daß es hierzu nie gekommen ist, mag auf mangelnder Gelegenheit, aber
auch auf Schillers Charakter beruht haben. Für aggressive Machenschaften
haben alle, die ihn kannten, ihn für viel zu sanftmütig gehalten (Verleger
Göschen), zu *"herzlich und gerade"* (Luise Schwan), *"stets freundlich und
human"* (Nachbar Schneider in Gohlis), und Wilhelm von Humboldt, ihm so
vertraut wie wenige, pries seine *"Reinheit und Grazie der Seele"* (am 18.
Mai 1790 an Schillers Frau), seine *"unendliche, sich immer gleiche Liebenswürdigkeit"* (am 26. Juni 1811 an Körner) und wie sich ihm *"nichts Gemei-
nes und Gewöhnliches je nähern konnte"* (am 25. Mai 1805 an Madame de
Staël).

Nein, zum Komplotte fehlte ihm außer der Empörung seines Rechtsempfin-
dens wirklich alles.

Aber im Umkehrschluß ist durchaus denkbar, daß Nabob Bertuch die latente
Verachtung Schillers sehr wohl gespürt hat und seinerseits zu einer Maßnahme griff, die die Heimlichkeit eines Komplotts mit der Unanfechtbarkeit
einer Verurteilung, sei es zum Tode, vereinbarte. Das hätte der faktisch vorhandenen Urfehde zwischen Geld und Geist entsprochen und sich zum Vollzuge bequem der gegebenen Handhabe einer Freimaurerloge bedienen können.

Was ich mit alledem sagen will: als Speerspitze dieses maurerisch abge-
stützten Kritiker-Trios ist jener harmlose, aber abhängige Schütz nunmehr

plötzlich auch als Schütze von vergifteten Pfeilen, Spitzen, Spritzen oder sonstigen Dosierungen sehr wohl denkbar.

Bertuchs suspektes Verhalten nach Schillers Tode läßt mich durchaus seine sei es auch schuldhafte Beteiligung für möglich halten. Was Prof. von Lumbatt im *VOLUMEN* über das Zwielicht um sekrete Totenmaske und Schädelgeheimnis, um Mündel Klauer und Bertuchs Autor Gall bekannt gab, läßt mich stark vermuten, daß dieser obskure Verleger auch schon mit wohldurchdachter Organisation parat stand, als es endlich um Totenschein und heimliche Evakuïerung der Familie, um Jagemanns heimliches Leichenporträt, um Huschkes heimliche Autopsie und eine hastige Bestattung des rätselhaft Verblichenen oder eben auch Vergifteten in zwanzig schwarzen Hüten und Mänteln mit vierzig weißen Handschuhen ging.

Auch für das klitternde und überstürzt verschleiernde Schillerbuch seines Günstlings und Sprachrohrs Johann Gottlieb Gruber hielt Bertuch einen wartenden Verlag bereit, für den die Lüge ein legitimes Kampfmittel war. Alles, was wir hiervon in den heutigen Mediën wiedererkennen, wurde damals eingesetzt und erfolgreich ausprobiert.

Nein, unter Einbezug der Logenbrüder Bertuch und Hufeland halte ich den scheinbar abstrusen Hinweis Louviers auf jenen Jenaër Schützen Schütz für überhaupt nicht abwegig. Vorrangig diesem Verdachte, meine ich, müßte die Kriminalpolizei, so es eine gäbe, in diesem ganz und gar unverjährbaren Falle nachgehen.

Jener enthusiasmierte Julius Schütz jedoch, Filius des peilenden Feder- oder Reiherschützen, dürfte da mit seinen mißliebigen *"Vivats"* bei der Weimarer Uraufführung von Schillers *"Braut von Messina"* nur noch eine willkommene zusätzliche Eintragung auf der Strichliste mit den Verdammenswürdigkeiten dieses Kandidaten der Todesstrafe geliefert haben.

Miese Mütter

Sonderbeilage des "Europäischen Magazins" mit dem Dreizehnten Protokoll der Arche N von Vitus Kicherling

Nachstehend sind wir als erstes Printmedium in der Lage, eins jener vielen Protokolle, die seit geraumer Zeit unter der rätselhaften Quellenangabe Arche N im Internet erscheinen, unsern Lesern auch gedruckt zu präsentieren.

Arche N ist der geheimnisvolle Zusammenschluß einer Gruppe von Menschen oder Menschenähnlichen unter vorgeblich außerirdischen Bedingungen. Nach dem Muster des "Decamerone" widmen sich seine Mitglieder unbewußt oder auch bewußt einer Neuauflage von Unterhaltungen deutscher Ausgewanderter und erzählen reihum beliebige Anekdoten oder Geschichten, von denen sie eine Auswahl in unserm Internet veröffentlicht haben.

Für die Vermittlung eines Kontaktes zu dieser esoterisch geheim gehaltenen Gruppierung danken wir Prof. Dr. Louis-Louise M'Baïkaïkel in Berlin.

Das folgende sogenannte Dreizehnte Protokoll *aus dieser* Arche N *behauptet, von Vitus Kicherling, vormals Optiker in Freudenstadt, zu stammen, und erzählt eine Story aus der griechischen Antike.*

I

Mein heutiges Thema ist die Geschichte einer griechischen Familie auf der Peloponnes.

Damit schließe ich an Figuren an, die uns Ngarnajal M'Baïkaïel bereits vorgestellt hat, als er vom sensationellen Siriuskult der malischen Dogon berichtete. Ich meine jenen arabisch "schwarzfüßigen" Aígyptos, der der Sohn einer libyschen Mutter und des griechischen Meergottes Poseidõn war und einen Zwillingsbruder hatte: den Danaós.

Um all ihren Nachfahren dauerhaft jegliche eigenen Erbfolgestreitigkeiten zu ersparen, beschlossen ja diese beiden Halbgötter, die fünfzig Söhne des Aígyptos mit den fünfzig Töchtern des Danaós zu verheiraten: so bliebe alles fein unanfechtbar und unverlierbar in der Familie.

Doch diese kaufmännisch gut geplant fünfzigfache Hochzeitsnacht wurde zum allgemeinen Massaker und lieferte das Muster für die später historischen Bluthochzeiten in Moskau und Paris, die poëtische in Andalusien, bei Schiller, Lorca und sonstwem. Denn jene fünfzig Danaïden entlarvten sich in den ausgelosten Brautbetten ihrer Vettern gleichfalls als Männer und bewaffnete Bruderschaft, stachen also zu und erdolchten ihre knutschenden

Cousins. Noch Orpheus hat sie ja im Hades zur ewigen Sühne mit ihren fünfzig Sieben endlos Wasser in ein bodenloses Faß schöpfen sehen und mit seinem Gesang dabei vorübergehend aufgemuntert.

Aber von diesen jeweils fünfzig Mördern und Opfern waren, abermals nach präziser Maßgabe des Sirius, auf jeder Seite nur 49 eindeutig. Der aigyptische Lynkeús nämlich blieb einzig am Leben, weil er in seinem Brautbett an jene Hyperméstra geriet, die doch eher weiblich oder einfach menschlich war. Wie auch immer, entsproß ihrer Hochzeitsnacht statt des allgemeinen Todes ein leibhaftiger Sohn, der Ábas hieß und König von Árgos wurde.

Auch er bekam wieder Zwillingssöhne, die sich aber *ab ovo* im Mutterleibe, dann an der Mutterbrust, schließlich als die politischen Rivalen Akrísios und Proítos bekämpften. Einer vertrieb den andern, ihr Krieg endete *remis*, also teilten sie ihr ererbtes Reich und residierten separat.

Im angestammten Árgos zeugte Akrísios mit seiner Aganíppe, einer andern Eurydíke (oder Ajgyr?), eine Tochter, die er nach ihrem legendären Urur-großvater, dem Danaós, Danaë nannte. Dieser Name mochte aber gleichzeitig als Beschwörung gemeint sein, denn er bedeutet *"trockene Erde"* und mochte also Unfruchtbarkeit im Sinne haben. Denn weil ein Orakel ihrem Vater geweissagt hatte, von seinem Enkel ermordet zu werden, schloß er diese Tochter auch, als sie mannbar wurde, in ein Verlies ohne jeden Zutritt ein. Aber das Dach dieser argen Klausur scheint undicht gewesen zu sein. Denn in Gestalt eines Regens, der angeblich golden war, drang Göttervater Zeus persönlich bei dieser *Trockenen Erde* ein und befruchtete sie sofort.

Danaës Vater aber traute das eher seinem eigenen Zwillingsbruder Proítos zu, dessen gottlose Töchter von der blasphemisch geschmähten Göttermutter Héra zu geisteskranken Kühen verzaubert worden waren und so jenen Rinderwahnsinn einer andern gottlosen Zeit schon vorgaben.

Vielleicht also wurde ja damals jenem Proítos seine wehrlos verregnete Nichte Danaë nur umso begehrenswerter und eher von diesem Onkel oder auch von beiden oder aber auch noch von weiteren Verehrern durch jenes Leck begattet. Jedenfalls gebar sie in ihrem Arrest unter tropfendem Dache einen Sohn und wurde von ihrem abergläubischen Vater daher zur Strafe oder Prophylaxe in eine Kiste gesperrt und ins Meer der Ägäis geworfen.

Dort aber eignete sich diese Kiste vorzüglich als Arche. Solche Archen nun, wissen auch wir hier aus Erfahrung, erweisen sich meist als besonders sicher und werden aus allgemeinen Katastrophen gerettet. Die der Danaë strandete damals auf Sériphos, jener ärmlichen Kykladen-Insel, die später als Asyl für Verbannte geradezu berühmt war. Hier wurde Danaë von landesfürstlichen Gebrüdern, die ebenso vom Gotte Poseidõn abstammten wie sie selbst, aus dem Meer gefischt und sowohl gerettet als auch versklavt und zur Ehe gezwungen.

Währenddessen wuchs ihr importierter Sohn aus dem Leck zu jenem legendären Heroën heran, der Perseús hieß. Mit Hilfe mehrerer Götter, die ihn eben dadurch als den echten Sohn ihres obergöttlichen Goldregens anerkannten, bestand er siegreich ein extrem abenteuerliches Leben, das er mittels seiner abnormen Geistes-, Muskel- und Zauberkräfte eindrucksvoll zu meistern wußte.

Es führte ihn nicht zuletzt auch ins palästinensische Jaffo, wo die äthiopische Prinzessin Androméda zur Strafe für den frevelhaft blasphemischen Hochmut ihrer Mutter Kassiópeia einem See-Ungeheuer geopfert werden sollte und hierfür eigens an einen Meeresfelsen angeschmiedet war. Perseús befreite die Schuldlose und machte sie hopp-hopp oder flugs zur Mutter seiner Söhne.

Versöhnlich kehrte er schließlich ins angestammte Árgos zurück, wo er beim sportlichen Diskuswerfen jene alte Prophezeiung erfüllte und seinen Großvater Akrísios zufällig totschlug, also politisch und wirtschaftlich beerbte.

Dessen Zwilling Proítos, immerhin einer der möglichen Väter dieses Perseús, hatte im benachbarten Tíryns inzwischen die Macht an seinen Sohn Megapénthes, den *"schmerzensreichen"* Bruder jener geisteskranken Kühe, weiter vererbt. Mit diesem Vetter (oder eben gar Bruder?) wurde Perseús handelseinig, das belastete Árgos gegen dessen Tíryns auszutauschen. Jeder der beiden dürfte das irgendwie, nach dem Vorbilde jener Sirius-Sonnen A und B oder sonstiger Muster, für vorteilhafter gehalten haben.

Perseús jedenfalls gründete von hier aus das kulturell legendäre Mykénai. Hiernach wurde er von seinem brüderlichen Tauschpartner jählings ermordet – vielleicht ja zur Sühne seines eigenen Mordes am Akrísios, ihrem gemeinsamen Opa.

Der tote Perseús wurde dann ebenso zum Sternbild des nördlichen Himmels wie auch seine Androméda, deren Name noch die heutigen Astronomen auch für den einzigen von rund zehn Milliarden Spiralnebeln verwenden, der über 2,4 Millionen Lichtjahre hinweg mit bloßem Erdenauge erkennbar ist: den Andromeda-Nebel. Nach Ehemann Perseús aber benennen sie einen Spiralarm unserer Milchstraße, über deren Bezeichnung mein nächstes Kapitel berichten wird.

Hier nämlich endet schon der erste Teil dieser Familiengeschichte von der Peloponnes.

II

Mein zweiter Teil beginnt mit drei Söhnen jenes Perseús. Sie hießen Álkaios, Elektrýon und Sthénelos.

Álkaios war König von Tíryns und mit einer Tochter jenes Pélops verheiratet, der von seinem eigenen Vater, dem Lyderkönig Tántalos, geschlachtet, gekocht und den Göttern serviert, von diesen aber so bedauert und wiederbelebt worden war, daß er trotz einer Schulterprothese hiernach Kinder zeugen konnte.

Dessen so gezeugte Tochter Astydámeia ihrerseits zeugte dann mit ihrem Vater Álkaios den Sohn Amphitrýon und die Tochter Anáxo, die von Vaters Bruder Elektrýon, ihrem leiblichen Onkel also und König von Mykéne, geheiratet und mehrfach geschwängert wurde.

Zu ihren Kindern, denen Anáxo demnach nicht nur Mutter, sondern auch Tante war, gehörten mehrere Söhne (oder Neffen) und die Tochter (oder Nichte) Alkméne.

Die Söhne und Neffen kamen in einem Kriege ihres Vaters gegen die seeräuberischen Teleboër sämtlich ums Leben. Das war eine Katastrophe für die Thronfolge in Mykéne. In dieser Notlage also bot König Elektrýon seinem Neffen Amphitrýon, diesem Sohn seines königlich tiryntischen Bruders Álkaios, die Hand seiner Tochter Alkméne und damit auch den mykenischen Thron an. Immerhin war Amphitrýon ja Enkel des Götterlieblings Pelops ebenso wie auch des Superhelden Perseús.

Dessen Erbe aber schlug ungut durch. Denn wie Perseús seinen Opa Akrísios rein zufällig beim Diskuswerfen tötete, so tat das Enkel Amphitrýon nun ebenso unabsichtlich mit Elektrýon, seinem Wohltäter, Erblasser, Onkel und Schwiegervater *in spe*. Das ereignete sich leider bei der Übergabe einer Rinderherde oder sonst einem lukrativen Kuhhandel. Aber zusätzlich zu seinem Erbe in Tíryns schien dem Amphitrýon dadurch der Königsthron von Mykéne nur umso sicherer.

Ebendas jedoch sah nun sein Onkel Sthénelos, jener andere Bruder des Ermordeten, mit seinen ganz anderen Vorstellungen von politischer Erbfolge gar nicht so. Mit dem willkommenen Anlaß, den Tod des Gebruders Elektrýon zu rächen, zog er gegen den Neffen und Usurpator Amphitrýon zu Felde, der aber noch beizeiten samt seiner Braut Alkméne aufs griechische Festland floh und im boiotischen Theben bei König Kréon Asyl fand: seinem andern Onkel (und Bruder jener unselig ödipalen Iokaste).

Da er aber dort nur ein Flüchtling und Niemand war, knüpfte nun Alkméne, seine Braut wie auch leibliche Nichte und Cousine, ihre beschlossene Heirat plötzlich an eine Bedingung, die unerfüllbar war: Onkel Ampitrýon sollte zuvor den Tod ihrer Brüder an den seeräuberischen Teleboërn rächen. Aber wie konnte er das als Asylant in fremdem Lande: ohne eigenes Militär? Die Entlobung drohte. Enterbung drohte.

Aber Amphitrýon, dieser Enkel von Helden wie Perseús und Pélops, gab jetzt nicht auf, sondern bat seinen Gastgeber Kréon um Unterstützung und Soldaten für einen Rachefeldzug gegen jene Teleboër, die seine Vettern oder Neffen und Schwäger *in spe*, jene Brüder seiner Alkméne, auf ihrem Piratengewissen hatten.

König Kréon erklärte sich hierzu nur unter einer Bedingung bereit: Amphitrýon sollte vorher jenen wilden Fuchs aus dem nahen Teumessós zur Strekke bringen, dem die Thebaner auf Geheiß des erzürnten Diónysos allmonatlich einen ihrer Knaben verfüttern mußten. Dieser *"teumessische Fuchs"* war für Kréons Volk nur umso traumatischer, als er auch noch uneinholbar schnell und daher bislang von keinem Jäger überwältigt worden war.

Amphitrýon aber hatte nunmehr noch eine zweite unerfüllbare Bedingung
am Halse. Da es sich aber hierbei um nichts Geringeres als sein ganzes
künftiges Lebensglück handelte, ersann er einen Ausweg und spannte den
jungen Képhalos ein, der König von Athen, aber auch ein leidenschaftlicher
Jäger war. Als Sohn des geschlechtlich unklaren Gottes Hermés und einer
irdischen Mutter war er von solcher Schönheit, daß er allenthalben im Zentrum erotischer Wirren mit Göttern und Menschen stand. Seine Ehefrau Pró-
kris, selbst eine leidenschaftlich *"verbuhlte"* Jägerin, hatte er nach einem Inzest mit ihrem eigenen Vater und nach anderen Seitensprüngen auf der Jagd
versehentlich mit einem Reh verwechselt und leider erschossen. Seither gehörte ihm Laîlaps, jener unübertrefflich schnelle Jagdhund, den seine Frau
von ihrer göttlichen und doppel- oder zwischengeschlechtlichen Jagdgefähr-
tin Artémis, jener lydischen Ma Kybéle, geschenkt bekommen hatte. Dem
Tempo dieses Hundes konnte noch keine Beute je entrinnen.

Aber weil Képhalos wegen des bedauerlichen Mordes an seiner Frau in
Athen die Regentschaft verloren hatte, war er nun gewillt, seine Schuld so
schnell wie irgend möglich zu sühnen, und sah in Amphitrýons Anfrage eine günstige Gelegenheit hierzu. Also setzte er seinen unübertrefflichen
Jagdhund Laîlaps auf die Fährte des Teumessischen Fuchses, um vielen thebanischen Knaben so das Leben, dem Amphitrýon Frau und Erbschaft, sich
selbst den attischen Thron zu retten.

Wirklich spürte dieser Laîlaps den Teumessischen Fuchs bald auf. Der
Fuchs lief davon, der Hund hinterher. Aber weder holte der Hund diesen
Fuchs je ein, noch gelang es dem Fuchs, diesem Hunde je zu entkommen.
Beide waren gleich schnell, ihr Abstand blieb unverändert, ihre Hetzjagd
zog sich hin. Weil sie auf einer Insel stattfand, wurde sie unumgänglich zum
Kreise, aus geologischen Gründen allmählich eher zur Ellipse und dauerte
eine Ewigkeit. Beide, Hund und Fuchs, waren ebenso unermüdlich wie er-
folglos.

Endlich erbarmte sich Weltenlenker Zeus persönlich dieser beiden mißbrauchten Kreaturen und verwandelte sie in Felsen. Als sie aber auch dann
noch keine Ruhe gaben, sondern weiterhin endlos kullernd ihre Ellipsen
verfolgten, versetzte Zeus diese beiden ruhelosen Brocken einfach an den
Himmel. Nun ziehen sie dort ihre ewig elliptische Bahn umeinander, und
jeder eingeweihte Leser von Ngarnajal M'Baïkaïel hat längst begriffen, daß

Hund und Fuchs das dort als die Hundssterne oder Doppelsonnen Sirius A und B tun.

Aber Képhalos fühlte sich, als diese Hetzjagd ans Firmament verlagert war, entsühnt, die thebanischen Knaben wurden keinem Fuchs mehr, allenfalls hyperboreïsch alle sechzig Dogonjahre (oder zwischenzeitlich nur per Vorhaut) dem Sirius geopfert, und die Prämissen für einen Krieg gegen jene Teleboër waren erfüllt.

Gemeinsam führten nun Amphitrýon, Kréon und Képhalos einen Feldzug, der die hingemetzelten Brüder Alkménes endlich an den 22 schuldigen Königssöhnen dieser Seeräuber rächen sollte. Aber deren Vater, König Pterélaos, stammte ebenso vom Poseidõn ab wie Amphitrýons Urahnen Danaós und Aígyptos: alle also miteinander versippt, und Poseidõn schien ihnen allen, also keinem so richtig zu helfen. Ihr Krieg zog sich hin.

Da griff Komaithó, die Schwester jener 22 und Tochter des Pterélaos, ein. Einzig sie nämlich wußte, wo die geheime Unsterblichkeit, die Poseidõn ihrem Vater verliehen hatte, ihren Ort besaß: in seiner goldenen Lockenfülle. Aber diese eingeweihte Komaithó verliebte sich heillos in einen der schönen jungen Anführer ihres Feindes: sei es in Amphitrýon, sei es in Képhalos, also wahrscheinlich in beide. Umso mehr wollte sie die Begehrten siegreich sehen. Darum schnitt sie ihrem Vater Pterélaos einfach eine seiner goldenen Locken ab, und schon war er sterblich, schon auch wurde er getötet.

Das aber traf nun den erotisch so leicht entflammbaren Képhalos ins Herz, weil er sich ausgerechnet in diesen Pterélaos ebenso heillos verliebt hatte wie dessen Tochter in ihn. Also stürzte er sich nach dem Ableben seines angehimmelten Lockenkopfes vom *Leukadischen Felsen* in den Tod, was nun irgendwie wiederum auch die schuldige Komaithó nicht überlebte.

Aber die Rache Amphitrýons an den 22 Mördern seiner Neffen oder Vettern und Schwäger *in spe* war nun inmitten dieser allgemeinen Todesorgië nicht sehr viel mehr als eine Formalität.

Amphitrýon trat den Heimweg zu seiner verlobten Alkméne und in deren verheißenes Brautbett an.

Dort aber lag in ebendieser Nacht seiner Wiederkehr schon ein anderer Amphitrýon, den Alkméne da als den Rächer ihrer Brüder empfangen hatte. Ih-

re entsprechend begeisterte, angemessen hemmungslose Glut und Emphase
sind da vorstellbar.

Aber nachdem sie sich mehrfach mit diesem vermeintlich so erfolgreichen
Krieger und Sieger, diesem Retter und wahren Racheëngel vereinigt hatte,
traf der echte Amphitrýon ein, der andere entschwand elegant, und Alkméne
umarmte ihren Helden also in Gottes Namen gleich noch ein weiteres Mal.

Als sie ihn andern Tages auch für all seine ersten Umarmungen belobigte
und seine Ausdauer pries, verurteilte Amphitrýon sie flugs wegen untreuen
Ehebruchs schon gleich in der Hochzeitsnacht zum Feuertode. Vom Scheiterhaufen rettete sie da nur ein goldener Gewitterregen, der vom Himmel
herab keine Flammen duldete, das Feuer löschte und den rasenden Amphitrýon nachdenklich stimmte.

Dieses vielfachen Rätsels Lösung wurde zuërst vom androgynen und blinden Propheten Teiresías durchschaut, den künftigen jungen Eltern verheißen
und dann noch Jahrhunderte lang belacht und häufig beschrieben. Erst nämlich hatte Göttervater Zeus in dreifach verlängerter Liebesnacht und täu-
schend echter Mimikry als Amphitrýon der Alkméne mehrmals beigewohnt,
hiernach aber dann auch noch das Original persönlich.

Alkméne jedoch war in dieser einen Nacht sowohl vom Göttervater Zeus als
auch von ihrem menschenmännlichen Gespons geschwängert worden und
sah einer Niederkunft mit so ungleich gleichen Zwillingssöhnen entgegen
wie andernfalls auch schon die Lade Leda mit ihren Dioskuren.

Im Olymp aber braute sich über ihnen allen ein Unheil zusammen. Dort
nämlich brüstete sich der potente Zeus mit dieser seiner jüngsten amourösen
Eskapade und deren baldigem Produkt: einem einmalig heldenhaften und
übermenschlichen Gottessohne.

Das hörte dort allzu gespitzten Ohres als erste die Schwester und Ehefrau
dieses promisken Göttervaters, jene Göttermutter Héra, deren irdische Sympathiën sich just auf eben die peloponnesische Argolís konzentrierten, wo
all diese mitbetroffenen Menschenkinder zu Hause und speziëll ihre eigenen
Anbeter waren. Es ging also nicht nur um Héras Ehe, sondern auch noch um
ihre Kultgemeinde und deren Zucht und Sitte in einem Eherecht, wie es diese Göttin der Frauen global zu verteidigen und schützen trachtete: war doch
das Heiraten überhaupt ihre eigenste Erfindung und göttliche Leistung.

Also förderte Héras entsprechender Einsatz für die Rechte irdischer Frauen eher deren Emanzipation als unbedingt ihren Nachwuchs. Schon ihre eigenen (vorehelichen) Söhne, etwa Áres und Héphaistos, waren dieser militanten Frauenrechtlerin, deren heiliges Tier ausgerechnet der eitle Pfau und später Gans und Kuh waren, weniger interessant als die illegalen Produkte ihres brüderlichen Gemahls. Streitbar und eifersüchtig pflegte sie, mit einer Stimme, die fünfzig Männer übertönte, all dessen Seitensprünge möglichst empfindlich zu ahnden.

Nur umso sensibler reagierte sie nun auf seine schwer erträgliche Renommage mit einem Fötus jener Alkméne just aus ihrem eigenen Mykénai. Am Tage ihrer Niederkunft provozierte die Héra daher hinterlistig einen Schwur ihres stolzgeschwellten Göttergatten, sein heute erstgeborener Sprößling werde alle Menschen weit und breit überragen und beherrschen.

Kaum war dieser leichtsinnige Eid geleistet, blockierte Héra die Wehen Alkménes und leitete stattdessen die Frühgeburt eines Siebenmonatskindes ein, dessen Mutter Níkippe (eine andere Tochter des Pélops und Schwester ihrer Schwägerin Astydámeia), dessen Vater aber jener Sthénelos, der dritte Sohn des Perseús, also ebenso Leibeserbe des Zeus und der goldig verregneten Danáë war wie auch seine Brüder Elektrýon und Álkaios, die Väter von Alkméne und Amphitrýon, die nun von dieser anderen Tante unverhofft früh einen weiteren Vetter bekamen. Der wurde dann auf den Namen Aristódemos getauft, aber kurz und zärtlich immer nur Eurystheús genannt.

Sowie jedoch dessen illegal vorgezogene Frühgeburt gelungen war, ließ die tückische Héra die unterbrochenen Wehen der Alkméne wieder einsetzen und deren Zwillingssöhne geboren werden: einen also von Zeus und einen vom Amphitrýon. Der nannte seinen eigenen Iphiklẽs und den göttlichen Stiefsohn anmaßend Álkaios nach seinem eigenen Vater (der ja aber ein Sprößling der Danáë und ebenfalls des Zeus war). So glaubte Amphitrýon, all die Wirren dieser Zeugung und Geburt durch bürgerliche Einordnung kompensieren und beheben zu können.

Aber seine Alkméne war da sensibler. Sie hatte jene widernatürliche Unterbrechung ihrer Niederkunft als jenen olympischen Interruptus begriffen, der sie ja auch war, und nahm daher nur den amphitryonischen Iphiklẽs zur Brust. Den kleinen Álkaios aber, den sie schon spürsicher als ein Opfer junonischen Zorns oder Neides erkannte, setzte sie einfach in einem Felde, das später seinen Namen trug, aus. Das heißt konkret: sie überließ ihn, ganz *femme dure*, einem sofortigen Hunger- oder sonstigen Säuglingstode.

Das aber ließ nun Gott sei Dank sein Erzeuger, der ehelich düpierte Göttervater, so nicht zu. Er griff den ausgesetzten Säugling auf und legte ihn listig just seiner schlafenden eigenen Ehe-Héra an den vakanten, aber immerprallen Busen, machte also gerade die vorurteilsvolle Verderberin eines eigenen Lieblingssohnes zu dessen Wohltäterin und unfreiwilliger Retterin. Denn Zeus wußte natürlich, daß Héras Muttermilch unweigerlich unsterbliches Leben verlieh.

Der kleine Álkaios schmeckte sofort, daß aus diesen göttlichen Brüsten eine sehr viel deliziösere Nahrung zu beziehen war als aus alkmenischem oder sonstig gewöhnlich weiblichem Mutterbusen, sog daher, auch schon halb verhungert und auf alles gefaßt, diese todüberwindende Milch so gierig und ungestüm zubeißend in sich herein, daß ein heftiger Schmerz seine göttlich schlummernde Vize-Amme weckte und sie ihn fallen ließ.

Aber keine Angst. Vater Zeus war zur Stelle, fing seinen Favoriten auf und ließ ihn von seiner Tochter Athéne, die er ganz ohne weibliches Zutun autark geboren hatte, als Findelkind wieder an die zuständige Mutterbrust der Alkméne, hiernach zu seinem Stiefzwilling Iphiklēs in die Wiege legen.

Doch aus der angezapften Quelle der Héra schoß nun all die heftig angesaugte, aber ungetrunken bleibende Milch in so hohem Bogen ins Weltall und über den ganzen Himmel, daß sie dort heute noch als milchiger Sternenschleier wahrzunehmen ist und daher Milchstraße heißt. Die Griechen haben sie nach ihrer eigenen Vokabel *gala* für *Milch* lieber *Galaxías* genannt.

Die Héra aber, nur umso erboster, schickte schon nach acht Monaten zwei giftige Schlangen zur thebanischen Zwillingswiege. Doch während Iphiklēs vor den Vipern zu fliehen versuchte, griff der göttlich gestärkte Álkaios sie mutig an und erwürgte sie einfach.

Gottvater Zeus jedoch war über diesen Mordversuch der Héra so erzürnt, daß er sie mit gefesselten Armen und zwei Ambossen an den Füßen in den luftleeren Äther hängte, von wo sich die Listige nur noch durch argen Meineid befreien konnte. Ihre Wut auf den kleinen Álkaios aber wuchs nur ins Unermeßliche.

Das nun durchschaute abermals jener blinde und androgyne Prophet Teiresías, der den menschlichen Eltern dieses kindlichen Schlangenbezwingers
dessen unvergleichliches Heroënleben wahrsagte, aber zur Beschwichtigung
der rachelüsternen Göttermutter eine absolut ironische Namensänderung
vorschlug: Heraklés.

Heraklés aber ist *"der durch Héra Berühmte"*.

In griechischen und deutschen Märchen jedoch entspricht dieser Name
auch einem *"Starken Hans"*.

Von diesem Heraklés nun aber handelt mein dritter und letzter Teil.

*(Fortsetzung in der Sonderbeilage des nächsten „Europäischen Maga-
zins")*

Weder noch

Chat im Internet: www.speakerscornerTV.de/blaugold-dioskuren

Autor: "PRÄSIDENT VON WALTER"
antwortet "GIANETTINO DORIA":

Noch für "GIANETTINO DORIA", klipp und klar.

In seinen *"Briefen über Don Carlos"*, jenem großen Essay nicht nur zu diesem Stücke, sondern auch zu manchem Prinzip überhaupt, hat Schiller
gleich im ersten Satze des *Zehnten Briefes* für alle Gianettino Dorias (und
die sonst dessen Frage stellen) unmißverständlich lapidar formuliert:

"Ich bin weder Illuminat noch Maurer".

Klarer geht es ja wohl schwerlich.

Wir Germanisten kennen diesen Satz seit mehr als zweihundert Jahren und
haben daher keinerlei Problem mit Schillers Tod.

Nun kennt Ihr alle ihn auch. Ich hoffe, die leidige Diskussion um die Ermordung eines abtrünnigen Logenbruders hat sich damit auch für Euch alle ein-für allemal erledigt.

Schöne Grüße.

USA = UdSSR

Chat im Internet: www.speakerscornerTV.de/blaugold-dioskuren

Autor: "MULEY HASSAN, MOHR VON TUNIS"
antwortet   "MELVIL":

Hello, "MELVIL"!

Was Du hier über die freimaurerische Basis der amerikanischen Demokratie in Erinnerung gebracht hast, habe ich mit Interesse und Bewegung gelesen.

Trotzdem habe ich einen Einwand. Ganz so friedlich und unblutig, wie es scheint, hat ja auch Euer Humanismus nicht zur Staatsform werden können.

Sicher, solche Exzesse wie die *Französische Revolution* habt Ihr vermieden. Aber Ihr brauchtet auch nicht den Absolutismus eines Königs wie Ludwigs XVI. zu stürzen. Andererseits war ja auch Euer Unabhängigkeitskrieg gegen die englische Kolonialmacht alles andere als zimperlich. Aber Krieg ist Krieg: meinetwegen – obwohl ja ... Die Atombomben Eures Freimaurers Harry S. Truman fielen schon außerhalb aller Zwänge des *Zweiten Weltkrieges* auf Hiroschima und Nagasaki. Ein weites Feld, dieser Massenmord ohne unappetitliche Guillotine ... Oder später noch Viëtnam. Oder auch Afghanistan, der Irak: lauter weite Felder ...

Aber es hat immerhin, grade in Eurer Frühzeit und grade unter Euren Anführern, die ja wirklich fast alle Freimaurer waren, auch viele Attentate gegeben. So mancher Eurer Präsidenten ist sogar ermordet worden, und sicher war da so mancher Täter wie auch manches Opfer Mitglied einer Loge, um deren Ideale und ihre Realisierung es in Eurer Politik eigentlich unvermeidlich immer gegangen sein muß. Es wurde aber fabelhaft verschleiert.

Ich bin kein Experte in Eurer Geschichte, aber ich erinnere nur an die Ermordung Eurer Präsidenten Abraham Lincoln, James Garfield und William McKinley, die ebenso Freimaurer waren wie der ominös verstorbene Warren G. Harding – von den vieldiskutierten Hintergründen des Mordes an John F. Kennedy mal ganz zu schweigen. Von so manchem erfolglosen Anschlag gleichermaßen. Die Täter wurden meist zu Anarchisten oder zu Einzeltätern wie Wilhelm Tell oder einfach für geisteskrank erklärt. Nun ja.

Das alles mag anfechtbar oder widerlegbar sein, liegt aber ganz unleugbar für immer und ewig in Eurer Luft.

Sehr, sehr anders verhält es sich mit Eurer Sklavenpolitik. Sowohl Indianer als auch gewaltsam importierte Afrikaner sind grade im Schutze Eurer humanen Verfassung in unzählbaren Mengen zu Tode gekommen. Zwar waren sie keine Freimaurer, konnten es aber auch nicht werden. Denn das hochgelobte Prinzip der Gleichheit aller Menschen galt in den amerikanischen Freimaurerlogen zumindest der Frühzeit für alle sogenannten Sklaven ausdrücklich nicht. Zu den Sklaven wurden meist auch alle Farbigen gezählt, die Behinderten ebenso wie bei uns Europäern, die wir übrigens gern auch Dienstboten, Juden, Handwerker, Kastraten und unehelich geborene Söhne von unsern egalitär toleranten Logen fern hielten.

Aber Ihr solltet und wolltet es ja besser machen als die *Alte Welt*!

Tatsächlich habt Ihr die Feinde Eurer Logen nicht mit dem Fallbeil liquidiert, das ist wahr, aber ebenso wahllos und vielfach nach längerwierigen, auch subtileren Mißhandlungen. Guantánamo ist da nichts Neuës.

Immerhin hatten die Französischen Revolutionäre keine Hemmung, ihren demokratischen Staat nach amerikanischem Vorbild ausgerechnet mit einem unvorstellbaren Blutbad in die Wirklichkeit umzusetzen. Das schien sich für sie durchaus nicht auszuschließen.

Dasselbe wiederholte sich mehrfach nach gleichem Muster dann auch in Rußland. Sowohl jene Erhebung der sogenannten Dekabristen 1825 als auch die Oktoberrevolution 1917 bezogen, sei es auf dem Umwege über die *Französische Revolution*, ihre Ideën, ihre Utopiën, ihre Hoffnungen und Ziele aus den Konzepten der Freimaurer.

Die Dekabristen beriefen sich auf das freimaurerische *"Komitee des öffentlichen Wohles"* und richteten ihren Putsch, wie der baltische Publizist Wolfgang Strauss es formuliert hat,

"gegen eine Ordnung der Leibeigenschaft, Geistesfeindschaft, Selbstherrschaft. Gegen ein System der Zensur und Tyrannei. Ideengeschichtlich und gesellschaftspolitisch verkörperten die Dekabristen ('Dezemberleute') das Gegenteil: Republikanismus, Bürgerrechte, Bauernbefreiung, Freiheit des Geistes, Lehr- und Meinungsfreiheit".

Ihr blutiger Aufstand, der am 14. Dezember 1825 so elendiglich endete, war laut demselben Strauss

"der erste und der letzte Funke der Französischen Revolution im ostslawischen Teil des Abendlandes. Ein siegreicher Aufstand hätte nicht nur das Gesicht Osteuropas verändert – er hätte der Weltgeschichte einen neuen Lauf gegeben":

wie Eure Gründung der *Vereinigten Staaten von Amerika*, wie der Sturm auf die Bastille.

Aber die Dekabristen scheiterten nicht zuletzt an ihrem eigenen Selbstverständnis

"als slawische Jakobiner, und sie waren es auch; sie hatten in ihren Reihen einen Robespierre, einen Marat, einen Saint-Just, einen Danton" (Strauss)

und wollten letztlich wie diese nur die alte Bevormundung durch eine neue ersetzen. Ihr brillanter Anführer Pawel Pestel war ein radikaler Jakobiner, dessen Verfassungsentwurf der englische Slawist Edward Crankshaw als *"unheimliche Vorahnung des Stalinismus"* bezeichnet.

Die Nachfolger der gescheiterten Dekabristen, jene *Narodnikij*, ermordeten 1881 den Zaren Alexander II. und versuchten 1887, auch dessen Nachfolger Alexander III. zu töten. Unter den hingerichteten Attentätern war auch Alexander Uljanow, der Lieblingsbruder Lenins.

Als dieser dann dreißig Jahre später den Versuch seines Bruders wiederholte, wurde auch er von denselben Idealen geleitet. Diesmal blieben Zar Nikolai II. und dessen ganze Familie in Jekaterinenburg auf der Strecke.

Hierbei ist ebenso oft behauptet wie bestritten worden, daß Lenin und dessen Kampfgenosse Trotzkij Freimaurer waren. Von ihrem Karl Marx hingegen steht es fest. Von Karl Liebknecht ebenfalls. Von Maxim Gorkij wohl auch. Von Trotzkij ist der Satz überliefert:

"Die Geschichte der Freimaurerei wurde die letzte Brücke, die mich zum Marxismus führte".

Daß er sich intensiv mit dem Studium freimaurerischer Programmatik beschäftigte, geht indirekt auch noch aus seinen haßerfüllten Ausfällen hervor, mit denen er noch 1923 in der *"Iswestija"* die Freimaurerei *"auszurotten"* empfahl:

"denn sie schwächt die Lehren des Kommunismus durch ihre bürgerlichen Journalisten ab";

ein genuïner Zusammenhang der beiden Heilslehren wird da also gar nicht geleugnet, sondern vorausgesetzt. (Selbst Hitler läßt hier grüßen.)

Aber als Bindeglied zwischen Französischer und Russischer Revolution mag nachvollziehbar auch jene Pariser *Commune* von 1871 fungiert haben, die sich der Freimaurerlogen zumindest ideëll, aber auch als politischer Unterhändler bediente.

Noch größer aber dürfte im Rußland von 1917 tatsächlich die Nähe zur *Illuminaten*-Loge gewesen sein, der ein Experte wie Johannes Rogalla von Bieberstein noch 1979 bei der Lektüre von Thesen ihres federführenden Ideologen Adolph Freiherrn von Knigge nachweislich ansah, daß dieser Orden

"zwar nicht faktisch, aber doch tendenziell und dem Anspruch seiner Führer nach – modisch gesagt – als eine systemüberwindende Weltanschauungspartei anzusprechen"

sei. Folgerichtig haben amerikanische Rechtsradikale noch 1965 behauptet, gar nicht Karl Marx sei der wahre Vater des Kommunismus, sondern recht eigentlich Adam Weishaupt, jener *Spartacus* und Begründer der *Illuminaten* im Ingolstadt (*"Eleusis"*) von 1776.

Wie nah sich diese Extreme in Wahrheit oder ihrem Geiste nach berührten, geht zum Beispiel aus einer Urkunde hervor, die am 18. November 1917, also mitten in der Revolution, in Kiew die Aufnahme eines russischen Offi-

ziers in die dortige Loge *"Narcissus"* bestätigt: quasi als Überschrift dieses
ganzen Dokumentes fungiert dort in dominierenden Versalien die freimaurerische Devise der *Französischen Revolution*:

"LIBERTAS. AEQUALITAS. FRATERNITAS."

Das ist die lateinische Übersetzung des französischen *LIBERTÉ. ÉGALITÉ.
FRATERNITÉ.* oder des deutschen *FREIHEIT. GLEICHHEIT. BRÜDER-
LICHKEIT.*

Auch inhaltlich ließe sich diese These der Freimaurer in den auslösenden
Idealen der *Russischen Revolution* hinlänglich belegen, so daß wir uns heute, mit genügendem Abstand von jenem *Kalten Kriege* nach 1945, staunend
vor einer Absurdität der Geschichte wiederfinden. Wer ohne Vorurteile die
unverfälschten Urprogramme der *Illuminaten* oder überhaupt der Freimaurer studiert, wird ohnehin nicht vermeiden können, die geistige Verwandtschaft mit den Urprinzipien des sogenannten Edelkommunismus zu entdek-
ken. Jene manisch-neurotische Kommunistenhatz, mit der seit 1950 der re-
publikanische US-Senator Joseph R. McCarthy den späteren Islamistenjä-
gern seines Landes ein arges Muster undemokratischer Intoleranz an die
Hand gab, richtete sich in Wahrheit gar nicht gegen die damals sprichwört-
lich *"un-American activities"*, sondern zuallertiefst gegen solche Prinzipien
der eigenen Verfassung, die ursprünglich ebenso freimaurerischen Idealen
des Humanismus entstammten wie (jenseits des damals als eisern erachteten
Vorhanges zwischen den feindlichen Hemisphären) auch die Dogmen des
dortigen Kommunismus.

Vielleicht ja erachtete dort im Großen ein Freimaurerenkel den andern als
einen Verräter an der gemeinsamen Sache, der daher nach Logenrecht gnadenlos hingerichtet werden mußte. War eigentlich das der *Kalte Krieg*?

Jedenfalls standen sich hier zwei Spielarten derselben Utopiën waffenras-
selnd gegenüber, verkannten die Gemeinsamkeit ihrer ideëllen Herkunft und
konzentrierten sich zwischen den jeweils eigenen Scheuklappen ganz auf
die Abtrünnigkeiten oder Korruptionen der andern Seite.

Dabei übersahen sie die Gemeinsamkeit sogar in ihrer beider Emblematik.
Sowohl der Sowjetstern,

den es in Rußland beispielsweise schon seit 1815 als *Logo* der Sankt Petersburger Loge *"Zum flammenden Stern"* und 1913 auf einer Briefmarke zum dreihundertjährigen Regierungsjubiläum der dynastischen Romanows gab,

als auch die Staatssymbole des amerikanischen Sternenbanners, amerikanischer Wappen, sonstiger Fahnen und Frei- sowie Stempelmarken

gehen allesamt auf jenen magisch-mystischen Drudenfuß zurück, der eben als *"flammender Stern"* ein zentrales Symbol des internationalen Freimaurertums darstellt.

Folglich verwenden auch alle anderen freimaurerisch oriëntierten Staaten dieses Emblem des Fünfsterns wo auch immer: sei es nun Polen oder Portugal, Rumänien oder Chile, Italien oder Neuseeland, Marokko oder Ungarn, Portorico oder Liberia, Malaysia oder schließlich gar Kuba, dieser brisante Fokus jener beiden konträren Hemisphären des *Kalten Krieges.*

Aber mehr als irgendwo sonst diente in den *Vereinigten Staaten von Amerika* und in der Sowjetunion dieses Pentagramm zur nachgerade kultisch national-chauvinistischen Identifikation.

Den einen war es das übermäßig gefeierte und verklärte *"Banner der Hoffnung und Freiheit für Generationen von Amerikanern": "solange Menschen die Freiheit mehr als das Leben lieben"* und *"die Gundsätze der Wahrheit, Gerechtigkeit und allgemeinen Mildtätigkeit tief in den Herzen der Menschen verwurzelt bleiben"* (aus der unverkennbar freimaurerischen National-Broschüre *"How to Respect and Display Our Flag"*);

den andern war es ihr erster eigener Orden, der bald auch das Staatswappen und die *Rote Fahne,* auch die Helme der *Roten Armee* und in der Frühzeit gar die Haut der Rekruten mit einem untilgbar eingebrannten roten Pentagramm auf der linken Hand kennzeichnete oder zierte;

aber auf einer Wohltätigkeitsmarke zugunsten von Hungergebieten markierte dieser selbe Fünfstern in seiner sowjetischen Variante ein Dreieck, in dem sich zwei Arme mit einem Handgriff begegneten, der noch unverkennbarer von den Freimaurern herrührte.

So also gab es über die aggressive Polarisierung fast eines neuen Weltkrieges hinweg eine unbewußt heimliche Verbindung und Einheit dieser beiden unversöhnlich scheinenden Kontrahenten.

Aber so auch konnte ein authentisch realisierter Kommunismus nie und nimmer zu einer solchen *un-American activity* werden wie der hausgemacht eigene Kapitalismus durchaus. Der nämlich war im Sinne der amerikanischen Verfassungsväter (oder -brüder!) die gefährlichste Bedrohung dessen, was eigentlicher Amerikanismus war: freie Gleichberechtigung aller Menschen, Toleranz, Liberalismus, Humanität. Ein unkorrumpiert idealer Kommunismus steht alledem sehr viel näher als die amerikanische Marktwirtschaft mit ihrem globalen Terror, dessen direkte und indirekte Opfer inzwischen unzählbar sind.

So, mein lieber MELVIL: hoffentlich bist Du meiner Meinung, daß ich hier Deinen Text durchaus nicht widerlegt, geschweige angegriffen, sondern nur ergänzt und vervollständigt habe.

Euer Land ist ja sehr groß. Immer und bei allem also gilt da jeweils irgendwie ebenso auch das Gegenteil. Okay?

Listen lügen

Chat im Internet: www.speakerscornerTV.de/blaugold-dioskuren

Autor "VERRINA"
antwortet   dem "PRÄSIDENTEN VON WALTER":

Germanisten, schreiben Sie, kennen Schillers lapidare Aussage, er sei weder Freimaurer noch Illuminat.

Germanisten sollten dann auch wissen, daß er diesen Satz 1788 schrieb, als er 28 oder 29 Jahre alt war. Ihm blieben also immerhin noch sechzehn oder siebzehn Jahre, um eine solche Mitgliedschaft zu erwerben.

Hierzu liegen allerdings von ihm persönlich keine Aussagen vor.

Informativer scheinen da die Mitgliederlisten der diversen Logen zu sein. Schillers Name taucht aber auch da nirgends auf.

Doch das besagt nicht viel. Rechtsanwalt Dr. Robert Schneider aus Karlsruhe, dort zunächst Mitglied der Loge *"Leopold der Treue"* und in seinen späteren Kampfschriften gegen die Freimaurer immerhin bestens informiert, hat sicher zurecht auf die Unzuverlässigkeit solcher Mitgliederlisten hinge-wiesen:

"Die heute im Besitz von Nichtfreimaurern befindlichen Mitgliederlisten ge-ben kein richtiges Bild."

Denn:

"Die Geheimhaltungspflicht erstreckt sich selbstverständlich auch auf die Mitgliederlisten, auch wenn sich heute viele Mitgliederlisten im Besitz von Nichtfreimaurern und im Besitz von Behörden befinden."

Das dürfte im 18. Jahrhundert noch sehr viel strikter so gehandhabt worden sein. Damals nämlich hatte die Geheimhaltung noch einen brisanten Sinn. Die humanistisch-demokratischen Ziele der Freimaurer standen in radikaler politischer Opposition zum unumschränkt herrschenden Absolutismus, der eine Opposition nicht duldete. Also war sie, als Vorläuferin liberaler politi-scher Parteïen gleichsam, zu strikter Geheimhaltung geradezu verdammt.

Also besagen Mitgliederlisten, wie sie uns heute ohne Schillers Namen vor-liegen, gar nichts.

Also steht die berechtigte, drängende Frage von "GIANETTINO DORIA", ob Schiller ein Freimaurer oder Illuminat war, der auch hätte abtrünnig wer-den können, nach wie vor im Raume.

Wer von Euch weiß mehr?

Illuminater Idealist

Chat im Internet: www.speakerscornerTV.de/blaugold-dioskuren

*Autor: "LOUISON D'ARC"
antwortet   dem "PRÄSIDENTEN VON WALTER":*

Hallo, Herr "PRÄSIDENT VON WALTER"!

Sowohl beim Freimaurer Eugen Lennhoff, einem österreichischen Publizisten und prominenten Logenfunktionär,

als auch beim Jesuïten Michel Dierickx, einem niederländischen Professor der Geschichte,

ist in Publikationen aus den Jahren 1929 und 1968 nachzulesen, daß

"vielleicht auch Schiller", zumindest *"zu gewissen Zeiten"*,

Illuminat war.

Was sagen Sie dazu?

Mentales Mitglied

Chat im Internet: www.speakerscornerTV.de/blaugold-dioskuren

Autor: "THEKLA, PRINZESSIN VON FRIEDLAND "
antwortet   jedem, der es lesen will:

Hallo, Freunde!

Ich möchte einen Aspekt in unser Spiel bringen, der eigentlich von Lessing stammt.

Wir wissen, daß Lessing bei den Freimaurern Mitglied, aber nur von deren Ideën begeistert, von ihrer Praxis ehcr entsetzt war. Durch seinen Dialog *"Ernst und Falk – Gespräch für Freymäurer"* von 1777 zieht sich ja wie ein Leitmotiv der mehrfach variïerte Gedanke, daß man auch Freimaurer sein könne, ohne Mitglied zu werden:

"Weil man etwas sein kann, ohne es zu heißen".

Demnach kann aber auch mancher nur so heißen, ohne es zu sein. Mancher könnte zum Beispiel Mitglied der Freimaurer, aber nicht von ihrem Geiste sein.

Denn was Freimaurerei ihrer Idee nach ist, wird von Lessing sehr viel höher eingeordnet:

"Die Freimaurerei ist nichts Willkürliches, nichts Entbehrliches: sondern etwas Notwendiges, das in dem Wesen des Menschen und der bürgerlichen Gesellschaft gegründet ist. Folglich muß man auch durch eigenes Nachdenken ebensowohl darauf verfallen können, als man durch Anleitung darauf geführt wird."

Insofern ist die Essenz des Freimaurertums für Lessing auch zeitlos gültig:

"Meinst du denn, daß das, was die Freimaurerei ist, immer Freimaurerei geheißen?"

Die Etiketten wechseln also, nicht der Geist.

"Die Freimaurerei war immer."

Vielleicht war ja also auch Schiller in so zeitlosem Sinne Freimaurer des Geistes, aber *"ohne es zu heißen"*: ohne offiziëlles Mitglied auf irgend einer Liste zu sein?

Wäre das denkbar? Ein idealistisch aufgeklärter Humanist war er schließlich wie Lessing und sonst nur noch wenige.

Oder?

Brüder-Bürgschaft

Chat im Internet: www.speakerscornerTV.de/blaugold-dioskuren

Autor: "DOMINGO"
antwortet   gar nicht, sondern spinnt den Faden weiter:

Ich nochmal.

Weil ich bei der Lektüre von Babos Kampfschrift *"Ueber Freymaurer. Erste Warnung"* aus dem Jahre 1784 auch was gelesen habe, was jetzt weiterhelfen könnte.

Von einer *Illuminaten*-Loge heißt es da:

"Nebst den eigentlichen Mitgliedern hat sie auch garantierte. Das sind solche Männer, die zwar keine aufgenommene Mitglieder sind, für welche aber ein Mitglied der Loge gutgesprochen hat, daß sie nämlich nicht gegen die Loge gesinnt sind und nicht gegen ihre Absichten handeln".

Vielleicht war ja auch Schiller bei den *Illuminaten* solch ein *"garantiertes"* Mitglied: also quasi mit Bürgschaft. (Nicht zuletzt als Autor einer weltberühmten *"Bürgschaft"*!)

Inoffiziëll illuminat

Chat im Internet: www.speakerscornerTV.de/blaugold-dioskuren

Autor: "ARMGARD"
antwortet   Euch allen:

Nur ein Hinweis.

Schillers großzügiger Mäzen, der Erbprinz und spätere Herzog Friedrich Christian von Schleswig-Holstein-Sonderburg-Augustenburg, war Mitglied der Freimaurerloge *"Zorobabel zum Nordstern"*, aber außerdem auch noch *"inoffizielles Mitglied"* der *Illuminaten*.

Sein Interesse an Schiller scheint zumindest partiëll in diesen Mitgliedschaften ihren Grund oder Anlaß gehabt zu haben.

Vielleicht war ja Schiller selbst auch eben solch ein *"inoffizielles Mitglied"* der *Illuminaten* wie sein Mäzen, wer weiß?

Na, wenn es sowas gab ...

Mechanisches Mitglied

Chat im Internet: www.speakerscornerTV.de/blaugold-dioskuren

Autor: "MARGARETA CURL"
antwortet gar nicht, sondern fragt:

Kennt Ihr den Brief, den Schiller, 23 Jahre alt, am 12. September 1783 aus Mannheim an seine mütterliche Herzensfreundin Henriëtte Freifrau von Wolzogen schrieb?

Da heißt es wörtlich:

"Wir haben einmal von der Freimaurerei miteinander gesprochen. Vor einigen Tagen hat mich ein reisender Maurer besucht, ein Mann von der ausgebreitetsten Kenntnis und einem großen verborgenen Einfluß, der mir gesagt, daß ich schon auf v e r s c h i e d e n e n   F r e i m ä u r e r l i s t e n stünde ... ".

Stimmte das denn?

Und: wie wäre er dann da hin gelangt?

Wußte er selbst das wirklich nicht?

Und war das dann gültig?

Immerhin soll dieser "reisende Maurer" ja kein Geringerer als Constantin Marquese di Costanzo, Hauptmann, Kammer- und Staatsrat aus München, gewesen sein – einer der aktivsten und erfolgreichsten Missionare des damaligen Logenwesens überhaupt: *"Diomedes"*. Er dürfte informiert gewesen sein ...

Geheim Gebrüder

Chat im Internet: www.speakerscornerTV.de/blaugold-dioskuren

Autor: "ROLLER"
antwortet allen:

Es gab auch geheime Logenbrüder.

So weiß man heute von König Friedrich Wilhelm III. von Preußen, dem Ehemanne der populäreren Königin Luise und mit ihr zusammen einem letzten fürstlichen Verehrer und Wohltäter Schillers noch kurz vor dessen Tode,

daß er in Paris einer russischen Feldloge nur unter der Bedingung beitrat, daß seine Mitgliedschaft vollkommen *"secretiert"* blieb.

So waren seine Untertanen noch lange der Meinung, daß er kein Freimaurer war, obwohl er es schon war.

Auch Prinz Friedrich Christian von Schleswig-Holstein-Sonderburg-Augustenburg hatte bei seinem Adlatus Jens Baggesen angefragt: *"Kann die Aufnahme in der dortigen* [Hamburger] *Loge so geheim gehalten werden, daß man auswärts und namentlich hier* [in Kopenhagen] *nichts davon erfährt?"*

Vielleicht war es ja bei Schiller ähnlich?

Beim Bier

Chat im Internet: www.speakerscornerTV.de/blaugold-dioskuren

Autor: "ULRICH VON RUDENZ"
antwortet   jedem, der es wissen will:

Folgendes:

Als Schiller 27jährig im Hochsommer 1787 erstmals nach Weimar kam und hier weder "seinen" Herzog noch die Ikone Goethe, umso mehr aber unter Künstlern und Akademikern wiederum Freimaurer oder *Illuminaten* antraf, war eine seiner hiesigen Kontaktadressen der Literat Johann Joachim Christoph Bode: einer der bedeutendsten Freimaurer jener Zeit, aktivster Logenmissionar in Nord- und Mitteldeutschland und seit Weishaupts Demissionierung praktisch Oberhaupt der kopflosen *Illuminaten*.

Eben war dieser Bode, der nacheinander seine drei Ehefrauen und sämtliche sieben Kinder verloren hatte und nun ein umso manischerer Logenfunktionär war, von seiner vielverdächtigten Reise ins vorrevolutionäre Paris und zur dortigen Gründung einer Dépendance der *Illuminaten* nach Weimar zurückgekehrt, als er nun hier auf den Autor der berüchtigten *"Räuber"* stieß. Der war zwar drei ganze Jahrzehnte jünger, ihm aber von zwei Begegnungen vor drei Jahren in Mannheim her durchaus noch ein Begriff.

Schon eine einzige Woche nach ihrem Wiedersehen referierte Schiller seinem Intimus Körner, der ja vor und neben Goethe zwei Jahrzehnte lang sein vertrautester Freund war, was mit diesem Bode, der maßgeblich den Logenbeitritt immerhin schon Lessings, Goethes, Friedrich Ludwig Schröders, Herzog Carl Augusts und des Koadjutors von Dalberg herbeigeführt hatte, nunmehr auch ihm widerfahren war:

"Bode hat mich sondiert, ob ich nicht Maurer werden wolle. Hier hält man ihn für einen der wichtigsten Menschen im ganzen Orden. Was weißt Du von ihm?" (am 10. September 1787).

Körner, selbst Mitglied mehrerer Logen, zeitweise deren alchimistisch-theosophischen Randbezirken geradezu verfallen, aber hiervon inzwischen kuriert, beantwortete Schillers indirekte Bitte um Beratung umgehend, indem er zwischen den Zeilen vor Bode warnte.

"Wenn er Dich zum Proselyten machen will, so ist es für die Illuminaten, welche einige Freimaurerlogen in Besitz genommen haben".

Hiernach bezog er sich konkret auf Bodes zitierten Ausfall gegen die *"Anarchie der Aufklärung"* und konterte so:

"Wenn er aber wider A n a r c h i e der Aufklärung eifert, so möchte man ihn fragen: ob denn durch D e s p o t i s m u s der Aufklärung viel mehr gewonnen sein würde. Der edelste Zweck in den Händen einer Gesellschaft, die durch S u b o r d i n a t i o n verknüpft ist, kann nie vor einem Mißbrauch gesichert werden, der den Vorteil weit überwiegt" (18. September 1787).

Dieser behutsame, etwas umständliche Hinweis auf die tyrannischen inneren Strukturen der *Illuminaten* und ihr Prinzip eines absoluten Gehorsams schienen gerade bei einem Briefpartner vom Charakter Schillers zu genügen, um dieses Thema eines Logenbeitritts in den verbleibenden achtzehn Jahren ihrer vertraulichen Korrespondenz nie wieder anzuschneiden. Es schien sich, auch für alle germanistischen Leser seiner *"Briefe über Don Carlos"*, endgültig erledigt zu haben.

Aber solche briefliche Aussparung dieses damals hochaktuëllen und durchaus brisanten Themas dürfte auch primär auf das Schweigegelöbnis des Logenbruders Körner zurückzuführen sein, dessen Vorsicht und nachvollziehbare Ängstlichkeit die angedrohten Strafen seines Ordens peinlich zu meiden bemüht waren. Schiller wußte und respektierte das.

In ihren Gesprächen jedoch dürfte das Logentum ihrer Tage durchaus ein Thema gewesen sein. Jedenfalls schrieb der diskrete Körner kurz vor Schillers Abreise nach Hamburg *via* Weimar, noch in dessen Asyl im nahen Tharandt, er habe mit dem Freunde Huber bei englischem Biere

"viel von Illuminaten und geheimen Gesellschaften"

gesprochen und diesbezüglich schließlich

"mit unserer eigenen werten Person und mit der Deinigen"

geëndigt (am 20. April 1787):

"Mache, daß w i r   a u c h bald ein paar Flaschen englisch Bier zusammen trinken" –

also über Schillers persönlichen Bezug zu solchen Geheimbünden sprechen! Als Thema waren die demnach auch für dieses Freundespaar durchaus akut. Es mag dabei nicht zuletzt um Missionierung oder Anwerbeversuche gegangen sein.

Doch nach Schillers Tode schrieb derselbe Körner an Karoline von Wolzogen, jene wohleingeweihte und mehrfach freimaurerisch verheiratete Schwägerin des Verstorbenen, über dessen Logen-Roman *"Der Geisterseher"* und erwähnte, daß Schiller zur Zeit dieser Arbeit

"noch keiner geheimen Gesellschaft angehörte":

noch; also später wohl doch.

Aber Körner korrigierte das bald, zuerst in einem andern Briefe an dieselbe Adressatin:

"Schiller trat weder den Illuminaten noch einem andern Geheimbund dieser Art bei, obwohl ihm manche Avancen gemacht wurden".

Auch in seinen biografischen *"Nachrichten von Schillers Leben"*, die Körner 1810 und 1811 für die erste Gesamtausgabe von Schillers Werken (bei Cotta, 1812-1815) schrieb, verschwieg oder widerrief er jenes frühere Eingeständnis und formulierte für Öffentlichkeit und Nachwelt, daß Schiller

"nie einer geheimen Gesellschaft angehörte".

Also glaubten das so nun seither auch Nachwelt und Germanistik.

Und gingen dem diskreten Körner dabei nur auf den Leim?

Vielleicht war der ja auch nur so verschwiegen, weil er die Strafen seiner Loge fürchtete, wer weiß das schon?

Crimen cardinale

Sondermeldung im Radio Radikal

In den Räumlichkeiten des Vatikans hat sich heute im Rahmen der Privataudienz am Vormittag ein blutiges Massaker zugetragen. Der *Heilige Vater* persönlich, ferner fünf Kardinäle, zwei Erzbischöfe und mehrere sonstige geistliche Würdenträger fielen diesem Anschlag zum Opfer. Die Zahl der Verletzten, die mit lebensgefährlichen Verwundungen in römische Krankenhäuser eingeliefert wurden, steht zur Zeit noch nicht fest.

Grund oder Anlaß dieses Kapitalverbrechens, das mit Maschinenpistolen ausgeführt wurde, ist noch unbekannt.

Die Täter trugen geistlichen Ornat und konnten entkommen, ohne ein Bekennerschreiben zu hinterlassen.

Die katholische Welt reagierte bestürzt und trauert um ihren obersten Hirten.

Schurz und Schnitt

Chat im Internet: www.speakerscornerTV.de/blaugold-dioskuren

Autor: *"HERZOGIN VON FRIEDLAND"*
antwortet *allen Frauen:*

Bei Mathilde Ludendorff, umstritten, ich weiß, aber immerhin Gattin unseres *"Helden von Tannenberg"*, lese ich, daß es für Logenbrüder auch den Begriff eines *"Freimaurers ohne Schurz"* gab.

Unter *Freimaurern ohne Schurz* muß man wohl sowas verstehen, was auch Lessing meinte: brave Männer, die keine offiziëllen Mitglieder einer Loge waren, aber dennoch deren Geist verkörperten und ihre Botschaft verbreiteten.

Könnte das denn nicht vielleicht auch auf Schiller zutreffen?

Der würde mir nämlich mit Schurz sowieso nicht gefallen.

Ohne nur umso mehr.

Aber der General bringt ja diesen obligaten Schurz, der zur rituëllen Kleidung der Freimaurer gehört und dem Gesellen bei der Aufnahme in den Meistergrad *"schnell und lebhaft abgerissen wird"*, sogar mit dem oriëntalischen Brauchtum einer Beschneidung in symbolische Verbindung. Er beschreibt sowas auch noch in all seiner blutigen und heidnischen Abscheulichkeit so genau und genüßlich, wie es eines siegreichen deutschen Generals an der Seite unseres Hindenburg nun wirklich nicht würdig ist.

Aber hieße das dann nach unserm Adam Riese nicht auch noch, daß solch ein *"Freimaurer ohne Schurz"* eigentlich beschnitten wäre?

Und unser Schiller beschnitten?

Also, da doch lieber einfach *"ohne Schurz"*!

Was meinen Sie, meine Damen?

Punkt Punkt Punkt

Autor: "GRAF VON LERMA"
antwortet   allen:

Anton Ritter von Klein, Literat in Mannheim, Professor der Wissenschaft und schönen Künste, "Geschäftsverweser" jener *"Kurfürstlichen deutschen Gesellschaft"*, die sich überwiegend aus literarisch interessierten Freimaurern rekrutierte und den 24jährigen *"Räuber"*-Autor als Mitglied aufnahm, war in jüngeren Jahren Jesuït, später Freimaurer, vielleicht auch Illuminat.

In diesem Klein also hatte Schiller während seiner unguten Mannheimer Zeit einen treuen Verehrer und anscheinend guten Freund, der auch finanziëll und mit ebenso dringend benötigten Schreibmaterialien (Papier, Federkiele, Siegellack) aushalf.

Anno 1815 gab dieser Anton von Klein in Mannheim seine *"Neuesten Gedichte"* heraus. Sie enthielten auch eine Nänie auf Schiller, die

"am Tage der Nachricht von seinem Tode"

geschrieben worden sei. Dieses Gedicht aus dem Jahre 1805 also trug den Titel

"Des Br. ∴ Schillers Verewigung".

Hierzu muß man wissen, daß *Br.* die unter Freimaurern übliche Abkürzung für ihre obligate wechselseitige Anrede *"Bruder"* ist.

Die drei hinzugefügten Punkte erinnern an das Maurersymbol des Dreiecks, das aus dem Göttlichen, dem Materiëllen und deren beider Verbindung besteht, und verifizieren in ihrer Stellung zwischen *Br.* und einem Namen die Logenzugehörigkeit eines Sobezeichneten. In Frankreich, wo ja die *fraternité* ein Fanal der Logen und ihrer Revolution geworden war, wurden Freimaurer daher oft auch *"les Frères Trois Points"* genannt: *Brüder der drei Punkte.*

Der Titel also des erwähnten Trauergedichtes dieses Anton von Klein würde demnach

mit seinem Signal *"Br. ∴"* vor dem Namen Schillers

offenbaren, daß zumindest dieser einschlägig gut instruïerte Autor ihn zweifellos für ein Logenmitglied gehalten hat.

Lieber logenlos

Chat im Internet: www.speakerscornerTV.de/blaugold-dioskuren

Autor: "FIESCO"
antwortet jedem:

Im thüringischen Rudolstadt, wo Schiller zunächst Charlotte von Lengefeld, seine spätere Frau, fand (aber auch erstmals mit Goethe sprach!), gab es seinerzeit die Freimaurerloge *"Günther zum stehenden Löwen"*.

Ihr *Meister vom Stuhl* war lange Jahre Hof-, Geheim- und Konsistorialrat Friedrich Wilhelm Ludwig Freiherr von Beulwitz, erster Ehemann jener Karoline von Lengefeld, der späteren Wolzogen, also von Schillers Schwägerin.

Als dieser Beulwitz 1829 starb, überlebte das auch die genannte Rudolstädter Loge nicht. Zwei ihrer Mitglieder, Archidiakonus Oettel und Großkaufmann Herold, beide aus dem nahen Saalfeld, schrieben daher am 9. September 1829 einen bedauernden Protestbrief an den Stuhlmeister der Nachbarloge in Hildburghausen. Sie beklagten das Ende ihrer nicht zuletzt

"durch die Aufnahme eines Schillers geehrten Loge".

Dieser Brief wurde 1911 in der Freimaurer-Zeitschrift *"Bauhütte"* (Nr. 48) veröffentlicht.

Dr. Ludwig Keller, Geheimer Archiv-Rat in Berlin wie auch prominenter Funktionär und Publizist der Freimaurer, fragte nunmehr direkt bei Schillers letztem lebenden Urenkel, dem Freiherrn Alexander von Gleichen-Russwurm, an, dessen Großvater, Heinrich Adalbert Freiherr von Gleichen-Russwurm, noch Schiller zum Paten gehabt und dessen jüngste Tochter Emilie geheiratet hatte. Dessen Vater nun wiederum, also Alexanders anderer Urgroßvater, war Wilhelm Heinrich Karl Freiherr von Gleichen-Rußwurm, der eine enge Freundin der Schwestern von Lengefeld geheiratet hatte und Prinzenerzieher bei Fürst Ludwig Friedrich II. von Schwarzburg-Rudolstadt war.

Die Chancen, daß dieser jetzige Alexander von Gleichen-Russwurm, der ja bereits nach neuestem Familienbrauch gar mit Vornamen *Schiller* hieß, freilich ein Patensohn des derzeitigen Großherzogs war, über die Logenkontakte seines großen Ahnen, über den er sogar publiziert hat, informiert sein könnte, waren also relativ groß. Er antwortete Dr. Keller,

"daß er allerdings keine Urkunden, denen volle Beweiskraft zukomme, in Händen habe. Aber die Mitteilungen aus dem Jahre 1829 entsprechen der Familientradition, und zwar sagt die Letztere, daß Wilhelm Heinrich Karl von Gleichen-Russwurm es gewesen sei, der Schiller der Loge zugeführt habe. Aufzeichnungen, die mein genannter Urgroßvater hinterlassen habe, enthielten einige Bemerkungen, die diese Überlieferung zu bestätigen scheinen. Aber die Angelegenheit war mit dem Schleier des Geheimnisses umgeben" (veröffentlicht in *"Bauhütte"* 1912, Nr. 45).

Nach solcher Verschleiërung hat Ludwig Keller diese rätselhafte Geheimhaltung einer nunmehr bezeugten Mitgliedschaft mit der damaligen Gepflogenheit zu begründen versucht, daß bedeutende Persönlichkeiten vor logenfeindlichen Verfolgungen durch reaktionäre Kreise *de la mode* geschützt werden sollten, indem sie nur

"in aller Stille unter dem Versprechen der Verschwiegenheit"

aufgenommen wurden. So also sei auch Schillers Logeneintritt

"gleichsam ein Familienereignis gewesen und als solches behandelt worden".

Diese Deutung ist von späteren offiziëllen Logenverlautbarungen angezweifelt und verworfen worden.

Just Goethes Weimarer Loge *"Amalia"* hat anläßlich ihrer Aufnahme in die Berliner *"Große National-Mutterloge zu den drei Weltkugeln"* im eigenen

Verlage eine *"Festschrift zum 5. September 1926"* publiziert (der ja auch um
ein Haar die 100. Wiederkehr jenes Tages hätte begehen können, an dem
Schillers vermeintlicher Schädel im Piëdestal der Großherzoglichen Bibliothek deponiert wurde: jenes 17. September 1826).

In dieser Festschrift also mit ihrem eindeutig freimaurerischen Anlaß stellt
Br. Leißling, damals Archivar der Loge *"Amalia"*, die Frage:

*"Verträgt es sich aber auch mit dem Bilde des lauteren Charakters eines
Schiller, sich auf diese ungesetzliche oder verheimlichte Art einweihen zu
lassen?"*

Leißling verweist auch auf einen Text seines Logenbruders Keil, der im
"Bayreuther Bundesblatt" 1912, Nr. 2, das Rudolstädter Freimaurerleben
nachgezeichnet und die Vermutung nahegelegt habe, Schiller sei dort als
Freund des Stuhlmeisters Beulwitz zwar oftmals Gast, aber niemals Mitglied gewesen.

Ein Br. ∴ Michel ergänzte 1913 in Nr. 27 der *"Bauhütte"*, es habe zwischen
Schiller und der Rudolstädter Loge zwar *"engen Verkehr"*, aber keine *"Aufnahme"* gegeben.

"In den betreffenden Protokollbüchern und Mitgliederverzeichnissen",

schließt Br. ∴ Leißling sich beflissen an, *"müßten doch gewisse Hinweise
vorhanden sein. Nun aber sind für diese Jahre, die für die Aufhellung unserer Frage in Betracht kommen, keinerlei Aufzeichnungen vorhanden"*.

So ein Pech.

Br. ∴ Leißling begründet es noch 1926 damit, daß Schiller schon deshalb
gar nicht habe Mitglied der Loge *"Günther zum stehenden Löwen"* werden
können, weil diese von 1787 bis 1793 *"auf höheren Befehl geschlossen werden mußte"*.

Gut. Und nach 1793?

Noch ganze zwölf Jahre Zeit für einen Br. ∴ Schiller in Rudolstadt! Immerhin waren dort, wußte selbst Friedrich Ludwig Schröder in Hamburg, auch
Herren der angeheirateten Familie von Lengefeld bekennende Freimaurer.

Außerdem war Schwager von Beulwitz, Schillers vermeintlicher Zugang oder Lotse zu Rudolstädter Logenkreisen wie auch zu den Gleichen-Russwurms, schon seit 1784 auch Oberhaupt der dortigen *Illuminaten*-Loge: einer weiteren potentiëllen Adresse also.

Aber unübersehbar war es jedenfalls 1926 den Weimarer Freimaurern lieber, diesen hochverehrten Schiller möglichst nicht als ihren Mitbruder anerkennen zu müssen. Denn sicher ist sicher: wer jenen Eid nie geleistet hat, kann ihn auch nicht brechen, und wer ihn gar nicht brechen kann, kann auch nicht schuldig werden und Strafe verdienen –

ergo deshalb auch nicht ermordet werden.

Nein, nein: Schiller war kein Br. ∴ !

Witwen und Waisen ∴

Chat im Internet: *www.speakerscornerTV.de/blaugold-dioskuren*

Autor: "BEATRICE VON MESSINA"
antwortet   und fragt:

Gegen Goethes markanten Protest wurden zur Trauerloge für den verstorbenen Br. Wieland wider alle sonstigen Bräuche ja auch Frauen zugelassen.

Der Großherzog setzte das seinem Hofe zuliebe bei Goethe und allen orthodoxen Puristen durch. Aber keineswegs sämtliche interessierten Frauen durften da erscheinen. Nur die Ehefrauen noch lebender Freimaurer waren zugelassen, also keine Witwen. Eben hierin entdeckte der kundige Ludwig Keller ein weiteres Argument zur Diskussion um Schillers Mitgliedschaft.

Charlotte von Schiller nämlich, seine Witwe, mag hier vielleicht gar eine indirekte Trauerloge auch für ihren Mann gewittert haben, zumal Freund Goehe einen Nekrolog halten wollte, der auf mehr als nur einen einzigen großen Dichter gemünzt sein mochte.

Immerhin machte sie in vielen ähnlich lautenden Briefen, auch an die Erbgroßherzogin Karoline von Mecklenburg-Schwerin, also Tochter ihres eigenen Herzogs, aber auch an ihren Sohn Ernst von Schiller, ihrer Empörung
Luft:

"Es waren nur die Frauen der Freimaurer dabei, wir also nicht".

Wer ist hier *wir*? Da sie wohl schwerlich an eine Teilnahme aller unbeteiligt
"profanen" Frauen gedacht haben kann, dürfte sie sich hiermit zur Spreche-
rin aller Freimaurer-Witwen gemacht haben, zumal sie in einem weiteren
Briefe in selbiger Sache die Anwesenheit von Goethes verachteter Frau zum
Anlaß für die folgende Formulierung nahm: hätte sie dieser

*"dicken Hälfte für eine Schale Punsch ihr Recht abkaufen können wie Esau
um ein Linsengericht seine Erstgeburt, so glaube ich, wären wir beide an
unserem Platze gewesen".*

Das ist theologisch nicht allzu schlüssig, aber die Wendung, auch sie wäre
dann *"an ihrem Platze gewesen"*, läßt den Schluß zu, daß ihr dieser Platz zustand: daß Schiller also Freimaurer war.

Br. ∴ Ludwig Keller hat mit einer Logik um mehrere Ecken gerade hieraus
den probateren Gegenbeweis abgeleitet.

Aber als nur anderthalb Jahre später Schillers ältester Sohn, der damals 21-
jährige Karl von Schiller, zum frühestmöglichen Zeitpunkt die Gelegenheit
erhielt, Mitglied der Weimarer Loge *"Amalia"* zu werden, soll seine Mutter,
behauptet jedenfalls der beschwichtigende Max Hecker, das sogar veranlaßt
haben.

Hieran dürfte man allerdings ablesen können, daß sie die Freimaurer jedenfalls nicht für die Mörder ihres Mannes hielt. Sonst wäre sie vermutlich
strikt dagegen gewesen.

Oder wäre gerade dann die Mitgliedschaft ihres Erstgeborenen in dieser lebensgefährlichen Gesellschaft auch als Schutzschild für den Vaterlosen zu
begreifen?

Immerhin wurde Karl von Schiller just am 12. Mai 1815 Freimaurer: das
war auf den Tag genau zehn Jahre nach der peinlichen Entsorgung seines
Vaters im obskuren Kassengewölbe – Zufall oder Jubiläum?

Wer ist wir?

Chat im Internet: www.speakerscornerTV.de/blaugold-dioskuren

Autor: "GRAF DUNOIS, BASTARD VON ORLEANS"
antwortet   weniger, als er fragt:

Ich will nur eine Frage in den Raum stellen.

Als sich Schillers Todestag 1815 zum zehnten Male jährte, wurde ja nicht nur sein Sohn (wiederum mit jenem fürchterlichen Eide) in die Loge *"Amalia"* aufgenommen, sondern Goethe gab auch seinem *"Epilog auf Schillers 'Glocke' "* die endgültige Gestalt und ließ ihn zwei Tage vorher, am 10. Mai 1815, im Weimarer Theater aufführen (oder sprechen).

Dieses Gedicht nun ist vor allem durch sein Leitmotiv in Deutschland populär geworden. Es lautet:

"Denn er war unser".

Hier schließt nun meine heutige Frage an: wer in diesem vielzitierten Satze ist mit *Wir* gemeint?

Oder auch: Schiller war wessen?

Der inneren Logik und Grammatik des Gedichts zufolge wären mit *Wir* alle Weimarer gemeint. Aber so provinziëlle Verengung von Schillers durchaus universell begriffener Bedeutung kann ich Goethe da wirklich nicht unterstellen.

Anderthalb Jahrhunderte lang wurde dieser Satz dann mißbraucht, um Schiller so zum Besitztum der deutschen Nation zu erklären. Aber das war absolut antigoethisch und dürfte schwerlich je so gemeint gewesen sein.

Bliebe zuletzt die Möglichkeit, Schiller mit diesem besitzanzeigenden Pronomen zum Eigentum der ganzen Menschheit zu deklarieren. Aber solcher Gemeinplatz ist Goethe wohl ebensowenig zuzutrauen.

Wenn man vom nun noch verbleibenden *pluralis maiestatis,* der Goethe
freilich auch sonst nicht eben völlig fremd war, mit der Begründung absieht,
daß er den genialen Freund nicht ausgerechnet *coram publico* zum Privatbe-
sitz ausschließlich seiner selbst machen wollte oder konnte, führt die Spur
unweigerlich in die Gefilde der Logenbrüder.

Vielleicht hat Goethe das ja tatsächlich so gemeint. Wer weiß?

Jedenfalls haben die Freimaurer diese Zeile oft und gern auf Schillers Zugehörigkeit zumindest zum Geiste ihres Ordens bezogen, noch 1926 so auch
der erwähnte Br. Leißling in jener Festschrift der Weimarer Loge *"Amalia"*:

*"Vielleicht hätte dieser wahrhaft edle Mensch, wenn er nicht dem schweren
Brustleiden verfallen wäre, das ihn so früh seine irdischen Tage vollenden
ließ, noch den Weg zu unserem Tempel gefunden; denn wenn je ein Dichter
maurischen Geist verspürt hat, dann ist es Schiller gewesen. [...] Mag er
nun im buchstäblichen Sinne nach allen Formalitäten und Gebräuchen der
K[öniglichen] K[unst] in unsere Bruderkette eingereiht worden sein oder
nicht, den unseren, wenn auch ohne Schurz, dürfen wir ihn allezeit nennen
[...].*

'Denn er war unser! Mag das stolze Wort
Den lauten Schmerz gewaltig übertönen!
Er mochte sich bei uns, im sichern Port,
Nach wildem Sturm zum Dauernden gewöhnen'."

Wie gesagt: meine Frage steht im Raume.

Göttlicher Gast

***Fortsetzung der Sonderbeilage im "Europäischen Magazin" mit dem
Dreizehnten Protokoll der Arche N von Vitus Kicherling***

III

Auch in seinem thebanischen Asyl noch sorgte der königliche Amphitrýon
dafür, daß sein so viel versprechender Stiefsohn Heraklés die denkbar beste

Ausbildung erhielt, und gab den Heranwachsenden bei den größten Heroën und klügsten Köpfen des Landes in die Lehre. Da übte der sich in Wagenlenken, Bogenschießen, Ringen und Faustkampf, aber auch im Schreiben, Musizieren und Singen. Alles das beherrschte er bald meisterlich. Beim legendären Dioskuren Kastor lernte er dann fechten und Waffengänge in offener Landschaft, aber überdies auch ein Leben als Zwillingsbruder.

Gerade als solcher duldete dieser junge Eleve schon damals keine Ungerechtigkeiten. Als sein Musiklehrer Línos sie ungebührlich züchtigte, warf er ihm die Kithára an den Kopf und tötete ihn so, aber veranlaßte seinen Richter, das Gesetz der berechtigten Notwehr zu erfinden und den Heraklés freizusprechen. Von nun an begriff er sich selbst als den Anwalt und Nothelfer nicht nur seines Zwillings, sondern aller Unterdrückten überhaupt.

Als er achtzehn war, galt er schon als der schönste, der größte und stärkste, bald auch als der klügste Mann Griechenlands. Der gebürtige Halbgott wurde wahrhaftig ein Übermensch oder Gottmensch. Er überstrahlte alle andern und war auch bemüht, Kultur und Tugenden oder jede gehobene Lebensart zu verbreiten.

Das setzte in Theben, wo er mit seinen vertriebenen Eltern lebte, die Befreiung von der politischen Unterdrückung durch jene Minýer voraus, die später auf dem Wege zum *Goldenen Vliese* im Maghreb strandeten und dort zu Garamanten mit esoterischen Siriuskenntnissen mutierten.

Noch vor alledem nun befreite der junge Heraklés mit seinem Zwilling und einer Schar befreundeter Jünglinge sein thebanisches Gastland von der Fremdherrschaft dieser Minýer und zerstörte deren Metropole Orchomenós. Nur kam sein Stiefvater Amphitrýon bei diesen Kämpfen leider ums Leben.

Aber der thebanische König Kréon und dessen Frau Eurydíke gaben dem Heraklés zur Belohnung ihre Tochter Megára, deren jüngere Schwester seinem Zwilling Iphiklês zur Ehefrau. Doch seine olympischen Cousins und Cousinen beschenkten da den Heraklés mit magischen Waffen: Hermés mit einem Schwert, Apóllon mit Pfeilen, Héphaistos mit einem Köcher und Athéne mit einem Waffenrock. So wundertätig gerüstet, konnte Heraklés getrost einem griechischen Heldenleben entgegensehen.

Er bedankte sich bei seiner transzendenten Verwandtschaft, indem er Zeus und dessen Olympiër gegen einen Aufstand der diesseitigen Giganten in

Schutz nahm. Hierbei handelte es sich um eine der üblichen Revolten von irdisch Profanen gegen die Astralen. Sie glich schon jenem *Dritten Welt-kriege*, den die Börse heute gegen Schiller führt.

Riesige mißgestalte Söhne der Mutter Erde rebellierten mit abscheulichen Gesichtern, schuppigen Schwänzen und schlängelnden Füßen gegen alles Ätherische und Kultiviertere. Dabei zerstörten diese wahren Sodomiten oder phallischen Monster auch alle angestammten Ländereien, traten Erdbeben los und legten überall blindlings Feuer. Man erlebt das heute noch.

Die Olympiër waren solchen Barbaren und Berserkern gegenüber hilflos und brauchten Unterstützung von deren sterblichen Artgenossen. Da war ih-nen ihr Heraklés als Experte auch solcher üblen Methoden des Diesseits nur allzu willkommen. Wirklich gelang es ihm, freilich mit seinen virtuëllen Wunderwaffen aus dem Jenseits, jene erbärmlichen Ausgeburten des Stoffes zu besiegen.

Zum Danke eigens hierfür ernannte sein Gottvater Zeus ihn abermals zum Olympiër, der er ja rein genetisch und seit der Atzung mit Héras todüber-windender Muttermilch ohnehin schon war. Aber nun trug er auch offiziëll diesen Titel und galt als unsterblich. Er galt hinfort auch als *"der Liebste"* des Zeus.

Nur umso erboster bremste da Héra erneut jeden allzu euphorischen oder elyseïschen Höhenflug. Sie rief jenen alten Eid in Erinnerung, mit dem ihr Zeus am Geburtstage seines Heraklés geschworen hatte, seinen heute erstge-borenen Sprößling zum Herrn über jedermann sonst zu machen. Damals hatte ihre List es vermocht, den geplanten Protégé erst knapp nach seinem Onkel Aristódemos, kurz Euristhcús, zur Welt gelangen zu lassen.

Dieser Sohn von Sthénelos und Níkippe, aber Nachfahre immer noch der Danáë und ihres göttlich goldenen Schauers Zeus war inzwischen alleiniger König über Mykénai, Tíryns und die ganze Argolís, aber ein kleines und schwächliches Männlein, dem die beiden vorenthaltenen Schwangerschafts-monate deutlich auch charakterlich bis an sein Lebensende fehlten: er blieb feige, neidisch, furchtsam und ein hinterhältiges Frühchen.

Umso mehr natürlich ängstigte ihn der wachsende Ruhm seines heldenhaft strahlenden Neffen Heraklés. Er besann sich jenes haupt- und obergöttlichen Schwures zu seinen Gunsten, bot dem Heraklés seine unbeschadete Rück-

kehr ins angestammte Mykénai und Tíryns an, um ihn hier jedoch lediglich
zum untergeordneten Knecht in seinen Diensten zu erklären.

Heraklés zweifelte selbstverständlich an der Berechtigung solcher Hierarchie und befragte das Orakel in Delphi. Es bestätigte ihn als einen Dienst-
mann des kleinen Eurystheús, dem er ein ganzes Dezennium lang alljährlich
eine auferlegte Arbeit zu leisten habe.

Dieses *dictum* empfand Heraklés als so widernatürlich und schändlich, daß
er in einen Abgrund aus Wut und Depressionen stürzte. Seine Feindin Héra
ließ daraus heimtückisch einen Anfall von Wahnsinn werden, aus dem sich
der Tobende nur noch mit vehementer Aggression gegen seine Ehefrau zu
befreien wußte. Unverkennbar stellvertretend für alle seine Schädigungen
durch Héra und Mutter Alkméne ermordete er Frau Megára samt gemeinsamen Kindern in einer Art von Amoklauf. Hiernach war seinem manischen
Gerechtigkeitsempfinden wohler und Héras Wahnsinnsbefall überwunden.

Aber um diese Verzweiflungstat zu sühnen, blieb ihm nichts anderes übrig,
als in Gottes Namen zu dienen und die Aufträge seines inkompetenten Onkels Eurystheús unterwürfig auszuführen.

Gleich der erste hieß ihn den gefürchteten *Nemeïschen Löwen* töten, den ein
unverwundbares Fell aber gegen jeden Jäger immunisierte. Heraklés erwürgte ihn daher, zog ihm dieses Fell dann ab und trug es seither zur eigenen Unverletzlichkeit. Das imponierte zwar später der blutrünstigen Charlotte von Lengefeld in Rudolstadt, aber ängstigte seinerzeit seinen Auftraggeber Eurysteús in einem Maße, daß dieser sich vor solchem Sklaven in einer eisernen Tonne versteckte und in alle Zukunft jede persönliche Begegnung mit Heraklés vermied. Die neun folgenden Arbeiten gab er ihm außerhalb der Stadtmauern stets nur durch einen Boten bekannt.

Es waren Befehle, die zunehmend immer unausführbarer, von Heraklés aber
dennoch alle bewältigt wurden: er tötete die neunköpfige Hýdra, fing die
Kerynitische Hirschkuh mit ihrem goldenen Geweih und den *Erymanthi-
schen Eber*, erlegte die kranichgroßen *Stymphalischen Raubvögel* trotz ihrer
eisernen Federpfeile, reinigte den vollgemisteten Stall des Augeías an einem
einzigen Tage, überwältigte den rasenden *Kretischen Stier* und die men-
schenfresserisch wilden *Diomedischen Stuten*, erbeutete den Gürtel der
Amazonenkönigin und die Rinder eines Riesen mit drei hüftlings zusam-

mengewachsenen Leibern, sechs Armen und mit dem Hirtenhunde Órthos (oder Sirius).

Für diese zehn Arbeiten und die begleitenden Abenteuer unterwegs benötigte Heraklés ganze zehn Jahre. Aber sein tückischer Dienstherr Eurystheús ließ zwei dieser übermenschlichen Leistungen einfach nicht gelten und verlangte dafür extra zuerst noch das Ernten dreier goldener Äpfel der maghrebinisch libyschen Hesperiden, dann aber vollends in mörderischer Absicht auch noch die Entführung des 50- (oder 49-?)köpfigen Höllenhundes Kérberos, jenes Zwillings des Siriushundes, direkt aus dem Hades. Aus dessen verspritztem Geifer entsproß dann allenthalben ebenjener hahnenfüßige Eisenhut, dessen Gift beim Tode Schillers später eine so verdächtige Rolle spielen mochte. So hängt das alles auf lange Hand zusammen.

Die Bewältigung jedoch dieser zwölf so lebensgefährlichen Aufgaben, die auch die astrologischen Tierkreise symbolisieren mochten, gelang dem Heraklés durch seine unvorstellbaren Geistes-, Nerven- und Muskelkräfte, aber auch durch die Hilfe junger Gefährten, die meist sogar seine Lieblinge waren. In ihrer wohligen Gesellschaft setzte er nach Ende seiner zwölfjährigen Fron für Onkel Eurystheús auf eigene Faust sein abenteuerliches Heldenleben fort.

Bei der *Kalydonischen Jagd* und seinem Zuge nach Troja assistierte ihm noch Zwillingsbruder Iphiklḗs, der aber im gemeinsamen Kampfe gegen die siamesisch an ihren Hüften zusammengewachsenen Zwillinge Ktéatos und Eúrytos, eleïsch-epeïsche Enkel des Poseidõn, verwundet wurde und starb. Heraklés ersetzte ihn durch dessen Sohn, seinen Neffen Iólaos, der sein Wagenlenker, dann bei den meisten Abenteuern sein engster und treuester, sein *"unzertrennlicher"* Gefährte blieb. Andere Bekanntschaften, Favoriten und Lieblinge waren Phólos, Sohn des Silenen, und Abdéros, Sohn des Hermés, aber auch der legendäre Achilleús, just in Phársalos gezeugt und inzwischen mannbar.

Aber beim Argonautenzuge, zwischen achter und neunter Arbeit für den Eurystheús, liebte Heraklés über alle Maßen den jungen Prinzen Hýlas, den er persönlich aus Thessalien entführt und mit aufs Schiff genommen hatte. Ihm zuliebe blieb er auch, bekennender *"Feind eines weibischen Lebens"*, an Bord, als all die andern Argonauten in Lḗmnos an Land gingen, um sich dort mit den männerlosen Frauen zu vergnügen. Sein Hýlas half ihm auch sonst, das tunlichst zu vermeiden.

Als sie jedoch vor der anatolisch mysischen Küste ankerten, wurde ja dieser liebevolle Hýlas bei Vollmond von lüsternen Nymphen in eine Quelle entführt. Heraklés suchte seinen Geliebten *"wie ein von der Bremse gestochener Stier"*, also außer sich vor Schmerz und wie von Sinnen. Laut rufend durchkämmte er mitsamt seinem Schwager Polýphemos, dem Dritten in ihrem Liebesbunde, das Dickicht rund um das Marmarameer, trennte sich von den Argonauten, die ohne ihn weiterfuhren, auch vom Polýphemos, den er an der Spitze des mysischen Volkes weitersuchen ließ, und vollzog auf eigene Faust eine jahrelang während erste Rasterfahndung, die ihn quer durch das ganze Griechenland, rings um das Mittelmeer und bis weit in die nordafrikanisch libysche Wüste, vielleicht ja sogar bis zu den Dogon in Mandé oder schon in Mali gelangen ließ. So groß war seine Sehnsucht.

Aber je mehr und je lauter er nach seinem Hýlas rief, desto mehr führte rings das Echo seiner Schreie ihn in die Irre, weil die Nymphen es im sicheren Besitze seines Geliebten halb spielerisch, halb böse hier und da, aber immer mit dessen Stimme antworten ließen. *"Hýlas rufen"* wurde so zum griechischen Sprichwort für vergebliche Liebesmüh'. Römische Klagelieder leiteten später sogar noch den Namen Hýlas vom lateinischen Schallwort *ululare* für *heulen* ab: oder umgekehrt? Noch um 30 vor Christos jedenfalls klagte Vergil in seinen *"Georgica"* über den literarischen Verschleiß aller guten Geschichten mit dem Ausruf: *"cui non dictus Hýlas puer"* (3, 6): *"wer hat nicht vom Knaben Hýlas gedichtet ... ?"*

Dem Heraklés selbst jedoch war diese Geiselnahme ein weiterer Beweis für arge Weiberlist. Da kam ihm jener neunte Auftrag des Eurystheús gerade recht. Er führte ihn in den Frauenstaat der männischen Amazonen, die ihn in ihrem pontischen Kappadokien scheinheilig gastfreundlich aufnahmen, bis sich seine Urfeindin Héra unerkannt unter sie mischte und ihn bei diesen einbrüstigen Kriegerinnen als den baldigen Entführer ihrer Königin so verleumdete, daß deren ganzes Volk ihn heimtückisch überfiel. Das steigerte noch die Wut des vielfach frauengeschädigten Helden, und in gnadenlosem Gemetzel erschlug er die Aëllá, die Próthoë, die Alkíppe und noch neun andere: nur, um seinem Onkelchen einen Gürtel zu erobern.

Aber als König Eúrytos von Oichalía ihn hiernach zum Wettkampf im Bogenschießen einlud, das er den jungen Heraklés seinerzeit selbst gelehrt hatte, besiegte der Schüler seinen alter Meister. Der jedoch verweigerte schnöde diesem ausgewiesenen Frauenmörder den ausgesetzten Siegespreis: die Hand seiner Tochter Ióle. Gegen Betrug in Frauendingen inzwischen hochgradig gereizt, stürzte der abermals düpierte und rasende Heraklés einen Sohn seines wortbrüchigen Lehrers und Sportskollegen zur Strafe in den Tod.

Hierauf erkrankte er schwer. Kein Arzt wußte ihn zu heilen. Das befragte Orakel in Delphi verweigerte diesem Mörder jede hilfreiche Prognose und schwieg mit dem Frauenmunde seiner Priesterin Pythía. Außer sich vor Empörung, stürmte er da tempelschänderisch dieses Sanktuarium, raubte dessen apollinisch *Heiligen Dreifuß* und errichtete sich hiermit auf freiem Felde ein eigenes, frauenloses Orakel. Es verhieß ihm sühnende Heilung nur durch dreijährige Versklavung an eine Frau und anschließend Auslieferung von Kaufpreis und dortigem Handgeld als Entschädigung des Eúrytos, jenes geschädigten Vaters seines schuldlosen Mordopfers.

Reuïg ließ sich der große Heros nunmehr auf Anweisung seines Gottvaters Zeus vom männerseligen Stiefbruder Hermés als Knecht an Omphále verkaufen, die als Bergkönigin der Lyder die Nachfolgerin ihres verstorbenen Gatten, jenes Tmõlos, war, gegen dessen Jurorenvotum bei einem musikalischen *Concours* oder *Contest* einst der ach, so lächerlich vergoldete König Mídas sich seine Eselsohren eingehandelt hatte.

Ähnlich blamiert und gedemütigt wurde jetzt hier der heroïsche Heraklés als subalterner Weiberknecht. Er kuschte notgedrungen und ließ sich entwaffnen, seinen eisernen Willen brechen und schließlich von seiner Herrin auch noch ehelichen. Sie entwendete ihm Keule und Löwenfell, die Attribute seiner Unbesiegbarkeit, ließ ihn zunächst als erprobten Pygmäen-Experten noch wenigstens gegen die Kérkopes, zwergenhaft äffische Zwillingskobolde, kämpfen, dann nur noch einen Weinberg hacken und zu arger Letzt zwischen lydischen Mägden am Spinnrad sitzen: verweichlichen.

Dort schor sie dem Wehrlosen das Haar wie Komaithó dem Pterélaos und Dalilah dem Samson, setzte ihm einen komischen Turban auf den Kahlkopf, schmückte ihn erst mit weibischem Hals- und Armband, dann mit wallend langen Frauengewändern, rügte ihn lauthals, wenn er sein Pensum an Wolle nicht ganz erfüllte, und strafte ihn mit sonstiger Mägdearbeit. Den entsprechenden Rollentausch auf ihrem Ehelager kann man da leicht erraten. Der große Heraklés ließ sich das alles gefallen.

Er schien es sogar zu genießen.

Später, aber immer noch knappe zwei Jahrhunderte vor Christos, mag ihn so der römische Theaterdichter Terenz, ein gebürtiger Libyer, zum Modell jenes masochistischen Titelhelden seiner Komödie *"Heautòn timorumenós"* erkoren und gleich im *Ersten Akt* haben sagen lassen: *"Homo sum, humani nihil a me alienum puto"*. Noch auf deutsch ist das dann plump vergröbernd zum allzu eindeutig geflügelten Worte geworden: *"Ich bin ein Mensch, nichts Menschliches sei mir fremd"*.

Aber *"Homo sum"* hat vermutlich ja auch schon der spinnende Heraklés in seinem Fummel zumindest gedacht: *recte "Ich bin ein Mann, nichts Männliches ist mir fremd"*.

Omphále aber wurde zum sprichwörtlichen Symbol aller Frauen, die hörige Ehemänner zu Pantoffelhelden versklaven. Das Frauenbild des Heraklés jedoch dürfte in der Unterdrückung dieser drei Jahre nicht eben sehr viel freundlicher geworden sein.

Als ihn die herrische Omphále dann endlich wieder frei gab oder loswerden wollte, blieb er jedenfalls kein Transvestit, sondern zog in männlicher Kleidung und mit lauter aufgestauten Männergefühlen zuerst nach Oichalía, um dort dem König Eúrytos die verhängte Entschädigungssumme zuverlässig auszuhändigen.

Aber schon auf dem Wege dorthin passierte der Gebeutelte das aitolische Kalydón. Für dessen Königstochter Deïáneira hatte ihm schon bei seinem goëtischen Besuche im Hades deren verstorbener Bruder seine Grüße aufgetragen. Das öffnete nun Tore.

Die so Gegrüßte nämlich befreite er überdies von den unerwünschten Nachstellungen eines Flußgotts in irritierend wechselnder Schlangen- und Stiergestalt. Er brach dem gar sein Horn ab,

"mein starrendes Horn, das die Rechte mit wildem
Griffe gefaßt, er bricht es mir ab" (Ovid, *"Metamorphosen"*, IX, 85f.),

aber er gab es kulant zurück und bekam dafür selbst ein umso segensreiche-
res Füllhorn des Schlangenstiers:

"durch m e i n Horn reich ist die Göttin der Fülle" (IX, 88).

Nach solchem viel besagenden Hörnertausch war die Deïáneira sehr lustig,
von diesem wiedererstarkten Befreier und hornigen Bruderboten geheiratet
und sofort geschwängert zu werden. Aber ihrem gemeinsamen Sohne gab er
den verräterischen Namen Hýllos, also Hýlas. Er mochte wohl immer und
überall noch zumindest nach dessen Echo rufen.

Als ihm da Deïáneiras Page Eúnomos, dessen knabenhafte Gestalt ihn an
den entführten Geliebten erinnern mochte, solchen Widerhall oder Rückruf
schuldig blieb, schlug ihn der Heraklés in einem rasenden Anfall von Sehnsucht, Verzweiflung und Liebesschmerz einfach nieder.

Diesen Totschlag bedauerte und ahndete er freilich selbst, indem er mit Frau
und Hýllos in jenes ferne Trachís zu seinem dortigen Freunde, dem Malier-
könig Kéyx, emigrierte, der selbst einen Sohn namens Hýlas hatte: wenigstens das.

Doch dorthin unterwegs, lief Deïáneira jählings Gefahr, just beim Überque-
ren eines Flusses auf halber Strecke mitten im Wasser vom Fährmann ver-
gewaltigt zu werden, der sich zwar Néssos nannte und ein höchst animali-
scher Kentaur, vielleicht aber auch ein proteïsch flußgöttlicher Füll- oder
Einhornanbieter war, wer weiß das schon!

Denn als der entfernt noch immer nach seinem Hýlas rufende Heraklés anstelle des gewohnten Echos einen Hilferuf seiner Frau vernahm und hierauf
deren brachialen Christóphoros mit einem seiner göttlichen Giftpfeile tödlich traf, beschwor dieser sterbende Hengstmensch oder Menschenhengst
die Vergewaltigte, seinen gleichwohl schon strömenden Samen sorgfältigst
aufzufangen: sie könne ihn, hat sie später behauptet, bei erlahmendem Ehe-
leben als potentes Aphrodisiakum verwenden – *"als ein Mittel, Liebe zu
wecken"* (Ovid, *"Metamorphosen"*, IX, 133).

Deïáneira befolgte diese Prophylaxe, und Heraklés machte endlich auf seinem Wege in die Verbannung Station in Oichalía bei seinem Bogenlehrer
Eúrytos. Der kassierte nun erst mal sein Wiedergutmachungsgeld und ließ

den Heraklés dann wissen, daß er ihm dennoch seine versprochene Tochter
Ióle definitiv verweigere.

Wegen solchen Wortbruchs schlug der inzwischen verheiratete Heraklés
seinen alten Bogenmeister dennoch tot und dessen drei verbliebene Söhne
gleich mit. Ihre Burg zerstörte, ihre Stadt verbrannte er, und mit der Ióle
nunmehr nicht als Braut, sondern als Kriegsgefangener kehrte er zu seiner
Deïáneira zurück.

Die aber spürte sofort, daß diese Sklavin ihres Mannes auch dessen Gelüste
erregte, und hörte daher die Stunde ihres christophorischen Liebessamens
schlagen: *"die Kraft zu erneun der erkalteten Liebe"* (Ovid, IX, 154).

Solchen Liebeszauber also sollte jenes nessische Sekret bewirken, indem
Deïáneira das Festgewand ihres Mannes für die Opferfeier seines Sieges
über den Eúrytos mit diesem Ejakulat des gewaltsamen Kentauren impräg-
nierte. Seither nennt man ähnliche Präparate von Ehefrauen für ihre lustlo-
sen Männer einfach Nessushemden.

Kaum aber hatte der so Versorgte dieses Festkleid angelegt und am Opfer-
altar zu beten begonnen, da

"Ward die Gewalt eines Giftes geweckt; gelöst durch die Wärme,
Dringt, weithin sich verteilend, es ein in des Heraklés Glieder".

Dort verursacht es brennende Schmerzen. Aber das toxische Gewand ließ
sich nicht mehr vom Leibe reißen,

"Haftet entweder fest trotz allem vergeblichen Zerren
Oder zerfleischt seinen Leib, legt bloß die mächtigen Knochen".

Also *"zischt und kocht im Brande des Giftes das Blut"*, und *"sein Geweide*
verzehren die gierigen Flammen": noch viele Jahrhunderte später inspirier-
ten seine Qualen den Ovidius Naso zu so schwelgender Schilderung (IX,
161ff.), zwei knappe weitere Jahrtausende hiernach Erich Rösch zu seiner
schwelgenden deutschen Übersetzung jener *"Metamorphosen"*.

Heraklés jedoch, vom Gift seiner Gattin zerfressen, verfluchte sie und diese
Ehe, begriff aber noch die Zusammenhänge, *"hob die Hände auf zu den*
Sternen" und betete sterbend zu seiner Widersacherin Héra:

*"'Weide dich, Tochter Saturnus, an meinem Unheil!', so ruft er,
'Weide dich, Grausame, blick aus der Höhe auf dieses Verderben ... !
Tod wird Geschenk für mich sein, ein Geschenk, das der Stiefmutter ziemte!
[...] Aber Eurystheús gedeiht! ... '."* (Ovid, *Metamorphosen*, IX, 175-203)

Um die Qualen seiner Agonie zu verkürzen, ließ sich der Gepeinigte auf einen Scheiterhaufen legen. Den aber anzuzünden, erklärte sich einzig der magnesische Bogenschütze Philoktétes, sein letzter Busenfreund, bereit. Für diesen letzten Samariterdienst beschenkte ihn Heraklés mit seinem Bogen und dem Köcher jener apollinisch untrüglich treff- und siegessicheren Pfeile, mit denen dieser Philoktet dann in Troja den Paris erschießen und ihrer aller damaligen Weltkrieg beënden sollte. Seher Kálchas hatte vorhergesagt, daß nur die Pfeile des Heraklés das vermögen werden, aber nicht geahnt, daß ihr Heros dann schon lange verbrannt sein würde.

Denn in den Freundesflammen des Philoktétes starb Heraklés, dieser Retter, Befreier und Ordnungsstifter der Menschheit, ihr klügster und kräftigster, tapferster und geduldigster, ihr leidvollster und mühseligster Wegbereiter, Vorkämpfer, Eisbrecher, Bahnbrecher, Heilbringer und Kulturpionier, ihr immer gestreßter Supermann und Leuchtturm.

Er verbrannte in stundenlangem Feuer, aber *"mit heitrer*

*Miene, nicht anders, als ob du bekränzt mit Blumengewinden
Lägest am Tische zu Gast ... "* (Ovid, IX, 236ff.).

Dieses Gastspiel eines raren Besuches hienieden wurde so durch eine Reinigung beëndet, in der er auf seine Körperlichkeit verzichtete und seinen materiëlosen Geist in dessen nächste Existenz überführte.

Als Deïáneira erkannte, daß sie nicht als scheinbare Liebeshexe, sondern als Mörderin des idealen Menschen in den Mythen verewigt würde, kränkte das ihre Eitelkeit in so unerträglichem Maße, daß sie sich erhängte. Das sollte nach Trauer und Reuë aussehn. Aber in alle Ewigkeit machte selbst das nun keine liebende Ehefrau mehr aus dieser Giftmischerin.

Doch als Philoktétes und Iólaos die Asche und Knochenreste ihres geliebten Freundes bergen und bestatten wollten,

"fanden sie kein einziges Gebein mehr".

Das war schon so wie später bei Yehoschua in Golgatha und bei Schiller in Weimar.

Aber vom Geripppe des Heraklés las auch sein Barde Gustav Schwab noch bei Ovid: *"keinem Tode fällt es anheim, ist von keiner Flamme zu tilgen"* (IX, 252f.).

Experte Schwab begriff und hielt feinfühlig fest, daß Heraklés *"aus dem Kreise der Menschen in den der Himmlischen vesetzt worden sei"*.

Sein mythologisch-gräkistischer Nachfahre Ulrich von Wilamowitz-Moellendorff wußte diese Nachricht vom Verbleib des Heraklés sogar schnodderig in einen handlich gereimten Doppelvers zu bannen:

*"Mensch gewesen, Gott geworden,
Mühen erduldet, Himmel erworben"*.

Poëtischer hatte das vor ihm schon Schiller als leidens- oder wahlverwandter Schicksalsgenosse in seinem *"Reich der Schatten"* begriffen und ausgedrückt:

*"Alle Plagen, alle Erdenlasten
Wälzt der unversöhnten Göttin List
Auf die will'gen Schultern des Verhaßten,
Bis sein Lauf geendigt ist"*.

Da erst erfüllten sich seine angeborene Gottessohnschaft, seine halbe Göttlichkeit und sein unsterbliches Übermenschentum in Apotheose oder Himmelfahrt eines aufgeopferten Wohltäters oder Mittlers zwischen Diesseits und Jenseits oder Goëten zwischen Hades und Olymp.

*"So blüht jetzt der Held in dem besseren Teil seines Wesens,
Als er des sterblichen Leibes entkleidet; größer zu schauen
Ward er, verehrungswürdig in ernster, erhabener Hoheit.
So hat in hohles Gewölk ihn gehüllt der allmächtige Vater
Und in dem Vierergespann entrückt zu den strahlenden Sternen"*
(Ovid IX, 268ff.).

Aber nicht nur als Sternbild am Himmel, auch als leibhaftiger Olympiër lebte und lebt der Heraklés fort. Seine dortige Hochzeit mit Stiefschwester Hébe, der Göttin ewiger Jugend und Mannbarkeit von Jünglingen, machte ihn

gar noch zum Schwiegersohn nicht nur seines eigenen göttlichen Vaters
Zeus, sondern auch seiner Lebensfeindin Héra. Die wurde so für immer und
ewig seine Schwiegermutter. Dennoch wurden dem neu inzestuösen Paare
olympische Söhne geboren, die nun nicht mehr Hýlas hießen, sondern Ale-
xíares, der Immune, wie schon ein Sprößling aus der irdischen Ehe zuvor
mit Megára, und Aníketos, der Unbesiegbare: nach authentisch heraklischen
Eigenschaften also.

Noch Heródot hatte diese ganze Geschichte für siebzehntausend Jahre alt
gehalten. Demnach wäre sie heute knappe 19 450 Jahre jung.

Wie zum Beweise aber ihrer wahren Unsterblichkeit erschien Heraklés noch
später als Geist seinem siechenden Freunde Philoktétes und verhieß ihm den
Sieg über Paris, *Trojanischen Weltkrieg* und eigene Krankheit. Dieses hera-
kleïsche Orakel erfüllte sich wörtlich, und seinem Lieblingsneffen Iólaos
verhalf dieser göttliche Gatte der Hébe noch vom Himmel herab zu beglük-
kender Verjüngung.

Erdensohn Hýllos oder Hýlas aber erschlug dann endlich *post mortem patris*
dessen Peiniger und sadistischen Arbeitgeber Eurytheús.

Die paradiesische Ehe von Heraklés und Hébe jedoch haben noch im affinen Barock solche Panegyriker wie Carlo Francesco Pollarolo aus Brescia
und Reinhard Keiser in Hamburg, 1744 jener Nicola Porpora, Händels
Feind und Haydns Lehrer, aber schon 1747 für eine Doppelhochzeit zwischen sächsischem und bayrischem Fürstenhause auch Christoph Willibald
Gluck, dieser oberpfälzische Ritter des Orpheus und Schillers Lieblings-
komponist, mit idyllisch harmonisierenden Sopranpartien nicht nur für Hébe, sondern wahrhaftig auch für seinen kastrierten Heros Heraklés in einer
szenischen *"serenata"* namens *"Le nozze d'Ercole e d'Ebe"* im Dresdener
Lustschloß Pillnitz besungen, verherrlicht und weiterempfohlen. Eben im
selben *château de plaisance* votierte keine fünfzig Jahre danach, noch 1791,
ein Konvent europäischer Monarchen zu später Stunde und folgenlos gegen
die *Französische Revolution*. Knapp drei Jahrzehnte später präsentierte der
Neapolitaner Giuseppe Saverio Mercadante dem postnapoleonisch bieder-
meierlichen Europa mit einer liberalisierten Monarchie in Frankreich noch
1819 schließlich seine Oper *"L'apoteosi d'Ercole"*.

Aber da hatte inzwischen auch Schiller seine gipfelstürmende Heraklés-Idylle längst schon ausdrücklich geplant und uns als kulminierende Idee hinterlassen.

Noch als Thomas Mann, der Stuttgarter und Weimarer Laudator seines 150. Todestages, vom literarischen Freunde Hans Reisiger über diesen *"höchst merkwürdigen Plan der 'Olympischen Idylle' "* informiert wurde, nahm er ihn nachträglich in das abgeschlossen bereits vorliegende Manuskript seiner Huldigung noch auf:

"weil es seelisch so sehr wichtig und charakteristisch ist. [...] Ich habe es angeknüpft an Goethes Herkules-Assoziation in der Chiron-Szene, Faust II" (Brief vom 10. März 1955 an Hans Reisiger).

Denn Goethe hatte ja in seiner *Klassischen Walpurgisnacht* den Heraklés oder Hercules nicht nur als Überwinder präkultureller Sphinxen- oder Saurierzeiten begriffen, sondern im Verständnis seines frühen Exegeten Alexander Schnetger auch als den eigentlichen Begründer menschlicher Kunstepochen überhaupt. Wirklich bezeichnete er ihn ja noch wenige Wochen vor seinem Tode als ein *"kollektives Wesen"*, insofern als Beginn und Ende aller Kunst und in *"Faust II"* schon lange vorher als wesensgleich und identisch mit seinem Freunde Schiller. Nur umso schmerzlicher also mochte er den da immer noch entbehren:

"O weh! errege nicht mein Sehnen ... " (Vers 7382).

Schottischer Schnellschuß

Chat im Internet: www.speakerscornerTV.de/blaugold-dioskuren

Autor: "HANNA KENNEDY, MARIA STUART'S AMME"
antwortet Vitus Kicherling und Prof. Blaugold

Nur schnell ein paar Zeilen! Sonst platze ich.

Freilich zugegeben: dies ist mein erster Versuch, im Internet zu "chatten". Hoffentlich mißlingt er nicht!

Also erstens: Heraklés, dieser Übermensch und Kulturbegründer, wurde von seiner Ehefrau ermordet.

Und zweitens: jene ganze historische Reiherbeize wurde nur veranstaltet, damit sich die Damen der jagenden Herren mit Reiherfedern schmücken konnten.

Das beides zusammen bringt mich auf folgende Idee:

Charlotte von Lengefeld hatte, kurz bevor sie ihren späteren Ehemann Friedrich Schiller kennenlernte, ein Techtelmechtel mit einem gewissen Henry Heron. Dieses Techtelmechtel scheint nicht ganz so harmlos geblieben zu sein. Immerhin schrieb ihr dieser Galan in seinem letzten Brief, daß

"die Freuden, die ich mir in Ihrer Gesellschaft zu genießen so oft versprochen hatte, schon genossen sind".

Hiernach ließ er sie eiskalt sitzen. Sie aber sehnte sich noch nach 4-, nach 13- und 14jähriger Ehe mit Schiller immer wieder und wieder nach diesem Heron.

Für diesen Heron nun fühle ich mich in meiner Rolle als Amme einer schottischen Königin insofern besonders zuständig, als auch er Schotte war und aus schottischem Adel stammte. Sein Bruder war ja ein Lord Inverary.

Nun ist aber *heron* unser schottisches, auch das englische und überhaupt global im ganzen *Commonwealth* unser königlich britisches Wort für den Vogel *Reiher*. *Reiher* heißt auf angelsächsisch *heron*.

Das war in Weimar damals offenbar ebenso bekannt wie die Affäre zwischen Lolo und diesem schottischen Stelzvogel, der mir persönlich sogar ein Kuhreiher, jener schmarotzende *Bubulcus ibis*, gewesen zu sein scheint. Ludwig von Knebel jedenfalls, der sich selbst in das Fräulein von Lengefeld, aber nicht minder in diesen Exoten im Schottenröckchen verliebt zu haben scheint, war da insofern noch hellhöriger als sonst schon immer und unterstellte seiner Angebeteten scherzhaft, sie habe von Ausländern *"ihre Vögelsprache erlernet"*.

Gar Herzog Carl August, ihr eigener Landesvater persönlich, schickte dieser Charlotte, als sie schon mit ihrem nächsten Verehrer, eben Schiller, die Weimarer Karnevalsbälle durchtanzte, einen ausgestopften Reiher in jener schottischen Hauptmannsuniform, die ihr Henry hier zu tragen pflegte: als *"ersten Beitrag"* für *"die Menagerie"* in *"Lottchens Englischen Garten-An-lagen"* und zusammen mit vier Bäumchen ebenso wie der brieflichen Emp-fehlung, *"daß man die Löcher zu den Pflanzen an den bestimmten Platz ma-chen lasse"*.

Das angespitzte Lottchen, das damals gerade jenes Süßholz seiner amourö-sen Korrespondenz mit Schiller zu raspeln begann, sah über alle Anzüglich-keiten dieses durchlauchtigsten Geschenks hinweg und nannte den präpa-rierten Reiher begeistert einen *"Herzensvogel"*: der *"und seine liebliche Ge-stalt"* eben mache *"uns alle sehr glücklich"*, sie selbst also keineswegs aus-genommen.

Schwer vorstellbar, daß Goethe das alles nicht gewußt hat, als er für seine *Klassische Walpurgisnacht* in *"Faust II"* das Massaker an den Reihern er-fand. Immerhin war ja sein eigener *"Urfreund"* Knebel auch seinerseits in jenen schottischen Heron hinlänglich vergafft und hat im verklatschten Wei-mar bestimmt von diesem rätselhaft verschollenen Liebhaber und dessen Kilt geschwärmt und getratscht.

Denn Henry Heron ging als britischer Offizier nach Indien und ist dort auf ähnlich ungeklärte Weise ums Leben und abhanden gekommen

wie zuerst jener Leutnant Franz Josef Kapf, mitsamt ihrer beider Burschen oder *"Kerls"* noch im Stuttgarter *Langen Graben*, der heutigen Eberhard-straße, Schillers reichlich burschikoser und ungestümer Zimmergenosse, der in Batavia, heutigem Djakarta, just beim Ausschiffen, heutigen *disembar-king*, ertrunken sein soll,

und wie dann ja auch Schiller selbst: als Heron's erotischer Nachlaßverwal-ter und Stelzvogel eben bei jener selben Charlotte von Lengefeld. Die könn-te zum Beispiel eine so serïelle *Reiherbalz* nur allzu leicht mit jener ähnlich lautenden *Reiherbeize* verwechselt haben, die es ja gerade in Indien schon seit mehr als zweiausend Jahren gab.

Ist Goethe durch alles das auf seinen Reihermord verfallen? Gar auf seine Reihe von Reihermorden? Sind Reiher für ihn etwa alle Bettgenossen Schil-lers oder seiner Ehefrau und diese selbst eine andere Deïáneira mit anderen Nessushemden für jeden jener Reiher oder Heroën? Tatsächlich bezeichnet er ja in derselben *Klassischen Walpurgisnacht* seinen Schiller just als den Heroën Heraklés, also als das Mordopfer einer eigenen Gattin.

Freilich bleibt fraglich, ob Goethe es dieser unbedeutenden Frau wirklich zugetraut hat, ihre Männer noch bis ins ferne Indien mit ihrem Nessus oder Gift zu verfolgen. Aber er war gebildet genug, um zu wissen, was uns andern hier der Professor Blaugold berichtet hat:

daß auch jene Klytaimnéstra am Totschlag ihres musischen, ihres schwulen, ihres singenden und dichtenden Leibwächters indirekt ebenso beteiligt war wie an der Ermordung ihres Ehemannes. Auch Goethe dürfte gewußt haben, daß sein vielgelesener Homer da von einer *"List des heillosen Weibes"* berichtet (*"Odyssee"*, XI, 384) und Ehemänner grundsätzlich warnt.

Irgendwie, meine ich, hängt da auch diese Madame Schiller in der ganzen Sache mit drin. Denn mit angemaßten Reiherfedern hat die sich ja lebens- und hinlänglich geschmückt.

Freilich dürfte sie auch hinlänglich gereizt worden sein. Als zum Beispiel Schillers Mutter zum ersten und letzten Mal *"das liebe Wundertier von Sohn"* in Jena besuchen kam, hätte sie, *"wäre sie länger geblieben"*, läßt uns Augenzeuge und Tischgast Ludwig Friedrich Göritz wissen, *"das schöne und zarte Verhältnis zwischen Schiller und seiner Gattin ganz zerstört"*. Denn *"ohne alle Schonung und Feinheit [...] , mit einem hohen Mutterstolz und Schwiegermuttergefühl stach sie beiden, ohne es zu ahnen, in tausend Äußerungen und Bemerkungen täglich glühende Dolche in's Herz"*.

Und sicher nicht zuletzt hierin, heißt es, war sie *"ganz das Porträt ihres Sohnes"*.

Aber greift man da selbst zu so glühendem Dolche?

So viel für heute also als elektronischen Einstand und in explosiver Kürze.

Mittenmang

Chat im Internet: www.speakerscornerTV.de/blaugold-dioskuren

Mitgliedschaft hin oder her: Schillers ganzes Leben stand – bewußt oder unbewußt, direkt oder indirekt – immer und überall unter dem starken Einfluß von Freimaurern aller Art.

Um das zu belegen, teile ich es grob, aber handlich in Stationen ein und übernehme selbst gleich die drei ersten.

I. Ludwigsburg / Stuttgart:

Der Dreizehnjährige wurde gegen seinen Willen in die *"Militärische Pflanzschule"*, später *"Herzogliche Militär-Akademie"* eingeliefert und blieb in diesem drakonischen Internat acht Jahre lang quasi kaserniert.

Dieses Institut war Gründung und Augapfel des Herzogs Karl Eugen von Württemberg, der es anfangs gar in den Räumen seiner *"Solitude"*, jenes Lust- und Jagdschlosses außerhalb von Ludwigsburg, etablierte, wo er den Lebensstil von Versailles und Sanssouci kopierte. Denn schon vierzehnjährig war er selbst in Potsdam gerngesehener Protégé bei Friedrich dem Grossen gewesen, in dessen Armee der junge Schwabe eintrat und dem er später auch als Freimaurer nacheifern mochte.

Denn als Schiller Eleve seiner Pflanzschule war, fungierte sein Herzog auch schon als *Großmeister* seiner Loge und stand jener *Strikten Observanz* nahe, die einen absolut unabdingbaren Gehorsam kultivierte. Den vermischte er mit preußisch reglementierter Disziplin und praktizierte dieses tyrannische Amalgam auch in pädagogischen Bereichen. Seine Pflanzschule nämlich war als Elite-Institut zur Erziehung von Freimaurern konzipiert und bezog auch ihre Bezeichnung aus dem Begriffsarsenal der *Illuminaten*.

Daher ernannte der Herzog sich selbst zu ihrem Rektor und berief ein Kollegium hochqualifizierter junger Lehrkräfte, die allesamt Logenbrüder waren. Br. Ludwig Keller hat sie alle namentlich aufgelistet.

Wohl ihr prominentester, vielleicht auch bester, jedenfalls einflußreichster war Jakob Friedrich (von) Abel aus Vaihingen, aber österreichischer und französischer Abstammung, an dieser Karlsschule nunmehr Professor für alte Sprachen und Geschichte, vorwiegend freilich für Philosophie, in die er auch Ästhetik, Moral und Psychologie zu integrieren trachtete. Seine *"Einleitung in die Seelenlehre"* ist das erste Lehrbuch der Psychologie in deutscher Sprache.

Er reformierte den Lehrplan und informierte seine Schüler in damals unüblich freier Gesprächsform über aufgeklärte Anthropologie: eine absolut neue Vermischung von *"Seelenlehre, Menschen- und Naturforschung"* (Mitschüler Petersen) bis in die Nähe des französischen Materialismus. Im Gefolge des Sensualisten Shaftesbury und der *"Freidenker"* Leibniz, Moses Mendelssohn, Herder und Lessing habe dieser Unterricht, gesteht noch Abels Autobiografie, keinen andern Zweck verfolgt

"als Verbreitung der Aufklärung und der Moralität".

Denn:

"Ich suchte, vorzüglich durch Hilfe der Philosophie gute und weise Menschen zu bilden".

Solches Denken und Lehren, das selbst Abels progressive Kollegen als einen *libertinismum sentiendi* und *pruritum dubitandi* (oder *Freigeisterei* und *Lust am Zweifel*) kritisierten, war damals unverkennbar freimaurerisch. Abel war Protagonist in mehreren Logen, bevor er unter dem bezeichnenden Decknamen *"Pythagoras"* Illuminat wurde, für diesen Orden auch engagiert missionierte und 1783 zu seinem Stuttgarter Oberhaupt avancierte.

Dieser Pädagoge Abel war nur acht Jahre älter als sein Schüler Schiller und eben 21 Jahre alt, als dieser 13jährig in die Pflanzschule eintrat. Solche Nähe im Lebensalter ergab, was Abel selbst später so beschrieb:

"Lehrer und Lernende lebten zum Teil in der innigsten herzlichsten Freundschaft".

Öffentlich apostrophierte der 25jährige Professor seine Schüler gar in einer Festrede *coram publico* als *"Freunde! Geliebte!"*.

Solche Herzensnähe wurde noch gefördert, indem Abel mit auserwählten Eleven jene geheimbündlerische *"Poetische Assoziation"* ins Leben rief, die sich literarisch am Göttinger *Hainbund* und ähnlichen zeitgenössischen

"Collegia poetica" oder *"anthologica"*, formal am *Illuminaten*-Orden orientierte und ihre Mitglieder, ob nun Schüler – wie auch Schillers späteren Schwager Wilhelm von Wolzogen – oder eben den Professor Abel, allesamt gleichermaßen zu *"Brüdern"* erklärte. Seelenfreunde waren sie sowieso, bisweilen auch Leibesfreunde. Denn Frauen durften die Pflanzschule dieser männerbündisch Pubertierenden nicht einmal als Gäste betreten, so daß sogar der vorgeschriebene Tanzunterricht unter jungen Männern stattfand, die sich nicht zuletzt hierbei auch zu berühren lernten und liebten.

Vom Eleven Friedrich Wilhelm Daniel von Hoven, nur zum Beispiel, ebenso alt wie Schiller, von klein auf dessen nachbarlicher Hausgenosse und Spiel-, später Schulkamerad in Ludwigsburg, wußte noch der fast 44-jährige Schiller *anno* 1803, also runde 25 Jahre später, in einem Brief an den gemeinsamen Mitschüler Wilhelm von Wolzogen aufzuwärmen, *"daß der Graf Thierheim auf der Akademie sein Mignon war"*: also eine Liebschaft – die aber immerhin noch nach fast einem Vierteljahrhundert, nunmehr "pfalzbairischer Minister" auch für das dortige Universitätswesen, jenen Jugendgeliebten Hoven wohl immer noch hinlänglich schätzte, um ihn als Professor für Medizin nach Würzburg zu berufen.

"Auch Schiller hatte an allem diesem Anteil. Er lebte mit einigen, obwohl wenigen Lehrern in inniger Freundschaft", gab Abel später, als Familienvater, unumwunden zu, *"er war Vertrauter vieler vortrefflicher Jünglinge und besonders auch Glied jener engeren Verbindung"*.

Georg Scharffenstein, solch eine große Liebe eben des sechzehn-, siebzehnjährigen Schiller (*"wenn wir zusammensaßen auf meinem Bette"*), hat sich noch als württembergisch pensionierter General erinnern können, wie Abel, *"dieser treffliche reine Mensch"* und *"engelgleiche Mann"*, sich zumal als *"Schillers Freund, Aufmunterer und sehr generöser Unterstützer in der Not"* bewährt habe. Tatsächlich infizierte er schon den Siebzehnjährigen auch mit dem Lesestoff Shakespeare, lieferte ihm die Vorlage zur späteren Erzählung *"Der Verbrecher aus verlorener Ehre"*, beteiligte sich an Schillers ersten Publikationen und unterstützte den mittellosen jungen Autor wiederholt mit beträchtlichen Geldbeträgen. Ideëll ist Abels aufgeklärter Einfluß im aufregenden Wortlaut von Schillers beiden Dissertationen nachweisbar.

Schiller bedankte sich bei diesem Mentor seiner Frühzeit, indem er 1783 die Erstausgabe seines *"Fiesco"*

"Dem Herrn Professor Abel zu Stuttgardt gewiedmet",

im *"Don Carlos"* schließlich für die Rolle des idealistischen und halbwegs autobiografischen Marquis von Posa nicht zuletzt auch diesen so ausschlaggebenden Illuminaten Modell stehen ließ und zumindest auf diese Weise selbst untrennbar mit ihm verschmolz.

Aber da war Schiller offiziëll schon längst nicht mehr sein Schüler. *"Er verließ die Akademie als ein junger Mann"*, lobte der Lehrer dieses Produkt seiner Erziehung, *"der nichts Höheres kennt als Moralität"*.

Höher oder nicht: er kannte seither auch jenen aufgeklärten und idealistischen Humanismus, der sein ganzes Leben, sein ganzes Werk hinfort bestimmte. Nicht zuletzt war das eine Leistung des missionierenden Illuminaten Abel.

Dessen vorgesetztem Rektor und Herzog blieb das alles nicht verborgen: übernahm der doch bei seinen künstlich verwaisten Zöglingen auch die Rolle beider Eltern und ließ sich von diesen vielen "Söhnen", auch von Schiller, unabdingbar als *"Vater"* anreden. Als solcher sorgte er zusätzlich zur freimaurerischen Ideologie seiner Pädagogen für den ebenso logentypischen Kadavergehorsam seiner Eleven, die sich als bedingungslos subordiniertes Eigentum von Übergeordneten begreifen lernen sollten.

Seine Zucht war streng und gnadenlos, ihr bevorzugtes Mittel die Prügelstrafe. Er vollzog sie selbst, meist vor versammelter Schülerschaft, oder delegierte sie an die Zöglinge. So ist von Schiller überliefert, daß er vierzehnjährig für ein Bagatellvergehen mit zwölf Schlägen eines Weidenstockes, später bisweilen willig oder gar *"mit Freudigkeit"* auch für Vergehen anderer *"mit der Rute scharf abgestraft"* wurde. Später ließ er den Don Carlos dasselbe genüßlich für seinen Posa erleiden.

Schiller war das von klein auf gewohnt und mag es den jeweiligen Zuchtmeistern als Zeichen ihrer Liebe gutzuschreiben früh gelernt haben, da er, wie Schulfreund Petersen in seinen *"Umrissen"* zu *"Schillers Jugendgeschichte"* überliefert hat, *"wegen seinem linkischen Wesen von seinen Eltern und Erziehern Püffe und Ohrfeigen die Menge bekam"*.

Vielleicht ja infolgedessen meldete er sich auf der Karlsschule gern auch als Exekutor anberaumter Züchtigung, *"die gewöhnlich in einer beträchtlichen*

Anzahl Schläge bestand". Vermutlich sein Mitzögling Mönnich hat als Augenzeuge bestätigt, daß die Welt

"wohl nie einen Büttel sein Amt mit so moralischem Grimm verrichten sehen. Denn nur dieser war es, der Schiller dabei erfüllte und seinem von Natur schwachen Arm entsetzliche Kraft verlieh".

Aber vielleicht tat das ja nicht nur dieser moralische Grimm. Der Herzog, der auch ein vielerprobter Erot war und nach preußisch soldatenköniglichem Vorbilde ein Faible für so *"lange Kerls"* wie Schiller hatte, ließ zum Beispiel im Falle hartnäckiger Stuhlverstopfung seiner Eleven die vom Frankfurter Wundarzt Lorenz Heister entwickelte Therapie eines Tabakklistiers praktizieren, das den betroffenen Knabenärschen zunächst mittels brennender Tabakspfeifen, später per Pariser Tabakklistiermaschine verabreicht wurde. Auch hierum bekümmerte sich der herzoglich liebevolle Vize-Vater meist persönlich.

Von den traktierten Zöglingen dürfte zumindest der hochsensible Schiller diese absolute Autorität ebenso gehaßt wie aber auch geliebt haben. Lebenslänglich kehrte sie mit vielfachen Varianten in den diversen übermächtigen Vätern seiner Dramen wieder, in denen fast immer Söhne um ihre Freiheit kämpfen. Aber dieser Kampf ist bisweilen auch eine Form von Hingabe, von Fixierung, von Verfallensein. Da spannt sich ein Bogen von Karl Moor bis zu Melchthal und mag sein erlösendes Ende erst im Mord an Geßler, diesem tyrannischen Übervater eines ganzen Volkes, gefunden haben.

"So lange mein Geist sich frei erheben kann, wird er sich in keine Fesseln schmiegen",

schrieb schon der fünfzehnjährige Karlsschüler Nr. 447 in einem Billet mit respektlos intimer Anrede seines väterlichen Herzogs:

"O Carl! wir haben eine ganz andere Welt in unsern Herzen als die wirkliche ist" (am 20. Februar 1775).

Nach ebendiesem Karl benannte er achtzehn Jahre später seinen ersten eigenen Sohn, dessen Geburt er in ebenjenes herzoglich-württembergische Ludwigsburg hininszenierte, wo der neue Vater so Sohn wie Karls-Schüler seines *"O Carl!"* gewesen war. Genau einen Monat nach der Taufe dieses Karl

Schiller starb dessen überväterlich herzoglicher Namensgeber wie nach
Vollendung eines Pensums.

Er hatte aber schon seinerzeit in all seiner absoluten Höhe die besonderen
Anlagen und Talente seines kindlichen Eleven und kecken Billet-Verfassers
mit der Nummer 447 keineswegs übersehen. Schon vom fünfzehnjährigen
Schiller prophezeite er:

"Aus dem wird etwas",

den eben Neunzehn- und Zwanzigjährigen ließ er zweimal die Festrede zum
Geburtstag der Herzogin halten, und den Legationsrat Gottlieb Christian
von Mosheim, einen Logenfunktionär, machte er auf

"das vorzügliche Genie des jungen Mannes"

aufmerksam, dessen Dissertation zur *"Philosophie der Physiologie"* er bei-
legte.

Seither scheint eine heimliche Förderung und Lenkung dieses Talentes in
Freimaurerkreisen für beschlossen gegolten und angedauert zu haben.

Noch einmal: seither scheint eine heimliche Förderung und Lenkung dieses
Talentes in Freimaurerkreisen für beschlossen gegolten und angedauert zu
haben.

Hierzu waren auch zwei Mitschüler sonderlich dienlich. Der eine war zeitweise Schillers Zimmergenosse, vier Jahre jünger und Jurist, aber neigungs-
halber auch Philosoph: Albrecht Friedrich Lempp. Eigentlich er infizierte
den angehenden Mediziner und Poëten mit seinem Hang zur Stoá, führte
den leicht Entflammbaren auch zur Moralphilosophie Adam Ferguson's im
Gefolge von Locke und Leibniz und half auf diese Weise entscheidend, das
theoretische Fundament für jenen idealistischen Humanismus zu legen, der
Schillers Leben und Werk hinfort bestimmen sollte.

Aber diese beiden Freunde dachten nicht nur, sie zerschmolzen auch gemeinsam in ihren Empfindungen füreinander. Schiller, hat uns sein geliebter
Scharffenstein, sehr glaubwürdig überliefert,

"sprach mit einer Art Kult von ihm",

diesem Lempp, und begann damals, jene *"Philosophischen Briefe"* zu
schreiben, deren hochfliegendes Amalgam aus Theosophie, Idealismus und
sinnlichst glühender Jünglingsliebe in der philosophischen wie in der homo-
erotischen Literatur nicht ihresgleichen hat. In diesem teils fingierten, teils
authentischen Briefwechsel war der *Julius* wohl Schiller selbst, der *Raphael*
damals nur partiëll sein Scharffenstein,

dieser selbst eines *"innigen sich Anlehnens an Freunde so bedürftige
Mann"*, der *"etwas Sensibles, Nervenzartes"*, aber keinerlei *"nötige Ausstattung für das eheliche, häusliche Leben"* besaß (Julius Hartmann) und zeitlebens kinderlos blieb;

aber meist war dieser *Raphael* eben doch jener Albrecht Lempp.

In ihrer beider künstlichen Korrespondenz über *"das kühne Ideal unserer
Freundschaft"* entstanden viele von Schillers unsterblichsten Formulierungen:

*"Als Raphael sich meiner letzten Umarmung entwand, da zerriß meine See-
le, und ich weine um den Verlust meiner schöneren Hälfte. An jenem seligen
Abend – du kennest ihn – da unsere Seelen sich zum erstenmal feurig berührten, wurden alle deine großen Empfindungen mein, machte ich mir
mein ewiges Eigentumsrecht auf deine Vortrefflichkeit gelten – stolzer darauf, dich zu lieben, als von dir geliebt zu sein, denn das erste hatte mich zu
Raphael gemacht.*

*... Raphael, an deinem Arm – o Wonne! –
wag' auch ich zur großen Geistersonne
    freudig den Vollendungsgang.*

*Glücklich! Glücklich! Dich hab' ich gefunden,
hab' aus Millionen dich umwunden,
    und aus Millionen mein bist du.
Laß das wilde Chaos wiederkehren,
durch einander die Atomen stören:
    ewig fliehn sich unsre Herzen zu. [...]*

*Ich bekenne es freimütig, ich glaube an die Wirklichkeit einer uneigennützi-
gen Liebe. Ich bin verloren, wenn sie nicht ist; ich gebe die Gottheit auf, die*

Unsterblichkeit und die Tugend. Ich habe keinen Beweis für diese Hoffnungen mehr übrig, wenn ich aufhöre, an die Liebe zu glauben. [...]

Die Anziehung der Geister, ins Unendliche vervielfältigt und fortgesetzt, müßte endlich zu Aufhebung jener Trennung führen, oder (darf ich es aussprechen, Raphael?) Gott hervorbringen. Eine solche Anziehung ist die Liebe.

Also Liebe, mein Raphael, ist die Leiter, worauf wir emporklimmen zu Gottähnlichkeit. Ohne Anspruch, uns selbst unbewußt, zielen wir dahin".

Raphaël Lempp hat hierauf auch mit privaten Briefen reagiert, deren liebevolle Zärtlichkeit bis kurz vor Schillers Tode anhielt.

"Wir können uns in den Herzen nicht näher kommen, als wir es schon sind",

schrieb er 21jährig im April 1784 an den 25jährigen in Mannheim,

"behalte mich ewig in deinem Herzen, es sind die einzigen Schätze, die ich auf der Welt besitze, und ich achte sie sehr hoch".

Als er das schrieb, war Lempp freilich schon Mitglied des *Illuminaten*-Ordens und sehr bemüht, auch Schiller für diese Loge zu gewinnen.

Das versuchte auf andere Weise auch sein dänischblütiger Mitschüler Johann Wilhelm Petersen, gleichfalls Jurist und später *Professor für Diplomatik und Heraldik* in Stuttgart, aber literarisch interessiert und seinerzeit einer von Professor Abels *"besten Freunden und häufigsten Gesellschaftern".* Auch in Schillers Augen war er

"fürtrefflich begabt, aufrichtiger Freund seiner Freunde und Liebhaber der Philosophie". In ihrer aller *"Poetischen Assoziation"* scheint Petersen so *"sokratisch"* tonangebend gewesen zu sein, daß er als einer der Ersten das Manuskript der *"Räuber"* lesen und kritisieren durfte.

Petersen war es dann auch, der dieses Stück einem Logenbruder zugänglich machte: dem Buchhändler und Verleger Schwan in Mannheim.

II. Mannheim

Br. ∴ Schwan in Mannheim machte *"Die Räuber"* sofort einem anderen Logenbruder zugänglich: dem Reichsfreiherrn Wolfgang Heribert von Dalberg, derzeit *Meister vom Stuhle* der Loge *"Johannes zur brüderlichen Liebe"* in Worms, in Mannheim aber Finanzkammerpräsident und – : Intendant des Theaters.

Dieser Br. ∴ Dalberg las *"Die Räuber"* und zögerte, sie aufzuführen. Denn gerade hatten ihm sein jesuïtischer Landesherr und dessen klerikal orientierte Zensurbehörde die Uraufführung von Lessings *"Nathan der Weise"* untersagt. Also hatten die so viel wilderen *"Räuber"* kaum eine Chance.

Da erschien eine erste Rezension dieses Stückes, dessen Buchausgabe sein mittelloser Autor mit Hilfe eines Kredites selbst finanziert hatte. Die Rezension also dieser Buchfassung war überschwänglich positiv und betonte, der Verfasser dieses neuen Stückes habe

"ein warmes Herz voll Gefühl und Drang für die gute Sache".

Sie erschien anonym, wird heute gern Professor Abel zugeschrieben und war ausgerechnet in der *"Erfurtischen Gelehrten Zeitung"* zu lesen. In Erfurt aber regierte damals als kurmainzischer Statthalter just der Reichsfreiherr Karl Theodor Anton Maria von Dalberg, ein älterer Bruder des Mannheimer Theaterdirektors. Auch er war Logenbruder und Illuminat mit den Decknamen *Crescens* und *Baco di Verulam*, außerdem ein einflußreicher Ratgeber seines jüngeren Bruders in Mannheim. Er dürfte diesem die begeisterte Erfurter *"Räuber"*-Kritik zu lesen gegeben haben.

Außerdem setzte sich auch das Mannheimer Schauspiel-Ensemble, das sich überwiegend aus Freimaurern rekrutierte, in seiner dortigen Frühform von Mitbestimmungsrechten für diese *"Räuber"* ein und führte sie schließlich auf. Zumindest Franz Moor, Karl Moor, der Alte Moor, Schweizer und Kosinsky wurden von Logenbrüdern gespielt: von August Wilhelm Iffland, Johann Michael Boek, Johann Georg Kirchhöfer, Johann David Beil und Heinrich Beck.

Schiller wohnte der Premiere illegal, aber in Begleitung seines freimaurerischen Weichenstellers Petersen bei. Erst als er noch ein zweites Mal ohne Beurlaubung zu seiner Aufführung nach Mannheim fuhr, verbot ihm sein Herzog Carl Eugen jede weitere literarische Produktion und veranlaßte Schiller damit zur Flucht, die den Stellenwert einer Desertion hatte und zum Pressespektakel gereichte.

Ein Deserteur hätte auch unter Logenbrüdern von Mannheim nach Stuttgart
ausgeliefert werden müssen. Also versteckten die Theaterleute ihn unter einem Pseudonym zuerst im nahen Oggersheim, dann auf dem thüringischen
Landgut der Freifrau Henriëtte von Wolzogen, deren vier Söhne auf der
Stuttgarter Karlsschule dadurch akut gefährdet wurden, in deren eigener und
angeheirateter Familie es aber gleichfalls zahlreiche Freimaurer gab: bei den
mütterlichen Freiherrn Marschalk von Ostheim also ebenso wie bei den
Wolzogens.

Mit dieser mutigen Helferin erörterte Schiller damals mündlich und brieflich auch seinen eigenen Beitritt zu einer Loge, ohne ihn aber zu vollziehen.

Stattdessen schrieb er seinen berühmten Brief an einen Stuttgarter Freund,
vermutlich Br. Albrecht Lempp, und kündigte an, auch weiterhin *"Trauerspiele"* zu schreiben und daher nach Amerika auszuwandern.

Das wirkte. Schon sechs Wochen später wurde er als Theaterdichter nach
Mannheim berufen, ohne vom württembergischen Herzog je mehr als Deserteur verfolgt zu werden.

Umso freundschaftlicher verhielten sich zunächst die Mannheimer Theaterleute, vor allen Duzfreund Beck. Aber der dortige Aufenthalt gestaltete sich
kritisch, weil Schiller sich an diesem historischen Schauplatz der ersten
Freimaurerloge auf deutschem Boden (1727) nunmehr im Spannungsfelde
zwischen mehreren Logen wiederfand, die einander energisch bekämpften.

Durch Petersen (*"Johann Hus"*) und die Schauspieler wurde er schnell auch
mit führenden *Illuminaten*, zumal mit deren ideologischem Reformator bekannt: dem Freiherrn Adolph von Knigge (*"Philo Judæus"*), den er wiederholt in Heidelberg besuchte und nach Mannheim einlud.

Aber auch in jener *"Deutschen Gesellschaft"*, deren Mitglied er in Mannheim geworden war, dominierten *Illuminaten* und liberale Freimaurer wie
die Schriftsteller Otto Heinrich Freiherr von Gemmingen-Hornburg (*"Antonius"*) und Kirchenrat Johann Friedrich Mieg (*"Epictet"*), ein enger Freund
von Abel und Petersen.

Dalberg jedoch, sein oberster Vorgesetzter im Theater wie auch in dieser
"Gesellschaft", war als *"Ritter Heribert a tumba sacra"* Mitglied der konser-

vativen *Strikten Observanz* und in Heidelberg *Meister vom Stuhle* der dortigen Loge *"Karl zum Reichsapfel"*.

Zwischen ihm und den konträren *Illuminaten* einerseits,

in deren Lager wiederum zwischen den Anhängern und den Gegnern des heftig umstrittenen Ordens-Generals Weishaupt andererseits

und zwischen sämtlichen hiesigen Freimaurerlogen und den Jesuïten um den bayrisch-pfälzischen Landesfürsten dritterseits

mag der unerfahrene junge Schiller nun, dem *"die moralischen declamationes dieser Herren etwas verdächtig sind"*, nicht hinlänglich laviert, nicht diplomatisch genug eine allzu parteiïsche Stellungnahme vermieden, kurz: mit vermutlich *"vorschnellen Urteilen"* (Deile) und *"scharfen Äußerungen"* (Schwering) diesen, jenen und manchen Dritten zunehmend gegen sich eingenommen haben.

Wohl zur Schützenhilfe und auch als Gegengewicht gegen das Templertum seines Brotherren kamen ihn aus Berlin der Königlich-Preußische Prinzenerzieher und hessisch-darmstädtische Hofrat Franz Michael Leuchsenring (*"Leveller"*), einer der erfolgreichsten Missionare der *Illuminaten*, aus Weimar zweimal jener einflußreiche Bode, aber aus Stuttgart zunächst Professor Abel besuchen, dann auch Freund Lempp.

Jedenfalls in dessen anschließenden Briefen geht es klipp und klar um Schillers nunmehr unaufschiebbaren Eintritt in eine Loge:

"Ich glaube schwerlich, daß Du auf einem andern Weg zur Maurerey kommen wirst, als den ich gegangen bin",

schrieb Lempp am 22. April 1784 aus Mainz und ergänzte am 27. April in Köln:

"Wir werden uns wiedersehen und vielleicht in einem neuen Freundschaftsbund".

Aber Lempp stellte für Schiller hier auch die Mannheimer Weichen:

"Wenn Du Lust hast, in Verbindungen von der Art einzutreten, so wende Dich an Boek [...]. Vor Dalbergen hast Du Dich sehr in dergl. Dingen in Acht zu nehmen, er würde ganz irre führen".

Solche Distanzierung konnte Dalberg tatsächlich spätestens in Schillers nächsten Bühnenstücken nachlesen. *"Kabale und Liebe"* mit einem Antifeudalismus unverkennbar aus dem Geiste der *Illuminaten* konnte er noch so eben durchgehen lassen und führte es mit all seinen Schauspielern aus diesem Orden in Mannheim auf. Aber den *"Fiesco"*, der Schillers Zerrissenheit inmitten all dieser politischen und geistigen Strömungen widerspiegelt und seine Skepsis auch gegenüber demokratischen Gesellschaftsutopiën nicht verhehlt, ließ Dalberg dann doch lieber erst mal anderwärts vom illuminaten Gustav Friedrich Wilhelm Grossmann, einem Freunde Knigges, in Bonn und Frankfurt ausprobieren, bevor das Stück zu arger Letzt mit gewaltsam demokratisiertem Finale dem Mannheimer Publikum, aber wohl auch den hiesigen Darstellern mißfiel: allzu illusionslos, fast zynisch und nihilistisch wurden hier, zum Beispiel in Fiescos berühmter Tierparabel des *Zweiten Aktes*, die politischen Hoffnungen sämtlicher Logenrichtungen in Frage gestellt und von diesem jungen Autor ganz unübersehbar nicht geteilt.

Dalberg empfahl ihm daher einen passenderen Stoff: die historische Novelle *"Don Carlos"* des französischen Schriftstellers César Vichard Abbé de Saint-Réal (1639-1692) mit ihrem Thema eines Kampfes um Geistesfreiheit.

Schiller sagte zu, aber spürte, daß in diesem Mannheim seines Bleibens nicht länger sein konnte. Wirklich ließ Dalberg ihn fallen, verlängerte ihm den Vertrag nicht und empfahl seinem Autor von *"Räubern"* und *"Kabale und Liebe"* durch den Mund des Theaterarztes eine Rückkehr zur Medizin. Also wohin? Im heimischen Württemberg wartete auf den Deserteur bestenfalls das Gefängnis.

Da kam Carl August, der junge Herzog von Sachsen-Weimar und selbst von den Templern zu den *Illuminaten* konvertiert, zu seinem Schwiegervater, dem hessischen Landgrafen Ludwig IX., einem weiteren Logenbruder, ins benachbarte Darmstadt zu Besuch.

Nun dürfte die germanistisch offiziëlle Vermittlung der Damen von Kalb und von Wolzogen noch durch unterirdisch maurerische Aktivitäten unterstützt worden sein: zum Beispiel seitens des Freiherrn von Knigge, der immerhin den Ehrentitel eines Kammerherrn bei diesem thüringischen Landesfürsten trug und überdies als Heidelberger Nachbar gehört werden mochte.

Als Schiller dann tatsächlich in Darmstadt aus dem *Ersten Akte* seines *"Don Carlos"* vorlesen durfte, könnte die Sinnlichkeit seiner Szene mit Carl August (*"Aeschylos"*) wohl zusätzlich noch um einige Valeurs oder Prisen männerbündisch geheimen, aber aufgeklärten Brudertums in den Formulierungen schon des Malteserritters von Posa gewürzt worden sein. Man glaubte, sich wohl auf mehreren Ebenen zu verstehen und wertzuschätzen.

Aber die Avancen des jungen Herzogs blieben dann lange noch rätselhaft folgenlos: vielleicht auch, weil Schiller sich von den Logenbrüdern empfehlen ließ, ohne selbst einer werden zu wollen?

Er wußte nicht weiter.

III. Dresden

Da kam aus "heiterem Himmel", der alles andere als heiter war, unverhofft ein freundschaftlicher Brief von völlig unbekannten sächsischen Verehrern und bot einen Ausweg an.

Schiller griff zögerlich zu und fuhr dann Hals über Kopf zunächst nach Leipzig, bald weiter nach Dresden und lebte dort mit den hilfreichen Freunden Christian Gottfried Körner und Ludwig Ferdinand Huber zusammen.

Beide waren Logenbrüder, ohne das gleich mitzuteilen. Ob sie ihn in freimaurerischem Auftrage angeschrieben hatten und nunmehr aufnahmen, ist noch immer unklar, germanistisch überwiegend ausgespart, aber eher wohl wahrscheinlich als abwegig.

In ihrem Freundeskreise, zu dem auch der malende Logenbruder Johann Christian Reinhart gehörte, blühte Schiller so selig auf wie später nur noch in Goethes Freundschaft. *"Don Carlos"* entstand, verkündete leuchtend den Geist der *Illuminaten* und wurde, durch Vermittlung des Mannheimer Schauspielers und Duzfreundes Heinrich Beck, vom großen Theatermann und Logenbruder Friedrich Ludwig Schröder zur Hamburger Uraufführung angenommen.

Auch das Gedicht *"An die Freude"* entstand in dieser glücklichen Zeit. Dieses *"Freude, schöner Götterfunken"* ähnelt freilich verdächtig dem Gedicht eines Anonymus im Liederbuche der Loge *"Zu den drei Degen"* in Halle, singt dann aber auch in Schillers Version von freimaurerischen Idealen, wurde mehrfach vertont, auch von Br. Körner, und nicht erst mit Br. Beethovens späterer Melodie zu einer Art populärer Logenhymne:

"Alle Menschen werden Brüder".

Doch Schillers heimatlose und begeisterungsbedürftige Psyche verliebte sich in seinen Gastgeber, Duzfreund, Bruder und Sponsor Körner. Der war leider frisch verheiratet und hierfür also nicht verfügbar. Folglich schickte Schiller dem Brautpaar sein Hochzeitscarmen *"Am 7. August 1785"* in zwei Vasen, die wie Urnen aussahen und dieser jungen Ehe oder aber seiner eigenen Freundschaft zum Bräutigam ein baldiges Ende signalisieren mochten.

Immerhin fühlte sich seine umso obdachlosere Psyche auch zu einem Faible für Freund Huber in der Lage, mit dem er zuerst in Gohlis, dann in Dresden wiederholt die Wohnung, gar das Zimmer und den Haushalt, aber auch emotionale Gezeiten teilte.

Ludwig Ferdinand Huber, in Paris geboren und in Leipzig, aber französisch aufgewachsen, war damals 21 Jahre alt und ein körperlich verzärtelter Junge unter der drakonischen Kontrolle einer dominanten Mutter. Um sich von der zu befreien, hatte er sich verlobt: mit der Schwester von Freund Körners Frau, Dora Stock, die fünf Jahre älter, wohl auch stärker und klüger, das Modell für Kleists Kunigunde, gar Mozarts Portätistin war und diesen Bräutigam entsprechend mütterlich dominierte.

Nur umso beseligter war Huber von der Begegnung und Verbindung mit dem Freundschaftsekstatiker Schiller, in dem der angehende Schriftsteller überdies einen Kollegen sah. Die beiden empfanden sich als leibhaftigen Don Carlos und Marquis von Posa, redeten und schwärmten sich so auch an. Der Freundschaftsjubel im Liede *"An die Freude"* hatte seine Wurzel in dieser Symbiose, die Schiller immerhin als *"Flitterwoche unsrer Freundschaft"* bezeichnete.

Bräutigam (oder Muttersöhnchen) Huber aber nannte sie brav

"das Verhältnis unter uns dreien" und *"so schön, so süß, daß Du selbst verlieren würdest, wenn Du es störtest"*.

Wirklich war Schiller, für Triolen ja immer zu haben, keineswegs unempfindlich für Dora Stock. Nur daß das hier mit dem eigentlich geliebten Körner und dessen Frau inmitten doch sehr viel mehr, also auch viel komplizierter war als jene zeitgemäßen Rokoko-Terzette, wie zum Beispiel Wieland, Lavater, Schleiermacher, Henriette Herz und sein eigener Herzog sie problemlos praktizierten.

Schiller fühlte sich trotz allem als ein fünftes Rad an ihrer aller emotionalem Gefährt, und nach ungut kopflosem Flirt mit einer wiederum eigentlich anderweitig vergebenen Henriëtte von Arnim floh er schließlich zu "seinem" Herzog und zu dessen Hofpoëten in eine Stadt, deren *Rat* er ja immerhin seit zweieinhalb Jahren schon war.

So, wer von Euch schildert nun Schillers folgende Begegnungen mit den Logenbrüdern in Weimar?

Mittenmang 2

Chat im Internet: www.speakerscornerTV.de/blaugold-dioskuren

Autor: "MAX PICCOLOMINI"
antwortet   keinem, aber ergänzt "DON CARLOS":

Ich. Ich schildere Schillers folgende Begegnungen mit den Logenbrüdern in Weimar. Aber nur mit denen in Weimar, bitte. Die Unterabteilungen Rudolstadt und Jena müßte tunlichst jemand anders übernehmen. Mit Weimar bin ich reichlich ausgelastet.

Aber bevor ich Euch aufzulisten versuche, mit welchen Logenbrüdern Schiller nun also im Hafen von Weimar, ihrem *"Heropolis"*, zusammentraf, muß noch einmal daran erinnert werden, daß der 27jährige damals im Juli 1787 eigentlich auf dem Wege von Dresden nach Hamburg war. Friedrich Ludwig Schröder, dieser Star des deutschen Theaters wie auch Reformator des deutschen Freimaurerwesens, hatte ihn zur Uraufführung des *"Don Carlos"*, aber darüber hinaus auch gleich als künftigen Dramaturgen seines Theaters eingeladen.

Auf dem Wege nach Hamburg also machte Schiller in Weimar eigentlich nur eine Zwischenstation. Aber als er feststellen mußte, daß Goethe ebenso verreist war wie auch "sein" Herzog Carl August, wurde deutlich, daß noch andere Adressaten auf seinem dortigen Besuchsprogramm standen: die Logen-Protagonisten Bode, Bertuch und Reinhold.

Aber auch sie alle waren in jener zweiten Julihälfte nicht in Weimar, referierte er dem Freunde und vielleicht ja auch Vermittler Körner schon an seinem zweiten dortigen Tage, und einer Weiterreise zu seinem Hamburger *"Don Carlos"* stand somit nichts mehr im Wege. Denn auch die Wiederbegegnung mit dem vermeintlich erotischen Magneten Charlotte von Kalb hatte allzu *"viel Gepreßtes, Betäubendes"*: noch vierzehn Tage nach ihrem hiesigen Wiedersehen schien sie *"fast jedem Gefühl abgestorben"* (am 8. August 1787 an Körner).

Noch weitere achtzehn Wartetage später spürte er deutlich, *"wie wenig mir der Aufenthalt zu Weimar frommen kann"*, und bilanzierte: er *"kostet mir zu viel Zeit, Geld und Zwang, und der Vorteil, den ich davon ziehe, ist gar unbeträchtlich"* (am 26. August 1787 an Körner).

Denn Charlotte von Kalb bestand auch auf *"Ceremonien-Besuchen"*, die er als *Weimarischer Rat "beim hiesigen Adel und den ersten Bürgerlichen"*, also wohl auch bei so manchem Logenbruder machen müsse.

Da er trotz alledem ausharrte und in Weimar verblieb, stellt der Experte Hans-Jürgen Schings 1996 in seinem Buche mit dem Untertitel *"Schiller und der Geheimbund der Illuminaten"* die plausible Frage,

"ob irgendeine Ordensregie Schiller nach Weimar gelenkt hat?"

Wirklich hatte diese kleine Residenz gemeinsam mit Gotha, Jena, Erfurt und Rudolstadt gerade damals, weiß gleichfalls Schings,

"besonders mitgliederstarke Illuminatengruppen, die nach dem bayrischen Ordensverbot [...] keineswegs resigniert hatten. Im Gegenteil".

W. Daniel Wilson hatte da bereits 1991 in seiner ungemein fündigen Arbeit über *"Geheimräte gegen Geheimbünde"* festgehalten, daß Weimar (mit Gotha) schon *"in der Zeit vor dem bayrischen Verbot, also in den Jahren 1783/85, eine für die Illuminaten zentrale Rolle"* gespielt hatte und *"nach den Verfolgungen in Bayern nun zu einem Zentrum von Versuchen"* geworden war,

*"den Orden in reformierter Gestalt wieder zu beleben. Die Hauptgestalten
in diesen Bemühungen, die bis in die 1790er Jahre fortgesetzt wurden, waren Johann Joachim Christoph Bode [...] und der Jenaer Philosophiepro-
fessor Karl Leonhard Reinhold".*

Aber sogar im *"Geheimen Konsilium"*, der Weimarer herzoglichen Regie-
rungszentrale, waren von den vier Konsiliaren damals schon drei bei den
Illuminaten. In deren sehr kompliziertem Stufen- und Gradsystem hatten
von insgesamt überhaupt nur vierzehn Weimarer Mitgliedern in der obersten Dritten Stufe immerhin fünf den sehr hohen Siebenten Grad eines *Regenten* und zwei den vorherigen Sechsten Grad eines *Priesters*, einer gar,
Herder (*"Damasus Pontifex"*) den übergeordneten Rang eines *Dekans* über
alle zehn *Priester* einer Provinz.

Das alles bezeugt bereits Ballung und Gewicht und macht deutlich: wie
schon in Mannheim war der zugereiste Schiller nun also auch in Weimar in
eine Hochburg des Logenlebens und zwischen die Fronten seiner Wortführ-
rer geraten, deren Rückkehr von ihren diversen Reisen er nur umso braver
und geduldiger abwartete.

Luise von Imhoff, jüngere Schwester der goethisch legendären Frau von
Stein, *"will sich um ein Logis für mich bemühen"* (am 23. Juli 1787 an Körner). Deren beide Brüder,

Karl Konstantin von Schardt (*"Apollonius"*), Carl Augusts Kammerherr, Geheimer Regierungs- und Konsistorialrat,

sowie Ludwig von Schardt, schon in der Wiege zum Herzoglichen Fahnen-
junker ernannt, später in komischen Rollen der Hofballette am erfolgreichsten und allzu auffällig lange nur verlobt,

waren beide aktive Mitglieder eines Logenlebens,

das der Wirkliche Geheimerat Jakob Friedrich Freiherr von Fritsch, 28 Jahre
lang *"Vorsitzender des Geheimen Konsiliums"* oder Erster Staatsminister
und eigentlicher Regierungschef, hier schon vor 23 Jahren im jetzigen Wittumspalais mit der Gründung der Loge *"Amalia"* in Gang gesetzt und achtzehn Jahre lang als *Meister vom Stuhl* auch persönlich geleitet hatte;

zwischenzeitlich war er als *"Eques a Clypeo"* auch der *Strikten Observanz*
beigetreten und deren *Hauskomtur*, später *Subprior ad honoris* geworden

und hatte den berüchtigten maurerischen Betrüger Georg Friedrich von Johnson a Fünen zehn Jahre lang in Martin Luthers Zelle auf der Wartburg gefangen gehalten; seit vier Jahren war er nun unter dem Decknamen *"Werner von Stauffacher"* auch noch *"Illuminatus minor"*: also überall dabei.

Das alles mag Schiller über das Weimarer Maurerzentrum erfahren haben, während er gefügig auf dessen hiesige Protagonisten wartete. Mit Hilfe Charlotte von Kalbs, deren einflußreicher Schwager, Johann August Alexander von Kalb auf Kalbsrieth, ein Bruder ihres schillernd mitbegehrten Ehemannes war und gleichfalls zu den hiesigen Freimaurern zählte, suchte er also zunächst die literarischen Logenbrüder Herder und Hildebrand Freiherrn von Einsiedel-Scharfenstein, jenen musisch vielseitig talentierten Oberhofmeister, Kammerherrn und Freund des Herzogs, aber auch Wieland auf, der zwar erst sehr viel später Mitglied werden sollte, aber schon damals, interessiert und informiert, über Logenwesen publizierte

und Schwiegervater jenes exponierten Illuminaten und Philosophen Karl Leonhard Reinhold (*"Decius"*) war, als dessen Hausgast Schiller, nur ein Jahr jünger, schon bald statt dreier vorgeplanter Tage gar eine ganze Woche lang in Jena blieb: denn *"noch nie ist mirs in einem fremden Orte so behaglich gewesen"* (am 29. August 1787 an Körner), zumal sich der illuminate Kreis erweiterte:

"auch ein gewisser Hufeland wird mir dort sehr gerühmt",

der Jurist also (*"Oldendorp"*) und als *Präfekt* der Jenenser *Illuminaten* unmittelbarer Vorgänger Reinholds. *"Beide gehören zu den engsten Gefolgsleuten Bodes"* (Schings).

Als Schiller dann in den letzten Augusttagen 1787 von Jena schließlich nach Weimar zurückkehrte, war auch dieser Bode (*"Amelius"/"Æmilius"*) nach seinem ominös illuminaten Aufenthalt im vorrevolutionären Paris wieder da und traf sich sofort mit ihm.

Gleichzeitig aber war jener Johann Adam Weishaupt (*"Spartacus"* oder *"Scipio Æmilianus"* oder *"Cocyrus"*), Begründer und bisheriger Kopf der *Illuminaten*, nach seinem Sturz im heimischen Bayern ins nahe Herzogtum Sachsen-Gotha geflohen und verblieb dort als Asylant und protegierter Hofrat des dortigen Herzogs Ernst II. bis zu seinem Lebensende nach weiteren Jahren allgemeiner Verachtung: Br. Carl August und Br. Goethe verweigerten ja dem erprobten Professor für Natur- und Kirchenrecht sogar einen Lehrstuhl an ihrer Universität in Jena.

Aber in eben solcher allgegenwärtigen Nachbarschaft versuchte Bode damals, als Weishaupts Nachfolger Oberhaupt ihres Ordens zu werden und nun auch den berühmten Schiller, wie bereits beschrieben, zu einer Mitgliedschaft zu überreden.

Dessen Zögern aus welchem Grunde immer stimulierte den ehrgeizigen Autodidakten Bode nur zu einer umso lebhafteren Fortsetzung ihres Kontaktes. Sie trafen sich im *"Club"*, in der *"Mittwochsgesellschaft"* oder zum Whist und waren meist auch mit anderen Illuminaten aus Bodes engstem Umfelde zusammen:

mit dem Minister Christian Gottlob von Voigt (*"Atticus"*), Geheimem Regierungsrat und Geheimem Archivarius des Herzogs,

auch mit Dr. Johann Kornelius Ridel (*"Rhetz"*), dem Prinzenerzieher,

und Dr. Christoph Wilhelm Hufeland, dem Hofmedicus.

Auch sie alle also waren Logenbrüder und blieben zunächst der ausschließliche Umgang des Neulings Schiller: jeden zweiten Tag *"besuche ich Boden, Bertuch, Herder, Voigt"* (am 10. September 1787 an Körner); und noch fünf Wochen später listete er neben Wieland und Herder abermals diesen Kreis um Bode als seine vorrangige Gesellschaft auf (am 14. Oktober 1787).

Dennoch blieb er innerlich distanziert. Im Vergleich zu Bertuch und dessen *"merkantilischer Seele"* zwar *"gefällt mir Bode noch ziemlich, aber ich traue ihm ebenso wenig"* (am 14. September 1787 an Freund Huber); denn:

"Mit Boden kann man nicht genau Freund sein" (am 2. Mai 1788 an Br. ∴ Schwan in Mannheim). Warum nicht? *"Er ist eine gute Posaune, die man doch immer gerne schont"* (im April 1789 an Körner).

Aber nicht nur Bode und Bertuch, auch vorher schon der wichtige *"Reinhold kann nie mein Freund werden, ich nie der Seinige, ob er es gleich zu ahnden glaubt"* (am 29. August 1787 an Körner).

Also dürften die Zeichen auf Abreise gestanden haben, die Weichen nun endlich nach Hamburg gestellt worden sein.

Aber nein: als Bode am 25. September 1787 nach Gotha fuhr, um sich dort erstmals mit Weishaupt zu treffen, über ein Weiterleben ihres totgesagten Ordens und über ihren Stabwechsel auszutauschen, sagte Schiller an eben diesem selben Tage seine Weiterreise zum Freimaurer Schröder (*"Roscius"*) nach Hamburg endgültig ab. Er blieb in Weimar, aber wußte noch nicht (oder würde erst schmerzlich erfahren müssen), daß man ihn hier gar nicht haben wollte.

Alle Hoffnung mochte sich noch auf die Wiederkehr Goethes konzentrieren. Die jedoch ließ auf sich warten. Nur umso vereinsamter und sehnsüchtiger, also auch warmherziger gestand er da dem Freunde Huber in Dresden, daß

"wenn ich es hätte, ich D e i n e G e s e l l s c h a f t jetzt mit Golde aufwiegen würde. Hundertmal denke ich an Dich, Du fehlst mir alle Stunden. Warum können wir nicht beieinander sein, wir, die so sehr zusammen gehören? Ich habe so unendlich viel an Dich auf dem Herzen, das ich Dir durchaus nicht schreiben kann. Hier habe ich viele Bekannte [...] – aber keinen Freund, den ich lieben könnte. Ein weiblicher Freund ist keiner. Ich bin ganz isoliert" (am 6. Oktober 1787).

Und drei Wochen später:

"Recht sehnlich wünschte ich, Dich jetzt um mich zu haben" (am 26. Oktober 1787), aber *"Einige Umstände* [welche?] *lassen mich jetzt noch gar nicht auf die Zurückreise denken, und ich muß Dich entbehren"*.

Huber löste sich bald in Dresden von der ungeliebt anverlobten dominanten Dora Stock und lockte nun aus Mainz:

"So komm dann, laß uns den Bund der Liebe erneuern [...], es ist nichts mehr übrig als Du und ich, was wir sind und was wir e i n a n d e r sind" (am 24. Juli 1788).

Im selben Briefe verkündete Huber sphinxhaft:

"Vielleicht stoßen die Umstände so zusammen, daß es strenge Pflicht der Freundschaft für Dich wird, zu mir zu kommen".

Strenge Pflicht? Oder *"Alte Pflichten"*? Oder *Strikte Observanz*? Derlei mochte Schiller von Huber wohl erst recht nicht lesen. Ohnehin dürfte ihn bisweilen schon gestört haben,

*"daß Huber etwas Weichliches und Schlaffes oder Zerfahrenes an sich ha-
be"* (Fritz Jonas im *Schlußwort* seiner *Kritischen Gesamtausgabe* von
"Schillers Briefen", 1891ff.), und der sensible Seismograf Max Kommerell
wußte noch ein weiteres halbes Jahrhundert später mit den obligaten Andeu-
tungen speziéll des Jahres 1940 indirekt klarzustellen, wie neben Schiller
und Körner *"der Dritte im Bunde, der dreiundzwanzigjährige Huber, mit
dem geistig-sittlichen Maß gemessen der Geringste von allen, das Lockere
zum Festen, das Gärende zum Klaren gefügt"* habe. Erotisch konkreter:

*"Dieser schöne in Paris geborene Bastard eines in die Schriftstellerei ent-
gleisten Bauernburschen brachte den Beigeschmack des Verdächtigen in
den Freundschaftskreis – jenen Beigeschmack, der für den jungen Schiller
jedes Verhältnis würzen mußte".*

Umso deplacierter mußte da der Anspruch einer *"strengen Pflicht"* sein, und
nur umso lieber ließ sich Schiller hiervon und von der ganzen ungut illuminierten Weimarer Szene im nahen Rudolstadt ablenken, hier am liebsten
durch die Damen von Lengefeld okkupieren.

Damit ist das Stichwort Rudolstadt gefallen: also, der Nächste, bitte! Welche Logenbrüder traf Schiller in Rudolstadt?

Na?

Mittenmang 3

Chat im Internet: www.speakerscornerTV.de/blaugold-dioskuren

*Autor: "LA VALETTE"
antwortet   keinem, aber ergänzt "MAX PICCOLOMINI":*

Kommt gleich: Moment. Aber vorweg: ich mache nur Rudolstadt, nicht Jena. Über Jena möge bitte jemand anders berichten. Also, Rudolstadt:

"Das Illuminatenwesen", schreibt Hans-Jürgen Schings in seinem erwähnten
Buche, *"läßt Schiller nicht im Stich, als er sich im Frühjahr 1788 in die Ar-
beits-Idylle von Volkstädt und Rudolstadt zurückzieht"*.

Wilhelm Freiherr von Wolzogen, Stuttgarter Schulfreund und selbst ein Logenbruder, hatte ja den eben 28jährigen Schiller nach Rudolstadt und dort in das Haus der Lengefelds gebracht, das von drei Frauen bewohnt war.

Louise von Lengefeld, die damals 44jährige Mutter von Karoline und Charlotte, war eine geborene Freiïn von Wurmb, Tochter einer geborenen Wolzogen und Schwester jener beiden Gebrüder *"Wrmb"*, die schon der 22jährige Schiller zu Helden seiner Erzählung *"Eine großmütige Handlung aus der neuesten Geschichte"* im zweiten Stücke seines *"Wirtembergischen Repertoriums der Litteratur"* erkoren hatte.

Den Jüngeren dieser beiden, Freiherrn Ludwig von Wurmb, hatte er nun vor knapp zwei Jahren in Walldorf bei Meiningen als einen fast närrischen Verehrer seiner *"Räuber"* kennen gelernt: *"Er war beim ersten Anblick mein Busenfreund. Seine Seele schmolz in die Meinige"* (am 14. Januar 1783 an Andreas Streicher in Mannheim).

Daß dieser Wurmb nun ebenso Freimaurer war wie sonst fast alle Männer seiner Familie, ist nicht überliefert, aber eher wahrscheinlich. Denn auch Freund Körners direkter Vorgesetzter, Friedrich Ludwig Freiherr von Wurmb, kurfürstlich-sächsischer Cabinets- und Conferenz-Minister, ferner Director der Commerzien-Deputation in Dresden, war vielfacher Logenfunktionär in Dresden und Warschau, störte sich aber an der realen Geheimnislosigkeit seines Geheimbundes, trat daher unter dem Namen eines *"Eques a Sepulcro"* der *Strikten Oberservanz*, später den *Rosenkreuzern* bei, von denen er *"einen Grad nach dem andern"* erhielt; mit dem obskuren "Magier" Schrepfer, dessen Geisterbeschwörungen mit Hilfe der *laterna magica* in Schillers *"Geisterseher"* glossiert werden, ging er Arm in Arm durch Dresden spazieren.

Umso lieber also mag die irgend verwandte Louise Freiïn von Wurmb, verwitwete Lengefeld in Rudolstadt ihre älteste Tochter, Karoline, mit jenem Freiherrn Friedrich Wilhelm Ludwig von Beulwitz verheiratet haben, der schon Mitglied der Weimarer Loge *"Amalia"*, in Rudolstadt lange Jahre *Meister vom Stuhle* der Loge *"Günther zum stehenden Löwen"*, als *"Claudius Fleury"* aber vorher auch schon Oberhaupt jenes sonderlich aktiven *Illuminaten*-Ordens war, den Bode in Rudolstadt (*"Aquinum"*) gegründet hatte. Auch Bode also verkehrte bei den Lengefelds, deren männliche Verwandtschaft ja ebenfalls gern diversen Logen beitrat.

Obwohl diesem Beulwitz die erotische Hochspannung zwischen seiner Frau Karoline und dem angeschmachteten Schiller nicht verborgen bleiben konnte, war er doch immer dessen Freund und später durchaus wohlwollender Schwager, vielleicht ja, wie gesagt, auch Logen-Bruder. 1791 finanzierte er dem lebensgefährlich Erkrankten sogar die Kur im Karlsbad.

Nicht zuletzt durch diesen mehrfachen Logenfunktionär von Beulwitz kamen in Rudolstadt aber auch weitere Freimaurer und Illuminaten mit Schiller in engeren Kontakt. *"Meine Lengefelds hier"*, berichtete er Körner zum Beispiel über den Verleger Rudolf Zacharias Becker, *"sind ihm sehr gewogen"*. Becker, ein besonders engagierter und hartnäckiger Illuminat (*"Henricus Stephanus"*), war häufig in Rudolstadt zu Gast, schwärmte unverblümt für Schiller und namentlich für dessen Lied *"An die Freude"*, das er allenthalben in Logenkreisen anstimmte.

Ferner gehörte in Rudolstadt zum Kreise um Beulwitz tatsächlich auch dessen Logenbruder Wilhelm Heinrich Karl Freiherr von Gleichen, genannt von Russwurm, aus dem nahen Ezelbach und sechs Jahre jünger als Schiller, also 1788 ganze 23 Jahre alt. Er soll in Rudolstadt Schillers *"regelmäßiger Umgang"* gewesen sein (Schings), und noch 1803 übernahm bei seinem Sohne, Heinrich Adalbert Freiherrn von Gleichen-Russwurm, Schiller die Patenschaft, ohne noch wissen zu können, daß er da seinen künftigen Schwiegersohn, den Ehemann seiner jüngsten Tochter, Emilie, über das Taufbecken hielt, die erst demnächst, 1804, kurz vor seinem eigenen Tode geboren werden sollte.

Aber deren Schwiegervater *in spe* nun wieder, jener ersterwähnte Wilhelm Heinrich Karl von Gleichen-Russwurm aus Ezelbach also, soll es ja nach Auskunft seines Urenkels Alexander gewesen sein, der Schiller in Rudolstadt zum Eintritt in die Loge *"Günther zum stehenden Löwen"* bewegte. Das sei aber, immer noch laut dem gemeinsamen Urenkel Alexander, *"mit dem Schleier des Geheimnisses umgeben"*: warum bloß?

Aber die Rudolstädter Lengefelds waren des Weiteren auch mit der Erfurter Familie von Dacheröden eng befreundet, in die schon bald Wilhelm Freiherr von Humboldt einheiraten sollte und die ihrerseits in Erfurt mit dem Reichsfreiherrn Karl Theodor von Dalberg, älterem Bruder des Mannheimer Theaterdirektors, befreundet war.

Dieser Erfurter Dalberg war als katholischer Kirchenfürst und bedeutender Reichspolitiker nicht nur der designierte Nachfolger des Kurfürsten von Mainz und spätere Großherzog von Frankfurt, sondern auch ein entschiedener Schöngeist, Aufklärer, Freimaurer, generöser Mäzen und überzeugter Illuminat. Er trage, wird Herzog Carl August zitiert, *"das Schurzfell nicht umsonst"*, war in Erfurt Mitbegründer einer Loge und Protagonist der *Illuminaten*, als er durch Vermittlung der Damen von Dacheröden und von Lengefeld Schiller kennen lernte und dessen Verehrer, Gönner, Wohltäter und mehrfacher Retter, mit gemeinsamen Zukunftsplänen für Mainz auch lange zu dessen einziger Hoffnung wurde.

Denn *"Sie würden"*, schrieb er Schiller persönlich, *"hier oder in Mainz so angestellt, daß Ihr Geist nach eignem Trieb sich seinem Flug überlassen könnte"* (am 11. November 1789). So sprach in Weimar niemals jemand mit ihm, geschweige damals.

Ob dieser Koadjutor Dalberg das alles nur aus Verehrung und Freundschaft tat, wird zumindest von Schings in Frage gestellt:

"Die Rolle Dalbergs im Illuminatenorden ist noch keineswegs hinreichend erforscht. 1783 soll er von Bode angeworben worden sein. Er wird zum Präfekten der Erfurter Minervalkirche und rangiert an der Spitze der umfangreichen Liste Mainzer Illuminaten. Man diskutiert über ein hohes Ordensamt für ihn. Den flüchtigen Weishaupt unterstützt er finanziell und durch Suche nach einer neuen Anstellung. Er fördert die Stiftung der Erfurter Illuminaten-Loge, die, von Bode 1787 eingeweiht, zu Ehren Dalbergs den Namen "Carl zu den drei Rädern" trägt. Dem Mainzer Kurfürsten gegenüber erklärt er zwar salvatorisch, er sei aus politischen Rücksichten auf die Erfurt benachbarten Höfe von Weimar und Gotha zu den Illuminaten gestoßen, doch verteidigt er den Orden offen [...]. Mit Recht rühmt ihn Weishaupt selbst als 'großen Gönner und wahrhaften Freund'. Allen Anfeindungen zum Trotz und auch in gefährlicher Lage scheut sich der Koadjutor nicht, dem Ordensstifter beizustehen und ihn in Gotha aufzusuchen [...]. Noch 1798 wird eine Berufung Weishaupts nach Mainz ins Auge gefaßt."

Umso unwahrscheinlicher mutet es an, daß dieser so eingeweihte und integrierte Protagonist erst durch Karoline von Dacheröden und deren Freundinnen aus Rudolstadt auf Schiller und dessen Probleme aufmerksam gemacht werden mußte. Zumindest durch seinen Bruder an der Spitze des Mannheimer Theaters dürfte er hinlänglich informiert gewesen sein.

Als aber Ferdinand Huber im Frühjahr 1788 Legationssekretär bei der kursächsischen Gesandtschaft in Mainz wurde, versuchte auch er, diesen Koadjutor von Dalberg, noch nach David Wilson *"einen der wichtigsten Staatsmänner seiner Zeit"*, für Schiller zu gewinnen. Auf dem Wege von Dresden nach Mainz machte er Station in Weimar, sah dort Schiller wieder und fuhr mit ihm gemeinsam nach Erfurt zu seinem neuen Vorgesetzten.

An einem dieser beiden Apriltage 1788 nun hat Huber – vorsätzlich oder zufällig – Schiller wissen lassen, daß er Freimaurer sei. Das scheint Schiller sehr verletzt zu haben. Vermutlich konnte dieser Enthusiast der Freundesliebe, dem Vertrauen und Offenheit über alles gingen, solche jahrelange Geheimhaltung nicht billigen oder nachsehen. Sie mag auch letztlich einer der Gründe gewesen sein, warum er selbst nie einer Verbindung beigetreten ist, die solches verlangt.

"Wenn dir das deutlich ist", schrieb er über dieses Wiedersehen mit spitz- und doppelzüngiger Verwendung einer freimaurerischen Metapher an Körner, *"mein Senkblei ist bei ihm nicht ganz auf den Grund gekommen"* (am 15. April 1788). Das deutet zumindest Verständigungsschwierigkeiten mit Huber an, wächst sich dann aber sofort auch zu einem Vorwurf an Körner aus:

"Du hast mir nicht geschrieben, daß er Maçon ist": also Freimaurer.

Schiller verübelte solche Geheimniskrämerei, die doch nur einer Angst vor jenen fürchterlichen Bestrafungen entstammen mochte, diesen seinen beiden Freunden Körner und Huber anhaltend. Ihre Beziehung ist seither gestört oder gar beëndet. Noch vier Jahrer später schrieb er verächtlich an Körner, Huber sei *"ohne Charakter, ohne alle Männlichkeit"* und ein *"raisonnierender Weichling"* (am 21. September 1792). Eben einen Verschweiger also verwarf er bald endgültig als *"Schwätzer"* (am 17. November 1792).

Aber da hatte die meistens wohlinformierte Karoline von Dacheröden ihrem Wilhelm von Humboldt längst mitgeteilt, Schiller und Dalberg *"sind sich sehr nah gekommen"* (am 9. Januar 1791), und schon einen Monat vorher hatte Schiller persönlich seinen Körner wissen lassen:

"Mein Verhältnis mit Dalberg wird immer fester und enger; ich verspreche mir einmal überaus viel von einem näheren Umgange mit ihm" (am 6. Dezember 1790).

Das blieb auch so. Sicher war Dalberg, ob nun freiwillig oder aber im Logenauftrag, über viele Jahre Schillers kompetentester und zuverlässigster Wohltäter. Sowohl den Essay *"Über Anmut und Würde"* mit seiner kantischen Reaktion auf die *Illuminaten* als auch zuletzt noch den *"Wilhelm Tell"* hat er diesem illuminaten Gönner gewidmet, in dessen direkte Nähe er so scheinbar zufällig eben durch den Rudolstädter Kreis gelangt war.

Aber Rudolstadt war ja keineswegs zuletzt auch der Ort, an dem er im September 1788, im Hause von Beulwitz übrigens und in Anwesenheit des Barons von Gleichen-Russwurm, Goethe endlich persönlich kennen lernte: einen weiteren Freimaurer und Illuminaten seines Lebens!

Über dessen eventuëlle Versuche, den Freund zu missionieren, ist nichts überliefert. Es kann nur mündlich erfolgt oder aber, aus Angst dieses manischen Verheimlichers vor Bestrafung jedweder Indiskretion, unterblieben sein.

Oder aber es erübrigte sich.

Aber *"an kleinen Orten, wie zum Beispiel in Rudolstadt"*, hat Goethe noch nach Schillers Tod in seiner Polemik gegen eine neue Loge in Jena eingeräumt, *"dient eine solche Anstalt zu einer Form der Geselligkeit"* (am 31. Dezember 1807).

Auch Johann Gottlieb Fichte, dessen sogenannte *"Vorlesungen über die Freimaurerei"* ursprünglich *"Eleusinien des 19. Jahrhunderts. Oder Resultate vereinigter Denker über Philosophie und Geschichte der Freimaurerei"* hießen, noch zu Schillers Lebzeiten in Berlin erschienen und unter Berufung auf dessen Briefe *"Über die ästhetische Erziehung des Menschen"* inzwischen längst zu einem Klassiker dieses Themas geworden sind,

dieser Fichte also wurde 1794 ausgerechnet in Rudolstadt, bei der Loge *"Günther zum stehenden Löwen"* jenes Freiherrn von Beulwitz, zum Freimaurer.

Aber da war Schiller schon nicht mehr in Rudolstadt, sondern von den Weimarer Logenbrüdern nach Jena entsorgt worden.

Also nun Jena bitte!

Hallo! Hallo, Jena?

Mittenmang 4

Chat im Internet: www.speakerscornerTV.de/blaugold-dioskuren

Autor: "KARL MOOR"
antwortet   keinem, aber ergänzt "LA VALETTE":

In Jena (*"Siracusis"*) war seit 1743 die Loge *"Zu den drei Rosen"* eine der allerersten in Deutschland gewesen, aber nach mehr als zwanzigjährigem Bestehen schon 1764 aufgelöst worden. Als Schiller 1789 von den Weimarer Logenbrüdern nach Jena abgeschoben wurde, schien er endlich und wirklich erstmals in einen logenfreien Raum zu geraten.

Aber entsprechend alleingelassen fühlte sich der Dreißigjährige nun nach einem siebzehnjährigen Leben immer nur inmitten von *"Brüdern"*, die ihn jeweils verehrt, umworben oder zumindest gestützt hatten. Nichts von alledem jedenfalls in den ersten beiden Jenenser Jahren.

An der Universität gab es zwar einzelne professorale Kollegen wie den Philosophen Reinhold, den Juristen Hufeland, den Anatomen Loder, den Theologen Paulus, den Mediziner Stark, die alle Mitglieder oder zumindest aktive Sympathisanten diverser Logen waren. Aber erst als der Weimarer Archivarius Voigt, der später allmächtige Staatsminister, 1791 zum Kurator der Universität Jena ernannt wurde, mag dieser illuminate *"Atticus"* planmäßig Logenbrüder wie den Philosophen Batsch, den Physiker Succow, den Mediziner Hufeland, später auch dessen Kollegen Oken und Froriep oder eben den Philosophen Fichte nach Jena berufen haben.

Schiller jedoch war im Jahre der Ernennung Voigts schon psychisch und körperlich gar nicht mehr in der Lage, den Beruf eines Universitätsprofessors auszuüben – den eines Dramatikers oder Lyrikers schon seit mehreren Jahren nicht mehr.

An diesem absoluten Tiefpunkte seines ganzen Lebens war es dann aber immerhin jener wenig geliebte Kollege und Freimaurer Reinhold, der als einziger eingriff und sich eine Rettung einfallen ließ. Er informierte den dänischen Schriftsteller Jens Baggesen, einen 27jährigen Logenbruder, den er, schon auf dessen früherer Durchreise, hier in Jena mit Schiller bekannt gemacht hatte, und aktivierte ihn, bei seinem Freunde oder *Confident*, jenem 26jährigen Erbprinzen Friedrich Christian von Schleswig-Holstein-Sonderburg-Augustenburg, wegen einer Unterstützung des absolut hilfsbedürftigen Schiller vorstellig zu werden.

Dieser Prinz nun war eine Rarität. Selbst Sproß aus feudalem Hochadel, Schwiegersohn des dänischen Königs, zeitweise Thronaspirant in Stockholm gegen die Bernadottes, später durch Erbfolge immerhin Herzog und Mitglied der dänischen Regierung, war er gleichwohl glühender Verehrer der inzwischen ausgebrochenen *Französischen Revolution* und in diesem Zusammenhange ein zwar inoffiziëlles, aber politisch außerordentlich bewußtes und pragmatisches Mitglied des *Illuminaten*-Ordens. Später, 1794, wurde er in Hamburg von Br. Friedrich Ludwig Schröder persönlich auch noch in dessen Freimaurerloge *"Emanuel zur Maienblume"* aufgenommen.

Seinen Decknamen bezog er von jenem korinthischen Feldherrn Timoléon, der im 4. Jahrhundert vor Christos im sizilianischen Syrakus den Tyrannen stürzte und sogar seinen eigenen diktatorischen Bruder ermordete, um nur ja die Demokratie einführen und etablieren zu können. Schon hieran ist das politische Konzept seines neuzeitlich illuminaten Namensvetters in Kopenhagen abzulesen.

Doch dieser holsteinische Timoléon, dessen offiziëlle politische Aktivität sich primär auf das dänische Bildungswesen, auf eine Universitätsreform, auf Bibliotheken, Schulen und Museën, aber auch auf die Einführung von Pressefreiheit fokussierte, war von so zartem Naturell und schwacher Konstitution, daß er nicht einmal 50 Jahre alt werden sollte: nur 49.

Just im Sommer 1791, als auch Schiller auf den Tod daniederlag, mußte dieser nordische Prinz eine Badereise zur Kur im Karlsbad antreten. Dort hielten sich gleichzeitig auch Herder, mit dem er sich häufig traf, und Dora Stock, jene vormals Verlobte Ferdinand Hubers, auf. *"Mit großer Wahrscheinlichkeit"*, notierte der *"Timoléon"*-Exeget Hans Schulze schon 1905, *"darf man annehmen, daß zwischen ihnen auch von Schiller die Rede ist"*.

Aber als der rekonvaleszente Erbprinz am Morgen des 10. Juli 1791 aus dem Kurbad abreiste, um seine Rückkehr nach Dänemark eben in Weimar und Jena zu unterbrechen, ahnte er nicht, daß just am Vorabend Schiller zur eigenen Wiederherstellung im Karlsbade eingetroffen war.

Der verfehlte also seinen Mäzen *in spe* um dieselbe schicksalhafte Haaresbreite wie vor just vier Jahren "seinen" Weimarer Herzog beim Pferdewechsel auf der Poststation in Naumburg: als solle manches nur ja nicht gelingen!

Wieder in Kopenhagen, hatte ebendieser Prinz Friedrich Christian in der zweiten Oktoberhälfte noch desselben Jahres über jene Bitte seines vertrauten Baggesen um eine finanziëlle Unterstützung des todkranken Schiller zu entscheiden. Er konnte das nur mit Hilfe des dänischen Finanzministers Schimmelmann (aus Deutschland). Aber da er seit Lektüre des *"Don Carlos"* ein fanatisch unbedingter Schiller-Verehrer war, konnte er seinem Idol schon am 27. November 1791 in einem eigenhändig abgefaßten Briefe für die Dauer von drei Jahren ein Stipendium von tausend Talern jährlich zusagen, dessen Überweisung später ja noch um zwei weitere Jahre verlängert wurde. Damit war Schillers Überleben und Weiterschreiben gesichert.

Noblesse und Delikatesse dieser Apanage und ihres sensiblen Begleitbriefes zeugten von so viel Liebe und kultiviertem Anstand, daß ganze Generationen von Biografen und Germanisten sie begeistert für das exklusive Symptom einer selbstlosen Güte und Verehrung hielten.

Erst die neuere *Illuminaten*-Forschung von Peter Christian Ludz und W. Daniel Wilson, besonders aber von Hans-Jürgen Schings hat die allzu lange ignorierten Hinweise und Anstöße von Hans Schulz endlich aufgegriffen und ausgewertet. Dabei kam zutage, daß Prinz Friedrich Christian seit seiner Lektüre der Schriften von Adam Weishaupt von der Idee besessen war, dem inzwischen gestrauchelten *Illuminaten*-Orden wieder aufzuhelfen und ihn zu jener moralischen, aber auch politischen Rettung der Menschheit auszubauen, zu der er vermeintlich das philosophische Kapital besaß.

Hierbei sollte jener Autor, der schon das revolutionär humanistische Programm des Marquis von Posa entworfen und so genial zu formulieren verstanden hatte, als Wortführer dienen und daher möglichst bald der diskret hinzugefügten Einladung zur Übersiedlung nach Kopenhagen Folge leisten:

"Hier bei uns würde es Ihnen nicht an Befriedigungen für die Bedürfnisse Ihres Geistes fehlen [...]. Hochachtung und Freundschaft würden von mehreren Seiten wetteifern, Ihnen den Aufenthalt in Dänemark angenehm zu machen ... ".

Mit solcher Einladung war es diesem Prinzen so ernst, daß er nicht nur Schiller so in seine Gefilde zu locken trachtete. Bei Reinhold gelang es ihm sogar mit einer Professur im dänischen Kiel ab 1793.

Aber am wichtigsten war dem Prinzen schon seit 1789, den gestürzten und verfolgten Erfinder des *Illuminaten*-Ordens, Adolf Weishaupt persönlich, dessen Schriften ihn seit 1787 begeisterten, zu einer Übersiedlung aus seinem Refugium in Gotha nach Dänemark zu bewegen.

"Mich hat das System des Illuminatenordens in Feuer und Flamme gesetzt", gestand der Prinz. *"Mein ganzes Herz glüht für dasselbe. Zur Besserung, Bildung der einzelnen Menschen sowie des ganzen Geschlechts ist keine Einrichtung trefflicher als diese".*

Ihre Korrespondenz umfaßte zwölf Briefe. Aber Weishaupts Reaktionen sind nicht überliefert, waren offenbar negativ. Trotzdem überwies ihm sein fürstlicher Verehrer ganze 22 Jahre lang ein jährliches Stipendium, das noch beträchtlich höher dotiert war als Schillers Subsidiën. Er begründete das mit Weishaupts *"Plan zur Veredlung der menschlichen Gesellschaft"* und folgerte hieraus auch buchhalterisch:

"Das Menschengeschlecht ist in Ihrer Schuld" (am 29. März 1791 an Weishaupt).

Aber es blieb nicht nur bei monetären Tilgungen moralischer Verpflichtungen. Eben am selben Tage ihres Schenkungsbriefes an Schiller, an jenem 27. November 1791, ließen sich dessen beide Unterzeichner, also Erbprinz und Finanzminister, vom vertrauten Baggesen den Entwurf zu einem *"Club"* präsentieren, der aus lediglich zwölf *"Menschen mit kosmopolitischen Gesichtspunkten"* bestehen und dessen Zweck eine *"Mitwirkung bei der moralischen Veredelung der Menschheit"* ebenso sein sollte wie auch der *"Kampf gegen schädliche Vorurteile und Beförderung wohltätiger Wahrheit"*. Der *Illuminaten*-Orden ist hier unschwer wiederzuerkennen.

Auf der Liste der zwölf auserwählten Mitglieder dieses Clubs folgte den beiden Adressaten zunächst der mecklenburgische Graf Adam von Moltke, dänischer Hofmann und Baggesens Freund, der am selben Tage Geburtstag hatte wie der Kandidat für Platz vier auf dieser Liste der Zwölf: Friedrich Schiller.

Schon zwei Tage später schrieb Baggesen auch diesem und beschwor ihn als eine *"der herrlichsten Sonnen der Aufklärung"*, eine baldige Übersiedlung nach Kopenhagen zu ermöglichen:

"ihr Zweck ist das Heil der Menschheit" (am 29. November 1791).

Als aber weder Schiller noch Weishaupt noch zunächst auch Reinhold von seinem fünften Listenplatz diesen dänischen Lockrufen folgen konnte oder wollte, schickte der Prinz in Befürchtung auch einer neuen Gegenoffensive der Jesuïten seinen Mitstreiter Baggesen im Frühjahr 1793 noch einmal auf europäische Rundreise zu allen nur erdenklichen Ansprechpartnern, die aus Sicherheitsgründen sämtlich mit einem umfangreich ausgedehnten eigenen System von Decknamen versehen wurden.

Spätestens jetzt hießen der *Illuminaten*-Orden *"Phoenix"*, Weishaupt *"Pythagóras"*, der Erbprinz also *"Timoléon"*, sein Baggesen *"Immanuel"* und Schiller *"Enceladus"*.

Enceladus war der lateinische Name für *Enkélados*, jenen stärksten aller Giganten und Bruder der luftig gefiederten Dämonin und Botengöttin *Fama* mit ihrer krächzenden Bodenhaftung und den zahllosen Zungen einer *"Verkünderin großer Betrübnis"* (Vergil). Mit vulkanischen Ausbrüchen unterhalb des Ätna offenbarte Enceladus selbst seine Riesenkräfte und rebellierte so autark gar gegen den Olymp. Mit seinem Namen nun wurde also Schiller vom Muster-Demokraten *Timoléon* in Syrakus zum höchst potenten Nachbarn und ruhmreichen Supermann gleichsam *della casa* erkoren und insofern noch zusätzlich einer persönlichen Nähe und Hommage gewürdigt.

In einem ausführlichen Brief (ohne Datum) gab wunschgemäß Prinz *"Timoléon"* seinem Emissär Jens Baggesen detaillierte Anweisungen für eine solche Reise. Dieser Brief, der sich in zwei Teile gliedert, berührt noch heute durch geistige Integrität und politischen Optimismus, aber auch eine methodische Akribie, die ich sämtlich für wert halte, Euch allen hier auf Euren Monitoren ausführlich vorgestellt zu werden.

Im ersten Teile geht es primär um das Prinzip von Verbrüderung in geheimen Bünden:

"teils wegen des möglichen Schadens, den sie stiften können, da sie nur zu leicht in den Händen der Habsucht und Herrschgierde ein Werkzeug des Betrugs, ein Beförderungsmittel des Aberglaubens und der Barbarei und eine Stütze des fürchterlichsten Despotismus werden können,

sie sind aber auf der andern Seite interessant wegen des großen Gewinstes, der durch sie der guten Sache zufließen kann. Denn was kann nicht eine enge Verbrüderung mehrerer guter Menschen, die gemeinschaftlich und nach einem b e s t i m m t e n ü b e r l e g t e n Plane zu Werke gehen, für die Beförderung einer höhern Kultur und Moralität, für die Aufklärung eines Volks tun? wieviel schneller, wieviel mehr, wieviel dauerhafter kann sie nicht wirken, als ihre Mitglieder jedes einzeln von dem andern isoliert und nach einem andern Plan wirkend. [...]

Enge Verbrüderungen sind in Zeiten, wo Despotismus und Verfolgungsgeist herrschen [...], sehr willkommen. Sie können dem Einzelnen einen Rückhalt geben und dadurch mehr Zuversichtlichkeit, Ruhe und Mut einflößen, dem Verfolgten und Unterdrückten können sie Zufluchtsörter verschaffen und Quellen zu Hilfe und Unterstützung öffnen [...].

Sie sehen, lieber B., daß ich die Nützlichkeit enger Verbrüderungen zu den philanthropischen Zwecken nicht verkenne [...] / Bekümmern Sie sich daher, wenn ich Sie bitten darf, um die Geschichte, das System, die Organisation, die Tätigkeit u. s. w. einer jeden."

Der zweite Teil dieses selben Briefes von *Timoléon* an *Immanuel* beweist, daß *Enceladus* es hier mit keinem schwärmenden Fantasten, sondern damit zu tun hatte, was wir heute einen politischen Profi nennen.

"Die neue o f f n e Freimaurerei in Hamburg hat schon lange meine Neugierde rege gemacht. [...] W a s tut diese Loge? W i e wirkt sie, und wie wirkt sie auch a u ß e r h a l b . Wie ist ihre Constitution? Wie weit geht der D e s p o t i s m u s der Vorsteher? [...]

Existiert der Ill[uminaten] Ord[en] noch? und in welcher Gestalt. [...] Suchen Sie den Plan desselben zu erfahren! Das S y s t e m , die Art und Weise, wie verfahren wird, die innre Organisation, die G e w a l t der Vorste-

her. Wie weit geht sie? Ob das Spioniersystem noch beibehalten worden. Wie die Kommunikation unter den voneinander entfernten Mitgliedern unterhalten wird? Welche vorzüglichen Männer gehören zu den Mitgliedern, und wie denken diese von der Sache? Hat der Ord. noch unmittelbaren politischen Einfluß, und auf welche Weise erhält und benutzt er diesen. Hat er auch literarische Zwecke und welche, und wie sucht er diese zu erreichen. Wie denkt der Ord. über Staatsverfassungen und die Art, sie zu reformieren, wie über Revolutionen? Wie sind die religiösen Meinungen, die er annimmt oder begünstigt? Wie ist die Moral des Ord.? Hat der Ill. Ord. Einfluß auf die französische Revolution gehabt? [...] Welchen Einfluß haben geh. Gesellsch. überhaupt und der Ill. Ord. insbesondere auf die gegenwärtige Stimmung des Zeitalters gehabt. Ich tue diese Frage, weil es so oft zuversichtlich behauptet wird, daß geh. Ges. die jetzige Gärung erzeugt haben, obleich ich mir ihr Entstehen auch ohne geheime Gesellschaften sehr natürlich erklären kann."

Wer solch ein Verständnis für *"die jetzige Gärung"* besaß, mußte nach Lage der Dinge mit Schillers Mitarbeit in Verbrüderung, Club, Geheimer Gesellschaft oder jenen *"Kränzchen"* rechnen können, die vielfach als offizielle Vorstufe einer Logenbildung dienten.

"Was sagt Enceladus zu den Kränzgen?",

fragte dieser Prinz schon am 8. Juli 1793 seinen *Immanuel,* als der sich im Juni und Juli ganze sechs Wochen lang in Jena (*"Memphis"*) aufhielt und da mindestens fünfmal ausführlich, jeweils viele Stunden lang mit Schiller traf, und erklärte sich so:

"Er wäre der Mann, der vagen Materie die Form zu geben, wenigstens die Zeichnung zu machen, die eine Meisterhand erfordert, weil Vorsicht mehr als jemals nötig ist".

Ebendeshalb ist auch nicht ganz gewiß, wie deutlich Baggesen bei Schiller wurde. Seine Berichterstattungen beim *Timoléon* sind nicht überliefert, vermutlich beim Schadenfeuer im Schloß von Kristiansborg am 26. Februar 1794 mitverbrannt.

Aber nach seinem zweiten jetzigen Treffen mit Schiller am 16. Juli 1793 notierte sich Baggesen in seinem Tagebuche:

"16. Dienstag – bei Schillers abends ... "

und ergänzte oberhalb des Gedankenstriches zwischen "Dienstag" und "bei" ein abgekürztes *"Ill."* für *"Illuminaten"*.

Nach seinem vierten Besuch bei Schiller vermerkte er:

"Wir legten einander unser Glaubensbekenntnis ab" (am 26. Juli 1793).

Anfang August trafen sie sich noch einige Tage lang in Nürnberg bei Reinholds illuminatem Schüler Benjamin Erhard, einem Freunde Schillers, wieder und reisten dann gemeinsam weiter bis zur Wegscheide Feuchtwangen: Gelegenheiten genug also, klar zu machen, um was es hier eigentlich ging.

Schiller immerhin scheint spätestens jetzt die generöse dänische Gratifikation als Vorkasse auf die Honorierung einer Leistung begriffen zu haben, die zu erbringen er sich freilich nicht imstande sah.

Jedenfalls schrieb er schon nach dem ersten jetzigen Treffen mit Baggesen und noch während dessen Aufenthaltes in Jena jenen entscheidenden Brief vom 13. Juli 1793 an ihrer beider nordischen Auftraggeber und versuchte behutsam, eine eigene Mitwirkung an dessen Projekt einer Weltverbesserung zu verweigern.

Dieser Brief vom 13. Juli 1793 enthält kategorisch Schillers Absage an die Mittel der nunmehr gerade wütenden *Französischen Revolution* und an jegliche Gewalt überhaupt, die

"einen beträchtlichen Teil Europens und ein ganzes Jahrhundert in Barbarei und Knechtschaft zurückgeschleudert"

habe. Aber *"die gescheiterte Revolution"*, faßt später Schings die Ausführlichkeit dieses Briefes zusammen, sei *"eine Folge der gescheiterten Aufklärung"*, die für Schiller *"bloß theoretische Kultur"* sei.

"Der sinnliche Mensch kann nicht tiefer als zum Tier herabstürzen", bestätigte das Schiller selbst; *"fällt aber der aufgeklärte, so fällt er bis zum Teuflischen herab und treibt ein ruchloses Spiel mit dem Heiligsten der Menschheit"*.

Denn die Aufklärung, klärte er seinen aufgeklärten Mäzen ziemlich schonungslos auf, helfe nur, *"die Verderbnis in ein System zu bringen"*:

"Und so sehen wir den Geist der Zeit zwischen Barbarei und Schlaffheit, Freigeisterei und Aberglauben, Rohheit und Verzärtelung schwanken, und es ist bloß das Gleichgewicht der Laster, was das Ganze noch zusammenhält".

Dieses misanthropische Weltbild im Augenblick der großen historischen Befreiung konnte folgerichtig nicht mehr auf die *"theoretische Kultur"* idealistischer Weltverbesserer bauen, weil es *"an den Anfang einer Regeneration im Politischen zu glauben"* aufgehört habe, so daß

"die Ereignisse der Zeit vielmehr alle Hoffnungen dazu auf Jahrhunderte benehmen".

Man werde nur, prophezeite er, *"in andern Weltteilen den Negern die Ketten abnehmen und in Europa den – Geistern anlegen".*

Der Verlauf dieser Revolution offenbarte ihm:

"Hätte der Staat die Menschheit wirklich unterdrückt, wie man ihm Schuld gibt, so müßte man Menschheit sehen, nachdem er zertrümmert worden ist."

Aber die Beseitigung aller äußeren Unterdrückung mache nun

"nur die innere sichtbar, und der wilde Despotismus der Triebe heckt all jene Untaten aus, die uns im gleichen Grad anekeln und schaudern machen".

Angesichts dieser Realität wolle er, Schiller, sich nun *"jedes andern Fehlers als der Sektiererei schuldig machen"*, auch *"von der Unduldsamkeit unserer philosophischen Weltverbesserer"* möglichst *"frei zu bleiben"* versuchen, um

"unabhängig von jedem System bloß meiner eigenen Überzeugung zu folgen. Das Reich der Vernunft ist ein Reich der Freiheit, und keine Knechtschaft ist schimpflicher als die man auf diesem heiligen Boden erduldet".

Das zielt schon unmißverständlich gegen die neo-illuminaten Ziele des engagierten Prinzen. Die blutige Revolution in Frankreich vor Augen, könne man sich nun nicht mehr (nach Art von *Illuminaten* oder andern Logen)

"mit dem lieblichen Wahne schmeicheln, daß der unmerkliche, aber ununterbrochene Einfluß denkender Köpfe, die seit Jahrhunderten ausgestreuten Keime der Wahrheit, der aufgehäufte Schatz von Erfahrung",

also das ganze Potential freimaurerischer Hoffnungen

"die Gemüter allmählich zum Empfang des Bessern gestimmt und so eine Epoche vorbereitet haben müßten, wo die Philosophie den moralischen Weltbau übernehmen und das Licht über die Finsternis siegen könnte".

Solche Utopiën seien in Paris guillotiniert worden.

"Nur seine Fähigkeit, als ein sittliches Wesen zu handeln, gibt dem Menschen Anspruch auf Freiheit; ein Gemüt aber, das nur sinnlicher Bestimmungen fähig ist, ist der Freiheit so wenig wert als empfänglich."

Was er hier mit *"sinnlichen Bestimmungen"* noch verrätselte, gab er kurz danach mit einer Bedeutung preis, die auch uns Heutige noch beschämend betrifft:

"So lange die Tendenz der Staatsbürger nur auf das physische Wohlsein beschränkt ist, so lange, fürchte ich, wird die politische Regeneration, die man so nahe glaubte, nichts als ein schöner philosophischer Traum bleiben."

Einem solchen philosophischen Träumer also erteilte in diesem Briefe ein Sterngucker seine mutige, realistische und folgenschwere Absage:

"Wenn ich also, gnädigster Prinz, über die gegenwärtigen politischen Bedürfnisse und Erwartungen meine Meinung sagen darf, so gestehe ich, daß ich jeden Versuch einer Staatsverfassung aus Prinzipien [...] so lange für schwärmerisch halte, bis der Charakter der Menschheit von seinem tiefen Verfalle wieder emporgehoben worden ist – eine Arbeit für mehr als ein Jahrhundert."

Ein so langwieriger Aufbau müsse zunächst *"mit Veredlung des Charakters beginnen, diese aber an dem Schönen und Erhabenen sich aufrichten".*

So also dachte er an eine Kultivierung jedes einzelnen Menschen, um auf diesem Wege eine Veredelung auch der Allgemeinheit, später gar eine Verbesserung unserer argen Welt zu ermöglichen.

Eine solche Veredelung jedoch sei ausschließlich mittels einer ästhetischen Erziehung durch die Kunst zu leisten. Diese könne noch

"mitten unter einem barbarischen und unwürdigen Jahrhundert, rein wie eine Himmlische wandeln, sobald sie nur ihres hohen Ursprungs eingedenk

*bleibt und sich nicht selbst zur Sklavin niedrigerer Absichten und Bedürf-
nisse erniedrigt."*

Was Schiller also gerade in barbarischen Zeiten für einzig hilfreich halte,
faßt Schings noch zweihundert Jahre später zusammen, sei

"nicht politische Philosophie", sondern *"Ästhetik als Wegbereiterin der Politik"*.

Schon nach jenem ersten Besuch bei Goethe hatte dieser seinem Freunde
Friedrich Heinrich Jacobi über eine praktische Symbiose mit Schiller (und
Humboldt) berichtet: *"Wir suchen, uns zusammen, soviel als möglich, im äs-
thetischen Leben zu erhalten und alles außer uns zu vergessen"* (14. – 22.
September 1794).

Wie Schiller dieses Prinzip auch im eigenen Alltag persönlich praktizierte,
beschrieb dann Schwägerin Karoline jenem Erfurter Dalberg: *"Beschränkung der äußern Lage trübt seine Stimmung selten"*, denn *"immer schaut er
auf den Reichtum seines Geistes als auf einen sichern Schatz"* (im November 1795),

und Wilhelm von Burgsdorff, märkischer Gutsbesitzer aus dem Freundeskreise Wilhelm von Humboldts, gab dessen Schiller-Beobachtungen an Ra-
hel Levin weiter: *"Er lebt nur in seinen Ideen, in einer ewigen Geistestätig-
keit, das Denken und Dichten ist sein ganzes Bedürfnis, alles andere achtet
und liebt er nur, insofern es sich an dies, sein eigentliches Leben, knüpft"* (1.
Dezember 1796).

Aber Schiller selbst hatte da in einem Brief an Goethe (vom 3. Juli 1796)
schon schonungslos definiert, wie er diese seine (oder ihre) *"ästhetische
Welt"* zu verstehen gedachte: als *"das Reich der Schatten* [= Formen] *im
idealen Sinn"*.

Schings begreift: *"Der ästhetischen Kultur fällt mithin jener Platz zu, den
die theoretische verspielt oder nicht ausgefüllt hat"*. In kulturlosen Zeiten
wann auch immer erscheine die Kunst so *"geradezu als das einzige Mittel
zur Beförderung der Humanität – und der politischen Freiheit"*.

Noch 1957 hat der schweizerische Literarhistoriker Walter Muschg das als
ein Unterfangen bezeichnet, *"die weltgeschichtliche Sendung der Kunst in
einer führerlosen Zeit zu erneuern"*, und Hans-Jürgen Schings befand 1996:

solche *"Statuierung eines Staates, dessen Element der Schein ist, läßt sich an Kühnheit schwerlich überbieten"*.

Schiller wußte das natürlich. *"Existiert aber auch ein solcher Staat des schönen Scheins"*, fragt er am Ende jenes Essays *"Über die ästhetische Erziehung des Menschen"*,

"und wo ist er zu finden? Dem Bedürfnis nach existiert er in jeder feingestimmten Seele; der Tat nach möchte man ihn wohl nur, wie die reine Kirche und die reine Republik, in einigen wenigen auserlesenen Zirkeln finden [...] , wo eigne schöne Natur das Betragen lenkt, wo der Mensch durch die verwickeltsten Verhältnisse mit kühner Einfalt und ruhiger Unschuld geht und weder nötig hat, fremde Freiheit zu kränken, um die seinige zu behaupten, noch seine Würde wegzuwerfen, um Anmut zu zeigen".

Aber Schiller fragt in diesem selben Essay auch weiter, was denn je eine solche Akkulturation der Barbarei hin zu so "auserlesenen Zirkeln" mit lauter anmutig würdevollen, "feingestimmten Seelen" überhaupt bewirken könne, und gibt sich selbst die Antwort:

"Es ist dasselbe bei allen Völkerstämmen, welche der Sklaverei des tierischen Standes entsprungen sind: die Freude am S c h e i n , die Neigung zum P u t z und zum S p i e l e ".

Durch solches *"Interesse am Schein"* erfolge *"eine wahre Erweiterung der Menschheit und ein entschiedener Schritt zur Kultur"*.

Denn mitten zwischen *"dem furchtbaren Reich der Kräfte und dem heiligen Reich der Gesetze baut der ästhetische Bildungstrieb unvermerkt an einem dritten, fröhlichen Reiche des Spiels und des Scheins, worin er dem Menschen die Fesseln aller Verhältnisse abnimmt und ihn von allem, was Zwang heißt, sowohl im Physischen als im Moralischen entbindet"* (Sechsundzwanzigster Brief).

In eben diesem dritten, fröhlichen Reiche der Freiheit und Schönheit nun trete der Mensch *"in die Welt der Ideen"*, freilich *"ohne darum die sinnliche Welt zu verlassen"* (Fünfundzwanzigster Brief). Aber *"indem es mit Ideen in Gemeinschaft kommt, verliert alles Wirkliche seinen Ernst, weil es klein wird"*.

Wirklich solle daher der Mensch *"mit der Schönheit n u r s p i e l e n ,
und er soll n u r m i t d e r S c h ö n h e i t spielen. / Denn [...] der
Mensch spielt nur, wo er in voller Bedeutung des Worts Mensch ist, und e r
i s t n u r d a g a n z M e n c h , w o e r s p i e l t "* (Fünfzehnter
Brief).

Freilich war das alles ein Konzept, das beim Wechsel vom 18. Jahrhundert
zum 19. politisch einzig in den Dimensionen kleiner Fürstentümer denken
mußte und insofern damals noch nicht so unrealistisch erschien, wie es das
im heutigen Globalismus täte.

Es war aber auch ein Konzept, mit dem Schiller seinen Mäzen nicht zu ver-
prellen, sondern noch zu geeigneteren Mitteln der Weltverbesserung umlen-
ken zu können trachtete:

*"Werde ich mir nun nicht zu viel schmeicheln, Durchlauchtigster Prinz,
wenn ich hoffe, Sie überzeugt zu haben, daß eine Philosophie des Schönen
von dem Bedürfnis des Zeitalters nicht so entlegen sei, als es scheinen
möchte, und daß dieser Gegenstand selbst die Aufmerksamkeit des politischen Philosophen verdiene ... ?"*

In seiner Antwort vom 2. September 1793 hielt Prinz *"Timoléon"* weiterhin,
rafft Schings zusammen, *"die Fahne der Aufklärung hoch und mit ihr die
Pläne helldenkender Eliten − also das, was Schiller als 'lieblichen Wahn'
bezeichnet hatte"*.

Ihre Korrespondenz erstreckte sich dann noch so lange, bis der Prinz im
März 1795 schließlich endgültig einsehen mußte, daß er es mit dem Autor
des *"Don Carlos"* gar nicht mehr zu tun hatte (Schiller selbst schon am 4.
September 1794 an Körner: *"Ein Machwerk wie der Carlos ekelte mich
nunmehr an"*).

Ihre Wege trennten sich unaufhaltsam. Aber um der generösen Honorierung, die aus Kopenhagen trotz allem noch bis Ende 1796 fortgesetzt wurde,
gerecht zu werden, rekonstruierte und ergänzte Schiller seine Briefe an
Friedrich Christian, die im Feuer von Kristiansborg verbrannt waren, in seinem Essay *"Über die ästhetische Erziehung des Menschen in einer Reihe
von Briefen"* mit seiner Definition von Freimaurerei in der Neunten dieser
Episteln.

"Dieses Schlüsseldokument der Weimarer Klassik", schreibt W. Daniel Wilson noch 1991 über jenen Essay, sollte als Schillers *"verstecktes Programm"* pauschal gegen alle *"Geheimorden als Möglichkeit zur Regeneration der Menschheit"* gelesen, verstanden und eingeordnet werden.

Schiller widmete dem Herzog gewordenen Prinzen diesen Essay, der fortgesetzt in Schillers neu begründeter Literarischer Zeitschrift *"Die Horen"* erschien.

Diese Monatsschrift hatte Schiller am 10. Dezember 1794 im *"Intelligenzblatt der Allgemeinen Literatur-Zeitung"* mit einer *"Ankündigung"* vorgestellt, die seine neue Position noch provokanter formulierte und in Kopenhagen vollends mißfiel:

denn im *"politischen Tumult"* jener Tage und im *"Kampf politischer Meinungen und Interessen"* sollte nun aus dieser neuen Zeitschrift

"alles verbannt sein, was mit einem unreinen Parteigeist gestempelt ist".

Ihr Fernziel sollte es vielmehr sein,

"wahre Humanität zu befördern. Man wird streben, die Schönheit zur Vermittlerin der Wahrheit zu machen und durch die Wahrheit der Schönheit ein dauerndes Fundament und eine höhere Würde zu geben".

Der Kreis der Mitarbeiter dieses neuen Blattes sollte sich aus allen führenden Köpfen der Zeit zusammensetzen und ausdrücklich

"keineswegs als geschlossen betrachtet"

werden: grade keinerlei Loge oder Arche von Gleichgesinnten oder Gleichgeschalteten also!

Mit ebendieser Absage an den politischen *"Parteigeist"* seines Mäzens jedoch öffnete sich für Schiller die Tür, durch die nun endlich Goethe auf ihn zu kam. Auch noch in diesem *"Memphis"* Jena gewann er ihn als Mitarbeiter eben für seine *"Horen"*, dann schnell auch als Freund und eigentlichen Lebenspartner, in dessen liebevoller Umarmung er die verbleibenden elf Jahre seines Lebens verbrachte.

Es war jedoch die Umarmung eines weiteren Freimaurers und Illuminaten.

Aber als sie im Herbst 1796 gemeinsam die *"Xenien"* publizierten, klagte
Herzog Friedrich Christian seiner Schwester, der Prinzessin Luise von
Schleswig-Holstein-Sonderburg-Augustenburg: *"Schiller hat wirklich beinahe meine ganze Achtung durch seine Xenien verloren"* (Ende Januar
1797). In ihrer Antwort vom 4. Februar 1797 nannte die Prinzessin dann
noch deutlicher beim Namen, was da geschehen war: Schiller war

*"aus der Front der Aufklärungspartei, als deren Wortführer man ihn seit
dem 'Don Carlos' betrachtet und umworben hatte, ausgeschert".*

Das stimmte. Trotzdem konnten nicht alle das so sehen.

Beruflich war in den letzten Jahren der gleichaltrige Logenbruder August
Wilhelm Iffland sein wichtigster und zunehmend treuester Partner. Schiller
kannte ihn aus Mannheim, wo er der erste Franz Moor, ein erster Sekretär
Wurm, ein früher Verrina gewesen war, und von zahlreichen Gastspielen in
Weimar, nicht zuletzt in jener seiner eigenen so entscheidenden Einrichtung
des *"Egmont"*. Inzwischen längst Erster Schauspieler Deutschlands und Regisseur, seit 1796 auch Intendant des *Königlich-Preußischen Nationalthea-
ters* in Berlin, aber immer noch Freimaurer, brachte er dort alle neuen Schil-
ler-Stücke von *"Wallenstein"* bis *"Wilhelm Tell"* zu vielbeachteten Aufführ-
rungen.

So hatte bei ihm also Schiller – dieses unfreiwillige, aber faktische Megaphon der Logen – sein Podest und ein beachtlicheres Auditorium gefunden
als im kleinen Weimar mit seinem Appendix Bad Lauchstädt, und so zählte
denn "Br." Iffland, von dem ja *"Luise Miller"* seinerzeit den verewigten Titel *"Kabale und Liebe"* erhalten hatte, zu den sonderlich attraktiven Magneten, die Schiller noch kurz vor seinem Tode künstlerisch und freundschaft-
lich potent nach Berlin zogen.

Ein anderer Magnet war der dortige König, Friedrich Wilhelm III. von
Preußen, ein heimlicher Logenbruder, der Schiller gleichfalls lockte und
protegierte.

Damit wie mit alledem überhaupt steht fest: seit seinem vierzehnten Lebensjahr hat Schiller sein gesamtes Leben ohne Unterlaß im Umkreis, unter dem
Einfluß, in der Freundschaft und Intimität von Logenbrüdern verbracht –
vielleicht ja auch in ihrem Schutze? *"Es sind Freimaurer"*, behauptet Br.

Gotthold Deile noch 1907, *"die ihre schützende Hand unablässig über Schiller gehalten haben"*.

Ein Leben außerhalb maurerischer Gemeinsamkeit blieb ihm bis zum Tode versagt. Er dürfte es aber auch nicht eben allzu dringlich gesucht haben.

Ob er inmitten all dieser Freunde, Partner, Observateure und Beschützer aus diversen Logen oder Orden selbst da nirgends Mitglied geworden ist, steht wirklich dahin. Eine Verweigerung ist kaum vorstellbar.

Aber weder zu beweisen noch zu widerlegen.

Den Logen ihrerseits kann er in keinem Falle gleichgültig gewesen sein.

Also?

Poësie oder Politik?

Chat im Internet: www.speakerscornerTV.de/blaugold-dioskuren

Autor: "AGNES SOREL"
antwortet "MAX PICCOLOMINI":

Einspruch, Euer Gnaden!

Daß die männerbündisch verordnete Geheimniskrämerei seines Freundes Huber für Schiller der ausschlaggebende Grund gewesen sein soll, nie und nimmer Mitglied von Logen zu werden, die solche Heimlichtuërei verlangen, ist vielfach widerlegbar.

Es mag allenfalls mitgespielt haben.

Mindestens ebenso sehr dürfte diesen freiheitssüchtigen Menschen an den Logen verschreckt haben, was Freund Körner ihm zurecht als den *"Despotismus der Aufklärung"* und als ihr Gebot der *"Subordination"*, Exeget Schings noch zweihundert Jahre später als den *"Herrschaftsanspruch der Vernunft"* beschrieb.

Schon Freund Lempp hatte dem 24jährigen Aspiranten gegenüber einräumen müssen: *"Es ist ein Erfordernis eines angehenden Mitglieds, glauben zu müssen, ohne die Ursache zu wissen"* (im Brief vom 22. April 1784).

Aber so unbedingter und blinder Gehorsam gegenüber okkulten Regeln und Anordnungen dürfte nicht eben Sache dieses ohnehin gebrandmarkten Karlsschülers gewesen sein.

Ihn mußte auch das extreme wechselseitige Bespitzelungswesen entsetzen, das zumindest jeden Illuminaten *"zum Spion des andern und aller"* machte und den totalitären Staaten des 20. Jahrhunderts insofern bereits ein perfektes Muster lieferte.

Ferner scheint ihn gerade nach der Stuttgarter Faszination durch die geliebten Missionare Abel, Lempp und Petersen das Mannheimer Schlangennest mit seinen Machtkämpfen und Intrigen zwischen *Illuminaten* und *Strikter Observanz*, aber auch jeweils innerhalb dieser Lager in hohem Maße verschreckt und abgestoßen zu haben. Er mag sich da auch durch gelegentlich unbedachte oder vorschnelle Parteinahme auf dieser oder jener Seite den Mund verbrannt und Chancen verscherzt haben. Seinen eigenen Vorstellungen von Brudergeist mag in diesem ideologischen Nahkampfe nur wenig entsprochen haben.

Aber den tiefsten und eigentlichen Grund für Schillers lebenslänglichen Vorbehalt gegen alle Logenarten scheint mir doch Körner erkannt und in seinem kurzen Briefchen vom 28. September 1788 fast indirekt oder zwischen den Zeilen beim Namen genannt zu haben, wenn er sich über Rudolf Zacharias Becker, jenen engagierten Logenaktivisten aus Gotha, und dessen *"politischen Enthusiasmus"* äußert: *"Doch wundert mich's höchlich, daß Ihr einander so behagt habt"*; denn:

"Du hast noch immer mehr Interesse für seine kosmopolitischen Pläne als er für Deinen Gehalt als Künstler".

Das mag den tiefsten Dissens zwischen Schiller und allen Logenbrüdern bezeichnen: sie wollten die Welt ideëll und politisch wirklich verändern, er aber wollte auch das primär zum Gegenstande seiner Kunst machen. Die war wiederum ihnen zutiefst egal.

Das konnte nicht zusammenpassen.

Schiller mußte das spüren.

Va via !

Preisgekrönt "Bester Schüleraufsatz des Jahres" von Dennis Seiler, 12

Mein schönster Ferientag

Mein schönster Ferientag war diesmal ein Geschenk von meinem Opa. Er hatte wieder mal bei einem Quiz oder Preisausschreiben gewonnen, diesmal einen Cityflug nach eigener Wahl für zwei Personen. Weil ich da grade meinen 12. Geburtstag feierte, lud er mich als seine Begleitperson ein.

Na, da haben wir natürlich erst mal tagelang Stadtpläne gewälzt und ein Buch mit Satellitenfotos studiert, das mein Opa als Werbegeschenk von der Fluggesellschaft bekommen hatte. So konnten wir genau unterscheiden, wieviel da von den Plastikdepots der einzelnen Innenstädte schon abgefackelt ist oder wie hoch der Kunststoffpegel da überall noch steht.

Das sah schon auf diesen Fotos ganz toll aus, wie da einzelne Hochhäuser oder Kirchtürme aus den Müllhalden heraus ragen. Oder frühere Geschäftsviertel und Fussgängerzonen vor sich hin kokeln. Oft sind ja auch nur die Dächer verbrannt, und man kann aus der Vogelperspektive in ausrangierte Supermärkte, Behördenkomplexe und Bahnhöfe, Einkaufspassagen, Kathedralen oder Opernhäuser wie in megamäßige Abfalltonnen hineinschauen, die keinen Deckel mehr haben und tierisch zum Himmel stinken müssen.

Aber supergeil sind auch all die zugemüllten Friedhöfe, die flächendeckend unter schwelenden Plastikschichten abgetaucht sind, aber noch mit einzelnen Monsterkreuzen oder sonstigen Oberteilen von Megamausoleën für echt betuchte Leichen daran erinnern, für welchen beknackten Luxus unsere Ahnen früher ihre Plastikdeponien verschwendet haben. Das ist schon geil.

Nach langem Hin und Her entschieden wir uns für einen Rundflug über Rom. Ich wäre ja lieber über Tokio oder L.A. geflogen, aber der Klügere gibt halt heute nach. Mein Opa hat an Italien noch so nostalgische Memos aus seiner Jugendzeit und erzählt auch immer, dass das früher das schönste Land in ganz Europa war.

Das kann man sich gar nicht mehr vorstellen, wenn man heute solch einen sight-seeing-Flug über diese total zugemüllte und vergammelte Gegend macht. Aber tatsächlich war es ja auch das erste Land, wo aus hygienischen oder gesundheitspolitischen Gründen jeder Anbau von Lebensmitteln radikal verboten wurde. Auch von Forstwirtschaft und Weinbau ist da nichts mehr zu sehen. Zumindest in Europa waren also diese Italiener echte Trendsetter mit ihrer künstlichen Ernährung, die sich nur noch auf Zäpfchen und Infusionen beschränkt. Das ist natürlich viel praktischer, viel hygienischer und rechnet sich auch.

Sogar in der globalen Statistik der angesagten Fäkalreduktionen stehen diese früher mal hemmungslosen Spaghettifresser jetzt mit ihren vorbildlichen Ausscheidungsdefiziten auf Platz 1 der Tabelle. Aber ihre Landschaft mit den vielen Entsorgungsgewässern ist touristisch natürlich im Arsch.

Jetzt dreht sich da der öffentliche und kommunalpolitische Streit um dieses nostalgische Rom, das die linken Parteien als ideales Abfalllager kultivieren, die rechten lieber zum nuklearen Beschuss freigeben wollen. Sie berufen sich dabei auf den Erfolg von Mumbai und versprechen sich davon die Chance für einen echten Neuanfang.

Mir persönlich geht dieses ganze Rom mit seinen Trümmern kulturhistorisch am Arsch vorbei. Natürlich habe ich vorher angemessen recherchiert. Also Forum Romanum, Petersdom, Kapitol und Spanische Treppe oder Kolosseum, Campo de'Fiori, Engelsburg und Adreatinische Höhlen: alles klar, no problem, why not.

Aber globale Märkte können sich in solchen Museen und Kapellen nicht entfalten, wenn da Kultur und Religion schon total entsorgt sind. Denn das meiste sind da sowieso nur Ruinen oder baufällige Abrisskandidaten. Aber nicht erst heute. Das berühmte antike Forum Romanum zum Beispiel diente Jahrhunderte lang schon den christlichen Baumeistern und Architekten als Steinbruch für ihre Neubauten. Das finde ich vorbildlich und prinzipiell nachahmenswert.

Denn als wir dann endlich im Tiefflug über diesem Rom unsere Kreise zogen, war von all den längst antiquierten Schätzen so gut wie nichts mehr zu sehen. Wo nicht schwarzer Rauch oder Industrie-Smog jede Sicht behinderte, waren nur stark vermüllte Trümmerfelder zu erkennen, von denen es gleichfalls sagenhaft qualmte.

Die Flugbegleiterin fragte dann, ob wir lieber eine Zwischenlandung mit kurzer Stadtrundfahrt wollen oder sofort wieder zurück. Ich war da der Erste, der spontan für den Heimflug votierte. Die andern schlossen sich dann hundertprozentig an wie eine Schafsherde.

Auf dem Rückflug wurde uns dann noch als Service der Fluggesellschaft eine Probeabstimmung angeboten, weil das gesamteuropäische Referendum zur Weiterbehandlung dieses römischen Problems in Brüssel erst für das nächste Jahr zu erwarten ist. Mehrheiten muß man sich halt beschaffen.

Mir war da aber sofort und ohne langes Überlegen auch klar, dass dieses Rom so bald wie möglich nuklear bombardiert und vernichtet werden muß. Anders wird man da den ganzen Unrat gar nicht mehr los. Aber man bekäme dadurch echt günstiges Baugelände für gigantische Quarantänestationen oder ganze Seuchengettos für die OIRU-Opfer. Ringsherum dann auch gleich noch die benötigten Megafriedhöfe.

Natürlich war das dann auch die Meinung der Mehrheit in unserer Maschine – 85 : 13 %. Dieses Abstimmungsergebnis kam dann auch im Fernsehen. Das war ein schönes Feeling, an der Gestaltung unserer Zukunft persönlich beteiligt worden zu sein. Darum war dieser Ausflug auch mein schönster Ferientag.

Jetzt bleibt mir nur noch zu hoffen, dass sich nächstes Jahr wegen Rom auch alle andern Europäer so entscheiden wie ich. Dann könnte mit der nuklearen Entsorgung schon bald begonnen werden. Das wäre wirklich super.

Keine Knete

Chat im Internet: www.speakerscornerTV.de/blaugold-dioskuren

Autor: "KUONI, DER HIRTE"
antwortet   allen mitenand:

Schiller konnte gar nicht Freimaurer werden. Selbst wenn er es gewollt hätte.

Es war viel zu teuer.

Es war ein Privileg der Reichen.

"Die Rezeptionsgelder waren beträchtlich und stiegen mit jedem Grade", berichtet Oberst Karl Wilhelm Friedrich von Lyncker, Weimarer Logenmitglied und Vizepräsident des Oberkonsistoriums, von den dortigen Usancen um 1780. Außerdem habe jeder "Bruder" alljährlich noch einen kräftigen *"Johannisdukaten"* in die Ordenskasse einzahlen müssen.

Es gab Aufnahme- und Beförderungs- wie auch Mitgliedsgebühren in einer Höhe, die das freimaurerische Image der *égalité* in den Wind schlug und *"materielle Qualifikationen"* (Johannes Rogalla von Bieberstein, 1978) zur Bedingung machte. Sie wurden schon vor der Aufnahme sorgfältig ausgekundschaftet. Denn außerdem wurden von den Logenbrüdern auch noch Spenden erwartet, die sich sehen lassen konnten.

Jene rituëll abverlangte Entledigung von allem Bargeld, die während der Aufnahmezeremonie eine endgültige Absage des Novizen an den Geist des Mammon zum Ausdruck bringen sollte, war also nichts als scheinheilig und geheuchelt.

Es wird *"unserem Schiller nicht verborgen geblieben sein"*, bestätigt Br. ∴ Gotthold Deile, Oberlehrer am Realgymnasium Erfurt, noch 1907:

"daß sich die Logen weniger auf das Volk, den eigentlichen Bürgerstand, als vielmehr auf die höheren Stände und die reicheren Kaufleute stützen wollten,

daß auch nur den Wohlhabenderen die Teilnahme am Logenleben möglich war, da dieses bei [...] den vielen und oft sehr reichlich gegebenen Almosen und teueren Gastereien äußerst kostspielig war".

Damit findet das vielerörterte Mysterium um Schillers verweigerten Logenbeitritt ein nüchternes Ende. Denn Zeit seines Lebens war er dafür allzu knapp bei Kasse. Bisweilen fehlte ihm ja winters jeglicher Mantel, zum Schreiben gar Papier und Tinte. Der gefeierte Autor von *"Räubern"*, *"Ka-*

bale und Liebe" und *"Fiesco"* beklagte, 28jährig, in einem Briefe an Freund Körner

"das über alle Maßen jämmerliche Los, von der Feder zu leben" (am 29. Juli 1788),

und noch vom 30jährigen Universitätsprofessor in Jena berichtete der dänische Besucher Jens Baggesen eine

"Lage, die so traurig ist, daß ich darüber fast weinen möchte. Er hat nur 200 Taler jährlich Gehalt und braucht jährlich über 1200" (am 5. August 1790).

Von Schillers Mittagstische her, der damals überleben half, erzählte später einer seiner Kostgänger, der schwäbische Magister Ludwig Friedrich Göritz, in seinen Memoiren, *"Vermögen hatte er nicht"*, dafür aber *"ansehnliche Schulden"*, denn sein kleines Gehalt reichte *"zur Befriedigung der notwendigsten Bedürfnisse nicht hin"*, so daß er eines Tages

"im vollen Ernste berechnete, mit wie wenig der Mensch leben könne, und die ganze Summe belief sich auf sechs Taler. [...] Man kauft sich einen Laib Brot, man hat an einem halben Kreuzer täglich übrig genug. Man ißt in der Woche einmal eine warme Wurst usw.".

Dabei war er aber, wie ein kundiger Freund, Hofrat Dr. Johann Friedrich Ernst Albrecht, überliefert hat,

"mit dem Wenigen vergnügt, was er besaß",

und seine Schwägerin Karoline von Wolzogen bestätigte noch vom 36jährigen: *"Beschränkung der äußern Lage trübt seine Stimmung selten"*, denn:

"Die Natur habe ihm einen bodenlosen Leichtsinn gegeben, sagte er gestern" (im November 1795 an den Erfurter Dalberg);

in ihrem Schillerbuch bilanzierte sie dann noch postum, er

"hatte kaum einen Begriff von Eigentum, und eine seiner Hauptneigungen war, von allem, was er besaß, andern mitzuteilen. So verschenkte er oft die ihm selbst nötigen Sachen".

Beim Tode seines Vaters verzichtete er daher auch sofort zugunsten anderer auf sein Erbteil. Denn noch der 42jährige schrieb, ausgerechnet seinem Verleger,

"daß Gewinnsucht nicht unter meine Fehler gehört"

und

"daß ich [...] mich aller merkantilischen Rücksichten, die mir bei meinen Arbeiten nur störend sind, einmal für allemal entschlage" (am 13. Oktober 1801 an Cotta).

Freilich hatte schon der 25jährige gewußt: *"Zum Kaufmann schicke ich mich überhaupt so wenig als zum Kapuziner"* (am 28. Februar 1785 an Körner), und noch der 35jährige geißelte in seinen Briefen *"Über die ästhetische Erziehung"* jene Menschen,

"die keinen andern Maßstab des Wertes kennen als die Mühe der Erwerbung und den handgreiflichen Ertrag" (Zehnter Brief);

solcher *"Geschäftsgeist"* müsse *"zugleich mit seiner Sphäre verarmen"*, weil er

"die Regeln s e i n e s Geschäfts jedem Geschäft ohne Unterschied anpassen zu wollen" trachte:

"Der Geschäftsmann hat gar oft ein e n g e s Herz, weil seine Einbildungskraft, in den einförmigen Kreis seines Berufs eingeschlossen, sich zu fremder Vorstellungsart nicht erweitern kann" (Sechster Brief).

Das eben scheint mir genau der tödliche Defekt auch der ganzen zusammenbrechenden Marktwirtschaft zu sein: die Unfähigkeit, sich zu fremder, zu rettend andersartiger Vorstellungsart zu erweitern.

Schiller, der das konnte und lehrt wie kaum je ein anderer, beglich diese Gabe mit lächelnder Genügsamkeit. Noch der mehr als vierzigjährige Erfolgsautor und prominente Publikumsliebling notierte sich, nicht allzulang vor seinem Tode, sein jährliches

<u>"Ich brauche</u>

Wirtschaft 480
Zucker, Kaffee, Tee 60

Wein 6 Eimer 160
Holz, 16 Klafter 110
Lichter 12 Pfund 30
Lohn und Neujahr 100
Mama 76
Kinder Unterricht 36
Kleider in allem 175
Für mich und extra 70"

Das addierte *"facit"* von 1300 Talern entsprach genau seinem bilanzierenden
den

"Ich empfange

Fixe Besoldung 570
Jährlich ein Stück 650
Interessen von 2000 Rthlr. 80"

Bei so knapp bemessener und deutlich geschönter Buchhaltung konnte für
Aufnahme-, Beförderungs- und Mitgliedsgebühren, für alljährliche Johannisdukaten und Logenspenden bei den Freimaurern nichts mehr abgeknapst
werden.

So einfach läßt sich das ganze Gerätsel lösen, weshalb denn bloß Schiller
kein Logenbruder wurde: zu teuer.

Basta.

Kultur-Klüngel

Chat im Internet: www.speakerscornerTV.de/blaugold-dioskuren

Autor: "ROMANO, MALER"
antwortet   allen Beteiligten:

Also, Pardon, aber selbst nach jener Absage an den dänischen Holsteiner
scheint mir Schiller gegenüber Geheimbünden doch nicht ganz so ablehnend gewesen zu sein, wie es hier jetzt dargestellt wird.

Jedenfalls hat Karl Ludwig Woltmann, als Historiker an der Universität Jena Schillers Nachfolger, gute zehn Jahre jünger als der und ab 1794 sein Partner als Herausgeber der *"Horen"*, in seinen Memoiren von Schillers Plan berichtet, ein Epos über jenen Staufenkaiser Friedrich II. zu schreiben, in dessen ornithologischem Buche ja auch schon Kraniche so genau beschrieben wurden.

Im Zusammenhang mit dem projektierten Epos über diesen kaiserlichen Kranichexperten also, überliefert Woltmann, ließ Schiller gelegentlich

"etwas von einer geheimen Gesellschaft fallen, bei welcher das Depot unserer Kultur sein sollte".

Vielleicht ja hatte Goethe ihn inzwischen in seine Idee eingeweiht, *"auf die Kunst eigentlich eine geheime Gesellschaft fundieren"* zu sollen.

Jedenfalls scheint er später seinen Kinderglauben an die mögliche Kultivation jedes einzelnen Menschen durch *"ästhetische Erziehung"* nach Art von Volkhochschulen aufgegeben und alle Kultur im heutigen Sinne eher als den Geheimbesitz einer Clique oder Arche wahrgenommen zu haben.

(Nur daß sich heutzutage die Mitglieder dieser elitären Clique sogar noch voreinander verheimlichen und allenfalls pseudonym über dieses Internet miteinander kommunizieren: in Form einer neuzeitlichen Loge also wiederum!)

Sei's drum.

Megaphon der Maurer

Chat im Internet: www.speakerscornerTV.de/blaugold-dioskuren

Autor: "OCTAVIO PICCOLOMINI"
antwortet   jedem:

Entschuldigung, aber ich finde Eure ganze Diskussion, ob Schiller nun in irgendeiner Loge Mitglied war oder nicht, nach Lage der Dinge völlig überflüssig.

Tatsache ist, daß sein ganzes Weltbild absolut freimaurerisch illuminiert
war. Ob er das nun von seinem Lehrer Abel hatte oder sonstwoher oder
auch alles aus sich selbst:

was sein Gesamtwerk ausmacht und runde fünfundzwanzig Jahre lang verkündet wurde, ist nichts anderes als die humanistische Lehre der Logen *at
their very best.*

Darum haben sie ihn auch meist gepäppelt und nie verkommen lassen: keiner konnte ihre Utopiën so überzeugend und mitreißend formulieren wie er.

Natürlich wußte er das auch selbst. Darum duldete oder suchte er lebenslänglich ihre Nähe.

Ungebrochener Höhepunkt mag da die Zeit in Dresden gewesen sein, als er
bei seinem geliebten Körner lebte, den *"Don Carlos"* mit seinem Bannerträ-
ger Marquis von Posa, diesem Ideal aller Freimaurer, zu Ende schrieb und
so euphorisch war, daß er zugleich *"An die Freude"* noch in jener ihrer ersten Fassung sang:

"Bettler werden Fürstenbrüder,
  Wo dein sanfter Flügel weilt".

Daß so und wie der Marquis von Posa die ganze Freimaurerei wohl hätte
sein müssen, aber gar nicht war, hat er im übrigen Verlaufe seines Lebens
bitter erfahren müssen. Aber noch in jenem Briefe vom 13. Juli 1793, der
dem Prinzen von Schleswig-Holstein Schillers Abschied von der Aufklärung, also scheinbar auch von allen maurerischen Idealen mitteilte, stellte er
in Wahrheit die Utopiën der *Illuminaten* noch über die Intentionen seiner eigenen Kunst: *"Wäre das Faktum wahr"*, schickte er da gleichsam als Prämisse im Irrealis voraus,

*" - wäre der außerordentliche Fall wirklich eingetreten, daß die politische
Gesetzgebung der Vernunft übertragen, der Mensch als Selbstzweck respek-
tiert und behandelt, das Gesetz auf den Thron erhoben und wahre Freiheit
zur Grundlage des Staatsgebäudes gemacht worden"*:

Ende von Irrealis, Prämisse und maurerischer Utopie eines ewig unmögli-
chen Paradieses auf Erden.

Aber was nun: oder was also dann in einer so paradiesischen Menschenwelt würde Schiller da tun?

"So wollte ich auf ewig von den Musen Abschied nehmen und dem herrlichsten aller Kunstwerke, der Monarchie der Vernunft, alle meine Tätigkeit widmen".

Das sind die klaren Prioritäten eines unabdingbaren Freimaurers.

Nur: *"dieses Faktum ist es eben, was ich zu bezweifeln wage".*

Nicht die Idee ist falsch. Aber ihre gebotene Verwirklichung scheint den Menschen zu überfordern.

"Sollte man also aufhören, danach zu streben?" Eine Gretchenfrage. Die Frage aller Fragen. Unverzüglich gab er selbst die Antwort:

"Nichts weniger, Gnädiger Prinz. Politische und bürgerliche Freiheit bleibt immer und ewig das heiligste aller Güter, das würdigste Ziel aller Anstrengungen und das große Zentrum aller Kultur".

Also wurde nicht Schiller den Idealen der Freimaurer untreu. Nicht er war der Renegat. Kein anderer Logenbruder weltweit dürfte weniger Renegat gewesen sein als dieser glühende Apologet ihrer immunen großen Idee. Kein Freimaurer dürfte jemals linientreuer gewesen sein als Schiller.

Wo immer später in Monografiën, Literaturgeschichten und Nachschlagewerken aller Art vom *"idealistischen Humanismus der Weimarer Klassik"* die Rede ist, wird eigentlich eben Schillers einzig dastehende Verbalisierung der Freimaurerideale gemeint.

Die Mehrheit der Logenbrüder hat das gespürt und lange gewußt. Das wurde zum Beispiel rührend deutlich, als Schillers 100. Todestag 1905 nicht etwa schuldbewußt verschwiegen wurde. Vielmehr gab das österreichische Logenblatt *"Der Zirkel"* eigens eine Doppelnummer heraus, die einer vorbehaltlosen Huldigung Schillers gewidmet war. Da kamen auch Leser zu Wort und versuchten, sei es unbeholfen, das Ungereimte seines Todes ins maurerische Lot einer uneingeschränkten Verehrung seiner Vorbildlichkeit gerade auch als Logenbruder zu bringen.

Schiller habe, zitierte da zum Beispiel Br.∴ Ferdinand Gregori, namhafter
Schauspieler und Regisseur in Berlin und Wien, einen eigenen Vortrag,

*"der Sakramente nicht bedurft, um geläutert ins Jenseits einzuziehen. Seine
Seele war die eines Engels. [...] Wir selber sind freilich dieser Segnung
noch nicht teilhaftig"*,

und ein gewisser Br.∴ Balduin Bricht aus Wien pointierte das lakonisch:

"Schiller ist der freimaurerischeste aller Dichter";

ein Br.∴ Oskar Erstling aber, gleichfalls aus Wien, fühlte sich vom *"Br."*
Schiller sogar zu schüchternen eigenen Versen und Reimen inspiriert:

*"F r e i m a u r e r , die wahren Idealismus schätzen,
Die dürften S c h i l l e r auf den Großmeisterstuhl setzen"*.

Das war maurerischen Volkes Meinung und behielt wohl anhaltend recht.
Denn der bedeutende Religionshistoriker Ludwig Keller, anderthalb Jahrzehnte lang Direktor des Staatsarchivs Münster, später Geheimer Archivar
in Berlin, Begründer der humanistischen *Comenius-Gesellschaft* und zuletzt
auch *Zugeordneter Großmeister* und *Oberster Meister des Innersten Orients*
seiner Großloge *"Freundschaft"*, spricht noch 1911 in seiner preisgekrönten
Publikation *"Die geistigen Grundlagen der Freimaurerei und das öffentliche Leben"* auch vom ideëllen Maurertum Schillers,

*"von dem die unterrichteten Mitglieder der Gesellschaft wissen, daß ihr
Geist es gewesen ist, der Schiller beseelt hat"*.

Denn er war unser, stimmt's? Es gab dann auch tatsächlich etliche Logen,
die sich nach ihm benannten.

Also hatte Schiller, eben wie er war, doch gar keinen Anlaß, den Zwang zur
Subordination in einer Loge zu fürchten. So wie er war, bedurfte es gar keiner Unterordnung unter fremden Willen. Denn sein eigener Wille war der
unbeïrrbar zielsichere Kompaß, das unübertreffbare Maß für alle andern. Da
wäre doch ein drückender Gehorsam gar nicht eigens vonnöten gewesen.
Denn jeder Ungehorsam eines Schiller wäre mit dem allgemeinen Gehorsam identisch gewesen.

Anders freilich verhielt es sich mit der gebotenen Geheimhaltung. Denn verschwiegen konnte dieser geborene Verkünder schwerlich sein. Unaufhaltsam verkündete er und machte verführerisch bekannt, was nach seiner Meinung allen nötig war, allen gut tat, alle wissen sollten.

Aber selbst die Geheimhaltung der Geheimnisse eines Geheimbundes hat ja letztlich nur einen Sinn, wenn eines fernen Tages irgend jemand kommt und dieses *Tabu* total, aber ganz und gar verletzt. Das tat dieser Schiller. Er war das befreiende Megaphon der vielen Geheimnisträger. Er eben machte jedermann unmißverständlich deutlich, daß die Geheimnisse der Freimaurer nun nicht länger als solche gehütet werden durften, sondern allenthalben publiziert, für jedermann unbedingt zugänglich werden mußten: weil sie so lebenswichtig und so aktuéll und so schön sind.

Wurde er vielleicht für ebendiese Veröffentlichung bestraft?

Es könnte sein, daß sie manchem orthodoxen Buchstabenglauben zu früh kam. Und wie eine Sturmflut nicht mehr aufzuhalten schien.

Manche mögen da angefangen haben, panisch um sich zu schlagen und Todesstrafen zu verhängen.

Entschuldigung.

Baldige Boreaden

Sondermeldung im **Radio Radikal**

Das *Anemometrische Institut* der *Konstanten Klimakonferenz* in Greenwich und Perth hat vorsorglich darauf hingewiesen, daß die zahllosen Windhosen, Hurricans, Taifune, Tornados und sonstigen lokalen Orkane der letzten Jahre künftig nicht nur häufiger werden, sondern sich schon im Laufe unseres jetzigen Jahrzehnts zu einem einzigen permanenten Wirbelsturm vereinigen dürften, der dann pausenlos den Erdball umkreist.

Mit einer solchen *Ewigen Zyklone* dürfte die Erde dann ihren kosmischen Anschluß an Nachbarplaneten wie zum Beispiel den Jupiter gefunden haben, dessen legendärer *Großer Roter Fleck* ja nichts anderes ist als ein solcher Dauertaifun mit einem Durchmesser von 40 000 Kilometern und entsprechend immerwährend globalem Sandsturm.

Die Verwüstungen eines so konstanten Planetarorkans dürften auch hier alle vorstellbaren Ausmaße bei Weitem übertreffen und zu verheerenden Mutationen aller irdischen Lebensbedingungen führen.

Ob ursächlich hiermit auch jene atmosphärischen Veränderungen verbunden sind, die ein Atemholen auf diesem Planeten schon in absehbarer Zeit nur noch maschinell ermöglichen, ist zur Zeit noch nicht erkennbar. Zumindest die gesamte Tierwelt, deren Respiration künftig nicht mehr gewährleistet wäre, dürfte schon kürzestfristig hundertprozentig ausgestorben sein.

Auch die Pflanzenwelt wird zumindest gravierend mutieren.

Quecksilber und Quacksalber

Chat im Internet: www.speakerscornerTV.de/blaugold-dioskuren

Autor: "MARQUISIN VON MONDECAR"
antwortet   den Gebrüdern Blaugold und Euch allen:

Also, diese Gebrüder Blaugold, ihre Dioskurenrede im Fernsehen und jetzt die Folgen: ich bin wie besessen von diesem Thema, fast süchtig.

Nun habe ich in unserer Stadtbibliothek ein Buch von Gregor Schwartz-Bostunitsch mit dem Titel *"Die Freimaurerei. Ihr Ursprung, ihre Geheimnisse, ihr Wirken"* gefunden: kennt das jemand? Just in Weimar ist es erschienen, aber ohne Angabe eines Jahres.

Ich habe es verschlungen.

Die Seite 219 habe ich für Euch alle herausfotokopiert und *scanne* sie jetzt mit ein:

"Der frühere Illuminat Hof- und Kammerrat Theodor von Mändl erzählte in seiner Aussage, der Erbprinz von Zweibrücken [...] wäre am 21. August 1784 durch Illuminatengift vom Leben zum Tode befördert worden: 'das

Überschickte hat gut reussiert' wurde an Professor Bader aus Zweibrücken berichtet.

In der Tat verfügten die Illuminaten, wie die Haussuchungen ergaben, über allerlei Gifte. So hatten sie ein Pulver, das Blindheit hervorrufen konnte, verschiedene Rezepte 'ad procurandum abortum', das Rezept eines unmerklich langsam, aber sicher tötenden Giftes 'Aqua toffana', eines innerlich zerstörenden Giftes, 'Herbae, quae habent qualitatem deleteriam', eines Giftes 'ad excitandum furorem uterinum'.

Da Gifte damals wie heute nicht frei verkauft werden durften, bemühte man sich, Ärzte und Apotheker als Mitglieder anzuwerben, um Bezugquellen dafür zu haben (Leopold Engel, Geschichte des Illuminaten-Ordens, Berlin 1904, Seite 186)."

Dieses Buch von Engel gibt es in unserer Stadtbibliothek leider nicht auszuleihen.

Aber was ich da gelesen habe, genügt schon für einen Verdacht. Wir alle haben unlängst im *Offenen Brief* des Tübinger Privatdozenten Dr. Sigurd Wannebach gelesen, daß die Mitarbeiter des Weimarer Totengräbers Bielke bei den Nachforschungen nach Schillers Gebeinen im Massengrabe des sogenannten Kassengewölbes im März 1826 auf ein talergroßes Stück Quecksilber stießen, das sie selbst für einen wertvollen *"Schatz"* hielten, Bürgermeister Schwabe aber flugs zum *"Merkurialmittel"* eines hier bestatteten Syphilitikers erklärte.

Nachdem ich das Buch von Schwartz-Bostunitsch gelesen habe, frage ich mich, ob dieser Quecksilbertaler nicht auch ein Zeuge für Schillers Vergiftung gewesen sein kann. Denn im *"Neuen Taschenlexikon"* unserer Stadtbibliothek habe ich in Band 13 unter dem Stichwort *Quecksilbervergiftung* einen Text gefunden, den ich gleichfalls herausfotokopiert habe, um ihn für Euch nun hier einzu*scannen*:

"Quecksilbervergiftung, Merkurialismus, durch Einatmung von Quecksilberdämpfen oder durch Quecksilberpräparate hervorgerufene Vergiftung, die akut zu Erbrechen und Kollaps führt; nach Tagen scheinbarer Besserung schließen sich schwere Darm- und Nierenschädigungen an, außerdem blutige Stühle. Der Tod erfolgt durch Herzlähmung oder Nierenversagen.

*Bei der chronisch verlaufenden Quecksilbervergiftung treten Dickdarm-
und Nierenreizung auf, später Reizung des Zentralnervensystems mit Unruhe, Schlaflosigkeit, Zittern, Aufregungszuständen."*

Ich meine mich zu erinnern, daß Schiller in seinen letzten Tagen an solchen
oder sehr ähnlichen Symptomen litt.

Sein Tod wurde vom behandelnden Arzte mit einem *"Nervenschlag"* begründet.

Das alles könnte meines Erachtens der Quecksilbertaler im Kassengewölbe
bezeugen und bestätigen.

Riskanter Roman

Chat im Internet: www.speakerscornerTV.de/blaugold-dioskuren

Autor: "SPIEGELBERG"
antwortet   allen:

Eine eventuëlle Initiative aus Freimaurerkreisen, Schiller ums Leben zu
bringen, wird in sich schlüssiger und weniger absurd, sofern man nur in
Rechnung stellt, daß schon sein vermeintlicher Logenenthusiasmus in Dresden nicht ganz so ungebrochen blieb, wie die beanspruchte Hymne *"An die
Freude (aller Logenbrüder)"* das dort jubelnd vortäuschen mochte.

Tatsächlich hat er ja dieses sein vermutlich populärstes und zeitlos unsterb-
lichstes Gedicht, das Exeget Gerhard Fricke plausibel als religiösen Rausch
bezeichnet, später um seine eigentlich ausschlaggebende letzte Strophe am-
putiert und fünfzehn Jahre nach der Entstehung schließlich in die zweite Gesamtausgabe seiner Lyrik gar nicht mehr aufgenommen. Als Freund Körner,
der erste von insgesamt 41 Vertonern, befürchtete, daß das *"viele nicht ver-
zeihen"* werden, distanzierte sich Schiller von dieser Maurer-Hymne fast aggressiv: weil sie *"einem fehlerhaften Geschmack der Zeit entgegenkam, so
hat sie die Ehre erhalten, gewissermaßen ein Volksgedicht zu werden"*; doch
sei sie

*"nach meinem jetzigen Gefühl [...] ein schlechtes Gedicht und bezeichnet
eine Stufe der Bildung, die ich durchaus hinter mir lassen mußte, um etwas
Ordentliches hervorzubringen"* (am 21. Oktober 1800 an Körner).

Der Verdacht, dieses Lied sei seinem Autor durch den inflationierenden Gesang auf zahllosen Freimaurerlogen verleidet worden, erhärtete sich knappe anderthalb Jahre später, als er demselben Freunde und Logenbruder die Befürchtungen des Lyrikers schilderte,

*"in den Ton der Freimäurerlieder zu fallen, der (mit Erlaubnis zu sagen)
der heilloseste von allen ist. So hat Goethe selbst einige platte Sachen bei
dieser Gelegenheit ausgehen lassen"* (am 18. Februar 1802 an Körner).

Was hier noch nach ästhetischen oder geschmacklichen Einwänden klingen mag, können aber durchaus auch inhaltliche oder ideologische gewesen sein. Denn jene männerbündische Euphorie, der 1785 das Lied *"An die Freude"* entsprang, muß schon damals bald empfindlich getrübt worden sein. Jedenfalls hat Schiller spätestens 1786 damit begonnen, an seinem Roman *"Der Geisterseher"* zu arbeiten.

Der Stoff mag schon den 21jährigen angelockt haben, der als Redakteur der Stuttgarter *"Nachrichten zum Nutzen und Vergnügen"* einen Straßburger Bericht über den *"Grafen Calliostro"* aufgriff, ausbaute und satirisch zuspitzte, um das Thema dieses schwulen Quacksalbers im letzten Satze nur so lange zu vertagen, *"bis sich seine Wunderkraft auf anderen Seiten tätiger zeigen wird"*.

Das war dann spätestens der Fall, als dieser Hochstapler im Schutze seines vielfachen Freimaurertums mit der inzwischen historisch gewordenen Betrugsaffäre um ein Halsband der französischen Königin europaweites Aufsehen erregte.

Jetzt griff Schiller weniger seine Person als jene Atmosphäre auf, die um solche pseudosektiererischen Betrüger typisch geworden war, und zeigte als Helden seines subtilen Kriminalromans einen deutschen Prinzen, der im zeitgenössischen Venedig das Opfer von okkulten Machenschaften wird und sich zwischen Jesuiten und Freimaurern in derer aller Ideën und Aktionen *"wie in einer Wolke von übersinnlichen Tatsachen"* (Emil Bock) verstrickt und zu verlieren droht.

Beide Fronten waren inzwischen mit dem Odium des Illegalen behaftet: die
Jesuïten seit 1773 offiziéll aufgelöst, die Freimaurer durch das skandalieren-
de Münchner Verbot der *Illuminaten* beträchtlich kompromittiert. Beide insofern in eine Art Untergrund und *"ein bedenkliches S c h i s m a in der
spirituellen Welt"* abgedrängt, also umso aktiver, belieferten sie Schillers
Roman im Anschluß an die Inquisition des *"Don Carlos"*, der gerade beëndet wurde, mit Materialiën des Schreckens.

"Graf von O." selbst, der imaginäre Erzähler dieses Romans, bezeichnet sein
Projekt als einen *"Beitrag zur Geschichte des Betrugs und der Verirrungen
des menschlichen Geistes"*. Wirklich dürfte das Schillers Ziel gewesen sein.
*"Das Geheimbundmotiv wurde damit zum Strukturträger der Erzählung
selbst"*, diagnostiziert 1984 Manfred Agethen in seinen aufschlußreichen
Untersuchungen über *"Geheimbund und Utopie. Illuminaten, Freimaurer
und deutsche Spätaufklärung"* und hält fest, daß dieses Romanfragment
"erstmals im Bereich der Literatur" alle wichtigen Themen zusammenfaßt,
die zu seiner Zeit mit Geheimbünden assoziïert wurden: *"Kosmopolitismus,
religiöse und politische Schwärmerei und Freigeisterei, Magie, Spiritismus,
jesuïtische Machinationen, Selbst- und Menschenkenntnis als Bildungspro-
gramm"*.

Die aufgeklärt mystische Loge, der der Romanheld beitritt, heißt *"Bucentau-
ro"* und bezeichnet insofern sowohl die Prunkgaleere der Republik Venedig
als auch ein mythisches Monstrum. Sie fasziniert durch einen *"Schein von
Gleichheit"*, begünstigt *"unter dem äußerlichen Schein einer edeln vernünf-
tigen Geistesfreiheit die zügelloseste Lizenz der Meinungen wie der Sitten"*
und versteht es, *"lange Zeit das Gefährliche dieser Verbindung"* zu verbergen. Denn man solle, heißt es von ihren Mitgliedern, *"lieber den hohen Rat
in Venedig zum Feind haben, als unter ihnen für einen Verräter verschrien
werden"*.

Auch gewisse Riten einer betrügerischen Séance und *"die Kunst, ein Geheimnis bei sich zu behalten, aber [...] es mit Vorteil wieder los zu werden"*, kritisieren und karikieren hier unmißverständlich Elemente des Logenwesens.

Als das Fragment nach immerhin rund 130 Oktavseiten mit dem *"Ende des
ersten Teils"* abbricht, sind auch mindestens zwei Todesfälle noch ungeklärt, von deren einem immerhin feststeht, daß man *"bei der Leichenöff-*

nung" jedenfalls *"Spuren von Vergiftung"* fand. Aber auch *"die Wunde des Marchese soll tödlich sein. Der Kardinal brütet Rache, und seine Meuchelmörder suchen den Prinzen"*.

Das Fragment endet mit dem Satze *"An dem Bette meines Freundes erfuhr ich endlich die unerhörte Geschichte"*.

Warum jedoch der faszinierte Leser sie nicht mehr erfährt, ist bis heute nicht geklärt.

Von Schiller selbst gibt es nicht den beiläufigsten Hinweis, aus welchem Grunde er diese Arbeit abgebrochen hat. Immerhin war sie seit Januar 1787 fortsetzungsweise in seiner Zeitschrift *"Thalia"* erschienen, deren Abonnenten insofern sogar ein Anrecht auf die Weiterführung dieser spannenden Kriminalgeschichte hatten. Aber auch die vertröstend angekündigte Buchausgabe dieses *appetizers* in Raten präsentierte nur einen Torso und in ihrer gleichzeitig erscheinenden französischen Übersetzung nicht minder.

Zwar hatte Schiller Probleme mit der Erfindung seiner weiblichen Protagonistin, für die er ein Vorbild suchte und sogar die Lengefelds um Anregungen bat; aber dennoch arbeitete er noch bis in den Herbst 1798 hinein an Veränderungen für Neuauflagen, so daß sich die Beschäftigung mit diesem Projekt insgesamt über zwölf Jahre hinzog. Noch in fortgeschrittenem Stadium, als die letzten geschriebenen Texte gerade fertig wurden, schrieb er den Damen von Lengefeld nach Rudolstadt, daß diese Arbeit ihn *"sehr angenehm beschäftigt"* (am 26. Januar 1789).

Von mangelndem Interesse oder Unlust, wie die traditionelle Germanistik sie seither gern als Grund für den Abbruch anführt, kann also schwerlich zurecht die Rede sein. Hierbei mögen die beschwichtigenden Ablenkungen seiner Schwägerin Karoline Pate gestanden haben, die ja unbegreiflicher Weise fast zwei Jahrhunderte lang der Schillerforschung als Kronzeugin galt und von diesem *"Geisterseher"* in ihrer Monografie behauptet hatte:

"Das Werk wurde ihm verleidet und blieb unbeendigt, als aus den Anfragen, die er von mehreren Seiten erhielt, hervorzugehen schien, daß er bloß die Neugierde des Publikums auf die Begebenheit gereizt hätte".

Demnach verschuldeten also einige Leser diesen ziemlich spektakulären Abbruch.

Aber auch die gern bemühte Begründung, Schiller habe selbst gespürt, daß
ein Dramatiker und Lyriker eben keine Prosa schreiben könne, ist nichts als
Ausflucht oder die Bemäntelung von Komplizen. Denn die rund 130 vorliegenden Seiten sind höchstkarätig gemeißelte Prosa von klassischer Brillanz
und demonstrieren auch ihrerseits unübersehbar das unbegrenzte Spektrum
dieser genialen literarischen Begabung.

Da ist schon plausibler, was 1929 der christliche Schwabe Emil Bock behauptete: daß Schiller in diesem Romane *"zu einem Schwerthieb ausholte"*.
Die der treffen sollte, dürften ihn verhindert haben. Anders ist diese unkom-
mentiert fortgesetzte Edition eines Torsos schwerlich zu begreifen. *"Die
Gegner waren auf dem Posten"*, orakelte Bock weiter, *"und kannten Mittel
und Wege, den Schlag zu parieren"*.

Als Schiller diese Arbeit im Herbst 1789 abbrach, war er im Lande "seines"
Herzogs, hatte dort auf Bodes Vorschlag, Logenmitglied zu werden, nicht
reagiert und war von Carl August und Goethe nach Jena fortgelobt worden.
Dort fristete er an der Seite einer nicht eben allzu geliebten Frau das gedemütigte Leben eines dilettierenden Dozenten und frustrierten Akademikers
ohne Geld. Die Kreativität geriet ins Stocken.

Vielleicht also doch nicht ganz zu Unrecht sah die paranoïde und unsägliche
Mathilde Spieß oder Ludendorff hier Zusammenhänge zwischen Schillers
"logenfeindlichem und entlarvendem Roman" und seiner knebelnden Ab-
schiebung nach Jena. Sie folgte mit dieser Sicht ihrem Vorbeter Hermann
Ahlwardt, der schon *circa* 25 Jahre vorher unbewiesen behauptet hatte:

*"Der Orden ließ es an Warnungen und Drohungen nicht fehlen, namentlich
als der Dichter in seinem 'Geisterseher' den Versuch machte, die Geheimnisse des Ordens zu enthüllen"*.

Tat er das denn wirklich? Und welche Warnungen waren das? Wo sind die
Drohungen belegt und nachzulesen?

Ich habe da nur eine einzige postume, gleichwohl vermutlich wohlinformierte Quelle immerhin außerhalb des Kreises um Ahlwardt und Ludendorff und als Zitat noch 1996 beim seriösen Germanisten Hans-Jürgen
Schings gefunden: jenes *Internationale Freimaurerlexikon*, dessen Autoren,
die Logenbrüder Eugen Lennhoff und Oskar Posner, noch 1932 und 1966
zugaben:

"Besonderen Anstoß erregte der 'Geisterseher' wegen Verrats der Ordensgeheimnisse. Schiller wurde ernsthaft verwarnt".

Von wem und in welcher Form?

Das scheint erfolgreich verschleiert und vom Gewarnten selbst verschwiegen worden zu sein. Aber das zitierte Freimaurerlexikon weiß in diesem Zusammenhang auch: *"Noch 1826 widersetzte sich der Orden der Überführung in die Fürstengruft"*. Da sollte also auch *post mortem* durchaus noch bestraft werden.

Die fragmentarisch gebliebene Form von Schillers Roman dürfte jedenfalls eine erste massive Kollision mit diesen Kreisen dokumentieren. Der Torso bezeugt ein Kuschen des derzeit allzu gedemütigten Freiheitskämpfers.

Denn als sieben Jahre nach Abbruch dieser Erzählung der 23jährige Anhaltiner Emanuel Follenius sie so zu Ende schrieb, *"daß selbst Schiller diese Arbeit nicht durchaus kann getadelt haben"* (Voß *junior* am 17. Oktober 1807 an Schillers Witwe) und sie schon kurz nach Schillers Tod veröffentlichte, da verhinderte das keine Loge und niemand. Das Ärgernis muß also in der Verbindung dieses Stoffes mit Schillers Person gesehen worden sein.

Diese Dolche

Chat im Internet: www.speakerscornerTV.de/blaugold-dioskuren

Autor: "JOHANNA VON ORLÉANS"
antwortet   niemand:

Stichwort: *"Friede schöner Götterfunke"*.

Also, Euer Schiller-chatting liest sich ja wie der schrillste Krimi – nee, echt. Kompliment.

Ich selbst habe von Schiller keine Ahnung, totale Fehlanzeige, ich bin Mode-Designer (Spitzname in der Branche: Johanna!). Deshalb fand ich das auch so toll bei Euch, wie Schiller seinem dänischen Sponsor auf den Teller knallte, daß ihm die Schönheit wichtiger ist. Letztendlich bin ich mit meiner Mode ja auch bloß so ein Schönheits-Fuzzi, so what!

In Sachen Schönheit bin ich auch immer viel herumgekommen: zu Modeschauen, Messen, Präsentationen, sowas eben. Meist nach Paris und Rom. Aber wenn die Termine es erlaubten, habe ich mir da immer überall die Sehenswürdigkeiten reingezogen, da gab es nichts! Als Ersatz sozusagen für vorenthaltene Schulbildung (Achtung, Elternschelte!).

Na gut.

Jedenfalls hat mich auf diese Weise in Leipzig mal eine sight-seeing-Tour in den Stadtteil Gohlis verschlagen, der ja früher noch ein Dorf außerhalb der Stadtgrenze war, long ago.

Dort soll Schiller ja damals mit seinen Kumpels so 'ne Art WG bewohnt und besagtes Lied geschrieben haben. Oder?

Jedenfalls stand das so auf einer alten Tafel an der Fassade ihres Hauses. Ich hatte ja immer gedacht, das wäre von Beethoven. In Singapur habe ich es im Fernsehen sogar mal als soundtrack zu einem Werbespot gehört. Oder war das jetzt in Hong Kong? Egal.

Was mir nämlich schon damals in Gohlis auffiel: der Rahmen dieser Tafel, eigentlich eher schlicht, hat oben und unten in der Mitte so Stuckaturen. An die obere kann ich mich nicht mehr genau erinnern, sowas wie ein Monsterkopf, der die Zunge zeigt, oder irgend so'n griechischer Rachezombie oder sowas, egal.

Aber unten bestand dieses Ornament aus zwei Köpfen, die ich erst für die lachende und weinende Maske hielt: nach Art der gesprayten Graffiti überall. Aber es waren dann doch keine Masken. Es sind zwei Köpfe, die voneinander wegschauen. Heißt das nicht Januskopf? Oder hier bei Euch vielleicht negative Dioskuren oder sowas. Der eine weiß nicht, was der andre sieht. Aber will es wohl auch gar nicht wissen, guckt lieber weg. Dazwischen noch so trennende Blätter in Stuck, barocker Jugendstil, aber echt.

Na gut, warum nicht.

Aber jetzt kommt es. Im linken Auge des linken Kopfes steckt ein Dolch. Nee, echt. In dieses Auge gestoßen. Mir wurde ganz anders, ehrlich. Da war plötzlich Schluß mit Freude, schöner Eierkuchen. Stich. Ich hab damals extra den Text auf der Tafel nochmal durchgelesen: ob Schiller hier vielleicht blind wurde oder ermordet wurde oder überfallen oder gestorben ist oder sowas. Aber nee:

"Hier wohnte Schiller und schrieb das Lied an die Freude im Jahre 1785".

Und Dolchstoß. Lied an die Freude und Dolchstoß.

Das fiel mir jetzt ein, als Ihr hier sagtet, das war dann die Freimaurerhymne, und Schiller wollte nichts mehr davon wissen. Vielleicht ja deshalb diese beiden Köpfe: der eine macht das Lied, der andre verleugnet es. Und Dolchstoß. Ihr sagt ja sowieso, dem Verräter würden *"die Augen ausgestoßen"*. Das würde ja passen. Ihr könnt das noch heute in Leipzig kontrollieren.

Na, egal. Ich damals jedenfalls nach Düsseldorf zurück und alles vergessen.

Aber paar Monate später muß ich beruflich nach Hamburg. Zwischen zwei Terminen renne ich 'ne halbe Stunde durch die City. Ballindamm, Jungfernstieg, Gänsemarkt. Plötzlich Lessing-Denkmal: Hallo!

Also, von Lessing weiß ich noch viel weniger als von Schiller, eher gar nichts. Aber ich schaue mir an, wie er da in aller Ruhe auf dem Sockel sitzt. Der Sockel ist auf allen vier Seiten durchgestylt: so Texte und Figuren. Auf einer Seite die Liste seiner Werke, Titel total vergessen, aber bloß vier: hat er gar nicht mehr geschrieben in 52 Lebensjahren? Ja nicht sehr fleißig. Oder? Aber einen von den vier Titeln weiß ich noch: Gespräch über Freimaurerlogen oder so ähnlich, kann das sein? Weil mich das damals sofort an "Loge P 2" und Mafia erinnerte, ich kam da grade von einer Versace-Präsentation aus Rom zurück, darum.

Na, egal. Ich gehe also langsam um diesen ganzen Sockel rum: und Horror! So als Halbrelief plötzlich ein Kopf mit weit aufgerissenem Munde, der eindeutig schreit. Aber klar, daß der schreit, denn er hat keine Zunge mehr, und in seiner Kehle steckt ein Dolch. Derselbe Dolch wie im Auge von Gohlis. Genau derselbe. Ein Dolchstoß auch hier.

Aber um den Hals dieses schreienden Erdolchten ohne Zunge sind Schlangen gewickelt, wimmeln da richtig, Natterngezücht, also Gift. Also war dieser Dolch wohl vergiftet.

Vielleicht kommt sowas ja auch in Lessings Büchern vor, was weiß ich.
Was sollte es sonst auf einem Denkmal, das ihn angeblich feiern will?

Aber die Ähnlichkeit mit Gohlis steht fest. Also wurden die beiden ermordet? Oder wie soll ich das alles verstehn? Als Warnung? Als Drohung? Waren die beiden denn schwul miteinander oder was?

So, das wär's. Ich kann auch nicht weiter, das war schon zu viel für heute. Ich liege nämlich in der OIRU-Klinik in Düsseldorf. Viel Zeit bleibt mir sowieso nicht mehr. Lessing wurde ja wenigstens 52, Schiller noch 45, ich bloß 32.

Aber manchmal, wenn ich Euch über Schillers rätselhaften Tod so chatten sehe, denke ich ja, der ist auch schon an OIRU gestorben. Oder?

Tschau.

Orden des Opfertodes

Autor: "CREQUI + SANKT PRIEST"
antwortet   "SPIEGELBERG":

Bravo, "SPIEGELBERG": Dein Info über den *"Geisterseher"* hat wirklich weiter geholfen – Klasse!

Aber zum Abbruch dieser Arbeit im Herbst 1789 mögen auch der einschüchternd blutige Ausbruch der Freimaurerischen Revolution mit dem Sturm auf die Pariser Bastille im Sommer desselben Jahres, noch gewisser aber Ereignisse und Folgen aus Schillers privatem Jahr zuvor beigetragen haben.

Was also war denn bei ihm 1788 los? Das können wir Euch sagen. Das Jahr war schlimm.

Der 28jährige saß in Weimar fest und wartete auf Goethes Rückkehr aus Italiën. Von einem Treffen mit diesem Magneten versprach er sich jede Rettung. Aber Goethe kam nicht. Das Leben stagnierte. Auch seine Kreativität.

Freund Körner in Dresden mochte sie neu inspirieren wollen und schickte
unverhofft einen weiteren *"Brief des Julius"* für jene freimaurerisch *"Philosophischen Briefe"*, in denen er selbst längst den Part von ursprünglich
Karlsschüler Br. Lempp übernommen hatte. Aber jetzt, im April 1788, reagierte Schiller mit nervöser Unlust auf die angesprochene Relativierung von
Philosophemen. Es biete *"wenig Trost [...] ,*

*daß man hier, wie in Eurem maurerischen Orden im ersten und zweiten
Grade, Dinge glauben darf oder soll, die im dritten und vierten wie unnütze
Schalen ausgezogen werden"*.

Das schrieb er, bei aller Höflichkeit nicht eben unaggressiv, im selben Briefe, der am 15. April 1788 auch Hubers aufgedecktes Freimaurertum zur
Sprache brachte und dessen bisherige Geheimhaltung nachhaltig verübelte.

Überdies hatte sich ringsum das allgemeine Logenscharmützel im Anschluß
an Weishaupts vermeintlichen Sexualskandal, an das bayrische Verbot der
Illuminaten und Bodes Reanimierungsbemühungen eher dramatisch zugespitzt, so daß Schiller im Mai 1788, parallel zur Arbeit am umso logenkritischeren *"Geisterseher"*, seine *"Briefe über Don Carlos"* zu schreiben begann. Sie erschienen im Juli- und Dezemberheft von Wielands *"Teutschem
Merkur"* noch im selben 1788 und dürften die Peripetie seines Lebens gewesen sein, wohl auch die Weiche zu seinem Tode gestellt haben. Völlig zurecht hielt Körner dieses *"Unternehmen für gefährlich"* (am 11. August
1788).

Denn dieser Essay in Gestalt von zwölf Briefen an einen fingierten Adressaten verdeutlicht für alle Welt, was im *"Don Carlos"* bereits vollzogen war,
dort aber noch im Figurengeflecht als Rollenpsychologie mißdeutet worden
zu sein schien. Vermeintlich um irrige Rezensionen zur Hamburger Uraufführung dieses Dramas vor erst acht Monaten zu widerlegen, wiederholte er
hier die verkannten Intentionen seines Autors. Sie hatten definitive Entscheidungen getroffen und machten sie nunmehr auch noch ohne Umweg
über ein Kunstwerk mit plakativer Direktheit publik.

Schon der *"Don Carlos"* selbst, hieß es nun, informiere nicht zuletzt *"über einen Lieblingsgegenstand unsers Jahrzehents — über Verbreitung reinerer sanfterer Humanität, über die höchstmögliche Freiheit der Individuen bei des Staats höchster Blüte, kurz, über den vollendetsten Zustand der Menschheit, wie er in ihrer Natur und ihren Kräften als erreichbar angegeben liegt"* (*Achter Brief*),

aber diese Briefe über ihn bilanzieren auch Schillers Menschenbild, wie es sich in den Zwängen der Karlsschule, im Schlangennest des Mannheimer Theaters, in den verheimlichten Dresdner Enttäuschungen und in der eitlen Luftlosigkeit des höfisch erstarrten Weimar gebildet hatte. Ihm war klar geworden, daß eine Menschheit, wie er sie nach alledem nicht anders zu sehen vermochte, zu all den humanistischen Utopiën und Höhenflügen von Freimaurern, *Illuminaten* und sonstigen idealistischen Weltverbesserern nie und nimmer imstande sein würde. Nicht zufällig schrieb er damals an einem Drama *"Der Menschenfeind"*.

Aus diesem Grunde hatte er seinen Marquis von Posa,

diese ungemein populäre Lichtgestalt, der ein Abel oder Knigge Modell gestanden haben mochte, diesen Weltbürger, der jedenfalls unverkennbar ein leuchtender Herold illuminater Ideale war und in allen Hoftheatern des feudalen Deutschland von der Bühne herab verkünden durfte, *"kein Fürstendiener"* sein zu können,

zwar als glühenden Philanthropen konzipiert, der für ein menschenwürdig freies Leben der *"blühenden Provinzen"* in Brabant und Flandern eintritt und beim absolutistischen spanischen König *"Gedankenfreiheit"* einklagt.

" ... Der Bürger
sei wiederum, was er zuvor gewesen,
der Krone Zweck, ihn binde keine Pflicht
als seiner Brüder gleichehrwürd'ge Rechte."

Doch eben solchen maltesisch oder templerisch militanten Apostel und strahlenden Pionier demokratischer Lebens- und Gesellschaftsform ausgerechnet ließ der Misanthrop Schiller, betonte er nun auch selbst noch im Zehnten dieser *Briefe*, gerade nicht auf Selbstbefreiung und Selbstregierung der Völker setzen.

Weil er denen das nicht zutraute.

Er verglich hier unumwunden die *"Verbrüderungen"* von Freimaurern und *Illuminaten* mit seinem Malteserritter und resümierte:

"Was jene durch eine geheime Verbindung mehrerer durch die Welt zerstreuter tätiger Glieder zu bewirken suchen, will der letztere, vollständiger und kürzer, durch ein einziges Subjekt ausführen: durch einen Fürsten nämlich, der Anwartschaft hat, den größten Thron der Welt zu besteigen",

den spanischen Kronprinzen, eben Don Carlos. Die angestrebte freie Bürgergesellschaft soll beileibe nicht revolutionär erstritten, sondern obrigkeitlich verordnet, einzig durch eine Revolution von oben verwirklicht werden.

" ... Die gute Sache
wird stark durch einen Königssohn."

So sehr mißtraute Schiller nun den Völkern, den Menschen.

Aber schon dieses Konzept seines Posa war ein Verrat an den Ideën, die sich in Philadelphia und Paris auf ganz andere Weise Bahn gebrochen und durchgesetzt hatten. Der Marquis von Posa war ein unverkennbarer Illuminat und zugleich ein Saboteur dieses Ordens: *"Schöpfer des Menschenglücks"* und zugleich auch *"Schöpfer des Elends"*. Wohl nicht eben zufällig hatte er ganz ohne jeden Skrupel in Erwägung gezogen, die Prinzessin Eboli persönlich zu ermorden, als deren Geheimnisverrat zu befürchten stand.

Weil solche Janusköpfigkeit seines Helden im Drama selbst aber offenbar unbemerkt geblieben war, erklärte sie Schiller nun in diesen *"Briefen über Don Carlos"*.

Im Elften ging er noch weiter und kritisierte die prinzipiëlle Unfähigkeit politischer Moralapostel, Tugendprediger und Freiheitskämpfer zur gebotenen unkorrumpiert absoluten Toleranz.

"Nennen Sie mir den Ordensstifter oder auch die Ordensverbrüderung selbst, die sich − bei den reinsten Zwecken und bei den edelsten Trieben − von Willkürlichkeit in der Anwendung, von G e w a l t t ä t i g k e i t gegen fremde Freiheit, von dem Geiste der H e i m l i c h k e i t und der H e r r s c h s u c h t immer rein erhalten hätte?

Die bei Durchsetzung [...] eines noch so freien moralischen Zweckes [...] nicht unvermerkt wären fortgerissen worden, sich an fremder Freiheit zu vergreifen, die Achtung gegen anderer Rechte, die ihnen sonst immer die heiligsten waren, hintanzusetzen und nicht selten den willkürlichsten Despotismus zu üben ... ".

Das ist die Absage eines Idealisten an alle Ideologien, die er hier auch als

"gekünstelte Geburten der theoretischen Vernunft",

als menschenverachtend oder zynisch und daher als ein *"äußerst gefährliches Instrument"* brandmarkt:

"Ich erkläre mir diese Erscheinung [...] aus der allgemeinen Hinneigung unsers Gemütes zur Herrschbegierde oder dem Bestreben, alles wegzudrängen, was das Spiel unsrer Kräfte hindert".

So beschreibt hier Schiller schon vor dem Ausbruch der *Französischen Revolution* nicht nur das Scheitern jedes bisherigen sozialistischen Modells, sondern räumt auch den Zukunftsträumen aller Logenbrüder keine reale Chance ein. Im Amerika der Freimaurerlogen gibt noch heute der menschenverachtende Terror von Marktwirtschaft, Piëtismus und Globalismus dem Pessimismus Schillers von 1788 recht. *"Verirrung des Willens"*, pointiert das Schings, *"in den Despotismus".*

Schon darum läßt Schiller seinen so sympathischen Ideënträger und Weltbürger Posa nicht triumphieren, sondern untergehen und sterben. Er erliegt ebenjenen Ideën, die er vom Illuminatismus bezogen hatte.

Aber eben darum ist wohl auch Schiller selbst, ein anderer Posa, so früh gestorben.

Wie bitte?

Denn er sterbe auch *"für eine Wahrheit"*, sagt er im letzten dieser Briefe über Posa und sich selbst,

"um durch sein Beispiel darzutun, wie sehr sie es wert sei, daß man alles für sie leide".

Eigens hierfür beruft er sich auf den *"Esprit des lois"* von Montesquieu und beansprucht dessen *"vertu politique"* von 1748 auch für solche Selbstaufopferung: *"Denn Aufopferungsfähigkeit ist der Inbegriff aller republikanischen Tugend".*

Schiller illustriert das mit einem atemberaubenden Beispiel aus der Geschichte des antiken Sparta. Das Orakel zu Delphi hatte dieser Republik ein blühendes Überdauern nur so lange in Aussicht gestellt, als es die Gesetze Lykurgs befolgte. Also ließ dieser gewitzte Gesetzgeber, der die Menschen kannte, alle Mitbürger schwören, seine neue Verfassung unangefochten zumindest zu respektieren, bis er von einer Reise zurückkehre. Auf dieser Reise nahm er sich dann mit einem Hungerstreik das Leben,

"um durch das Große und Außerordentliche dieses Todes einen unauslöschlichen Eindruck seiner selbst in das Herz seiner Spartaner zu graben und eine höhre Ehrwürdigkeit über das Werk auszugießen, indem er den Schöpfer desselben zu einem Gegenstand der Rührung und Bewunderung machte".

So trägt in der Tat auch Schillers eigenes Sterben noch heute zu gesteigerter Ehrwürdigkeit seines Werkes und einer Rührung und Bewunderung bei, die eine Rückkehr dieses Abgereisten dringend zu wünschen scheinen. Solche Rechnung des Lykurg wäre insofern auch im Falle Schillers aufgegangen.

"Das war die große Meinung seines Todes", sagt im *"Don Carlos"* die Königin an Posa Leiche.

Ihr Autor aber beéndete im selben Jahre 1788 sein großes Gedicht über *"Die Götter Griechenlandes"* mit den Versen

*"Was unsterblich im Gesang soll leben,
Muß im Leben untergehn".*

Auch damit entfernte er sich dezidiert von den politisch so viel positivistischeren Entwürfen der *Illuminaten*, stach aber mit der pantheïstischen Distanzierung dieses Gedichtes vom Christentum ebenso wie von Aufklärung und Naturwissenschaften in ganz unneutraler Parteinahme auch mitten in die akute Zerreißprobe aller Freimaurerlogen überhaupt hinein: in ihren Streit um christliche Bindung oder ökumenische Toleranz.

Aber als er sich mit solchem Bekenntnis zu spinozistisch unorthodoxen Natur- und Gottesbegriffen couragiert und eindeutig sämtlichen Offerten all der Logen ringsum verweigerte und mit diesen gleichzeitig offenbarenden *"Briefen über Don Carlos"*,

"einem Vehikel, allerlei zu sagen, was sich da und dort aufgedrungen" und
"viel Sensation gemacht" hatte (am 20. August und 14. November 1788 an
Körner),

entzog, war er noch immer erst 28 Jahre alt und bei bester Gesundheit.

Also ging er nun noch einen Schritt weiter und entwarf noch in jenem selben Jahre 1788 das Konzept zu einer Art Fortsetzung des *"Don Carlos"*. Sie
sollte *"Die Malteser"* heißen und ursprünglich wiederum den Marquis von
Posa ins Zentrum stellen, der dann aber multipliziert und auf einen ganzen
Orden solcher Tempelritter aufgeteilt worden wäre. Vorübergehend tauch-
ten in dieser Elite geistlicher Aristokraten wohl sogar Schillers Schüler Hardenberg (der spätere Novalis) und der adoleszente Fritz von Stein auf.

Populär wurde dieses Projekt sehr viel später in einschlägigen Kreisen vornehmlich als eine Art literarischer Ikone der deutschen Schwulen. Denn zu
den Hauptrollen dieses Stückes sollten Crequi und St. Priest zählen, die
Schiller gleich im Personenverzeichnis als *"Ritter, die sich lieben"* auswies
und für die er auf offener Bühne auch eine *"Szene des Liebhabers mit dem
Geliebten"* plante.

Schon im Dritten seiner *"Briefe über Don Carlos"* hatte er behauptet,

*"daß l e i d e n s c h a f t l i c h e F r e u n d s c h a f t ein ebenso rühren-
der Gegenstand für die Tragödie sein könne als l e i d e n s c h a f t l i c h e
L i e b e "*,

und wetterleuchtend angekündigt, daß er sich *"das Gemälde einer solchen
Freundschaft für die Zukunft zurückgelegt"* habe.

In diesen *"Maltesern"* nun sollte es verwirklicht werden. *"Die Männerliebe
ist in dem Stück das vollgültige Surrogat der Weiberliebe"*, notierte er sich,
sie *"muß alle Symptome der Geschlechtsliebe haben"* und *"vollkommen
schön, dabei aber wirkliche Leidenschaft mit allen ihren Symptomen sein"*.
Daher skizzierte er dieses Liebespaar so:

Crequi, 24, *"ist eine heftig passionierte Natur [...] . Seine Leidenschaft ist
wahre Geschlechtsliebe"*, während St. Priest, 20, *"alle andern Ritter an Mut
so wie an Schönheit"* übertrifft: *"es ist, als ob eine Wache von Engeln ihn
umgäbe oder ob sein Anblick magisch wirkte"*; *"seine Schönheit ist mit
furchtbarer Tapferkeit gepaart"* und *"gibt ihm gleichsam die Qualität eines*

Mädchens", so daß für den Fall einer Weimarer Aufführung Schiller diese Männerrolle, die Herman Nohl noch 1954 für *"ein Wesen wie die Jungfrau von Orléans"* hielt, just mit der Schauspielerin Karoline Jagemann zu besetzen gedachte.

Trotzdem ist dieses Stück *"von der enthusiastischen Liebe zweier Ritter zueinander"*, von denen schließlich sogar *"der eine dem Geliebten in den Tod folgt"*, kein homosexuëller Selbstzweck, sondern ergab sich organisch aus den Bedingnissen eines konsequent gezeichneten esoterischen Männerbundes im Gefolge der historischen Tempelritter und ihrer verbrieften Homo-Erotik.

Darum ist die spätere Übertragung all dieser Pläne und Skizzierungen Schillers in eine konventionelle Liebesgeschichte zwischen Mann und Frau in der Ausführung just des schwulen Bremer Stadtbibliothekars und populären Dramatikers Heinrich Bulthaupt im Jahre 1884 der pure wilhelminische Unfug und lenkte insofern auch von Schillers eigentlichem Konzept nur ab.

Angemessener reagierte mitten in der Hexen-, Juden- und Schwulenjagd von 1940 der hellhörige und doppelzüngig versierte Max Kommerell mit seinem sensiblen Votum:

"Wir haben nichts Ursprünglicheres von Schiller als seine Malteser-Skizzen: hier rührt dieser helle und strenge Geist an s e i n Mysterium".

In Wahrheit aber sollte dieses also männerbündisch mysteriöse Stück darüber weit hinaus dem danals tief deprimierten Misanthropen Schiller und seinem Publikum noch einmal den Weg zu einer Utopie eröffnen: zu *"einer erhabenen Idee, wie ich sie liebe"* (noch am 5. Oktober 1795 an Wilhelm von Humboldt). In der Klausur eines militärisch belagerten, also radikal isolierten und *"hilflos sich selbst überlassenen"* Männerordens, der *"auf dem Felsen Malta ... im öden Meer"* notgedrungen *"bloß auf sich selbst, auf die Sorge für seine Existenz konzentriert"* ist, sollte der Ausweg aus all den Niederungen aufleuchten, in denen Schiller die menschliche Gesellschaft untergehen sah.

Darum sollte das Stück mit einem fortgeschrittenen geistlichen und moralischen Verfall des Malteser-Ordens beginnen, dessen mönchisch-militärische Ritter ein sittlich verwahrlostes und degeneriertes Leben führen. Statt *"eine höhere Menschenart unter der übrigen Welt"* zu sein und nach ihren eigenen anspruchsvollen Gelübden zu leben, *"überlassen sie sich offenbar den Ausschweifungen"*, sind unkeusch, habsüchtig, ungehorsam, und *"die Liebe, der Reichtum, der Ehrgeiz, der Nationalstolz etc. bewegen ihre Herzen"*: *"Spiel, Luxus, Weiber u. s. w. , Abwesenheit, Cour machen an fremden Höfen, Schuldenmachen, Impietäten"* – eine perfekt profanierte Gesellschaft, *"wo alle weltlichen Laster des Säkulums darin im Schwange gehen"*.

La Valette, der Großmeister dieses Ordens und dessen *"personifiziertes Gesetz"*, selbst aber gegen die sinnlichen Anfechtungen seines Männerghettos keineswegs gefeit, begreift,

"daß der Orden seinem Untergang nahe sei, weil er von innen heraus sich selbst überlebt habe".

Es liegt nahe, hierin Schillers persönliches Votum zum Logenwesen seiner Zeit auszumachen.

Aber weil er dennoch, wie sein La Valette, noch nicht resigniert,

"sieht er sich genötigt, den Orden zu reformieren und in seiner ersten Reinheit herzustellen".

Diese Reinheit aber verwirkliche sich nicht als allgemein menschliche Tugend *"oder das reine Moralische"*, sondern als *"die zum Moralischen hinaufgeläuterte spezifische Ordenstugend"*, die sogar *"gegen die Natur selbst"* behauptet werden müsse:

"Das Unmögliche muß geschehen".

La Valette, dieser *"schöne menschliche Charakter"*, der *"eine liberale Denkart besitzt und selbst von gewissen Menschlichkeiten sich nicht frei weiß"*,

"liebt nichts als seinen Orden, seine Ritter",

denen allen dieser 47jährige ein bestmöglicher Vater zu sein versucht: *"sorgsam, gütig, nachsichtig, väterlich selbst gegen die Bösen"*;

"der Fond dieses Charakters", schrieb Schiller noch 1800 an Br. ∴ Iffland, der ihn in Berlin kreïeren sollte, *"ist eine liberale Güte, mit hoher Energie und edler Würde verbunden"*; nur durch die *"Klugheit, Zartheit und Seelenstärke"* dieses Großmeisters wird sein äußerlich wie innerlich bedrohter Orden gerettet *"und siegreich gemacht"* (am 19. November 1800). Denn er

nutzt die politische Situation einer aussichtslosen militärischen Belagerung Maltas durch feindliche Türken, Algerier und Korsaren,

"um den idealistischen Sinn und die Exaltation möglich zu machen, welche jetzt so notwendig sind, das Außerordentliche zu leisten".

Seine Ritter denken zwar eher an Flucht. Aber La Valette bescheidet sie, *"nicht mehr auf irdische Hilfe zu setzen".* Ihr Chor zitiert ihn:

"Sehet aufwärts zu dem Himmel, und suchet Rat in eurer eignen Brust".

Damit meint er eine Selbstüberwindung, die ins Selbstopfer führen soll. Nur durch eine solche *"Unterwerfung v o n i n n e n heraus"* könne *"der r e i - n e G e i s t d e s O r d e n s"* wiederhergestellt und gerettet werden.

Die Ritter drohen zu meutern, ordensinterner Bürgerkrieg droht, La Valette erklärt einen ungehorsamen Orden für untergegangen: *"nur die Eigenschaf- ten, die ihn zu dem Orden machen, der er ist, können in diesem Moment sei- ne Erhaltung bewirken".*

Welche Eigenschaften aber sind das? Alle, die *"die Rückkehr der Ritter zu ihrer Pflicht und zwar zum höchsten und schönsten Geiste derselben"* be- wirken.

Der griechische Chor der *"Braut von Messina"*, den Schiller schon in diesen *"Maltesern"* wiedereinführen und hier aus sechzehn *"geistlichen Rittern in ihrer langen Ordenstracht"* bestehen lassen wollte, pointiert das Problem:

*"Wir sind Menschen.
Ihr sollt mehr sein."*

Denn *"der Mensch kann zum Heroen und Halbgott werden, wenn er gewis- sen Menschlichkeiten abstirbt"*, und *"mehr als ein gewöhnlicher Mensch"* kann sein, *"wer sich entschließen kann, weniger zu bedürfen, sich selbst we- niger nachzugeben, sich mehr zu versagen und mehr aufzuerlegen"* –

und sei es einen Opfertod.

"Seine Bravour darf keine Grenzen haben."

La Valette sieht sich *"in den Fall gesetzt, das Unerträgliche zu tun"*, und *"läßt einen Gesang anstimmen, der das Leben verachten und den Tod lieb- gewinnen lehrt".*

Aber alles das bleibt guter Vorsatz.

Zwar brach Schiller die Arbeit am *"Menschenfeinde"* diesen neuen Utopiën seiner *"Malteser"* zuliebe ab, doch das bevorzugte Projekt blieb unverwirklicht. Siebzehn Jahre lang bis zu seinem Tode bewegte er es in Gedanken und notierte auch mehrere ausführliche *treatments*.

"An diesem dichterischen Vorhaben scheint er mit mehr als gewöhnlicher Liebe zu hangen", berichtete der Lyriker Friedrich von Matthisson nach einem Besuche bei Schiller im Mai 1794, und der hielt es selbst auch für *"noch einmal so leicht als 'Wallenstein' "* (am 20. September 1794 an seine Frau), aber *"noch fehlt mir das punctum saliens zu diesem Stück"* (am 13. Mai 1801 an Körner).

Diesen "springenden Punkt" verwies er selbst zwar in lösbare dramaturgische Bereiche, aber ohne damit wirklich glaubhaft zu werden. Eher dürfte er in einer Scheu auch dieses himmelstürmenden Idealisten vor der geplanten Verherrlichung eines vierzigfachen Opfertodes gelegen haben.

"Desto mehr Bedenken kostet die Aufopferung so vieler Ritter".

Er selbst und sein herausgeforderter La Valette begreifen:

"Die Aufgabe wäre also die Verwandlung einer strengen pflichtmäßigen Aufopferung in eine freiwillige, mit Liebe und Begeisterung vollführte".

Was aber, fragte sich Schiller verzweifelt, was nur treibt diese so verweltlichten Ordensritter

"ins Idealistische und macht, daß sie sich mit Freiheit und Neigung unterwerfen?"

Seine Antwort zunächst: *"Hier tritt der andre Fall ein, daß an dem Gesetz, dem Rufe und der Maxime mehr liegt als an dem bedeutendsten Leben"*. Aber stimmt das: wann tritt dieser Fall ein, tritt er überhaupt je ein?

Im Vorwort, das er 1792

zu Friedrich Immanuel Niethammers deutscher Ausgabe seiner Quelle zu diesem Stoffe, der siebenbändigen *"Histoire des chevaliers hospitaliers de S. Jean de Jérusalem appellés depuis Chevaliers de Rhodes, et aujourd'hui*

Chevaliers de Malthe" (1726) vom Abbé René Aubert de Vertot d'Aubœuf
(1655-1735),

unverhofft verfaßte, analysierte Schiller solchen Opfertod und versuchte,
ihn zu rechtfertigen, möglichst gar zu verklären.

*"Fühle man noch so sehr das Widersinnige eines Glaubens, der für die
Scheingüter einer schwärmenden Einbildungskraft, für leblose Heiligtümer
zu bluten befiehlt",*

räumte Schiller hier das Fragwürdige solcher Selbstaufopferungen durchaus
ein, um aber anschließend zumindest die Frage zu stellen:

*"Wer kann der heroischen Treue, womit diesem Wahnglauben von den
geistlichen Rittern Gehorsam geleistet wird, seine Achtung versagen?"*

Dieser Respekt vor *"heroïscher Treue"* mag unsereinen noch durchaus ver-
stimmen. Aber Schiller warb um Verständnis dafür:

*"Die Heroen des Mittelalters setzten an einen Wahn, den sie mit Weisheit
verwechselten und eben weil er ihnen Weisheit war, Blut, Leben und Eigentum".*

Damit hat er Wahn und Weisheit relativiert, alle Ziele und Inhalte für ver-
wechselbar oder austauschbar, für letztlich beliebig erklärt und stellt nunmehr die Frage nach den Wegen, dem Einsatz, den Bewertungen und Preisen: den Qualitäten. Denn

*"können w i r , ihre verfeinerten Enkel, uns wohl rühmen, daß wir an unsre
Weisheit nur halb so viel als s i e an ihre Torheit wagen?"*

Schon geht es also um Prioritäten, Werte und Sinngebungen des menschlichen Lebens an sich.

Denn noch nie sei die Menschheit *"ihrer höchsten Würde [...] so nahe gewesen, als sie es damals war"*, weil

*"nur die H e r r s c h a f t s e i n e r I d e e n ü b e r s e i n e G e f ü h l e
dem Menschen Würde verleiht".*

Welche Würde denn bloß?

"Sich von übersinnlichen Triebfedern leiten zu lassen": das überhaupt erst
sei die *"notwendige Bedingung unsrer s i t t l i c h e n K u l t u r "*.

Ja, und?

"Dieser Orden nämlich ist auch ein politischer Körper, gegründet zu einem eigentümlichen Zweck".

Zu welchem Zweck denn?

"Ein feuriger Rittergeist verbindet sich mit zwangvollen Ordensregeln, Kriegszucht, mit Mönchsdisziplin, die strenge Selbstverleugnung, welche das Christentum fordert, mit kühnem Soldatentrotz – "

Und alles das wofür?

" – um gegen den äußern Feind der Religion eine undurchdringliche Phalanx zu bilden".

Welcher Religion denn bloß, um Gottes Willen? Etwa des Christentums?

Keineswegs. *"Suchte doch der Mensch schon seit Jahrtausenden den Gesetzgeber über den Sternen"*, ohne ihn je zu finden, weil nämlich *"der in seinem eigenen Busen wohnt"*. Als Religion gilt ihm jene *"unumstößliche Wahrheit, daß nichts Bestand hat, was Wahn und Leidenschaften gründete, daß nur die Vernunft für die Ewigkeit baut"*.

Mit Vernunft aber bezeichnet er schon seit der *"Theosophie"* seines 20jährigen Julius jene irrationale *"Herrschaft der Ideen über seine Gefühle"*, später in Jena gar *"das Vermögen zu Ideen"*.

Inwiefern derlei nun in Wahrheit nur eine besonders integre Spielart von Spiritualität oder Religiosität ist, hat Gerhard Fricke hochgestochen, aber faszinierend und ausführlich in seinem Buche *"Der religiöse Sinn der Klassik Schillers"* entfaltet und nachgewiesen. Sie war es nie in irgend konfessionellem Sinne. Göritz: Schiller *"haßte die positive Religion"*. Auch beim Ordensmeister seiner Malteser-Ritter war Religion nur *"die Formel zu einer höheren und hellern Weisheit"*, deren Moral sich durchaus auch *"ohne Religionströstungen"* zu behaupten vermochte.

Schiller selbst, der sogar vom *"Glaubensbekenntnis seiner Vernunft"* sprach, benötigte für alles das und gemeinsam mit Goethe nur zwei Verse ihrer *"Tabulae Votivae"*:

"Welche Religion ich bekenne? Keine von allen,
Die du mir nennst! 'Und warum keine?' Aus Religion."

Schillers wie wohl auch manche andere, vielleicht gar jede Religiosität entwuchs einer schmerzlichen Enttäuschung, einem tiefen Ungenügen am körperlich materiëllen Diesseits und suchte nach einer Alternative des Geistes. Er fand sie im Leben für eine Idee oder für Ideën, die einem lediglich animalischen Dasein durch ihre Sinngebung übergeordnet werden können. Sie haben auch die Chance, nicht an die Materië gebunden zu sein und im Diesseits ebenso wie vielleicht auch in metaphysischen Bereichen zu gelten, da der Geist dieser Unterscheidung entrückt sein könnte. Wenn es überhaupt ein Überwinden, ein Überstehen, ein Jenseits der Materië gibt, dürfte es im Unkörperlichen, im Geistigen, im Ideëllen zu finden sein.

Der Materië dürfe da, verfügte er im Anhang zu seinem Brief vom 11. November 1793 an den skandinavischen Gönner, *"schlechterdings nicht gestattet werden, sich in die reine Gesetzgebung der Vernunft einzumischen"*.

Zu solcher Legislative, solcher Theorie einer Unsterblichkeit der *"Vernunftideen"* also sollten Schillers *"Malteser"* hinzuführen versuchen.

Um ihre diesbezüglichen Opfertode aber noch des Weiteren zu legitimieren, ordnete er sie auch in historische Zusammenhänge ein, berief sich auf die *"Selbstaufopferungen der Spartaner bei Thermopylä"* oder auf die Selbstopfer der Römer Curtius und Marcus Atilius Regulus im *Ersten Punischen Kriege* und notierte sich für *"Die Malteser"* einen

"Chor über Leonidas. Dessen Geschichte" von der Opferung eines ganzen Heeres 480 vor Christus *"für das Vaterland"*.

Schiller konnte nicht wissen, wie die spätere Geschichte solche Haltung an schwarzen Schicksalsorten wie Langemarck oder Stalingrad mißbrauchen und im Kamikaze japanischer Piloten, in den palästinensischen Selbstmordkommandos und Terroraktionen islamistischer Fanatiker pervertieren würde.

Die extreme Alternative zu allen so radikal idealistischen Fundamentalismen stellte vor Ort jener Mustafa Pascha, oriëntalisch lebenslustiger und diesseitig überlebenslistiger Admiral der türkischen Flotte, dar, der im Sommer 1565 mit seinem Angriff eben auf Malta und die dortigen Malteserritter unter La Valette mehr als ein ganzes Drittel seiner Truppen verloren hatte und hierfür nach seiner Rückkehr in die Türkei mit der Todesstrafe rechnen mußte; er entging ihr durch die legendäre und seither sprichwörtliche Auskunft *"Yok Malta"*: es gebe gar kein Malta; also kann es auch keine Niederlage bei Malta gegeben haben. Diese zwingende Logik rettete ihm sein Weiterleben. Sie resultiert gewitzt aus der absolut konträren Überlebenskunst eines frühen Schweijk. Sie resultiert aus Humor.

Schillers Idealismus hingegen mit all seiner absoluten Metaphysik mochte den bürgerlich korrumpierten Freimaurerlogen seiner Zeit in ihrer zänkischen Vereinsmeierei und verspießerten Geheimniskrämerei den Gegenentwurf eines intakten Ordens vorhalten wollen, der *"unwissend die höheren Gebote der Sittlichkeit"* befolgt und einem *"bloß idealischen Gut alle Güter der Sinnlichkeit zum Opfer zu bringen"* bereit und imstande ist.

Seinem La Valette sollte es jedenfalls gelingen, eine anscheinend heillos säkularisierte Gesellschaft von der

"Macht und Herrschaft des G e d a n k e n s "

so zu überzeugen, daß

"die Ritter sich selbst, ihren wahren Ordensgeist finden und in diesen wie in ihre letzte Zuflucht getrieben werden. Ihre Reinigung und Wiederherstellung muß durchaus ihr Werk sein".

Aber hiermit hätte er auch eine geistige Alternative zu den heillosen Entartungen der *Französischen Revolution* bieten können. *"Im Spiegel"*, begreift das gleichermaßen Schings, sei es *"des 16. Jahrhunderts hätte der moderne 'Ordensgeist' seine Gebrechen erblicken können. Woran es dem Ordensstifter Weishaupt so sehr fehlte – der Großmeister und Ordensreformator La Valette sollte es demonstrieren:*

'die zum Moralischen hinauf geläuterte specifische Ordenstugend' " –

vielleicht als letzten Ausweg einer menschlichen Gesellschaft ohne Hoffnung.

Daß diese utopische Gemeinschaft einer potenzierten Humanität sich von den Logen seiner Zeit erheblich unterschied und abhob, mochte Schiller auch besonders an der Figur eines Abtrünnigen verdeutlichen wollen.

Sein geplanter Ritter Montalto ist ein Aufwiegler und Kollaborateur der
übelsten Art und nimmt in Schillers Gedankenspielen einen wichtigen Platz
ein. Aber aufgeflogen, wird er von La Valette, der zu Hinrichtungen sowohl
berechtigt als auch durchaus imstande ist, keineswegs so rabiat bestraft, wie
die Freimaurerlogen das ihren Renegaten damals androhten. Durchaus als
"Judas" und *"brandiges Glied"* empfunden, wird er gleichwohl *"zur Strafe
bloß verstoßen"*. Folterungen und Todesstrafe nach Art der Logen bleiben
ihm ausdrücklich erspart.

Auch in diesem zentralen Punkte also eine resolut verweisende Hinwendung
zu humaneren Prinzipiën.

Schillers *"Menschenfeind"* jedenfalls wandelte sich im Schatten dieses
"Malteser"-Projektes zunächst zu einem *"Versöhnten Menschenfeind"* und
blieb dann schon im selben 1788 ein Torso.

Fazit also nunmehr von alledem:

dieses Jahr 1788 mit seinem germanistisch oft verklärten *"glücklichen Sommer"* ganz *"im Verkehr mit den Lengefeldschen Schwestern bei Rudolstadt"*
stellte in Wahrheit Schillers geradezu dramatische und sehr energische, ziel-
strebige Absage an all die Angebote der vielen Freimaurer und *Illuminaten*
seines ganzen bisherigen Lebens dar.

Mit der parallelen Arbeit am *"Geisterseher"*, an den *"Briefen über Don Carlos"*, den *"Maltesern"* und den *"Göttern Griechenlandes"* formulierte er seine Verweigerung nachgerade chorisch, vielstimmig, umso provokanter und
eigentlich unmißverständlich.

Die Logen ringsum verstanden ihn auch und reagierten. *"Es gab Kreise"*,
behauptete Emil Bock noch 1929 zu wissen, *"die alles, was Schiller vor die
Welt stellte [...] , als Mysterienverrat betrachteten"*.

Insofern mag jene *"erste Verwarnung"*, die "SPIEGELBERG" uns hier aus
dem Freimaurerlexikon zitiert hat, zunächst in Schillers gnadenloser Entfernung in die Diaspora von Jena, dort dann aber, Anfang Januar 1791, auch in
seiner ebenso rätselhaften wie lebensgefährlichen Erkrankung bestanden haben. Wir beide denken uns, daß dort eine erste Vergiftung noch mit halbher-
ziger Dosierung erprobt wurde oder auch einfach nur mißlang.

Zumindest gewarnt hätte Schiller sich hiernach durchaus fühlen müssen. Es war jetzt ernst geworden.

Anzüglich und affin

e-mail an Detlev Kremer in der OIRU-Klinik Düsseldorf

Hallo, Johanna –

Deine Mail im Interchat über Dolche in Schillers Auge und Lessings Kehle habe ich mit großer Bewunderung und Rührung gelesen. Ich kann mir gut vorstellen, daß Du selbst einen solchen Dolch in Deinem Blut verspürst.

Umso mehr bewundere ich, wie cool und witzig Du von Deinen alarmierenden Beobachtungen in Leipzig und Hamburg berichtest: wirklich spitzenmäßig, ich gratuliere.

Es geht mir nicht aus dem Kopf.

Oder Du gehst mir nicht aus dem Kopf.

Aber das kann auch mit Deinem Beruf zusammenhängen, der mir sowieso vertraut und verwandt ist. Denn ich selbst lasse mich gerade in Köln vom Textilkaufmann zum Kostümbildner umschulen, habe also auch mit Klamotten und dem Anziehen von Leuten zu tun: genau wie Du auf Deiner viel höheren Stufe der Karriereleiter. Denn das *Atelier Kremer* in Düsseldorf ist mir natürlich ein Begriff mit seiner tollen Mode.

Allerdings hatte ich auch während meiner Semesterferien, als ich in Velbert im Bekleidungshaus Feldmann jobbte, wiederholt Gelegenheit, dort Deine Mutter zu bedienen und nach Dir auszuhorchen. Natürlich ist sie ganz schön stolz auf Dich und Deine Mode. Erst vor 14 Tagen habe ich ihr dort eine Bluse verkauft und mir über Dich vorschwärmen lassen.

Kurz danach las ich dann Dein chat im Internet.

Liebe Johanna – das alles törnt mich so an, daß ich Dich gern mal besuchen würde – ohne jeden Hintergedanken natürlich, nur so aus Sympathie – was man jetzt gern *affin* nennt. Ich hoffe, mein Besuch ist Dir recht.

Ich freue mich schon sehr darauf.

Bis dahin *Jeanne d'Arc*s affiner

Lionel

(in Velbert und Köln zur Zeit noch alias Thomas, 25 Jahre, schlank, mittelgroß und blond, vielseitig interessiert, verschmust und unternehmungslustig).

Logenleiche Lessing

Chat im Internet: www.speakerscornerTV.de/blaugold-dioskuren

Autor: "CALCAGNO, VERSCHWORNER"
antwortet   im Anschluß an die "JUNGFRAU VON ORLÉANS":

Hallo, Johanna!

Du hast in Leipzig-Gohlis einen Dolch in Schillers Auge, auf dem Hamburger Gänsemarkt einen in Lessings Kehle bemerkt: Kompliment!

Denn tatsächlich zählten (oder zählen?) neben Maurerkelle, Winkelmaß, Wasserwaage, Senkblei, Zirkel, Hammer, Schürze und anderen solchen ursprünglich handwerklichen Requisiten auch spezifische Waffen zu den Insignien der Freimaurer.

Hierbei ist namentlich der Dolch auf alten englischen Freimaurerschürzen oder sonstigen traditionellen Abbildungen des Logenwesens auszumachen. Auf ihrem *tracing-board* oder "Reißbrett", einem maurerischen Tapet mit all ihren Zeichen und Symbolen, haben, nur zum Beispiel, die Lehrlinge und Gesellen der "Schottischen" Andreas-Logen außer einer Streitaxt auch zwei Dolche, die aus den obligaten Kellen der Johannislogen entwickelt wurden.

Br. ∴ Dr. Otto Hieber hat diese Metamorphose noch 1920 in seinem *"Leit-*

faden durch die Ordenslehre der großen Landesloge der Freimaurer von Deutschland" so erläutert:

"Wir sind hier in einem schweren Kampf begriffen, den wir nur mit Waffen durchführen können. Darum ist aus der Kelle der Dolch, aus dem Hammer die Streitaxt geworden".

Der Dolch wird hier auch als *"Lichtwaffe"* bezeichnet, die im Nahkampf *"gegen die der Finsternis Angehörigen"* unverzichtbar sei. Aber er werde auch gegen Logenbrüder eingesetzt, die *"ihre Zuverlässigkeit in der Bewachung des Tempels"* noch beweisen sollen oder schon verletzt haben.

Daher tragen Lehrlinge und Gesellen der Andreasgrade unter ihrer Kleidung an schwarzem Schulterbande mit weißen Streifen einen Dolch auf ihrem Herzen, der zur *"Verteidigung des Tempels gegen aufrührerische Gesellen"* dient und die Bereitschaft einfordert, *"lieber zu sterben als nachzulassen und meineidig zu werden".*

In eben solchem Sinne gehört zum Amtsschmucke des *Großmeisters* einer Loge neben Amtshammer, Amtsring, Amtskette und anderen obligatorischen Symbolen unerläßlich auch der Amtsdolch. Er war ferner im Hochgrad der französischen *"Auserwählten"* (*"Élus"*) und für den *"Ritter Kadosch"*, jenen hohen Schottischen Ritus, ein ebenso unabdingbares Attribut ihrer Logenkleidung.

In mancher Loge mußte ein Neophyt sich beim Schwören seines Eides statt des Zirkels eine Dolchspitze in die Haut über seinem Herzen drücken; anschließend wurde seine Zunge nicht mit der meist gebräuchlichen Kelle, sondern mit einem blanken Dolche gegen jegliche Indiskretion versiegelt.

Solcher Einbezug einer Waffe in das maurerische Werkzeug berief sich gern auf das biblische *Buch Nehemia*, das in seinem *Vierten Kapitel* von den postbabylonischen Bauleuten des zweiten Tempels in Jerusalem berichtet, *"mit einer Hand taten sie die Arbeit, und mit der andern hielten sie die Waffe"* (Vers 11).

Diese Waffe war dann später also meist der Dolch, aber oft auch Schwert, Degen, Streitaxt oder gar Speer. Als Lessing seinen Hamburger Kompagnon Br. Bode, in dessen eigener Druckerei auch die *"Hamburgische Dramaturgie"* erschienen war, wissen ließ, daß er über das Geheimnis der Freimaurerei zu publizieren gedenke, versuchte Freund Bode, solche Veröffentlichung eines Uneingeweihten mit der Drohung zu verhindern, daß er selbst es gegebenenfalls hiernach

"leicht haben würde, meinen Speer gegen Sie aufzunehmen".

Was für einen Speer denn?

Wohl ein Witzchen, ein Wortspiel, eine *façon de parler* oder sowas.

Lessing aber mag dadurch seine mangelnde Kompetenz wohl eingesehen haben, wurde selbst also Freimaurer und in ein und derselben Nacht sogar gratis und rundum regelwidrig gleich Lehrling, Geselle und Meister, war aber unverzüglich enttäuscht und informierte seinen *Meister vom Stuhle* über die geplante Publikation seines Manuskriptes *"Der wahre Orden der Freimaurer aus den ältesten Urkunden hergeleitet und mit Gründen bewiesen"*.

Schon fünf Tage später schrieb ihm aus Berlin Johann Wilhelm Ellenberger, genannt Kellner von Zinnendorf, als zuständiger *Großmeister* seiner eigenen Gründung, der *Großen Landesloge der Freimaurer von Deutschland*, einen Brief mit der scheinbar schmeichelhaften Aufforderung an Lessing,

"zuvörderst derjenige zu werden, welcher Socrates ehedem den Atheniensern war".

Sofort im Anschluß aber an dieses vermeintliche Kompliment wurde mit Hilfe ebenjenes vergifteten attischen Philosophen eine massive Bedrohung daraus:

"Allein, dem widrigen Schicksale auf die eine oder andere Art zu entgehen, welches leider seine Tage verkürzte, müssen Sie den Zirkel nicht überschreiten, den Ihnen die Freimaurerei jedesmal vorzeichnet, und jederzeit eingedenk bleiben, daß wir nur hinter verschlossenen Türen, auch allein gegen Brüder, welche mit uns gleiche Erkenntnis haben, von der Freimaurerei reden" (19. Oktober 1771).

Im Klartext: wer ein Logengeheimnis eigenmächtig publik macht, erleidet den Gifttod des Sokrátes.

Hiermit noch nicht genug, verlangte dieser Zinnendorf anschließend noch die umgehende Übersendung des Manuskriptes, das

*"Sie vor dem Eintritt in den Orden durch den öffentlichen Druck ganz un-
recht bekanntzumachen den Vorsatz gehabt haben sollen".*

Dieser Brief wurde erstmals 1801, vier Jahre also vor Schillers Tod, mit vollem Wortlaut veröffentlicht und später vielfach nachgedruckt: meist freilich
unter Auslassung der Morddrohung.

Lessing schickte seinem *Großmeister* weder das angeforderte Manuskript,
noch antwortete er ihm. Er nahm auch nie wieder an einer Loge teil.

Seinen strittigen Text benannte er um und veröffentlichte dessen ersten bis
dritten Teil etwa sechs Jahre später anonym und als *"Ernst und Falk. Gespräche für Freymäurer"*.

Wohl um sich selbst und diese Arbeit vor Zinnendorf und Konsorten zu
schützen, übersandte er schließlich am 19. Oktober 1778, zur Jahresfeier jener Drohung quasi, ein Exemplar an seinen Königlich-Preußischen General-
feldmarschall Herzog Ferdinand von Braunschweig, damals schon mehrfachen *Großmeister*, *General-Großmeister* und *Generalobermeister* diverser
Logen und insofern auch für Lessings Wohnort Wolfenbüttel zuständig, und
versah es mit einer absolut provokanten Widmung:

*"Auch ich war an der Quelle der Wahrheit und schöpfte. Wie tief ich ge-
schöpft habe, kann nur der beurteilen, von dem ich die Erlaubnis erwarte,
noch tiefer zu schöpfen. Das Volk lechzt schon lange und vergeht vor
Durst".*

Schon andern Tages tadelte dieser angesprochene herzogliche Generalissimus so unlizenzierte Veröffentlichung von Geheimnissen:

*"Sie wissen, da ich Sie selbst für einen Freimaurer [...] halte, wie freiwil-
lig und feierlich sich ein solcher verpflichtet, nichts von den wesentlichen
Kenntnissen der Gesellschaft drucken zu lassen. Sie tun es"* (20. Oktober
1778).

Obwohl ihm folglich die erbetene Genehmigung zur Fortsetzung vorenthalten wurde, schrieb Lessing einen vierten und fünften Teil hinzu, die 1780,
wieder anonym, zu kursieren begannen. Im selben Jahre verschwand sein
Name aus der Logenmatrikel, und er erkrankte: an Lähmungserscheinungen,
Erstickungsanfällen, chronischer Schlafsucht, als habe er Opiate genossen,
und einem jähen Verlust der Sehkraft: wie nach jenem probaten Gifte der *Il-*

luminaten. *"So gut wie blind"*, starb er im Februar 1781: eben 52jährig und offiziëll an einem *"Steckfluß"*.

Fünf Tage später wurde er so anonym beërdigt, daß seine Grabstätte lange für verschollen galt.

Vorher jedoch wurde aus unerfindlichem Grunde von irgend jemandem eine Autopsie veranlaßt, die Entzündungen zumal in Magen, Därmen und Leber, aber auch *"etwas Polypöses"* in der rechten Herzkammer festschrieb; sonst sei das Herz *"von Blut entlediget"* gewesen: etwa leicht zerflockbar? Läßt Dr. Huschke da grüßen?

Gerüchte machten sofort die Runde: Freund und Kollege Leisewitz orakelte an den Kollegen Lichtenberg, dieser Tod sei *"auf gewisse Art unerwartet"* und habe *"daher wenig innere Merkwürdigkeit"*: sei also leicht zu enträtseln; Kollege Gleim sprach unverhohlen von Ermordung, und Freund Moses Mendelssohn, selbst Philosoph und Logenbruder, ausdrücklich gleichfalls von *"Lessing, diesem Sokrates"*, und kondolierte dessen leiblichem Bruder Karl mit der Tröstung, der 52jährige sei *"gerade zur rechten Zeit abgegangen"*.

Wieso zur rechten Zeit?

Das erinnert in seiner Unüblichkeit an Goethes Äußerung zur Ermordung Winckelmanns, vielleicht auch Schillers in jener Lesart der Ludendorffs, die sich im Übrigen hierbei auch auf den Religionsphilosophen Georg Friedrich Daumer und dessen Thesen von 1860 beriefen, Lessing sei von Freimaurern ermordet worden.

Aber nur wenige Wochen nach seinem Tode erschien zur Ostermesse 1781 auch der restliche vierte und fünfte Teil jener beanstandeten *"Freimaurergespräche"*: abermals ohne Erwähnung ihres Autors.

Auf dem Lessing-Denkmal jedoch des Hamburger Gänsemarktes, liebe Johanna, wurde 1881 seine Urheberschaft an diesem Texte prononciert bekundet oder auch angeklagt. Denn was der zungenlos schreiende Kopf da zwischen all den Giftschlangen und mit dem Dolche aus Gohlis in seiner Kehle zu bedeuten hat, dürftest Du spürsicher richtig erraten haben.

Was Du dabei übersehen oder vergessen hast, sind die verlöschenden Fakkeln über dem schreienden Kopfe auf dem Gänsemarkt.

Lessings giftiger *Großmeister* Kellner von Zinnendorf (*"Eques a lapide nig-ro"*) aber, wegen unterstellter Veruntreuung von Logengeldern wiederholt in bedrohliches Zwielicht geraten, starb schon ein gutes Jahr später, im Juni 1782, selbst 51jährig und gleichfalls *"unerwartet"*: während einer Sitzung seiner Loge und in den Armen seines Freundes Friedrich August von Castillon, der auch gleich sein Nachfolger wurde.

Zinnendorfs Grab, heißt es, habe hundert Jahre lang nicht aufgefunden werden können.

Kremer gegen Kremer

Teletext: Tafel "Luxus und Mode" (Ori-ginal)

In Düsseldorf kündigt sich um das Modehaus Kremer, das in seiner Bran-sche für sonderlich inno-vativ gilt, ein bizarrer Rechtsstreit an. Sein alleiniger Inhaber, der erst kürzlich an OIRU verstorbene Detlev Kremer, 32, soll testamentarisch seinen langjährigen Lebensgefährten mit der Liqui-dation des Salons beauftragt haben. Eventuelle Erlöse seien für karitative Organisationen in Brüssel und Köln bestimmt.

Dieses Testament will nun die Mutter des Verstorbenen mit allen zu Gebote stehenden Rechtsmit-teln anfechten. Sie lasse derzeit prüfen, gab sie in Velbert bekannt, ob ihr Sohn noch postuhm entmündigt und für den Zeitpunkt seiner testamentarischen Verfügung als unzurechnungsfähig erklärt werden könne.

Als Beweissmittel legt die Trauernde letzte Briefe vor, die Detlev Kremer ihr noch kurz vor seinem Tode aus dem Kran-kenhaus geschrieben habe und die auf erhebliche geistige Verwirrung schliessen lassen.

Seine Ärzte berufen sich aber noch auf ihre Schweigepflicht.

Rettende Rede

*Auszug aus einer Neuërscheinung im Buchverlag Joshua Tanghobányi:
"Pic & Fic" von Lulu & Abraham Blaugold*

Klappentext: In dieser Broschüre werden zwei Essays vorgestellt, die zunächst als separate Publikationen der beiden populären Archen LL und N beachtliches Aufsehen erregten. Es handelt sich aber um eine gemeinsam konzipierte Koproduktion zweier prominenter Autoren, die auch persönlich eng verbunden sind.

Aus diesem Gesamttraktat drucken wir hier nachstehend und mit freundlicher Genehmigung des Buchverlags Joshua Tanghobányi exklusiv den zweiten Teil ab, der ursprünglich nur im Internet veröffentlicht wurde und aus der Feder des Schweizer Anthropologen Abraham Blaugold, Trägers des diesjährigen Dioskurenpreises, stammt.

Im Jahre 1486 beëndete der emilianische Philosoph Giovanni Pico della Mirandola seine Niederschrift von nicht weniger als neunhundert Thesen, die offiziëll den Titel *"Conclusiones philosophicæ, cabalisticæ et theologicæ"* trugen und ihm helfen sollten, die ganze zivilisierte Welt zu verändern.

Zu ihrer öffentlichen Disputation lud der 23jährige Autor die Gelehrten aller Länder nach Rom ein.

"Der Graf von Mirandola", gab er in der Ankündigung seiner *"Conclusiones"* bekannt, *"wird diese neunhundert Sätze, die der Dialektik, der Moralphilosophie, der Physik, der Mathematik, der Metaphysik und der Theologie, der Magie und der Kabbala entnommen sind und teils eigene Gedanken vertreten, teils aus den Schriften der weisen Chaldäer, Araber, Hebräer, Griechen, Ägypter und Lateiner stammen, öffentlich verteidigen"*.

Er schickte Einladungen an alle europäischen Universitäten und bot auch an, gegebenenfalls die Unkosten für Reise und römischen Aufenthalt persönlich zu übernehmen. So wollte er das gesamte Wissen und alle Theoriën seiner Zeit bilanzieren und ihre Kontroversen in Anwesenheit von Papst und Kardinälen diskursiv beheben helfen.

Diesen Kongreß plante er, kurz nach dem Dreikönigsfest 1487 mit einem eigenen Referat zu eröffnen und als Disputation jener neunhundert Thesen durchzuführen, die er im Dezember 1486 in Rom drucken ließ und allenthalben auch durch Anschlag publizierte.

Sie griffen die philosophischen und theologischen Prinzipiën von Albertus Magnus und Thomas von Aquin, eines Franz von Mayro und Duns Scotus, Heinrichs von Gent und des Ægidius Romanus auf, bezogen sich aber vielfach auch auf Pythagóras und andere griechische Philosophen oder den Hermés Trismegistos und oriëntalische Mystiker wie Zoroaster oder eben Orpheus, aus dessen vermeintlichen *Hymnen* er immerhin in 31 dieser 900 Thesen essentiëll und ausführlich zitierte.

Aber auf vierhundert Thesen mit den Theoriën dieser großen Vorgänger ließ Pico fünfhundert Thesen mit seinem eigenen Versuch einer Harmonisierung aller bisherigen Gegensätze folgen. So wollte er alle dogmatischen oder sektiererischen Restriktionen überwinden und mit einem polyphonen *"chorus of minds"* (Ernst Cassirer) den Wahrheiten näher kommen. Sein Ziel, *"die Widersprüche und Brüche der beginnenden Moderne einzusammeln"*, hat Thorsten Bürklin noch 2001 als einen Versuch gewürdigt, sie *"versöhnend einander näherzubringen"*.

Schon 1997 hatten Michael Baigent und Richard Leigh darin sogar das Bedürfnis der Renaissance erblickt, *"alles menschliche Wissen und Bemühen zu einer ganz neuen und allumfassenden Synthese zu vereinen"*, und in Pico selbst einen Magus und frühen Faust gesehen; seine neunhundert römischen Konklusionen empfinden sie als *"hermetisch orientiert"* und seine Ankündigung, sie gegen jeden Angriff zu verteidigen, als einen *"Fehdehandschuh"*, mit dem er das Christentum und die ganze Welt provozierte. Denn sein angestrebter Synkretismus hätte christliches, jüdisches, islamisches und hermetisches Denken zu einer tatsächlich neuen, holistischen Weltreligion verschmelzen können.

Das war theologisch und philosophisch, aber auch politisch brisant. Mit solchen frühen postmodernen Aspekten hätte er jedenfalls Martin Luther und die Spaltung der christlichen Kirche verhindern, viele nachfolgenden historischen Prozesse harmonisierend beeinflussen können.

Eben hierfür sollte Pico ins Gefängnis kommen.

Denn natürlich konnte der Vatikan sich von einem 23jährigen Junker aus der nördlichen Provinz nicht zu einer so revolutionären Veranstaltung nötigen lassen. Diese ganze Auseinandersetzung intellektueller Potenz mußte unterbunden werden. Papst Innozenz VIII., erst vor zwei Jahren aus den Lotterbetten seiner beiden homophilen Vorgänger auf den Stuhl Petri nachgerückt, gleichwohl Schwiegervater der Tochter seines Bankiers Lorenzo de' Medici und Gönner dessen schwulen Sohnes Giovanni, suspendierte zunächst diesen ganzen Kongreß und berief eine *Päpstliche Kommission* ein, die aus sechs Bischöfen, zwei Ordensgeneralen und acht Theologen bestand. Sie mußte Picos neunhundert Konklusionen auf ihre christliche Rechtgläubigkeit untersuchen und ihren Autor wiederholt verhören.

Nach mehreren Wochen erklärte sie sechs von diesen neunhundert Thesen für bedenklich und ganze sieben für prinzipiell ketzerisch.

Hierzu zählten Picos unkatholische Behauptungen, Christus sei nicht real, sondern nur *"der Wirkung nach"* in die Hölle hinabgestiegen, eine zeitliche Todsünde könne nicht durch ewige Bestrafung geahndet werden, und keine Wissenschaft führe besser zur Göttlichkeit Christi als Magie und Kabbalah, die Moses auf dem Berge Sinaï als göttliche Auslegung der *Zehn Gebote* mitempfangen habe: sie wiesen daher den Weg

"vom Irdischen zum Himmlischen, vom Sinnlichen zum Intelligiblen, vom Zeitlichen zum Ewigen, vom Niedrigsten zum Höchsten, vom Menschlichen zum Göttlichen, vom Körperlichen zum Geistigen"

oder *"a terrenis ad cœlestia, a sensibilibus ad intelligibilia, a temporalibus ad æterna, ab infirmis ad suprema, ab humanis ad divina, a corporalibus ad spiritualia"*.

Das also kam der Kommission des Papstes häretisch vor.

Pico verteidigte sich gegen solchen Vorwurf der Häresie mit einem Text, den er in zwanzig römischen Nächten niederschrieb, *"Apologia"* betitelte, Ende Mai 1487 vorlegte und seinem Gönner Lorenzo de' Medici widmete, weil der zu den einflußreichsten Ratgebern des Papstes gehörte.

Mit diesem Plädoyer verwies er zornig die Bezichtigung des Ketzertums auf seine Ankläger zurück und zieh sie der Willkür, der Inkompetenz, einer vorsätzlichen Fehldeutung und barbarischer Ignoranz. Als Kontrapunkt stellte er *"die legitime Freiheit des einzelnen Theologen gegenüber dem Lehramt der Kirche und die Beachtung der Vernunft im theologischen Erkenntnis- und Begründungsprozeß"* (Walter Andreas Euler, 1998) ins Zentrum seiner Argumentation. Dort beziehe sich die päpstlich beanstandete *Magie* auf alle energetischen Naturvorgänge und sei insofern als *magia naturalis* oder eine *"absolute Vollendung der Naturphilosophie"* zu verstehen. Einzig ihr diene daher auch jegliches Singen von magisch *Orphischen Hymnen.* Überhaupt sei jede Orphik als geistige Heimat des Pythagóras, dieser als Brücke zum christlich sanktionierten Aristotelismus ihrer Neuzeit zu werten.

Schon eine gute Woche später setzte das päpstliche *Breve* vom 6. Juni 1487 einen Inquisitionsgerichtshof mit der Maßgabe ein, diesen aufmüpfigen Jüngling im Falle nachgewiesener Häresie zu verhaften und einzukerkern.

Der Bezichtigte kam dem mit einer eidesstattlichen Erklärung seiner vorbehaltlosen Unterwerfung unter alle päpstlichen Entscheidungen und eines Widerrufes seiner *"Apologia"* zuvor: er kuschte.

Aber er bluffte auch.

Denn schon kurz danach, im Juli, publizierte er diesen Text dennoch.

Schon am 4. August 1487 wurde er daher mit einer päpstlichen Bannbulle belegt, die ihn unverzüglich zur Flucht nach Frankreich veranlaßte. Dort wurde er in Lyon verhaftet und in Vincennes einen Monat lang, aber eher *pro forma* und in mildem Vollzuge, gefangen gehalten.

Lorenzo de' Medici, längst Picos enger Freund, sein musischer Co-Akademiker und überzeugt praktizierender Humanist, intervenierte beim päpstlichen Schwiegervater seiner Tochter und kaufte sich da das vielsagende Verbot, dem Verbannten innerhalb der Stadt Florenz Asyl zu gewähren.

Also stellte Lorenzo ihn unter seinen persönlichen Schutz und schenkte ihm oberhalb, also außerhalb von Florenz eine Villa bei Fiesole, ferner das auch da noch gültige florentinische Bürgerrecht sowie das Privileg, dort noch weitere Immobilien zu erwerben. Wohl hierauf bezieht sich die spätere Auskunft des gleichfalls fleischesbrüderlichen Papstes Leo X., sein Vater Lorenzo de' Medici habe mit Pico *"coniunctissime et familiarissime"*, also unsteigerbar eng und vertraut zusammengelebt (*Breve* vom 10. April 1519).

Von der Brieffeder des gemeinsamen Freundes Ficino am 30. Mai 1488 entsprechend informiert und nach Fiesole eingeladen, lebte Pico dort seither,
auf philosophisch-theologische Arbeiten und seinen Freundeskreis konzentriert, bis zu seinem Tode.

Aber der Kirchenbann wurde erst nach weiteren fünf Jahren aufgehoben, als
Papst Innozenz VIII. starb und mit Rodrigo de Borja y Borja, Frucht eines
spanischen Geschwisterinzestes, ein erster Borgia den Heiligen Stuhl besetzte. Dieser Alexander VI. amnestierte Pico mit seinem *Breve "Omnium
catholicorum"* vom 18. Juni 1493 und erklärte dessen *"Apologia"* für eine
hinlänglich einebnende Rechtfertigung jener inkriminierten Thesen: *"eas-
dem conclusiones in meliorem et catholicum sensum declarans"*. Damit endlich war dieser Versuch, die Welt zu verbessern, aus der Welt.

Was nun noch einzig von Picos gigantischem Projekt einer öffentlichen Disputation seiner neunhundert *conclusiones* so Verdikt wie Verachtung des
Vatikans, aber auch noch fünfhundert spätere Kalenderjahre triumphal über-
dauert hat, ist jenes einleitende Referat, das erst postum veröffentlicht, von
seinem edierenden Neffen 1496 als *"oratio elegantissima"* angepriesen und
in der Basler Ausgabe von 1557 schließlich mit seinem heutigen Titel versehen wurde: *"De hominis dignitate"*.

Diese *"Rede über die Menschenwürde"* wurde von Jacob Burckhardt 1860
als *"eines der edelsten Vermächtnisse der Kulturepoche"* gefeiert, von Eu-
genio Garin 1942 als *"das Manifest der Renaissance"*, von Walter Andreas
Euler 1998 als *"wesentlicher Beitrag zur abendländischen Geistesgeschichte"*, doch von Thorsten Bürklin noch 2001 gar als *"lichtgestaltiges Emblem
der beginnenden Moderne und des Humanismus"* bezeichnet.

Wirklich begann diese Rede mit einem seinerzeit völlig exotischen Zitat aus
dem *"Asclepius"* im *"Corpus hermeticum"* aus dem 11. Jahrhundert:

der Mensch sei ein großes Wunder oder *"Magnum miraculum est homo"*.

Was jedoch konkret an ihm so mirakulös und bewundernswert ist, seien
*"Unbestimmtheit, Ortlosigkeit, Schöpferkraft und vor allem Freiheit des
Menschen"* (Euler). Sie gereichten ihrem Autor zu einem humanistischen
Hymnus, wie er vorher schwerlich je intoniert worden war.

In Picos eigenen Worten habe Gott nämlich nach Vollendung seiner Schöpfung gewünscht,

"es möge jemand da sein, der die Vernunft eines so hohen Werkes nachdenklich erwäge, seine Schönheit liebe, seine Größe bewundere",

daher *"das glücklichste und aller Bewunderung würdigste Lebewesen"* und insofern *"beneidenswert nicht nur für die Tiere, sondern auch für die Sterne"* werden könne.

Ebendiese Sonderstellung habe Gott persönlich dem Menschen so erläutert:

" 'Wir haben dich weder als einen Himmlischen noch als einen Irdischen, weder als Sterblichen noch als Unsterblichen geschaffen, so daß du als dein eigener, vollkommen frei und ehrenhalber schaltender Bildhauer und Dichter dir selbst die Form bestimmst, in der du zu leben wünschst. Es steht dir frei, in die Unterwelt des Viehes zu entarten. Es steht dir ebenso frei, dich durch den Entschluß deines eigenen Geistes in die höhere Welt des Göttlichen zu erheben' " (deutsch von H. W. Rüssel, 1948).

Das war zwar eine Fortsetzung von Ideën der anderthalb Jahrtausende alten Hermetik, klang aber 1486 sehr neu, absolut verführerisch und für einen Untertanen reichlich rebellisch.

Heute aber erinnert es an Vergessenes und weist erneut den Weg in jene Rettung. Sie läge eben in der autarken Entscheidung des Menschen für die *"höhere Welt des Göttlichen".* Der Weg ist frei und muß nur eingeschlagen werden.

Gott nämlich habe in den Menschen, weiß Picos *"Oratio",*

"gleich bei seiner Geburt die Samen aller Möglichkeiten und die Lebenskeime jeder Art hineingelegt, und welche er davon pflegt, die werden wachsen und Früchte tragen".

Mit solchem Möglichkeitssinne ausgestattet, müsse der Mensch also nur noch wollen, verriet ihm Pico, daß er

"von der Erde, die im Argen liegt, schnell entflieht und in eiligem Fluge zum himmlischen Jerusalem emporgetragen wird!"

397

Für *"Lehren über das himmlische Jerusalem"* gab er als Quelle die jüdische Kabbalah an, wo er im Übrigen breit gefächert *"nicht die mosaïsche, sondern die christliche Religion"* vorgefunden habe.

Der einzelne Mensch aber, resümierte H. W. Rüssel noch 1948 das zentrale Dogma einer dergestalt synkretistisch und humanistisch angereicherten Theologie, *"stammt von Gott, ist daher göttlich und strebt wieder zu Gott als seinem Ursprung zurück"*.

Zu einer solchen Religiosität scheint Pico seit der Rückkehr nach Florenz auch seine persönliche Lebensführung hingelenkt zu haben. Dabei mag die Begegnung mit Girolamo Savonarola, fanatisiertem Prior des Dominikanerklosters *San Marco* und scholastisch fundamentalistischem Bußprediger gegen allen florentinischen Freigeist, zuerst 1486 in *Reggio Emilia*, dann in Ferrara und immer häufiger in Florenz nicht ohne theologischen Einfluß geblieben sein.

Womöglich astrologisch bedingte Affinitäten ihrer Sternbilder *Fisch* und *Jungfrau* halfen anfangs, alle mental und theologisch beträchtlichen Gegensätze zu überbrücken, die sie dann vollends in einem ekstatischen Mystizismus zu enthusiastisch übersteigertem Einssein mit Gott zu verschmelzen trachteten. Savonarola freilich auf seinem radikalen Wege zu einem konservativ demokratischen Gottesstaat war für diesen so konträren Partner gleichwohl hinlänglich belesen und metaphysisch genügend oriëntiert, Pico seinerseits durch die Verbindung mit Ficinos Akademie auf einen christlichen Spiritualismus und strikten Anti-Materialismus entsprechend vorbereitet.

Davon zeugt auch sein erster eigentlich philosophischer Essay, den der 25-jährige im Anschluß an das römische Debakel während des Winters 1488/89 schrieb und seinem Gönner Lorenzo de' Medici widmete:

"Heptaplus de septiformi sex dierum Genesos enarratione",

eine Deutung der mosaïschen Genesis in der Tradition jener fast erloschenen Hexameron-Literatur, die formal mit frühen Varianten zu sibirischen Olongcho, aber sogar schon zu späteren Fernsehserien mit ihren vielen Folgen aufwartete und deren bisherige Autoren Pico nun respektvoll auflistete.

Seine zusätzliche, kabbalistisch inspirierte Auslegung dieser *"geheimnisvollen Bücher"*, in deren Schöpfungsbericht *"die Geheimnisse der ganzen Na-*

tur enthalten seien", steht dann freilich ganz im Dienste seiner eigenen Philosophie und deren programmatischer Überwindung von Gegensätzen durch ein theologisch humanistisches Weltbild, in dessen Mittelpunkt der freie und entscheidungsfähige Mensch die diskrepante Vielfalt des Universums neuplatonisch zu harmonisieren vermöge.

Diese ersehnte Einheit in der Vielfalt gebe es aber nur in Gott, diesem *"unum"* und allgemeinen Ursprung. Daher: *"Was alle anstreben, ist der Ursprung aller Dinge. [...] Deshalb ist das Ziel (finis) aller Dinge identisch mit ihrem Ursprung"*.

Also sei der ausschlaggebende Entschluß eines freien Menschen seine Entscheidung für Gott: sie ist auch seine Entscheidung zu einer Religiosität, die für Pico aber (wie auch für Ficino) in keinerlei Konfession liegt, sondern in Gottesverehrung überhaupt: in *pietas, cultus Dei, devotio* oder schon in *contemplatio divinorum* als einer ständigen Betrachtung der Wunder Gottes gerade im vielfach Zerstreuten und Gegensätzlichen oder Getrennten.

Erst in solcher Frömmigkeit, sind sich beide einig, finde die Freiheit oder eigentliche *conditio humana*, das wahre Menschsein seinen angemessenen Ausdruck. Denn *"dadurch, daß ein Wesen existiert, ist es ja auch schon in Gott"* (Pico) und *"möge also endlich aufhören, seiner eigenen Göttlichkeit zu mißtrauen"* (Ficino).

Hierbei diene die Philosophie als unabdingbare Vorstufe zu jedweder Religiosität. Eine Philosophie, die den Menschen sophistisch von der Religion entferne, sei nicht als Philosophie zu bezeichnen (*"neque est philosophia quæ a religione hominem semovet"*), da beide ihren Sinn nur in ihrer Bemühung um die absolute Wahrheit haben. *"Denn"*, pointierte das Pico auch 1490 im Brief an den venezianischen Verleger Aldus Manutius, *"die Philosophie sucht die Wahrheit, die Theologie findet sie, die Religion besitzt sie"*.

Gemeinsam mit Ficino

strebte er daher mittels ihrer Begründung einer *"pia philosophia"* oder *"philosophica religio"* in so versöhnlichem Sinne

"nach einer Erneuerung der geistigen Grundlagen der Gesellschaft"

und unternahm *"den wohl letzten Versuch einer umfassenden Synthese von Vernunft und Glaube an der Schwelle der Neuzeit"* (Euler, 1998).

Eben in solchem Sinne versuchte er auch, den Platonismus ihres neuëntdeckten philosophischen Säulenheiligen mit dem unabdingbaren Christentum zu verbinden, indem sich gleich der Widmungstext seines *"Heptaplus"* (wie auch schon Ficinos *"De christiana religione"*, 1476) auf eine Schlüsselthese des pythagoreïsch neuplatonischen Philosophen Numenios aus dem syrischen Apámeia des 2. Jahrhunderts nach Christos beruft, der die oriëntalische Philosophie bereits als Quelle der griechischen Denker begriff. Denn

"Platon ist nichts anderes als ein attischer Moses" ("non aliud esse Platonem quam Atticum Mosem").

Damit bereits gelingt lakonisch die Vereinigung von jüdischer Thorah mit griechischer Philosophie, mit christlicher Bibel, islamischem Koran und neuem Humanismus. Denn überall und immer, bei Platonikern und Pythagoräërn wie auch noch bei persischen Magiërn und indischen Brahmanen stehe alles Philosophieren jenseits dogmatischer Unterschiede einzig im Dienste monistischer Gottesverehrung oder Suche nach Einheit mit Gott.

"Deshalb", deutete Pico in seinem Kommentar zum *"Vaterunser"* die dortige Bitte *"Dein Reich komme"*, *"müssen wir*

beten für die Juden, die Muslime, die Ketzer und für alle Christen sowie für uns selbst, damit in allen [...] Gott herrsche und der Satan weiche":

in allen. Denn Sein Reich komme allenthalben und für jeden.

Wohl weil solch ein versöhnlich harmonisierender und friedlicher Geist auch den Text seines *"Heptaplus"* überzeugend prägt, haben Picos spätere Exegeten ihn häufig zu seiner bedeutendsten Arbeit erklärt. In einem Brief an ihren Herausgeber Roberto Salviati hatte Guru Ficino schon 1489 überschwänglich gepriesen, daß Gott zwar Schöpfer von Himmel und Erde sei, sie nun jedoch in Picos Geist, in Mirandolas Wort noch einmal geschaffen habe: *"recreavit et nuper in spiritu Pici, in verbo Mirandolæ"*.

Denn während der Baumeister der Welt sich am Sabbat von all seinen Werken ausruhte, habe Pico diesen bereits vollkommenen Bau noch erweitert: *"Picus autem mundi fabrica magnum molitur"*.

Wirklich war Picos *"Heptaplus"* eine konsequente und organische Weiterentwicklung auch der synkretistischen, der religiösen Philosopheme Ficinos, dessen sehr verwandten Gottesbegriffes sowie der gemeinsam vertretenen

platonisch-augusteïschen Illuminationstheorie, die alle menschliche Erkenntnis als göttliche Erleuchtung begriff.

Zu Repräsentanten gerade der Renaissance aber wurden diese beiden Männer nicht zuletzt durch ihre resolute Polemik gegen alle materialistische oder
mechanistische Theorie schon der antiken Atomisten und im säkularisierten
Aristotelismus der Peripatetiker, Alexandrinisten, Averroïsten und sonstiger
Leugner überirdischer Kräfte oder einer Unsterblichkeit von Geist und Seele, wie Ficino und Pico sie nur umso emphatischer verkündeten.

Auch in ihrem synkretistisch toleranten Weltbilde war für solche spätscho-
lastisch amystischen Vereinfacher durchaus kein Platz. *"Wenn du daher einen Menschen siehst, der ganz dem Bauche ergeben ist und auf der Erde
kriecht"*, sagte Pico schon in seiner *"Rede über die Menschenwürde"* von
1486, *"so wisse, es ist ein Strauch und kein Mensch, was du da siehst"*.

Also machten auch beide Philosophen in ihrer privaten Lebensführung Ernst
mit ihren Theoriën. Ficino, der schon 1474 im *Prœmium* seines lateinischen Textes *"De christiana religione"* an vielen Beispielen aus der jüdisch-
christlichen und heidnischen Antike nachgewiesen hatte, daß Priester ursprünglich Philosophen und Philosophen unumgänglich Priester waren, hatte sich in Nachahmung solcher Vorbilder 40jährig selbst zum Priester weihen, später auch getrost mit kirchlichen Pfründen versorgen und im florentinischen Dom als Kanonikus beschäftigen lassen; seine geplante Ernennung
zum Bischof von Cortona freilich scheiterte an Vorbehalten im Vatikan.

Pico hingegen scheint lange und mehrfach an den Eintritt in Savonarolas
Kloster gedacht zu haben. Daß es hierzu gleichwohl nicht kam, erklärte erst
1905 der eher konservative Arthur Liebert als Picos synkretistische

*"Sehnsucht nach einem Reiche, in dem kein Unterschied mehr zwischen
Mensch und Mensch, zwischen gläubig und ungläubig im Kirchensinne wal-
tet, ein Verlangen, das alle positive Kirchlichkeit und alle fest umrissenen
Gottesvorstellungen weit hinter sich, im Dunstkreise irdischer Religiosität
zurückgelassen hatte"*.

Aber der eingeweihte und wohl intim informierte Zeitgenosse Savonarola
hat in der Rolle des abgeblitzten Werbers oder Verführers später nicht zuletzt darauf hingewiesen, daß Picos *"Sinnlichkeit ihn zurückhielt"* und *"bei
der Zartheit seines Fleisches"* der klösterliche Zölibat ihn abschreckte.

Thomas Mann, der in seiner *"Fiorenza"* Savonarolas *"populär gewordenes"*
Verdikt *"von 'Epikuräern und Säuen' "* namentlich auch auf die Freunde Fi-
cino und Poliziano ausdehnt, läßt Letzteren da vermuten, daß dieser eifernde
Moralist nur selbst *"zu häßlich und ungelenk"* sei, *"um an dem Reigen der
Lust teilnehmen zu können"*. Aber seinem Pico von 1492 gibt Thomas Mann
am Totenbette Lorenzos de' Medici eine nachdenklichere Meinung über den
Bußprediger: *"In seinem Munde wird jede Fleischesschwäche zu einer un-
säglich abscheulichen Sünde"*.

Das dürfte hier historisch legitimiert sein. Denn nur fünf Wochen später
schrieb der authentische Pico aus Ferrara in einem väterlich liebevollen
Briefe an seinen Neffen Gianfrancesco:

*"Wäre es nicht höchst seltsam, wenn nur Du in Deinem Fleische den Trieb
sinnlicher Begehrlichkeit nicht trügest, einen Trieb, der gegen den Geist
sich auflehnt und uns nach einem Trunke aus den Bechern der Circe in ungeheuerlich wilde Tiere verwandelt?"* (am 15. Mai 1492).

Gleichen Geistes hielt er es in den *"Theologischen Aphorismen"* dieser Zeit
mit *"Zwölf Lebensregeln zur Überwindung der Welt"* für das Beste,

*"wenn wir täglich der Versuchung entgegentreten und unserer Sinnenlust
den Zaum anlegen"*.

In so asketischer Stimmung dürfte er auch seine frühen Liebesgedichte verbrannt und jene *"Zwölf Regeln für einen wahren Liebhaber"* schließlich
Gott als dem einzig wahren Geliebten zugeeignet haben. *"Bisweilen steigerte sich seine Liebe zu Gott so sehr, daß sein Körper bis in seine Tiefen er-
schüttert wurde"*, hat der eingeweihte Neffe Gianfrancesco überliefert; *"einen Ausbruch solcher feurigen Hingabe an Gott habe ich selbst einmal in
den Gärten von Ferrara miterlebt. [...] Er geißelte auch seinen Leib"*, bevorzugt am Karfreitag. *"Seine Geißel habe ich mit eigenen Augen gesehen"*.

Aber die Ankündigung, nach Abschluß sämtlicher angefangenen Arbeiten
all *"mein Hab und Gut an die Armen zu verteilen"*, machte der 28jährige
schon vorher wahr.

Sein gesamtes Erbteil eines Drittels der Grafschaften Mirandola und Concordia verkaufte er 1491 an seinen Neffen Gianfrancesco für den symbolischen Preis in Höhe nahezu einer Schenkung und stiftete diesen reduzierten

Erlös größtenteils für Notleidende. Auch Silbergeschirr und preziosen Hausrat machte er zu Geld für Arme. Mit einer Art Blancoscheck ermächtigte er den eng vertrauten Girolamo Benivieni *"wegen der Uneigennützigkeit seiner Gesinnung"* zur dauernden Unterstützung jeweils Bedürftiger.

Er selbst lebte umso heiterer und *"in behaglicher Ruhe im Kreise meiner Bücher"* (an den Neffen), aber auch in einsamer Weltflucht. Die Anfrage eines Königshofes beschied er mit einer Absage, weil er *"weder Ehre noch weltliche Reichtümer suche"*, sondern sie *"für nichts erachte"* und *"abzulehnen habe"*. Weiter berichtet derselbe Referent Thomas More (in Anlehnung an Picos Neffen), daß dem Eremiten nichts *"verhaßter und unerträglicher war als die stolzen Paläste der weltlichen Herren"*.

Aber schon in seiner *"Rede über die Menschenwürde"* rechnete es sich der damals 23jährige *"zur Ehre an, daß ich [...]*

aus meinen Studien und wissenschaftlichen Arbeiten nie einen andern Lohn gesucht als die Bildung meines Geistes und die Erkenntnis der Wahrheit".

Daher schrieb noch drei Jahre später sein Wohltäter Lorenzo de' Medici an Giovanni Lanfredini, florentinischen Botschafter in Rom, daß Pico wie ein Heiliger lebe, *"vive molto santamente e è come un religioso"*, auch ohne Familie und jeden Aufwand, *"senza famiglia e pompa"* (am 13. Juni 1489). Bald hiernach soll er nicht einmal einen festen Wohnsitz, aber den Plan gehabt haben,

"barfuß durch die Welt zu wandern, um in allen Schlössern und Städten über Christus zu predigen".

Hier mochten wieder orphische Einflüsse wirksam werden. Denn alle Orphik agierte ohne Tempel, auch ohne eigenen Olymp oder eigenes Jerusalem, eigenes Mekka: also ortlos. Umso heimatloser zogen ihre Prediger, jene wandernden und fastenden Orpheotelesten, durch die Lande, fanden Quartier bei Glaubensbrüdern und lehrten vom sibirischen Jakutsk bis zum thrakischen Kušnitza, von dort bis zum sizilianischen Syrakus nur in *"heiligen Häusern"* eine religiöse Sittlichkeit, *"wie sie der Weg von Stadt zu Stadt, von einem Markt zum anderen ergibt"*, zielten aber überall und immer auf *"Außerdörfliches"* oder *"eine Summe im System"* und *"den Ausgleich in der fernen anderen Welt"* (Peuckert). Anders als sonstige Religionen der griechischen Antike nämlich fanden sie den Kult und Luxus eines Obdachs in ihrer eigenen *"heiligen Schrift"*: jenen *Orphischen Hymnen* mit ihren 87 überlieferten, singbaren und immer strikt jenseitig oriëntierten Poëmen.

Solchen Orpheotelesten also, die ein Jerusalem durch Poësie ersetzen, mochte der 30jährige Pico damals nacheifern wollen. Oder er wollte Zeichen setzen, ein Beispiel geben. Hatte er doch schon vor sieben Jahren in seiner später so berühmten *"Oratio de hominis dignitate"* diesen würdigen *homo* Adam just von Gottvater persönlich als ein bewundernswertes Chamäleon berufen lassen, das an Wandelbarkeit und Geheimnis jenem Robbenhirten Proteús in der Nilmündung gleich sei: ohne feste Wohnung, auch ohne eigenes Antlitz, aber fähig, sich jedwedes Antlitz, jede Wohnung und jede Eignung oder Tauglichkeit schöpferisch, kreativ und fantastisch, zuzulegen: eben als göttlich begnadeter Poët.

Noch aber vor einem solchen Dasein eben als ortloser Wanderpoët und gottwohlgefälliges Chamäleon wollte dieser Pico das Verhältnis von Literatur und Religionswissenschaft zu ergründen versuchen und mit einer oft erwähnten *"Theologia poetica"* die Möglichkeiten ausloten, Religiosität durch Poësie zu verschlüsseln oder gar erst vollends zu befreien und ungehindert durch Dogmen grenzenlos erblühen zu lassen.

Doch alles das verhinderte der plötzliche Tod des 31jährigen.

Noch im September 1494 hatte er *"schaudernd"*, *"mit gesträubtem Haar"* die beiden Predigten Savonarolas über drohende Sintflut und einzig rettende Arche angehört, wie sie dieser Bußprediger (wörtlich auch noch am 1. November 1494) seinen Zuhörern anempfahl: *"Auf, ihr meine sehr Geliebten, wisset, daß wir die Arche gebaut haben und daß viele Büßende und Gute eingetreten sind"*.

Nur eine Woche später, in der Nacht vom 28. auf den 29. September 1494, starb jählings und rätselhaft der erst vierzigjährige Angelo Poliziano, Picos enger Freund, *"vielleicht am meisten von allen Humanisten des Hauses Medici der Stimmung antiker Üppigkeit und Daseinslust hingegeben"* (Liebert), kurz zuvor noch von einem Stricher als Infektionsherd vor Gericht gezerrt, unter Savonarolas Einschüchterungen Mönch geworden und nun im Schutze seiner Dominikanerkutte auf dem Klostergelände *San Marco* beigesetzt.

Picos Schmerz sei damals, weiß Dall'Orto, stumm, aber herzzerreißend gewesen: *"muto, ma straziante"*.

Nur fünf Wochen später, am 5. November 1494, erkrankte Pico selbst unverhofft an *"hitzigem Fieber"*.

"Dieses ergriff sofort und so heftig die inneren Teile seines Körpers", übernahm Thomas More vom Neffen Gianfrancesco, *"daß alle Medizinen und sonstigen Hilfsmittel umsonst waren"*.

Aber *"alle, die zu ihm kamen"*, wissen diese Biografen, *"empfing er mit liebreichen Worten, dankte ihnen und küßte sie"*. Seine Diener, die er schon vor Jahresfrist testamentarisch versorgt hatte, habe er nun um Verzeihung für jedwede Unbill gebeten. Heiteren Gesichtes lag er da, *"als sähe er den Himmel offen"*.

Als sein Neffe Alberto Pico de Carpi, vielversprechender Sohn seiner Schwester, ihm Trost zuzusprechen versuchte, erwiderte Pico, daß er *"fröhlich sterbe"*, weil der Tod seinen Sünden ein willkommenes Ende bereite.

Dem Priester, der zur letzten Ölung erschien und ihm die obligaten Fragen nach seinem christlichen Glauben stellte, antwortete er:

"Ich glaube das nicht nur, ich weiß es".

Er wisse aber auch um sein Fortleben.

König Charles VIII. von Frankreich, der den Philosophen persönlich kannte und schätzte, befand sich damals, auf seinem Kriegszuge gegen das Königreich Neapel, gerade im Anmarsch auf Florenz und schickte eiligst zwei seiner eigenen Leibärzte zum Erkrankten: aber sie trafen nur noch den Verstorbenen an.

Auf angeblich eigenen Wunsch wurde er wie Freund Poliziano vor zwei Monaten in einer Kutte der Dominikanermönche auf dem Gelände des Klosters *San Marco* bestattet. Prior Savonarola hielt im Florentiner Dom eine blumige und demagogische Leichenrede, die diesem Toten den unterlassenen Klostereintritt anlastete, ihm trotz *"der Fülle seiner großzügigen Almosen für die Armen"* die Einkehr ins Paradies verwehrte und über seine derzeitige Sühne *"gewisser Sünden"* im Fegefeuer berichtete: *"per certi peccati"*, die er nicht beim Namen nannte.

Aber seine Zuhörer mögen die Gerüchte von einer Liebschaft des Verstorbenen gekannt und die Aufforderung des Bußpredigers befolgt, für Picos Seelenheil gebetet haben – oder auch nicht.

Freund Ficino aber schrieb wenige Monate später in einem Briefe an Germain de Ganay:

"Dem Alter nach war Pico mein Sohn, an unserem gegenseitigen Vertrauen gemessen mein Bruder und in unserer wechselseitigen Liebe mein anderes Ich" (am 23. März 1495).

Dessen allzu frühen Tod versuchte dieses eine Ich noch ein Jahr später, dem Neffen, Nachlaßverwalter und Biografen Gianfrancesco della Mirandola theologisch begreiflich zu machen: Gott habe seinen jungen Onkel

"trotz dieser sehr kurzen Lebenszeit weit über alle natürlichen Potentiale hinaus schon so zum Höchsten gelangen lassen, daß es keine Steigerung mehr geben konnte".

Aber für andere Erklärungen oder auch Verdächtigungen mögen die Zeitläufte allzu ungünstig gewesen sein, da eben an Picos Sterbetage, jenem 17. November 1494, Florenz vom anrückenden französischen Militär besetzt wurde und andere Sorgen haben mochte als den Tod eines noch so bedeutenden Philosophen.

Noch runde vierhundert Jahre später sprach auch Léon Dorez in einem Vortrag, den er am 8. Juli 1898 in Paris vor der *»Académie des Inscriptions et Belles-Lettres«* hielt und in Band 32 des *"Giornale storico della letteratura italiana"* unter dem Titel *»La mort de Pic de la Mirandole«* veröffentlichte, von diesem Tode inmitten politisch so außergewöhnlicher Umstände: *»au milieu de circonstances politiques exceptionelles«*.

Aber dann verwies Dorez im selben Vortrage auch auf die Tagebücher von Marino Sanuto (1466-1536). Dieser venezianische Chronist, Kommunalpolitiker in Verona und Autor historischer Publikationen (auch über ebenjenen italiënischen Feldzug König Charles' VIII. von Frankreich), ein sehr belesener, bibliophiler und kultivierter Zeitgenosse also, hat Diariën geführt, die sich durch den Einbezug originaler Dokumente und eine volkssprachliche Notierung auszeichnen, aber erst seit 1879, also 343 Jahre nach dem Tode ihres Autors, erschienen sind: in 58 Bänden.

Für Dorez waren sie eine publizistische und wissenschaftliche Novität, die sich gleichwohl in ihrem *Ersten Bande* schon knappe drei Jahre nach Picos Tod, im August 1497, die Verhaftung mehrerer Florentiner notiert hatte: wegen vermutlicher politischer Verschwörung. Einer von denen hieß da *"Cristofalo di Caxale"*, in Wahrheit aber Cristofero di Casalmaggiore, war Picos *"canziliero"* oder Sekretär gewesen und gab nun im Verhör nach anderen argen Geständnissen *"a la tortura"* auch noch zu, den Tod dieses noblen Dienstherrn durch Vergiftung seiner Nahrung zumindest beschleunigt zu haben: *"chome havia fato acelerar la morte al suo patron, perhochè lo tosegoe"*.

Diarist Sanuto hatte noch hinzugefügt, daß diese Untat bis dahin unbekannt geblieben war: *"fin qui è stata incognita"*.

Léon Dorez jedoch ergänzte 1898 diese Tagebucheintragung von 1497 um die Resultate seiner eigenen sorgfältigen Recherchen. Dieser Cristofero, der sich bei Pico einen größeren Geldbetrag geliehen hatte, und sein Bruder Martino di Casalmaggiore, Picos Hausverwalter, mußten seit einem Jahr als testamentarische Erben nicht nur des geschuldeten Geldes, sondern auch des jeweils hinterlassenen Viehbestandes an einem möglichst baldigen Ableben dieses Erblassers interessiert sein und seine Erkrankung am Vorabend der drohenden französischen Besatzung für eine sonderlich günstige Gelegenheit halten. Denn die allgemeine Aufmerksamkeit würde sich in so schweren Zeiten wohl kaum auf den Tod eines einzelnen Privatmannes richten: *»l'attention ne se fixerait guère, dans les temps si graves, sur la mort d'un particulier«*.

Da aber Sanutos offenbarendes oder bezichtigendes Tagebuch den eigentlich unverzichtbaren Namen des brüderlichen Komplizen Martino ausspart, schloß der findig spekulierende Dorez von solcher Einengung des Verdachtes mit verführerischer Logik auf eine zusätzlich politische Anstiftung des Mörders: *»qu'il s'agit ici d'un crime politique«*.

Picos Entwicklung der letzten Jahre zu einem Anhänger Savonarolas nämlich konnte oder mußte ihn mit all ihren *"täglichen und intimen Kontakten"* in den Augen des Vatikans wie auch seiner mediceïschen Mäzene als politischen Feind und Verräter erscheinen lassen, zumal er sich seinerzeit auch für die Berufung dieses inzwischen immer lästiger werdenden Dominikaners nach Florenz entscheidend eingesetzt hatte.

Cristoferos Mordgeständnis ausgerechnet im Verhör eines politisch ange-
schuldigten Verschwörers läßt den Detektiv in Dorez an eine gleichfalls politische Motivation auch der Vergiftung Picos denken. Immerhin wurde dieser Geständige damals nicht hingerichtet wie fünf seiner namentlich aufgelisteten Mitverschwörer, so daß auf eine Begnadigung geschlossen werden
muß, die ihre Gründe gehabt haben dürfte.

Aber selbst wenn sich eines Tages diese politische Verdächtigung als ungerechtfertigt erweisen sollte, bliebe die Tatsache der eingestandenen Ermordung des Philosophen unverändert bestehen.

Noch Thomas Mann scheint von diesem Giftmord gelesen zu haben, der ja
in der Tat erst wenige Jahre vor Niederschrift seiner *"Fiorenza"* publik geworden war. In diesem Drama läßt er just seinen Pico nämlich über gängige
florentinische Ermordungen so räsonieren:

*"Unserem Zeitalter sind solche Überraschungen nicht fremd. Man hat von
Briefen, von Büchern vernommen, an denen der vertrauensvolle Empfänger
sich unversehens ins Schattenreich hinüberlas, von Sänften, in denen man
Platz nahm als ein froher Mann und denen man siech und aussätzig entstieg, von Speisen, in die eine freigebige Freundeshand Diamantenstaub ge-
mischt hatte, so daß man sich für alle Ewigkeit eine Indigestion daran aß"*.

Sein Gesprächspartner hierbei ist der siebzehnjährige Kardinal Giovanni de'
Medici, Lorenzos Sohn und späterer Papst Leo X., der freilich drei Jahrzehnte später selbst in den Armen eines Lustknaben sterben sollte, vorher
aber Picos Mordregister aus der Perspektive seiner hohen Familie und im
erlesenen Wortlaut Thomas Manns zu bestätigen vermag:

*"Man sollte an keinem Festmahl in befreundetem Hause teilnehmen, ohne
für alle Fälle wenigstens seinen eigenen Kellermeister und Wein mitzubrin-
gen [...]. Es ist ein wohlgegründeter Brauch"* (Zweiter Akt, Fünfte Szene).

Aber gerade jede Bekräftigung des bestehenden Verdachtes gereichte einem
Pico-Experten wie Arthur Liebert schon im selben Jahre 1905 zu chauvini-
stisch besänftigendem Mißtrauen:

*"Man kann bei Angaben solcher Art nicht vorsichtig genug sein, da es für
die Großen in Italien schon fast eine Ehrensache war, durch Gift zu enden"*.

Was soll das heißen: Komplizenschaft noch zu so später Stunde? Beschwichtigungen und faule Ausreden nach heutiger Politikerart: *alles nicht so schlimm*?

Tatsächlich wurde in der Literatur auch noch nach Dorez die Möglichkeit eines Mordes an Pico nur lustlos oder gar nicht aufgegriffen. Er mag allzu lange zurück gelegen haben, um noch brisant oder relevant gewesen zu sein. Noch im September 2002 erklärte der kundige Giovanni Dall'Orto in seiner *home page* die These einer Vergiftung für veraltet und weniger wahrscheinlich als die frühe und tödliche Ansteckung Picos wie auch Polizianos innerhalb von nur acht Wochen mit jener europäisch grassierenden Syphilis just in den Jahren 1493/94 und mit entsprechend aggressivem Verlauf.

Hierfür nun könnte man die auffällig häufige Bemühung der Begriffe *"Sünde"* und *"Fleischesschwäche"* oder *"Sinnlichkeit"* bei Pico und Savonarola als Beleg für entsprechende Schuldgefühle ins Feld führen. Aber rein theoretisch, meine ich persönlich, könnte der rückfällig gewordene Asket sich durchaus mit *Luës* infiziert haben und bei Ausbruch dieser Krankheit von seinem erbschleicherischen Sekretär umso müheloser vergiftet worden sein – sei es auch noch in höherem Auftrag. Das alles schließt sich nicht unbedingt aus.

Angemessen groß war jedenfalls nach Picos Tod die Verzweiflung zumindest jenes Lyrikers Girolamo Benivieni, eines inzwischen gleichfalls rabiaten Savonarolisten, den der Verstorbene *"wegen seiner großen Liebe zu ihm"*, wußte noch Thomas More, auch selbst *"über alles liebte"*. In einem Sonett für Pico gestand dieser fromme Poët inmitten modisch üblicher Floskeln seine *"Rückkehr"*, *"ch'io torni a te"*, und *"ein allzu verliebtes Begehren"*, *"il disio troppo amoroso"*, das ihn *"qualvoll an seinem Leben zweifeln lasse"*: *"afflitto in dubbio di mia vita sono"*.

Wirklich dachte dieser nunmehr zurückgebliebene Liebhaber Benivieni damals zunächst an Freitod und ließ sich dann, gleichwohl überlebend, noch fast ein halbes Jahrhundert später, *anno* 1542, nach seinem eigenen Tode als nahezu Neunzigjähriger in Picos Grabstätte mitbeërdigen: der Zustimmung seines längst verblichenen Freundes offenbar immer noch gewiß.

Ihr gemeinsames Grab hat zwei Inschriften. Die zugänglich lesbare erinnert in lateinischer Sprache zuërst an *"Ioannes Mirandula, den übrigens noch Tajo und Ganges, vielleicht sogar die Gegenfüßler kennen"*:

"CÆTERA. NORUNT. / ET. TAGUS. ET. GANGES. FORSAN. ET. ANTI-PODES. / ",

dann aber auch an Girolamo Benivieni, *"damit noch nach dem Tode keine räumliche Trennung die Gebeine entzweie, deren Seelen im Leben die Liebe vereinigt hatte"*:

"HIERONYMUS BENIVENIUS, NE DISIUNCTUS POST MORTEM LO-CUS OSSA SEPARET QUOR. ANIMOS IN VITA CONIUNXIT AMOR".

Solche Vereinigung ihrer Seelen durch die Liebe bestätigt auf der Rückseite ihres Grabes auch ein zweiter, aber unzugänglicher Gedenkstein, der eingangs auf Lateinisch, allmählich italiënisch werdend festhält, daß ihn schon 1532 der achtzigjährige Benivieni für Pico und sich selbst hatte errichten lassen, um Gott zu bitten, daß er wie auf Erden so auch im Himmel mit seinem Pico friedlich verbunden sein und seinen eigenen verstorbenen Körper hier gemeinsam mit dessen heiligen Gebeinen ruhen lassen möge.

Gleich unterhalb aber dieses Doppelgrabes von Freunden befindet sich die Ruhestätte auch *"unseres gemeinsamen Freundes"* und *"trautesten Genossen"* Angelo Poliziano.

Das erinnert in diesem Florenz unweigerlich und unverzüglich an das Gemeinschaftsgrab

auch von Schiller, sei es in der Weimarer Fürstengruft, sei es im geplanten Doppelmausoleum mit seinem bekennenden Goethe: *"Neben denen dereinst zu ruhen, die man liebt, ist die angenehmste Vorstellung, welche der Mensch haben kann"*;

auch jedoch von John Keats mit Joseph Severn oder von Percy Bysshe Shelley mit Edward J. Trelawney auf dem unkatholischen Friedhof in Rom

oder Hans Henny Jahnn und Gottlieb Friedrich Harms in Hamburg-Nienstedten,

von Quintus Horatius Flaccus, unserm Horaz, in Rom neben seinem

Mäzen und Lebensthema, dem augusteïschen Diplomaten und Vize-Princeps Gaius Mæcenas,

von Amphíon, prähomerisch mythischem Lyriker, Kitharisten, Zauberer, Theoretiker und Erfinder der Musik, mit seinem handfesten Zwillingsbruder, dem Rinderhirten und Praktiker Zēthos – von diesen beiden Schimmelreitern, Argonauten und boiotischen Dioskuren, also Zeus- oder Gottessöhnen, in ihrem Doppelgrabe zu Thében,

wie auch von Kálaïs und Zétes auf der Kykládeninsel Tēnos

und – ohne irgend vergleichbare Doppelgräber nur mit Frauen – schließlich von ihrer aller Urbild: von Achilleús mit Pátroklos und Antílochos

sei es auf Kap Sígeion, dem türkischen Kumkale am Çanakkale Boğazı oder Hellespont, den heutigen Dardanellen,

oder sei es auf Kreta, wo Hölderlin den Hyperíon zu seinem geliebten Abalanda sagen läßt, daß hier *"unter den Grabhügeln einer vielleicht dem Geist Achills und seines Geliebten angehöre"*:

oder aber dem Geist Achills und seiner beiden Geliebten.

Oder auch dem Geiste Picos della Mirandola und seiner Geliebten: wieviele und wo auch immer.

In ewigem Symposion.

Oder ewiger Symbiose.

Oder unauflöslicher Synthese.

Oder persönlich gelebtem, persönlich überlebtem Synkretismus

oder Goethe, überlaut noch aus seinem Dioskurengrabe: *"Zu den Seinigen versammelt werden ..."*.

Schalom, schöne Schweiz

Titelseite der "SCHILD"-Bürgerzeitung

VOLKSBETRUG

SCHWEIZER SCHEINZWILLINGE PRELLEN DEN DEUTSCHEN BUNDESPRÄSIDENTEN ?

Von Manfred Geppelsam und Iris Hucker-Geppelsam

Abraham und Giovanni Blaugold, beide Universitätsprofessoren aus Graubünden, scheinen den deutschen Bundespräsidenten betrogen zu haben.

Als Schirmherr des neubegründeten Dioskurenpreises, der nur an verdienstvolle Zwillinge verliehen wird, zeichnete unser Staatsoberhaupt diese beiden Schweizer jüdischen Glaubens kürzlich im Nationaltheater Weimar mit dieser ehrenvollen Anerkennung ihrer Lebensleistung aus.

Wie SCHILD inzwischen ermitteln konnte, sind die beiden Preisträger zwar Brüder, aber vermutlich keine Zwillinge. Sie hätten dann keinen Anspruch auf diesen Preis und müßten ihn unverzüglich zurückgeben.

Schon bei der feierlichen Übergabe des Preises war aufgefallen, daß die beiden Brüder sich weigerten, gemeinsam mit dem Bundespräsidenten fotografiert zu werden. Was damals noch vereinzelt als sympathische Medienscheu Zustimmung fand, könnte sich jetzt als grober Betrug entlarven. Immerhin hat schon kein Geringerer als unser Friedrich Schiller, der sich mit seinem "Wilhelm Tell" als professioneller Schweiz-Experte ausgewiesen hat, den Kanton Graubünden als das "Athen der Gauner" bezeichnet.

Einer der beiden Verdächtigten ist <u>Lebenspartner jenes fußballfeindlichen afrikanischen Transsexuellen, der unlängst in der Weimarer Fürstengruft einen Skandal provozierte</u>, indem er Goethes Nationalbewußtsein anzweifelte und vorschlug, die Särge unserer Klassiker auf dem Gelände des Konzentrationslagers Buchenwald zu entsorgen. Sein Busenfreund Abraham Blaugold steht seit geraumer Zeit im Verdacht, <u>sich an antidemokratischen Machenschaften zu beteiligen</u>.

Gottlob ist dieser strittige Dioskurenpreis nicht mit einer finanziellen Zuwendung verbunden, so daß sich der deutsche Steuerzahler gegebenenfalls nicht auch noch über schnöden Diebstahl zu empören braucht.

Koalierende Kerle

Chat im Internet: www.speakerscornerTV.de/blaugold-dioskuren

Autor: "SEPPI, HIRTENKNABE"
antwortet im Anschluß an "HERZOG ALBA", "DON MANUEL + DON CESAR VON MESSINA", "DON CARLOS", "CREQUI + SANKT PRIEST" und viele andere:

Wenn ich das alles so lese, was Ihr, liebe Freunde, hier veröffentlicht, kann ich gar nicht umhin, in Schillers Leben, um das es ja letztlich uns allen geht, etliche deutlich schicksalhafte Scheidewege und Weichenstellungen wahrzunehmen.

Hierzu scheint mir an exponierter Stelle seine biografisch eher wenig beachtete, scheinbar beiläufige und kurze, anscheinend lange auch folgenlose erste Begegnung mit dem Weimarer Herzog Carl August am 26. und 27. Dezember 1784 in Darmstadt zu gehören. Immerhin hat sie nach dreijährigem Zögern schließlich sein ganzes verbleibendes Leben von 1787 bis 1805, von seinem 28. Lebensjahre also bis zum Tode des 45jährigen maßgeblich beeinflußt, auch beeinträchtigt, jedenfalls ausschlaggebend geprägt.

Insofern war jenes sicherlich ziemlich ungehobelte und stark schwäbelnde Vorlesen aus einer vagen Frühfassung des *"Don Carlos"* in der Tat die Weichenstellung an einem Scheidewege.

Wenn ich nun den imposanten Recherchen unseres *chat*-"DON-CARLOS" folge, war diese Begegnung von feudal-politischem mit literarischem Nachwuchs die Leistung freimaurerischer Drahtzieher. Dem versuchte Schiller in seiner damaligen Existenzkrise durch eine vielsagende Präsentation seines durch und durch illuminaten Marquis Posa im Sinne einer Sympathie auslösenden Parole oder rhetorischen *captatio benevolentiae* gerecht zu werden. Sofern er damals tatsächlich noch nicht Logenbruder war, mag er das aber gleichwohl mit diesen Texten seines begeisterten und begeisternden Malteserritters vorgetäuscht oder für bevorstehend erklärt haben.

Trotzdem hatte mich vorher auch die erotische Auslegung dieser Darmstädter Szene durch Lebegott Göng ziemlich mühelos überzeugt. Denn zweifellos standen sich hier plötzlich auch zwei hochvoltig sinnliche junge Männer mit ihren glühenden Affinitäten für Geschlechtsgenossen gegenüber und gefielen sich.

Also was denn nun? War dieses Treffen mansonisch inszeniert, also gesellschaftlich esoterisch und philosophisch weltverbessernd, oder aber war es erotisch, körperlich, sexuëll bestimmt? Diese beiden Darstellungen scheinen einander als Atmosphäre, als Klima und Kolorit einer Begegnung eher auszuschließen. Grob gesagt: entweder wurde theoretisiert oder aber geflirtet.

Wirklich nicht beides mit- und ineinander?

Ich meine, jedenfalls Schiller war auf seiner Pflanzschule in einem stringenten Milieu aufgewachsen, das von Anfang an den illuminat aufgeklärten Idealismus einer Loge mit deren männerbündischer Homo-Erotik unentwirrbar verwoben hatte. Man kann diese bestrickende Melange am deutlichsten in jenen *"Philosophischen Briefen"* zwischen Julius und Raphaël, aber auch in den *"Räubern"* und im *"Don Carlos"* wiederfinden. Die dortigen Männer träumen jeweils von einer andern Gesellschaft und exaltieren sich dabei beseligt für- oder aneinander. Oft weiß man wirlich nicht recht, wozu es schneller kommen wird: zur Weltrevolution oder zum Koïtus.

Im *"Geisterseher"* schließlich, jenem fragmentarischen Abschluß seiner ersten Produktionsphase, scheint diese irritierend unübliche Verbindung von Allgemeinstem und Allerprivatestem auf ihre genuïne Symbiose und eigentlich auslösende Ursache konzentriert zu werden. Bis zum späten Auftreten jener angehimmelten Geliebten, die dann aber auch schnell wieder geopfert wird, scheint hier das ganze vielschichtig verflochtene Geschehen in einem Venedig stattzufinden, das nur aus Männern und deren intervirilen Spannungen innerhalb von frauenlosen Geheimbünden, Sekten oder Clubs besteht: aus flirrendem, waberndem, elektrisierendem Männergewoge oder einem magischen Magnetismus zwischen faszinierten und faszinierenden Männern.

Die scheinbar nur kriminalistischen Vorgänge wurden da bereits mit jenem *"Beigeschmack des Verdächtigen"* gewürzt, den der literarische Gourmet und Wünschelrutengänger Max Kommerell in Schillers irisierender Beziehung zu Ferdinand Huber ausgemacht hatte. Dasselbe mag Geistes- und

Fleischesbruder Egon Friedell gemeint haben, wenn er schon kurz zuvor in Schillers Werken auch einen

" befremdenden und zugleich verführerischen Hautgout des Morbiden und Konservierten" (1927)

zu spüren meinte. Bald danach dann verglich zu Schillers 125. Todestage der Prager Publizist Willy Haas in seiner Berliner *"Literarischen Welt"* (Nr. 19, 9. Mai 1930) zumindest das ganze Jugendwerk, das der durchaus Gefeierte und Verehrte nachts in

"kahlen, gekalkten Krankenzimmern schrieb, umgeben von dem Geruch des Kalkes und von hundert schnarchenden jungen Leibern, deren Reinlichkeit gewiß nicht gerade tadellos war",

mit einer k. u. k. *"Soldatenkantine"* und deren

"vergossenem, stehengebliebenem, versauertem und verdunstetem Bier und Wein, dazu der dumpfige, nasse Kellergeruch, der Geruch von schwitzenden bäurischen Männerleibern und von kaltem Pfeifenrauch",

wie man ihn *"auch in Kadettenschulen fand"*.

Folgerichtig beschreibt dieser einschlägig bewanderte Willy Haas da schon Schillers *"frühe sexuelle Dichtungen"* seismografisch als

"die wilden, fast grauenhaften, bis zur vollkommenen Geistesirritation hinaufgepeitschten, stöhnenden Entladungen in dieser heißen, schweißigen, verbrauchten Luft"

und entdeckt in ihnen

"etwas von der brutalen Geilheit des Kasernenzölibats von starken Männern, das Leben im Kriege, die Kantinenzoten",

was sich dann alles schließlich

"auch in Schillers Vorliebe für das Inferno kriminalistischer Schauerdokumente"

wie etwa dieses *"Geistersehers"* amalgamiere.

"Chimärische Schatten einer vollkommen exaltierten Erotik"

nannte Willy Haas das alles, später auch

"das Animalische an ihm; und das Vergangene, die Jugend. Und das Ster-ben",

genauer:

"das Leben und das Hinsterben".

Hierfür konnte nur das imaginierte Venedig, wie es 125 Jahre später auch Thomas Mann oder *"Gustav von Aschenbach"* mit all seiner schwelgenden Schönheit inmitten faulend modrigen Gewässers verifizieren sollte, tatsächlich der ideale Ort sein.

"Aber diesen unterirdischen Schiller kennt man im deutschen Volk kaum".

Wie denn auch?

Seine organische Fortsetzung, Steigerung und Vollendung, kann man getrost behaupten, hätte dieser maskulin vibrierende Kriminal-Torso zweifellos in jenem *"Malteser"*-Drama gefunden, das dann noch weniger realisiert, aber so genau konzipiert wurde, daß wir Schlüsse ziehen dürfen.

Hier sollte deutlich werden, daß geistlich schwärmende Esoterik und gleichgeschlechtliche Liebe nah beieinander wohnen können oder sogar müssen. Die offen homosexuëllen Tempelritter Crequi und Sankt Priest sollten das im Zentrum eines militärischen Prozesses signalisieren, der zugleich auch politisch und religiös akzentuïeren sollte. Diese geistige Emanzipation eines geheimen und in sich exklusiv abgeschlossenen Männerbundes ist auch in Gestalt einer Utopie nicht ohne gleichgeschlechtlich konsequenten Eros denkbar, geschweige vollziehbar.

Freilich ist derlei nicht eben eine Fiktion ausgerechnet nur Schillers. Er hat uns nicht überliefert, wann und wodurch genau ihm bewußt wurde, daß die untrennbare Verschmelzung von Geheimbund und Homo-Erotik nicht nur das pädagogische Resultat der Stuttgarter Pflanzschule oder des dortigen Professors Abel war.

Spätestens durch den schwulen "Heermeister" von Hund und Altengrotkau im Kielwasser des schwulen "Bonny Prince Charles" aus dem Hause Stuart wurde exzessive Homosexualität schon auf ihr Idol jener mittelalterlichen Tempelritter zuletzt des Jacques de Molay projiziert. Dort mag das als untrennbar zusammengehörig, anfangs noch als stellvertretendes Zugeständ-

nis, als logisch animalische Konsequenz alles frauenlos Männerbündischen
verstanden und empfunden worden sein.

Was so strikt exklusiv war, mußte vielleicht unumgänglich ebenso weitrei-
chend inklusiv sein.

Von den historischen Tempelherren jedenfalls, die zumindest der *Strikten
Observanz* und mancher Andreasloge, aber wohl auch Schillers maltesi-
schem Projekt zum idealisierten Vorbilde gereichten, mußte beim Umgür-
tungsritual ihrer Initiationsfeierlichkeiten zuerst eine janusköpfige Ikone,
halb Totenkopf, halb bärtiges Männergesicht, als Symbol ihres enthaupteten
Schutzpatrons, Johannes des Täufers, dann aber auch *"a posteriori"* der jeweils zelebrierende Rezeptor, schließlich gar dessen entblößtes Genital in
demütiger Huldigung geküßt werden; weitere gleichgeschlechtlich erotische
Praktiken zwischen Einweihendem und Eingeweihtem waren hier dann
ebenso Bestandteil des Ritus wie auch Usus bei den spätmittelalterlichen
Sekten der Waldenser, Albigenser oder Katharer und in Rußland bei flagell-
lanten Chlysten und kastrierten Skopzen.

Überall hier mag derlei anfangs noch die verpönt unreine Heterosexualität
vertreten, späterhin aber mühelos selbst auch inbrünstiges Gefallen gefunden haben. Schlachtruf jener urbildlichen Tempelritter jedenfalls war ein
vieldeutig auslegbares *"Vive Dieu Saint Amour!"*, das schwerlich nur christlich gemeint sein konnte.

Denn ihre ursprünglich missionarisch konzipierten Kreuzzüge hatten sie im
Oriënt unter mancherlei exotischem Einflusse zu freisinnigen Deïsten verwandelt, die den christlichen Sakramenten abschworen, aus dem Abend-
mahl ein Brudermahl und auch sonst eine religiöse Libertinage entwickelten, wie sie in ihren christlichen Mutter- oder Vaterländern nur noch als
"sittlich entartet", als *"zügellos"* oder *"freche Freigeisterei"* empfunden
werden konnte. Namentlich bei ihren Aufenthalten in Syrien gingen die
Templer nach klerikalem Verständnis in eine *"Schule sittlicher Verworfen-
heit"*, aus der ihr Orden mit

"vielen unsittlichen, übermütigen und unkirchlich gesinnten Gliedern"

heimkehrte: so jedenfalls gibt das sogar noch jenes lieber respektvoll verschleiernde *"Allgemeine Handbuch der Freimaurerei"* von 1867 zu (III,
362).

Solcher Bezugspunkt also jener zeitweise mächtigen und weitverbreiteten *Strikten Observanz* mochte es deren Begründer, dem Reichsfreiherrn von Hund und Altengrotkau, erleichtern, seine eigene angeborene Homosexualität nicht nur zu sanktionieren, sondern auch in großem Maßstabe zu organisieren, gar zu praktizieren. "HERZOG ALBA" hat uns das hier schon beschrieben.

Aber dieser Hund blieb da nicht die einzige Galionsfigur solcher Erotik des Männerbündischen. Bereits aus "ATTINGHAUSEN"s Freimaurerliste, unumgänglich fragmentarisch, stechen als homo-erotische oder zumindest bisexuëlle Protagonisten des 18. Jahrhunderts schon auf einen ersten flüchtigen Blick jedenfalls König Friedrich der Große von Preußen, König Gustav III. von Schweden, Kaiser Napoleon I. von Frankreich, dessen Erzkanzler Cambacérès, die Generale von Steuben und Prinz Heinrich von Preußen, die Schriftsteller Klopstock, Ewald von Kleist, Zacharias Werner und Friedrich Heinrich Jacobi, der Philosoph Montesquieu, der Bildhauer Thorvaldsen, der Schauspieler Iffland und jener ominöse Ethnologe Georg Forster hervor, der die sexuëllen Rechte an der Frau seiner Alibi-Ehe ausgerechnet an Ferdinand Huber, Schillers vormalig götterfunkenden *"Flitterwöchner"*, abtrat, nachdem dieser Intimus ihren Dresdener Freundeskreis mit jenem unwiderstehlichen *"Beigeschmack des Verdächtigen"* gewürzt hatte.

Ihrer aller Liste, die in Wirklichkeit natürlich ganz unvorstellbar viel länger ist, wird pointiert von den umso volkstümlicheren Magiërn, Okkultisten, Alchimisten und Abenteurern oder sonstig verführerisch zwielichtigen Popstars jener Epoche wie Cagliostro, Johnson von Fünen und Johann Georg Schrepfer, die allesamt Logenbrüder und schwul oder bisexuëll wie Casanova waren.

Auf eine andere geschlechtliche Spielart speziëll im männerbündischen *Illuminaten*-Orden hat 1977 der Stuttgarter Literaturwissenschaftler Heinz Schlaffer in den *"Göttingischen Gelehrten Anzeigen"* aufmerksam gemacht:

"Es werden also bei solchen Bünden wie den Freimaurern oder Illuminaten die m o r a l i s c h e n I n h a l t e , die mit den Normen der bürgerlichen Gesellschaft übereinstimmen, in eine s e x u e l l e F o r m gebracht, die von diesen Normen abweicht und sie kompensiert".

Schlaffer erläutert diese These anhand des *Illuminaten*-Ordens, der

*"mit seinen Entwürfen abgestufter Gewalt, der Imagination uneinge-
schränkter Verfügung der Oberen über die Unteren, dem Auskundschaften
persönlicher Schwächen"*

unübersehbar und unverkennbar auch *"sadistisch-fetischistische Neigungen"*
offenbare,

"für die man den Begriff 'bündische Erotik' einführen möchte".

Er beruft sich dabei auf spezifische Sprachgesten des Ordens-Generals
Weishaupt und zitiert aus dessen Briefen an den Münchner Hofkammerrat
Anton von Massenhausen (*"Ajax"*) den rätselhaften, aber gleichwohl ver-
dächtigen Satz

*"Suchen Sie Gesellschaft junger Leute: beobachten Sie; und wenn Ihnen ei-
ner darunter gefällt, legen Sie Hand an. [...] Was Sie nicht selbst tun können, tun Sie durch andere".*

Solche *"offene oder latente Homosexualität"* jedes Männerbundes wird für
Schlaffer

*"durch die Verpflichtung gefördert, ein spirituelles Ideal in der strengen
Ordnung des Bundes zu vergegenwärtigen".*

Hierbei bezieht er sich auf André Jolles und dessen diskreten Brückenschlag
von esoterischen Männerbünden zur *"Sondersprache des Geschlechtlichen"*,
mehr aber noch auf den französischen Semiologen und Fleischesbruder Ro-
land Barthes mit seinen *"Reflexionen über das Werk Sades"*, die 1969 unter
dem Titel *"Der Baum des Verbrechens"* in der *"Neuen Rundschau"* abgedruckt worden waren. Schlaffer registriert da

*"die Übereinstimmungen zwischen Barthes' Untersuchung von de Sades Ro-
man 'Die 120 Tage von Sodom' und der inneren Struktur des Illuminaten-
bunds"*

und listet auf, was zeitgleich mit Weishaupt der Marquis de Sade als Prämissen und Regeln eines sexuellen Ordens beschreibt:

*"Abgeschlossenheit; Geheimhaltung; Vollständigkeit einer zwar kosmopoli-
tischen, aber begrenzten 'imaginären Gesellschaft'; utopische 'Harmonie'
zwischen den Libertins und ihren Opfern; hierarchische Verfügung der Leiter der Orgien (vorzugsweise höhere Beamte und verwandte Honoratioren!)*

*über ihre Objekte; philosophische Erziehung; [...] rhetorische Imagina-
tion, die den erotischen Kodex mit dem linguistischen durchdringt; 'Herrschaft des Berichts' und 'genaue Protokolle' [....]; schließlich die Bindung
ans Verbrechen – woraus sich das gesellschaftliche Verbot de Sades erklärt"*.

Vielleicht aber erklärt sich unausgesprochen so auch das Verbot der *Illuminaten*. Jedenfalls folgert Schlaffer: *"Die Systeme der beiden Zeitgenossen
Weishaupt und de Sade, in der Verborgenheit Ingolstadts und der Bastille
erdacht"* und *"aus der individuellen Perversion"* entwickelt,

*"sind die verführerischen Entwürfe von einer anderen gesellschaftlichen
Ordnung unter Verzicht auf die gesellschaftliche Revolution. Sie sind die
falschen Träume am Vorabend der bürgerlichen Revolution"*.

Noch 1984 bestätigte der zu alledem eher skeptische Soziologe Manfred
Agethen, daß allerdings jedenfalls

*"die sexuellen Orden von Weishaupts Zeitgenossen de Sade in der internen
Organisation gewisse Parallelitäten zum Illuminatenbund aufweisen"*,

was aber, *"ganz unabhängig vom jeweiligen Inhalt, mit dem Charakter des
Geheimbundes überhaupt"* zusammenhänge.

Es hängt wohl noch mehr mit dem Charakter jedes geheimen Männerbundes
zusammen.

Wer Mitglied eines Männerbundes wird, hofft oder fürchtet zumindest einen
Wimpernschlag lang und sei es in seinem allertiefsten Unterbewußten, daß
mit diesem Eintritt gleichgeschlechtliche Implikationen verbunden sind. Er
rechnet damit. Denn in der hierarchisch angeordneten *"Ungleichheit unter
Gleichen"* und deren

*"träumerischer Entfernung von der gesellschaftlichen Wirklichkeit verbin-
det sich mit der geheimbündlerischen eine erotisch-perverse Phantasie"*
(Schlaffer).

Sie dokumentiert sich nicht zuletzt auch in vielen Logennamen mit ihren diversen unterschwellig sexuëllen Koloriten oder allzu verbrüdernden Anspie-
lungen:

"Die vereinigten Freunde" in Mainz,

"Les Amis Réunis" in Paris,
"Zu den wahren vereinigten Freunden" in Brünn,
"La parfaite amitié" in Düsseldorf,
"Die vereinigten Brüder" in Gießen,
"Zum Brudersinn" in Darmstadt,
"Tempel der Bruderliebe" und *"Kastor und Pollux"* in jenem Rawitsch,
"Freundschaft und Beständigkeit" in Basel,
"Zur beständigen Einigkeit" in Wiesbaden,
"Einigkeit und Toleranz" in Hamburg,
"Zur Eintracht und Standhaftigkeit" in Kassel,
"Concordia cum libertate" in Chur,
"Karl zur Eintracht" in Mannheim,
"Charles et Eugène Napoléon à l'Union constante" in Aschaffenburg,
"Georg zur wahren Treue" in Neustrelitz,
"Leopold der Treue" in Karlsruhe,
"Wilhelm zur Treue" in Gießen,
"Wilhelm zur Manneskraft" in Kolberg,
"Friedrich Wilhelm zur Glückseligkeit" in Schmalkalden,
"Friedrich zur Freundschaft" in Kassel,
"Friedrich zum goldenen Szepter" in Breslau,
"Friedrich der Große" in Berlin,
"Friedrich" in Göttingen,
"Jonathan" in Braunschweig,
"Hercules" im schlesischen Reichenbach,
"St. Georg" in Hamburg,
"Johannes zur brüderlichen Liebe" in Worms,
"Emanuel zur Maienblume" in Hamburg,
"Günther zum stehenden Löwen" in Rudolstadt,
"Zur gekrönten Säule" in Braunschweig,
"Zu den drei gekrönten Säulen" in Prag,
"Zu den drei Säulen" in Magdeburg,
"Pyramide" in Plauen,
"Luise zur gekrönten Freundschaft" in Kiel,
"Elise zum warmen Herzen" in Hamburg,
"Les neufs sœurs" in Paris,
"Zur Behutsamkeit" in München,

"Eleusis zur Verschwiegenheit" in Bayreuth,
"De la bienfaisance" im elsässischen Buxweiler,

aber auch *"Bund der Einverstandenen"*, *"Engbund"*, *"Apollo"* und sonst was
alles, wo auch immer. Bewußt oder nicht: es schwelt und schwillt und
schwult da beträchtlich ...

Ebendeshalb mögen die Brr. ∴ Emanuel Schikaneder und Karl Ludwig
Giesecke in ihrem Libretto zur *"Zauberflöte"*, diesem bürgerlich ehrbaren
und populären Flaggschiff aller Freimaurerei, für deren "Sprecher", heutigen Pressesprecher, und einen ihrer Priester solchen Text für ihr Duëtt im
Zweiten Akte gedichtet und nachstehend begründet haben:

*"Bewahret euch vor Weibertücken,
Dies ist des Bundes erste Pflicht ... "*.

Was diese ganze *"bündische Erotik"* nun mit Schillers Ermordung zu tun
haben könnte, weiß ich selbst nicht so genau. Aber zur Atmosphäre, in der
er spätestens seit jenem Darmstädter Treffen mit Herzog Carl August sein
Leben verbrachte, dürfte sie einiges beigetragen haben.

Ach, eigentlich auch zur Atmosphäre davor. Denn schon in den *"Philosophischen Briefen"* seines Julius enthalten jene Verse, die der 22jährige in
seiner *"Anthologie auf das Jahr 1782"* unter dem Titel *"Die Freundschaft"*
separat publizierte, so verräterischen Text wie diesen:

*"Sucht nicht selbst das folternde Entzücken
In den Freunds beredten Strahlenblicken
    Ungeduldig ein wollüstig' Grab?"*

Also, wenn das nicht Bände spricht ...

Gregori: Gessler !

Chat im Internet: www.speakerscornerTV.de/blaugold-dioskuren

*Autor: "STRUTH VON WINKELRIED AUS UNTERWALDEN"
antwortet   oder reagiert auf "OCTAVIO PICCOLOMIN":*

"OCTAVIO PICCOLOMINI" hat hier kürzlich den Theatermann Ferdinand Gregori zitiert – aber leider nicht vollständig. Das will ich jetzt nachholen.

Also, dieser Schauspieler und Regisseur im Berliner Schiller-Theater, im Wiener Burgtheater, später auch bei Max Reinhardt am *Deutschen Theater* in Berlin, also nicht irgendwer, sondern zeitweise auch noch Intendant ausgerechnet am Mannheimer Theater,

kurz: dieser Ferdinand Gregori war schon in jungen Jahren überzeugter Freimaurer, überdies auch ein fleißiger und begabter Autor von Aufsätzen, Artikeln, Essays und Vorträgen, vielfach über Theaterthemen, aber auch von Lyrischem und Szenischem.

Als er just 35 Jahre alt war, wurde allgemein im deutschen Sprachraum Schillers 100. Todestag gefeiert. Aus diesem Anlaß widmete die Wiener Freimaurerzeitschrift *"Der Zirkel"* pünktlich am 7. Mai 1905 jene ganze Doppelnummer ausschließlich dem Gedenken Schillers und druckte da auch einen Schiller-Vortrag dieses kundigen Theaterbruders Gregori ab.

In diesem Vortrage, ist also in den Nummern 30/31 jenes *"Zirkel"* nachzulesen, sagte Gregori folgenden Satz:

"Vor hundert Jahren ist Schiller von uns gegangen, wie sein Gessler mitten in der Bahn gestürzt [...] , aber im Gegensatze zu diesem Tyrannen bereitet zu gehen, vor seinem Richter zu stehen".

Hieran finde ich zwei Formulierungen auffällig und verräterisch.

Die eine ist der Vergleich mit Hermann Gessler. Dieser tyrannische Reichsvogt wurde von Wilhelm Tell ermordet. Wenn ein prominenter Theatermann, der Schillers *"Wilhelm Tell"* vermutlich schon gespielt hat und jedenfalls hinlänglich kennt, ganz ungenötigt Gesslers Tod mit Schillers Ableben vergleicht, sagt er damit unmißverständlich und eindeutig, daß auch Schiller ermordet wurde.

Wenn er das auch noch als Freimaurer in einer Freimaurerzeitschrift abdrucken läßt, ohne einen möglichen Mörder zu verdächtigen oder auch nur zu suchen, besagt das viel. Man ist unter sich und weiß Bescheid.

"Wir hätten erwartet zu hören", wendet die sonst so unsägliche, die hysterisch paranoïde Mathilde Ludendorff mit plötzlich plausibler Logik ein:

aber *"im Gegensatz zum Tyrannen nicht gewaltsam getötet, sondern an 'Tuberkulose' oder an 'Obstipation', wie es in Berichten steht, oder an 'Nervenschlag', wie es in dem Kirchenbuch der Sankt Peter- und Paulskirche von Weimar steht. Nun aber sagt uns der Bruder, er wurde 'wie sein Gessler mitten in der Bahn gestürzt'. Sollte der Bruder Freimaurer etwa Anlaß haben zu solchem Vergleich?"*

Denn andere Parallelen gibt es nicht zwischen Schiller und seinem Gessler.

Gregoris zweite Formulierung, die mich stutzen läßt, ist die Unterscheidung der beiden Mordopfer Schiller und Gessler bezüglich ihrer Todeserwartung. Anders als sein Reichsvogt war Schiller, weiß Br. Gregori, *"bereitet zu gehen, vor seinem Richter zu stehen"*.

Da von Schiller selbst tatsächlich kein einziger Satz in solchem Sinne überliefert ist, kann Gregori hier nur auf ein Schuldbewußtsein anspielen, das der Verstorbene infolge einer Gesetzesverletzung objektiv gehabt haben muß. Nach Lage der Dinge kann es sich dabei aber eigentlich allenfalls um eine Verletzung nur von Logengesetzen handeln. Br. Gregori unterstellt (oder weiß), daß Schiller sie im vollen Wissen um die fällige Bestrafung begangen hat.

Anders scheint mir sein Satz über Gessler und Schiller gar nicht auslegbar zu sein.

Meines Wissens ist er von der Schillerforschung bislang ignoriert worden.

Aber so deutlich ist sonst unter all den zahllosen Elegikern nur noch der junge Heinrich Voß geworden, als er Schillers Tod in jenem Briefe vom 12. August 1806 mit der Ermordung des germanischen Lichtgottes Baldur verglich.

Voß und Gregori also zusammen und über ein Jahrhundert hinweg: einen hellhörigen Staatsanwalt müßten schon diese beiden mit Sicherheit zu ermitteln veranlassen.

Okkultes offenbaren

Chat im Internet: www.speakerscornerTV.de/blaugold-dioskuren

Autor: "KÖNIGIN ISABEAU"
antwortet   oder macht bekannt:

Ich will bloß sagen: wer glaubt, daß Schiller sich in der Diaspora von Jena oder in der Kur von Karlsbad für all seine logenkritischen Manifeste von 1788 gewarnt erachtete, irrt sich in diesem hartnäckig streitbaren astrologischen *Skorpion*.

Schon im Juni 1789 hielt er in Jena vor überfülltem Hörsaal eine seiner ersten Vorlesungen und veröffentlichte sie im September 1790 unter dem Titel *"Die Sendung Moses"* im *Zehnten Heft* seiner Zeitschrift *"Thalia"*.

In diesem Essay schilderte er die Esoterik in den weit entfernten altägyptischen Tempeln der Isis und des Serapis als Vorgängerin der griechischen *"Mysterien"* von Eleusís und Samothráke ebenso wie unverhohlen auch *"in neuern Zeiten der Orden der Freimaurer"*.

In allen diesen Geheimbünden quer durch die abendländische Geschichte habe man es gleichermaßen für besser gehalten, eine

"neue gefährliche Wahrheit zum ausschließenden Eigentum einer kleinen geschlossenen Gesellschaft zu machen, diejenigen, welche das gehörige Maß von Fassungskraft dafür zeigten, aus der Menge hervorzuziehen und in den Bund aufzunehmen und die Wahrheit selbst, die man unreinen Augen entziehen wollte, mit einem geheimnisvollen Gewand zu umkleiden, das nur derjenige wegziehen könnte, den man selbst dazu fähig gemacht hätte".

Schiller beschrieb dann ausführlich die betreffenden Zeremonien, *"Stufen oder Grade"* und Initiationsriten, die *"das Gemüt ihres Lehrlings [...] für die neue Wahrheit empfänglich machen"* sollen und dürfte auch hiermit die altägyptischen Mysterien ebenso meinen wie die zeitgenössischen Logen.

"Wie sich aber nach und nach unwürdige Mitglieder in den Kreis der Eingeweihten drängten, wie das Institut von seiner ersten Reinheit verlor, so machte man das, was anfangs nur bloße Nothilfe gewesen, nämlich das Ge-

heimnis, zum Zweck des Instituts, und anstatt den Aberglauben allmählich zu reinigen und das Volk zur Aufnahme der Wahrheit geschickt zu machen, suchte man seinen Vorteil darin, es immer mehr irre zu führen und immer tiefer in den Aberglauben zu stürzen."

Aber aus eben solchem mysteriösen Geheimbunde ging im antiken Ägypten nach *circa* zwanzigjährigem Studium eines Tages der jüdische Alumne Moses hervor, der *"ein aufmerksamer und fähiger Schüler gewesen und zu dem letzten höchsten Grad der Anschauung gekommen war. [...] Er hatte das ganze Gebiet ägyptischer Weisheit durchwandert"* und tat nun das Allerverwerflichste: er verriet die streng gehüteten Geheimnisse der Tempel-Mysterien.

Er verriet sie seinem Volke, den Hebräern, deren armselig asoziale Ghetto-Existenz bislang das Zerrbild einer in sich geschlossenen Gesellschaft und einen ungut andern *"Staat im Staate"* gebildet hatte. Moses befreite sie aus der Demütigung ihrer esoterischen Versklavung, indem er diese ägyptisch Entwürdigten *"wieder in die Menschenrechte"* einzusetzen und ihnen

"zum Besitz der Unabhängigkeit und einer Staatsverfassung in einem eigenen Lande"

zu verhelfen unternahm. Aber er wußte hierbei genau, daß den Geknechteten zunächst einmal *"Selbstvertrauen, Mut, Hoffnung und Begeisterung gegeben"* werden mußten. Da er sie aber unmöglich von abstrakten Ideen überzeugen kann, *"muß er sie überreden, hinreißen, bestechen"*.

Also begnadete Schiller seinen Moses mit ebenjenem *"feurigen Regentengeist"*, wie er ihn bei einigen illuminaten Programmatikern seiner eigenen Lebenszeit beobachtet haben mochte.

"Aus seinen Mysterien, aus seiner Priesterschule in Heliopolis [= 'Heropolis' Weimar, r = 1 ?] erinnert er sich jetzt des wirksamen Instruments, wodurch ein kleiner Priesterorden Millionen roher Menschen nach seinem Gefallen lenkte. Dieses Instrument ist kein andres als das Vertrauen auf überirdischen Schutz, Glaube an übernatürliche Kräfte. Da er also in der sichtbaren Welt, im natürlichen Lauf der Dinge nichts entdeckt, wodurch er seiner unterdrückten Nation Mut machen könnte, da er ihr Vertrauen an nichts Irdisches anknüpfen kann, so knüpft er es an den Himmel."

Schiller kannte diese Methode selbst so genau wie nichts anderes und erklärte sie in diesem Essay von 1789/90, der nichts als die schwelgende Feier eines Logen-Verräters ist, zur *"Sendung Moses"*.

"Moses ist der erste, der es wagt, dieses geheim gehaltene Resultat der Mysterien nicht nur laut, sondern sogar zur Grundlage eines Staats zu machen. Er wird also, zum Besten der Welt und der Nachwelt, ein Verräter der Mysterien und läßt eine ganze Nation an einer Wahrheit teilnehmen, die bis jetzt nur das Eigentum weniger Weisen war."

Mehr noch:

"Die Gründung des jüdischen Staats durch Moses ist eine der denkwürdigsten Begebenheiten, welche die Geschichte aufbewahrt hat."

Sie manifestierte sich seinerzeit nicht zuletzt in der Einführung jener genitalen Beschneidung, die auch hier einer *"Unterscheidung von andern, die nicht beschnitten waren"*, im Sinne einer stabilisierenden Auserwähltheit dienen *"und eine engere Brüderschaft, ein näheres Verhältnis zu der Gottheit anzeigen"* sollte.

Dessen Bedeutung ist auch daran zu erkennen, daß auch noch Christentum und Islam auf ebendieser selben Sendung des Juden Moses aufbauten.

"Ja, in einem gewissen Sinne ist es unwiderleglich wahr", begeisterte sich Schiller für diesen Renegaten und Verkünder, *"daß wir der mosaischen Religion einen großen Teil der Aufklärung danken, deren wir uns heutigestags erfreuen"*.

Mit alledem feierte er die Logen seiner Zeit im selben Maße wie er sie auch ohrfeigte und geißelte.

Natürlich registrierten sie namentlich Letzteres.

Prof. in Prachatitz

Chat im Internet: www.speakerscornerTV.de/blaugold-dioskuren

Autor: "KAPUZINER"
antwortet   "STRUTH VON WINKELRIED":

Das mit Gregori und Gessler ist eigentlich das denkbar beste Schlußwort für unsre ganze Recherche: alles klar!

Nur noch als komischen i-Punkt ein bißchen Klatsch, den der unsägliche Hermann Ahlwardt in vielen Auflagen seines primär antijesuïtischen Pamphlets *"Mehr Licht!"* von 1910 kolportierte:

"Nun zur Hinrichtung Schillers! Sie ist, was ich gleich vorausschicken will, in gewissen maurerischen Kreisen ein offenes Geheimnis. So war z. B. ein Prager Professor hierüber ausreichend unterrichtet, als mein Freund von der Kluse diese Angelegenheit mit ihm in Prachatitz erörterte."

Das ist eben die grobe Fahrlässigkeit unserer traditionellen Germanistik und Schiller-Forschung: daß sie nie bei Professoren in Prachatitz recherchiert haben!

Magische Maitage

Chat im Internet: www.speakerscornerTV.de/blaugold-dioskuren

Autor: "BAPTISTA SENI, ASTROLOG"
antwortet   den Sternen:

Schiller starb an einem 9. Mai.

Dieses Datum gliedert sich in zwei Teile: den Tag und den Monat.

A.

Was da zunächst den Monat Mai betrifft, so war er für Schiller Zeit seines Lebens rund um diesen Neunten auffallend stigmatisiert.

Schon Abel, sein Stuttgarter Mentor fürs Leben, war an einem 9. Mai (1751) geboren.

Am 8. oder 9. Mai 1784 begann in Mannheim seine folgenschwere Beziehung zu Charlotte von Kalb und deren Ehemann.

Im selben Mai 1784, aber ohne genaue Datumsangabe, schrieb Christian Gottfried Körner in Leipzig seinen ersten huldigenden Brief an den noch fremden Poëten in Mannheim;

ein Jahr später, 1785, schrieb Schiller am 7. Mai, schon aus Gohlis, jenen hochfliegenden Liebesbrief, der die lebenslange Freundschaft mit Körner recht eigentlich begründete. Dabei verwendete er überraschend die eindeutig maurerische Parole

"Verbrüderung der Geister ist der unfehlbarste Schlüssel zur Weisheit":

einen stereotypen Logen-Slogan.

Eine Woche später, am 14. Mai, bot Körner ihm brieflich das seinerzeit rare Du an, und am 22. Mai 1785 begegneten sich die beiden vermutlich erstmals persönlich: wenn auch beim Begräbnis von Körners Mutter. Der Tod war also sofort mit dabei.

Vier Jahre später fand eben am 9. und 10. Mai (1789) Schillers vermeintlich definitiver Abschied von Weimar statt, das er am 11. Mai, später dem Tage seiner Beisetzung, verließ, um sich für ein ganzes Jahrzehnt im verhängnisvollen Jena einzugraben.

1794 verabschiedete er sich am 6. Mai in Ludwigsburg von seinen Eltern, die er nicht wiedersehen sollte.

Vom Tode seiner Mutter erfuhr er 1802 in den Tagen zwischen dem 8. und 11., vermutlich am 10. Mai.

Aber am 8. Mai bereits vor neun Jahren (1793) hatte er – gleichsam pünktlich zum achten Jahrestage ihres Kennenlernens oder schon in Vorahnung seines Sterbetages nach genau zwölf Jahren – aus dem verhängnisvollen Jena an Charlotte von Kalb geschrieben:

"Ich habe Ursachen, die Bande, die mich an das Leben heften, nicht allzu sorgfältig zu befestigen".

Der Mai war für ihn immer zugleich ein Monat des Todes.

Gar am 1. Mai, der neunzehn Jahre später seine letale Erkrankung zum definitiven Ausbruch bringen sollte, gestand 1786 der 26jährige in Dresden seinem Intimfreunde Huber:

"Mein Herz ist zusammengezogen, und die Lichter meiner Phantasie sind ausgelöscht. Sonderbar, fast jedes Erwachen und jedes Niederlegen nähert mich einer Revolution, einem Entschlusse um einen Schritt mehr, den ich beinahe als ausgemacht vorher sehe. [...] Ich könnte des Lebens müde sein, wenn es der Mühe verlohnte zu sterben".

Auch viele der Nächststehenden, die ihn lange überlebten, starben schließlich wie er an einem Maitag:

eben Charlotte von Kalb am 12. Mai (1843),

Freund Körner am 13. Mai (1831),

Dora Stock, Schwägerin in dessen Ehe-Trio und Huber-Braut, am 26. Mai (1832),

Andreas Streicher – Fluchthelfer, Jugendfreund und Sponsor – am 25. Mai (1833),

Freund Zelter in Berlin am 15. Mai,

und sein Sohn Ernst von Schiller, ihm ähnlicher als all seine andern Kinder, am 19. Mai (1841).

Die gleichfalls nahestehende Charlotte von Stein, die es wissen müßte, hatte seiner Frau schon am 1. Mai 1790 geschrieben,

"daß Weimar immer alle Unglücke im Mai beträfen".

Auch Karl, Schillers ältester Sohn, wurde jedenfalls an einem 12. Mai von den Weimarer Freimaurern als Mitglied oder "Bruder" aufgenommen: auf den argen Jubiläumstag genau zehn Jahre nach jener sinistren Beisetzung seines Vaters im Kassengewölbe am 12. Mai 1805.

Aber Gottfried von Herder, angeblich Zeuge oder Mittäter jener obskuren Obduktion von Schillers Leiche am 10. Mai 1805, starb auf den Tag genau nur ein Jahr später: am 11. Mai 1806 – nur 31 Jahre alt, aber nunmehr stumm und ungefährlich.

Nur für die Leser jener Protokolle aus der *Arche N* sei hier hinzugefügt, daß sogar Antoine Laurent Lavoisier just an einem 8. Mai enthauptet wurde: *anno* 1794.

Schiller persönlich war allen solchen kalendarischen oder astrologischen Aspekten nicht allzu abgeneigt und wurde von der Rudolstädter Sippschaft vielleicht ja auch eben deshalb *"Der Sterngucker"* genannt.

Als er solche Elemente in seinen *"Wallenstein"* einfügte, beriet er sich zuvor mit Goethe, der ihm schrieb:

"Der astrologische Aberglaube ruht auf dem dunkeln Gefühl eines ungeheuren Weltganzen. [...] Diesen und ähnlichen Wahn möchte ich nicht einmal Aberglauben nennen, er liegt unserer Natur so nahe, ist so leidlich und läßlich als irgend ein Glaube" (am 8. Dezember 1798).

Schiller selbst befürchtete zu Beginn seines Todesjahres 1805: *"dieser verwünschte Saturnus wird mich wohl auch in das neue Jahr begleiten"*. Nach seinem Tode aber stammelte Goethe in den Bruchstücken zu *"Schillers Totenfeier"*

"Zwei Sterne

indes der ganze Himmel sich
Teilnahmslos" ...

B.

Ähnlich, aber anders verhält es sich in Schillers Todesdatum mit der Neun. Auch sie hat sein ganzes Leben vergleichbar stigmatisiert.

Das beginnt gleich bei seinen Produktionen. Jeweils an einem 9. wurden *"Kabale und Liebe"* und *"Wallensteins Lager"* uraufgeführt, *"Maria Stuart"* beéndet, *"Der Geisterseher"* erstmals seinen Lesern präsentiert, der *"Fiesco"* in Mannheim abgelehnt und *"Turandot"* an seinen Verleger Cotta abgeschickt, in Hamburg erstaufgeführt und als Buch publiziert; je an einem 9. wurden auch der Einleitungsbrief zur *"Ästhetischen Erziehung des Menschen"* geschrieben, die einzig entstandene Szene der *"Malteser"* in Dresden vorgelesen und jenes Gedicht *"Das Reich der Schatten"*, das unter seinem populäreren Titel *"Das Ideal und das Leben"* zu seinen bedeutendsten gehört, an Cotta und Humboldt verschickt: es schildert das Reich des Scheins oder des Spiels als rettende Chance schon der gegenwärtig materiëllen Realität und steht insofern im Zentrum seiner Botschaft auch gerade noch an uns.

Gravierende Lebensdaten jeweils an einem 9. waren in chronologischer Abfolge die Abschlußprüfung des Studenten in Anatomie und Medizingeschichte, seine erste Begegnung mit dem Ehepaar von Kalb, seine Abreise von Mannheim nach Leipzig zu Körner, seine erste Einladung beim Weimarer Gegenspieler Bertuch, diesem potentiëllen Mordkomplizen, ferner Freund Hubers maurerisch folgenschwerer Besuch in Weimar, das Angebot der Jenenser Professur und seine Vorverlegung der Verheiratung, aber hiervor schon jene stimulierende Begegnung mit seinem berüchtigt homoërotischen Kollegen Gleim (dem sich immerhin schon der 25jährige mit eindeutig schwuler Empfehlung brieflings nahezu aufgedrängt hatte: als einer seiner *"wärmsten Bewundrer und Verehrer"*, der ihm *"ein Herz voll Freundschhaft und Wohlwollen anbiete"* und *"gerade heraus bekenne, wie unendlich schätzbar ihm eine nähere Verbindung"* oder *"einen Freund in Ihnen zu finden"* sein würde).

Aber vielleicht die auffälligste Rolle spielt die Zahl 9 in Schillers Anamnese. Sie beginnt mit einer Erkrankung des 18jährigen Karlsschülers *anno* 1778 gleich am 9. Mai, seinem späteren Sterbedatum, das dann dreizehn Jahre später in der Diaspora von Jena jählings und rätselhaft eine so lebensgefährliche Krise bereit hielt, daß er vom 8. bis zum 10. Mai 1791 von den Ärzten aufgegeben und von den Zeitungen totgesagt wurde. Die therapeutische Reise zur Kur im Karlsbade *Karlovy Vary* trat er dann gleichfalls an einem 9. an.

Nur ein Jahr später besuchte er in Dresden Freund Körner, von dem er sich um den 10. Mai mit einem so tiefgehenden Abschied trennte, daß ihn auf der Rückreise in Leipzig ein *"erneuter Krankheitsanfall"* niederstreckte: freilich vom 11. bis 14. Mai 1792. Aber die Erkrankungen der Jahre 1798 und 1801 hielten sich dafür umso präziser wieder just an einen Neunten. Auch 1805 erkrankte Schiller zunächst am 9. Februar, um dann am 9. Mai zu versterben.

Sein Enkel Friedrich von Schiller, der als letzter männlicher Nachkomme diesen Namen trug und seinem Großvater sonderlich ähnlich sah, starb 1877 gleichfalls am 9. (oder 8.) Mai.

Schillers Frau Charlotte, die allzu penetrant auf einer Auffindung und Umbettung der ehelichen Gebeine insistiert haben mochte, starb 1826, medizinisch rätselhaft und unverhofft, am selben mysteriösen "Nervenschlage" wie ihr Mann: zwar nicht im Mai, sondern im Juli, aber da dann auch am 9. wie er.

Zu alledem sollte man wissen, daß die Zahl 9 mit all ihren rätselhaften Eigenschaften in der Mystik der Freimaurer, jedenfalls damals, eine große Rolle spielte und als heilig galt. Was in ihrem Zeichen geschah, hatte Aussicht auf Segen, Erfolg oder gute Resultate.

Im Logenkult gab es daher *"die neun erwählten Nächte"*, *"die neun Rosen"*, *"die neun Lichter"*, *"die neun Schwestern"*, und zu den Geheimzeichen ihrer Verständigung gehörte ein *"neunmaliges Anklopfen"*. Für manche Logen war neun das obligate Minimum ihrer Mitgliederzahl, in der *Strikten Observanz* galt als *Meisterloge* nur, was neun *Meister* besaß.

Diese Bedeutung der Neun wurde von den Freimaurern aus der Mystik älterer Kulturen oder Religionen abgeleitet. Kabbalah und Bibel dürften da mit all ihren Neunen beeinflußt haben, aber mehr noch verehrten Zentralasiaten, Indogermanen, mexikanische Mayas und Kelten die magische Neun, die sie vielfach auch mit Gebrechen und Verhexung in Verbindung brachten. In finnischen Mythen treten Krankheiten oft als *neun schlimme Geschwister* auf.

Im alten China wie später auch bei mittelamerikanischen Indianerstämmen galt die Neun als Symbol der Unterwelt, die sich den Chinesen zuallerunterst in neun gewaltige Flüsse gliederte und oben in einem neunköpfigen Drachen manifestierte. Also wurde die gesamte chinesische Welt in Neunergruppen unterteilt wie ihr *Magisches Quadrat* in neun Felder und ihre Pagoden in neun Etagen.

Gleich nebenan die Mongolen verehrten die Neun in einem Maße, daß vor ihrem Großkhan mit seinen neun Standarten jedermann seinen Kotau gleich neunfach ausführen und um neun Geschenke anreichern mußte. Gar die benachbarten Turkvölker teilten ihren gesamten Kosmos in neun Sphären ein:

"weil es jenseits von neun nichts mehr gibt". Eine ihrer bekanntesten Stammesgruppen hieß vollends *Tokuz Oguz: die neun Oguz* und läßt mich unweigerlich an Ogus, den dämonischen Jungstier jener Jakuten denken, deren Schamanen zu ihren Verrichtungen je neun Jungfrauen und neun unschuldige Jünglinge um sich haben mußten, um später dann mitunter nach Thrakiën auszuwandern und dort zum Orpheus zu mutieren.

Der konnte dann im antiken Hellas so manchen Neunjahresrhythmus registrieren, aber auch lernen, daß Styx, der Fluß nun in nicht mehr chinesischer, sondern griechischer Unterwelt, Diesseits und Jenseits lediglich mittels seiner neun Windungen voneinander trennt – oder miteinander verbindet.

So also wurde die Neun bisweilen zum Signal des Überganges vom Leben zum Tode.

Vielleicht gerade deshalb war diese Zahl bei den Thais schon immer und auch heute noch ein Symbol des Vorwärtsgehens, des Fortschritts: das Gegenteil von Stehenbleiben. Die Bezifferung des allgemeinen Endziels.

Das mag dann ursprünglich sogar auch mit einer Schwangerschaft zusammenhängen, die den Anfang allen menschlichen Lebens mit einer Neun beziffert; es findet ja, nach der Geburt, überdies in einem Körper statt, der neun Öffnungen aufweist.

Sofern jedoch diese magische Zahl, die die Völker von alters her auch als Quersumme jeglicher Multiplikation mit neun in Erstaunen oder Verwirrung versetzte, als sonderlich starke chinesische Yang-Zahl oder eben auch als potenzierte heilige Drei verstanden wurde, wie es die Freimaurer mit ihrer bevorzugten Umschreibung als *3 x 3* zu erkennen geben, wurde diese Neun zur Chiffre der Vollendung und zum Maße aller Vollkommenheit.

Da mag dann gerade für Künstler diese Neun zur Bezifferung ihrer Musen, aber auch von den Saiten einer apollinischen Leier nahe gelegen haben und verbindlich geworden sein.

Vielleicht ja eben daher sollte für zahlenbewußte Freimaurer solch ein Musensohn wie Schiller jene neun Windungen der Styx nach Möglichkeit auch an einem kalendarischen Neunten überschreiten. Dann mochte damit nichts schief gehn.

Ohnehin hat der kundige Karlsruher Rechtsanwalt Robert Schneider darauf hingewiesen, daß Logenbrüder

"für die von ihnen herbeizuführenden Begebenheiten mitunter Tage wählen, deren Daten mit den [...] symbolischen und heiligen Freimaurerzahlen übereinstimmen".

Die Neun ist eine dieser Zahlen.

So viel also zur Neun.

So viel zu Schillers Todesdatum.

Aber genau 140 Jahre nach seinem Tode wurde Schiller eben am 9. Mai 1945 gleichsam wiedergeboren: das Ende der Hitlerzeit öffnete diesem Verfemten wieder alle deutschen Bühnen, alle Bibliotheken oder Buchhandlungen und erwies ihn nun nachhaltig als lebendiger fast denn je zuvor.

Giftige Gene

Sondermeldung im Radio Radikal

Der klassische Krippentod, auch *Plötzliches Säuglingssterben* oder *Plötzlicher Kindstod* genannt und seit Menschengedenken ebenso gefürchtet wie unerklärlich, verbreitet sich zur Zeit mit der Geschwindigkeit und in Ausmaßen einer Pandemie.

In einer Presseërklärung des *Pädiatrischen Weltkongresses* im Kinderdorf Lambarene wurde jetzt als Ursache dieser aggressiv gewordenen *Mors subita infantum* eine genetische Vergiftung angegeben, die sich zwangsläufig aus der gesamten Lebensführung der jeweiligen Erzeuger ergebe und daher eine Folge des global so erfolgreichen Zivilisationsprozesses sei. Je weiter diese Zivilisation fortschreite, faßte das ein Sprecher des Kongresses zusammen, desto letaler seien die toxischen Ingredienziën schon der fötalen Gene.

Mit einem Massensterben von Säuglingen sei daher zunehmend zu rechnen. Schon jetzt überlebe nur noch eine minimale Minderheit aller Neugeborenen.

Prof. Dr. Grimmli aus Luzern nannte das eine Barrikade der Evolution gegen die Überbevölkerung unseres Planeten und hielt ein baldiges Aussterben auch des *homo sapiens sapiens* insofern für naheliegend.

Gesellschaft und Gesetze

Chat im Internet: www.speakerscornerTV.de/blaugold-dioskuren

Autor: "ANDREAS DORIA"
antwortet   oder informiert:

Schiller war nicht zu warnen. Aber war das Mut? Oder arglos gutartige Vertrauensseligkeit? Wohl eher eine tiefe Überzeugung von der Gerechtigkeit seiner Sache.

Kaum hatte er die Attacken von 1788 in der *"Sendung Moses"* fortgesetzt, holte er schon zum nächsten Protest gegen alles aus, was die Logen damals feierten: abermals nicht fiktiv, sondern nunmehr auf Bestellung akademisch-historisch fundiert.

Ab August 1789 hielt er vor seinen Studenten eine Vorlesung, die ab Ende November 1790 im *Elften Heft* seiner Zeitschrift *"Thalia"* nachgelesen werden konnte: *"Die Gesetzgebung des Lykurgus und Solon"*.

Drei Persönlichkeiten stehen hier im Brennpunkte einer Darstellung, die kaum noch ohne Bezug zu den zeitgenössischen Programmen von Freimaurern und *Illuminaten* zur Kenntnis genommen werden konnte.

1. Lykurg

Dieser spartanische Gesetzgeber irgendwann zwischen 11. und 8. Jahrhundert vor Christos gab einer

"Republik zwischen königlicher Tyrannei und anarchischer Demokratie"

mit seiner radikalen Verfassung den Schutz vor diesen beiden Extremen.

Der bestand aus einer totalen Verstaatlichung des Menschen und entsprach insofern auch dessen vorbehaltlos egalitären Vereinnahmungen durch die Logenprogramme des 18. Jahrhunderts.

Im Sparta des Lykūrgos gehörte schon jedes neugeborene Kind nicht den Eltern, sondern dem Staat. Alle Kinder wurden *"gemeinschaftlich erzogen, ernährt und unterrichtet"*. Die Folge war, *"daß jeder Spartaner mit dem Staat lebte"*.

Das ganze Land wurde zu gleich großen Parzellen an alle Bürger vergeben und glich *"einem Acker, den Brüder brüderlich unter sich teilten"*. So kam es, daß *"wenig Wert auf dem Eigentum ruhte und fast alle Güter gemeinschaftlich waren"*. Auch alle Mahlzeiten mußten gemeinsam eingenommen werden. Alle aßen da jeweils dasselbe.

Das alles *"gewöhnte die Bürger, miteinander zu leben und sich als Glieder desselben Staatskörpers zu betrachten"*. Folgerichtig *"gab es keine eheliche Liebe, keine Mutterliebe, keine kindliche Liebe, keine Freundschaft – es gab nichts als Bürger, nichts als bürgerliche Tugend"*.

Diese bestand *"mit Hintansetzung aller andern"* ausschließlich aus *"Vaterlandsliebe"*, die Schiller nunmehr unüberhörbar zu einem *"künstlichen Triebe"* erklärte. Denn *"der Staat"*, hatte er noch kurz zuvor (am 27. November 1788) auch einem Brief an seine Schwägerin anvertraut, *"ist ein Geschöpf des Zufalls"*, dem im Sparta des Lykurg damals *"die natürlichsten, schönsten Gefühle der Menschheit zum Opfer gebracht"* wurden.

Er bilanzierte also: *"Diese bewunderungswürdige Verfassung ist im höchsten Grade verwerflich"*. Denn:

"Alles darf dem Besten des Staates zum Opfer gebracht werden, nur dasjenige nicht, dem der Staat selbst nur als Mittel dient. Der Staat selbst ist niemals Zweck, er ist nur wichtig als eine Bedingung, unter welcher der Zweck der Menschheit erfüllt werden kann, und dieser Zweck der Menschheit ist kein andrer als Ausbildung aller Kräfte des Menschen, Fortschreitung.

Hindert eine Staatsverfassung, daß alle Kräfte, die im Menschen liegen, sich entwickeln, hindert sie die Fortschreitung des Geistes, so ist sie verwerflich und schädlich".

Um solche zentralen Einwände gegen alle zerstörerisch totalitäre Gleichmacherei nicht nur auf Sparta und diesen Lykurg beziehen zu lassen, weitete Schiller seine Thesen zu zeitlos genereller Gültigkeit aus:

"Überhaupt können wir bei Beurteilung politischer Anstalten als eine Regel festsetzen, daß sie nur gut und lobenswürdig sind, insofern sie alle Kräfte, die im Menschen liegen, zur Ausbildung bringen, insofern sie Fortschreitung der Kultur befördern oder wenigstens nicht hemmen.

Dieses gilt von Religions- wie von politischen Gesetzen: beide sind verwerflich, wenn sie eine Kraft des menschlichen Geistes fesseln, wenn sie ihm in irgendwas einen Stillstand auferlegen."

Das alles konnten Freimaurer und *Illuminaten* damals zwar nicht anfechten, aber auch nicht gutheißen. Denn es schwächte oder entmündigte zumindest ihre Organisationen.

Sicherheitshalber wiederholte Schiller daher noch einmal klipp und klar,

"daß Fortschreitung des Geistes das Ziel des Staats sein soll".

Mit aller Hellsicht, die ihm eigen war, mag er dabei auch schon die ochlokratischen Mißbildungen im Auge gehabt haben, wie sie in den alternden oder schwachen Demokratiën noch in späteren Zeiten durch einen egalisierenden Terror von unten, *ergo* durch unzulängliche Bildung und Diktatur eines planmäßig beschworenen Ungeists entstehen können:

"Durch die tiefe Unwissenheit in Kunst und Wissenschaft, welche alle Köpfe in Sparta auf gleiche Weise verfinsterte, verwahrte Lykurg es vor Eingriffen, die ein erleuchteter Geist in die Verfassung getan haben würde".

Denn es kann in so dumm gehaltenen Gesellschaften einen solchen erleuchteten Geist auch gar nicht geben.

"Wo findet man in Sparta einen Sokrates, einen Thukydides, einen Sophokles und Plato? Sparta konnte nur Herrscher und Krieger – keine Künstler, keine Dichter, keine Denker, keine Weltbürger erzeugen".

Klassische Texte für jede menschliche Gemeinschaft!

Außer eben für Logen.

2. *D r a k o n*

Schiller vermied es elegant, dieses lykurgisch bedauernswert gegeißelte
Sparta von seinem klassischen Rivalen Athen nunmehr allzu plump in den
Schatten stellen zu lassen. Vielmehr beschrieb er zunächst, welches Unheil
im 7. Jahrhundert vor Christos dort der Gesetzgeber Drakon über die Athe-
ner brachte.

Dieser Mann, *"ein schlechter Philosoph und ein noch schlechterer Kenner
der Menschen, mit kaltem Herzen, beschränktem Kopf und unbiegsam in
seinen Vorurteilen"*, ahndete alle Missetaten seiner Mitbürger *"ohne Unterschied mit dem Tode, den Müßiggang wie den Mord, den Diebstahl eines
Kohls oder eines Schafs wie den Hochverrat und die Mordbrennerei"*.

Schiller verurteilte diesen *"Versuch eines Anfängers in der Kunst, Menschen
zu regieren"*, indem er ihn definierte:

"S c h r e c k e n ist das einzige Instrument, wodurch er wirkt".

Damit aber attackierte und brandmarkte Schiller ganz unverkennbar auch
die Methode jener fürchterlichen Logeneide, die nicht minder auf Schrecken
und Angst vor wahrhaft drakonischen Maßnahmen setzten.

Ihnen und allen Gesinnungsgenossen schrieb er damals ein für allemal ins
Stammbuch:

*"Einen Menschen aus dem Lebendigen vertilgen, weil er etwas Böses be-
gangen hat, heißt ebenso viel als einen Baum umhauen, weil e i n e seiner
Früchte faul ist."*

Freimaurer und *Illuminaten* müssen solche Sätze und solchen Geist unweigerlich verübelt haben.

Schiller wäre jedoch nicht er selbst, wenn er ein Thema wie die Rechtsprechung ohne dramaturgische Antithese, ohne positiven Ausblick belassen
hätte. Als humanen Kontrapunkt zu den Schreckensfiguren Lykurg und Dra-

kon fand er in der Geschichte Athens die leuchtende Gestalt noch eines andern Gesetzgebers: jenes

3. S o l o n .

Ein bis zwei Menschenalter jünger als Drakon, leitete dieser etwa um 600 vor Christos seine segensreiche Tätigkeit damit ein, *"daß er alle Gesetze des Drako abschaffte"*, und während in Sparta die Regeln des Lykurg noch immer *"eiserne Fesseln"* waren, *"an denen der kühne Mut sich wund rieb"* und *"die durch ihr drückendes Gewicht den Geist niederzogen"*, zeigte Solon, wie man es besser machen kann:

"Seine Gesetze waren laxe Bänder, an denen sich der Geist der Bürger frei und leicht nach allen Richtungen bewegte und nie empfand, daß sie ihn lenkten".

Freilich war dieser Solon, den Platon später zu den *"Sieben Weisen"* zählte, ein weitgereister und musisch kreativer Moralist mit offenem Horizont. *"Sein Genie entwickelte sich im Umgang mit fremden Weisen"*, und *"sein Herz war empfindlich für Freude und Liebe"*. So mochte er auch für jenen La Valette des erträumten *"Malteser"*-Ordens als Modell figurieren, denn

"einige Schwachheiten seiner Jugend machten ihn umso nachsichtiger gegen die Menschheit und gaben seinen Gesetzen das Gepräge der Sanftmut und Milde, das sie von den Satzungen des Drako und Lykurgus so schön unterscheidet".

Solons eigne poëtische Texte vermochten, *"moralische Wahrheiten und politische Regeln in dieses gefällige Gewand zu kleiden"*, aber eben auch noch 2400 Jahre später einen Schiller zu so höchstkarätigem Lobpreise zu stimulieren.

Dessen Beschreibung Solons wurde quasi unter der Hand auch zu einem zeitlos gültigen Entwurfe klassischer Politik und Gesellschaftsbildung überhaupt:

"Bewundernswert bleibt mir immer der Geist, der den Solon bei seiner Gesetzgebung beseelte, der Geist der gesunden und echten Staatskunst, die das Grundprinzipium, worauf alle Staaten ruhen müssen, nie aus den Augen verlor: sich selbst die Gesetze zu geben, denen man gehorchen soll, und die

Pflichten des Bürgers aus Einsicht und aus Liebe zum Vaterland, nicht aus sklavischer Furcht vor der Strafe, nicht aus blinder und schlaffer Ergebung in den Willen eines Obern zu erfüllen. "

Bewußt und gezielt oder nicht: faktisch wurde auch den Logen und ihren Oberen hier ein Spiegel vorgehalten, der nicht eben schmeichelhaft, wohl aber lehrreich, also das Allerunverzeihlichste war.

Unmöglich konnte derlei von Schillers Kundgebung einfach hingenommen werden.

Politisches Plädoyer

Chat im Internet: www.speakerscornerTV.de/blaugold-dioskuren

Autor: "ELISABETH VON VALOIS"
antwortet   und gibt bekannt:

Mit all den erwähnten Manifesten von 1788 und den beiden Vorlesungen des Folgejahres jedoch ließ Schiller es in seinem Protest gegen verirrtes Logenwesen noch keineswegs bewenden.

Als in Frankreich im selben 1789 tatsächlich die Revolution der Freimaurer ausbrach und den König zunächst nur stürzte, 1792 dann auch gefangensetzte, entschloß sich Schiller, dem Verfolgten beizustehen und den Rebellen mit einem *"Mémoire"* die Leviten zu lesen:

"Ich glaube, daß man bei solchen Anlässen nicht indolent und untätig bleiben darf", erklärte er sich Körner (am 21. Dezember 1792): *"Hätte jeder freigesinnte Kopf geschwiegen, so wäre nie ein Schritt zu unserer Verbesserung geschehen. Es gibt Zeiten, wo man öffentlich sprechen muß, weil Empfänglichkeit dafür da ist, und eine solche Zeit scheint mir die jetzige zu sein".*

Überhaupt schien dem politisch und demokratisch so Verantwortungsbewußten die Situation noch für manche weitere Aktualität günstig:

"Der Schriftsteller, der für die Sache des Königs öffentlich streitet, darf bei dieser Gelegenheit schon einige wichtige Wahrheiten mehr sagen als ein anderer und hat auch schon etwas mehr Kredit."

Also war dieses Memorandum zugunsten Ludwigs XVI. wohl weniger als Literatur denn als eine Art Kampfschrift, Flugblatt oder sonstiger Eingriff in einen vermeintlichen politischen oder gar juristischen Prozeß gemeint und speziëll an das zeitgenössische französische Volk adressiert:

"Ich glaube, daß die Franzosen gerade in dieser Sache gegen fremdes Urteil nicht ganz unempfindlich sind."

Also sorgte er sich, noch ehe ein Wort geschrieben war, um einen Transport dieses Textes ins Französische und fragte im Dezember 1792 über Schwägerin Karoline, aber selbst auch brieflich (*"sowohl der Ausführung als der Verschwiegenheit wegen"*) ausgerechnet bei Rudolf Zacharias Becker an, den er in Rudolstadt bei den Lengefelds kennen gelernt hatte.

Becker war derzeit vierzig Jahre alt, eine Art Volksschriftsteller oder Journalist und Verlagsbuchhändler, lebte im nahen Gotha, wo er nicht nur Herausgeber des populären *"Allgemeinen Anzeigers der Deutschen"* und der *"Deutschen Zeitung für die Jugend"*, sondern auch Hofrat und Hofmeister des Prinzen von Gotha war, dem dortigen Herzogshof also nahestand, der Adolf Weishaupt, dem General der *Illuminaten*, da schon Unterschlupf gewährte.

Auch Becker, ein enger Freund Br. ∴ Bodes, war Mitglied sowohl der dortigen Freimaurerloge *"Ernst zum Compaß"*, die sich in seinem Hause zu treffen pflegte, als auch der *Illuminaten* (als *"Henricus Stephanus"*), über die er sogar geschrieben und 1786 publiziert hatte: *"Grundsätze, Verfassung und Schicksale des Illuminatenordens"*. Er war ein besonders überzeugter Anhänger der *Französischen Revolution* und propagierte offen deren möglichst baldige Ausdehnung auch auf die deutschen Fürstentümer.

Diesen Mann nun zum Übersetzer, also auch Boten einer Ergebenheitsadresse an den verhafteten französischen König machen zu wollen, garantierte zumindest eine prompte und weitgestreute Bekanntmachung dieser antirevolutionären, also auch logenfeindlichen Idee in den einschlägigen Ordenskreisen, die das ganze Projekt unweigerlich nur als Skandalon empfinden mußten. Denn für jeden fortschrittlichen Logenbruder konnte das damals nur der denkbar rückwärts gewandteste Verrat an der gemeinsamen guten Sache sein.

Für Schiller hingegen war *"gerade d i e s e r Stoff sehr geschickt dazu, eine s o l c h e Verteidigung der guten Sache zuzulassen, die keinem Mißbrauch ausgesetzt ist"* (noch im Dezember 1792 an Körner).

Aber zu alledem kam es dann gar nicht mehr, weil König Ludwig XVI. schon am 21. Januar 1793 guillotiniert wurde.

Schiller schrieb jetzt an Körner: *"Ich habe wirklich eine Schrift für den König schon angefangen gehabt, aber es wurde mir nicht wohl darüber, und da liegt sie mir nun noch da"* (am 8. Februar 1793).

Die Meldung jedoch über dieses *"Mémoire"* dürfte da schon längst ihre verhängnisvolle Runde gemacht haben.

Denn nach Schillers Tode war eben dieser selbe Zacharias Becker der eigentliche Initiator und überaus beflissene Organisator jener Benefizvorstellungen von Schiller-Dramen an möglichst allen deutschsprachigen Bühnen, die so für eine angemessenere Grabstätte Gelder sammeln sollten:

wurde Becker nach diesem Tode etwa von Gewissensbissen geplagt, die er so besänftigen wollte?

Vielleicht Voß ?

Chat im Internet: www.speakerscornerTV.de/blaugold-dioskuren

*Autor: "SOPHIE, KAMMERJUNGFER DER LADY MILFORD"
antwortet   oder informiert:*

"STRUTH VON WINKELRIED AUS UNTERWALDEN" hat hier zurecht daran erinnert, daß Heinrich Voß *junior* sich durch seinen Vergleich von Schillers Tod mit Baldurs Ermordung als Mitwisser verdächtig gemacht hat.

Tatsächlich scheint dieser glühende Schiller-Verehrer und etwas tuntige Hausfreund zumindest über eine gewisse Doppelzüngigkeit verfügt zu haben. Denn in den Briefen an seine vielen Freunde hat er uns vier oder fünf Versionen über Schillers Ableben hinterlassen. Jedenfalls seinem Studienfreunde Christian Niemeyer wie später auch Jean Paul gegenüber hat er behauptet, persönlich Zeuge dieses Sterbens gewesen zu sein, allen andern gegenüber das Gegenteil. Er war es wohl auch eher nicht. Aber noch im Todesjahre 1805 hat er seiner Mutter gegenüber geleugnet, Schiller überhaupt persönlich gekannt zu haben.

Das alles genügte Hermann Ahlwardt und den Ludendorffs, um Voß zum Freimaurer, Spion und Schiller-Mörder zu erklären.

Zumindest Freimaurer scheint er nach Lage der Dinge und Auskunft der Logen jedenfalls nicht gewesen zu sein: schon weil dieser labile Mensch sein Leben lang auf einen dominanten Vater fixiert war, der seine eigene Mitgliedschaft bei den Freimaurern mit Applomb beëndet hatte.

Also dürften wohl auch Spionage und Schillermord eher Fantasieprodukte aus verbitterten Generalskreisen sein. Denen widerspräche nämlich total auch das Psychogramm dieses jungen Voß, wie es seine zahllosen Briefe überliefern.

Jenes *Internationale Freimaurerlexikon* der Brr. ∴ Lennhoff und Posner allerdings, das die Mordtheorien der Ludendorffs als *"gefaselt"* abzutun scheint, druckt dann immerhin aus der *"Turnzeitung"* des chauvinistischen Turnverbandes Teplitz-Schönau ein längeres Zitat ab, das Voß unbekümmert zum Illuminaten erklärt und hieraus folgert:

"Als nun der 'Ordensspion' Voß erfuhr, daß der Dichter am 'Demetrius' arbeite, beschloß der Orden, Schiller zu töten".

Die *"Turnzeitung"* habe diese Behauptungen freilich schon in ihrer nächsten Ausgabe *"berichtigt"*, also dementiert.

Weshalb aber druckt dann noch 160 Jahre später ein parteiïsch interessiertes Lexikon der Freimaurer in seinem kurzen, insgesamt kaum mehr als einspaltigen Text über Schiller eine solche vermeintliche Zeitungsente ausführlichst ab?

Doch nicht alles nur Klatsch und Tratsch?

Anmut und Angriff

Chat im Internet: www.speakerscornerTV.de/blaugold-dioskuren

Autor: "DEMETRIUS"
antwortet   jedwedem:

Die philosophisch turmhoch überragenden Erkenntnisse der Schiller-Zeit
kamen alle aus Königsberg: von Immanuel Kant.

Schiller selbst wurde im Weimarer Wartejahr 1787 durch den illuminaten
Jenenser Philosophen Reinhold auf diese Gedankengebirge aufmerksam und
neugierig gemacht. Aber intensiv studierte er sie erst als Rekonvaleszent
nach seiner schweren Erkrankung von 1791 im unguten Jena.

Schon der hiernach erste eigene Essay aus dem Frühjahr 1793 zeigt unverkennbar die Einflüsse Kants: *"Über Anmut und Würde"*.

Hier kann ein heutiger Leser Schillers messerscharfe Differenzierungen von
Schönheit und *Anmut* oder *Würde* und *Erhabenheit* so lange für antiquiert
verstaubte oder überholte, jedenfalls reichlich langweilige und nachsichtig
belächelbare Haarspaltereien halten, bis er erschrocken innehält, weil er als
Grund für seine Leseprobleme eine intellektuélle Vergröberung und Verro-
hung der eigenen Zeitgenossenschaft plötzlich zu durchschauen und einzu-
räumen gar nicht mehr umhin kann. Wenn die hier analysierten Begriffe ihre geistige Brisanz oder Aktualität verloren zu haben scheinen, kann das
auch von einem allgemeinen Kulturschwund verursacht werden, der jeden
Hochmut lieber heillos in Panik versetzen sollte.

Aber umso überraschter stößt der also bestürzte heutige Leser mitten in diesem Essay über Anmut und Würde auf eine beiläufig eingeflochtene Attak-
ke gegen die Logen jener Jahre.

In einer grammatikalisch virtuosen Verschmelzung des *"großen Weltwei-
sen"*, also Kants, mit dem ichlosen Autor jenes Essays werden von wem nun
immer zwei *"empörende"* Schwachpunkte in der *"Moral seiner Zeit"* beim
Namen genannt.

Der eine ist *"ein grober Materialismus in den moralischen Prinzipien"*, den so gefällige Philosophen wie etwa der Franzose Claude-Adrien Helvétius *"dem schlaffen Zeitcharakter zum Kopfkissen untergelegt"* haben.

Der andere Schwachpunkt aber in der zeitgenössischen Moralphilosophie, brandmarken Kant und Schiller hier quasi *unisono*, sei

"ein nicht weniger bedenklicher Perfektionsgrundsatz, der, um eine abstrakte Idee von allgemeiner Weltvollkommenheit zu realisieren, über die Wahl der Mittel nicht sehr verlegen war".

Das zielte jetzt unverhohlen auf die *Illuminaten*, die sich ja anfangs tatsächlich *Perfektibilisten* genannt hatten. Auch diese also gelte es, eben

"in der imposanten Hülle moralisch löblicher Zwecke, worein besonders ein gewisser enthusiastischer Ordensgeist sie zu verstecken weiß, ohne Nachsicht zu verfolgen".

Das war klare Sprache, gleichsam *ex cathedra*.

Wer das damals alles las und begriff und verübelte und nachtragend zu ahnden beschloß, ist natürlich nicht mehr auszumachen.

Zu ihrer aller Sprecher aber machte sich nach geraumer Denkpause ausgerechnet jener Rudolstädter (oder Ezelbacher) Kammerherr Br. Wilhelm Heinrich Karl Freiherr von Gleichen-Russwurm, damals 29jährig und später der Schwiegervater von Schillers Tochter Emilie. Quasi im Namen vieler Verletzter, die ihren gutartig positiven Lebenssinn jählings verunglimpft fühlen mochten, schrieb er dem Autor im Juni 1794 einen langen Protestbrief eben zu besagter Passage mit ihrem *"Verdammungsurteil"*:

"Wenn ich als Mitglied einer geheimen Verbindung bisher tätig und eifrig in dem Geiste derselben arbeitete, so war mein Zweck, Menschenglück zu befördern (mich und andere vollkommener zu machen) und vorzüglich mich und andere mit jenem Enthusiasmus für Menschenwohl, Tugend und Wahrheit zu erfüllen, den alle Zeitalter für das mächtigste Triebrad jeder edlen und heroischen Tat erkannten. Und ich hätte mich geirrt?"

Auf diesen Brief eines Mannes, der für Schiller immerhin *"ein sehr braver Mensch"* und *"einer meiner besten Freunde in hiesiger Gegend"* war (am

27. Mai 1793 an Körner), liegt uns keine Antwort vor. Sie mag verloren gegangen sein.

Besagter Essay jedoch, der im Juni 1793 in der Zeitschrift *"Neue Thalia"* publiziert worden war, erschien zugleich auch in kleiner Auflage als Sonderdruck mit der Widmung an einen der höchsten Logenbrüder:

"An Carl von Dalberg. Was du hier siehest, edler Geist, bist du selbst. Milton".

Leider scheint nicht überliefert zu sein, ob Dalberg diese Identifikation geschmeichelt auf die Begriffe *Anmut* und *Würde* oder aber, gar verärgert, auf das angegriffene Logenwesen bezogen hat.

Höhenflug und Hochmut

Chat im Internet: www.speakerscornerTV.de/blaugold-dioskuren

Autor: "DER GROSSINQUISITOR"
antwortet allen:

Die unbekümmerte Furchtlosigkeit dieses provokanten jungen Poëten scheint unbegreiflich.

Hatte er wirklich keine Angst vor einer Reaktion all der Angegriffenen, der Kritisierten und Beleidigten? Aber wieso nicht? Worauf gründete sich eine so tollkühn rücksichtslose Unabhängigkeit des Geistes?

In seinem Essay *"Über die ästhetische Erziehung des Menschen"*, der 1793 bis 1794 entstand und 1795 zuerst in den *"Horen"* erschien, gab Schiller hierauf mit dem *Neunten Briefe* selbst eine Antwort.

Er wiederholte da zunächst, was er schon seinem dänischen Mäzen geschrieben hatte: daß *"alle Verbesserung im Politischen von Veredlung des Charakters ausgehen"* solle und daß in einer *"barbarischen Staatsverfassung"* das einzige Mittel hierzu *"die schöne Kunst"* sei. Denn

"die Menschheit hat ihre Würde verloren, aber die Kunst hat sie gerettet".

Als Retter der Menschenwürde also sei der Künstler

"zwar der Sohn seiner Zeit, aber schlimm für ihn, wenn er zugleich ihr Zögling oder gar noch ihr Günstling ist".

Vielmehr müsse er, *"furchtbar wie Orest"*, sein Jahrhundert gnadenlos zu reinigen trachten,

"die Wirklichkeit verlassen und sich mit anständiger Kühnheit über das Bedürfnis erheben; denn die Kunst ist eine Tochter der Freiheit, und von der Notwendigkeit der Geister, nicht von der Notdurft der Materie will sie ihre Vorschrift empfangen. Jetzt aber herrscht das Bedürfnis und beugt die gesunkene Menschheit unter sein tyrannisches Joch. Der Nutzen ist das große Idol der Zeit, dem alle Kräfte fronen und alle Talente huldigen sollen. Auf dieser groben Waage hat das geistige Verdienst der Kunst kein Gewicht, und aller Aufmunterung beraubt, verschwindet sie von dem lärmenden Markt des Jahrhunderts" (Zweiter Brief).

Eben dort freilich drohe dem reinigenden Künstler die Gefahr, sich selbst zu korrumpieren.

"Wie verwahrt sich aber der Künstler vor den Verderbnissen seiner Zeit, die ihn von allen Seiten umfangen?"

Dieser Schiller weiß auch hierauf die Antwort:

"Wenn er ihr Urteil verachtet".

Na, und das tat er ja denn auch kräftig – indem er sich und jedem andern Künstler anriet:

"Er blicke aufwärts nach seiner Würde und dem Gesetz, nicht niederwärts nach dem Glück und nach dem Bedürfnis."

Mit so selbstverordnetem Höhenfluge aber noch nicht genug. Solch ein Künstler solle auch frei sein

"von dem ungeduldigen Schwärmergeist, der auf die dürftige Geburt der Zeit den Maßstab des Unbedingten anwendet".

Das zielte nun direkt auf jene Versuche einer Weltverbesserung durch die Logen, von denen er sich nichts mehr zu erhoffen schien:

*"Fallen wird das Gebäude des Wahns und der Willkürlichkeit, fallen muß
es, es ist schon gefallen, sobald du gewiß bist, daß es sich neigt".*

Auch jedem Jünger oder Nachwuchskünstler empfahl er daher so stolze
Selbstgerechtigkeit wie sich selbst:

*"Lebe mit deinem Jahrhundert, aber sei nicht sein Geschöpf; leiste deinen
Zeitgenossen, aber was sie bedürfen, nicht was sie loben".*

Und was bedürfen sie nach seiner Meinung?

*"Verjage die Willkür, die Frivolität, die Rohigkeit aus ihren Vergnügungen,
so wirst du sie unvermerkt auch aus ihren Handlungen, endlich aus ihren
Gesinnungen verbannen."*

Und dann ist die benötigte Veredelung der Charaktere erreicht? Dieser
Hochmut war wirklich ohne Grenzen.

Er hatte auch vor keinem Gesetzgeber mehr Respekt, wenn er sich anmas-
send zu *"einer absoluten Immunität"* verstieg, wie seine Kunst sie ihm gewährte:

*"Der politische Gesetzgeber kann ihr Gebiet sperren, aber darin herrschen
kann er nicht. Er kann den Wahrheitsfreund ächten, aber die Wahrheit besteht; er kann den Künstler erniedrigen, aber die Kunst kann er nicht ver-
fälschen."*

Sei's drum. Aber wenn es sein muß, kann er den unbotmäßigen Künstler
auch vernichten.

Denn Hochmut pflegt vor dem Fall zu kommen.

Auch bei Künstlern.

Ideales Idyll

Brief mit drei Anlagen an das Goethe- und Schiller-Archiv in Weimar

Institut für Neuere deutsche Literatur und Medien
am Fachbereich 09 Germanistik und Kunstwissenschaften
der Philipps-Universität Marburg

Marburg, am 26. Januar 2007

Sehr geehrte Damen und Herren,

im Auftrage und mit verbindlichen Empfehlungen unseres Geschäftsführen-
den Direktors, Herrn Prof. Dr. Wagenknichts, erlaube ich mir, Ihnen heute
die nachstehend aufgelisteten Anlagen zur Prüfung und zum eventuëllen
Verbleib in Ihren Beständen zu überreichen.

Es handelt sich dabei um die folgenden Dokumente:

Anlage 1: Abschrift eines apokryphen und der Forschung bislang noch nicht
bekannten Briefes von Friedrich Schiller an den Erbprinzen Friedrich Christian von Schleswig-Holstein-Sonderburg-Augustenburg. Das Original, das
bei Interesse natürlich unverzüglich nachgereicht werden könnte, wurde uns
– vermutlich durch eine Verwechslung von Marburg mit Marbach – aus
dem Nachlaß eines erbenlos verstorbenen Aussiedlers zugeleitet, der dieses
Manuskript nachweislich 1996 bei der Autografen-Versteigerung eines
Auktionshauses in St. Petersburg erworben hatte und anschließend in die
hessische Heimat seiner Vorfahren zurückgekehrt war.

Unsere beigefügte prophylaktische Abschrift hat einfachheitshalber auf
Schillers originale Orthografie und Interpunktion verzichtet, um sich vorläufig noch einer gegenwärtigen zu bedienen.

Anlage 2: Expertise des Petersburger Auktionshauses zu diesem vermeintlichen Schiller-Autografen in einer ersten Übersetzung durch das *Slawisti-
sche Institut der Universität Marburg*. Das russische Original liegt uns vor
und kann auf Wunsch zugestellt werden.

Anlage 3: Gutachten unseres *Institutes für Neuere deutsche Literatur* zu den
Anlagen 1 und 2.

Wir wären Ihnen sehr dankbar, Ihre Ansicht zu dieser etwas kryptischen,
aber gegebenenfalls brisanten Angelegenheit erfahren zu können, und stellen Ihnen gern schon heute eine vollständige Überlassung aller Originaldo-
kumente in Aussicht.

Mit freundlichen Grüßen

gez. Dr. Michaëla Lange
Wissenschaftliche Assistentin

Anlage 2
Auktionshaus St. Petersburg - Abteilung Autografen

Expertise
zum Schillerbrief vom 25. Januar 1794 an Erbprinz Friedrich Christian
von Schleswig-Holstein-Sonderburg-Augustenburg

*Der vorliegende Brief ist der letzte in einer Reihe, die der deutsche Schrift-
steller Friedrich Schiller (1759-1805) während einer Reise nach Württemberg im Winter 1793/94 an den bezeichneten Erbprinzen von Schleswig-
Holstein (1765-1814) nach Kopenhagen schrieb.*

*Dort fielen alle diese Briefe am 26. Februar 1794 einem Brande des König-
lichen Schlosses Kristiansborg zum Opfer.*

*Einzig dieser Brief vom 25. Januar 1794 wurde gerettet. Prinzessin Luisa
Augusta, Tochter des Königs von Dänemark und schon als 15jährige aus
dynastischer Strategie mit dem damals 21jährigen Erbprinzen im seinerzeit
dänischen Schleswig-Holstein verheiratet, hatte diesen Brief ohne Wissen
ihres Mannes an eine literarisch interessierte Kusine ausgeliehen, die sich
besonders für Schillers "Räuber" begeisterte und diesen Brief des verehrten
Autors nach dem spektakulären Brande von Kristiansborg vergaß oder vorsätzlich einbehielt, jedenfalls nicht zurückgab. Der getäuschte Erbprinz
mußte ihn für ebenfalls verbrannt halten.*

*Im Nachlaß dieser Kusine, die gleichfalls zum dänischen Hochadel gehörte,
geriet der Brief vermutlich etwa 1840 in den Besitz ihrer einzig überleben-
den Tochter, die im schwedischen Malmö mit einem Baron von Adlerskron
verheiratet war. Dort schenkte sie nachweislich 1862 ihrem ältesten Sohn
Gunnar diesen Schillerbrief zur Hochzeit. Dieser Gunnar von Adlerskron,
der kinderlos blieb und seine letzten Lebensjahre ausschließlich auf den finnischen Gütern seiner Familie verbrachte, hinterließ sein gesamtes Erbe einer Nichte zweiten Grades, die in Turku einen bürgerlichen Esten heiratete
und mit diesem nach Tallinn, ins damalige Reval zog.*

Dort in finanzielle Schwierigkeiten geraten, verkaufte dieser Ehemann den Schillerbrief an einen baltendeutschen Philologen und Sammler im Umfeld der Universität Dorpat, heute Tartu. Dieser Prof. Dr. Clemens von Mickwitz erkannte den Wert des erworbenen Autografen, dokumentierte dessen skandinavische Odyssee anhand der Erzählungen des Vorbesitzers und verheimlichte seinen erworbenen Schatz der Schillerforschung.

Als Mickwitz 1937 unverheiratet in Narwa starb, fielen die Dokumente legal an seinen estnischen Adoptivsohn, vormals Wello Tuulmets, von dem nicht ganz nachvollziehbar ist, ob er selbst oder aber erst sein Sohn namens Wello von Mickwitz nach der Einverleibung Estlands in die Sowjetunion in deren östlichere Gegenden sei es emigrierte, sei es zwangsumgesiedelt wurde und die Schiller-Papiere dahin mitnahm. Dort jedenfalls reisten dieser Brief und das anfangs auch noch entsprechend ergänzte Begleitschreiben viele Jahre lang freiwillig oder unfreiwillig in einer verschlossenen Kassette kreuz und quer durch das ganze Land und fanden sich erst 1987 auf einem Dachboden im sibirischen Jakutsk, Hauptstadt der heutigen Jakutischen Autonomen Republik, wieder, als das betreffende Haus dort aus unbekannten Gründen seinen Besitzer wechselte.

Der neue Eigentümer, ein Boris Borissowitsch Masuchin, war im renommierten jakutischen Holzhandel tätig und nicht imstande, diese deutschsprachigen Dokumente zu lesen. Er hoffte aber auf gewinnbringende Inhalte oder sonstige einträgliche Informationen und gab durch Vermittlung eines befreundeten Pelzhändlers, der geschäftliche Beziehungen in die damalige Deutsche Demokratische Republik unterhielt, einem Kürschnermeister aus Karl-Marx-Stadt, heutigem Chemnitz, anläßlich eines beruflichen Aufenthaltes in Jakutien entsprechenden Einblick in seine vergilbten und mittlerweile brüchig werdenden deutschen Papiere aus dem späten 18. Jahrhundert.

Dieser sächsische Rauchwarenexperte sah sich nicht in der Lage, das alte Manuskript über eine komplizierte Poëtik in sein dürftiges Schul- und Pelzgeschäftsrussisch zu übersetzen, und stellte angesichts des offenkundigen historischen Alters und möglichen Wertes auf Umwegen über Ostberlin einen Kontakt zur Kulturabteilung in der Moskauer Botschaft seines Landes her.

Dort wurde der Wert dieser rätselhaften Trouvaille wohl zumindest hinlänglich erahnt, so daß ihrem ohnehin nicht ganz legalen neuen Besitzer ein ebenfalls nicht ganz legaler Ankauf zu moderatem Preise angeboten wurde. Das machte diesen Boris Borissowitsch in Jakutsk aber nur mißtrauisch, und er lehnte eine solche Veräußerung dieser vermeintlichen Preziose zu so unkontrollierbar niedrigem Kaufpreise vorläufig ab.

Nach Auflösung der Sowjetunion fand sein jüngster Sohn, Timofej Borissowitsch, anläßlich eines Stipendiums für Studenten des Nachrichtenwesens in St. Petersburg den Weg in unser Auktionshaus und legte unserer Autografenabteilung jene deutschen Dokumente zunächst zur unverbindlichen Prüfung vor.

Eine Inhaltsanalyse durch das Germanistische Institut der Universität St. Petersburg und mehrere gutachterliche Untersuchungen von Handschrift, Papier und Tinte erwiesen schließlich die unstrittige Authentizität des Dokumentes, so daß wir es am 14. September 1993 käuflich erwarben und nach mehreren mißlungenen Versuchen am 12. Mai 1996 an den jetzigen Eigentümer, Herrn Alexander Gustavowitsch Meller (vormals Möller) aus dem westsibirischen Tobolsk, versteigerten.

Wir bestätigen ihm hiermit ausdrücklich, daß es sich bei diesem ersteigerten Gegenstande um einen original handschriftlichen Brief des deutschen Schriftstellers Friedrich Schiller handelt.

St. Petersburg, 12. Mai 1996

gez. 2 Unterschriften: unleserlich

(Übersetzt von Dr. Ina Kussewitzki-Schnack, Wissenschaftlicher Assistentin am Institut für Slawische Philologie an der Philipps-Universität Marburg

Marburg, den 12. November 2006

F. d. R.: gez. Dr. Carmen Gängig, Privat-Dozentin mit Lehrauftrag an der Philipps-Universität Marburg

Marburg am 14. Dezember 2006)

Anlage 1
Brief von Friedrich Schiller an den Erbprinzen Friedrich Christian von Schleswig-Holstein-Sonderburg-Augustenburg

Ludwigsburg in Schwaben, am 25. Januar 1794

Durchlauchtigster Prinz!

*Nicht allein aus hartnäckiger Gründlichkeit, die belustigen, aber auch belä-
stigen könnte, sondern viel mehr noch mit jener Begeisterung, für die ein
Poet im Verfolg seiner Imaginationen um Nachsicht bitten zu dürfen hofft,
ergreife ich heute dessen Feder, um das angedeutet Gebliebene meines ersten Dezemberbriefes über ein goldenes Zeitalter angemessener darzulegen
als neulich noch möglich.*

*Tatsächlich geht es mir da um eine Dichtungsart, deren ausführlichere Ent-
wicklung ich freilich einer späteren Zeit vorbehalten muß, weil da nichts
Geringeres als eben ein Höchstmögliches der Poesie in Frage steht und hinlänglich erwogen sein will. Ich spreche von der Idylle.*

*Der allgemeine Begriff dieser Dichtungsart ist die poetische Darstellung ei-
ner unschuldigen, einer glücklichen Menschheit, die im Zustand der Harmonie und des Friedens mit sich selbst und ihrer Umgebung lebt.*

*Die Idee dieses Zustandes allein und der Glaube an die mögliche Realität
desselben kann den Menschen mit allen den Übeln versöhnen, denen er auf
dem Wege zur Kultur unterworfen ist.*

*Weil aber solches Glück mit den Verhältnissen einer Sozietät, die sowohl
vergrößert als auch verfeinert ist, nicht mehr überein stimmt, so haben die
Dichter von Theokrit bis Geßner oder vom Tasso bis Milton den Schauplatz
ihrer Idyllen aus dem Gedränge des bürgerlichen Lebens heraus in den ein-
fachen Hirtenstand und in das Kindesalter der Menschheit noch vor dem
Anfange aller Kultur verlegt.*

*Erst regierte Saturnus, schlicht und gerecht,
  Da war es heute wie morgen,
Da lebten die Hirten, ein harmlos Geschlecht,
  Und brauchten für gar nichts zu sorgen.
Sie liebten und taten weiter nichts mehr,
Die Erde gab alles freiwillig her.*

*Auf solche Weise haben alle Völker, die eine Poesie haben, auch ein Para-
dies; ja jeder einzelne Mensch,*

Sich eine schuldlos reine Welt zu gründen
In dieser rauh barbarschen Wirklichkeit,

hat sein eigenes goldnes Zeitalter, dessen er sich, je nach seinem poetischen Kapital, mit mehr oder weniger Begeisterung erinnert: "Auch ich war in Arkadien geboren".

So also bietet ihm sogar seine persönliche Erfahrung Materialien für das Gemälde der Hirtenidylle, die gleichwohl eine schöne, eine erhebende Fiktion bleibt:

So will er sie, wie eine Himmelstadt
In goldnen Wolken, auf die Erde setzen.

Jedoch ein Umstand findet sich dabei, der den ästhetischen Wert solcher Hirtenidyllen um sehr viel vermindert. Vor den Anfang aller Kultur gepflanzt, schließen sie mit deren Nachteilen zugleich auch alle ihre Vorteile aus. Sie stellen also unglücklicher Weise das Ziel, dem sie uns doch entgegen führen sollten, hinter uns und können uns daher bloß das traurige Gefühl eines Verlustes ("Auch ich war in Arkadien geboren"), nicht das fröhliche der Hoffnung einflößen. Wir können solche Idyllen daher nur lieben und aufsuchen, wenn wir der Ruhe bedürftig sind, nicht wenn unsre Kräfte nach Bewegung und Tätigkeit streben. Sie können nur dem kranken Gemüte Heilung, dem gesunden aber keine Nahrung geben; sie können nur besänftigen und nicht beleben.

Auch ein virgilischer "Amyntas" und ein "Daphnis", auch ein Geßnerischer Hirte und Miltons herrliche Darstellung des ersten Menschenpaares im Stande paradiesischer Unschuld können bei all ihrem Aufwande von Genie und Kunst weder für das Herz noch für den Geist völlig befriedigend sein.

Man begreift, daß diese Ansiedlung in einem längst vergangenen goldenen Zeitalter nur zufällig sein kann. Denn ein solcher idyllischer Zustand findet nicht bloß vor dem Anfange aller Kultur statt, sondern eben er ist es auch, den die Kultur, sofern sie selbst denn je Tendenz hat, als ihr letztes Ziel beabsichtigt.

Schöne Welt, wo bist du? - Kehre wieder,
Holdes Blütenalter der Natur!

Die Idee eines solchen Zustandes soll uns also nicht nur rückwärts in unsre Kindheit führen, um uns da eine Ruhe zu geben, die nicht länger dauern kann als der Schlaf unsrer Geisteskräfte, sondern sie führe uns auch vorwärts zu unsrer Mündigkeit, um uns jene höhere Harmonie empfinden zu lassen, die den Kämpfer belohnt und den Überwinder beglückt.

Diese künftige Idylle hielte jene Hirtenunschuld auch noch in Subjekten der Kultur und unter allen Bedingungen des rüstigsten feurigsten Lebens, des ausgebreitetsten Denkens, der raffiniertesten Kunst und der höchsten gesellschaftlichen Verfeinerung lebendig. Sie würde den Menschen, der nun einmal nicht mehr nach Arkadien zurück kann, bis ins Elysium führen:

... heim zu deinen Brüdern Engeln,
  Denen du entlaufen bist.

Einzig die Idee eines solchen späteren Zustandes der allgemeinen Harmonie und der feste Glaube an ihre mögliche Realität kann den Menschen mit allen Übeln versöhnen, denen er auf dem Wege der Kultur unterworfen wird.

Ich bin mir deutlich bewußt, Durchlauchtigster Prinz, das alles einem Manne zu gestehen, dem das Glück der Menschheit keine Schimäre, sondern Utopie ist, für die er Verantwortung fühlt. Ihm könnte daher, wie jedem Menschen in der Kultur, daran gelegen sein, von der Ausführbarkeit dieser Idee einer allgemeinen Harmonie die möglichst sinnlich erfahrbare Bekräftigung zu erhalten. Da aber alle menschlichen Erfahrungen weit davon entfernt sind, diesen Glauben an Glück und Unschuld zu nähren, ihn vielmehr beständig widerlegen, so kömmt auch hier wieder unser poetisches Vermögen der Vernunft zu Hilfe, um jene Idee eines vollkommenen Friedens zu verwirklichen – jedenfalls in einem einzelnen Geschehen.

Der Begriff einer solchen Idylle ist der Begriff eines völlig überwundenen Kampfes sowohl im einzelnen Menschen als auch in der Gesellschaft. Es wäre die freie Vereinigung von Neigungen und Gesetzen, also die ideale Schönheit – aber auf das wirkliche Leben angewendet. Ihr Wesen bestünde darin, daß aller Gegensatz von Wirklichkeit und Ideal vollkommen aufgehoben wäre. Ruhe wäre also der herrschende Eindruck einer solchen Dichtung, aber Ruhe der Vollendung, nicht der Trägheit; eine Ruhe, die aus dem Gleichgewicht der Kräfte, nicht aus ihrem Stillstand, die aus der Fülle statt aus der Leere fließt und die vom beseligenden Gefühle eines unendlichen Vermögens begleitet wird.

Doch diese höchste Harmonie darf der Mannigfaltigkeit nichts nehmen; das Gemüt muß befriedigt werden, aber ohne daß das Streben, ohne daß jene Bewegung darum aufhören, ohne die sich doch keinerlei poetische Wirkung denken läßt.

Die Auflösung dieser Frage ist es eigentlich, was die Theorie der Idylle zu leisten hat. Alle meine poetischen Kräfte zusammen spannen sich zu solcher Energie noch an.

Der Inhalt meiner Idylle würde der Eintritt des Herakles in den Olymp sein. Über diesen Stoff hinaus gibt es keinen mehr. Denn er erzählt die immer währende Geschichte des Mannes, der als Sohn einer menschlichen Mutter und des höchsten Gottes auf diese Erde geboren wurde. Damit hat er nicht nur das Muster auch zum Geschehen von Bethlehem und zu einer Weltreligion geliefert, die eben in solcher Menschwerdung Gottes ihre Wurzeln hat, sondern weit darüber hinaus noch der ganzen Menschheit eine Metapher für die ewige Vermischung von Sterblichem und Unsterblichem innerhalb aller irdischen Individuen gegeben, von denen jedes einzelne ebenso Menschen- wie auch Gotteskind ist.

Die Anlage zur Gottheit trägt der Mensch unwidersprechlich in seiner Persönlichkeit in sich; der Weg zur Gottheit ist ihm aufgetan in den Sinnen; und er bespricht sich mit der Gottheit durch das Instrument der Natur. Die Gesetze der Natur sind das Alphabet, vermittels dessen alle Geister mit dem vollkommensten Geiste unterhandeln.

Der Mensch, der alle Schönheit, Größe, Vortrefflichkeit der Natur aufzulesen vermag, ist der Gottheit schon sehr viel näher gerückt.

Nehmt die Gottheit auf in euren Willen,
Und sie steigt von ihrem Weltenthron.

Die ganze Schöpfung zerfließt in eine solche Persönlichkeit. Harmonie, Wahrheit, Ordnung, Schönheit, Vortrefflichkeit geben mir Freude, weil sie mir die Gegenwart eines vernünftig empfindenden Wesens verraten und meine Verwandtschaft mit diesem Wesen mich ahnen lassen.

In seinen Göttern malt sich der Mensch. Die Griechen,

die vom Himmel den Gott, zum Himmel den Menschen gesungen,

malten ihre Götter nur als edlere Menschen und näherten ihre Menschen den Göttern an.

Da die Götter menschlicher noch waren,
Waren Menschen göttlicher.

Sie alle waren Kinder einer und derselben Familie.

Eine ihrer vorzüglichsten Statuen ist der vatikanische Apoll von Belvedere. Seine Leichtigkeit, Freiheit, Rundung und die reinste Harmonie aller Teile zu einem unnachahmlichen Ganzen erklären ihn zu dem ersten der Sterblichen, Kopf und Hals jedoch verraten den Gott. Aber schon der kundige Winckelmann hat uns sehen gelehrt: auch sein Schritt "schwebt gleichsam, ohne die Erde mit den Fußsohlen zu berühren". Diese himmlische Mischung kann keinen Sohn der Erde bezeichnen.

Dennoch ziehe ich den Torso des Herakles allen andern Kunstwerken vor, und Winckelmann bestätigt mir, "daß dieser Hercules einer höhern Zeit der Kunst näher kommt als selbst der Apoll". Er fügte noch hinzu: "Der Torso des Hercules scheint eines der letzten vollkommenen Werke zu seyn, welche die Kunst in Griechenland vor dem Verluste der Freyheit hervor gebracht hat".

Von dieser ungeheuer-schönen Darstellung männlicher Kraft, vor der mich Schrecken und Erstaunen schwindelnd fortreißen, hat Winckelmann uns erkennen lassen, daß hier der Herakles erscheint, "wie er sich von den Schlacken der Menschheit mit Feuer gereiniget und die Unsterblichkeit und den Sitz unter den Göttern erlanget hat". Er begriff auch, "der Held und der Gott werden in diesem Stücke zugleich sichtbar".

Ebenso haben wir uns Begriffe auch von der Weisheit des höchsten Wesens gebildet, auch von seiner Güte, von seiner Gerechtigkeit. Wir haben aber keinerlei Begriff von seiner Allmacht. Hätten wir eine Real-Idee seiner wirkenden Allmacht, so wären wir Schöpfer wie Er.

Gottgleichheit ist die Bestimmung des Menschen. Unendlich zwar ist dies sein Ideal: aber der Geist ist ewig.

*Vom endgültigen Übertritte also dieses Menschen in den Gott würde nun
meine Idylle handeln –*

*– frei erhoben über Grüfte
Fliegt der Geist in des Olympus Lüfte.*

*Die Hauptfiguren wären zwar schon Götter, aber durch den Herakles kann
ich sie noch an die Menschheit anbinden. Denn Urania, als Muse der Him-
melskunde eine andere göttliche Schwester jenes Menschen, den sie mittels
der Gestirne beständig auf die Harmonie des Himmels hinzuweisen beauftragt ist, war schon in seinem irdischen Leben immer um diesen Halbbruder
besorgt*

*und malt mit lieblichem Betruge
Elysium auf seine Kerkerwand.*

*So vermochte er, den Sternen über sich bereits das Elysium abzulesen und
all sein mühsames Trachten auf dieses ferne Ziel zu setzen.*

*Denn ihn trieb ein mächtig Hoffen
    Und ein dunkles Glaubenswort,
"Wandle!" rief's, "der Weg ist offen,
    Immer nach dem Aufgang fort.*

*Bis zu einer goldnen Pforten
    Du gelangst, da gehst du ein,
Denn das Irdische wird dorten
    Himmlisch unvergänglich sein.*

*Dieser Übergang wäre die unerläßlich benötigte Bewegung in meinem idyl-
lischen Gemälde –*

*Bis der Gott, des Irdischen entkleidet,
Flammend sich vom Menschen scheidet
Und des Äthers leichte Lüfte trinkt.
Froh des neuen ungewohnten Schwebens,
Fließt er aufwärts, und des Erdenlebens
Schweres Traumbild sinkt und sinkt und sinkt.
Des Olympus Harmonien empfangen
Den Verklärten in Kronions Saal,*

Und die Göttin mit den Rosenwangen
Reicht ihm lächelnd den Pokal.

Wohl ist diese rosenwangige Göttin eben jene Hebe der ewigen Jugend und
als andre Tochter des Zeus also eine weitere Halbschwester des eintreffen-
den Herakles, aber der Pokal, den sie ihm da als Mundschenk des Olymp
zum Willkomm reicht, enthält den himmlischen Nektar unsterblicher Ju-
gendlichkeit nicht als milde Gabe einer olympischen Barmherzigkeit, son-
dern als eine Atzung, auf die der Novize ein Anrecht mitbringt.

"Nicht aus meinem Nektar hast du dir Gottheit getrunken",

sagt Vater Zeus ihm persönlich nach diesem Schlucke, sondern

"Deine Götterkraft war's, die dir den Nektar errang".

So erkennt, begrüßt und anerkennt der göttliche Himmelsvater seinen
legitimen Erdensohn im elysischen Hafen.

Jugendlich milde
Beschwebt die Gefilde
  Ewiger Mai,
Die Stunden entfliehen in goldenen Träumen,
Die Seele schwillt aus in unendlichen Räumen,
  Wahrheit reißt hier den Schleier entzwei.

Denn, Durchlauchtigster Prinz:

Was wir als Schönheit hier empfunden,
Wird einst als Wahrheit uns entgegengehn.

Eine dergestalt verklärte Idylle, die aber gleichwohl dem suchenden An-
kömmling endlich gar die Wahrheit offenbart, könnte auch das Gegenstück
zur hohen Komödie sein, deren Form sie ganz nahe berührt, zu deren Stoff
sie aber das direkte Gegenteil wäre. Denn der Stoff der Komödie ist die
Wirklichkeit.

Der Stoff der Idylle aber ist das Ideal. Sie stellt es in weitester Bedeutung
ebenfalls als wirklich und als einen Gegenstand ebenfalls der Freude dar.

Alle Wirklichkeit, wissen wir, bleibt hinter dem Ideale zurück. Denn alles
Existierende hat seine Schranken,

*Aber flüchtet aus der Sinne Schranken
In die Freiheit der Gedanken –*

denn der Gedanke ist grenzenlos.

Ich bin überzeugt, daß in dem glücklichen Momente des Ideales der Künstler und der Philosoph die großen und guten Menschen wirklich sind, deren Bild sie entwerfen. Denn jede Vollkommenheit, die ich wahrnehme, wird mein Eigen, sie gibt mir Freude, weil sie mein Eigen ist. Ebenso ist auch Vollkommenheit in der Natur keine Eigenschaft der Materie, sondern der Geister. Alle Geister sind glücklich durch ihre Vollkommenheit.

Ich begehre das Glück aller Geister, weil ich mich selbst liebe. Die Glückseligkeit, die ich mir vorstelle, wird meine Glückseligkeit; also liegt mir daran, diese Vorstellung zu erwecken, zu vervielfältigen, zu erhöhen – also liegt mir daran, Glückseligkeit um mich her zu verbreiten. Welche Schönheit, welche Vortrefflichkeit, welchen Genuß ich außer mir hervorbringe, bringe ich mir hervor. Ich begehre fremde Glückseligkeit, weil ich meine eigene begehre. Begierde nach fremder Glückseligkeit jedoch nennen wir Wohlwollen, Liebe.

Wenn jeder Mensch alle Menschen liebte, so besäße jeder einzelne die Welt – und

*Arm in Arme, höher stets und höher,
Vom Mongolen bis zum griech'schen Seher,
   Der sich an den letzten Seraph reiht,
Wallen wir, einmüt'gen Ringeltanzes,
Bis sich dort im Meer des ew'gen Glanzes
   Sterbend untertauchen Maß und Zeit –*

Liebe also, dieser allmächtige Magnet in der Geisterwelt, ist nur der Widerschein der Urkraft und deren Anziehung alles Vortrefflichen. Die Anziehung der Elemente brachte die körperliche Form der Natur zustande, aber die Anziehung der Geister, bis ins Unendliche vervielfältigt und fortgesetzt, müßte zur Aufhebung jeder Trennung führen und endlich Gott hervorbringen.

Eine solche Anziehung ist die Liebe. Dem Vortrefflichen gegenüber gibt es keine Freiheit als die Liebe.

Liebe ist die Leiter, worauf wir emporklimmen zur Gottähnlichkeit.

Wer die steile Sternenbahn
Ging dir heldenkühn voran
*   Zu der Gottheit Sitze?*
Wer zerriß das Heiligtum,
Zeigte dir Elysium
*   Durch des Grabes Ritze?*
Lockte s i e uns nicht hinein:
Würden wir unsterblich sein?
Suchten auch die Geister
Ohne sie den Meister?
*   Liebe, Liebe leitet nur*
*   Zu dem Vater der Natur,*
Liebe nur die Geister.

Also scheue ich mich nicht, wieder und wieder zu wiederholen –

Selig durch die Liebe
Götter – durch die Liebe
*   Menschen Göttern gleich.*
Liebe macht den Himmel
Himmlischer – die Erde
*   Schon zum Himmelreich.*

Ich bekenne es freimütig, ich glaube an die Wirklichkeit einer uneigennützigen Liebe. Ich bin verloren, wenn sie nicht ist; ich gebe die Gottheit auf, die Unsterblichkeit und die Tugend. Ich habe keinen Beweis für alle diese Hoffnungen mehr übrig, wenn ich aufhören müßte, an die Liebe zu glauben.

Aber eine und dieselbe Regel leitet Liebe und Freundschaft. Eine Schäferstunde der Liebe ist mir nur ein aussetzender Aderschlag in der Freundschaft. Zu meiner Glückseligkeit bedarf ich eines wahren Herzensfreundes, der mir stets an der Hand ist wie mein Engel.

Ich mag noch keine fünfzehn Jahre gezählt haben, als ich mir einen solchen Freund schon für die Unsterblichkeit suchte und fand. Unsre Freundschaft hatte den herrlichsten Schimmer des Himmels und weissagte uns beiden nichts anderes als einen Himmel. O eine Freundschaft wie diese hätte die Ewigkeit durchwähren können. Ich habe damals in der Bibel das Leben Da-

vids gelesen – wie Er und Jonathan sich liebten, so werde auch ich im Himmel von diesen geliebt werden, eben weil ich auch sie liebe!

Später ersann sich der Mann das kühne Ideal einer Freundschaft von unsterblicher Dauer, denn ihr Terrain war die Ewigkeit und ihr non plus ultra
die Gottheit. O wie göttlich ist die Berührung zweier Seelen, die sich auf ihrem Wege zur Gottheit begegnen! Der Himmel hatte uns seltsam einander
zugeführt, aber in unsrer Freundschaft ein Wunder getan. Es ist eine rechte
Gottesgabe um einen sorgfältigen Freund.

Wem der große Wurf gelungen,
*   Eines Freundes Freund zu sein,*

wird das schöne Verhältnis, das zwischen ihnen ist, zu einer gewissen Religion machen und die Frage nach einer schon früheren Einheit stellen.

*   Waren unsre Wesen schon verflochten?*
War es darum, daß die Herzen pochten?
Waren wir im Strahl erloschner Sonnen,
In den Tagen lang verrauschter Wonnen
*   Schon in eins zerronnen?*

*   Ja, wir waren's! – Innig mir verbunden*
Warst du in Äonen, die verschwunden ...
Und in uns ein unersättlich Dringen,
Das verlorne Wesen einzuschlingen,
*   Gottheit zu erschwingen.*

Eben darum werden eines Tages nur unsre Körper scheiden; denn unsre
Geister werden ewig zusammenleben.

*   Darum dann entlaufen sie dem Meister,*
Ihre Heimat suchen unsre Geister,
Losgerafft vom Kettenband der Glieder,
Küssen sich die langgetrennten Brüder
*   Wiederkennend wieder.*

Seid umschlungen, Millionen!
*   Diesen Kuß der ganzen Welt!*
*   Brüder – überm Sternenzelt*
Muß ein lieber Vater wohnen.

Deshalb wird ein Idealist immer fragen, ob eine Sache auch für die Ewigkeit hafte, und die Dinge nach dem zu taxieren wissen, was sie wert sind.

Was er liebt, wird er zu veredeln suchen.

Doch jeden Philosophen, der die Natur der Gottheit entfaltet und wähnet, die Schranken der Sterblichkeit durchbrochen zu haben, kehrt da ein kalter Nordwind, der durch seine baufällige Hütte streicht, zu sich selbst zurück und lehrt ihn, daß er das unselige Mittelding von Vieh und Engel ist. Hunger und Durst zu löschen, wird er wider Willen Verräter und Mörder, er wird Kannibal.

Zeigte sich daher, daß eine solche Behandlung der Idylle unausführbar wäre, so würde die Komödie jenes höchste poetische Werk bleiben, für das ich sie immer gehalten habe – bis ich anfing, an die Möglichkeit einer solchen Idylle zu glauben.

Denken Sie sich aber, Gnädigster Prinz, den Genuß, in einer poetischen Darstellung alles Sterbliche ausgelöscht, lauter Licht, lauter Freiheit, lauter Vermögen – keinen Schatten, keine Schranke, nichts von alledem mehr zu sehen. – Mir schwindelt ordentlich, wenn ich an diese Aufgabe – wenn ich an die Möglichkeit ihrer Auflösung denke. Eine Szene im Olymp darzustellen – welcher höchste aller Genüsse!

Ich verzweifle nicht ganz daran, wenn mein Gemüt nur erst ganz frei und von allem Unrat der Wirklichkeit recht rein gewaschen ist; ich nehme dann meine ganze Kraft und den ganzen ätherischen Teil meiner Natur noch auf einmal zusammen, wenn er auch bei dieser Gelegenheit rein sollte aufgebraucht werden.

Nun wird alles, wie von Morgenwinden
Weggeweht ein leichter Traum, verschwinden
*   Und nichts bleiben als die Lust.*

Denn der Idealist wird die Mängel seines Systems mit seinem Individuum und mit seinem zeitlichen Zustand bezahlen, aber er achtet dieses Opfer nicht. Es ist denkbar, daß ich durch ein Opfer meine eigene Glückseligkeit vermehre – aber auch noch dann, wenn dieses Opfer mein Leben ist? Die Geschichte hat Beispiele solcher Opfer.

Wie ist es möglich, daß wir den Tod für ein Mittel halten, die Summe unserer Genüsse zu vermehren? Wie kann das Aufhören meines Daseins sich mit Bereicherung meines Wesens vertragen?

Die Voraussetzung von einer Unsterblichkeit hebt diesen Widerspruch auf.

Schon achtzehnjährig hatte ich daher öffentlich Eile gelobt, mich auf Tod und Ewigkeit vorzubereiten. Ich war noch nicht einundzwanzig Jahre alt, als ich über den traurigen Abschied meines teuersten Freundes mein gepreßtes Herz durch Worte gegen seinen Vater zu erleichtern wagte:

Sie verloren einen werten liebenswürdigen Sohn, schrieb ich damals dem Vater meines geliebten Freundes, aber haben Sie Ihren Sohn denn verloren? – verloren? War er glücklich und ist es jetzt nicht mehr? Ist er zu bedauern oder nicht vielmehr zu beneiden? Was verlor er, das ihm nicht dann unendlich ersetzt wird? Was verließ er, das er nicht dort freudig wieder finden, ewig wieder behalten wird? Er verlor nichts und gewann alles. Tausendmal beneidete ich Ihren Sohn, wie er mit dem Tode rang, und ich würde mein Leben mit eben der Ruhe statt seiner hingegeben haben, mit welcher ich schlafen gehe. Es gibt ja eine Welt, wo die Getrennten sich wieder vereinen.

Seine Freuden trifft der frohe Schatten
In Elysiens Hainen wieder an,
Treue Liebe ihren treuen Gatten
und der Wagenlenker seine Bahn;
Orpheus' Spiel tönt die gewohnten Lieder,
In Alcestens Arme sinkt Admet,
Seinen Freund erkennt Orestes wieder,
Seine Waffen Philoktet.

Dort werden auch Sie, bester Vater meines geliebten Freunds, Ihren Sohn als einen verklärten Engel wiederum umarmen, dort werde ich Freudentränen weinen am Halse meines teuren werten Freundes.

Gott befohlen, Brüder!
In einer andern Welt wieder.

*Nur vier Tage später gestand ich daher meiner Schwester: ich freue mich
nicht mehr auf die Welt, und ich gewinne alles, wenn ich sie vor der Zeit
verlassen darf.*

*Seit jener Zeit bin ich der getrösteten Meinung, daß der Tod kein Übel sein
kann, da er ja etwas so Allgemeines ist.*

*Eben zweiundzwanzigjährig, gab ich der ersten Anthologie meiner Gedichte
als Zueignung schon den Satz*

Meinem Prinzipal dem Tod zugeschrieben.

*Schon damals erklärte ich die abgedruckten Verse zu "Blumen in Sibirien",
um trotzig zu beweisen, daß auch Stiefkinder der Sonne sie auf poetische
Weise zwingen können, Front gegen Mitternacht zu machen.*

*Weggewirbelt von der Todeswonne,
Landen wir an einer andern Sonne.*

*Selbst Nordländern nämlich in der arkturischen Winternacht ihrer düstern
Wälder und unterm eisernen Himmel des neblichten Poles kann es nicht
verwehrt sein, in den Leierklang der Musen zu klimpern. Noch im hundert-
jährigen Schnee von Tobolsk, auf halbem Wege also bereits nach einem Ir-
kutsk oder Jakutsk, ließ ich, wie von Orpheus' Saitenruf belebt, meine Sibirische Anthologie drucken. Schon eingangs in der Widmung versuchte ich,
jenem*

*Großmächtigsten Zaren allen Fleisches und Unergründlichen Nimmersatt
in der ganzen Natur*

*zuzuzwinkern, daß wir zwei uns genauer kennen als nur vom Hörensagen.
Denn einverleibt dem äskulapischen Orden, der so alt ist als der Sündenfall,
stand ich schon früh in Demut am Altare dieser gefräßigen Majestät, um ihrer Erbfeindin Natur unsterbliche Fehde zu schwören und sie mit Medika-
menten zu belagern.*

*Heilig! Heilig! Heilig! bist du, Gott der Grüfte,
  Wir verehren dich mit Graun!
Erde mag zurück in Erde stäuben –
  Fliegt der Geist doch aus dem morschen Haus!*

*Der Geist fliegt aus dem morschen Haus. Er nimmt seinen Schwung und
fliegt davon.*

*Ebendeshalb habe ich inzwischen zu glauben begonnen, daß sogar das
künftige Schicksal des menschlichen Geistes im dunkeln Orakel der körperlichen Schöpfung schon vorher verkündigt liegt. Jeder kommende Frühling,
der die Sprößlinge der Pflanzen aus dem Schoße der Erde treibt, gibt mir
Erläuterung über das bange Rätsel des Todes und widerlegt meine ängstli-
che Besorgnis eines ewigen Schlafes. Die Schwalbe, die wir im Winter er-
starret finden und im Lenze wieder aufleben sehen, die tote Raupe, die sich,
als Schmetterling neu verjüngt, in die Luft erhebt, reichen uns ein treffendes
Sinnbild unsrer Unsterblichkeit.*

*Wie merkwürdig wird mir nun alles! Wo ich einen Körper entdecke, da ahne
ich einen Geist – Wo ich Bewegung merke, da rate ich auf einen Gedanken.*

"Wo kein Toter begraben liegt, wo kein Auferstehn sein wird",

*redet noch die Allmacht durch ihre Werke zu mir, und so verstehe ich die
Lehre von einer Allgegenwart Gottes.*

*Vor dem Tod erschrickst du? Du wünschest, unsterblich zu leben?
    Leb im Ganzen! Wenn du lange dahin bist, es bleibt.*

*Ich will also, Durchlauchtigster Prinz, eine Idylle schreiben, die das höch-
ste, aber auch das schwierigste Problem auf dem Felde der Poesie ist.*

*Fragen Sie mich aber nach nichts, Vortrefflichster Prinz! Ich habe vorläufig
nur ganz schwankende Bilder davon und nur hier und da einzelne Züge,
auch schon auf einzelnen Zetteln. Ein langes Studieren und Streben muß
mich erst lehren, ob etwas Festes, Plastisches daraus werden kann. Sie wären der Erste, dem es vor Augen käme.*

*In unbegrenzter Devotion und mit den lebhaftesten Gesinnungen der Ehr-
furcht, Dankbarkeit und Liebe*

ersterbe ich

Eurer Hochfürstlichen Durchlaucht

untertänigster Diener und verpflichtetster Verehrer

Friedrich Schiller

Anlage 3

**Institut für Neuere deutsche Literatur und Medien
am Fachbereich 09 Germanistik und Kunstwissenschaften
der Philipps-Universität Marburg**

Gutachten
**zum vermeintlichen Schillerbrief vom 25. Januar 1794 an den Erbprinzen
Friedrich Christian von Schleswig-Holstein-Sonderburg-Augustenburg
(Anlage 1)**

**und zur Expertise der Autografenabteilung im Auktionshaus St. Peters-
burg vom 12. Mai 1996 (Anlage 2)**

*Der vorliegende Brief war ja der Schillerforschung bislang nicht bekannt.
Insofern muß nach nunmehr 213 Jahren seine Authentizität zunächst dringend angezweifelt werden.*

*Richtig ist jedoch, daß Schiller sich zum Zeitpunkt seiner angeblichen Nie-
derschrift im elterlichen Ludwigsburg aufhielt und dort ja im Herbst und
Winter 1793/94 seine wichtigsten Briefe mit ihren Erörterungen zur Philosophie von Ästhetik und Ethik an seinen schleswig-holsteinisch/dänischen
Mäzen schrieb.*

*Richtig ist ferner, daß ja alle diese Briefe im Schadenfeuer von Kristians-
borg am 26. Februar 1794 verbrannt sind.*

*Richtig ist schließlich drittens auch, daß die Eheschließung des nordischen
Prinzen unter rein politischen Gesichtspunkten ohne weitere Gemeinsam-
keiten erfolgt war und ein heimliches oder gar unerwünschtes, verbotenes
Ausleihen dieses Briefes durch die minorenne Erbprinzessin insofern möglich erscheinen läßt.*

*Überdies hat schon unsere erste vorläufige Textanalyse schlüssig erwiesen,
daß es sich beim Wortlaut dieses apokryphen Briefes tatsächlich überwiegend oder sogar ausschließlich um eindeutig authentische Schiller-Texte
handelt.*

Aus Schillers Brief vom 10. Juni 1794 an seinen dänischen Gönner wissen wir ja, daß er selbigen über den beklagten Kristiansborger Verlust seiner Briefe mit der Zusicherung tröstete, er könne "alle meine Briefe aus Abschriften wieder herstellen". *Das diesbezügliche* "Verlangen" *des Prinzen erklärte er für* "unendlich schmeichelhaft für mich, und ich werde keine Zeit verlieren, es zu erfüllen".

Nur tat er das ja bekanntlich nicht in Gestalt einer plump kopistischen Rekonstruktion. "Alles, was ich erforsche oder bilde", *projektierte er schon in jenem selben Briefe,* "sollte in einen Brief an Ew. Durchlaucht eingekleidet sein, und in Ihrer für Wahrheit und Schönheit so empfänglichen Seele würde ich mit Freuden jede Gestalt meines Geistes und jede Empfindung meines Herzens niederlegen".

Er tat das, indem er schon im Herbst desselben Jahres 1794 Inhalte und Formulierungen der vernichteten Briefe zu seinem Essay "Über die ästhetische Erziehung des Menschen" *umschmolz, dessen Untertitel ja noch die beibehaltene äußere Gestalt* "einer Reihe von Briefen" *betont und der 1795 in Schillers Zeitschrift* "Die Horen" *erschien. Sein Plan, eine separate Buchausgabe eigens jenem ursprünglichen Adressaten dieser Briefe zu widmen, der inzwischen Herzog geworden war, blieb ja leider unverwirklicht.*

Im Gegensatz zu den andern Ludwigsburger Episteln für jenen Augustenburger scheint der nunmehr vorgelegte Brief, den Empfänger und Verfasser damals ebenfalls für verloren halten mußten, nur mit wenigen einzelnen und kurzen Passagen im erwähnten stellvertretenden Essay wiederaufzuleben. Die zentralen Darlegungen dieses Briefes über das literarische Genre der Idylle und sein Projekt eines Heraklés im Olymp sind ja stattdessen im Herbst 1795 wortwörtlich in Schillers Essay "Über naive und sentimentalische Dichtung", *zum andern auch in einen Brief vom 30. 11. 1795 an Wilhelm von Humboldt übernommen worden.*

Noch auf der leeren Rückseite eines späteren Humboldt-Briefes vom 24. 5. 1796 notierte sich Schiller ja den Titel eines entsprechend geplanten Gedichtes: "Herkules im Himmel".

Hierbei mag er sich inhaltlich auf den entsprechenden Bericht im Elften Gesang (Vers 601ff.) der homerischen "Odyssee" *bezogen haben, die ihm ja bestens vertraut war.*

Aber den formal außergewöhnlich hohen Stellenwert dieses literarischen Genres einer Idylle bezeugen ja

unter Schillers Zeitgenossen vor allem Goethe mit seinen etwa zeitgleich entstandenen Idyllen "Alexis und Dora" oder "Hermann und Dorothea"

wie auch Herder mit seinen unerheblich späteren Definitionen des (entweib-lichten!) Idylls, dessen Geschichte er im Zweiten Bande seiner "Adrastea" akribisch nachzeichnet und in jenem Zitat gipfeln läßt: "Hier ist Arkadien: vor dir, um dich, es sei nur in Dir",

runde 150 Jahre später ja aber auch Thomas Mann, wenn er kurz vor sei-nem eigenen Tode Schillers Utopie, "die Hochzeit des Herakles ... im Olymp betreffend", *noch in den bereits abgeschlossen vorliegenden "Ver-such über Schiller" post scriptum "einkomponiert", weil sie* "Das Unirdi-sche" *anstrebe, insofern* "als Höchstes" *zu bewerten sei. Schillers diesbe-zügliche Ausführungen über solche Heimkehr eines irdisch gebrandmarkten Heroën in den Olymp aus jenem Novemberbrief 1795 an Humboldt, nun al-so auch schon aus diesem neuen Januarbrief 1794 nach Kopenhagen be-zeichnet Thomas Mann ja als*

"die merkwürdigste, die enthüllendste und ergreifendste Stelle aus allen sei-nen Briefen",

zitiert dann diese so empfundene Briefstelle ungewöhnlich ausführlich und kommentiert ihren Traum von ewigem Frieden so:

"Die Idee ist völlig transzendent, dem Leben nicht angehörig, überirdisch, sie scheint einem seligen Geiste vorbehalten".

Aber von jenem "ätherischen Teil seiner Natur", *den Schiller in diesem Brie-fe bis zur Selbstvernichtung in den Dienst der erträumten Heraklés-Idylle zu stellen verspricht, habe dieses Genie, begriff Thomas Mann,*

"jedem der edelmütigen, wenn auch irdisch beschränkten Werke etwas ver-macht, die er dem Leben noch gab, so daß sie alle davon einen Schimmer tragen. Aber der überirdische Werktraum von lauter Licht und Freiheit zeigt, wohin seine letzte Sehnsucht ging: nach Entkleidung vom Irdischen, nach Verklärung".

Thomas Mann war also hinlänglich kongenial, um die schuldig gebliebene Heraklés-Idylle in allen anderen Werken der Folgezeit als jenes "Element <Schiller>" aufzuspüren, "an dem es unserer Lebensökonomie, dem Organismus unserer Gesellschaft kümmerlich gebricht".

Freilich übersah er dabei just Gerhard Frickes germanistischen Hinweis auf die "Jungfrau von Orléans" und deren unhistorischen, deren eigenmächtig veränderten Tod, der in Schillers Drama "die völlige Überwindung des Tragischen" vollziehe: "Er nähert sich jener höchsten Idylle, die ... für Schiller die äußerste Möglichkeit künstlerischer Gestaltgebung war. Die Aufnahme des Heraklés in den Olymp hatte ihm als Stoff dafür vorgeschwebt. Denn nur in der Bewegung des Übergangs war diese höchste und letzte Idee mit den Mitteln irdischer Kunst allenfalls darstellbar".

"Johanna: Ich habe das Unsterbliche mit Augen
          Gesehen – ohne Götter fällt kein Haar
          Vom Haupt des Menschen – Siehst du dort die Sonne
          Am Himmel niedergehen – So gewiß
          Sie morgen wiederkehrt in ihrer Klarheit,
          So unausbleiblich kommt der Tag der Wahrheit!"

Richtig sucht und findet sie ihn im Tode auf dem Schlachtfeld. "Am physischen Tode kann Johanna die vollendete Freiheit ... , den 'Übertritt des Menschen in den Gott' veranschaulichen":

"Seht ihr den Regenbogen in der Luft?
Der Himmel öffnet seine goldnen Tore ...
Wie wird mir – leichte Wolken heben mich –
Der schwere Panzer wird zum Flügelkleide,
Hinauf – hinauf – Die Erde flieht zurück –
Kurz ist der Schmerz, und ewig ist die Freude!

(Die Fahne entfällt ihr, sie sinkt tot darauf nieder ...)."

Johannas Übergang in den katholischen Himmel wird hier zur poëtisch stellvertretenden Metapher für jene unterlassene Aufnahme des Heraklés in den griechischen Olymp. Aber ein Weg, wußte Schillers "Ästhetische Erziehung", ist schon "zurückgelegt, sobald er eingeschlagen ist" *(Neunter Brief).*

Aber nicht nur das übersah Thomas Mann. Schon gute drei Jahre vorher hatte Schiller in seinem Gedichte "Nadowessische Totenklage" den Übergang eines sterbenden alten Sioux-Indianers in dessen olympisch-elyseïsch Ewige Jagdgründe vergleichbar idyllisch beschrieben:

"Wohl ihm! Er ist hingegangen,
    Wo kein Schnee mehr ist,
Wo mit Mais die Felder prangen,
    Der von selber sprießt.

Wo mit Vögeln alle Sträuche,
    Wo der Wald mit Wild,
Wo mit Fischen alle Teiche
    Lustig sind gefüllt."

Aber mehr noch als dieser schlaraffenhafte Überfluß schlägt da zu Buche:

"Mit den Geistern speist er droben".

Bei solchem Mahle mag dann Hébe auch diesem greisen Nadowessioux aus dem Grenzgebiet zwischen Minnesota und Wisconsin mit olympischem Nektar dieselbe Unsterblichkeit kredenzen wie in Hellas dem Heraklés und im nördlichen Frankreich dem Mädchen aus Arc. Allenthalben sucht und imaginiert sich Schiller einen Weg ins benötigte idyllische Jenseits.

Freund Körner findet diese indianische Exotik befremdlich und Humboldt gar "ein Grauen". Nur Goethe hält es sofort für "verdienstlich, den Kreis der poetischen Gegenstände immer zu erweitern" (am 5. Juli 1797 an Schiller) und sagt noch gute dreißig Jahre später, selbst fast achtzigjährig, zu Eckermann: "Die 'Nadowessische Totenklage' gehört zu seinen allerbesten Gedichten" (23. März 1829).

Thomas Mann jedoch, der alle diese parallelen Versuche Schillers verkannte oder ignorierte, war es immerhin gleichfalls, der den Stoff jener eigentlich geplanten, aber nie geschriebenen Heraklés-Idylle noch in seiner selben Schiller-Rede von 1955 in einen überraschenden inneren Zusammenhang mit "Goethes Herakles-Assoziation in der Chíron-Szene, Faust II" stellte (Brief vom 10. 3. 1955 an Hans Reisiger). Die dortige Erwähnung des Heraklés deutete er tollkühn als postume Huldigung an Schiller:

"Und daß Goethe den verewigten Freund im Bilde des Herkules, des zu den
Göttern erhobenen Mannes der zwölf Taten, sah, läßt vermuten, daß er von
dem Traume wußte, den Schiller lange gehegt hatte".

*Wie denn auch nicht, wenn sogar Humboldt, nun also auch noch jener däni-
sche Prinz davon wußte?*

*In erwähnter Chiron- (recte: Cheiron-) Szene der "Klassischen Walpurgis-
nacht" nämlich läßt Goethe ja seinen Faust auf dem Hengstrücken ausgerechnet jenes rastlos wandernden und Männer liebenden Heroënlehrers
durch das thessalische Hexenland der Ägäis vom Untern zum Obern Peneios und bis hin zur Prophetin Mantó reiten, die ja,*

"Peneios rechts, links den Olymp zur Seite",

*als Sinnbild des Zeitlosen einzig den Weg ins Überzeitliche, in die Unterwelt
kennt:*

"Hier hab' ich einst den Orpheus eingeschwärzt",

also heimlich, "schwarz", hineingeschmuggelt.

*"Reithengst" Cheiron aber, der ja seinen Schüler Jáson seinerzeit erst zum
Orpheus ausgesandt hatte, ist auch für seinen aufsitzenden Reitersmann
Faust nun*

"Der große Mann, der edle Pädagog,
Der, sich zum Ruhm, ein Heldenvolk erzog".

*Diesen anatomischen Kentauren, der ja als Titelspender der "Horen" auch
in Goethes persönlichem Kontakt und Eros mit Schiller eine virilanimalisch
semantische Rolle gespielt hatte, fragt sein Reiter Faust nun im Wissen um
dessen tiefe Welt- und Menschenkenntnis und nicht ohne heimliche Absicht
bereits nach dem "schönen Kreis der edlen Argonauten", die ja fast alle die
Schüler dieses Cheiron waren:*

"Doch unter den heroischen Gestalten
Wen hast du für den Tüchtigsten gehalten?"

*Bereitwillig listet der pädagogische Hengst die Vorzüge seiner Eleven "im
hehren Argonautenkreise" bei ihrer Suche nach einem goldenen Vliese für*

diesen Jáson, den "Frauen angenehm", auf und preist so zunächst den scharfsichtigen Lynkeús,

"der bei Tag und Nacht
Das heil'ge Schiff durch Klipp' und Strand gebracht",

auch Kastor und Pollux, jene fraternen Dioskuren, die überall gemeinsam durch ihre "Jugendfüll' und Schönheit" siegten, aber auch den Kálaïs, jenen purpurgeflügelten Geliebten des Orpheus, in all der Windeseile mitsamt seinem Zwillingsbruder Zétes:

"Entschluß und schnelle Tat zu andrer Heil,
Den Boreaden ward's zum schönen Teil. ...
Dann Orpheus: zart und immer still bedächtig,
Schlug er die Leier allen übermächtig".

Die auffallende Aussparung seines relevanten Schülers Achilleús, der im hiesigen Phársalos immerhin gezeugt worden war, mehr aber noch des Heraklés in diesem prominenten Heldenregister provoziert schließlich Goethe-Fausts fast lauernde und unübersehbar wehmütige Nachfrage:

"Vom Herkules willst nichts erwähnen?",

und der doppelnaturig weise Schamanenlehrer, Arzt und Lyraspieler in Hengstgestalt wehrt sich mit einem schmerzlichen

"Oh weh! Errege nicht mein Sehnen!"

gegen eine Erinnerung, die er dann doch nicht mehr zurückhalten kann:

"Da sah ich mir vor Augen stehn,
Was alle Menschen göttlich preisen.
So war er ein geborner König,
Als Jüngling herrlichst anzuschaun;
Dem ältern Bruder untertänig
Und auch den allerliebsten Fraun.
Den zweiten zeugt nicht Gäa wieder,
Nicht führt ihn Hebe himmelein;
Vergebens mühen sich die Lieder,
Vergebens quälen sie den Stein."

Dieser panegyrischen Verschleierung durch Goethe nun hat später also spürsicher Thomas Mann in seiner zitierten Schiller-Rede nachgeforscht:

"Wer ist dieser Herkules, um den sich vergebens die Lieder mühen...? Man glaubt, es zu wissen, man weiß es"*:*

es ist Schiller selbst. Schon hier verklärte ihn Goethe zum herkulischen Menschen- und Gottessohn aus beiden Welten und mit jener "eingeborenen Christus-Tendenz", die alles Gemeine veredelte (vgl. dann ja auch seinen Brief noch vom 9. 11. 1830 an Zelter).

Aber nicht nur in den beiden erwähnten Essays und in jenem November-brief an Humboldt finden sich Formulierungen oder ganze Passagen aus diesem neuerlich aufgetauchten Schillerbriefe wieder. Er verwendet hier auch schon Verse, die wir dann in Gedichten dieser Zeit wiederlesen kön-nen, so in den beiden Heraklés-Strophen im "Reich der Schatten" (später "Das Ideal und das Leben"), in "Die Antike an einen Wanderer aus dem Norden", in den Epigrammen "Zeus zu Herkules" und "Unsterblichkeit", oder die er erst sehr viel später in damals vielleicht noch nicht einmal kon-zipierte Gedichte einbaut: in "Die Dichter der alten und neuen Welt" (spä-ter "Die Sänger der Vorwelt"), "Die vier Weltalter" und "Der Pilgrim".

Wie ja schon in andern Briefen an den Augustenburger (13. 7. 1793, 11. 11. 1793) zitiert Schiller auch hier wieder, hier sogar vermehrt aus kürzlich entstandenen Gedichten, die ihn noch okkupieren mögen: aus "Die Götter Griechenlandes" und "Die Künstler".

Doch auch viele Gedichte seiner Frühzeit liefern ihm hier das Material zu-mal zu Tod und Elysion: "Trauerode auf den Tod des Hauptmanns Wiltmai-ster", "Die Entzückung", "Elegie auf den Tod eines Jünglings", "Rousseau", "In einer Bataille", "Der Triumph der Liebe", "Das Geheimnis der Reminis-zenz", "Die Freundschaft", "Elysium", "Resignation" und "An die Freude", vielleicht auch noch aus anderen mehr.

Solche Selbstzitate bezieht der Briefsteller dieser Epistel, anders als in son-stigen Texten für denselben Adressaten, diesmal auch aus der eigenen Pro-sa früherer Jahre: aus den "Morgengedanken am Sonntage" des 18jährigen, aus der "Philosophie der Physiologie" des Medizinstudenten von 1779, aus den Briefen des 17- oder 19jährigen an seinen Freund Scharffenstein, des 20jährigen an den Hauptmann Christian Daniel von Hoven (15. 6. 1780) und an Schwester Christophine (19. 6. 1780), aus Widmung und Vorrede

*des 22jährigen zur "Anthologie auf das Jahr 1782", aus der "Theosophie
des Julius" und anderen Kapiteln seiner "Philosophischen Briefe" und nicht
zuletzt, zumal den Heraklés, recte: den Torso von Belvedere betreffend und
einen legendären Irrtum der klassischen Kunstgeschichte ja um einen (far-
nesisch) weiteren eigenen noch vermehrend, in jenem Mannheimer "Brief
eines reisenden Dänen" (von 1785) nunmehr in einem Briefe also auch für
einen regierenden Dänen. Selbst intime Briefe an die Freunde Huber (25. 3.
1785) und Körner (7. 5. und 3. 7. 1785) werden hier zitiert, und was er später (2. 7. 1796 und 11. 12. 1798) an Goethe schreibt, wird hier – mutatis
mutandis – bereits ein erstes Mal verwendet. Auch aus seiner Jenaër An-
trittsvorlesung vom 26. 5. 1789 zur Frage "Was heißt und zu welchem Ende
studiert man Universalgeschichte?" wiederholt er hier fertig erprobte Formulierungen.*

*Kein anderer Brief dieses Autors an diesen Empfänger aber bemüht so viele
Eigenzitate in Vers und Prosa. Das ist zwar auffällig, trotzdem noch kein
zwingender Einwand gegen seine Authentizität. Wir kennen ja Schillers Definition aus einem Briefe an Körner (vom 28. 7. 1800):* "Jeder Stoff will seine eigene Form, und die Kunst besteht darin, die ihm anpassende zu finden"
*– warum im Falle des hier vorliegenden Stoffes einer Idylle über den olym-
pischen Heraklés also nicht die Form so vieler Selbstzitate, die ja zweifellos
alle "anpassend" sind?*

*Einzig auf diese Weise war auch dieser unserer allerersten germanistischen
Textanalyse eines solchen Brief-Findlings schon die Feststellung möglich,
daß zumindest 95, wenn nicht gar 100 % dieses Wortlautes unverkennbar
authentischer Schiller sind.*

*Erst weitere und noch akribischere Analysen und Textvergleiche könnten
dem vagen Verdachte nachzugehen versuchen, daß es sich unter Umständen
hier auch um eine sehr geschickte Montage vieler mehr oder minder bekannter Schiller-Texte zu einem künstlich hergestellten, also gefälschten
neuen Dokumente handeln könnte.*

*Da es für ein solches virtuëlles Artefakt jedoch nicht nur eines absolut vir-
tuosen Schiller-Experten, sondern zur Erstellung des Manuskriptes ja auch
noch eines brillanten Kujau der Handschriftenfälschung und nicht zuletzt
eines nachgerade manisch besessenen Interessenten an einer umfassenden
Darstellung von Schillers Poëtik der Idylle bedurft hätte, erscheint diese*

Unterstellung als eher unbegründet, jedenfalls schwer beweisbar. Sie soll hier auch nur eine Möglichkeit bezeichnen und dem so viel potenteren Goethe-und Schiller-Archiv vielleicht zum Anlaß für eigene, noch sehr viel kompetentere Untersuchungen dienen.

Abschließend verweisen wir noch auf eventuelle okkulte Zusammenhänge der Briefbesitzers-Familie Adlerskron in der Petersburger Expertise

mit dem gleichnamigen Petersburger Garderittmeister, späteren Hausfreund und liebevollen Wächter an Schillers nächtlichem Krankenbett in Jena, noch späteren Untermieter oder Logiergast bei dessen Eltern in Ludwigsburg und als "Trabant" in Bad Cannstatt Geliebten seiner Schwägerin Karoline, der aus demselben Dorpater Umfeld kam, wo auch jener Mickwitz der russischen Expertise mit seinem Wello wohnte, und dem Schiller ja immerhin an seines exotisch skandinavischen oder schon pseudosibirischen "Belts beeisten Strand" *die nicht ganz unverfänglich herzerwärmenden Verse ins Stammbuch schrieb:*

"Freund, wandle froh auf den betretnen Pfaden,
Verborgen zwar schlingt sich des Schicksals Faden,
Doch lenkt ihn deines Schöpfers Hand –
Und an der Liebe leichtem Rosenband
Will Freundschaft durch das neue Leben
Ermunternd dir zur Seite schweben – " –

– was alles in summa und ad libitum wir der endgültig definitiven Klärung durch das Weimarer Goethe-und Schiller-Archiv anheim stellen.

Marburg, den 2. Januar 2007

*gez. Dr. Michaëla Lange und Dr. Torsten Kleineidam,
Wissenschaftliche Assistentin und Wissenschaftlicher Assistent
im Institut für Neuere deutsche Literatur und Medien
der Philipps-Universität Marburg*

*F. d. R.: gez. Prof. Dr. Andreas J. Wagenknicht,
Geschäftsführender Direktor
des Instituts für Neuere deutsche Literatur und Medien
an der Philipps-Universität Marburg*

Marburg, den 25. Januar 2007

Logen erloschen

Chat im Internet: www.speakerscornerTV.de/blaugold-dioskuren

Autor: "KÖNIGIN ELISABETH VON ENGLAND"
antwortet und bremst:

Hier in Eurem *chat net* scheint sich ja langsam im Falle Schillers wirklich alles zu einer Mordanklage gegen Freimaurer oder *Illuminaten* zuzuspitzen. Denn Fakten, Logik, Beweise, Zitate und Indizien deuten ja tatsächlich samt und sonders in diese Richtung.

Aber ich muß Eurer Jagdlust leider einen Dämpfer verpassen.

Als Schiller 1805 in Weimar starb oder irgendwie ermordet wurde, gab es dort schon lange keinerlei Logen mehr.

Nein, wirklich nicht.

Die ofterwähnte Freimaurerloge *"Amalia"* war in den Strudel der allgemeinen System- oder Richtungskämpfe geraten, die in Weimar besonders von Bertuch und Bode so kontrovers ausgetragen wurden, daß Freiherr von Fritsch als ihr *Meister vom Stuhle* schon am 11. Juli 1782 jede weitere Logenarbeit bis zu einer endgültigen Klärung oder Befriedung aussetzte, also bis auf Weiteres einstellte. Die *"Amalia"* wurde erst 1808, nach 26jähriger Pause also und dann in reformierter Gestalt, erneut ins Leben gerufen, als Schiller schon lange tot war.

Aber auch die *Strikte Observanz* war nach dem Tode ihres *spiritus rector* von Hund 1776 in Diadochen- und Prinzipien-Streitereien geraten und auf dem *Convent zu Wilhelmsburg* im Juli und August 1782 gleichfalls zu Grabe getragen worden.

Die *Illuminaten* hingegen hatten nach ihrem offiziellen Verbot in Bayern 1784 und Weishaupts Flucht nach Gotha 1787 verschiedentlich um ein Überleben gekämpft. Aber nachdem ihr Reanimator Bode kurz vor Weihnachten 1793 in Weimar gestorben war und der Herzog von Schleswig-Holstein irgendwann resigniert zu haben schien, mußte in der Tat auch dieser Orden als erloschen gelten.

Als Schiller starb, gab es in Weimar schon seit 23 Jahren keine Freimaurer und seit nahezu zwölf Jahren keine *Illuminaten* mehr. Jena war damals schon seit vierzig Jahren ohne jede Loge.

Insofern dürfte sich die Verdächtigung von Freimaurern und *Illuminaten* als den Mördern Schillers wohl erledigt haben: Spökenkiekerei. Oder Paranoia.

Dieser Traum ist aus. Sorry.

God bless you all.

Logen langlebig

Chat im Internet: www.speakerscornerTV.de/blaugold-dioskuren

Autor: "KONRAD BAUMGARTEN"
antwortet   oder widerspricht der "KÖNIGIN VON ENGLAND":

"Ihre Majestät" haben Recht: alle Logen, die es in Weimar bislang gegeben hatte, stellten offiziell zwischen 1782 und circa 1785 ihre Tätigkeit ein.

Gegen wen aber, fragt sich dann, kämpfte Schiller mit all seinen logenkritischen Texten zwischen 1788 und 1793 eigentlich an: gegen Windmühlenflügel? Seifenblasen? Gegen Schimären?

Dafür waren ihm diese Texte aber viel zu wichtig, zu hautnah, zu aktuëll und politisch brisant. Das ist unüberlesbar. Wer also provozierte da Schillers Provokationen? Wen gab es da noch, der von ihm angegriffen, kritisiert und widerlegt werden konnte? Oder mußte?

Hierauf gibt es zwei Antworten.

Zum einen wurde jede Mitgliedschaft in einer Loge auf Lebenszeit abgeschlossen. Kein Freimaurer war von den Aktivitäten eines Lokalvereins abhängig. Dessen Stillegung, sei es nun endgültig oder nur vorübergehend, entband auch keinen einzigen Ordensbruder von seinen Eiden. Er galt dann, solange *"der Verkehr ruhte"*, als *"isolierter Bruder"* ohne *"Deckung"*. Zumindest noch 1925 hielt das *"Gesetzbuch der Großen Loge von Deutschland"* ausdrücklich fest, daß jedes ihrer Mitglieder durch sein

"für alle Zeit bindendes Gelübde verpflichtet"

und diese Verbindung *"unauflöslich"* sei.

Insofern konnte sich durch die Schließung einer Loge sei es in Weimar oder sonstwo die stattliche Anzahl der Logenbrüder nie verringern.

Hofrat Dr. Hugo Wernekke, selbst ja *"Meister vom Stuhle"*, gar Ehrenmeister der späteren Weimarer Loge *"Amalia"*, hat überdies noch 1905 aus deren inaktiver Ruhezeit ausgeplaudert:

"In der Stille und ohne geordnete Formen fanden wohl auch in Weimar gelegentlich Zusammenkünfte statt".

Es gab also auch ein inoffiziëlles, ein quasi privates Logenleben, dessen Freiwilligkeit es nur umso angelegentlicher machen mochte.

Denn der Zeitgeist – das ist nun die zweite meiner angekündigten Antworten – war nach wie vor maurerisch dominiert. Die intellektuëlle, die künstlerische, die politische Avantgarde oriëntierte sich überwiegend an den Ideën und Programmen der diversen Logen. Das wurde durch lokale Ruhepausen oder Schließungen kaum beeinträchtigt. Alle Vorschläge zu den geistig und gesellschaftlich unabdingbar fälligen Veränderungen variïerten immer nur Ordensvisionen.

Schillers Logenpolemik, ohnehin niemals lokal bezogen, war und blieb also weiterhin aktuëll und ein hochbrisant heißes Eisen – *"Amalia"* nun hin oder her oder auf oder zu.

Genius oder Gängelband

Autor: "WALLENSTEIN"
antwortet   "KONRAD BAUMGARTEN" und der "KÖNIGIN VON ENG-
LAND":

Ich denke, "KONRAD BAUMGARTEN" hat nicht weniger Recht als die
"KÖNIGIN VON ENGLAND".

Denn tatsächlich hatte das Maurertum, als Schiller sich ihm so vehement
widersetzte, auch als Mode seinen Höhepunkt bereits überschritten. Unübersehbar beruhigte sich entsprechend auch seine Polemik dagegen.

Nur einmal noch flammte sie als indirektes Thema in einem Gedicht auf,
das im August 1795 entstand, als die Liebe zu Goethe eben auf Erwiderung
gestoßen und endlich erfüllt war. Da mag denn auch das Logentum Gegenstand seiner Gespräche mit dem älteren Ordens-Bruder gewesen sein. Jedenfalls hat besagtes Gedicht die äußere Form einer Unterhaltung zwischen einem Jünger und seinem Guru, in dem wohl nicht nur August Wilhelm
Schlegel damals unschwer Goethe erkannte.

In diesem scheinbaren Dialoge nun spricht einzig und allein der erfahrene
Mentor, der eine Frage seines Adepten gleich eingangs wiederholt oder so
sensibel errät, daß der Eleve sie gar nicht erst zu stellen, sondern nur der
Auskunft zu lauschen braucht. Durch diesen Trick ließ Schiller also Goethe
aussprechen, was er selbst zu verkünden auf solche Weise geschickt genug
war zu umgehen.

Dieses Gedicht, das nach dem *"Reich der Schatten"* ihm selbst *"unter meinen Gedichten das liebste"* war, hieß zunächst *"Natur und Schule"* und be-
handelte in diesem befremdlichen Gegensatzpaare die Kontroverse von *Naturell* und *Schulweisheit* oder *Intuition* und *Ausbildung* oder *Begabung* und
Regelwerk. Wem von beiden sein Autor da (aus Goethes berufener schei-
nendem Munde) in dieser Gegenüberstellung die Palme reichte, ist aus dem
Titel abzulesen, den er diesem Gedichte in seiner zweiten, der endgültigen
Fassung gab: *"Der Genius"*.

Diese Befreiung des Genies von allen Fesseln kanonischer Reglementierung
findet hier freilich ganz unübersehbar mit einem Vokabular statt, das einen
freimaurerischen Subtext freilegt.

Es konfrontiert *"der L e h r l i n g e Schar"* mit *"der W e i s h e i t Mei -
s t e r "*, den *" P r o f a n e n "* mit dem *" E i n g e w e i h t e n "*, empfindet
"des S y s t e m s Gebälk" als *"vermessene W i l l k ü r "*, denn *"den heiligen Sinn hütet das m y s t i s c h e W o r t "*, und *"der F o r m e l Gefäß
bindet den flüchtigen Geist"* mit *"des S i e g e l s Gewalt, das alle Geister
dir beuget"*, *"bis auf die ewige Schrift die Schul ihr S i e g e l gedrücket"*
(mit Hervorhebungen von "WALLENSTEIN" persönlich!).

Das alles stammt so sehr aus dem Wortschatz der Logen, daß auch die zentrale Frage des "Lehrlings" Schiller nur in freimaurerischem Sinne gestellt
sein und verstanden werden kann:

"Kann die Wissenschaft nur zum wahren Frieden mich führen ... ?"

"Wissenschaft" war schon seit der intern umstrittenen *"Yorker Urkunde"*,
einem der ältesten Dokumente freimaurerischer Programmtik, ein zentraler
Begriff der Logen und sollte, oft auch im Plural der *"sieben Künste"*, zum
Basiswissen jedes Baumeisters gehören: Grammatik, Rhetorik, Logik,
Arithmetik, Geometrie, Musik und Astronomie.

Alles das jedoch schreckte in diesem Gedichte den *"Suchenden"*:

"Muß ich dem Trieb mißtraun, der leise mich warnt ... ?"

Aber mehr noch als alles akademische Pensum fürchtet der Fragende die
Todesbezogenheit jener Esoteriker, deren Abgründe der Befragte offenbar
aufgesucht und erkundet hat:

*" ... du bist in diese Tiefen gestiegen,
    Aus dem modrichten Grab kamst du erhalten zurück,
Dir ist bekannt, was die Gruft der dunkeln Wörter bewahret,
    Ob der Lebenden Trost dort bei den Mumien wohnt?"*

Unverkennbar graust den Eleven da vor solcher Goëtie in die *"Gruft der
dunkeln Wörter"*: in die Mystik obskurer Begriffe und Zeremoniën, all jener
Riten, Symbole, Requisiten und Eide in bedrohlicher Todesnähe.

"Muß ich ihn wandeln, den nächtlichen Weg? Mir graut, ich bekenn es",

gesteht uns hier Schiller aus Goethes Munde, der das mit Schillers Worten sagt. Unter nur einer Bedingung ist der Jünger zu diesem verabscheuten Wege bereit:

"Wandeln will ich ihn doch, führt er zu Wahrheit und Recht".

Doch Guru Goethe erlöst ihn von solchem Zwang. Er entwirft das bezaubernde Bild des "Naturtalentes", das solche Umwege gar nicht benötige:

"Hast du, Glücklicher, nie den schützenden Engel verloren,
*   Nie des frommen Instinkts liebende Warnung verwirkt",*

also die Verbindung mit jener "goldenen" Urzeit lebendig erhalten,

" ... da das Heilige noch in der Menschheit gewandelt,
*   Da jungfräulich und keusch noch der Instinkt sich bewahrt",*

dann, stellt der Meister den Jünger von allen Schulen und Logen frei,

"O dann gehe du hin in deiner köstlichen Unschuld,
*   Dich kann die Wissenschaft nichts lehren. Sie lerne von dir!*
Jenes Gesetz, das mit eisernem Stab den Sträubenden lenket,
*   Dir gilt es nicht. Was du tust, was dir gefällt, ist Gesetz."*

Ein schönerer Freibrief, der von allen Nachstellungen oder verpflichtenden Vereinnahmungen auch durch Orden, Geheimbünde oder Ideologien entbindet, ist schwerlich vorstellbar.

Schiller hat ihn sich selbst aus berufenstem Leihmunde ausgestellt.

Damit mag er auch, ein- für allemal, erklärt und begründet haben, warum er seinen Weg autonom ging: ohne ein Gängelband von wem auch immer.

Es scheint auch sein letztes Wort in Logendingen gewesen zu sein: er war damit fertig.

Mißliche Maurer

Chat im Internet: www.speakerscornerTV.de/blaugold-dioskuren

Autor: "WILHELM TELL"
antwortet "WALLENSTEIN":

Daß Schiller jetzt mit dem Logenwesen fertig war, stimmt so, verehrter Kollege "WALLENSTEIN", und stimmt auch gar nicht.

Es stimmt nur, daß er all dem Freimaurerwesen keine eigenen größeren Arbeiten mehr entgegenstellte.

Trotzdem taucht das Thema in den *"Xenien"* und *"Motivtafeln"* des Jahres 1796 immer wieder auf. Aber richtig ist auch, daß wir da nicht wissen, was von ihm, was von Goethe und was von diesen beiden Dioskuren gemeinsam stammt. Da aber beide dafür zeichnen, könnte Schiller sich auch von keinem dieser Distichen distanzieren. Tat er ja auch gar nicht.

Ich greife mal von den vielen einige wenige heraus und lasse Euch alle einfach lesen, was überzeugte Logenbrüder damals in Harnisch versetzt haben muß:

"Daß Verfassung sich überall bilde! Wie sehr ist's zu wünschen,
Aber ihr Schwätzer verhelft uns zu Verfassungen nicht."

*

"Jeder, siehst du ihn einzeln, ist leidlich klug und verständig,
Sind sie in corpore, gleich wird dir ein Dummkopf daraus."

*

"An die Mystiker

Das ist eben das wahre Geheimnis, das allen vor Augen
Liegt, euch ewig umgibt, aber von keinem gesehn."

*

"Wahl

Kannst du nicht a l l e n gefallen durch deine Tat und dein Kunstwerk,
Mach es w e n i g e n recht; v i e l e n gefallen ist schlimm."

*

"Was in Frankreich vorbei ist, das spielen Deutsche noch immer,
Denn der stolzeste Mann schmeichelt dem Pöbel und kriecht."

*

*" 'Pöbel! wagst du zu sagen, wo ist der Pöbel?' Ihr machtet,
Ging' es nach eurem Sinn, gerne die Völker dazu."*

*

*"Nimmst du die Menschen für schlecht, du kannst dich verrechnen, o Weltmann,
Schwärmer, wie bist du getäuscht, nimmst du die Menschen für gut."*

*

"An die Menge

*'Was für ein Dünkel! Du wagst, was wir alle loben, zu schelten?'
Ja, weil ihr alle, vereint, auch noch kein Einziger seid."*

Einmal im Schwange, donnerte Schiller dann, wieder separiert, im eigenen
Namen noch hinterher:

"Majestas Populi

*Majestät der Menschennatur! dich soll ich beim Haufen
Suchen? bei wenigen nur hast du von je her gewohnt,
Einzelne wenige zählen, die übrigen alle sind blinde
Nummern, ihr leeres Gewühl hüllet die Treffer bloß ein."*

Zwar hatte er quasi dasselbe schon vor zehn Jahren in seiner *"Geschichte
des Abfalls der vereinigten Niederlande von der Spanischen Regierung"* geschrieben und im Oktober 1788 veröffentlicht, *"daß bei einer zahlreichen
Menge mehr beschränkte als erleuchtete Köpfe vorauszusetzen sind, die
durch das gleiche Recht der Stimmen die Mehrheit nicht selten auf die Seite
der Unvernunft lenken"*. Aber wer las das damals im Essay des Historikers?
Fast jeder jedoch las jetzt ein Distichon mit diesen zwei Zeilen:

*"Ehret ihr immer das Ganze, ich kann nur Einzelne achten,
Immer im Einzelnen nur hab ich das Ganze erblickt."*

Mancher Fortschrittsbemühte, der das nun so las, muß überlegt haben, wie
man dieser Feder das Handwerk legen, wie man solch eine Stimme verstum-
men lassen konnte.

Messermorde

Chat im Internet: www.speakerscornerTV.de/blaugold-dioskuren

Autor: "JOHANNES PARRICIDA"
antwortet   und gibt bekannt:

Im dänischen Altona vor den Toren Hamburgs erschien 1797 eine deutschsprachige Zeitschrift mit dem Titel

*"Neues Archiv der Schwärmerei und Aufklärung den Bedürfnissen des Zeit-
alters angemessen und in willkührlichen Heften herausgegeben".*

Der Herausgeber nannte sich F. W. v. Schütz.

Er trug also denselben Familiennamen wie jener Jenenser Rezensent, den
Louvier in Hamburg, unsre "HEDWIG TELL" und manche/r andre für den
schuldigen Schützen vergifteter Reiherpfeile am Weimarer Weiher halten.

Sein Blättchen in Altona war im Kleinen schon eine Vorform dessen, was
heute jedes *chatting* im *Internet* global ebenso praktiziert wie auch wir hier:
eine Art *Speakers' Corner*, wo jedermann seine Meinung schreiben, auch
andre anklagen, auch sich selbst rechtfertigen konnte, sei es ohne die eigene
Identität preiszugeben: also anonym.

*"Wenn ich manchen Unterdrückten auf solche Art Gelegenheit verschaffe,
sich zu verteidigen",* erläuterte das Schütz gleich in der *"Vorerinnerung"* zu
seiner Zeitschrift, *"und überhaupt Dinge in diesem Archive zur Sprache
kommen, die manche ungern laut werden lassen, so ist ein Teil meiner Absicht erreicht, die besonders auch mit darauf gerichtet ist, den herrschenden Vorurteilen meiner Zeitgenossen mit aller Tätigkeit entgegen zu arbeiten".*

Wahrscheinlich unumgänglich kam also hier auch das Logenwesen mit all
seinem *Pro et Contra* zur Erörterung. Schütz hatte ursprünglich offensichtlich das Ziel gehabt, in diesem Organ *"der Schwärmerei und Aufklärung"* ,
besonders auch *"den Schwärmereien geheimer Gesellschaften entgegen zu
arbeiten",* sich schon bald aber genötigt gesehen, *"einige merkwürdige Ak-
tenstücke sehr unvollkommen zu liefern, bloß um einige angesehene Personen zu schonen, die dergleichen Geheimniskrämereien in Schutz nahmen",*

sei es in eigenen Gegendarstellungen, die hier unter frühester Wahrung von Datenschutz möglich waren.

Solche Gelegenheit zu subjektivster Verlautbarung nutzte hier also 1797 auch ein Anonymus, um in ungelenken Jamben seine blindwütig aufgestauten Aggressionen gegen Schiller und dessen Distichen rücksichtslos zu publizieren:

"Stürbe doch Schiller! Mich lüstet's so sehr nach seinem Kadaver;
Halte, Prosektor, indes immer dein Messer bereit."

Auch Hofrat Dr. Huschke, der Hofmedikus zu Weimar und später ja wirklich Schillers Prosektor, muß das gelesen und beim Worte genommen haben.

Ob auch Schiller selbst das je zu Augen gekommen ist, weiß heute vermutlich niemand mehr. Wohl eher nicht.

Er steckte nämlich, als das erschien, schon tief in der Arbeit an seinem *"Wallenstein"*: also selbst an der Ermordung eines Verräters und Generalissimus.

Auch sie wird in seinem entstehenden Theaterstück mit Jamben in Auftrag gegeben, aber einerseits plausibler begründet, andererseits dann ungleich lakonischer und direkter, ohne all den kunstgewerblichen Zierat eines schlecht gemeisterten Metrums, unverblümt zugespitzt, wenn sein Buttler, ein anderer General der Dragoner, seinen Hauptleuten Deveroux und Macdonald unmißverständlich deutlich aufträgt:

"Wir müssen ihn töten.
>   *Töten!*
>   *Töten, sag ich.*

– Und dazu hab ich euch erlesen.
>   *Uns?*
Euch, Hauptmann Deveroux und Macdonald."

Ohne jedes überflüssige Wort, ohne jeden Schnörkel.

Die beiden tun dann auch prompt, was ihr General so befiehlt.

Wer aber tat, wonach jenen pervertierten Anonymus in Altona so gelüstete?

...

Mordbefehle.

Und ihre Ausführung.

...

Kaisers Neue Neffen-Kleider

Brief von Moritz Pirol an die Minderheiten der Arche LL

Hallo, Ihr lieben wertgeschätzten Wenigen:

mit großem Interesse und Mitgefühl habe ich eben grade Euren doppelten Archen-Rapport über Pico und Ficino wiedergelesen.

Aber zu Pico oder dessen Namen hätte ich noch einen Nachtrag in der Lade, den ich für unverzichtbar halte. Also schicke ich ihn Euch nachstehend zur freien Verfügung. Indirekt handelt er dann letztendlich natürlich auch von Ficino.

Und von sehr viel mehr.

ERSTER TEIL

Ich lese bei Euch, daß die Grafen delle Mirandola e Concordia ihren Familiennamen Pico auf einen Bürgermeister von Modena im frühen 12. Jahrhundert, aber noch weiter ausholend auch auf einen Neffen des römischen Kaisers Constantin I. zurückführten.

Maximales Muttersöhnchen

Dieser Onkel Flavius Valerius Constantinus also, als erster Imperator auch *Maximus*, der Größte, genannt, wurde *anno Domini* 306 etwa 18jährig von seiner Soldateska ausgerechnet in Eburacum, damals Hauptstadt Britanniens und heute das ostenglische York, zum Kaiser von Rom ausgerufen.

Seinen Vorgänger Maxentius, einen lasterhaft ausschweifenden Weichling, trieb er in voller Rüstung zu einem tödlichen Sprung in den Tiber. Das besiegelte er mit der heutigen Touristenattraktion des *Arco di Costantino*, eines Triumphbogens zwischen *Forum Romanum* und *Colosseum*, und dessen eklektischer Cäsarenverehrung in superlativischen Ausmaßen und mit historischen, auch mythologischen Motiven so des Heraklés- oder Hercules- wie des Apollo-, aber sehr wohl auch des verräterischen Silvanus- oder Faunuskultes.

Doch dieser hiermit gefeierte neue Repräsentant des römischen Weltreichs war selbst gar kein Römer. In Naissus, dem heute serbischen Niš, geboren, war er der Sohn

zwar eines römischen Offiziers, aber von halbwegs dardanisch illyrischer, also triestinisch-slowenischer Abstammung

und einer bulgarischen Gastwirtstochter, späteren Herbergsmutter aus Bithynien, dessen Bevölkerung auf der asiatischen Seite des Bosporus gern auch als *"Thraker in Asien"* bezeichnet wurde.

Insofern war dieser neue und junge römische Kaiser also ein halber Thraker, der seiner Mutter ein ganzes Leben lang eng verbunden blieb. Ihr zuliebe, die er unter dem Namen Flavia Iulia Helena zur *nobilissima femina*, dann zur reich begüterten *Augusta* mit Diadem und Ehrenmünzrecht machte, nannte er ihren Geburtsort Drepanum, nicht weit vom heute türkischen Hersek, in Helenopolis um: so hieß er wenigstens nicht mehr *"Die Sichel"*.

Daß dieser Constantin seine Frau, die herculische Kaisertochter Flavia Maxima Fausta, nach fast zwanzigjähriger Ehe hinrichten ließ, könne, betont die Literatur ganz unaufgefordert, keinesfalls seiner Mutter angelastet werden. Die war da auch schon seit vierzehn Jahren leidenschaftliche Christin mit einem strikten *Fünften Gebot*.

Denn ihr Sohn, als *pontifex maximus* auch Oberhaupt sämtlicher Religionen, hatte in seinem Reich zunächst Glaubensfreiheit eingeführt, insofern die obligate Christenverfolgung unterbunden, um dann mehr und mehr die zunehmende Christianisierung seines Imperiums zu begünstigen.

Sie begann mit einer Abwendung vom populären Hercules-Kult, dem sein kaiserlicher Schwiegervater Maximianus bis zu jenem fatalen Sprunge in den Tiber anhing und der in Rom mit zahllosen Heiligtümern, Tempeln, Altären und Feiertagen zelebriert wurde. Aber dieser römische Heraklés, zu dessen Ritualen nur Männer Zutritt hatten, wurde da nicht nur als Schutzpatron militanter und potenter Virilität verehrt, sondern galt auch als Gott des Profites. Daher opferten Kaufleute ihm ein Zehntel ihres Gewinnes, bewirteten ihn symbolisch und finanzierten seine Sanktuarien. Sie unterwarfen ihm auch Gewicht wie Währung und prägten sein Bild schon auf die ältesten römischen Münzen. Er war ihr Geldgott.

Constantin machte all dem ein Ende und ersetzte diesen unbesiegbar göttlichen *Hercules Invictus* zunächst durch den *Sol Invictus*, dem zu Ehren er auch die *dies solis*, unsern heutigen *Sonntag*, als Tag der Anbetung nunmehr der Sonne etablierte.

Aber das war erst die Einleitung dessen, was später die konstantinische *transformatio Romae* genannt wurde und die Dimensionen mindestens jener späteren *Perestroika* hatte. Denn dieser Constantin selbst residierte weniger in seinem Rom als zunächst meist im thrakischen Serdica, heute bulgarischen Sofia, später in Byzanz, dem jetzigen İstanbul, also fast schon in der anatolischen Heimat seiner dominanten Mutter.

Altes und Neues Jerusalem

Doch dieser *Dominus*, der aus dem morgenländischen Byzantion sein abendländisches oder schon globalistisches Constantinopel machte, ließ sich dort nicht nur als braves Muttersöhnchen nieder. Vielmehr vollzog er da *anno Domini* 330 just an unserm 11. Mai (aus Schillers Exuvien-Odyssee) ein Schisma seines unübersichtlich riesig gewordenen Weltreiches, das er so zu befrieden, zu vereinigen und umso effektiver zu beherrschen trachtete.

Dieser Strategie sollte nun auch das immer populärere Christentum dienen, das aus dem Oriënt gen Westen vordrang. Indem Kaiser Constantin alle politische oder weltliche Macht in seinem Constantinopel konzentrierte, ließ er in Rom parallel eine souveräne Metropole exklusiv des Geistes entstehen: nach einem Konzept schon, als sei es von Schiller!

Während er selbst im weit entfernten *Nahen Osten* mit absolutistischer Etikette einen potenten Militär- und Beamtenstaat seine Bündnispolitik mit allen feindlichen Nachbarn praktizieren ließ, bekämpfte er dort auch erfolgreich die Inflation unter seinen Vorgängern, indem seine allgemeine Finanz- und Steuerreform von den Scheidemünzen aus Silbersud zu einer stabilisierenden Goldwährung zurückkehrte, deren Einheit er nach dem *Sol Invictus* als *solidus* bezeichnete und der Nachwelt so den Begriff des sonnig Soliden gab. Ein Solidus bestand nun für die nächsten siebenhundert Jahre, in Konstantinopel selbst gar bis ins 15. Jahrhundert hinein aus 4,55 Gramm Gold und trug schon bald das Konterfei der *first lady* oder Kaiserinmutter Helena, die so vielleicht indirekt zur irreversiblen Christianisierung auch von Profiten und Profanem beitrug.

Ihr Evangelium sollte durch seine Stabilisierung in Rom auch mit den Idealen des tradierten *Römischen Rechtes* verschmelzen und diesem einen geistlichen Überbau verleihen, wie Constantin ihn für das Gedeihen seines Imperiums ohnehin für unerläßlich halten mochte. Je mehr er diese Christen in Rom ihr Jenseits etablieren ließ, umso stärker erschien ihm sein byzantinisches Diesseits. Erst ihrer beider Summe aus wirtschaftlich fundierter Machtpolitik im Osten und transzendierendem Geiste im Abendlande verlieh seinem Weltreich vorübergehend die gewünschte und erforderliche, eine scheinbar dauerhafte, scheinbar solide Universalität.

Dem alten Rom aber gab er so die Chance, ein wahres oder *Neues Jerusalem* zu werden, und begründete damit den später so mißbrauchten, schnöde verweltlichten, sittlich verwahrlosten und machtpolitisch korrumpierten Vatikanstaat.

Aber jenem anfänglich hohen Ziele eines Einbezuges irrationaler Potentiale diente in Rom auch Constantins Bau von christlich repräsentativer Architektur wie Lateransbasilika und Petersdom, nicht minder aber seine Order, die griechischen Riesenskulpturen von Kastor und Polydeúkes, jenen göttlichen Dioskuren, für sein Rom zu kopieren und sie in eben ihrer Monsterhöhe, wie sie mit fünfeinhalb Metern selbst nach rund anderthalb Jahrtausenden auch Goethe so stark beeindruckte, damals noch auf dem Quirinals-Hügel in die Pracht seiner Thermen aus Gold und Mosaïken zu integrieren.

Aber gleichwohl und gleichen Geistes baute er in seinem Constantinopel die damalige Apostelkirche, an deren Stelle heute unbeschadet just die nicht minder monotheïstische *Sultan Mehmet Fatih Moschee* ihre Gläubigen versammelt.

In noch gesteigertem Missionseifer reiste Constantins nachgerade fast siebzigjährige Kaiserinmutter gleichsam mit einer Expedition ins alte Jerusalem, suchte dort nach den Spuren Christi, ließ im Auftrage ihres imperialen Sohnes so Grabeskirche wie auch Kreuzkloster, gar in Bethlehem die Geburtskirche bauen und kehrte mit den kostbarsten christlichen Reliquiën nach Europa zuürck. Hier ließ sie weitere konstantinische Kirchen in Rom und Köln errichten, auch in Triër und Xanten, in Konstantinopel und jenem Bonn, wo auch Schillers Frau und Sohn *in Christo* begraben liegen.

Inzwischen aber hatte der kaiserliche Sohn dieser emsigen Mutter eine *Erste Reichssynode* aller christlichen Bischöfe nach Nikaia, das heute türkische Iznik auf halber Strecke zwischen İstanbul und Ankara, just im mütterlich heimatlichen Bithynien einberufen. Sie fand da ab 20. Mai 325 unter der persönlichen Leitung dieses selbst noch immer ungetauften Kaisers statt und ist als das legendäre *Konzil von Nicæa* in die christliche Kirchengeschichte eingegangen.

Dort nämlich wurde außer dem Ostertermin auch das folgenschwere athanasische oder *Nicänische Glaubensbekenntnis* beschlossen, daß Gottvater und -sohn nicht nur "ähnlich", sondern jene numinose *"Wesenseinheit (homousie)"* seien, die Constantin anschließend auch zum kaiserlichen Reichsgesetz erklärte.

Hierfür bezeichneten seine Christen diesen Heiden hinfort als ihren *"13. Apostel"*.

Aber jene *"Konstantinische Schenkung"*, die in der Geschichte zu Unrecht seinen Namen trägt und auf einer gefälschten Urkunde des späten 8. Jahrhunderts beruht, gereichte dem Vatikan erst im Mittelalter mit solchem Etikettenschwindel zur Etablierung eines unabhängigen Kirchenstaates und zu seiner politischen Vormacht über halb Europa. Erst 1440 wurde sie juristisch entlarvt, erst 1809 von Napoleon schließlich auch politisch korrigiert. Doch da war *vice versa* Rom längst verweltlicht, Konstantinopel hingegen islamisch spiritualisiert.

Der große Constantin aber war nur kurz nach seiner Mutter, diesem *sine qua non* seines ganzen Lebens, und in genau demselben türkischen Izmit gestorben, damaligem Nikomedeia und bithynischer Königsresidenz, diesem

Symbol für Heimat ebenso wie für Herrschaft. Auf seinem dortigen Sterbebette ließ er sich endlich auch zum ersten christlichen Kaiser taufen.

Aber Helena, jene dominante Gastwirtstochter und Kaiserinmutter aus dem bithynischen Sichel-Drepanum, wurde von ihrer katholischen Kirche später heilig gesprochen und als Patronin (*recte*: Matrone) von Pesaro und Frankfurt am Main, der Diözesen Bamberg, Triër und Basel, aber auch aller Färber, Bergleute, Nadelproduzenten und Schatzgräber, also goethischer Gütgen, Daktylen, Pygmäen oder anderer Walpurgis-Greifen in Phársalos oder sonstwo, wie auch als Helferin gegen Feuer und Blitz, gegen Diebstahl und anderweitige Besitzverluste angebetet. Ihre Reliquiën befinden sich heute noch in der Kirche *Santa Maria in Aracœli* auf dem römischen Kapitol, ferner unter der Abtei Hautvilliers in der nordostfranzösischen Grafschaft Champagne und in jenem Triër, das seinerzeit *Kaiserliche Residenz* war und wo runde anderthalb Jahrtausende später Schillers Sohn Ernst ausgerechnet Landgerichtsrat war und daher *Römisches Recht* sprach.

Nepotismus aus Niš

Helenas kaiserlicher Sohn jedoch hatte sein eigenes Über- und Weiterleben in Gestalt einer Amtsnachfolge seiner Monarchie, die er längst für erblich erklärt hatte, rechtzeitig und hinlänglich geordnet. Denn er teilte die Macht über sein gigantisches Weltreich nicht allein unter dem Trio seiner ohnehin mitregierenden Söhne auf, sondern beteiligte auch noch seinen Neffen Flavius Dalmatius.

Der aber war dann als *"Kaiser von Thracien"* just Herrscher in jenem großtantenhaft heimatlichen und vermutlich meistgeliebten Bithynien jenseits des Bosporus und sollte dort schon seit *anno Domini* 335 das hyperboreïsch legendäre thrakische Erbe verwalten. Als aber zwei Jahre später sein Onkel und Erblasser starb, wurde er von einem seiner Vettern und Mitregenten in einem allgemeinen Massaker der ganzen Verwandtschaft meuchlings weggemetzelt.

Mörder Constantius II. baute hiernach als seinen eigenen Nachfolger jenen Flavius Claudius Iulianus auf, dessen Vater, einen erbberechtigten Halbbruder Constantins des Größten, er gleichfalls in jenem allgemeinen Verwandtschaftsblutbad vorsorglich beseitigt hatte.

Jener begünstigte Iulian aber, nur zufällig damals nicht mitermordet und an so stigmatisierten Orten wie Nikomedeia und Éphesos aufgewachsen, ging später als römischer Kaiser unter dem Namen *Apostata* oder *Der Abtrünnige* in die Geschichte ein, weil er den Siegeszug des Christentums synkretistisch aufhalten und lieber durch traditionelle Mythen oder neuplatonische Mystik, noch lieber aber durch die männerbündisch liebevollen Freundschaftskulte des persischen Mithras ersetzen wollte.

Es gelang ihm auch, im ganzen Westen einen ersten geistigen Widerstand gegen das Christentum zu mobilisieren. Er persönlich nahm vor entscheidenden Schlachten im Mithræum seines Marmara-Schlosses an *taurobolia*, Stieropfern mit rituëllen Blutbädern, als blutbesudelter Offiziant allenthalben auch ekstatisch an "heidnischen" Massenopfern teil, deren Schlachtung von bisweilen hundert Stieren ihn auch mit den archaïschen Tieropfern der jüdischen Thorah verband.

Hierfür gab er denn auch den Wiederaufbau des römisch zerstörten Tempels zu Jerusalem in Auftrag und ließ seinen engen Freund Alypius dort den heiligen Baugrund von profanen Siedlungen räumen.

Aber dieser erfolgreiche Feldherr und zivile Organisator Iulianus war nicht nur als Synkretist ein Apostat, sondern vermutlich als Päderast auch noch sexuëll ein *traviatus*. Mit seiner Kusine, einer andern Helena, war er bis zu deren baldigem Tode nach fünf Jahren nur politisch, aber kinderlos zwangsverheiratet.

Doch am allerabwegigsten mag sein Leben als wahrträumender Schöngeist, Philosoph und Poët gewesen sein. In neuplatonischen Traktaten, satirischen Reden, Epigrammen und Briefen hat er in griechischer, also schon exotischer Kultursprache seinem hohen römischen Amte ebenso Paroli geboten wie auch der westaramäisch oder "altsyrisch" sprechenden Bevölkerung ringsum. Zumal sein Essay *"Hymne an den Sonnengott"* schildert die Einheit von Mithras, Apóllon, Diónysos, Serapis und anderen griechischen oder sonstigen Gottheiten und verheißt nachgerade heraklische oder christliche Himmelfahrt mit ewigem Weiterleben als taurobolisch Wiedergeborener.

Seine Abhandlung über die *"Mutter der Götter"* hatte weder Héra oder Juno noch Maria zum Thema, sondern jene oriëntalische Kybéle, die ja eigentlich der schöne Agdístis war, noch als Übermutter ein Mannweib blieb und den

Ádonis liebte, der ein Produkt ihres eigenen amputierten Phallos war und
sich später reumütig selbst kastrierte. Dieser mythisch bizarren Liebe nun
gab der abwegige Kaiser eine neuplatonisch-schillerische Deutung als virtu-
elles Beispiel für ewige Verbindung von diesseitiger Körperwelt und trans-
zendentem Geiste.

Iulians dritter Traktat *"Über die unwissenden Kyniker"* verteidigte den platonisch frommen Diogénes gegen jene zynisch bigotten Kyniker seines eigenen Jahrhunderts, die den religiösen Zusammenhang von *κύων* oder *Hund*
mit Sirius oder eben von Kreatur mit Gottheit ganz verloren hatten: radikale
Kritik also am zeitgenössischen Profanismus materialistischer Ketzer.

Während seines mehrtägigen Aufenthaltes just in Karrhae, jenem biblischen
Harran oder hermetischen Charan des Abraham und Laban, hatte dieser spirituëll oriëntierte *Imperator* eine Vision seines baldigen Todes. Der ereilte
den eben 32jährigen schon wenig später bei seiner nächsten Schlacht gegen
die Perser in Maranga. Ausgerechnet in jenem kilikischen Tarsos, das der
Geburtsort des Christenapostels Paulus war, wurde er zynisch beigesetzt.

Aber runde elfhundert Jahre später schrieb im Florenz jenes gleichfalls phi-
losophierenden Nachfahren seines kaiserlichen Vetters Picus der landesvä-
terliche Mäzen, Platoniker und Männerfreund Lorenzo de' Medici ein Theaterstück über diesen abtrünnigen Heiden und machte ihn mutig zum intelli-
gent eloquenten Idol der Renaissance.

Etwa ein halbes Jahrhundert später profanierte der fränkische Schuhmacher
und Poët Hans Sachs jenen selben apostatischen Geistesaristokraten in mehreren Liedern zu einem gewitzten Nürnberger Bürger und ließ ihn in des
Kaisers neuen Kleidern also anzüglich nackt paradieren.

Runde zweihundert Jahre hiernach plante kein Geringerer als unser Schiller
ein Drama über diesen widerspenstigen Außenseiter und Geistesbruder. *"Ich
möchte wohl einmal"*, schrieb er am 5. Januar 1798 aus Jena an Goethe, *"etwas recht Böses tun und eine alte Idee mit Julian dem Apostaten ausführen"*, denn *"das fürchterliche Interesse, das der Stoff hat, müßte die Gewalt
der poetischen Darstellung desto wirksamer machen"*. Namentlich fragte er
Goethe nach Julians Briefen und seiner autobiografischen Satire vom pädo-
philen *"Bart-Hasser"*: wenn diese Texte *"in der Weimarischen Bibliothek*

sein sollten, so würden Sie mir viel Vergnügen damit machen, wenn Sie sie mitbrächten".

Goethe versprach schon andern Tages: *"An den Julian will ich denken".* Noch im selben Frühjahr, am 25. Mai, sollen die beiden sich über diesen Plan unterhalten haben. Aber damit scheint das ganze Projekt von diesem kaiserlichen Schöngeist und Männerfreund, anderen Fantasten, Synkretisten und Sterngucker, anderen legitimen Neffen des großen Constantin da in Weimar leider versandet zu sein.

Dieser Onkel aber, ebenjener frühchristliche *Imperator Maximus* in seinem Constantinopel, hatte drittens noch einen weiteren Neffen. Der wurde jedoch nicht gleichfalls römischer Kaiser, also kein irgendwie politischer, wohl aber nomineller Nachlaßverwalter dieser ganzen geistigen Erbschaft seines maximalen Oheims, auch insofern also Ahnherr des größten Philosophen der Renaissance und trug dessen Namen noch in seiner lateinischer Version: Picus.

Hiervon will ich eigentlich überhaupt nur erzählen. Alles Bisherige war nur Zuleitung zu diesem dritten constantinischen Neffen: zu Picus.

ZWEITER TEIL (folgt demnächst)

Parlamentspolemik

Chat im Internet: www.speakerscornerTV.de/blaugold-dioskuren

Autor: "BUTTLER"
antwortet   allgemein:

Xeniën, Votivtafeln, Distichen, Natur und Schule, einzelne Schiller-Verse hier und da, versteckte kantianische Verstiegenheiten, die keiner begriff, oder angefangene Loyalitätsadressen, die eine Wirklichkeit königlich überholte – das alles waren letztlich nur Mückenstiche: juckten vielleicht sogar peinigend, aber waren auch schnell vergessen.

Ob das auch so noch der *"Maria Stuart"* gelang, bleibt vermutlich für immer dahingestellt: immerhin war ihre schließlich enthauptete Titelheldin Mitglied einer Familie, die vielfach und über lange Zeiträume freimaurerisch aktiv und rätselvoll verstrickt war. Schillers Darstellung mag also einschlägig, bei Nachkommen oder Anhängern dieser weitverzweigten Dynastie, Mißmut, Verstimmungen oder auch Verletzungen hinterlassen haben, die freilich niemals ausgesprochen wurden.

Nein, was aber wirklich und schwer verzeihlich ins Herz traf, *"das war Tells Geschoß"*: jenes Schauspiel von 1804, das so erfolgreich war, daß es wohl unumgänglich Schillers letztes werden mußte.

Was es für "seinen" Herzog Carl August von Sachsen-Weimar bedeuten mußte, auf der Bühne seines eigenen Hoftheaters mit ansehen zu müssen, wie der Regent eines Landes von einem Attentäter ermordet wird, der eben hierfür zum umjubelten Volkshelden stilisiert und ungeschmälert ein Publikumsliebling oder eben das wurde, was wir heute einen Sympathieträger, gar eine Identifikationsfigur nennen: das haben wir alle hier schon lesen dürfen. Wirklich lud dieser vorbildlich autarke, dieser ideale Mensch Wilhelm Tell mit seinem Leben in einer intakten Idylle seine zerrisseneren Betrachter in Weimar zum Nacheifern ein.

Es ist undenkbar, daß ein Landesfürst nur ein Jahrzehnt nach der Enthauptung des französischen Königs das hinnehmen konnte, ohne darauf zu reagieren. Daß dieser *"Wilhelm Tell"* in Weimar und überall sofort auch noch überaus erfolgreich war, machte das Ganze nur noch unverzeihlicher.

Hinweise, daß im ermordeten Tyrannen Geßler ein Abbild des drohenden Potentaten Napoleon zu erkennen sei, der vermutlich Freimaurer war und sich eben im selben Jahre zum erblichen Kaiser der Franzosen krönte, machten die Angelegenheit für ihren Autor nur umso gefährlicher, für dessen Herzog aber kaum weniger brenzlig.

Der dürfte überdies, da er die Arbeiten seiner Hofpoëten durchaus auch persönlich zu lesen pflegte, zur Kenntnis genommen haben, was das Weimarer Theater wohl schwerlich realisieren konnte, im Textbuch aber nicht zu übersehen war. Da beschrieb nämlich eine Regieanweisung den ersten Auftritt des tyrannischen Reichsvogts wie folgt:

"Geßler zu Pferd, den Falken auf der Faust ... ".

Schon nach wenigen Sätzen des anschließenden Dialoges wird dieser Falke dann einem Diener gegeben, sei es um einen Reiher zu beizen: im ganzen *"Wilhelm Tell"* spielt er dann jedenfalls keine Rolle mehr; er hatte nur dazu gedient, diesen Geßler zu kennzeichnen, zu markieren – oder zu brandmarken?

Denn wir Heutigen wissen von der "LADY MILFORD" unseres Internets, daß Herzog Carl August als Logenbruder der *Strikten Observanz* den Ordensnamen *Eques a Falcone Albo*, kurz *Falcone Albo* trug: *Ritter vom Weissen Falken*, kurz *Weißer Falke*.

Wenn ein Weimarer Landesfürst mit ebendiesem Pseudonym in einem Textbuch aus Weimar einem Landesherrn begegnet, der als Falkner vorgestellt wird, kann er das schwerlich auf jemanden sonst beziehen als einzig und allein nur auf sich selbst. Denn er setzt zurecht voraus, daß der Weimarer Autor dieses Textbuches seinen Logennamen kennt.

Insofern mußte Carl August dieses Theaterstück als Aufruf begreifen, auch ihn so zu ermorden, wie dieser Wilhelm Tell es mit jenem Geßler tut.

Das überlieferte Schweigen dieses Herzogs nach der Uraufführung kann also nur die Ruhe vor einem Sturme dargestellt haben.

Bei seiner Lektüre von Schillers Text mag er auch einen sonderlich prophetischen Satz dieses Geßler markiert oder stehenden Fußes auswendig gelernt haben:

"Gefährlich ists, ein Mordgewehr zu tragen,
Und auf den Schützen springt der Pfeil zurück".

Aber mit *"Tells Geschoß"* hatte Schiller, tollkühn oder wahnsinnig, nicht nur auf seinen Landsherrn gezielt.

Denn da gibt es im *Zweiten Akte* seines *"Wilhelm Tell"* auch die berühmte Rütli-Szene, deren historisch hochexplosiver Sprengstoff meist übersehen wird.

Dieses Rütli ist eine Lichtung im Gebirge oberhalb des *Vierwaldstätter Sees*. Dort treffen sich in der Heimlichkeit einer Mondnacht 33 Abgeordnete der Kantone Uri, Schwyz und Unterwalden, um über Maßnahmen zu ihrer aller Befreiung aus der Unterdrückung durch die kaiserlichen Reichsvögte zu beraten. Ihr Treffen ist die Loge eines Geheimbundes ebenso wie auch die Urzelle eines Parlaments. Beides fällt hier noch zusammen und dürfte insofern allen zeitgenössischen Freimaurern vorläufig gut gefallen haben.

Aber der Verlauf dieses streng vertraulichen Deputiertenkonventes unter magisch nächtlichem Regenbogen offenbart dann Schillers politische Telepathie oder hellsichtig kluge Menschenkenntnis. Denn wir Heutigen mit den Volksvertretungserfahrungen eingeübter Demokraten können diese Szene auf dem Rütli plötzlich nur noch als Satire auf unsern real existierenden Parlamentarismus lesen:

Lauter rechtschaffen wohlmeinende Persönlichkeiten mit sensiblem Verantwortungsbewußtsein für das Gemeinwohl kommen da zum Austausch von Meinungen und Argumenten zusammen. Die werden redselig wortgewandt, bildhaft, auch blumig, schlagkräftig überzeugend, pointiert und ausführlichst vorgetragen: in lauter rhetorischen Kabinettstückchen und Paradenummern. Ihrer aller gemeinsames Bemühen, brachiale Gewaltmaßnahmen um jeden Preis zu vermeiden, mündet freilich allzubald in der plenaren Lähmung, ihre Gedanken und Worte auch in Handlungen oder Taten umzusetzen. Allfällig dringend benötigte Beschlüsse werden pragmatisch vertagt: hier bis ans Ende des langen Jahres auf das ferne Weihnachten, das sie auf diesem Rütli als *"Fest des Herrn"* bezeichnen und mit dem Sankt-Nimmerleins-Tage verwechseln mögen.

In unübersehbar bewußter und hochdramatischer Polarisierung spart Schiller den Tell, seinen Täter und wirklichen Befreier, von diesem gutwillig unergiebigen Palaver auf dem Rütli nachdrücklich aus.

"Das schwere Herz wird nicht durch Worte leicht",

erwidert er dem Stauffacher und allen späteren Psychiatern.

"Doch können Worte uns zu Taten führen", hofft Stauffacher noch: *"Wir könnten viel, wenn wir zusammenstünden"*.

Tell kontert: *"Beim Schiffbruch hilft der Einzelne sich leichter"*.

*"*Stauffacher: *So kalt verlaßt ihr die gemeine Sache?*
Tell: *Ein jeder zählt nur sicher auf sich selbst.*

Stauffacher: *Verbunden werden auch die Schwachen mächtig.*
Tell: *Der Starke ist am mächtigsten allein."*

Schon solche illusionslose Nüchternheit mußte damals allen demokratischen
Schwärmern zu allertiefst mißfallen. Aber Schiller machte das Maß des Un-
erträglichen noch voller, indem er seine uneffektiven Volksvertreter auf
dem Rütli abschließend ebenjenes Gelübde ablegen ließ, dessen historisches
Modell der Schweiz den Namen einer Eidgenossenschaft eintrug, wohl aber
auch an all die unverbrüchlichen Gelöbnisse hoffnungsvoll romantischer
Logenbrüder erinnern sollte und daher in diesem *"Eid des neuen Bundes"*
deren stigmatisiertes Vokabular verwendete:

"Wir wollen sein ein einzig Volk von Brüdern"

(oder auch wieder mal: *"Alle Menschen werden Brüder"*?).

Der weitere Wortlaut dieses Schwures vom Rütli folgt dann den Idealen und
Schlagworten der *Französischen Revolution*, aber läßt deren *égalité* einfach
weg und ersetzt sie durch sehr viel weniger aufgeklärte *Religiosität*: ein gra-
vierender Paradigmenwechsel.

Kurz und *bündig*: diese parlamentarische Loge auf nächtlicher Lichtung war
für alle Freimaurer, *Illuminaten* und angehenden Demokraten ein ebenso le-
bensgefährliches Geschoß wie Tells außerparlamentarischer Pfeil für ihren
Tyrannen und alle sonstigen Machthaber.

Damit konnten sie alle wirklich nicht mehr weiterleben.

Was also tun?

Meuchelmaurer

Chat im Internet: *www.speakerscornerTV.de/blaugold-dioskuren*

Autor: "STÜSSI, DER FLURSCHÜTZ"
antwortet   im Anschluß an alles Vorige:

Ich weiß nicht, ob das weiterhilft. Aber ich bin dem nachgegangen, was Lebegott Göng im Kapitel *"Streng vertraulich"* seines okkulten Schiller-Buches ohne Titel vage erwähnt.

Demnach hielt noch 1923 ein Herr Direktor Karl Haller, Obmann der *"Deutschen Schiller-Gemeinde"*, die er von Wien aus *"im Geiste Schillers und Richard Wagners"* leitete, am 3. Mai, also wohl im Hinblick auf Schillers kurz bevorstehenden 118. Todestag, in der Hauptgemeinde einen Vortrag zum Thema

"Die Logenverbrechen Friedrich Schillers".

In diesem Vortrag, der auch im Druck erscheinen sollte, mir aber leider nicht vorliegt, soll der Herr Obmann Direktor Haller *"unwiderleglich"* nachgewiesen haben, was alles Schiller gegen die Verdikte der Freimaurerlogen verbrochen haben sollte und daß es daher

"die 'Freimaurer' gewesen waren, die diese elendeste Ruchlosigkeit a n e i n e m   d e r   e d e l s t e n   a r i s c h e n   G e i s t e r   ins Werk gesetzt hatten" (Zitat samt Sperrung in *"Deutsche Ideale. Zeitschrift für zeitgemäßes unverfälschtes Germanentum"*, 1. Jahrgang, Nr. 1-2, 1923).

Im Anschluß an diesen Vortrag oder seine Drucklegung erhielt Herr Obmann Direktor Haller etliche anonyme Drohbriefe und verstarb schon vier Monate später aus unaufgeklärt gebliebener Ursache.

Ich weiß nicht, ob das weiterhilft.

Allstedter Allzweck

Chat im Internet: www.speakerscornerTV.de/blaugold-dioskuren

Autor: "DEVEROUX UND MACDONALD, HAUPTLEUTE IN DER WAL-LENSTEINISCHEN ARMEE"
antwortet   allen:

Daß es, als Schiller starb, in Weimar keine Loge mehr gab, ist falsch.

Richtig ist nur, daß Freimaurerloge *"Amalia"* und *Strikte Observanz* seit mehr als 22 Jahren geschlossen waren und seit 11 Jahren niemand mehr versuchte, den *Illuminaten*-Orden hier künstlich lebendig zu erhalten.

Aber am 13. Mai 1801 war hier eine neue Freimaurerloge ins Leben gerufen worden. Zu ihrer Einweihung oder "Lichteinbringung" war aus Hamburg eigens Friedrich Ludwig Schröder, derzeit *Deputierter Großmeister der Provinzialloge von Hamburg und Niedersachsen*, angereist, der damals als Reformator und Modernisierer des Freimaurertums gefeiert wurde. Dessen Herkunft aus den römisch antiken Baukorporationen hatte er in Zusammenarbeit mit Herder historisch fixiert, hieraus die Idee eines *"maurerischen Republikanismus"* abgeleitet und ein System entwickelt, das sich, in deutlicherer Abgrenzung gegen Rosenkreuzer, Alchimisten und sonstige Mystiker seiner Zeit, durch einen strengeren Sittenkodex, durch disziplinierteren Gehorsam, besonders aber durch gesteigerte Geheimhaltung auszeichnete: *"so lange bis eine vernünftige Freimaurerei in Deutschland wenigstens allgemein eingeführt wird"*.

Diese Abneigung ihres Großmeisters gegen *"eine von andern beanspruchte Öffentlichkeit"* mag eine Reaktion dieses hochprominenten Theatermannes auf sein zuvor allzu publikes Leben im Rampenlicht gewesen sein und schien nun auch zum Kennzeichen dieser neu ins Leben gerufenen Weimarer Loge werden zu sollen.

Schon ihre Gründung wurde der allgemeinen Aufmerksamkeit entzogen, indem sie nicht in Weimar, sondern in Allstedt, einem Städtchen der *Goldenen Aue*, stattfand, das heute zum Lande Sachsen-Anhalt, damals aber noch zum Herzogtum Sachsen-Weimar gehörte.

In diesem Allstedt, urkundlich *anno* 777 erstmals erwähnt und vom 10. bis ins 13. Jahrhundert Königspfalz, gibt es die Wigbertikirche etwa von 1200 und eine Burg aus dem frühen 16. Jahrhundert, die später zu einem Renaissanceschloß umgebaut, nun um 1800 vom Herzog Carl August besessen, gelegentlich auch bewohnt und in jenem Sommer 1801 also zum Schauplatze dieser heimlichen Logengründung erkoren wurde.

Das sollte wohl auch ihre starke Bindung an die Person des Initiators zum Ausdruck bringen, nach dem diese neue Loge dann auch richtig benannt wurde: *"Carl August"*. Also war sie demonstrativ auf diesen Herzog fokussiert, der vor neun Jahren erst alle Logen *"auszurotten"* befohlen hatte, und mochte ihm nunmehr als ein sonderlich persönliches und sekretes Instrument zur Bewältigung spezifischer Probleme dienen.

Denn dieser Herzog von Sachsen-Weimar stand sicher wie kaum ein anderer regierender Fürst im damaligen Deutschland genau am Scheitelpunkte einer Weichenstellung vom althergebracht vertrauten Feudalismus und Absolutismus zur exotisch befremdlichen, aber auch exotisch attraktiven Demokratie. Einerseits für sich und seine Erben um uneingeschränkten Machterhalt bemüht, war er andererseits doch von all den aufgeklärten Geistern des mütterlichen Musenhofes, nicht zuletzt freilich auch von all den diversen Logen, denen er selbst schon angehört hatte, hinlänglich infiziert, um dem Liberalismus eines neuen Zeitalters mit der ersten freiheitlichen Verfassung auf deutschem Territorium gerecht werden zu wollen.

Vor Auswirkungen der *Französischen Revolution* auf sein kleines Herzogtum fast panisch auf der Hut, begann er zugleich, deren Parolen bereits zu realisieren: in diesem Dilemma und dessen Oriëntierungsproblemen eine nahezu tragische Gestalt, die bisweilen in Panik geraten und Hilfe benötigen mochte.

In solcher Situation sollte ihm nicht zuletzt vielleicht auch diese gleichsam persönliche Allstedter Loge das Leben erleichtern, die auf seinen Namen, *ergo* wohl auch auf seine Order hörte, ihm Refugium bot und in heiklen Angelegenheiten Handlangerdienste übernehmen mochte.

Umso wertvoller war ihr Prinzip extremer Geheimhaltungen, die nahezu perfekt gelungen zu sein scheinen. Denn noch heute wird in der ganzen uferlosen Literatur über das derzeitige Weimar und seine Protagonisten diese Freimaurerloge *"Carl August"* – ganz im Gegensatz zu den älteren Weimarer Logen – so gut wie überhaupt nicht erwähnt. Offiziëll scheint sie gar nicht vorhanden, also wirklich und wahrhaftig ein echter Geheimbund gewesen zu sein.

Nur im ebenso opulenten wie sorgfältigen *"Allgemeinen Handbuch der Freimaurerei"*, jener vierbändig umgearbeiteten Neuauflage von *"Lenning's Encyklopädie der Freimaurerei"*, aus den Jahren 1863 bis 1879 ist dieser neue Geheimbund unter den Stichworten *Allstädt* und *Weimar* aufzuspüren.

Als Quelle wird dort Schröders *Reise-Diarium* angegeben: sicherlich so zuverlässig informiert wie nichts anderes.

Aber auch überall dort bleiben die Ziele oder eigentlichen Aktivitäten dieser Loge ebenso unerwähnt wie Anzahl und Namen ihrer Mitglieder. Es dürfte ein kleiner Kreis von Allervertrautesten gewesen sein, der außergewöhnlich geheime Aktionen ausführte.

Dennoch war diese Loge ganze acht Jahre lang aktiv.

Sie wurde erst 1809 geschlossen, als es seit einem Jahr in Weimar schon wieder die frühere Loge *"Amalia"* gab.

Schillers Todesjahr 1805 liegt also mitten in der Lebens- und Wirkungsperiode dieser sonderlich okkulten Loge *"Carl August"*.

Als beiläufig bizarre Pointe mag es gelten, daß Schillers tödliche Krankheit am Abend des 1. Mai 1805 im Hoftheater Weimar während einer Vorstellung der Komödie *"Die unglückliche Ehe aus Delikatesse"* zum Ausbruch gelangte. Deren Autor war just derselbe Friedrich Ludwig Schröder, der vor fast achtzehn Jahren in Hamburg den illuminaten *"Don Carlos"* zur Uraufführung gebracht, seinen Hausautoren und Dramaturgen *in spe* aber damals an das verführerischere Weimar verloren hatte. Wie empfindlich der große Theaterstar jene Absage des jungen Nachwuchsautors registriert hat, ist nicht überliefert.

Aber als er im Juni 1800 in Logenangelegenheiten nach Weimar kam und sich dort auch mit Schiller treffen wollte, ließ der sich, inzwischen arriviert, nicht sprechen. *"Schiller nahm mich nicht an"*, notiert sich Schröders Tagebuch vom 28. Juni 1800, *"weil er krank war"*. Aber aus Schillers Brief vom 29. Juni an seine Frau erfahren wir:

"Schröder aus Hamburg ist seit gestern hier, ich hab ihn aber nicht gesprochen. Gestern fuhr ich mit Göthen nach Ettersburg, wo wir Grießbachs ein Rendezvous gaben, die sich recht wohl amusierten".

Schröder dürfte im kleinen Weimar den Grund für diese abermalige Absage des keineswegs Erkrankten mühelos erfahren haben, zumal er da mit jenem Gymnasialdirektor Böttiger zusammentraf, den Schiller, nur ein Jahr älter als jener, nicht eben grundlos als Klatschmaul und *"Magister Ubique"* zu verspotten, Goethe gar als *"bösen Dämon"* möglichst zu meiden pflegte.

Denn *"alles Gemeinsame, Harmonische unter Weimars ersten Männern habe eigentlich Böttiger zerstört, durch seine Klatschereien"*: *"alles Unheil angezettelt"* (noch am 28. Juni 1830 und 8. Juni 1821 zum Kanzler von Müller).

Als Schröder 1801, nur ein einziges Jahr nach seiner Abfuhr, zur Gründung und Taufe jener verhängnisvollen Allstedter Loge *"Carl August"* wiederkehrte, verzichtete er prononciert auf eine Begegnung mit Schiller. Die Verletzung seiner eitlen Schauspielerseele mag dann ungut in die Aktivitäten der neuen Loge und in Schillers Theaterloge am 1. Mai 1805 eingeflossen sein.

So magisch können sich manchmal Kreise schließen.

Hahnen- ist Hennenfuß

Brief an Prof. Dr. Louis-Louise M'Baïkaïkel

Prof. Dr. Karsten Senke
Zentrum für Infektionsbiologie und Immunität
an der Humboldt-Universität zu Berlin

Lieber Collega,

es ist mir eine Freude, Ihnen beiliegend die erbetenen Auskünfte zu *aconitum napellus* und seiner Toxizität zu überreichen.

Ich hoffe, Ihren Schiller-Forschungen damit dienen zu können, und stehe Ihnen selbstverständlich auch für Rückfragen jederzeit zur Verfügung.

Mit herzlichen Grüßen, auch an den Kollegen Blaugold, bich ich Ihr

gez. Karsten Senke

505

Eisenhut ist ein hahnenfußartiges Gewächs aus der Ordnung jener *Ranunculales*, die weltweit verbreitet sind und mit ihrer Gattung Acæna sogar noch die Steppen der Falklandinseln im nahezu antarktischen Atlantik zieren.

Die opulenteste Familie dieser Ordnung sind die Ranunculaceën mit nahezu zweitausend Arten. In Mitteleuropa gehören hierzu außer dem namengebenden Hahnenfuß selbst auch so heimelig volkstümliche Gewächse wie Akelei, Anemone, Nieswurz, Leberblümchen, Sumpfdotterblume, Christrose, Buschwindröschen, Scharbockskraut, Clematis, Adonisröschen und die Päonië oder Pfingstrose.

Und eben jener Eisenhut mit seinen zahlreichen Unterarten.

Sie alle verbindet eine Blüte, die immer zwittrig ist. Insofern sind also Hahnenfüße immer auch Hennen- oder Gluckenfüße.

Viele von ihnen sind giftig: so Anemone, Scharbockskraut, Nieswurz und jener *Scharfe Hahnenfuß*, den auf allen europäischen Wiesen das Weidevieh inselfömig stehen läßt.

Im klassischen Weimar wußte das mindestens Goethe, der dieser ganzen Gattung trotz aller *"Augenlust"* in seinen *"Vier Jahreszeiten"* eine strikte Absage erteilte:

"Keine lockt mich, Ranunkeln, von euch, und keine begehr ich".

Vielleicht am giftigsten ist da ein Eisenhut, der in seiner griechischen Variante *aconitum ranunculifolium*, im übrigen Mitteleuropa mit gelben Blüten *aconitum vulparia* heißt und was Füchsisches bezeichnet. Die Heilige Hildegard von Bingen nannte ihn daher in unserm 12. Jahrhundert *wolfesgelegena* oder *wolverlei* und der gelehrte Domherr Konrad von Megenberg noch dreihundert Jahre später *Wolfswurz*: Fuchs ist immer auch Wolf ist Hund.

Aber mit blauen Zwitterblüten heißt dieser Eisenhut hierzulande *aconitum napellus* und deutet damit auf den Standort dieser Staude hin: auf gebirgige Wälder Mitteleuropas, auch Deutschlands. Hier wird sie auch *Giftheil* genannt. Das mag noch vor Lavoisier auf ihre therapeutisch mögliche Verwendung gegen Rheumatismus, Neuralgiën und sonderlich gegen Trigeminus-Tic verweisen.

Aber schon sein alternativer Name *Sturmhut* bezog sich auf die Form seiner doppelgeschlechtlichen und bilateralsymmetrischen Blüte und spielte auf das aufrecht stehende oberste Blütenhüllblatt an, das zur Deckung der nektarbildenden Honigblätter helmartig erweitert ist. Diese Funktion eines Schutzhelms dürfte dann nach der hiesigen Einführung einer eisernen Kopfbedeckung für Fußsoldaten und Reiter im 13. Jahrhundert spätestens im 16. Jahrhundert auch zur analogen Umbenennung dieser Pflanze Anlaß geboten haben. Aus Sturm- wurde endgültig Eisenhut.

Denn die griechische Antike kannte ja eisernen Körperschutz vermutlich schon seit Beginn der Eisenzeit gegen Ende des 2. Jahrtausends vor Christos und ließ ihre Mythen daher von den Schmiedearbeiten des Héphaistos, der phrygischen Daktýlen-Gnomen und der militanten Chályben am Schwarzen Meer berichten.

Irgendwann seither also muß ein fantasiebegabter Botaniker diesen Hahnenfuß lieber als Eisenhut bezeichnet haben. Dabei mag dessen Lebensgefährlichkeit atmosphärisch mitgespielt haben.

Schon im 1. nachchristlichen Jahrhundert notierte zumindest der ältere Plinius wie auch Dioskurídes, jener berühmteste Pharmakologe der Antike, daß manche Hahnenfußgewächse als Genuß-, Rausch- oder Heilmittel ebenso verwendbar waren wie als Gifte. Man nannte sie noch diffus *Akóniton* und lieferte damit der neueren Medizin die Bezeichnung *Akonitin* für einen halluzinogen effiziënten Wirkstoff, der chemisch zu den Alkaloïden gehört.

Alkaloïde sind komplexe stickstoffhaltige Pflanzenbasen, die es in mehr als fünftausend Verbindungen gibt. Erst in der Nachfolge Lavoisiers und seiner Revolutionierung der chemischen Wissenschaft konnten sie isoliert werden. So haben zum Beispiel die französischen Apotheker Pierre Joseph Pelletier und Joseph Bienaimé Caventou bei ihrer Analyse von Pflanzen um 1820 so toxische Alkaloïde wie das Strychnin entdeckt. Andere Prominenzen sind da Coffeïn, Chinin, Nicotin, Morphin, Meskalin und Cocaïn. Viele von denen sind hochgradig toxisch.

Eben darum mag der *Blaue Eisenhut*, dessen Tochterknollen bis zu 1,5 % Alkaloïde enthalten, auch der *Wahre Eisenhut* genannt werden: denn er führt den Augenblick der Wahrheit fix herbei.

Vielleicht ebendeshalb war das zentrale Symbol der deutschen Romantik und all ihres Sehnens nach heilen oder transzendenten Welten die *Blaue Blume*. Eine Erfindung wessen auch immer, taucht sie nachweislich 1792 in der deutschen Literatur auf: als Schiller erstmals mit dem Tode rang. Damals erschien Jean Pauls Roman *"Die unsichtbare Loge"* [sic!], dessen Held hier träumt, er zerliefe *"in einen reinen Tautropfen und ein blauer Blumenkelch sög' ihn ein [...] , höb' ihn in ein hohes, hohes Zimmer"* und ließ ihn so *"in den Himmel ziehn [...] . Die zwei Welten waren nun für ihn in eine zusammengefallen"*.

Jedenfalls diese Lektüre, aber vielleicht auch eigene berauschende Erfahrung inspirierte den todessüchtigen Ekstatiker Novalis, der in Jena ein Schüler, Verehrer, Pfleger und Jünger, gar Figurant des sterbenskranken Schiller gewesen war, ehe er vier Jahre früher als dieser, selbst 29jährig, verstarb. *"Fern ab liegt mir alle Habsucht"*, hatte er noch kurz zuvor, als 26jähriger Chemiestudent bei Goethes Freiburger Vulkanisten Werner, in seinem Romanfragment *"Heinrich von Ofterdingen"* (1802) polarisiert: *"aber die blaue Blume sehn' ich mich zu erblicken"*; erst durch *"ein blaues Blümchen"* könne ihm in einem *"wunderlichen Zustand"* von *"unnennbarer Zärtlichkeit"* endlich *"das höchste irdische Los zuteil werden"* und er sich *"demütig der himmlischen Führung"* überlassen, als wäre er *"in eine andere Welt hinübergeschlummert"* – in Schillers Idylle schon? Ins Jenseits des Olymp?

Noch als Novalis und Schiller beide schon verstorben waren, reimte mehr schlecht als recht der selbst inzwischen 45jährige Däne Jens Baggesen, Schillers Retter und Emissär oder *"Immanuel"* jenes herzoglichen Mäzens *"Timoléon"* von Sonderburg-Augustenburg, in seinem satirischen *"Karfunkel- oder Klingelklingelalmanach"* von 1809/10:

"Novalis' Blümlein hier am Weiher [= der Reiher?] ,
Elegisch angefächert von dem West [= der Boreaden?] ,
Ich pflückt' es dir als einen heil'gen Rest
Vom heimgegangen Himmelsbräutleinfreier.
Du siehst im Blümelein die Triasstrahlen,
Wie sie Ägypten schaute in der Zwiebel [= jener blausternig blühenden
heiligen Blume der Ägypter = der Meerzwiebel, giftig!] ... ".

Wirklich trug ja die Farbe *blau* zumindest schon bei den Griechen ein lebensgefährlich belastendes Stigma: dort hieß sie nämlich κύανος (*kýanos*), bezog sich primär zwar auf den Lasurstein *Lapis Lazuli*, aber bezeichnete nicht zuletzt auch Schwärzliches, Finsteres, auch Entsetzliches. Noch in Goethes Farbenlehre, seit Schillers Tod publiziert, findet Blau sich *"zunächst an der Finsternis"*, führe *"etwas Dunkles"* mit sich, *"gibt uns ein Gefühl von Kälte, so wie es uns auch an Schatten erinnert"* und verführe mit einer *"negativen Energie"*.

Auch für das Wörterbuch der Brüder Grimm steht *Blauer Dunst* im Deutschen für *Nebel, Lügen, Verdunklung der Wahrheit*, und ein *Blauer Bericht*, mehr noch der französische *conte bleu* schließe als unglaubhaft aus der Luft Gegriffenes an *Blaues Wunder* und *Blaue Wunderblume* an.

"Das 'blaue Blümelein' der Lüge?" fragt daher dessen germanistischer Exeget Otto F. Best noch 1998 und folgert: *"Ist Blau am Ende eine 'böse' Farbe? Als kälteste und reinste der Farben, Farbe von Wahrheit und Tod, der Götter und des Nichts"*. Schon Goethe hatte es als die den *"Göttern und Geistern eigenste Farbe"* bezeichnet: als transzendierend also.

Immerhin hat ja schon etymologisch das griechische Kyan-Blau auch für so giftiges Gas wie das Cyan hergehalten und die Stammsilbe für die giftigen Salze der Cyanide (etwa im Kirschlorbeer) oder des Cyankali geliefert, das ein Kaliumcyanid der Blausäure ist, wie sie sich auch in Bitteren Mandeln und Aprikosenkernen findet. Aber Novalis nennt in seinem *"Heinrich von Ofterdingen"* gar die klassische Kornblume (*Centaurea cyanus*) immer nur die *Cyane* und verwischt so vollends die Grenzen zwischen Schönheit, Leben und Tod.

"Die blaue Blume als Medium", resümiert das alles Otto F. Best: *"Brücke zum Jenseits"*.

Tatsächlich kann uns schon eine einzige Berührung jener blauen Blume Eisenhut mit Haut oder Schleimhäuten, also auch mit küssenden Lippen gefährlich werden. Dort brennt und juckt es zunächst, dann betäubt es anfangs nur sensible, dann auch motorische Nervenendigungen, schließlich gar die Zentren des Nervensystems. Diese peripher und zentral zuerst erregende, später lähmende Wirkung äußert sich in Sensibilitäts- und Sehstörungen, Pupillenveränderungen, Ohrensausen, Rasseln in der Luftröhre, Auswurf, Unruhe, Angstzuständen, Schwindel, Erbrechen, Senkung von Körpertemperatur und Blutdruck, Muskel- und Atemlähmungen, Krämpfen, Schmerzen und Halluzinationen.

Viele dieser Symptome zeigten sich ja durchaus auch beim sterbenden Schiller.

Karl Gotthard Graß, livländischer Poët und frauenkritischer Kommilitone des Novalis auch an Schillers Krankenbett in Jena, leitete noch 1808 seine *"Heilige Klage um Friedrich Schiller"* mit einer blumigen Beschwörung des Sterbe- und Wonnemonats Mai ein,

"Wo am Quell das blaue Blümchen sinnet,
Zaubrisch wiederglänzt des Himmels Bild".

Der Tod tritt bei dieser Vergiftung mit *Blauem Eisenhut* durch akute Herz-Kreislauf-Insuffiziënz oder Atemstillstand ein. Dafür mag ja im 18. Jahrhundert die Bezeichnung *Nervenschlag* ein Synonym gewesen sein. Als letal gilt für Erwachsene eine Dosis schon von 1,5 bis 5 Milligramm Akonitin.

"Das Gift", räumt die *"Encyclopédie Larousse de la Nature"* noch 1993 ein, *"ist eine Waffe mit schleichender Wirkung, die kaum Spuren hinterläßt"*, und ebendarum vielleicht auch vorrangig *"Waffe der Frauen"*.

Wirklich ist die Liste auch prominenter Giftmörderinnen lang und enthält querbeet durch die Humangeschichte solche Virtuosinnen wie die kolchisch mythische Kirke, die römische Kaiserin Livia und jene Lucrezia Borgia, Tochter eines Papstes und Gattin eines Herzogs von Ferrara, die sogar termingerecht pünktlich zu vergiften wußte.

Die römische Kaiserin Agrippina beauftragte wohl lieber die berüchtigte Giftmischerin Lucusta, um ihren kaiserlichen Ehemann Claudius zu beseitigen. Ihr Sohn Nero beschäftigte dieselbe Lucusta mit der Bereitstellung des Giftes für seinen legitimen Thronkonkurrenten Britannicus wie vermutlich auch für seine Mutter und schließlich prophylaktisch gar für sich selbst. Für alle diese und noch manche vergleichbaren Aktionen soll diese professionelle Meisterin des *"veneficiums"* schon im 1. Jahrhundert nach Christus außer Arsen auch mit Vorliebe den Eisenhut verwendet haben.

Handschriftliche Randnotiz des Lesers Abraham Blaugold:

*Schiller war noch im Jahre seines Todes mit diesem Themen- oder Perso-
nenkreise auffallend rege beschäftigt. Noch bevor er die "Phèdre" von Racine übersetzte, begann er eine Übertragung just der Tragödie "Britannicus" desselben Autors. In ihrem Mittelpunkte stehen Nero und dessen psy-
chopathische Mutter Agrippina aus Köln. Nachdem er die erste Szene übersetzt hatte, brach er die Arbeit ab, um diesem Stoff, wie schon länger geplant, doch lieber eine eigene Tragödie über die kölsche "Agrippina" und
deren Inzest mit Nero zu widmen. Als Quelle dienten ihm dabei die "Anna-
len" des Tacitus. Die fragmentarisch hinterlassene Skizze hierzu erwähnt
"ein geheimes Ereignis zwischen dem Nero und seiner Mutter" wie auch
deren "Versuch, die Begierde des Nero zu erregen". Ihre Ermordung "geschieht zweimal, da sie das erstemal entrinnt".*

*Aber Schillers eigene Ermordung, vermutlich ebenfalls mehrfach versucht,
verhinderte eine Ausführung dieses Projektes: vielleicht ja mit Hilfe desselben Blauen Eisenhutes, dem vermutlich auch Neros Mutter, Stiefvater und
Pflegebruder zum Opfer fielen.*

Fortsetzung des Textes von Prof. Senke:

Sie alle wußten nichts von jenem Mithridatismus, den schon um 100 vor
Christos ein König des pontischen Kappadokien entwickelte. Auch dieser
Mithridates VI., dessen Name als *"Geschenk des Míthras"* eben selbigem
persisch männerbündischen Sonnen- und Freundschaftsgotte huldigt, besei-
tigte Mutter und Bruder vermutlich mit Gift, bevor er seine Schwester Laodíke heiratete und in maßloser Expansionspolitik das legendäre Kolchís und
fast alle kleinasiatischen Nachbarstaaten unterwarf. Mit seinem Blutbefehl
von Éphesos ermordete er hier an einem einzigen Tage 80 000 römische Zu-
wanderer.

Aber als er entdeckte, daß Laodíke, seine Frau und Schwester, ihn vergiften
wollte, ließ er sie nicht nur unverzüglich hinrichten, sondern nahm jetzt täglich winzige, aber stetig gesteigerte Dosen von Gift zu sich, die ihn gegen
solche Attentate hinfort immunisieren sollten. Das gelang auch so zuverlässig, daß er sich schließlich, militärisch und politisch gescheitert, von einem
keltischen Söldner erstechen lassen mußte.

So perfekt war seine antrainierte Giftresistenz, die diesen Unhold aber noch durch die Jahrtausende mit dem Begriff des Mithraditismus verewigt hat.

Der aber dürfte seither nur wenigen Mordopfern dienlich und vollends im klassischen Weimar ganz unbekannt gewesen sein.

Geist im Grundstein

Chat im Internet: www.speakerscornerTV.de/blaugold-dioskuren

Autor: "DER STIER VON URI"
antwortet   oder informiert:

So manchem Freimaurer gilt als Symbol und Basis oder Bezugspunkt aller menschlichen Baukunst überhaupt jener Tempel, den der israëlitische König Salomon während des 10. Jahrhunderts vor christlicher Zeitrechnung in Jerusalem errichten ließ. Reste dieses Tempels, der im 6. Jahrhundert vor Christos von den Babyloniern des Königs Nebukadrezzar zerstört wurde, werden heute noch in der sobezeichneten Klagemauer inbrünstig angebetet oder touristisch angestaunt und gefilmt oder aber intifadisch verwünscht.

Christen und sonstige Leser des *Alten Testamentes* können sich in den jeweils beiden Büchern *von den Königen* und *der Chronik* über den legendären Bau dieses Tempels ausführlich informieren. Auch die Freimaurer beziehen ihr Wissen um die materiëllen, handwerklichen, politischen, geistigen und religiösen Komponenten dieses repräsentativen Manifestes maurerischen Denkens und Tuns aus ebendiesen Quellen.

Für sie alle ist dort *Hiram* ein besonders magischer Name.

Hiram oder Huram, vielleicht auch Iram, Eiram oder Cheiram, ist zunächst der König jenes Tyros, das etwa 1200 Jahre vor Christos ein bedeutender Handelsplatz der Phönizier zu werden begann, Karthago und Zypern kolonialisierte, heute im Staatsgebiete des Libanon liegt und dort Sur heißt. Aber unter seinem König Hiram I. stand es um die Mitte schon des 10. vorchristlichen Jahrhunderts auf dem Höhepunkte seiner kulturellen und wirtschaftlichen Blüte.

Dieser Hiram kam zwanzigjährig auf den Thron und war schon zu Zeiten des alternden Judenkönigs David nicht nur ein wichtiger Kollege, Geschäftspartner und Lieferant von Zedernholz oder Arbeitskräften für den israelitischen Königspalast, sondern, betont das *Erste Buch der Könige* ausdrücklich, dieser *"Hiram liebte David sein Leben lang"* (5, 15): wie auch immer.

Freilich war Jonatan, an dem doch König David *"große Freude und Wonne gehabt"* und dessen Liebe ihm *"sonderlicher gewesen, denn Frauenliebe ist"* (2. Buch Samuel, 1, 26), da schon lange tot und Hiram halt Anfang zwanzig.

Als dann auch David starb, schloß dessen Sohn und Thronerbe Salomon mit diesem lieben Hiram gleichfalls *"einen Bund"*, wie auch immer, und ließ sich im Austausch bereits gegen Öl, Weizen, Gerste und Wein abermals mit libanesischem Zedern-, auch Tannen- und Sandelholz sowie mit Arbeitskräften, diesmal aber für den Bau eines Tempels beliefern, den er durch 150 000 Gastarbeiter von sonstwoher errichten und von 3600 Vorgesetzten beaufsichtigen ließ.

Ihnen allen aber wollte Salomon noch ein Oberhaupt, einen leitenden Kopf, Polier oder *"weisen Mann"* geben,

"zu arbeiten mit Gold, Silber, Erz, Eisen, rotem Purpur, Scharlach und blauem Purpur",

aber der darüber weit hinaus auch noch

"wisse einzugraben mit den Weisen, die bei mir sind in Juda und Jerusalem" (2. Chronik, 2, 6).

Da es aber unter seinen meist bäuerlichen Israëliten und deren Rabbinern damals einen Weisen des gewünschten Kalibers offensichtlich so nicht gab, fragte Salomon nun auch hiernach bei seinem verbündeten Hiram oder Huram von Tyros an. Der begriff sofort die benötigte magische und religiöse Dimension solchen *"Eingrabens"* und verfügte in seinem blühenden Tyros sehr wohl über *"einen weisen Mann, der Verstand hat"*

und nicht nur Handwerker, sondern auch Künstler, überdies auch sonst noch ein kundiger oder eingeweihter Mann des Geistes war:

"der weiß zu arbeiten an Gold, Silber, Erz, Eisen, Steinen, Holz, rotem und blauem Purpur, köstlicher weißer Leinwand und Scharlach",

aber auch *"allerlei kunstreich zu machen"*

und außerdem eben *"einzugraben allerlei, was man ihm aufgibt, mit deinen Weisen"* (2. Chronik, 2, 6-13),

also ebendas vermochte, was König Salomon wollte: nämlich *"dem Namen des Herrn, meines Gottes, ein Haus bauen"* (2. Chronik, 2, 3).

Solchem allerhöchsten Anspruch also sollte nun dieser Mann genügen, den König Hiram I. als den Sohn einer israëlitischen Mutter, aber eines tyrischen Vaters, freilich israëlitischer Abstammung auswies und der rätselhafter Weise ebenso Hiram oder Huram hieß wie auch sein Landesherr selbst.

Zu ihrer Unterscheidung wurde er als *el Huram Abbi* oder *Churam Abbif* und daher also als *Vater* oder auch *Meister*, als *Guru* seines Königs bezeichnet. Nachfolgende Berichte haben das dann verwechselt oder vertauscht und ihn gar für den Sohn seines Königs gehalten. Heute nun neigt man eher dazu, diesem Hiram oder auch Chiram, den manche auch noch mit einem Rentmeister des Königs Salomon irrtümlich verwechseln oder absichtlich verschmelzen lassen und Adoniram, Adoram, Ayrom, Aynon, Amon, Abdeymonus oder Abdmoneus nennen, das mysteriöse Beiwort Abif als Familiennamen auszulegen und diesen *"geistreichen"* und *"erleuchteten"* Mann als *Hiram Abif* zu bezeichnen.

Doch ein Experte des Phönizischen wie Franz Karl Movers behauptet: *"Daß aber Huram (Hiram) [...] wirklich Gottesname war, läßt sich aus dem Namen des phönizischen Künstlers wohl schließen"*.

Anders mag vielleicht auch das eminente Spektrum seiner Talente gar nicht zu erklären sein. *"Sein verwegenes Genie erhob ihn über alle anderen Menschen"*, schwärmte noch 1971 Peter Francis Lobkowicz in seiner *"Legende der Freimaurer"*: *"sein Geist entzog sich dem Verständnis der Zeitgenossen, und ein jeder beugte sich seinem Willen"*.

Sieben Jahre lang leitete also dieser Hiram Abif in Jerusalem den Tempelbau als Architekt, Baumeister, Zeichner, Gießer, Designer, Innenarchitekt, Bildhauer und Werkmeister sämtlicher anfallenden Gewerke. Das *"Alte Testament"* beschreibt das entstehende Sanktuarium mit all seinen Ausmaßen und Gliederungen, mit verwendeten Materialien und all seinem überschwänglichen Zierat im *Ersten Buch der Könige*, Kapitel 6, und im *Zweiten Buch der Chronik*, Kapitel 3 und 4.

Aber auch der jüdische Geschichtsschreiber "Flavius" Josephus aus Jerusalem bestätigt das alles noch im 1. Jahrhundert nach Christos, also fast ein ganzes Jahrtausend später, in seinen *"Jüdischen Altertümern"*,

und schon Ménandros aus Éphesos, der die tyrischen Geschichtsbücher aus der Sprache der indogermanischen Philister ins Griechische übersetzte, hat überliefert, wie sehr sich dieser Hiram Abif auch intellektuéll und als ebenbürtiger Gesprächspartner des weisen Königs Salomon bewährte.

Desgleichen erwähnt noch im 2. Jahrhundert nach Christos auch der römische Historiker Dio Cassius aus Nicæa die hochfliegenden Debatten dieser beiden Tempelbauer über religiöse, philosophische oder ästhetische Themen und nicht zuletzt auch ihrer beider *"zärtliche Freundschaft"*: was immer er damit meinen mochte.

Im 5. Jahrhundert faßte der Talmud all das zusammen, und noch anderthalb Jahrtausende nach den tatsächlichen Ereignissen wußten 1723 und 1784 die freimaurerischen *"Constitutions"* von James Anderson und John Noorthouck, daß König Salomon den Hiram Abif, diesen *"most accomplish'd Mason on Earth"* oder auch *"vollendetsten Maurer auf Erden"*, gar zu seinem Stellvertreter ernannte: Wertschätzung und Respekt, Sympathie und Intimität müssen also groß gewesen sein. Sogar sein geheimes Kennwort für den ganzen Tempelbau soll der eine dem andern anvertraut haben: den unaussprechlichen Namen des Herrn, seines Gottes.

Umso schockierender ist dann, was die biblischen Quellen zwar aussparen, in den Traditionen von Steinmetzzünften und Freimaurern aber als Legende unbekannter Herkunft überliefert und hartnäckig wiederholt, seit 1724 aufgeschrieben und so auch mit folgenschwerer Bedeutung versehen wird:

als der Tempel schon hinlänglich fertig war, pflegte Baumeister Hiram Abif im dortigen Allerheiligsten täglich ein Dankgebet zu verrichten; aber als er eines Tages hiernach den Tempel verlassen wollte, lauerte ihm an jedem der drei Tempeltore ein Baugeselle auf, um ihm bedrohlich jenes geheime Kenn- oder Meisterwort abzuverlangen, das sehr viel später Maurerwort hieß und von dessen Besitz sie sich damals schon esoterisches Wissen, Privilegien und Vorteile versprochen haben mögen.

Weil Hiram Abif jedoch sein Geheimnis wahrte und die Fordernden vertröstete, schlug ihn der erste mit einem schwergewichtigen Senkblei quer über den Hals und der zweite mit einer schwergewichtigen Wasserwaage auf die linke Seite der Brust; aber der Dritte schlug ihn mit seinem Spitzhammer auf den Kopf und tötete ihn so.

König Salomon ließ zum Gedenken seines ermordeten Freundes in nur neun Tagen einen Marmorobelisken errichten, Hiram Abifs Herz isoliert in einer goldenen Urne aufbewahren und bei der Beisetzung alle Baumeister weiße Handschuhe tragen: *"um zu bezeugen, daß sie ihre Hände nicht mit dem unschuldigen Blute des Erschlagenen befleckt hätten"* (Br. Otto Hieber).

Außerdem ließ er die flüchtigen Mörder verfolgen, die Jubela, Jubelo und Jubelum genannt wurden: das bedeutet in jedem Falle *Verschwörerischer Handwerksgeselle*. Jeder der drei verriet sich bald schon selbst in seinem Versteck durch ein ängstliches Stoßgebet,

Jubela durch dieses:

"O! daß mir der Hals abgeschnitten, meine Zunge bei der Wurzel herausgerissen und verscharret worden sein möchte im Sande des Meeres bei niedrigem Wasserstande [...], bevor ich einwilligte in den Tod unsers Großmeisters Hiram!"

Jubelo aber betete:

"O! möchte doch lieber mein Herz unterhalb meiner nackten linken Brust herausgerissen und eine Beute der Raubtiere in der Luft geworden sein, als daß ich Teil nahm an dem Morde eines so guten Meisters!"

Und Jubelum, dessen anderer Name *Abibal* ihn als vatermörderischen *Parricida* brandmarkt, stieß hervor:

"O! wenn doch mein Körper in zwei Teile zertrennt und diese nach Süden und Norden verstreuet, meine Eingeweide in Süden zu Asche verbrannt und

zwischen den vier Winden der Erde verstreuet worden wären, bevor ich die Ursache wurde von dem Tode unsers guten Meisters Hiram!"

Jedes dieser drei Stoßgebete diente zunächst dazu, jeweils einen der drei Mörder zu fangen und in genauer Befolgung seines eigenen Wortlautes hinzurichten,

ging dann später aber auch in Eidesformeln und Rituale der diversen Freimaurerlogen ein.

Auch jener Dolch mit goldenem Griff an schwarzer Schärpe, wie Salomon ihn den neun erfolgreichen Häschern der Hiram-Mörder als Amtssymbol ihrer fortgesetzten Aufsichtspflichten verliehen hatte, gehörte später zur rituellen Ausstattung der Andreaslogen.

So blieb die Ermordung jenes Hiram Abif durch Jahrhunderte und Jahrtausende gegenwärtig wie ein Fundament, eine Basis auch für jedweden Maurer, und stand in Wahrheit vermutlich in der archaïschen Tradition des *Bauopfers*, wie es bei vielen Völkern atavistischer Brauch war: bei Grundsteinlegung oder Weihe eines neuen Bauwerks wurden Gegenstände, Fetische oder eben auch Lebewesen unter Hauspfahl oder Türschwelle gelegt, meist jedoch mit eingemauert, um so dem Neubau stabiles "Leben" zu sichern und seine Bewohner oder Besucher vor bösen Geistern zu schützen. Solchem Ziele mochten in griechischen Getreidegarben auch all die Ernte-Opfer nach Art jenes heraklisch gemeuchelten Lityérses im *Oberen Mäander* dienen.

Aber bei den westafrikanischen Dogon wurde in archaïscher Urzeit nach jeder siebenten Ernte der eigene Stammeshäuptling hingeopfert. Das war für dieses Volk, das da immerhin schon bis sieben zählen konnte, die einzig praktikable Zeitrechnung: von Häuptlingsopfer zu Häuptlingsopfer   Muster für heute humanere demokratische Präsidentenwahlen und Legislaturperioden?

Aber die geistige Substanz eines solchen hingeopferten Häuptlings stieg dort zu jenem unsichtbaren Hungerreis-Stern empor und nährte diesen damals weitestgehend noch unbekannten Sirius B eben hinlänglich, um dessen Erneuerung der Welt in regelmäßigen Abständen abzusichern. Das ging dort siebenmal sieben Ernten oder eben sieben Häuptlingsregentschaften, also just 49 Jahre lang gut genug, um diesem weißen Zwerggestirn seinen kosmisch benötigten Umlaufsrhythmus einzuüben und den achten Häuptling schließlich eine radikale Reform dieses Ernte-, Bau- oder Königsopfers vollziehen und eine Neuzeit begründen zu lassen.

Doch in jenem selben alttestamentarisch *Ersten Buche der Könige*, das von Hiram Abif und seinem Tempelbau in Jerusalem berichtet, ist im 16. Kapitel, Vers 34, vom Wiederaufbau Jerichos die Rede: da opferte Baumeister Hiël aus Bet-El, *"da er die Türen setzte"*, gar seinen jüngsten Sohn, aber schon *"da er den Grund legte"*, seinen ältesten Sohn, und der hieß Abiram.

Vielleicht ja auch hatte jener Abiram oder Iram oder Hiram Abif, eben weil er aus Tyros kam, bei der Errichtung des Tempels in Jerusalem das gebotene Bauopfer, von dem in der Tat uns keine der Quellen berichtet, verabsäumt und mußte so selbst dazu dienen.

Überdies vermag sein Tod uns daran zu erinnern, daß nicht nur Bauten aus Stein und Mörtel, sondern auch die überdauernd großen Gedankengebäude der Menschheit häufig über solchem Bau- oder Ernte-Opfer errichtet zu werden pflegen.

Hierfür mögen der altägyptische Mythos von der Zerstückelung des Obersten Gottes Osiris durch seinen Bruder, der vergleichbare Totschlag des germanischen Licht-, Tag- und Sonnengottes Baldur ebenfalls durch seinen Bruder, die vorolympisch mörderischen Titanenkämpfe der griechischen Antike und das Christentum zuerst mit der Kreuzigung seines Gottessohnes Jesus, dann auch noch mit der Enthauptung seines Vordenkers Paulus die markantesten Beispiele liefern.

Aber schon die Uridee familiärer Sozialisation hat den legendären Brudermord Kains an Abel in ihre Fundamente mit eingemauert,

und der phönizische Vegetationsgott Ádonis fiel einem radikal exklusiven Ehekonzept ebenso zum Opfer wie auch der griechische Heraklés, jener gottmenschlich übergroße Kultivator der menschlichen Gesellschaft.

Orpheus, wissen wir hier nicht zuletzt von Konstantin Tolstoi, wurde nicht nur für Kunst und Künstler aller Zeiten, sondern auch als Galionsfigur der Männerliebe zerfetzt.

Aber mit all diesen mythischen Bau- und Ernte-Opfern begnügte sich die nachfolgende Humangeschichte durchaus nicht, sondern verlangte für all solche großen Ideënkonstrukte auch noch bestätigende Wiederholungen oder späterhin mahnende Erinnerungsopfer.

Hierzu mögen schon lange vor der christlichen Zeitrechnung jene *Orphischen Mysterien* beigetragen haben, deren Adepten alle bei ihrer Initiation einen symbolischen Tod erleiden mußten, aus dem sie als gereinigte und geweihte Neugeburten hervorgingen.

Nicht länger nur so symbolisch, sondern durchaus auch leibhaftig wiederholten dann etwa die Steinmetzen Claudius, Castorius, Simphorianus und Nicostratus, die gegen Ende des dritten Jahrhunderts nach Christos einzig diesem zuliebe in der Donau ertränkt wurden, ebenso wie auch all die zahllosen anderen christlichen Märtyrer rund um den Globus bis zu den hyperboreïsch fernen Philippinen ihr persönliches Bau- und Blutopfer im Gefolge jener Kreuzigung von Golgatha.

Sonstigen geistig übergeordneten Konzepten als ebensolches Bauopfer zu dienen, wurde zum Beispiel dem Sokrátes und Giordano Bruno zum Schicksal, auch Thomas Müntzer und Thomas Morus, Robert Blum und Rosa Luxemburg, Karl Liebknecht und Ernst Thälmann, Mahatma Gandhi und Martin Luther King, den erschossenen Gebrüdern Kennedy wie auch Anwar es-Sadat, Izhak Rabin und Zoran Đinđić.

Sie alle stehen hier nur stellvertretend für unzählbar viele andere, zu denen sich auch noch die unübersehbar großen Kontingente von opferbereiten Widerstandskämpfern gesellen: die Geschwister Scholl, Helmuth Hübener, Graf Schenk von Stauffenberg, Dietrich Bonhoeffer, Carl Goerdeler, Lumumba, Dag Hammarskjöld, Ken Saro-Wiwa, der gerade noch eben überlebende Nelson Mandela und all die Namenlosen ...

Im Gefolge des Orpheus aber sind nicht nur zahlreiche Künstler zu Bauopfern ihrer Werke, Ideën und Überzeugungen geworden, sondern außerdem auch noch die Legion derer, die in den Grundstein heutiger Gleichberechtigungspolitik für gleichgeschlechtliche Liebe oder Lebensformen eingemauert wurden. Auch ihre Liste ist riesig und reicht vom Íbykos aus Region zum Beispiel über den Erzbischof Thomas Becket († 1170) bis zum sechzehnjährigen Poëten und Staufen-Herzog Konradin von Schwaben, dessen Opferung als *"Konrad der Junge" anno* 1268 Schiller zu dramatisieren plante, und vom Tempelritter Jacques de Molay († 1314) über Gogol und Tschaikowskij bis hin zu Oscar Wilde, Federico García Lorca und Pier Paolo Pasolini, bis zum norwegischen "Inga" und all den anonymen Mordopfern mit dem *Rosa Winkel*.

Mit Entsetzen und Bewunderung erkennt man, daß die Menschheit im Verlaufe ihrer kurzen Geschichte eine gigantisch angewachsene Elite oder Aristokratie entwickelt hat, die sich einzig und allein aus solchen Bauopfern rekrutiert.

Daß auch den Freimaurern dieser Gedanke wohlvertraut war, geht, nur als Beispiel, aus einem Wortlaut im Brauchtum des III. Grades ihrer *"Großloge zur Freundschaft"* deutlich hervor, das jeden Adepten aufzunehmen pflegte, indem es ihn auf jenen Hiram Abif verwies:

" I h n , der kurz vor Vollendung des Baues des ersten Tempels erschlagen sein soll [...], stellen Sie, geliebter Bruder, in diesem Augenblicke vor".

Solcher Aktualisierung dienten in vielen Logen auch die erwähnten Gruselrequisiten der Initiationsrituale. Sarg, Totenkopf und überkreuzte Gebeine sollten alle Neophyten als Embleme ihrer eigenen Sterblichkeit an den urbildlich frühen Tod dieses Bauopfers Hiram Abif gemahnen.

Mithin kann jedenfalls für mich gar kein Zweifel bestehen, daß auch Schiller in der Nachfolge zwar jenes kollegialen Orpheus, aber durchaus eben auch jenes Sakralarchitekten Hiram Abif zum Bauopfer eines Ideëndomes oder Geistestempels geworden ist, der sich in seinen essayistischen Entwürfen eines freien ästhetischen Staates oder spirituëllen Lebens außerhalb aller Materië manifestiert hat.

Auch seine *"Jungfrau von Orléans"*, schon historisch selbst solch ein Bauopfer, ist nur so zu verstehen. Auch sie wie jeder Mensch, pointierte das Gerhard Fricke noch 1930 in Göttingen, *"vermag Mensch zu sein nur dadurch, daß er seiner göttlichen Sendung untreu wird und sich ewig zerstört – und er kann seiner Sendung nur treu bleiben [...] , indem er sich als Mensch selber auslöscht".*

Jeanne d'Arc wie Schiller selbst hatte *"nur die Wahl zwischen der freiwilligen Preisgabe seiner physischen Existenz und der Preisgabe seiner 'dämonischen' Freiheit".*

Noch sein Wallenstein, jener um sich schlagende Generalissimus, schrieb Schiller am 21. März 1796 seinem Freunde Humboldt, *"kann sich nicht, wie der Idealist, in sich selbst einhüllen und sich über die Materie erheben, sondern er will die Materie sich unterwerfen und erreicht es nicht. Sie sehen daraus, was für delikate und verfängliche Aufgaben zu lösen sind, aber mir ist dafür nicht bange"*.

Denn schon am Tage nach seinem 34. Geburtstage hatte derselbe Schiller in einem Brief (vom 11. November 1793) an seinen dänisch-holsteinischen Herzog Christian Friedrich resümiert: *"Wenn die Materie zum Geist nicht hinaufsteigen kann, so bleibt nichts übrig, als daß der Geist zur Materie heruntersteige"* – und sei es in einen Grund- oder Grabstein und in dessen eingemauerte Idee.

Das aber konnte für Schiller wohl nur der Weg, schwerlich jedoch ein Endziel sein. Denn, schrieb er mehr als vier Jahre später, am 5. Januar 1798, an Goethe, *"es ist eine ganz andere Operation, das Realistische zu idealisieren, als das Ideale zu realisieren, und Letzteres ist der eigentliche Fall bei freien Fiktionen. Es steht in meinem Vermögen, eine gegebene bestimmte und beschränkte Materie zu beleben, zu erwärmen und gleichsam aufquellen zu machen, während daß die objektive Bestimmtheit eines solchen Stoffs meine Phantasie zügelt und meiner Willkür widersteht"*.

Diesen zügelnden Widerstand also aller objektiven Stofflichkeit galt es ihm, durch *"freie Fiktionen"* zu überwinden. Denn er *"bejahte nicht die Wirklichkeit"*, verstand ihn auch Gerhard Fricke später und legte das so aus: *"er glaubte nicht an das Schicksal"* und an dessen *"Übermacht des Physisch-Sinnlichen, die in Knechtschaft und Schuld verstrickt"*. Stattdessen konnte er *"nur leben, wenn er unabhängig und ungebunden sich jederzeit wie auf Flügeln frei [...] erheben konnte, er glaubte und er schuf allein die Freiheit"*.

Diese Freiheit konnte nur jenseits von Wirklichkeit, Schicksal und physisch-sinnlicher Materië liegen. Künstlerisch sah er sie rein nur im transzendenten, einem paradiesischen Idyll, aber dieses nur im Transit durch den leiblichen Tod. *"Und setzet ihr nicht das Leben ein"*, singt und wiederholt gar so nachdrücklich wie paradox der Soldatenchor in *"Wallensteins Lager"*: *"Nie wird euch das Leben gewonnen sein"*.

So also dürfte auch Schillers eigenes Sterben in der Tat fast als kultisch-rituelle Aktualisierung oder wiedergängerischer Nachvollzug jener Aufopferung des Hiram Abif zu begreifen und einzuordnen, auch nur so zu verschmerzen sein. Denn daß er seit 1805 unverlierbar und unentfernbar ins geistige Fundament aller humanistischen Gesittung und progressiven Religiosität, gar jeglicher Perspektive der Menschheit eingebrannt ist, kann schwerlich übersehen oder geleugnet werden.

Schiller selbst hat für diesen Vorgang *anno* 1799 eine Formulierung erfunden, die früher gar jeder SCHILD-Leser auswendig wußte:

*"Fest gemauert in der Erden
Steht die Form, aus Lehm gebrannt"*.

So versteinertes Fundament entspricht dann auch dem mythologisch überlieferten Tode jenes Giganten, der dem deutschen Schiller vom Fuße des sizilianischen Ätna her für illuminate Verheimlichungen in Dänemark seinen Namen Enkélados auslieh und der zur Strafe für mancherlei unbotmäßige Empörung oder Rebellion lebendig unter seinem Vulkane oder gar unter der ganzen Insel Sizilien begraben wurde: weil die strafende *Pallas Athene* sie kurzer Hand und *in toto* auf ihn schleuderte. Dort liegt er seither, ein leibhaftiger Grab- und Grundstein, und mag da bisweilen noch mit dioskurisch magischem Elmsfeuer oder mancher körperlosen *Fata Morgana* über Skylla und Charybdis hinweg im calabrischen Region den geopferten Bruder Íbykos grüßen. Aber wenn er da jemals *"ermattet die Seite wechselt"*, referiert uns Vergils *"Æneïs"* (III, 581f.), *"so zittert / Ganz Sizilien dumpf, und Rauch umschleiert den Himmel"*.

Ich aber denke noch bei jedem Rumoren des Ätna sofort an Schiller, bei jedem Lavafluß an dessen glühende Abundanz und schon bei ersten vulkanischen Rauchsignalen himmelwärts an die Sternensehnsucht dieses dargebrachten, dieses hingegebenen und verewigten Geistes dort in seinem irdenen Tresor.

Jener König Hiram I. von Tyros jedoch kam später den vollendeten Tempel seines ermordeten Protégés in Jerusalem besuchen, liebte dort den König Salomon (*"he loved well King Salomon"*: wie auch immer), lieferte seine eigene Tochter gar in dessen Harem ein, besichtigte auch eine ihm zu Ehren phallisch errichtete goldene Dankessäule und wurde für seine Künstler- und

Zedernlieferung mit einem sechshundertjährigen Leben, für seinen Nachbau des salomonischen Tempels in Tyros mit *"tausend Jahren im Paradiese"* belohnt: Modell aller späteren Impresarios, Künstleragenturen, Verleger, Manager, Bertuchs und Berlusconis, die sich mit den Produkten hingemetzelter oder darbender Urheber heutzutage zwar nicht mehr die Ewigkeit, hienieden aber goldene Nasen, Armaturen, Fernsehanstalten und sonstige sodomitische Pfründen einzuhandeln wissen.

Sie letztlich sind es, die mit Bauopfern handeln und den *Dritten Weltkrieg* zwischen Kranichen und Pygmäen zuerst entfachten, inzwischen schüren und am Leben erhalten.

Daß manch ein intellektuélles, künstlerisches oder religiöses Bauopfer sich da bisweilen selbst geradezu verpflichtet fühlen mag, sich so trivialem Armageddon beizeiten zu entziehen, hat vielleicht niemand schöner formuliert als Wilhelm von Humboldt, der seinem fast 36jährigen Freunde Schiller am 16. Oktober 1795 mit Bezug auf dessen *"Malteser"*-Projekt bestätigte:

"Wer ein so reges geistiges Leben hat, scheint der Erde wenig mehr schuldig zu sein".

Wahrhaft schuldenfrei *"zerstreute"* sich daher auch dieser Kranich *"in den Lüften"*: freilich faustisch *"krächzend"* auch er.

Seine eigene Frage *"Was krächzt er?"* beantwortet sich der erblindende und sterbende Faust ja noch lakonisch mit *"Mißgeschick"*.

Der entfleuchende Kranich Schiller hingegen mag noch mit letztem Krächzen Verheißung und Rettung verkündet, einen Ausweg aus all der Misere gewiesen haben: war doch schon dem 28jährigen *"immer,*

als könnte ich meinen Geist von dem allgemeinen Weltgeist nicht trennen und als würde ich in ihn zurückgezogen".

Tatsächlich fand sich dann in seinem *Dramatischen Nachlaß* ein Projekt seiner späten Jahre, das er, lange vor jenem musikalisch gewitzten *Frère Jacques* aus Köln schon, als *"Orpheus in der Unterwelt"* bezeichnet hatte. Soweit notiert, sollte da der Aufenthalt des goëtischen Künstlers im Orkus schließlich im Wunsche *"des Schattenbeherrschers"* gipfeln,

"daß Orpheus seine Macht besingen soll".

Doch *"Orpheus weigert sich, den Tod zu singen"*.

Kranich Schiller begründet das so: *"Dem Leben stimmt er jetzt ein Lied an"*.

Dieses Lied an das Leben scheint Ziel oder Anlaß jenes ganzen Projektes zu sein. Denn in seiner Notiz, die kaum länger als eine Oktavseite ist, nimmt die Beschreibung dieses Liedes abschließend einen ganzen Absatz in Anspruch und ist da sowas wie Schillers Schwanengesang mit diesem Wortlaut:

"Der Hymnus auf das Leben, in der Hölle gesungen, vor Toten und Geistern:

1. Das Licht, die Farbe, die Wärme, die Gestalt, die Fülle, die Schönheit. Meer und Land. – Erstaunen der Manen.

2. Der Schall, die Stimme, die Melodie, die Leidenschaft."

Deren verführerische Schönheit scheint unabdingbar Wiederholungen auszulösen: *"Refrain"*.

Aber hiermit bei weitem noch nicht genug:

"3. Der Genuß: Leben, Lieben, Beleben!

4. - - - ".

Was hier viertens ausgespart blieb, dürfte tatsächlich alles Idyllische umschlungen haben: Schillers Idylle, das Idyll eines Obdachlosen.

Oder aber auch, was mancher Monograf als den letzten Satz des sterbenden Bauopfers Friedrich von Schiller verklärt oder kolportiert:

"Immer heiterer, immer besser, nur zieht den Vorhang weg, daß ich die Sonne sehe".

Das würde dann leichthin gegen jenes ebenso legendär verklärte Schlußwort seiner eigenen Doppelsonne austauschbar sein: gegen Goethes *"Mehr Licht!"*.

Wirklich A und B also.

Oder A und O. (Auch O und A.)

Demetrius im Dutzend

Chat im Internet: www.speakerscornerTV.de/blaugold-dioskuren

Autor: "FERDINAND VON WALTER, MAJOR"
antwortet   und wiederholt:

Nun habe ich Schillers Ermordung wirklich geduldig und in der Hoffnung abgewartet, auf all den Umwegen über Freimaurer und *Illuminaten,* auch noch über Bau- und Ernte-, Blut- und Tempelopfer endlich zu erfahren, warum bloß um Gottes Willen Goethe den *"Demetrius"* nicht zu Ende schreiben durfte.

Ich habe mich in all der Wartezeit inzwischen schlau gemacht und festgestellt, daß ganze Generationen von Autoren keinerlei Schwierigkeit hatten, Schillers Fragment zu beënden oder zumindest fortzusetzen, aufzugreifen, zu variïeren.

Das begann bereits 1817, noch zu Goethes Lebzeiten also, mit der offenbar unverhindert und ungeahndet bleibenden Ergänzung durch den 23jährigen Autor Franz Friedrich Freiherrn von Maltitz aus Nürnberg und reichte dann von den mehr oder minder gelungenen Versuchen eines Ernst Raupach, Herman Grimm, Friedrich Bodenstedt, Friedrich Hebbel und Heinrich Laube über deren Kollegen Mosenthal, Heigel, Martersteig, Kaibel, O. Harnack, A. Schaeffer, Lernet-Holenia, Henry von Heiseler, Heinitz und Spaun bis hin zu Paul Ernst und Friedrich Schreyvogel, von all den eigenständigeren russischen Dramatisierungen, auch des verwandten Godunow-Stoffes ganz zu schweigen.

Kein Geringerer als der homoërotische Schriftsteller Walter Flex hat 1909 ein eigenes Drama *"Demetrius"* und 1912 seine einschlägige Dissertation veröffentlicht: *"Die Entwicklung des tragischen Problems in den deutschen Demetriusdramen von Schiller bis auf die Gegenwart".*

Nur Goethe also sah sich an derlei gehindert: aus welchem Grunde bloß? Freund Körner glaubte schon am 5. August 1810: *"Zur Fortsetzung des De-*

metrius schien er keine Lust zu haben. Es wären, meinte er, noch nicht zwei Akte fertig, also über die Hälfte noch zu machen" (an Schillers Witwe).

Aber das wußte doch Goethe schon genauso, als er sich für dieses Projekt noch so begeisterte. Also?

Also stehe ich nun, ich armer Tor, nach all Euren uferlosen Internet-Informationen über sonstwas alles in diesem entscheidenden Punkte da *"und bin so klug als wie zuvor"*.

Heißt das, bitte, daß nach fast zweihundert Jahren niemand mehr meine Frage beantworten kann?

Bleibt dieses Rätsel demnach tatsächlich ungelöst?

Muß ich also resignieren?

Geisterseher Goethe

Chat im Internet: www.speakerscornerTV.de/blaugold-dioskuren

Autor: "GESSLER"
antwortet   allgemein und informiert:

Sein Todesjahr begann für Schiller mit einem Katarrh.

Wir heute würden vermutlich von verschleppter Bronchitis sprechen. Denn im Anschluß an ein Hoffest schon Mitte November 1804 erstreckte sich diese entzündliche Reizung der Atemwege hartnäckig auch noch über den ganzen Januar.

Trotzdem arbeitete er weiter. Seinem Herzog zuliebe beëndete er die Bühnenbearbeitung der *"Phädra"* von Racine und setzte dann die Vorarbeiten zum *"Demetrius"* fort. Er kam auch gesellschaftlichen Verpflichtungen nach, folgte Einladungen zur Herzogin, zur Herzoginmutter, zur Erbprinzessin, zu Goethe, ging ins Theater, nahm erst an Proben, dann an der Premiere seiner *"Phädra"* teil und war mehrfach "am Hofe", gar bei einem Ball.

Auch am 3. Februar 1805 war er wieder am Hofe. Nur wenige Tage später wurde er von fortgesetzten Fieberanfällen heimgesucht, die mit Schüttelfrost, Halluzinationen, einer Ohnmacht und solcher Appetitlosigkeit verbunden waren, daß er tagelang nichts zu sich nahm. Heinrich Voß *junior* wachte viele Nächte an seinem Krankenlager. Tags hinderte ihn ein *"fatales Schnupfenfieber"* am Weiterschreiben: also diktierte er die fällige vierte Samborszene des *"Demetrius"* in die Feder seiner Frau.

Aber schon nach zehn Tagen ging der noch immer Fiebernde wieder ins Theater, nach achtzehn Tagen war er endlich fieberfrei, beschäftigte sich verstärkt mit *"Demetrius"* und besuchte den kranken Goethe.

Im März regenerierte er sich zusehends, schrieb am *"Demetrius"* weiter, nahm wieder Einladungen je zu Herzogin, Herzoginmutter und Erbprinzessin an, ging ins Theater, kaufte sich ein ärztlich empfohlenes Reitpferd, war rundum aktiv und abermals mehrfach "am Hof".

Am 27. März 1805 schrieb er an Goethe:

"Ich habe mich mit ganzem Ernst endlich an meine Arbeit angeklammert und denke, nun nicht mehr so leicht zerstreut zu werden. Es hat schwer gefallen, nach so langen Pausen [...] . Jetzt aber bin ich am Zuge."

Zwei Wochen später, am 11. April 1805, schrieb im rheinischen Pempelfort jener Friedrich Heinrich Jacobi, Philosoph und Romancier zwischen *Sturm* oder *Drang* und piëtistischer Empfindsamkeit, einen Brief an Goethe, kündigte eine Rundreise an, die just am 8. Mai beginnen und im Juni 1805 auch nach Weimar führen sollte, und fragte an, ob er denn Goethe und Schiller, den er zu grüßen bat, dann antreffen könne.

Dieser Jacobi, dessen *"persönliche Liebenswürdigkeit, Anmut, Offenheit"* Goethe auch später noch ungebrochen schätzte, war seit ihrer höchst erotischen Elberfelder Begegnung im bergischen Wuppertale vor genau dreißig Jahren Goethes enger Freund, zeitweilig auch Geliebter, aber *"wir liebten uns, ohne uns zu verstehen"*. Trotzdem blieb zeitlebens ihr Kontakt lebendig, zumal sich Jacobi als vormaliger Illuminat 1788 in einem Aufsatz Luft verschaffte, dessen Titel schon Sympathiën weckte: *"Einige Betrachtungen über den frommen Betrug oder über eine Vernunft, welche nicht die Vernunft ist"*.

Umso unverzüglicher antwortete Goethe daher auch diesmal und hieß den angekündigten Juni-Besuch dieses Logenbruders erfreut willkommen: so *"können wir ruhig nach Lust zusammen verweilen"*.

Aber beiläufig, eher nebenher streute er in diesen Brief auch jenen Satz mit heute denkbar größter Sprengkraft ein:

"Ob du Schillern findest, weiß ich nicht zu sagen".

Wieso nicht?

Er schrieb das am 19. April 1805: elf Tage also vor Schillers letaler Erkrankung und zwanzig Tage vor dessen Tod.

Gerade hatte ihn der wiedergenesene Freund, der das verführerische Angebot des Berliner Königshofes da schon endgültig ausgeschlagen hatte, brieflich wissen lassen, daß er sich ab sofort, gestärkt und arbeitswütig, an den *"Demetrius"* nachgerade *"anklammern"* wolle, so daß diesem Rekonvaleszenten beileibe auch keinerlei Reisepläne zuzutrauen waren. Just als Goethe an Jacobi schrieb, war Schiller tief in der Reichstagsszene des *"Demetrius"* versunken, und Goethe dürfte das genau gewußt haben.

Aber schon am Morgen des 1. Januar 1805, für den noch heute in Schillers Kalender eine unheilverkündend *"sichtbare Sonnenfinsternis"* nachzulesen ist, schrieb Goethe ein rätselhaftes Neujahrsbillet für Schiller. Beim Durchlesen stellte er fest, daß er es mit der Zeile *"Der letzte Neujahrstag"* überschrieben hatte. Er zerriß es also, schrieb es neu und hätte um ein Haar dieses Neujahr abermals als das *"letzte"* bezeichnet. Noch am selben Tage deutete er das der Frau von Stein als Schillers oder sein eigenes Ableben in diesem neuen Jahre 1805 und übersah dabei ganz das unheilvolle Omen auch noch seines letzten Satzes im selben Billet: *"Der Termin rückt nun mit jedem Tage näher ins Auge"*.

Tatsächlich wurden beide schon wenige Wochen später aufs Krankenlager geworfen: Goethe während der ersten Monate des neuen Jahres gleich viermal von lebensbedrohlichen Nierenkoliken, überdies von einer Lungenentzündung. Seine Frau schrieb in einem Aprilbriefe, er habe

"nun seit einem Vierteljahr fast keine gesunde Stunde gehabt und immer Perioden, wo man denken muß, er stirbt".

Sogar die Zeitungen berichteten alarmiert darüber.

Auch Schiller war da schon mehrfach totgesagt worden. Aber daß nun – im Brief an Jacobi – auch Goethe das indirekt tat, war neu und erschreckend.

Er tat es noch unverhohlener in den letzten Apriltagen 1805, als Schiller, inzwischen wieder genesen, aktiv und wohlgemut am *"Demetrius"* weiterschrieb. Noch 1859 schilderte Julius Schwabe, sei es im national-liberal populären Wochenblatt *"Die Gartenlaube"*, wie der junge Voß da den selbst noch rekonvaleszenten Goethe besuchte,

"als dieser den ersten, kurzen Gang ins Freie in seinem Hausgarten wagte. Er fand ihn langsam und mit tränenerfüllten Augen zwischen den Beeten umher wandelnd. 'Lebt Schiller noch?' war seine erste bange Frage an Voß. ' N o c h lebt er!' lautete die [...] Antwort. Goethe bedeckte das Gesicht mit der einen Hand, mit der andern winkte er Voß schweigend, ihn zu verlassen".

Aber als Schiller nur wenige Tage später von seiner tatsächlich letzten Krankheit überfallen wurde, *"war Goethe ungemein niedergeschlagen. Ich habe ihn einmal"*, schrieb der junge Voß seinem Studienfreunde Christian Niemeyer,

"in seinem Garten weinend gefunden; aber es waren nur einzelne Tränen, die ihm in den Augen blinkten. Sein Geist weinte, nicht seine Augen [...]. 'Das Schicksal ist unerbittlich, und der Mensch wenig!' Das war alles, was er sagte ... " (12. August 1806).

Aber er spürte oder wußte offensichtlich mehr.

Das läßt gerade im Falle dieses chronisch Kranken auf eine von Goethes vielfach bezeugten Vorahnungen schließen – oder aber auf geheime Informationen sei es seitens jener okkulten Loge *"Carl August"*, zu deren Mitgliedern niemand auf diesem Planeten mit größerer Wahrscheinlichkeit zählen mochte als Br. Goethe: denn wer schließlich sonst, wenn nicht er?

Aber belegt ist diese Mitgliedschaft nirgends.

Auch Schiller selbst könnte leicht in jener neuen kleinen Geheim-Loge Mitglied und gleich auch ihr Apostat gewesen sein – wer weiß das noch?

Fest steht nur eindeutig: spätestens in der zweiten Aprilhälfte 1805 hielt Goethe es bei seiner Antwort an Jacobi für unsicher, daß Schiller hier nach zwei Monaten noch anzutreffen sein werde.

Er war es ja dann auch nicht.

Als Jacobi, den Goethe da seit dreizehn Jahren nicht mehr gesehen hatte, pünktlich in Weimar eintraf, wurde dieser *"vielfältig geprüfte Freund"*, dem auch Schiller vor zwanzig Jahren in Mannheim persönlich begegnet war und den er seither als Briefpartner und Freund *"in aller Bedeutung des Worts"* tatsächlich dauerhaft *"herzlich lieb hat und hochschätzt"* (16. November 1784), an Goethes Tafel auf Schillers vakanten Platz gesetzt, und *"beide haben vor Wehmut geweint"*.

Goethe vermutlich auch die spezifischen Tränen eines Wissenden.

Keine Köpfe

Sondermeldung im **Radio Radikal**

Auf seinem Rückflug von Camp David nach Washington ist ein Hubschrauber mit dem Präsidenten der *Vereinigten Staaten von Amerika* an Bord auf unerklärliche Weise verschollen.

In Washington, wo die Rückkehr des Präsidenten seit mehreren Stunden überfällig ist, räumte ein Sprecher des *Weißen Hauses* ein, daß zur Zeit noch unklar sei, ob der Helikopter des Präsidenten entführt wurde, abgestürzt sei oder sich nur verflogen habe. Zur Stunde fehle jeder Hinweis auf seinen Verbleib. Selbst eine Flucht werde nicht mehr ausgeschlossen.

Auch der Vizepräsident, der in Camp David seinen Hubschrauber nur wenige Minuten später bestiegen hatte, gilt zur Zeit als unauffindbar.

Da in Afrika und Asien kürzlich mehrere Staatsoberhäupter auf vergleichbar unerklärliche Weise vermißt wurden, werden globale Zusammenhänge und terroristische Hintergründe nicht ausgeschlossen.

Die USA jedenfalls befinden sich zur Zeit in einem rechtsfreien Raum ohne einen zuständigen Regierungschef und Entscheidungsbefugten.

Die Lage ist brisant.

Polnisches Porzellan

Chat im Internet: www.speakerscornerTV.de/blaugold-dioskuren

Autor: "CHOR (IN ZWEI HALBCHÖREN AUS DEM GEFOLGE DER FÜRSTEN VON MESSINA)"
antwortet   "FERDINAND VON WALTER":

Erster Chor (der ältern Ritter):
Warum Goethe
den *"Demetrius"* seines toten Freundes
nicht zu Ende schreiben durfte, lieber "FERDINAND",
liegt auf der Hand.

Zweiter Chor (der jüngern Ritter):
Auf der Hand liegt gar nichts.

Erster Chor:
Sein *"Demetrius"* schlug unbekümmert
in dieselben heiklen Kerben wie sein *"Wilhelm Tell"* schon.

Zweiter Chor:
Einspruch!

Erster Chor:
Dieser *"Demetrius"* beginnt
im polnischen Reichstag, *sejm walny*, zu Krakau
anno 1603 oder -4
und schließt thematisch direkt
an jene schweizerische Volksvertretung
auf dem Rütli an.

Zweiter Chor:
Nur daß Schiller jene Eidgenossen auf dem Rütli

noch als respektabel, als ehrenwerte Bürger vorstellt,
diese Polen nicht mehr.

Erster Chor:
Sejm walny resultiert aus Wahlen,
die den Theatraliker Schiller immerhin
als *"lustiges und unterhaltsames Intermezzo"* reizen.

Zweiter Chor:
Doch *"eine starke Stimme und Unverschämtheit"*
notierte er sich als *"Eigenschaften der Kandidaten"*.
"Auch Bestechungen fallen vor".

Erster Chor:
Dieser Reichstag war damals noch jung:
erst dreißig Jahre alt;
seit 1572 war Polen eine *"Adelsrepublik"*
mit gewähltem Könige,
aber diesem Reichstag als oberster Instanz.

Zweiter Chor:
Doch König Sigismund III.
aus dem Hause Wasa und Sohn des Königs von Schweden,
wenn auch selbst im Gefängnis von Gripsholm geboren,
regierte die Polen da so schon fast fünfzehn Jahre
und hiernach noch weitere drei Jahrzehnte,
insgesamt 45 Jahre lang: ist das gar nichts?

Erster Chor:
Aber im Reichstag, wo er im Ornat
und zwischen Kronbeamten auf seinem Throne saß,
notierte sich Schiller, *"spricht er selbst nie.*
Er hat ein mißliches Verhältnis
mit einem Teil des Reichstags"
und *"sucht sich der Majorität*
durch einen Schein von Nachgiebigkeit
gefällig zu machen".

Zweiter Chor:
Diese Mehrheit bestand doch

aus Landboten, Bischöfen, Palatinen, Senatoren
und Kastellanen oder Gouverneuren und Starosten.

Einer aus dem Ersten Chor:
Aber diese "Landboten", wußte Schiller,
waren oft *"Stallknechte, Köche, Trommelschläger"*
und *"können zu den höchsten Würden gelangen,*
alle erwählen den König
und haben auf dem Reichstag eine Stimme".

Ein Zweiter aus dem Ersten Chor:
So herrschte *"absolute Gleichheit"*, notierte er sich,
und *"Macht der Geringern (wegen ihrer Anzahl und Keckheit).*
Die Vornehmen müssen daher den Geringern schmeicheln"
und reden sie als *"Gnädige Herren"* an
oder auch schon als *"Brüder"*!

Ein Dritter aus dem Ersten Chor:
Schillers *"Szenar"* vermerkte daher:
"Ehrgeiz, Ämtergier, Rivalitäten, Privatzweck
und Privatneid herrschen unter ihnen".
Es vermerkt auch *"Wilde Auftritte".*

Der Erste aus dem Chor:
Und sein "Studienheft" notiert sich *"Rohheit des Volks*
und des Zeitmoments". Dann: *"Wilder Zustand".*

Der Zweite aus dem Ersten Chor:
Und in Schillers *"Kollektaneen"* zu diesem Stücke
ist *"Hungrige Geldgierigkeit und Schmarotzerei"* zu lesen:
"Alle wollen, daß man ihnen die Hand versilbre.
Wer etwas auf dem Reichstag sucht, muß splendid sein" –
also spendabel. Die Häuser dieser Abgeordneten
seien *"ein Asylum für Verbrecher",*
das parlamentarische Plenum ein *"allgemeiner Markt",*
zu dessen Merkmalen Schiller an zehnter Stelle
einer Auflistung auch *"Die Anarchie"* zählt.

Zweiter Chor:
Alles zugegeben.

Einer aus dem Zweiten Chor:
Aber in seinen *"Kollektaneen"* zu diesem *"Demetrius"*
hält Schiller auch fest:
"Aprisna heißt Elite des Volks".

Ein Zweiter aus dem Zweiten Chor:
Und in seinen *"Entwürfen"* betont er:
"Auch das Große,
welches in dem Gedanken liegt,
daß die Totalität einer versammelten Nation
ihren souveränen Willen ausspricht
und mit absoluter Machtvollkommenheit handelt,
ist zu berühren".

Erster Chor:
Nur scheitert sie manchmal an einem Veto.
Souveräner Wille und *absolute Macht*
unterliegen in diesem Reichstag bisweilen
dem Einspruch nur eines Einzelnen:
"Das Veto. Es beliebt mir nicht",
verdammen es Schillers *"Kollektaneen"*
und begründen die *"Gefahren bei diesem Veto"*
so: *"Oft ist es ein armer schlechter Kerl*
von Landbote, der sich dazu brauchen läßt und,
wenn er den Reichstag auf diese Art zerrissen,
sich schnell aus dem Staube macht".

Zweiter Chor:
Doch läßt sich der Szeniker Schiller ebendas
als abstrusen Effekt durchaus nicht entgehen.

Einer aus dem Ersten Chor:
Nein: als dieser Reichstag mit Stimmenmehrheit,
aber kopflos einen Krieg gegen Rußland beschließt,
beruft sich dagegen ein einsamer Einzelner
auf bestehende Friedensverträge und fragt:
"Was ist Treu? Was sind Verträge,
wenn ein solenner Reichstag sie zerbrechen darf?"
Eine polnische Kassandra, warnt er auch einzelstimmig:

*"Wehe den Nationen, die sich
leichtsinnig und eidbrüchig in Kriege stürzen!"*
Aber keiner will ihn hören.

Ein Zweiter aus dem Ersten Chor:
Als der Parlamentspräside daher
diesem Einzelnen das Wort verweigert,
brandmarkt der ihn skandalierend:
*"Was? Der Krongroßmarschall auch bestochen?
Ist alles erkauft und bestochen?
Ist keine Freiheit auf dem Reichstag mehr?
Ist es dahin gekommen? Will sich niemand
Erheben für das Recht, nun, so will ichs.
Zerreißen will ich dies Geweb der Arglist,
Aufdecken will ich alles, was ich weiß."*

Ein Dritter aus dem Ersten Chor:
Der Abgeordnete Odowalsky interveniert noch:
"Sammelt die Stimmen! Hört nicht auf ihn"
Doch jener Einsame, Fürst Sapiëha, kontert tollkühn:
*"Man will die Freiheit unsrer Stimmen zwingen.
Aber ich fürchte mich nicht vor dieser Zahl.
So lange noch Blut in meinen Adern fließt,
will ich die Wahrheit behaupten
und meine Stimme erheben".* Und tut es lautstark.

Der Erste aus dem Ersten Chor:
So droht die juristisch benötigte Einstimmigkeit,
durch das einsame Veto einzig dieses Fürsten Sapiëha
gefährdet, der ganze schöne Kriegsplan also
von einem störrischen Einzelgänger vereitelt zu werden:
*"Laßt alles einig sein – ich sage Nein.
Ich sage Veto, ich zerreiße den Reichstag".*

Ein Zweiter aus dem Ersten Chor:
Aber damit noch nicht genug: *"Aufgehoben, null
ist alles, was beschlossen ward".*
Kaum hat dieser tollkühne Sapiëha
das ausgesprochen, herrscht schon

"allgemeiner Aufstand,
der König steigt vom Thron,
die Schranken werden eingestürzt,
es entsteht ein tumultuarisches Getöse.
Landboten greifen zu den Säbeln
und zücken sie links und rechts auf Sapiëha.
Bischöfe treten auf beiden Seiten dazwischen
und verteidigen ihn mit ihren Stolen".
Eine Posse.

Zweiter Chor:
So zeigt sich,
wohin sich eine Volksvertretung wie die vom Rütli
in dreihundert Jahren hin entwickeln kann:
zu ihrem eigenen Zerrbild.

Einer aus dem Ersten Chor:
Aber diesen Sapiëha,
einen Nachfahren jenes autarken Wilhelm Tell,
der ja gleichfalls *"am mächtigsten allein"* war,
scheint das heraufbeschworene Chaos
nur wenig zu bekümmern. Fast wie ein Amokläufer
protestiert er lauthals
gegen die entfesselte Mehrheit
seiner tobenden Parlamentskollegen: *"Die Mehrheit?*
Was ist die Mehrheit? Mehrheit ist der Unsinn.
Verstand ist stets bei wen'gen nur gewesen".

Ein Zweiter aus dem Ersten Chor:
So gießt er nur noch Öl ins Feuer.
"Man soll die Stimmen wägen und nicht zählen",
polemisiert er, ein einzelner Oligarch gegen alle
die echten oder vermeintlichen Demokraten ringsum:
"Der Staat muß untergehn, früh oder spät,
Wo Mehrheit siegt und Unverstand entscheidet".

Ein Dritter aus dem Ersten Chor:
Die andern Abgeordneten rasen nur noch
und neigen schon zur Lynch-Justiz:

"Nieder mit ihm! Haut ihn in Stücke!"
Das verhindert einzig
der Erzbischof von Gnesen, Primas der Polen,
denn er *"reißt seinem Kaplan
das Kreuz aus der Hand und tritt dazwischen: 'Friede!
Soll Blut der Bürger auf dem Reichstag fließen?' "*
Der unbotmäßige Abweichler *"wird von den Bischöfen
mit Gewalt fortgezogen [...].
Unter heftigem Tumult und Säbelgeklirr
leert sich der Saal aus"*.

Ein Vierter aus dem Ersten Chor:
Erst jetzt kann der König wieder sprechen. Er befindet:
"Der Reichstag ist zerrissen" – also nicht konsens-
und also nicht beschlußfähig mehr.

Erster Chor:
Das Werk eines starken Einzelnen: jenes Fürsten Lew Sapiëha
aus litauisch-polnischem Adelsgeschlecht
mit ruthenisch ukrainischen Wurzeln.

Einer aus dem Ersten Chor:
Diese Familie stellte vom 16. bis ins 20. Jahrhundert hinein
viele Politiker, Bischöfe, Generale, Gelehrte und wurde
mit seiner jüngeren Linie schon seit 1572 zu Reichsgrafen,
mit der älteren seit 1699 zu Reichsfürsten nobilitiert.

Ein Zweiter aus dem Ersten Chor:
Schillers Fürst Lew (1557-1633) war historisch
Großkanzler von Litauen, jahrzehntelang Woiwode von Wilna,
dann auch Großhetman von Litauen, dreimal
polnischer Unterhändler
bei dauerhaften Friedensschlüssen mit Moskau und,
selbst Calvinist, auch ökumenischer Vermittler
zwischen Katholiken und Orthodoxen:
ein echter Pazifist wohl.

Zweiter Chor:
Doch jener Krieg gegen Rußland,

den er mit parlamentarisch legalen Mitteln
verhindern wollte, bricht sich dann blindwütig trotzdem
seine Bahn und findet statt: eine schwarze Stunde
für Volksvertretung und Demokratie!

Einer aus dem Ersten Chor:
Ja, weil ein anderer Sapiëha, Jan Piotr (1569-1611),
bei jenem Kriege gegen Rußland Stütze
dieses "falschen Demetrius" im polnischen Heere war –

Ein Zweiter aus dem Ersten Chor:
– und wieder ein anderer, Pawel Jan Sapiëha (1610-1665),
Woidwode und Großhetman, war später Sieger
zuërst über Schweden und Brandenburg,
dann auch über Rußland –

Ein Dritter aus dem Ersten Chor:
– ein anderer jedoch, Alexander Sapiëha (1770-1812),
war friedlich Naturwissenschaftler –

Ein Vierter aus dem Ersten Chor:
– und noch ein anderer, Fürst Leon Sapiëha (1802-1878),
Marschall des galizischen Landtags
und erblicher Reichsrat von Österreich –

Ein Fünfter aus dem Ersten Chor:
– aber Fürst Eustachy Sapiëha-Rošanski, geboren 1881,
nach dem Ersten Weltkriege polnischer Außenminister –

Ein Sechster aus dem Ersten Chor:
– und Fürst Adam Sapiëha (1867-1951) war Erzbischof von Krakau, im
Widerstand gegen Hitler und später dann Kardinal.

Erster Chor:
Doch zu Schillers eigenen Lebzeiten stand
jener Fürst Kazimierz Sapiëha (1750-1794),
General der polnischen Artillerie
und Großmarschall der litauischen Konföderation,
abgesehen von alledem und außerdem
auch noch an der Spitze der Warschauer

Freimaurerloge *"Der tugendhafte Sarmate"*:
er wurde 1789, als Schiller in Jena
schon vielfältig gegen Logen polemisierte,
Großmeister des Großen Orients von Polen.

Einer aus dem Ersten Chor:
Dieser bedeutende Freimaurer war,
als Schiller in seinem *"Demetrius"* einen Fürsten Sapiëha
den polnischen Reichstag so mehrheitswidrig spalten ließ,
zwar schon tot,
aber vielen ihrer Zeitgenossen noch ehrbar im Gedächtnis,
und mancher andere, jüngere Fürst oder Graf Sapiëha
mochte auch jetzt noch dieser oder jener
Loge angehören.

Ein Zweiter aus dem Ersten Chor:
Bald schon sogar war *Großmeisterin*
einer polnischen Adoptionsloge auch für Frauen
jene Anna Potocka, die eine geborene
Fürstin Sapiëha war.

Erster Chor:
Mit jenem Fürsten Lew Sapiëha also
als oligarchisch minderheitsbewußtem Anti-Demokraten
im fast satirisch überzeichneten polnischen Reichstag
mochte Schiller demnach in seinem *"Demetrius"*
lauter heiße Eisen der Polen berühren,
polnisches Porzellan zerschlagen
und polnische *Tabus* verletzen,
die auch kosmopolitisch *Tabus*
der Freimaurer aller Nationen waren.

Daß sowas auf deutschen Bühnen
und in deutschen Büchern erschien,
war durch Schillers Tod zwar
noch rechtzeitig verhindert worden.
Es sollte nun aber nach seinem Tode
auch aus der Feder Goethes
nicht dennoch zugänglich werden.

Quizproquo

Teletext: Tafel "Skandale" (Orig-inal)

Die SCHILD-Bürgerzeitung hat in einer gerichtlichen Ausseinandersetzung ihre Ans-icht durchsetzen können, daß bei ihrem Quiz zur Frage *"Wer oder was in der Arche N ist N ?"* keiner der Teilneh-mer eine Lösungsantwort eingereicht hat, die preisswürdig wäre.

Die Anw-älte der klagenden Parteien wollen gegen dieses Urteil Berufung einlegen.

Generalissimus Goethe

Chat im Internet: www.speakerscornerTV.de/blaugold-dioskuren

Autor: "KÖNIG PHILIPP DER ZWEITE VON SPANIEN"
antwortet   und reagiert auf "GESSLER" und den "HERZOG VON ALBA":

Dank "GESSLER" kennen wir nun Goethes Brief an Jacobi mit jener tele-pathischen oder verräterischen Vorankündigung von Schillers Tod.

Dank dem "HERZOG VON ALBA" sind uns in seinem *"Faust II"* schon seit langem jene möglichen Zusammenhänge des reiher- und reihenmörderi-schen *Generalissimus* im *Zweiten Akte* mit dem *Heermeister* in der Kaiser-pfalz des *Ersten Aktes* bewußt.

Da wird es nun höchste Zeit, auch im vulkanischen *"Hochgebirg"* des *Vierten Aktes* nachzulesen.

Dort nämlich wird in einer Art Bürgerkrieg just Faust persönlich von seinem Mephistopheles als Kaiserlicher *Obergeneral* und *Feldmarschall* eingesetzt.

Solche Instrumentalisierung des Intellektuëllen durch das Satanische kann auch hier erneut vieldeutig wiedererkannt und bezogen werden.

Später *"auf dem Vorgebirg"* desselben Aktes nennt der Kaiser diesen teuflisch lancierten Oberkommandierenden seiner Truppen auch *Oberfeldherrn*, befördert den Siegreichen schließlich gar zum *Erbmarschall* und meint damit vermutlich einen *Erzmarschall*.

Solches Jonglieren mit dispersem Vokabular, das aber immer wieder nur ebenjenen oberkommandierenden *Generalissimus* vom virtuëllen Reiheroder Poëtenmord der *Klassischen Walpurgisnacht* bezeichnet, verweist in allen seinen Varianten schließlich nur auf die innere Identität aller dieser Titulierungen.

Wer sich jedoch daran erinnert, welche Vielzahl von Exegeten der uferlosen Sekundärliteratur diesen Faust überzeugend als autobiografisches Konterfei oder Selbstbildnis seines Autors gedeutet hat, wird sich nun angesichts auch noch seiner kriegerischen Metamorphose ins Gedächtnis zurückrufen können, daß Goethe selbst zwar nominell

weder *Generalissimus* noch *Heermeister*, *Obergeneral*, *Oberfeldherr*, *Feld-*, *Erb-* oder *Erzmarschall*, wohl aber ganze sieben Jahre lang, von 1779 bis 1786,

Vorsitzender der Herzoglich Sachsen-Weimarischen Kriegskommission,

also eine Art Verteidigungsminister, ein militärisches Oberhaupt war.

Zwar sei er das nur geworden, ließ später der 74jährige seinen Freund, den Kanzler von Müller, wissen, *"um den Finanzen durch die Kriegs-Kasse aufzuhelfen, weil da am ersten Ersparnisse zu machen waren"*.

Aber diese Funktion mag immerhin begünstigt haben, daß er im Laufe seines langen Lebens *circa* hundert deutsche, österreichische, russische und französische Generale persönlich kennenlernte, die Erich Weniger noch

1943 alle namentlich aufzuzählen vermochte. In diesem Bekanntenkreise finden sich auch die Feldmarschälle Blücher, Barclay de Tolly, Nollendorf, Müffling, Knesebeck, Boyen, Windischgrätz, Ligne, Heß, Yorck von Wartenburg und Kleist. Dem österreichischen Generalissimus Karl Philipp Fürst zu Schwarzenberg las Goethe im Karlsbad noch persönlich aus *"Hermann und Dorothea"* vor, und dem Obersten Graf Paar, Schwarzenbergs damals 38jährigem Generaladjutanten, bot der 67jährige sogar sein sonst so rares Du an: *nomen est omen?*

Als militärischer Kopf und Fachmann also begleitete Goethe seinen Landesherrn auch später noch auf Kriegsschauplätze und beriet ihn bei Vorgängen, von denen er als Kaiserlicher *Obergeneral* in *"Faust II"* schließlich selbst als einem *"blutigen Geschäfte"* spricht (Vers 10374 und Paralipomena P 193/IV H^c).

Insofern mag es legitim sein, in dieser diabolisch manipulierten Militärkarriere, die der fast 82jährige für sein faustisch fiktives Spiegelbild erst im Frühjahr 1831, also fünf Jahre nach der Erfindung jenes mörderischen *Generalissimus*, aber 26 Jahre nach Schillers Tod zu Papier brachte, eine späte Selbstbezichtigung zu wittern, mit der Goethe letztendlich festhalten oder preisgeben mochte, an welch *"blutigem Geschäfte"* er im Dienste seines beizenden Landesherrn und *Weißen Falken* beteiligt gewesen war: und sei es als Mitwisser.

Dies alles, wie gesagt, nur als Nachtrag zu seinem beunruhigend prophetischen Briefe an den Freund Jacobi.

Stumme Stimmen
Sondermeldung im Radio Radikal

Auf einer Pressekonferenz gab heute der *"Internationale Ornithologische Verbund"* bekannt, daß die rätselhafte Seuche OIRU inzwischen global auch Singvögel befällt. Der Einstieg des Erregers findet offenbar im Kehlkopf statt und betrifft zunächst das Organ Syrinx, mit dem die Vögel ihren Gesang erzeugen.

Schon jetzt kann beobachtet werden, daß rund um den Globus die Stimmen der Singvögel überall verstummt sind. Die Lebensdauer dieser verstummten Sänger von früher beträgt dann jeweils nur noch wenige Tage.

Mörderische Monarchen

Chat im Internet: www.speakerscornerTV.de/blaugold-dioskuren

Autor: "EIN CHOR VON IDEALISTISCHEM, EIN ANDRER VON REALI-STISCHEM INHALT, AUS SECHZEHN MALTESERRITTERN BESTE-HEND"
antwortet   und reagiert auf den "CHOR AUS MESSINA":

Der eine Chor:
Was uns die beiden "CHÖRE AUS DER 'BRAUT VON MESSINA' "
über Schillers *"Demetrius"* berichtet haben,
ist wahr.

Der andre Chor:
Oder wahr und nicht wahr.

Der eine Chor:
Wahr ist der Zustand des polnischen Reichstags damals,
wahr seine Korruption, seine Ineffiziënz,
wahr die historische Figur des Pazifisten Fürst Sapiëha
mit seinem oligarchischen Protest
gegen jedwede törichte Mehrheit.

Der andre Chor:
Wahr und unwahr.
Wahr ist alles das
in der *Ersten Szene* des *Ersten Aktes*,
unwahr danach, also unwahr im Ganzen.

Der eine Chor:
Wie kann so Wahres
zugleich auch unwahr sein?

Der andre Chor:
So:
es spielt in der *Ersten Szene* des *Ersten Aktes*
seine wichtige Rolle als Exposition oder Ausgangspunkt;
dann gar keine mehr.
Schillers Kritik am Parlamentarismus,
an Mehrheitsbeschlüssen und Demokratie
ist Gegenstand einer einzigen,
bald schon zurückgelassenen,
bald schon vergessenen Szene,
aber überhaupt nicht das Thema
dieses ganzen *"Demetrius"*, dessen erster Titel
noch, richtiger, *"Bluthochzeit zu Moskau"* lautete.

Der eine Chor:
Noch solch ein Widerspruch in sich –

Der andre Chor:
– den sich Schiller in seinem *"Studienheft"*
als ein *"Pro"* des ganzen Projektes *"Demetrius"* notierte:
"Günstig ist der Stoff" besonders
durch seinen *"Übergang*
von einem Freudenfest
zu einem Mordfest".
Aus dem einen wird das andre, oder
eins bedingt das andre, oder
Mord kann Freude sein, Freude Mord.

Der eine Chor:
Absurd.

Der andre Chor:
Absurd wie das Leben. Oder
Absurdität des Schicksals.

Der eine Chor:
Dann also auch des Freien Willens?

Der andre Chor:
Auch der Freiheit.

Der eine Chor:
Auch der Idee?

Der andre Chor:
Schiller war wirklich ans Ende gekommen.

Der eine Chor:
Er war ja am Ende.
Vermutlich das Letzte, was er geschrieben hat,
ist der Monolog seiner Marfa,
jener historischen Zarin Maria Fjodorowna,
der siebenten und letzten Ehefrau Iwans des Schrecklichen:
aber keine Romanowa mehr wie die erste, sondern Nagoi
und nunmehr versteinerte Nonne *"in einer öden Wintergegend"*
am Bjeloje Osero, auf halber Strecke also
zu seinen *"Blumen in Sibirien"*
unter dem *"eisernen Himmel"*
jenes Tobolsko des 22jährigen,
wo er die Sonne irgendwo *"Front gegen Mitternacht"*
hatte machen und sie nunmehr, zum Ende,
an diesem Bjeloje Osero von solcher Nonne,
einer letzten, freilich geozentrischen *"Priesterin der Sonne"*,
noch einmal anbeten lassen:

"Du ewge Sonne, die den Erdenball
Umkreist, sei du die Botin meiner Wünsche! [...]
Ich habe nichts als mein Gebet und Flehn,
Das schöpf ich flammend aus der tiefsten Seele,
Beflügelt send ichs in des Himmels Höhn,
Wie eine Heerschar send ich dirs entgegen – "

Hier bricht es ab: er konnte wohl wirklich nicht weiter
und war auch selbst, eine andre Marfa, an seinem geozentrischen Ende.

Der andre Chor:
Tatsächlich fand seine *"Bluthochzeit zu Moskau"*,
die als Freudenfest begann
und als Mordfest endete,
auch historisch im Jahre 1606

genau neun (maurerisch) mystische Tage lang
vom 8. Mai bis zum 17. Mai statt:
wie 201 Jahr später, 1805,
seine eigene tödliche Krankheit
neun Tage lang, vom 1. bis zum 9. Mai,
und die eigentliche Ermordung,
sein Tod, jene Obduktion mit Herzzerflockung,
vielleicht ja auch Enthauptung
und sein Leichenbegängnis im Weimarer Kassengewölbe
samt Trauerfeier in dortiger Jakobskirche
alles gleichfalls im Mai, zwischen 9. und 12.,
neun halbe Tage lang,
ein gleiches Mordfest war,
das für irgendwen womöglich oder wahrscheinlich auch
ein Freudenfest war: lauter strahlende Maientage ...

Der eine Chor:
Moment mal! Stop! Und Einspruch! Alles das
kann keinesfalls der Grund sein, weswegen Goethe
dieses Stück nicht fertig schreiben durfte. Veto!

Der andre Chor:
Doch.
Denn am genauen Wortlaut seines Textes entlang
war dieser *"Demetrius"* die historisch belegte Geschichte
eines unguten Erbfolgestreites um einen Thron,
um den sich zwei Usurpatoren bekämpften,
von denen keiner legitim war.

Der eine Chor:
Boris Godunow und dieser falsche Demetrius?

Der andre Chor:
Thronräuber einer wie der andre.

Der eine Chor:
Und das Gottesgnadentum solcher Monarchiën
in Wahrheit ein Unrecht?

Der andre Chor:
Nein, ein Verbrechen.

Der eine Chor:
Wie relativ also Machtansprüche sind?

Der andre Chor:
Und wie käuflich alle Steigbügelhalter.

Der eine Chor:
Und wie vorübergehend episodisch also
alle politische Macht auf Erden.

Der andre Chor:
Und wie illegal eigentlich.

Der eine Chor:
Unberechtigt und unbegründet.

Der andre Chor:
Sie unterlag, wußte Schiller, *"etwas Inkalkulablem"*.

Der eine Chor:
Absurdem?

Der andre Chor:
Absurdem.

Der eine Chor:
Und auf solcher Absurdität also
war dann dreihundert Jahre lang
und nach zahllosen Eheschließungen
meist mit deutschen Prinzessinnen
aus Holstein, Württemberg und Kurland,
aus Mecklenburg-Schwerin und Wolfenbüttel und Baden
das Haus Romanow gebaut: jene Dynastie
der russischen Zaren seither und noch hin bis 1917?

Einer aus dem andern Chor:
Nutznießer jenes Usurpatorenstreites, ja,
war historisch schließlich die Familie Romanow,
die mit Michail Fjodorowitsch Romanow

1613 den Zarenthron bestieg
und ihn zu Schillers Lebzeiten noch
mit dem ermordeten Pawel I.
und dessen Sohn Alexander I.
innehatte.

Ein andrer aus demselben Chor:
Tochter des einen
und Schwester des andern Zaren
im russischen Großreich,
war jene Großfürstin Maria Pawlowna,
die auf diplomatisch geschicktes Betreiben
von Schillers Freund und Schwager
Br. Wilhelm von Wolzogen
1804 den Weimarer Thronfolger Carl Friedrich,
Sohn des Herzogs Carl August,
tatsächlich heiratete,
wirklich ein atemberaubender Glücksfall
für dieses winzige sächsische Fürstentum,
und bei ihrer Ankunft im klitzekleinen Weimar
auch noch von jener *"Huldigung der Künste"* eines Schiller
begrüßt und besungen wurde,
um aber erst nach 24 Wartejahren, 1828,
hier Großherzogin zu werden.

Ein Dritter aus demselben Chor:
Wolzogens Ehefrau und Schillers Schwägerin
Karoline, die es wissen mußte,
hat in ihrem Schillerbuch bestätigt,
daß diese Fürstenhochzeit in ihrer Familie
Gegenstand vieler Gespräche und hierin
auch vom *"Demetrius"* die Rede gewesen sei:
Schiller habe aber nie geplant,
"der Kaiserfamilie viel Schönes zu sagen".

Ein Vierter aus demselben Chor:
Dabei machte er sogar aus jenem "ersten"
Michail Romanow, der historisch

zur Zeit des dramatischen Geschehens
noch ein Kind war, jenen *"edlen Jüngling"*,
zärtlichen Liebhaber und positiven Helden,
den er als *"Retter und Verteidiger"*,
als *"reine, loyale, edle Gestalt"*
und *"eine schöne Seele"* konzipierte,
die *"bloß dem Rechte"* folgte.

Einer aus dem Ersten Chor:
Dennoch schwört auch der,
obwohl ihm glaubhafte Visionen
schon die Zarenkrone verheißen,
an der Leiche des einen Usurpators
dessen kindlichem Sohne
ein fadenscheiniges Vasallengelöbnis
und veranlaßt auch seine Bojaren
zu solchem Meineid.

Einer aus dem andern Chor:
Doch als sich dann der andre Usurpator
zum Zaren krönen läßt, da fühlt sich
nunmehr auch dieser edle Romanow
zur *"Gegenrevolution"* bemüßigt.

Ein andrer aus dem Ersten Chor:
"Diese blutige Szene", plante Schiller,
"ist eine Episode des Hochzeitsfestes",
das aber ohehin zu jenem
Mordfest wird,
wie es dann sieben Jahre später schließlich
diesem Romanow
endgültig auf den Thron verhilft.

Ein Dritter aus dem Ersten Chor:
Von dort jedoch merkte sich Schiller vor:
*"Gebrauch der Zaren, mit eigner Hand
die Todesurteile zu vollstrecken"*.

Der ganze andre Chor:
Auf so unappetitlich sumpfigem Boden also,
wo Landesfürsten sich persönlich auch
als Scharfrichter oder Henker betätigen,
hätte Schillers *"Demetrius"* alle Welt,
aber eben auch die Weimarer Untertanen
wissen lassen, war die Dynastie
ihrer glorifizierten und angebeteten Erbprinzessin
und baldigen Großherzogin gegründet,
die dennoch täglich mehr zur Retterin,
zur Wohltäterin und Heiligen
stilisiert und verklärt werden sollte.

Einer aus dem andern Chor:
Die populäre Preußen-Königin Luise in Berlin,
immerhin Nichte des Weimarer Herzogs,
warf diesem Onkel ja ohnehin brieflings schon vor,
vor russischen Generalen zu "kriechen",
mit dem Mörder des Zaren Pawel I. Umgang zu pflegen
(wie auch ihr eigener Ururenkel, Kaiser Wilhelm II.,
später mit Lenin, dem Mörder des Zaren Nikolai II.)
und überhaupt, gerade was Rußland betrifft,
"ein sehr schwaches Fürstenkind" zu sein.
Das mußte treffen, das mußte schwelen.

Der eine Chor:
Eigentlich eine Komödie das alles.

Der andre Chor:
Ja, pikaresk: das Gezerre
eines Diebes und eines Schelmen
um fremde Habe,
die dann ein Dritter unberechtigt,
doch kampflos einstreicht
und jahrhundertelang behält.

Einer im Ersten Chor:
Schiller wußte im Grunde: *"Der Stoff der Komödie
ist die Wirklichkeit"* –

Ein andrer im Ersten Chor:
– und daß die Komödie
"jenes höchste poetische Werk" sei,
"für das ich sie immer gehalten habe".

Der Erste im Ersten Chor:
Er spürte wohl auch die Komik
dieses speziëllen Stoffes
und vermerkte in seinem *"Szenar"*
zur *Dritten Szene* des *Zweiten Aktes*:
sie *"darf ins Komische fallen".*

Der andre Chor:
Nur war ihm selbst, als er *"Demetrius"* schrieb,
doch samt und sonders schon das Lachen vergangen.

Einer aus dem andern Chor:
Denn im *"Szenar"* zur *Ersten Szene* des *Zweiten Aktes*
ermahnte er sich: *"Es darf nicht ins Komische fallen".*

Ein Zweiter aus dem andern Chor:
Auch Schelmenstreiche sah er nur noch tragisch.

Der eine Chor:
Wer aber wußte das?

Der andre Chor:
Was?

Einzelne aus dem Ersten Chor:
All diese Einzelheiten: Michail Romanow,
Sapiëha, Parlamentskritik
und Mehrheitsschelte,
Freudenfest als Mordfest,
Räuber, Schelm und Parasit als Trio,
und Sumpf von Zaren mit dem Richtschwert –

Der eine Chor:
Wer alles wußte das, wer kannte es,
bevor es fertig war?

Der andre Chor:
Goethe.
"Von dem Vorsatz an bis in die letzte Zeit",
gestand er später selbst und offen, *"hatten wir den Plan
öfters durchgesprochen"*. Also war es
"mir so lebendig als ihm".

Der eine Chor:
Und wem berichtete dieser Goethe das? Wem plauderte,
wem denunzierte er darüber?

Der andre Chor:
Wem auch immer: solche Sicht
sei es nun auf Monarchentum im allgemeinen
oder auf das Haus Romanow im besondern
konnte in Weimar damals keinerlei
Hof- oder Staatsinteresse finden.
Dieses Stück
sollte daher schon von einem Schiller
keinesfalls beëndigt werden.

Der eine Chor:
Und von einem Goethe dann erst recht nicht.

Der andre Chor:
Es sollte gar nicht existieren,
sein Autor möglichst bald vergessen,
dessen sterbliche Überreste schnell verloren,
*"seines Namens Gedächtnis ganz
unter den Menschen ausgerottet werden"*
und nur ja nicht
durch einen unvermeidlich unsterblichen Kollegen
gar noch verewigt werden.

Der eine Chor:
Also Schluß damit!

Der andre Chor:
Weg mit alledem! Weg!

Beide Chöre:
Darum und so also, lieber "FERDINAND VON WALTER",
dürfte der *"Demetrius"* verhindert worden sein.

- - -

Chat im Internet: www.speakerscornerTV.de/blaugold-dioskuren

AUTOR: "DIE ÄLTESTEN VON MESSINA"
antwortet   im Anschluß an alles das:

"reden nicht".

Reuïge Romanowa

Chat im Internet: www.speakerscornerTV.de/blaugold-dioskuren

Autor: "ROMANOW"
antwortet   im Anschluß an das Schweigen der "ÄLTESTEN VON MESSI-
NA":

Kaum war die Gefahr eines solchen *"Demetrius"* gebannt und sein Autor
aus der Welt, kam Maria Pawlowna, Weimars 19jährige Erbprinzessin und
"geliebte Großfürstin" eben aus dem Hause Romanow, zu Schillers Witwe,
"weinte so herzlich, innig an meinem Hals, als hätte sie einen Bruder verlo-
ren" und gewann deren Herz *"durch ihren Anteil und Rührung"*. Sie versi-
cherte auch gleich, daß Schillers Söhne *"ihr gehörten; sie sorgt für ihre Er-*
ziehung bis in ihr zwanzigstes Jahr und behält sich noch vor, sie auch anzu-
stellen" (Charlotte von Schiller an Schillers Schwester Luise Frankh am 12.
Juni 1805). Das sei aber strikt geheimzuhalten – aber vor wem bloß?

Solche schuldbewußte Wiedergutmachungsversuche verhinderte nämlich resolut und rechtzeitig Schwiegervater Carl August, indem er Schillers Söhne außer Landes trieb.

Aber noch in der ersten Dezemberhälfte 1811, als deren Vater schon seit sechseinhalb Jahren zur allgemeinen Zufriedenheit im ominösen Kassengewölbe oder sonstwo entsorgt war, überraschte Maria Pawlowna, immerhin Weimars Großherzogin *in spe*, Schillers Witwe unverhofft mit dem Geschenk einer offenkundig selbstentworfenen *"Landschaft in Aquatinta"*,

"die eine Idee zum Monument von Schiller darstellt. Es ist als Landschaft schön und als Gedanke ergreifend, und als ein Zeichen des Wohlwollens der teuren Großfürstin rührt es mich auch" (Charlotte von Schiller im Dezember 1811 an die Erbgroßherzogin Karoline Louise von Mecklenburg-Schwerin, just Carl Augusts 25jährige Tochter).

Da scheint immerhin eine Romanowa sich bemüßigt gefühlt zu haben, dem Dichter des *"Demetrius"* ein anderweitiges Einzelgrab zu wünschen oder gar zu schulden: sei es als schillerisch ästhetische Idee.

Just als Napoleon ins Rußland der Romanows auf- und einbrach und niemand in ganz Europa mehr an Schillers Grabmal dachte, tat diese Romanowa in ihrer Diaspora das plötzlich ihrerseits und auf eigene Faust.

Von Frau zu fra

Leserbrief in der SCHILD-Bürgerzeitung

Nachdem das deutsche Urinierverhalten so geregelt ist, wie ich es sehr bedaure, erscheint mir vollends unerträglich, daß viele MiteinwohnerInnen auch noch dazu übergehen, das Wort *man* einfach durch *frau* zu ersetzen.

Ganz abgesehen von inhaltlich fälligen Debatten möchte ich darauf hinweisen, daß das Wort *man* in der deutschen Sprache durchaus nicht dasselbe ist wie *Mann*. Es hat sich was abschneiden lassen. Sollte es also dringend verweiblicht werden müssen, kann aus *man* daher keineswegs *frau* werden, sondern allenfalls *fra* oder *rau*.

Was wir Männer bei der etymologischen Entwicklung von *Mann* zu *man* ganz problemlos als orthografische Beschneidung vollzogen haben, dürfte nun auch für Frauen verbindlich sein – und sei *fra* auch noch so emanzipiert.

Rau wird das sicherlich einsehen.

Dieter Negletzki, Gelsenkirchen

Kinderkliniken

Sondermeldung im Radio Radikal

Mit großer Stimmenmehrheit wurde heute bei einer Vollversammlung der *Vereinten Nationen* in New York beschlossen, daß in allen Mitgliedsländern eine natürliche Vermehrung des Menschen gesetzlich untersagt wird.

Aus Gründen einer gesundheitspolitischen Hygiëne soll es künftig nur noch geben, was als *klinische Fortpflanzung* oder *clinical reproduction*, kurz *clinrep* oder scherzhaft auch *clonrep* bezeichnet wird.

Nur so könne die unaufhaltsame Bevölkerungsexplosion reguliert und zugleich auch jedes Kind mit einer genetischen Disposition zu OIRU oder einer andern untherapierbaren Krankheit dauerhaft geschützt werden

Jede Rückkehr zu konventionellen Reproduktionsformen soll mit hohen Geld- oder Freiheitsstrafen, in manchen Ländern gar mit der Todesstrafe geahndet werden.

Euphorischer Epilog

Autor: "MILLER, STADTMUSIKANT ODER, WIE MAN SIE AN EINIGEN ORTEN NENNT, KUNSTPFEIFER"
antwortet   "FERDINAND VON WALTER" und allen andern:

"Einmal für allemal! Der Handel wird ernsthaft" – :

tut mir sehr leid, meine Freunde, aber ich kann nicht umhin, Euch noch einmal tief in die Schlünde der antiken Mythologie zu entführen. Aber wer sich schon auf *"Faust II"* und dessen *Klassische Walpurgisnacht* eingelassen hat, muß ohnehin auf alles gefaßt sein: jedenfalls auf größtmögliche Fantastik und Gedankenfreiheit.

Außerdem kann es nach den ominösen *"Pisa"*-Studien, diesen ebenso schief getürmten wie völlig überraschenden Schreckschüssen für das *Volk der Dichter und Denker*, jedem Deutschen sicher nur allzu recht sein, wenn ihm nunmehr und sei es ein allerletztes Mal seine legendär weltberühmte "Bildung" nicht einzig und allein als Informatik präsentiert wird.

Also Goethe und sein *"Demetrius"*-Versprechen, also auch seine angekündigte *"Totenfeier"* für den *"außenbleibenden"* Geliebten:

sicher ist Euch allen schon aufgefallen, daß Faust nach seinem Ritt auf dem Rücken des homophilen Kentauren Chíron,

dieses animalisch-musischen Pädagogen, der die beiden Dioskuren, den Achilleús des Pátroklos, den Kálaïs des Orpheus, den jakutischen Imker Ätiri-Maj, den schillernden Heraklés (oder herkulischen Schiller?) und viele andere Heroën zu musizieren, aber auch Eide und "fröhlichen Opferdienst" zu leisten, also Wahrhaftigkeit und selbstlose Hilfsbereitschaft lehrte,

daß Reiter Faust also von ebendiesem *"Ur-Hofmeister der ersten und größten Helden"* (Goethe) ausgerechnet vor dem Apollo-Tempel der Seherin Mantó *"am untern Peneios"* abgesetzt wurde.

Eben während gleichzeitig *"am obern Peneios"* jener gnadenlose Holokaust an den Reihern und der unbarmherzige Weltkrieg zwischen Pygmäën und *Kranichen des Ibykus* tobten, schien Faust persönlich für die folgenden beiden Drittel dieser *Klassischen Walpurgisnacht* ganz abhanden zu kommen.

Jene erbärmlichen Massaker fanden auffallend unmerklich ohne diesen Titelhelden und Intellektuëllen statt.

Der nämlich hatte sich inzwischen *"in des Olympos hohlem Fuß"* (Vers 7491) von der sibyllinischen Mantó in die Unterwelt *"einschwärzen"* lassen: einzig um sich da doch noch die allzu begehrte Heléna zu erobern. In Goethes hierzu vorgesehener, aber unterlassener Hades-Szene sollte dort *"der präsentierte Faust als zweiter Orpheus"* agieren (*Paralipomena H P123 C*) und in der Heléna also goëtisch eine zweite Eurydíke aus dem Totenreiche freibitten.

Goethe wußte aber auch nachweislich aus Benjamin Hederichs *"Mythologischem Lexicon"*, aus den *"Mythologischen Briefen"* von Johann Heinrich Voß *senior* oder gar vom Urquell Ptolemaîos Chénnos, einem griechischen Autor des 1. nachchristlichen Jahrhunderts, persönlich,

"daß der tote Achill von Troja auf die Donauïnsel Leuké entrückt und dort mit der dem Schattenreich entstiegenen Helena verbunden wurde, die ihm den Euphorion gebar" (Albrecht Schönes *"Faust"*-Kommentar):

in seinen *Paralipomena* zu *"Faust II"* notierte sich Goethe das immer wieder und wieder – wie um es nur ja nicht zu vergessen. So wichtig war es ihm wohl.

Also kehrte sein goëtischer Faust, der im *Zweiten Akte "als zweiter Orpheus"* verschwunden war, erst im *"Inneren Burghof"* des *Dritten Aktes* als ein zweiter Achilleús aus dem Hades ins dramatische Geschehen zurück, um mit der tatsächlich freigegebenen Heléna, dieser andern Eurydíke, einen Sohn zu zeugen, der insofern als Signal von Todesüberwindung und Ewigem Leben verstanden werden kann.

Sehr frei nach Gertrude Stein's legendärem Rosen- und Identitätssatze folgere ich also erst einmal widersprüchlich

Der Vater dieses Sohnes ist Faust ist ein Orpheus ist ein Achilleús.

Somit aber drang ich eben im *Dritten Akte* von *"Faust II"* auch noch zu jener offenen szenischen Verwandlung vor, die aus dem *"Inneren Burghof"* des spartanischen Königs Menélaos mit theatralischer Zauberkraft plötzlich *"durchaus"* eine Landschaft namens *Arkadien* werden läßt.

Mit dem Munde der mythisch abscheulichen Phórkyas schildert Mephisto
diese idyllische Gegend so höhnisch wie neidisch als *"unerforschte Tiefen"*:

"Hier ist das Wohlbehagen erblich,
Die Wange heitert wie der Mund,
Ein jeder ist an seinem Platz unsterblich:
Sie sind zufrieden und gesund" (Verse 9550ff.).

Hieraus folgert er ironisch:

"Wir staunen drob; noch immer bleibt die Frage:
Ob's Götter, ob es Menschen sind?" (Verse 9556f.).

In so elysischem Ambiente also,

wo sich das *Goldene Zeitalter* der griechischen Antike mit dem *Gelobten
Lande* des *Alten Testamentes* und der Bukolik Vergils zu einem Topos verbindet, den Bruno Snell just mitten im Desaster von 1945 mit nostalgischer
Beschwörung europäischer Pastoralpoësie als *"geistige Landschaft"* definierte,

hier also lebt die auferstandene Heléna mit ihrem Revenant Achill oder eben
dem Goëten Faust jenseits des Todes und außerhalb aller Zeit. Männerfreund Íbykos und Frauenkritiker Semonídes aus Amórgos haben schon jeweils in ihrem 6. und 7. vorchristlichen Jahrhundert davon gesungen, wie
der Achill sich, zwar unbeweibt, jedoch unsterblich und ewig im Elysíon
aufhielt:

man lebt da, gemeinsam oder nicht, in einem paradiesischen *locus amoenus*,
den Ihr alle, meine Freunde und Mitleser, aus jenem Schillerbriefe kennt,
wie er da kürzlich in Sankt Petersburg plötzlich versteigert wurde. Dort hat
Schiller ausführlich diese *"geistige Landschaft"* als ein *"Elysion"* oder eben
jene arkadische *"Idylle"* entworfen, wo der utopisch ideal programmierte
"Übertritt des Menschen in den Gott" stattfinde.

Insofern ist dieses *Arkadien* in Goethes *"Faust II"* recht eigentlich die authentische Landschaft Schillers. In Schillers ureigenstem Reiche also läßt
Freund Goethe hier seinen Faust nicht nur mit einer Heléna (oder wem auch
immer), sondern vorrangig auch gleich mit ihrem gemeinsamen Sohne in
Erscheinung treten:

"Sie nennen ihn Euphorion so hieß einmal sein Stief-Stiefbruder",

wissen die *Paralipomena* und verweisen damit auf jenen postumen und geflügelten Sohn des Achill mit derselben Mutter in komplizierter Genealogie und mysteriöser Zeugung: *"fraget hier nicht weiter nach"* (H P 176v, III H^f).

Der Name *Euphorion* aber, dessen Träger sich vom identischen Justus in Sage, Volksbuch und jener *"Historia von D. Johann Fausten"* aus dem Jahre 1587 so resolut unterscheidet, jongliert mit den griechischen Wörtern sowohl *ευφορος (euphoros)* für *leichtfüßig* oder *behend, geschwind* als auch *ευφορειν (euphorein)* für *Früchte tragen* und beschwört insofern also etwas faszinierend *mühelos Ergiebiges* oder *talentiert Produziertes. " 'Ja', sagte Goethe, 'die Philologen werden daran zu tun finden'. "*.

Als der überforderte Dr. Eckermann hierauf fürchtete, derlei mache allzu *"große Ansprüche an den Leser"*, hielt Goethe zuversichtlich dagegen,

"daß die Menge der Zuschauer Freude an der Erscheinung *hat; dem Eingeweihten wird zugleich der höhere Sinn nicht entgehen"*,

und half seinem sicherlich verdutzten Protokollanten über diese Anspielung auf das zeitgenössische Logenwesen hinaus mit einer jählings weiterspringenden Frage veritabel auf die nunmehr benötigten Sprünge:

"Wer aber ist der Knabe Lenker?".

"Ich zauderte", gesteht Eckermann (am 20. Dezember 1829), *"und wußte nicht zu antworten. / 'Es ist der Euphorion!' sagte Goethe [...]. 'Es ist in ihm die Poesie personifiziert, die an keine Zeit, an keinen Ort und an keine Person gebunden ist. Derselbige Geist, dem es später beliebt, Euphorion zu sein, erscheint jetzt als Knabe Lenker, und er ist darin den Gespenstern ähnlich, die überall gegenwärtig sein und zu jeder Stunde hervortreten können' "*:

wie in dieser *Kaiserpfalz* im *Ersten Akte* von *"Faust II"* schon jener *Heermeister* eben auch den *Generalissimus* der *Klassischen Walpurgisnacht* verkörperte, so ist auch *Knabe Lenker* hier allegorisch die Poësie: ist also Orpheus ist auch Íbykos ist das Heer all ihrer Wiedergänger ist auch Schiller und ist nun also dieser sprunghafte Euphoríon.

Damit sind wahrhaft *"unerforschte Tiefen"* unter dem scheinbar singspiel-
haften Libretto dieser leichten und musikalischen Epiphanie ausgemacht,
und angesichts so euphorisch leichtfüßiger Lese- und Leibesfrucht einer andern klassischen Wiedergängerin und ihres faustischen Goëten empfiehlt
der wissende Mephistopheles unverhofft:

"Eurer Götter alt Gemenge
Laßt es hin, es ist vorbei" (Verse 9681f.).

Denn etwas so Euphorisches wie diesen Euphoríon scheint die Alte Welt in
der Tat noch nicht gesehen zu haben. Schon vorausschauend kündigt die
mephistophelisch uralte Phórkyas dem *"Chor gefangner Trojanerinnen"* an:

"Da springt ein Knabe von der Frauen Schoß zum Manne" (Vers 9599).

Dieser sprunghafte Knabe zwischen den Geschlechtern nun,

"Nackt, ein Genius ohne Flügel, faunenartig ohne Tierheit,
Springt er auf den festen Boden, doch der Boden gegenwirkend
Schnellt ihn zu der luft'gen Höhe, und im zweiten dritten Sprunge
Rührt er an das Hochgewölb" (Vers 9603ff.).

Da gibt sogar die äonenalte Teufels-Phórkyas zu: *"wir staunen"* –

"Denn wie leuchtet's ihm zu Häupten? Was erglänzt, ist schwer zu sagen,
Ist es Goldschmuck, ist es Flamme übermächtiger Geisteskraft" (Vers
9623f.),

also Goethes gern gebrauchtes Symptom des Genialen? Wirklich verrät sich
schon dieser leuchtende, dieser strahlende Knabe als

"Künftigen Meister alles Schönen, dem die ewigen Melodien
Durch die Glieder sich bewegen; und so werdet ihr ihn hören,
Und so werdet ihr ihn sehn zu einzigster Bewunderung" (Vers 9626ff.).

Als der so panegyrisch Vorausbesungene dann leibhaftig auftritt, entspricht
er ganz dieser dämonisch-diabolischen Verheißung:

" ... blumenstreifige Gewande
Hat er würdig angetan.
Quasten schwanken von den Armen, Binden flattern um den Busen,

In der Hand die goldne Leier, völlig wie ein kleiner Phöbus" (Verse 9617ff.) –

wie Apóllon persönlich also, der griechische Gott der Musik und Herr aller Musen.

Gleichfalls staunend begreift der kommentierende Chor (im getreuen Gefolge von Schillers Chören ebenso wie auch seiner *"Priesterinnen der Sonne"*):

"Laß der Sonne Glanz verschwinden,
Wenn es in der Seele tagt,
Wir im eignen Herzen finden,
Was die ganze Welt versagt" (Vers 9691ff.).

Was die ganze Welt ihnen zu versagen pflegt, läßt also dieser euphorische Himmelsstürmer mit metrischen Luft- und Freudensprüngen seine Eltern und alle Menschen in ihren eigenen Herzen entdecken:

"Seht ihr mich im Takte springen,
Hüpft euch elterlich das Herz" (Vers 9697f.).

Der distanziert beobachtende Chor fühlt sich selbst einbezogen und bestätigt tief berührt:

"All' unsre Herzen sind
All dir geneigt" (Vers 9765f.).

Der also allgeliebte Hochsprungartist ist nur allzubald außer sich vor vitalster Begeisterung:

"Nun laßt mich hüpfen,
Nun laßt mich springen,
Zu allen Lüften
Hinauf zu dringen
Ist mir Begierde
Sie faßt mich schon" (Vers 9711ff.).

Ein Höhenrausch verführt sein Fernweh, unbedingt auszubrechen und abzuheben:

"Was soll die Enge mir,
Bin ich doch jung und frisch.

Winde sie sausen ja,
Wellen sie brausen da
Hör' ich doch beides fern
Nah wär ich gern" (Vers 9813ff.).

Auch also noch Kálaïs, jene argonautisch boreadische Windsbraut über thrakischen Getreide- und Meereswellen, scheint da nun mitzuwirken.

Nur seine Eltern, die vermeintliche Heléna und wer immer, die beide sich,
alt wie die Mythenwelt, an das Muster der orphischen Katastrophe erinnern
mögen, ahnen nichts Gutes und warnen:

"Welch ein Mutwill! welch ein Rasen!
Keine Mäßigung ist zu hoffen.
Klingt es doch wie Hörnerblasen" (Vers 9785ff.).

Tatsächlich trompetet der wild Entfesselte:

"Ich bin der Jäger
Ihr seid das Wild" (Vers 9771f.).

Also jagt und verfolgt er. Aber wen denn bloß? Alle irgend Verfolgenswür-
digen, alle Unzulänglichen, all die Daktylen und Imsen, Greifen und Greifer, die Gütgen, Pygmäën und wen auch noch immer – jedoch *par force*:

"Das leicht Errungene
Das widert mir,
Nur das Erzwungene
Ergötzt mich schier".

Ebendieses jähe Vokabular jedoch vom *Erzwungenen* anstelle des *leicht Er-
rungenen* bezeichnet präzise Goethes persönlichen Einwand gegen Schillers
ganze Art zu arbeiten (und zu leben):

"In seinem reiferen Leben, wo er der physischen Freiheit genug hatte, ging
er zur ideellen über, und ich möchte fast sagen, daß diese Idee ihn getötet
hat; denn er machte dadurch Anforderungen an seine physische Natur, die
für seine Kräfte zu gewaltsam waren",

notierte sich Eckermann Goethes Worte am 18. Januar 1827; so nämlich *"trieb er sich auch an solchen Tagen und Wochen zu arbeiten, in denen er nicht wohl war; sein Talent sollte ihm zu jeder Stunde gehorchen und zu Gebote stehen. [...] Ich habe vor dem kategorischen Imperativ allen Respekt [...] , allein man muß es damit nicht zu weit treiben, denn sonst führt diese Idee der ideellen Freiheit sicher zu nichts Gutem":*

eben zu so Erzwungenem. Also begreife ich nun auch die vorausgegangene faustisch väterliche Mahnung als unverkennbar Goethes postume Warnung an Schiller oder auch eine Erklärung für dessen Tod:

" ... in der Erde liegt die Schnellkraft,
Die dich aufwärts treibt, berühre mit der Zehe nur den Boden
Wie der Erdensohn Antäus bist du alsobald gestärkt" (Vers 9609ff.).

Implicite bringt Goethe da mit diesem Hinweis auf den libyschen Riesen Antaīos, der als manischer Ringkämpfer nur ja nie die nahrhaft stärkende Bodenhaftung verlieren durfte, wieder jene massakrierten Reiher, auch sämtliche artverwandten Ibisse und strafenden Kraniche des Íbykos ins Spiel, die all ihre ätherische Spiritualität und immateriëlle Himmelssehnsucht ja gleichfalls nur verwirklichen und ausleben können, solange sie nicht völlig abheben, sondern zumindest einbeinig noch der Erde verhaftet bleiben.

Entsprechend warnt ihren höhensüchtigen Sohn auch Mutter Heléna (oder der Freiheitsskeptiker Goethe persönlich):

" ... springe wiederholt und nach Belieben,
Aber hüte dich: zu fliegen, freier Flug ist dir versagt" (Vers 9607f.).

Euphoríon jedoch verwahrt sich gegen solchen Kleinmut und Verzicht:

"Ich will nicht länger
Am Boden stocken" (Vers 9723f.)

und überhört auch jenseitsbrünstig jene goethisch väterliche Brüderlichkeit:

"Nur mäßig! mäßig!
Nicht ins Verwegne,
Daß Sturz und Unfall
Dir nicht begegne" (Vers 9717ff.).

Aber der völlig euphorisch Transzendierende ist nicht mehr abzuschrecken,

*"Und der Tod
Ist Gebot,
Das versteht sich nun einmal"* (Vers 9888ff.).

Rauschhaft sieht er seinem absehbar baldigen Tode ins Auge (und mag sich erinnern: *"Der Tod kann kein Übel sein, da er etwas Allgemeines ist"*).

Alle Welt ist darob fassungslos.

*"HELENA, FAUST und CHOR:
Welch Entsetzen! welches Grauen!
Ist der Tod denn dir Gebot?*

*EUPHORION:
Sollt' ich aus der Ferne schauen,
Nein! ich teile Sorg' und Not"* (Vers 9891ff.).

Also sozial verantwortungsbewußt und *ergo* radikal politisch, setzt er sich wissentlich tödlichen Gefahren aus und erklärt so allen den Krieg, die das duckmäuserisch verdienen mögen:

*"Träumt ihr den Friedenstag?
Träume, wer träumen mag.
Krieg ist das Losungswort.
Sieg! und so klingt es fort"* (Vers 9835ff.).

Diese gnadenlose Kriegserklärung des militanten Rebellen und politischen Freiheitssängers Schiller wurde vom Chor seiner Mit- und Nachwelt lieber zum unverbindlicheren *l'art pour l'art* verklärt:

*"Heilige Poesie,
Himmelan steige sie,
Glänze, der schönste Stern,
Fern und so weiter fern,
Und sie erreicht uns doch
Immer, man hört sie noch,
Vernimmt sie gern"* (Vers 9863ff.).

Aber Schiller entzieht sich solchen voyeuristischen Euphemismen:

*"Nein, nicht ein Kind bin ich erschienen,
In Waffen kommt der Jüngling an;*

Gesellt zu Starken, Freien, Kühnen,
Hat er im Geiste schon getan.
Nun fort!" (Vers 9870ff.)

Alle Welt lamentiert da nur noch vergeblich:

"Übermut und Gefahr,
Tödliches Los!" (Vers 9894f.).

Aber der Freiheitskämpfer und Geisteskrieger ist ebenso wenig zu halten
wie dann auch sein agamogenetisch sohnhafter Wiedergänger Theodor Körner nur wenig später,

" - und ein Flügelpaar
Faltet sich los" (Vers 9897f.).

Schon sein faustischer Vater hatte, geistesverwandt, auf seinem Osterspaziergang beklagt,

"daß kein Flügel mich vom Boden hebt" (Vers 1074),

weil nämlich unübersehbar

"sein Gefühl hinauf und vorwärts dringt,
Wenn über uns, im blauen Raum verloren, [...]
Der Kranich nach der Heimat strebt" (Verse 1093 bis 1099),

dann aber einsehen müssen:

"Ach! zu des Geistes Flügeln wird so leicht
Kein körperlicher Flügel sich gesellen" (Vers 1090f.).

Sohn Euphoríon nun, womöglich noch sehr viel himmelssüchtiger als Vater
Faust, nutzt seine euphorischen Talente, um die benötigten Flügel kurzer
Hand und leichten Versfußes fantasiebegabt und purpurn zu imaginieren:

"Dorthin! Ich muß! ich muß!
Gönn't mir den Flug!" (Vers 9899ff.).

Also hebt er, flügellos auch er noch immer, tatsächlich ab, ohne seine Fantasie jedoch von halsbrecherischer Halluzination unterscheiden zu können,
und Goethes sonst meist wortkarge Szenengebote werden plötzlich auffallend ausführlich:

"Er wirft sich in die Lüfte, die Gewande tragen ihn einen Augenblick, sein Haupt strahlt, ein Lichtschweif zieht nach" (nach Vers 9900).

So wird deutlich, wie kometenhaft Schiller politische Lösungen in ideëll transzendenten Bereichen zu erkämpfen und zu verwirklichen trachtet.

Der Chor zitiert fatalistisch den Dædalus des Ovid und kommentiert pessimistisch:

"Ikarus! Ikarus!
Jammer genug" (Vers 9901f.).

Wirklich: Schiller ist nun Íkaros ist Íbykos ist Orpheus und daher durch nichts und von niemandem mehr zu retten.

Szeniker Goethe fährt also fort:

"Ein schöner Jüngling stürzt zu der Eltern Füßen" (nach Vers 9902).

Doch nun, liebe Freunde, nun am sichtbar werdenden Ende dieser Episode, scheint der Autor um ihre Semantik so besorgt, daß er in jähem Bruch aller Illusion seinem Leser bei der Enträtselung dieses mysteriösen Toten nachzuhelfen trachtet:

"Man glaubt", geht jene selbe ausführliche Regieanweisung zum Absturz des Euphoríon noch unverzüglich weiter, *"in dem Toten eine bekannte Gestalt zu erblicken"*.

Was soll das denn heißen?

Welche bekannte Gestalt denn?

Was meint er jetzt bloß damit? Oder wen?

Und warum läßte er das mitten in seinem dramatischen Text ringsum nicht sprechen, keinen Zuschauer also hören, sondern nur jene Szenenmeister lesen, die für die Figurinen seiner Personen zuständig sind? Was soll solche Esoterik?

Mir persönlich kam nach diesem Kommentar zum Todessturz sofort der Herzog Carl August von Sachsen-Weimar in den Sinn, wie er auf Dr. Huschkes Meldung von Schillers Ableben mit jenem formellen Bedauern reagierte, einen solchen Menschen *"fallen zu sehen"*.

Goethe selbst, den Kanzler von Müller uns ja als notorischen Verheimlicher entlarvte, hat später versucht, all solche Spuren wieder zu verwischen, indem er etwa ein Jahr nach Niederschrift und Beëndigung dieses *Dritten Aktes* seinen Mitschreiber Eckermann glauben machte, mit dieser vom Himmel gestürzten *"bekannten Gestalt"* habe er den Lord Byron gemeint.

An der entsprechenden Notiz vom 5. Juli 1827 halten seither auch die Germanisten fest, ich weiß. Aber Fallensteller Goethe hatte seinem Stenografen schon ein halbes Jahr zuvor, als diese Euphoríon-Szene sehr wohl schon fertig vorlag, in die Feder diktiert, daß Schillers Produktivität (Euphorik?) im Idealen lag, er daher *"so wenig in der deutschen als einer andern Literatur seinesgleichen hat"*, und vorsorglich hinzugefügt: *"Von Lord Byron hat er noch das meiste"*; daher hätte er, Goethe, es *"gerne gesehen,*

daß Schiller den Lord Byron erlebt hätte, und da hätt' es mich wundern sollen, was er zu einem so verwandten Geiste würde gesagt haben" (am 18. Januar 1827):

der Bezug zwischen diesen beiden war also hergestellt, eine heimliche Identifikation schon vorbereitet:

Dieser Euphoríon ist also zwar Lord Byron ist aber eigentlich und insgeheim die 'bekannte Gestalt' Schillers.

Liebe Germanisten:

jedem andern Autor hätte ich die Dechiffrierung dieses epiphanischen Euphoríon mit dem Lord Byron protestloser geglaubt als ausgerechnet Goethe. Denn wer wie dieser eine so intime und dauerhafte, eine so unike Verbindung mit Schiller hatte, kann eine solche euphorische Gestalt nicht ersinnen, zu Papier bringen und dabei sonstwen zum Vorbilde haben, nicht aber seinen Schiller, dieses Urbild aller Euphorik. Da es unmöglich scheint, bei diesem Euphoríon nicht an Schiller zu denken, muß jeder Hinweis auf ein anderes Modell notwendig eine Verschleierung der Wahrheit im Sinne haben: warum auch immer.

Zumal auf Schiller nämlich und dessen skandalöse Grab- und Leichengeschichte scheint dann schließlich auch Goethes Fortsetzung immer noch jener selben ausführlichen Regieanweisung (nach Vers 9902) zu zielen:

"das Körperliche verschwindet sogleich".

Jedoch: *"die Aureole steigt wie ein Komet zum Himmel auf"*.

Hierzu erläuterte er, gleichfalls ein rundes Jahr nach der Niederschrift, einem fragenden Briefpartner, seinem Bremer Kollegen Carl Jacob Ludwig Iken, diesen eben hier verwendeten Begriff:

"Aureole ist ein im Französischen gebräuchliches Wort, welches den Heiligenschein um die Häupter göttlicher oder vergötterter Personen andeutet. [...] Hierdurch wird auf alle Fälle eine höhere geistige Kraft, aus dem Haupte gleichsam emanierend und sichtbar werdend, angedeutet; wie denn auch geniale und hoffnungsvolle Kinder durch solche Flammen merkwürdig geworden. [...] Und so kehrt denn diese Geistesflamme, bei seinem Scheiden, wieder in die höhern Regionen zurück" (am 27. September 1827).

Bei aller Wertschätzung des Lord Byron dürfte dieser für seinen Bewunderer Goethe wohl schwerlich vorrangiger als Schiller eine solche

"vergötterte Person" und *"höhere geistige Kraft"*

mit dem Heiligenscheine des Genialen gewesen sein.

Deren Erbschaft hat der listige Szeniker in immer noch ein und derselben ausführlichen Regieanweisung (nach Vers 9902) dann irreführend so notiert:

"Kleid, Mantel und Lyra bleiben liegen".

In Wahrheit bleiben sie aber ebenso wenig liegen wie seinerzeit das weiterspielende Saitenspiel des mainadisch massakrierten Orpheus. Denn kaum ist Mutter Heléna ihrem rufenden Sohne Euphoríon ins plutonisch jenseitige Reich der Perséphone (oder Praxidíke oder Eurydíke oder Argiópe oder Ajgyr) für immer und ewig nachgefolgt, hält Goethes neuerlich genaue Regieanweisung (vor Vers 9955) ausdrücklich fest:

"Phórkyas nimmt Euphorions Kleid, Mantel und Lyra von der Erde, tritt ins Proszenium, hebt die Exuvien in die Höhe und spricht" (sei es mit diabolischer Ironie zu uns allen im Auditorium):

" ... Doch ist mir um die Welt nicht leid.
Hier bleibt genug, Poeten einzuweihen [...] ,

Und kann ich die Talente nicht verleihen,
Verborg' ich wenigstens das Kleid" (Verse 9957ff.).

Damit setzt sich dieser satanische Spielleiter *"im Proszenium an eine Säule
nieder"* und scheint da außerhalb alles weiteren szenischen Geschehens und
aller zeitlichen Begrenzung uns Spätere zur Nachfolge eben damit stimulieren zu wollen, was Goethe bewußt gerade nicht als "sterbliche Hülle" oder,
wie sein eifersüchtig kaltschnäuziger Herzog, als *"Schillers Überbleibsel"*
bezeichnet, sondern mit *"Exuvien"* wörtlich als die abgelegte Haut einer re-
generierten Schlange oder sonst eines durchaus weiterlebenden Wesens: im
üblich übertragenden Sinne der Antike jedoch als Attribut der Gottheiten, in
jedem Falle aber als Sinnbild einer Metamorphose alles kurzlebig Materia-
len ins zeitlos Geistige.

Schillers euphorische Himmelfahrt endet dann hier in seinem idyllischen
Arkadien mit einer vielsagend vorgeschriebenen *"Pause"*, der sich nach ge-
bührender Dauer ein so bezeichneter *"Trauergesang"* vermeintlich des
"Chores gefangner Trojanerinnen" anschließt.

In Wahrheit aber scheint mir dieses Chorlied nun endlich gar nichts anderes
zu sein als Goethes so häufig vermißte und eingeklagte Totenfeier für den
"außenbleibenden" oder hingeopferten Freund –

" ... – wo du auch weilest,
Denn wir glauben dich zu kennen,
Ach! wenn du dem Tag enteilest
Wird kein Herz von dir sich trennen" (Vers 9907ff.).

Dieser Versuch, den Tod als Verlust oder Trennung zu ignorieren, steigert
sich dann nach und nach zur nahezu telegrammstilartigen Auflistung all des
tröstlich Hinterlassenen und unsterblich Verbliebenen:

"Wüßten wir doch kaum zu klagen,
Neidend singen wir dein Los:
Dir in klar und trüben Tagen
Lied und Mut war schön und groß.

Ach! zum Erdenglück geboren,
Hoher Ahnen, großer Kraft,

*Leider früh dir selbst verloren,
Jugendblüte weggerafft.*

*Scharfer Blick die Welt zu schauen,
Mitsinn jedem Herzensdrang,
Liebesglut der besten Frauen
Und ein eigenster Gesang"* (Vers 9911ff.).

Ein eigenster Gesang.

Mit solcher späten, aber umso vorbehaltloser scheinenden Feier konnte sich dieser Panegyriker jedoch im Augenblicke einer so lange verschleierten und nunmehr endlich poëtisch ausgesprochenen Wahrheit nicht begnügen. Sei es noch so dezent, mochte er in diesem Momente offenbarenden Bekennens jene Gründe für das hiesige Scheitern jedes einsam singenden Einzelkämpfers oder himmlischen Traumtänzers, Seiltänzers, Sternguckers und Euphorikers nicht länger verbergen:

*"Doch du ranntest unaufhaltsam
Frei ins willenlose Netz,
So entzweitest du gewaltsam
Dich mit Sitte, mit Gesetz"* (Vers 9923ff.).

Solcher hochgemute Protest gegen alle Konvention werde hierzulande aber nur begrenzt geduldet:

*"Doch zuletzt das höchste Sinnen
Gab dem reinen Mut Gewicht,
Wolltest Herrliches gewinnen,
Aber es gelang dir nicht"* (Vers 9926ff.).

Sofort aber wandelt sich dieser vermeintlich anschuldigende Vorwurf zu Klage und Trauer, indem er zurückfragt:

*"Wem gelingt es? – Trübe Frage,
Der das Schicksal sich vermummt,
Wenn am unglückseligsten Tage
Blutend alles Volk verstummt"* (Vers 9931ff.).

Wir alle nämlich stehen schließlich schweigend an solchem Tiefpunkte des Mißlingens oder Versagens und bluten unstillbar.

So sieht unser aller Bilanz aus.

Sieht wirklich so unser aller Bilanz aus?

Nicht für einen, der Schillers Freund gewesen war und daher dessen Hoffnung auf ein todüberwindend ewiges Weitersingen orphischer Wiedergänger auch jetzt noch euphorisch weiterverkünden kann, will und muß:

"Doch erfrischet neue Lieder,
Steht nicht länger tief gebeugt;
Denn der Boden zeugt sie wieder,
Wie von je er sie gezeugt" (Vers 9935ff.).

Hiernach nunmehr lautet Goethes definitive Regieanweisung:

"Völlige Pause. Die Musik hört auf".

Die Musik hört also auf.

Auch dieses Chorlied hört auf.

Dieses Klagelied hört auf.

Seine Totenfeier hört auf.

Deren Trauer hört auf.

Aber die Poësie von Euphoríon und *"Faust II"* zeugt sich fort und geht weiter wie hier verheißen.

Schwerlich kann sie dem anderszüngig fernen Lord Byron gewidmet sein, der ebenso schwerlich hier mit so eloquentem Trauergesang gefeiert worden sein dürfte.

Da kann es nur um jenen *"eigensten Gesang"*, um Allereigenstes, Allernächstes, allergeliebtest Nahverwandtes gegangen sein. *"Haben Sie bemerkt"*, fragte Goethe daher seinen Eckermann noch ein ganzes Jahr später, *"der Chor fällt bei dem Trauergesang ganz aus der Rolle [...] und spricht Dinge aus, woran er nie gedacht hat und auch nie hat denken können"*. Jedoch: *"Das Lied mußte nun einmal gesungen werden"* (am 5. Juli 1827) – aber endlich seinem Schiller zu Ehren. Verehrte Germanisten?

*" 'Mich soll nur wundern', sagte Goethe lachend, 'was die deutschen Kriti-
ker dazu sagen werden; ob sie werden Freiheit und Kühnheit genug haben,
darüber hinwegzukommen'."*

Aber dieses Lied mußte nun einmal gesungen werden. Dieses Kapitel mußte
nun einmal noch nachgeliefert werden.

Das, liebe Freunde, war es also, was ich Euch mit einem abschließenden
Exkurs in die Schlünde antiker Mythen und faustischer Verrätselungen noch
zu Schillers Tod und Goethes *"Demetrius"*-Versprechen vorzulegen nicht
unterlassen konnte. Dessen Elegie oder Nänie konnte kein blutig verzwei-
felnder *"Demetrius"* aus exotisch-historischem Rußland sein. Sie sollte lieber wohlvertraut uns allen weiterhelfen und *Euphorion* heißen: der Euphorische

— *"und damit basta! — Ich heiße Miller"*,

reime mich also selbst auch verehrungs- und liebevoll auf Schiller

und bin mit dessen Worten gleichfalls *"Stadtmusikant*

oder, wie man sie an einigen Orten nennt,

Kunstpfeifer".

Düliloliu-düdlio!

Genies gegen Glück

*Datendiskurs im Virtuëllen Olymp, doch mit der ungewohnten Akustik ei-
nes "Kleinen Kreises": einige abgeklärtere Dämonen beraten sich quasi
in einer internen Lagebesprechung.*

– Na, also.

– Was?

– Sie scheinen es ja nochmal hinzukriegen.

– Wieso?

– Na, solche Texte habe ich bei denen lange nicht mehr gelesen: daß einer
da noch im Euphoríon ihren Schiller erkennt. Ich glaube, Wallenstein siegt.

– Und die neueste Aktion ihrer SCHILD-Zeitung?

– Welche jetzt von den vielen?

– Die mit der Opferung von Genies.

– Was soll das denn? (Ich lese das ja nie!)

– Es soll OIRU besiegen: nach gutem altdeutschen Krämerbrauch. Bauopfer, Ernteopfer, Blut- und Bauernopfer, Königsopfer, was weiß ich: aber alles im Tausch gegen Glück oder gutes Gelingen bei sonst was.

– Siehe Orpheus, Baldur, Osiris?

– Siehe Jesus, Sokrátes, Schiller.

– Und jetzt also große Geister gegen Prosit Gesundheit oder wie? Wie soll
das denn bloß gehen?

– Durch Ignorieren. Sie nehmen ihre genialen Begabungen in ihren Medien
gar nicht zur Kenntnis: als die sicherste Liquidation. Andre Endlösung.

– Glauben sie.

– Machen sie doch schon immer so. Grade dadurch aber überleben diese
Genies. Das ist ja das Geniale.

– Bei ihrem Schiller scheint das so aufzugehen.

– Aber ob er grade dadurch ihre jetzige Selbstzerstörung verhindert?

– Ich glaube, nicht.

– Ich ja.

– Ich auch.

– Ich nicht.

– Ich schon.

– Na, hat OIRU denn nachgelassen?

– Ich habe den Eindruck, daß es un- ...

Ihre Frequenzen verschwimmen.

+ ↔ –

Sondermeldung im **Radio Radikal**

Nach neuesten Messungen scheint ein Wechsel in der elektromagnetischen Polarisierung der Erde unmittelbar bevorzustehen oder schon mitten im Vollzug zu sein.

Das bedeutet, daß der Nordpol von plus auf minus, der Südpol von minus auf plus umgepolt wird. Dieser Vorgang hat im Laufe von 76 Millionen Jahren Erdgeschichte, bestätigt der australische Zoologe Tim Flannery, schon 171 Male stattgefunden. Aber alle diese 171 Polwechsel lagen noch tief in prähistorischen Zeiten und wurden insofern noch nie dokumentiert. Was sie jetzt für Erde, Fauna, Flora und Menschheit zur Folge haben können, ist daher unbekannt. Die Ansichten der Experten sind kontrovers.

Nur daß die Anziehungskraft der Erde sich für Meteoriten und Asteroïden dramatisch erhöht, scheint festzustehen. Erste Warnungen wurden bereits in die Mediën gestellt.

Dieses und jenes

Talk-Show im Fernsehen der ARD (später in Wiederholungen auch bei 3sat, Phoenix, Einsfestival, WDR, NDR, SWR, MDR, hr, RBB, BR und BR Alpha)

(Moderatorin ist Iris Hucker, ihr einziger Gast Prof. Dr. Abraham Blaugold.)

Hucker:
*Guten Abend, meine sehr verehrten Damen und Herren: ich begrüße Sie
sehr herzlich zu meiner heutigen Sendung. Einziger Gast ist diesmal Prof.
Dr. Abraham Blaugold, Ordinarius für Anthropologie an der Universität
Basel und Autor zahlreicher provokanter Publikationen. Guten Abend, Herr
Blaugold, und herzlich willkommen – à propos Blaugold: das klingt zwar
schön nach einem jüdischen Namen, ist aber doch wohl eher ein Pseudo-
nym. Richtig geraten?*

Blaugold:
Nein.

Hucker:
Doch, eigentlich heißen Sie Gontard – stimmt das nicht?

Blaugold:
Nein.

Hucker:
*Macht nichts. Ich habe mich schlau gemacht: im Althochdeutschen gab es
noch "blaues Gold" im Sinne von hellem, glänzendem, gleißendem Golde.
War das für einen Gelehrten wie Sie, der aus ärmlichen Verhältnissen
stammt – Ihr Vater hieß ja jedenfalls Gontard und war sowas wie ein Zahl-
meister –*

Blaugold:
Münzpräger.

Hucker:
*Eben. War gleißendes Gold da vielleicht auch für seinen unehelichen Sohn
sowas wie ein Fernziel, ein Lebenstraum, eine fixe Idee, ein Fetisch?*

Blaugold:
Nein.

Hucker:
*Nur weil Ihr Vorname Abraham ja wohl auch nicht stimmt. Manchmal nen-
nen Sie sich doch Abram?*

Blaugold:
Ja, nach der Genesis, Kapitel 17, Vers 6.

Hucker:
O Gott. Und wer ist dann Giovanni Blaugold?

Blaugold:
Mein alter ego.

Hucker:
Ihr alter was?

Blaugold:
Mein Zwilling.

Hucker:
So. ... Aber in der SCHILD-Zeitung war zu lesen, daß es diesen Zwilling gar nicht gibt. ... Daß Sie sich Ihren Dioskurenpreis mit diesem Zwilling – sagen wir mal: erschlichen haben – freundlich formuliert. Stimmt das?

Blaugold:
Nein.

Hucker:
Aber warum gibt es dann keine Fotos von Ihnen beiden? Sogar unser Bundespräsident mußte in Weimar darauf verzichten.

Blaugold:
Erstens mal ist er gar nicht "unser" Bundespräsident. Wir sind Schweizer.

Hucker:
Und zweitens?

Blaugold:
Wir sind nur noch geistige Zwillinge.

Hucker:
Wie geht das denn?

Blaugold:
Wie bei Kálaïs und Zétes.

Hucker:
Bei wem?

Blaugold:
Gut, bei Kastor und Polydeúkes: der eine starb, der andre nicht.

Hucker:
Für unsre Zuschauer und Zuschauerinnen alles nicht mehr nachvollziehbar.

Blaugold:
Es gibt uns als Paar nur noch geistig. Als Idee.

Hucker:
Soll das heißen, Ihr Bruder Giovanni hat gar keinen eigenen Körper?

Blaugold:
Er starb, als wir fünfzehn waren: drum ...

Hucker:
Dann war das also doch ein Betrug: mit diesem Dioskurenpreis.

Blaugold:
*Wirklich nicht. In unserer Dankesrede haben wir doch lang und breit erläu-
tert, daß jene Dioskuren, nach denen dieser Preis benannt ist, im antiken
Griechenland als eine Gottheit angebetet wurden: als Doppelgott, als göttlicher Beistand in allen Lebensnöten und als Paar unsterblich, also was Geistiges, Geistliches, Trans- ... also, Metaphysisches, aber trotzdem Doppel-
tes. Lesen Sie das nach.*

Hucker:
Aber wußte das denn die Weimarer Jury?

Blaugold:
Das will ich hoffen.

Hucker:
Und wer von Ihnen war dann in Israël: mit diesen Lese-Abenden?

Blaugold:
Beide natürlich.

Hucker:
*Wissen Sie was: ich glaube, daß Sie und dieser Zwillingsbruder eine Schi-
märe sind! ... Ja, ein Fantasiegebilde, ein Luftgespinst, ein Trick.*

Blaugold:
Wir sind kein Trick – und der Jury in Weimar war das ebenso recht wie unsern Gastgebern in Jerusalem: daß sie in diesen materialistisch verwahrlosten Zeiten auch mal einer Idee zu huldigen diese günstige Gelegenheit erhielten.

Hucker:
Welcher Idee denn bloß?

Blaugold:
Na, der Dioskuren-Idee, natürlich.

Hucker:
Das wäre: nur für unser Publikum?

Blaugold:
Die Idee einer Gottessohnschaft, aber nicht so einsam wie bei Orpheus oder Jesus oder Heraklés, sondern zwiefach, in Gemeinschaft, eben als Doppelsonne, A und B, als Liebespaar, Du und Ich ... also, das Gegenteil von Singles.

Hucker:
Das verstehe ich. Sowas wie Familie. Aber zwischen Männern? Ich meine ...

Blaugold:
Was Mentales.

Hucker:
Was Fiktives.

Blaugold:
Um öffentlich, auch den Mediën zu beweisen, daß es geistige Realitäten gibt. Die ebenso real sind wie materiëlle. Nein, viel realer sogar.

Hucker:
Na schön. Aber weshalb zwei? Ich meine ...

Blaugold:
Ich meine, daß auch Kálaïs und Zétes gar nicht zwei waren, sondern eine Einheit: die Boreaden eben.

Hucker:
Wer nochmal?

Blaugold:
*Oder eben Kastor und Pollux, egal. Oder Abraham und Giovanni. So wie
Hell und Dunkel. Oder Offen und Zu.*

Hucker:
Ja, oder Blau und Gold vielleicht: lauter Spinnkram?

Blaugold:
Eher was Spirituëlles.

Hucker:
O Gott.

Blaugold:
Genau: was Religiöses.

Hucker:
Jetzt weichen Sie aus.

Blaugold:
Aber ganz im Gegenteil! Religiös ist alles, was –

Hucker:
*Mal ganz was andres: was haben Sie denn sonst noch so gemacht – ich mei-
ne, biografisch? Was war immer so Ihr Spezialgebiet?*

Blaugold:
Lieben.

Hucker:
*Aber hallo! By the way – ein toller Übergang ist das jetzt: Sie wissen ja
vielleicht, daß es in meiner Sendung immer was ganz Speziëlles gibt: einen
Überraschungsgast. Können Sie sich denken, wer das heute in Ihrem Falle
sein könnte?*

Blaugold:
Ja, natürlich.

Hucker:
Wieso denn das? Na, wer denn?

Blaugold:
Na, Luis-Luise M'Baïkaïkel, natürlich.

Hucker:
Wie kommen Sie denn darauf?

Blaugold:
*Na, erstens ist er doch mein eigener Vorschlag. Und da drüben sehe ich ihn
ja auch schon.*

Hucker:
*Das muß ein Zufall sein! Aber hier, meine Damen und Herren, kommt aus
Berlin – nee, aus dem Tschad? Oder aus Mali – Moment, oder sonstwoher
aus Afrika – das muß ich ablesen: Prof. Dr. M'Baïkaïkel !*

(Lulu kommt ins Bild: in deutlich androgynem *outfit*. Er begrüßt Iris Hucker
per Handkuß, Abraham Blaugold mit Kuß auf den Mund und setzt sich dann
in die Runde.)

Hucker:
Willkommen, Herr Professor – oder muß ich sagen: Frau Professor?

Lulu:
Wie Sie wollen.

Hucker:
Aber was wäre richtig?

Lulu:
Jedes. Alles.

Hucker:
Nur eins kann biologisch richtig sein: anatomisch –

Lulu:
Aber psychisch beides. Schauen Sie sich doch selbst ins Herz.

Hucker:
Aber als Sie in New York die Vereinten Nationen *gegen Fußball im Fernsehen aufzuhetzen versuchten, da galten Sie noch als Frau.*

Lulu:
Aber nur der UNO.

Hucker:
Und allen Mediën immerhin, weltweit.

Lulu:
Ja, und?

Hucker:
*Hatten Sie da keine Hemmung, die ganze globale Öffentlichkeit zum Narren
zu halten: in einer so sensiblen Angelegenheit wie Sport im Fernsehen?*

Lulu:
Das war ja nicht ich.

Hucker:
Ach nee – sondern wer?

Lulu:
Friedhelm Reguleit. Ich habe den ja nur kommentiert.

Hucker:
Na gut. Nur daß ich den nicht mehr fragen kann.

Lulu:
Warum nicht? Er sitzt doch zwischen uns.

Hucker:
Wie bitte? Sie sind Reguleit, Herr Blaugold?

Blaugold:
Warum nicht?

Hucker:
Weil Blaugold dann eben doch Ihr Pseudonym ist.

Blaugold:
Nein, Reguleit ist mein Pseudonym.

Hucker:
Und die Fischvergiftung?

Blaugold:
Ein Mediëngag.

Lulu:
Damit die UNO eine Gedenkminute einlegt.

Hucker:
Also, Moment mal: von wem ging denn damals diese ganze Kampagne gegen den Fußball aus – von Ihnen, Herr Blaugold?

Blaugold:
Nein, von Reguleit.

Lulu:
Aber nur für die Mediën.

Hucker:
Also, Moment mal: Sie, Herr Blaugold, hätten dann jenen unselig Öffentlichen Brief an die Öffentlich Rechtlichen Fernsehanstalten geschrieben, und Sie, Frau Baikalkel, hätten ihn vor die UNO gebracht?

Lulu:
M'Baïkaïkel, bitte.

Hucker:
Oder sowas. Nur warum? Wofür das alles?

Lulu:
Für unsern synkretistischen Sprung nach Jerusalem.

Hucker:
Sprung nach Jerusalem? Aber Herr Blaugold hat doch den Oberbürgermeister dort –

Blaugold:
Ja, etwas später. Weil Lulu erst später was sehr viel Besseres einfiel.

Hucker:
Wer ist jetzt Lulu?

Blaugold:
Herr und Frau M'Baïkaïkel, also jeder für sich ist nur ein Lu, aber beide zusammen eben zwei: andre Dioskuren.

Hucker:
Moment mal, Moment: also eins nach dem andern, bitte! Was, bitte, war das, was ihm da etwas später einfiel: dieses sehr viel Bessere?

Blaugold:
Das Schiller-Buch von Reguleit.

Hucker:
Dieser Bestseller ... "Beiderseits"? Aber wenn Reguleit – wer hat dieses Buch denn geschrieben?

Lulu:
Na, Ibrahim natürlich.

Hucker:
Ibrahim? Ibrahim?

Lulu:
Abraham. Abram. Er hatte fast zehn Jahre an diesem Manuskript gearbeitet, und als wir grade nach Jerusalem wollten, gab er es mir zu lesen. Es versprach sehr viel mehr als dieses blutige, dieses böse Jerusalem.

Hucker:
Nämlich was? Was versprach es? Bitte konkret!

Lulu:
Sag du.

Blaugold:
Nee, du.

Lulu:
Das kannst du besser.

Blaugold:
Also bestenfalls versprach es was, was schon 3 500 Jahre früher mit dem legendären Vorgänger Orpheus angefangen hatte.

Lulu:
Drum diese ganze Arche N mit dem Schamanen Ogus undsoweiter: als flankierende Maßnahme, sozusagen.

Hucker:
Halt mal, bitte, halt: soll das heißen, daß auch diese rätselhafte Arche N in ihrem Anflug auf unsere Erde nur so ein weiterer Mediëngag war?

Blaugold:
Sonst hört ja niemand zu.

Hucker:
Aber eine Arche? Und ausgerechnet N : Arche N – was sollte das heißen, um Gottes Willen?

Blaugold:
Genau: das bezog sich darauf, daß der biblische Abram, noch ehe Gott ihn Abraham nannte, ganze 39 Jahre lang bei Noach in die Lehre ging und dort die Torah zu lesen lernte. So also waren Noach sein Meister und die Arche seine Schule. Sela.

Hucker:
Wie bitte? Wo steht das denn alles: auch in diesem Genesus?

Blaugold:
Nein, im Sefer ha-Jaschar.

Hucker:
Im was?

Blaugold:
Im "Rechten Buch" *oder* "Toldos Adam": *den* "Adamitischen Geschlechtern", *einem hebräischen Klassiker, der mit seiner Kurzform der Torah –*

Hucker:
Herr Professor Blaugold!

Blaugold:
Gut: der mit einer Kurzform Ihrer Mosebücher, meinetwegen, etwa seit dem 10. oder 11. Jahrhundert global alle Gemeinden der Diaspora an Gott und dessen Wegen festzuhalten ermahnte. Übrigens: mein Vater, fällt mir dabei ein, hieß wirklich nicht Gontard, sondern Tarach. Er war Münzenpräger.

Hucker:
Na, egal. Aber Göng: dieser Lebegott Göng ohne Postadresse und sein na-

menloses Schiller-Buch, dieser Bestseller ohne Ladenpreis: von wem ist
denn alles das?

Blaugold:
Auch vom Reguleit.

(Pause.)

Hucker:
*Na, das wird ja immer toller: eine tolle Sendung! Also, rein vom Informa-
tionswert jedenfalls! Oder sind das jetzt auch bloß lauter Mediëngags?*

Blaugold:
Nein, dieses Buch von Göng: das gibt es gar nicht.

Hucker:
Ja, im Handel nicht, ich weiß. Aber all diese Raubdrucke ...

Blaugold:
*Auch nicht. Alles Restkapitel, Fragmente, Angefangenes, Gestrichenes aus
dem Buch von Reguleit –*

Hucker:
Reguleit?

Blaugold:
Die Resteverwertung.

Hucker:
Und Lehegott Göng als Person: dieser Kriminalprofessor im Rokoko –

Blaugold:
Den gibt es auch nur als Einfall. Als Idee.

Hucker:
*Wahnsinn. Aber warum das alles? Ich meine: was war Ihr Fernziel – bloß
das Geschäft florieren lassen? Oder was?*

Blaugold:
Genau das Gegenteil.

Hucker:
Möglichst arm sein? Oder was?

Blaugold:
Sag du es ihr, Lulu: du kannst das besser.

Lulu:
*Zunächst noch: unsre Arche N bezog ihr N trotz allem gar nicht vom Lehr-
meister Noach. Dieses N war eigentlich sowas wie ein Hörfehler, nämlich
gar nicht der Buchstabe N, sondern* En, *das Wort* En, *ich buchstabiere: E –
N, also Emil – Nordpol. Das war im Sumerischen ursprünglich die Bezeichnung für* Gott, den Herrn – *wie unser hiesiges* Dominus.

Hucker:
Ach, Dominus vobiscum?

M'Baïkaïkel:
Im alten Albanisch übrigens auch schon: En, *der Himmelsgott.*

Hucker:
Bloß weshalb –

M'Baïkaïkel:
*Nur noch eins: auch unsre Arche LL hat ihren Namen natürlich keineswegs
von mir, von Lu-Lu, sondern vom westsemitischen* El, *E – L, Emil – Ludwig:
im legendären Kanaan die Anrede Gottes überhaupt, bei syro-phönikischen
Völkern speziёll eines Fruchtbarkeitsgottes, abgebildet meist als Stier. Aber
in ugaritischen Mündern wurde aus dem* El *schon im 15. vorchristlichen
Jahrhundert ein L, wie bei uns, und im Hebräischen sogar schon mit Vorliebe unser Plural:* Elohim, *Gott als eine Vielheit also, wörtlich d i e s e s
und j e n e s , LL, also alles, nur als Einheit eben,* Der Eine: LL.

Hucker:
Hilfe! Was soll unser Publikum mit all diesen Göttern?

Blaugold:
Sich gegen Mammon schützen: seinen Götzen.

Hucker:
Nur: unsre Zuschauer sind doch keine Akademikerinnen!

Blaugold:
Aber wollen überleben.

(Pause.)

Hucker:
Was soll das denn jetzt heißen?

M'Baïkaïkel:
Survival.

Hucker:
Survival, survival? *Als Training? Oder* camp *oder was?*

Blaugold:
Nur als Chance.

M'Baïkaïkel:
Aber letzte, als einzige.

Hucker:
Also, nu mal Butter bei die Fische: wo genau befinden sich Ihre komischen beiden Gottesarchen – im Wasser wie die Arche Noah? Oder im Landeanflug aus dem Weltraum? Oder schon hier auf der Erde? Oder wo, genau?

Blaugold:
In unsern Köpfen.

Hucker:
Also nirgendwo.

Blaugold:
Wieso das denn?

M'Baïkaïkel:
Nur weil die eine Archenart sozial ist und die andre geistig?

Blaugold:
Oder geistlich.

Hucker:
Aber wo diese Geistlichkeit hinführt, meine Herren – oder meine Herren

*und Damen, egal: das können wir am besten bei den Selbstmordkommandos
der Islamisten studieren – geistlicher geht es ja wohl nicht!*

Blaugold:
Doch.

Hucker:
Aber kein survival.

Blaugold:
*Diese Terroristen sind nämlich alles andere als geistlich. Sie sind die Opfer
noch sehr viel brutalerer Terroristen.*

Hucker:
Wer sollen die denn sein? Jetzt sagen Sie bloß nicht: die USA!

Blaugold:
Nein, die Marktwirtschaft.

Hucker:
Ach, sind Sie gegen Wohlstand? Was verdienen Sie denn so im Monat?

Blaugold:
Zu viel für mich allein und viel zu wenig für unsre Kampagne.

Hucker:
Ja, weil Ihr marketing *so schlecht ist. Doch, doch: da kenn ich mich aus!
Ich fasse mal kurz zusammen. Also, Ihren Reguleit gibt es gar nicht, diesen
Göng erst recht nicht, diese Archen gibt es auch nicht, den Grafen Tolstoi
also auch nicht, der Dioskurenpreis ist eine Luftblase, aus Jerusalem ist
nichts geworden – was bleibt da überhaupt noch übrig? Ach, diese öffentlichen Briefe vom Schillerverein oder sonstwem und diese Schiller-Dementi
im "Spektrum", in der "Leipziger Allgemeinen" und wo nicht alles: sind etwa die vielleicht alle von Ihnen?*

Blaugold:
Nein, keiner.

Hucker:
*Na, sehen Sie! Aber dieses Freimaurer-*chatting *im Internet: das war von
Ihnen? Das waren Sie?*

Lulu:
Sehr selten. Nur wenn es gar nicht weiter gehen wollte.

Hucker:
Aber dieser Preis für den besten badseller*: den haben Sie gestiftet?*

Lulu:
Ach, den gibt es doch gar nicht – purer Mediënlärm.

Hucker:
Ja, was haben Sie dann überhaupt aufzuweisen? Ich meine: zuwege gebracht, als Lebensleistung?

Lulu:
Einen Hinweis geliefert.

Hucker:
Auf was? Ich sehe gar nichts.

Lulu:
Dann lesen Sie unser Schiller-Buch.

Hucker:
O Gott.

Lulu:
Aber gründlich.

Hucker:
Wieviele Seiten hat das?

Blaugold:
Oder Sie studieren einfach die Geschichte der Menschheit.

Hucker:
Wofür das denn?

Blaugold:
Um zu bilanzieren. Schon eine Zwischenbilanz genügt.

Hucker:
Zum Beispiel?

Blaugold:
Zum Beispiel dessen, was wir unsre Aufklärung nennen. Nur zweihundert Jahre: ein historischer Wimpernschlag.

Hucker:
Und das Resultat? Elektrischer Strom, Elektronik, Flugzeuge, Internet, Kühlschränke, Waschmaschinen, Telefon –

Blaugold:
Ja, und das Klima kippt, die Wüsten wachsen, die Pole schmelzen, die Meeresspiegel steigen, das Ozonschild ist ein Sieb –

Lulu:
– und das Trinkwasser schwindet, die Ressourcen sind erschöpft, die Energiën am Ende und der Planet bald unbewohnbar.

Hucker:
Die alte Leier. Aber ausgerechnet Sie – Sie wissen da die Rettung?

Lulu:
Nicht wir. Schiller weiß sie.

Blaugold:
Weil er sie gelernt hatte.

Hucker:
Von wem denn gelernt?

Blaugold:
Zum Beispiel von Orpheus.

Hucker:
Von Orpheus in der Unterwelt?

Blaugold:
Nein, vom geköpften Orpheus, dem entleibten.

Lulu:
Und von Pico della Mirandola.

Blaugold:
Und vom König Mídas.

Lulu:
Und von meinen Dogon.

Hucker:
Die soll der schon gekannt haben?

Blaugold:
Oder von Kastor und Polydeúkes.

Lulu:
Wie von Auschwitz und Stalingrad.

Blaugold:
Oder Tschernóbyl und Hiroschima.

Hucker:
Das ist ja historisch gar nicht möglich. Jetzt haben Sie sich selbst überführt.

M'Baïkaïkel:
Oder von Birago Diop.

Hucker:
Was ist das denn?

M'Baïkaïkel:
Ein Schiller aus dem Senegal.

Hucker:
Senegal, Senegal – Moment mal ...

M'Baïkaïkel:
*Gleich neben meinem Mali. Nur dreizehn Verszeilen, hören Sie ruhig mal
zu:*

*"Hör was dir sagt im Wind
des Strauches Jammerklagen,
das ist der Atem der Ahnen.
Tot sind sie, doch fern sind sie nie,
sie sind im sich lichtenden Schatten
und im sich verdichtenden Schatten.
Die Toten sind nicht begraben,
sie sind im Baum, der rauscht.*

Sie sind im Holz, das ächzt,
sie sind im Wasser, das fließt,
sie sind im Wasser, das schläft,
sie sind in der Hütte, sie sind im Getümmel.
Die Toten sind nicht tot."

Hucker:
War's das? Aber in unsern Großstädten, mit Verlaub, da hört sich das ganz
anders an.

Lulu:
Nee, wieso: die sind doch erst recht im Getümmel.

Blaugold:
Sie wissen, daß es im Universum etwa zehnmal mehr unsichtbare Materië
gibt als sichtbare? Wie werden Sie damit fertig?

Hucker:
Muß ich das?

Blaugold:
Ja.

(Pause.)

Lulu:
Aber Sie kennen diese Frage von Lichtenberg?

Hucker:
Nein. Von wem?

Lulu:
Von Georg Christoph Lichtenberg, diesem Physiker der Schillerzeit. Der
fragte nämlich damals schon: "Warum sollte es nicht auch unsichtbare Wel-
ten geben?"

(Pause.)

Lulu:
Goethe hat diese Frage noch achtzigjährig aufgegriffen, 1829: *"Warum
sollte es nicht auch unsichtbare Welten geben?"*

(Pause.)

Hucker:
*Mal ganz was andres: dieser neu entdeckte Schillerbrief aus der russischen
Versteigerung oder so – ist der dann auch von Ihnen?*

Blaugold:
Nein, von Schiller. Das ist purer Schiller.

Lulu:
Wort für Wort collagiert.

Hucker:
*So ... Das merkt man auch. Aber dieses okkulte Pamphlet gegen Mehrheits-
beschlüsse, dieses geheimnisvoll geisternde Manuskript, das keiner kennt,
das aber seine reaktionären* "Theorien über letzte Chancen einer Rettung
der Demokratie" *als Kettenbrief verbreitet: wenn es also nicht von diesem
Fiorello Gontard ist, dürfte es ja wohl gleichfalls von Ihnen sein. Oder?*

(Pause.)

Bitte geben Sie jetzt zu: was alles stört Sie an einer Demokratie?

Blaugold:
*Das ist schnell erklärt. Gesetzt den Fall, Hitler hätte damals eine Volksab-
stimmung über die Judenvernichtung durchgeführt und eine Mehrheit bekommen – knapp vielleicht, aber Mehrheit ist Mehrheit: wäre die Judenvernichtung damit sanktioniert gewesen? In demokratischem Sinne ja. Dies ist
der Punkt, wo ich mich gegen die Demokratie entscheiden muß. Sie ist lebensgefährlich, ein Spiel mit dem Feuer.*

Hucker:
Ja, bei den Nazis. Aber Hitler hat das Volk ja gar nicht gefragt.

Lulu:
*Nur weil er auch dafür zu dumm war. Stellen Sie sich vor, er hätte es ge-
fragt, so circa 1935.*

Blaugold:
Wir in der Schweiz würden es heute noch fragen.

Lulu:
Die Antwort damals wäre verheerend gewesen.

Blaugold:
*Da war mein Vater gottlob schon in den USA: Silberdollars prägen – andre
Silberlinge. Aber dort lernte ich schon als Kind, wie eine Mehrheit einstimmig dunkelhäutige Minderheiten mißhandelt. Und wer sich beschwerte, erfuhr da, wie Richter, die zu ihrer Wiederwahl eine Stimmenmehrheit benötigen, nur mehrheitsfähige Urteile fällten: also keine gerechten, sondern populäre.*

Hucker:
Sowas wäre bei uns undenkbar.

Blaugold:
*Mein Vater wechselte also abermals das Bäumchen und zog mit uns in eine
funkelnagelneue Demokratie: nach Israël – Schekels prägen. Oder gleich
echte Silberlinge. Dort nämlich mischte sich die Mehrheit allzubald aus
chauvinistischen Orthodoxen und materialistischen Profiteuren zusammen,
die zwar einstimmig keine Farbigen mißhandelten, dafür aber jeden Palästi-
nenser. Mein Vater also floh mit uns: in die Schweiz. Dort waren aber alle
Rappen schon geprägt, und jede Bagatelle wurde von Volkabstimmungen
mehrheitlich fehlentschieden.*

Hucker:
Tja, und da? Wüßten Sie denn was Besseres?

Blaugold:
Ja. Inzwischen war ich alt genug, um Schiller zu lesen.

Hucker:
"Das Lied von der Glocke": "Festgemauert ... "

Lulu:
Nein, "Maria Stuart": "Nicht Stimmenmehrheit ist des Rechtes Probe."

Blaugold:
Ich las am liebsten den Essay "Über die ästhetische Erziehung des Menschen".

Hucker:
Wie soll der heißen?

Blaugold:
Dort wird die Utopie eines Staates entworfen, der weder politisch noch wirtschaftlich fundiert ist, sondern ästhetisch: also künstlerisch.

Hucker:
Und den wollen Sie ausgerechnet in der Schweiz etablieren?

Blaugold:
Nein, global. Ich schrieb, was Sie jetzt als die beiden Schiller-Bücher von Reguleit und Göng bezeichnen.

Hucker:
Und wie soll dieser Kunststaat funktionieren, bitteschön?

Blaugold:
Vor fünfzig Jahren waren die "Tagesthemen", das "heute-Journal" oder sonstige Nachrichtensendungen wirklich demokratisch pluralistische Totalinformationen der gesamten Bevölkerung in allen ihren diversen Schichtungen. Das ging so lange gut, bis die kriegsgeschröpften Deutschen wieder alles besaßen, was sie brauchten.

Hucker:
Ja, und? Und dann?

Blaugold:
Dann beschloß die Wirtschaft, das Volk auch zum Kauf alles dessen zu bewegen, was es kaum noch benötigte. Hierzu wurden die Nachrichten namentlich der erblühenden Fernsehsender mißbraucht.

Hucker:
Wieso denn mißbraucht?

Blaugold:

*In einer schleichenden Unterwanderung, ganz unmerklich, quasi unter der
Hand, verwandelten sich die vielfarbig changierenden Flickenteppiche der
vormals komplexen Nachrichtensendungen mit ihren immer noch superlativischen Einschaltquoten in Wirtschaftsmagazine mit Börsenkunde, Unter-
nehmens- und Anlageberatung, mit Spartips, Verteilungskämpfen und praktischer Vermögensverwaltung. Weit gefächert und nuanciert ist alles das inzwischen die Botschaft und Quintessenz aller sogenannten Nachrichtensendungen.*

Hucker:

Na, Moment mal: meine Kollegen in den Nachrichtenredaktionen –

Blaugold:

*Die stehen im Dienste einer Marktwirtschaft, der sie beim tödlichen Tanze
um ihre Goldenen Kälber Vorschub zu leisten vergattert sind. Aber dabei
folgen sie schon längst keinem vorherrschenden Interesse der Bevölkerung
mehr, sondern fördern, züchten, schüren und provozieren es auch ursächlich. Zuschauer behandeln sie nur noch als Konsumenten, Käufer und Kun-
den, die wissen müssen, wie man Geld verdient und erschleicht oder auch
ergaunert, es hortet, anlegt, arbeiten läßt und multipliziert, um es schließlich umso akkumulierter ausgeben zu können.*

Hucker:

Also, halt mal! Halt, ja?

Blaugold:

*Nur daß diese Veruntreuung eines ursprünglichen Informationsauftrages
manchen kritischen Betrachter auch auf Gegenideën bringt.*

Hucker:

Na, zum Beispiel?

Blaugold:

*Zum Beispiel, daß man eine solche schleichende Unterwanderung über viele
Jahrzehnte hin jedenfalls in Deutschland vermutlich auch mit Künsten, Ästhetik, Kulturellem und Spirituëllem, mit Metaphysischem, Ideëllem und Religiösem praktizieren und vergleichbar breit gestreute Erfolge erzielen
könnte. In millimeterkleinen Gewöhnungsdosierungen wäre so ein Gegen-
imperium der Kultur, des Geistes, der materiëllen Unabhängigkeit und ide-*

*ellen Freiheit aus- und aufzubauen, dem die Zuschauer genauso lernwillig
folgen würden wie dem ganzen Abrakadabra und babylonisch unverständli-
chen Hexeneinmaleins der Weltwirtschaft.*

Hucker:
Ich kann nicht mehr.

Blaugold:
*So würde man einen antimateriëllen, vielleicht auch noch musischen Zeit-
geist züchten können, der sehr viel dienlicher, auch angenehmer und be-
kömmlicher wäre als dieser Veitstanz in den Abgrund verderblicher, sinnlo-
ser Habgier. Gerade das Volk der Dichter und Denker, inzwischen zum
Volk der Krämer und Korrupten, der Räuber und Raffkes, der Schieber und
Schofelinskis verkommen, würde sich gern und gefügig aus den Sackgassen
des Materialismus befreien und in Gefilde entführen lassen, die noch –
Hoffnung verbreiten.*

(Pause.)

Hucker:
Klingt ja so weit nicht schlecht –

Blaugold:
Na, sehen Sie.

Hucker:
Aber wahr ist leider –

Blaugold:
*Stop mal. Es dürfte da bei diesem virtuëllen Staatsgebilde und all den diver-
sen Spielarten des Geistes schwerlich darum gehen, ob sie irgendwelchen
objektiven Fakten entsprechen. Fakten, Fakten, Fakten? Was faktisch objektiv die Wahrheit ist, wird sich in alle Ewigkeit mathematisch sowieso nicht
beweisen lassen.*

Lulu:
"Die mathematischen Symbole", *wußte schon Werner Heisenberg, Träger
des Nobelpreises immerhin für Physik,* "stellen eher das Mögliche als das
Faktische dar".

Hucker:
Wer nochmal, was hat der behauptet?

Blaugold:
Nein, es geht hier vielmehr um all jene Euphoriën, Hoffnungen, Sehnsüchte, Ekstasen, Begeisterungen, Wollüste, Lebensträume und Wohlgefühle, die wir dem Riesenreich des Möglichen, des Fantasierten, eben des Fiktiven oder Virtuëllen verdanken.

Lulu:
Es verschönert unser hiesiges Dasein auf ganz einmalig, wirklich unverzichtbar erleichternde Weise und ist insofern das Allerwertvollste, Allerpflegenswerteste, Allergöttlichste – "objektive Wahrheit" hin oder her.

Blaugold:
Wirklich, Frau Geppelsam: es vermittelt uns Annehmlichkeiten mindestens der Seele, wie sie uns alle materiëlle Wunscherfüllung deutlich schuldig bleibt.

(Pause.)

Hucker:
Ja, und wie wäre da ein Anfang zu machen, ich meine –

Blaugold:
Mit einer professionellen Anleitung beispielsweise zu erleichtertem Schillerlesen für jedermann ...

Hucker:
Ganz was andres: unsre Sendezeit ist gleich um. Ganz schnell noch ein positives Schlußwort – von jedem von Ihnen, damit alles besser wird. Sie, Herr ... na! Lulu? Aber bitte kurz.

M'Baïkaïkel:
Gut. Aus der Vorlesung des 29jährigen Schiller über "Die Gesetzgebung des Lykurgus und Solon", also 1789:

"Wir haben gesehen, daß Fortschreitung des Geistes das Ziel des Staats sein soll".

Hucker:
*Das hatten wir hier in der BDR doch auch schon: Kultur als Staatsziel –
oder? Doch, bei unsrer Kulturministerin, wie hieß die noch mal? Die wollte
das so ins Grundgesetz nachtragen. Ach, das weiß ich noch genau – kriegte
aber keine Mehrheit dafür ...*

Lulu:
Ja, eben. "Hindert eine Staatsverfassung", *ließ darum Schiller schon seine
Studenten wissen,* "hindert sie die Fortschreitung des Geistes, so ist sie ver-
werflich und schädlich".

Hucker:
Intressant.

Blaugold:
Aber alle marktwirtschaftlichen Systeme tun das: global.

Hucker:
*Tja, und Sie, Herr Blaugold, was haben Sie für ein Schlußwort für uns?
Noch kürzer möglichst!*

Blaugold:
Aus einem Schillerbrief des 35jährigen an Freund Humboldt: "Entfernen
Sie alles, was profan ist".

(Pause.)

Hucker:
*Ein heikles, ein nachdenkliches Schlußwort. Vielen Dank, meine Herren.
Heute in vierzehn Tagen hören wir, was uns Heinz-Günther Haberle zu sagen hat: Präsident der Vereinigten Arbeitgeberverbände. Jetzt freilich hat
erst einmal unser wichtigster Sponsor das Wort: die Werbung – bleiben Sie
also dran!*

Harter Schnitt auf einen Werbeblock.

Kremer gegen Kremer II

Teletext: Tafel "Luxus und Moden" (Or-iginal)

In Düsseldorf hat der vielbeachtete Erbschaftss-treit um den Modesalon Kremer ein erstes juristisches Ende gefunden. Die zuständige Kammer folgte einem Antr-ag der Mutter des verstorbenen Modedesiners und erklärte dessen testament für un gültig.

Damit wurde der lukrative *Salon Detlev Kremer* der Mutter des Vorinhabers als alleiniger Erbin zugesprochen.

Die Anwälte der Gegenseite kündigten Revision an.

Jäh nach Jemen

Kurdischer Brief nach Sils-Baselgia / Grischun (Graubünden)

Izmir, auch noch am Tage der Ankunft dieses Briefes:

Liebe Freunde für heitere ebenso wie für alle andern Tage,

lieber Ibrahim also einzig und lieber Luqman –

vor Jahr und Tag hatte ich Euch versprochen, nach einem Muslim Ausschau zu halten, der jener Quadratur des Kreises gewachsen sein und Eure Idee einer globalen Union aller Gläubigen in Wirklichkeit umsetzen könnte.

Wie schwer das war, könnt Ihr an der Dauer meines Schweigens messen.

Inzwischen aber führte mich meine ornithologische Mythenforschung mehrfach in den Jemen, weil ich einem sagenumwobenen Vogel auf der Spur war, der winters in den Süden der Sahara, also vielleicht auch in den Tschad und nach Mali flüchtet, aber sonderlich im südlichen Arabien die bemerkenswertesten Eindrücke hinterlassen hat.

"O wie selig ward mir!"

läßt ja sogar der deutsche Goethe im *"Uschk nameh"*, jenem *"Buch der Lie-be"* seines *"West-östlichen Divan"*, den arabischen Poëten Hafis von einem Lande schwärmen, das dieser jubelnde Busenfreund Eures Schiller ja selbst gar nicht kannte:

"Im Lande wandl' ich,
Wo Hudhud über den Weg läuft."

Ich weiß nicht, wie Schweizer und Dogon diesen Vogel nennen. Für alle Araber heißt er *hudhud* und für Biologen auf Lateinisch *upupa*, weil sein Ruf etwa so wie *"huwuwub"* klingt – aber in der Tonlage auch noch just des Kuckucks: also lauter u – u – u ... !

Dieses Geschöpf nun zeichnet sich durch Erektionen aus, die nicht i m Kopf ausgelöst werden, sondern a u f dem Kopf: in einer Federkrone, die sich je nach Erregung eben aufrichtet oder wieder legt. Sein Alarmruf ist dann sinnfällig klangmalend *"errr ... "*.

Im Fluge manövriert er so virtuos wie ein Falke (oder Habicht), aber seine Nestlinge wehren sich gegen jeden vermeintlichen Feind in weniger als sechzig Zentimeter Entfernung mit einer gezielt abgespritzten Dosis ihres Darminhalts. In den ersten dreißig Tagen sondern sie im Gefahrenfalle ebenso wie schon ihre brütenden Mütter aus der Bürzeldrüse auch noch ein entsetzlich stinkendes Sekret als chemische Keule ab und sind so also dop-pelt geschützt. Der Volksmund sagt: *"stinkt wie ein Wiedehopf"*. Richtig: die Deutschen nennen diesen Vogel *Wiedehopf*.

In der christlichen Bibel stellt das *Alte Testament* ihn mit seinem *Pentateuch* gleich neben dem Reiher in die Reihe der Vögel, die nicht gegessen werden sollen. Das halte ich für ein listig verschlüsseltes Verbot, diese Tiere zu ja-gen oder zu beizen und zu töten. Wiedehopftötung ist da ebenso sündhaft wie Reihermord.

Die islamische Tradition überliefert speziëlle Talente dieses Vogels. Seine Fähigkeit eines Wünschelrutengängers, unterirdische Wasseradern aufzu-spüren, mag just im niederschlagsarmen Jemen oft sehr dienlich gewesen sein. Aber außerdem hat er da einen Oriëntierungssinn bewiesen, der ihn auch als Brieftaube einzusetzen gestattet.

Seine postalischen Transporte zum Beispiel zwischen dem jüdischen König Salomon, unserm Sulaiman, und der Königin von Saba' hier im Jemen sind für uns pur koranische Kulturgeschichte und finden sich auch in jener mekkanischen 27. Sure *"von der Ameise"*. Schon in dieser Korrespondenz, die ein *hudhud* im 10. Jahrhundert vor Eurem Christos hin- und hertrug, ging es um einen *Theologischen Dialog*, wie ich ihn heute noch als spezifische Gepflogenheit der Jemeniter angetroffen habe.

Aber auch Goethe hat das Motiv dieses legendären Briefwechsels aufgegriffen und den Wiedehopf noch zum Liebesboten seines Hafis erkoren:

"Hudhud lief einher,
Die Krone entfaltend;
Stolzierte, neckischer Art,
Über das Tote scherzend,
Der Lebend'ge.
'Hudhud', sagt' ich, 'fürwahr!
Ein schöner Vogel bist du.
Eile doch, Wiedehopf!
Eile, der Geliebten
Zu verkünden, daß ich ihr
Ewig angehöre.
Hast du doch auch
Zwischen Salomo
Und Sabas Königin
Ehmals den Kuppler gemacht!' "

Aber in unserm Qur'an und der christlichen Bibel (1. Könige, 10) ging es zwischen jenen beiden Auftraggebern des Wiedehopfs zunächst um rein diplomatische und wirtschaftliche, dann vor allem um theologische Probleme.

Also erzählte auch ich nun bei meinen zahlreichen *Theologischen Dialogen* mit jemenitischen Glaubensbrüdern in San'a' und überall im Lande, daß dieser jüdische König Suleiman ein intimer Freund des keineswegs jüdischen, des tyrisch-libanesischen Hiram gewesen, sogar Herr über alle dienstbaren Winde war, die Sprache der Vögel, also auch des *hudhud* beherrschte und seine Armee aus Menschen, Vögeln und Geistern rekrutierte.

Dieser also rundum spirituëlle und fromme Monarch begab sich im Anschluß an die Fertigstellung seines jüdischen Tempels in Al-Quds (oder auch Jerusalem) stracks nach Mekka, von wo aus er *"im Namen Allahs"* seinen erigiblen Wiedehopf zu jener Königin eines Volkes schickte, das ebenso wie Allah auch die Sonne anbetete und von Arabern als *sabi' un*, von Europäern als *Sabäër* oder *Sabiër*, bisweilen auch als die *Sekte des Sab'i* bezeichnet wurde, der ein Sohn Seths, also jenes dritten Sohnes von Adam und Eva war.

Aber diese *Sabäër* wurden früher auch die *Sekte der Sternanbeter*, die *Sekte der Engel* oder gar die *Religion des Noah* in seiner Arche genannt. Schon hieraus wird deutlich, wie unorthodox sie in all ihrer Frömmigkeit doch auch waren. Noch im biblischen Harran oder hermetischen Charan des Abraham und Laban berief sich ja die *Sekte der Harianer* auf ihre Herkunft aus dem jemenitischen *Saba'*, nannte sich auch in ihrer dortigen Diaspora *Sabäër*, die da auch noch bekennende Hermetiker im Gefolge des *Hermés Trismegistos* waren.

Dieser tolerante Synkretismus da im abramitischen Harran mag dazu beigetragen haben, daß in unserm Qur'an die 22. Sure *"von der Wallfahrt"* jene Sabäër just mitten zwischen Juden und Christen aufzählt. Unsere oberflächlich chauvinistischen Exegeten wollen das allzugern als eine Nominierung unter Ungläubigen verstehen. Aber jeder Muslim mit tieferer Frömmigkeit begreift da mühelos den 14. Vers als Hinweis darauf, daß einzig Allah am Tage der Auferstehung entscheiden wird, wer hier gläubig war und wer nicht. Hiesige Mitgliedschaften fallen da wohl schwerlich ins Gewicht.

Die Königin von Saba' jedenfalls mit all ihrem Sonnen- oder Sternen- und Engelsglauben ließ sich nicht zuletzt durch die Botschaften des erigiblen Briefträgers schlußendlich vom Glauben des Königs Salomon oder Suleiman überzeugen: sei es nun vom jüdischen oder vom islamischen. Das wußten sie vielleicht beide nicht so genau. Oder es war egal. Denn im 45. Vers unserer 27. Sure sagt diese Dame schließlich wörtlich:

"O Herr ... , nun bin ich mit Salomo Gott ergeben, dem Herrn der Weltbewohner."

Klingt das nicht schon nach Globalisten und einem einzigen Gott für alle?

Vielleicht ebendeshalb und seither verstehen wir Moslems unter *sabi'*, dem Sabäer, einen Konvertiten. Die Araber bezeichnen sogar den Propheten Mohammed als *As sabi'*, weil er sich von seiner heimischen Religion der Koreischiten ab- und dem Islam zugewendet hat.

Das alles fiel, sofern es irgend neu war, bei unseren *Theologischen Dialogen*, die da im Jemen mit erstaunlicher Reife und Menschenkenntnis geführt zu werden bisweilen glücklich genug sind, auf allerfruchtbarsten Boden.

So bin ich denn da auch wirklich auf mehrere Kandidaten gestoßen, die Eurem hohen Anspruch gewachsen sein könnten.

Einen gewissen Hamud habe ich schließlich angesprochen und in unsere Pläne eingeweiht. Nicht nur ist er ein besonders gläubiger Moslem und resoluter Gegner des Islamismus, den er mit den Barbareien der *Französischen Revolution* vergleicht, sondern auch sonst sehr weise, gerecht und tolerant, auch liebevoll und gütig, trotzdem sehr energisch und konsequent. Tatsächlich ist es ihm so auch gelungen, mehrere radikalfanatische Islamisten nur mittels *Theologischer Dialoge* zu besänftigen und wieder zu frommen und gläubigen Muslims zu bekehren.

Ich habe diesen Hamud, dessen weiteren Namen ich gar nicht kenne, gebeten, mit Euch in Kontakt zu treten. Er stimmte erst zu, nachdem ich ihm bewiesen hatte, daß auch die christliche Bergpredigt ohne Veränderungen so sogar in unserm Koran stehen könnte. Weil er hierdurch begriff, wie ernst und dringend diese Angelegenheit tatsächlich ist, glaube ich, daß er unoriëntalisch genug reagieren und sich wirklich bei Euch melden wird: schon um seine benötigte Tatkraft zu demonstrieren.

Vermutlich wird er Euch zu einem ersten Gespräch in den Jemen bitten und als seine Gäste dorthin einladen.

Es wäre eine letzte Hoffnung für die Menschheit, wenn Ihr ihn besuchen könntet.

Ich bin Euch nun noch verbundener denn je.

Euer Ahmet

(Schön, daß ich Euch nun wieder duzen darf: *errr* ...!)

Cave canentem

Brief von Moritz Pirol an minimierte Minderheiten der Arche LL

ZWEITER TEIL

Von jenem dritten Neffen des maximalen Kaisers Constantin wissen wir leider kaum mehr, als daß er Picus hieß und diesen Namen auch dem Geschlechte derer *della Mirandola e Concordia* weitervererbte: als Pico.

Falken sind Füchse

Aber der Name Picus war auch damals schon, in jenem 4. Jahrhundert nach Christos, noch sehr ungewöhnlich. Namentlich Kaiserfamilien pflegten ihre Sprößlinge immer wieder und wieder Flavius oder Claudius oder Iulius oder Constantius zu nennen. Damals plötzlich Picus zu heißen, war kaum ohne verwandtschaftlichen oder sentimental symbolischen, ohne nostalgischen Bezug auf jenen allerersten altitalischen König möglich, der lange vor Christus (und Augustus) 37 Jahre lang in ebenjenem selben 6. Jahrhundert regiert haben soll, das uns auch das *Alte Testament*, den Buddhismus, die Demokratie der Akropolis, Theater und Lyrik, aber auch schon Mathematik und Banken bescherte.

Zeitgenosse vermutlich also dieser wunderartigen Basis für alles Folgende war auch jener Urkönig Picus, von dem aber nicht einmal die Chroniken des Bischofs Eusébios von Kaisáreia oder des sogenannten Chronografen im 4. nachchristlichen Jahrhundert (eben unseres constantinischen Neffen) überliefert haben, ob dieser legendäre Namensspender damals, vor einem runden Jahrtausend also, über die Laurenter oder aber über die Aboriginer herrschte:

(jedenfalls über einen Volksstamm in Latium also, jenem Umland des späteren Rom immerhin, wo aber lange vorher schon jene fast steckbrieflich stecknadelhaft gesuchte Windsbraut Kálaïs mit Purpurflügeln und Zwillingsbruder die aurunkische Ortschaft Calvi gegründet hatte: noch prä-orphisch hatte der sibirische Schamane Ogus seine Suche nach der Liebe eben in dieser Gegend erfolglos beënden und sie insofern traumatisieren müssen);

hier also waren die Aboriginer zwar Ureinwohner *ab origine*, die ihren Namen aber ebenso auch vom griechischen Nordwind Boréas, *a borea*, mitsamt seinen einschlägig purpurgeflügelten Zwillingen Kálaïs und Zétes abgeleitet haben mochten;

die Laurenter (oder auch Laviner) hingegen siedelten in den Wäldern der Tibermündung und vermischten sich dort mit Siculern, Volskern, Sacranern, jenen Aborigern, Pelasgern, Umbrern und sonstwem, später gar mit jenen oskisch-umbrischen Aurunkern, die in und um Cales oder Calvi ihren Namen schon von Aúson, einem Sohne der zaubernden Kirke, herleiten konnten.

Diesem Mischvolk also hatte sein sagenhaft erster Herrscher schon in jenem 6. Jahrhundert vor Christus, wie Vergil das ein halbes Jahrtausend später noch in seiner *"Æneïs"* aufschrieb, die Stadt Lavinium errichtet und sie *"schauerumweht von Wäldern"* oder *"horrendum silvis"* auf einem Fundament von hundert Säulen mit seiner Königsburg verziert (7, 170ff).

Für sein dortiges Regime über ein Gebiet bis eben dahin, wo heute Rom liegt, oder

"usque ad eum locum, ubi nunc Roma est" (Chronograf),

hatte er sich mit der kolchischen Magierin Kirke verheiratet: einer leiblichen Tante von Jásons zaubernder Médeia und des phönikischen Molochs oder Minótaurus, schon eines wundersam animalischen Stiermenschen. Diese Dämonin Kirke nunmehr, eine leibhaftige Tochter ja von Sonne und Neumond, hatte zuvor in jenem hyperboreïschen Aufgangslande des Sirius die Insel Aiaía bewohnt, die ihren Namen von den Weherufen der toten Seelen im Hades bezog: *Aiaía*. Also wurde das auch der Beiname dieser Kirke unter den Trauerweiden auf ihrer kolchischen Toteninsel: *Aiaía*.

Aber ihr wahrer Name, das griechische κίρκη, bezeichnete einen fremden Vogel und wurde von κίρκοσ oder *kírkos* abgeleitet, was primär zwar *Kreis* oder *Ring*, das lateinische *circus*, poëtisch aber auch einen Habicht bedeutete, wenn er seine Kreise zog. Dieser Habicht, für Homer noch *"der ge-*

schwindeste unter den Vögeln" und für Vergil schon *"der heilige Vogel"*, konnte aber durchaus auch ein Falke sein, wenn der seine Kreise zog: weil diese beiden Greifer damals kaum unterschieden werden konnten und auch heute noch, postlinnéïsch, beide zur Ordnung der *falconiformes* gehören.

In Asien wurden Habichte sogar anstelle der üblicheren Falken als Jagdvögel eingesetzt: etwa bei der Reiherbeize; aber in Thrakiën hierzu ausschließlich Falken, obwohl die auch da ja von den Habichten gar nicht unterschieden werden konnten. Denn allenfalls die vierte oder fünfte Schwungfeder ist beim Habicht etwas länger als beim sonst so identischen Falken mit seiner etwas längeren zweiten oder dritten Schwungfeder jeweils in beiden Flügeln.

Ausschließlich mit dem Falken am Himmel und nie mit dem Habicht wurde schon seit dem 2. Jahrtausend vor Christos in den Hymnen der altindischen *Rigweda* sogar die Sonne verglichen: wer ein demnach sonnengeheiligtes Falkenherz aß, erlangte prophetische Gaben.

Auch im sibirischen Jakutien, besingt die dortige Poësie, vermochten sich Schamaninnen – wie ebendiese Kirke hier – eindeutig nur in Falken zu verwandeln, und im klassischen Weimar erinnerten Schillers *"Wilhelm Tell"* an den Falken- oder Freimaurernamen seines Herzogs und Goethes *"Faust II"* strikt an das mörderische Reihermassaker: *Aiaía*.

In einer ägyptischen Kolonie jedoch, was dieses hyperboreïsche Kolchís mit all seinen goldgelben Gichtkräutern und beschnittenen Dunkelhäutigen ja ganz unverkennbar war, mußte solch ein kreisender Falke auch als Attribut oder Symbol oder überhaupt als eine Erscheinung des Himmelsgottes Horus verstanden werden, der als Sohn von Isis und Osiris in Gestalt eines Himmels- oder Sonnenfalken mit ausgebreiteten Schwingen die Welt vor dem Chaos bewahrte.

Hierzu gehörte ganz unübersehbar auch seine Schirmherrschaft über Friedhöfe, Totenstädte, Totenäcker oder -inseln sei es in Menfi (oder Mempi oder Memphis) am Nil, oder sei es auch im fernen Kolchís. Dort aber hatte die Kirke ihren Namen von einer leibhaftigen Verkörperung jener speziëllen Falken- oder Habichtart bezogen, die, genauer, *phasso-phonos* hieß, wörtlich "Taubentöter" bedeutete und die zirkulierende Ringeltaube *phassa* meinte, weil diese sich als *"phasischer Vogel"* an den Ufern des Flusses

Phāsis im kolchischen Lande Aïa, auch auf Kirkes Toteninsel Aiaía aufhielt und dort bisweilen mit schwarzem Gefieder sogar selbst schon im Voraus Trauer trug – auf gut Glück, sozusagen.

Aber der Horusfalke, der gleichfalls Tauben tötete, symbolisierte in seiner Stärke und Unbesiegbarkeit wie auch immer just solche Nekropolen, die auf Ägyptisch *ārq heh* hießen, und jene Wiederauferstehung der Toten, die ja eng mit den Sirius-Mythen verbunden war und stracks ins ägyptische Jenseits führte: ins *ārq hehtt* – gleichsam von Arche zu Arche also ...

Das verdeutlichte nicht zuletzt auch die Horusgestalt des *Heru-ami-u*, die ein falkenförmiges Krokodil war, aber einen Schwanz just in Form eines Hundekopfes hatte und so wieder an den Hundsstern Sirius gemahnte. Aber *Chenti-Cheti (recte:* Ḫntj-ḫtj) war in der Provinzmetropole kom el-atrib (oder Ḥatḥariba oder Áthribis) im Nildelta ein Krokodilsgott, der sich gänzlich in einen Falken verwandelte: Krokodil war da Falke ist überall Hund, denn *Heru-ur-shefit* war ein Horus, dieser Sonnenfalke, in Gestalt eines Schakals, und Schakal ist Hund. *"Es ist ein Wirrwarr ohne Grenzen."* Aber das ist dann auch noch ein Goethe-Zitat in völlig anderm Zusammenhang. Doch gilt es genauso auch hier oder meistens. Oder wahrscheinlich immer.

Schakal ist also Hund ist also Habicht also Falke.

Wirklich übersetzt das griechisch-englische Lexikon von Liddell und Scott das hellenische *kirkos* außer mit Habicht- und Falkenart auch mit *"einer Wolfsart"*, und Falkoniden aller Art fressen gern auch junge Wölfe oder Füchse.

Falke ißt oder ist also Wolf ist sowieso Fuchs oder Hund, und Kirke, folgert Robert Temple in seinem *"Siriusrätsel"*, sei sicher eine griechische Ableitung von Horus. Denn Horus, der in Ägypten den Sonnenaufgang verkörperte, ist auch etymologisch mit dem griechischen Sonnengott Hélios verwandt, der ja in Kolchís zu übernachten pflegte und dort in einer Neumondnacht zum Vater jener Kirke geworden war.

Kirke & Co.

Tatsächlich wohnte diese Sonnentochter auf ihrer Toteninsel Aiaía mit Wölfen, diesen nordisch exotischen Hunden des heliakischen Hundssterns Sirius, zusammen und verbrachte in solcher Gesellschaft ihr Leben, eben weil sie es sicher auch mit genüßlich verzehrten Wolfs- oder Falkenherzen würzte, am liebsten mit Wahrsagen, Singen und Zaubern.

Aber das konnte, attestierte ihr noch der Apollónios aus Rhódos, auch dienlich sein: etwa wenn die heile Heimkehr der Argonauten mitsamt ihrem musizierenden Schamanen Orpheus überhaupt nur möglich wurde, weil

" ... die Aiaierin Kirke durch ihre Künste von schlimmer
Blutschuld sie gereinigt" (4, 560f.)

und dadurch Médeias absurd bestialische Ermordung ihres eigenen Bruders Ábsyrtos sühnte.

Doch die Spezialität jener speziëll artistischen Magiërin war die Verwandlung von Fremden in borstige Schweine, brüllende Löwen, wütende Bären und heulende Wölfe oder sonstige Ungeheuer (Ovid und Vergil).

Das mag ihren sonnengöttlichen Vater so nahe bei seinem allmorgendlichen Aufgang verstimmt, gestört oder sonstwie behindert haben, und er siedelte sie um oder evakuïerte sie, schob sie ab: in den zukunftsträchtigen, aber fernen Westen. Dort besaß sie zunächst eine ostadriatisch istrische Insel, die heute Lošinj genannt wird und jenem kolchisch begründeten Pula vorgelagert ist, das die Römer dann als *Pietas Iulia* bezeichneten und am fernen Endpunkte ihrer endlosen *Via Appia* erreichten.

Aber schon zu altitalischer Frühzeit ließ sich diese Kirke auch im südlichen Latium, bei Terracina auf halber Strecke zwischen Rom und Neapel, nieder und erwarb oder okkupierte da jenes *Promunturium Circœum*, heute *Monte* oder *Capo Circeo* im Nationalpark Circeo, wo man später über die Schädel von wahren Neandertalern staunte und wo auch eine Stadt Circei nicht weit vom heutigen *San Felice Circeo* ihren Namen nach dieser latinisierten Circe trug. Vergil spricht eben hier vom *"Lande der Circe"*.

Tatsächlich liebte es diese Hexe auch hier wie überall, die Männer mindestens zu becircen.

Schon Homer hat ihr ausgedehntes Techtelmechtel mit dem verirrten und verwirrten Odysseus beschrieben, dessen Gefährten sie zuvor in Schweine verwandelte, um ihn selbst dann zum zwiefach transsexuëllen Propheten Teiresías in den Hades zu schicken, dessen heimlicher Zugang durch den

avernischen Kratersee im benachbart neapolitanischen Cumæ dieser Magiërin nur allzu vertraut und zugänglich war.

Doch sie becircte sogar den teilweise fischgestaltigen Glaũkos, den aber
gleichzeitig auch noch der fischige Nereús liebte: trotz seinen 50 oder 49
Töchtern und dem einen Sohn.

Aber verheiratet war diese zeitlos und transhistorisch circende Kirke zuërst
in ihrer Diaspora irgendwo zwischen Bingen und Hunsrück mit einem dortigen Sauromatenkönig, den sie freilich bald schon vergiftete.

Ihre zweite Ehe verband sie dann endlich mit unserm Urkönig all der vermischten Latiner in Latium.

Er war jung, ein blendender Pferdezüchter und so schön an Gestalt und Gemüt, daß die Dryaden, Najaden und Nymphen in allen latinischen Gewässern ihn lüstern begehrten. Aber er verschmähte sie sämtlich – außer freilich
jener einen, die seine außereheliche Geliebte wahrhaftig nur deshalb wurde,
weil sie noch viel verführerischer zu singen wußte als Ehefrau Circe, diese
jedenfalls leitmotivisch *"hehre melodische Göttin"* Homers mit *"stetem Gesang"* noch bei Vergil: diese magisch musizierende Mutter immerhin seiner
beiden Söhne.

Aber die Kebse sang noch betörender.

Daher hieß diese eine und einzige Nebengeliebte jenes altitalischen Königs
auch *Canens: die Singende.*

Sie war die Tochter des doppelgesichtigen Anfangsgottes und Türenschirm-
herrn Janus und sehr, sehr schön,

"doch seltner die Kunst ihres Sanges",

rühmten noch fünfhundert Jahre später die *"Metamorphosen"* des Ovidius
Naso: denn

*"Sie bewegte die Bäume und Felsen,
Sänftigte wildes Getier und hemmte gar oft mit des Mundes
Macht die langen Flüsse und bannte die flüchtigen Vögel"* (14, 337ff.).

So magisch vermochte ja sonst nur der Orpheus zu singen.

Diese Canens also sang wirklich genauso verführerisch wie Orpheus.

Aber *canens* hieß ja in ihrer latinischen Sprache nicht nur *die Singende*. Es heißt auch genauso *der Singende*.

War es also etwa der Orpheus persönlich, dessen Gesang die Natur da verzauberte und den reizvollen jungen König gleich mit? Es klingt so.

Denn Ovidius Naso betont da noch extra, daß Canens *"mit fraulicher Stimme"* sang. Sowas sagt niemand von Frauen. Nur von Männern. Männer können, wenn sie Kastraten oder Counter-Tenor oder Altus sind, mit fraulicher Stimme singen. Wie Martin Luther, zum Beispiel. Oder Friedrich der Große und Mozart (*"den alt"*). Oder Bismarck sogar mit seinem Fistelfalsett. Solche Supermänner.

Auch jener männliche oder gar supermännliche Canens also betörte mit so fraulicher Stimme das ganze Land: nämlich Baum und Stein und Vogel.

Aber grade *"das ist ein literarisch wie auch archäologisch für Orpheus gut bezeugtes Motiv"*, resümierte noch *anno* 1991 Robert Böhme, dieser kundige "Orphologe"; *"und daß ihm 'Baum und Stein und Vogel' Erscheinungsformen des Numinosen sind, denen sein sakraler Sang gilt"*, sei auch auf zahllosen frühen Bildnissen als den Zeugnissen frühmykenischer Kulte nachweisbar: *"Einen Vogel über oder neben seinem Haupt gibt es daher bei Orpheus-Darstellungen häufig"*, im besonders bekannten Mosaïk in Palermo sind es rings um einen rot, gar purpurrot gewandeten Sänger wahrhaftig sogar ein Pfau, ein Storch, ein Rabe, ein Strauß, ein Papagei und noch ein brauner undefinierbar kleiner Piepmatz extra. Meistens tatsächlich: *"Sänger und Vogel bilden die Einheit der Aussage: in seiner Hinwendung zum Vogel liegt Sinn und Wesensart seines Singens beschlossen"* – Anbetung, Huldigung, Gottesdienst.

Gar kein Zweifel also: auch dieser Canens war Orpheus, sei es ein anderer oder latinischer Orpheus und liebte nun diesen so pikant und wahrhaft circensisch verheirateten Königsreiter wie jener einst seinen Kálaïs, seinen aborigisch oder aboreïsch aurunkischen, purpurgeflügelten Pferde-Agnaten.

Pikanter Picus
Aber solche zusätzlich außereheliche Liebe jenes orphisch und fraulich singenden Singenden beglückte diesen König der Latiner so tief und dauerhaft,

daß er es noch in Ovids *"Metamorphosen"* seiner heimischen Ehe-Kirke
übersprudelnd eingestand:

*"... eine andre
Hält mich gefangen und wird, so flehe ich, ewig mich halten,
Will mit Buhlschaft nicht verletzen den ehlichen Bund, so-
lang mir das Schicksal erhält die janusentstammende Canens"* (14, 378ff.).

Oder eben auch *ihn: den* janusentstammenden Canens, je nach deutscher
Übersetzung des lateinischen Originals, beides ist da in dieser androgynen
Grammatik gleichermaßen möglich.

Nicht aber möglich ist die Beleidigung seiner beiden Geliebten auf einmal.

Dieser König schien hier tollkühn mit dem schuldbewußten Verständnis seiner rundum noch viel hemmungsloser circenden Circe zu rechnen – aber
hatte sich gründlich verrechnet. Die Circe nämlich sagte im Deutsch ihres
ersten Ehemannes kurz und bündig *"Nicht schlecht, Herr Specht"* und fak-
kelte dann nicht lange.

*"Wirst, wie ein liebendes Weib, das gekränkt ist, handelt, erfahren.
Wahrlich, und Circe ist ein liebendes Weib, das gekränkt ist!"* (14, 384f.)

Wollte sie ihn vergiften wie ihren ersten Gemahl schon da irgendwo zwischen Bingen und Hunsrück in ihrer zweiten oder dritten Heimat? Nein, sie
schlug ihn, hatte Vergil schon in seiner *"Æneïs"* überliefert, *"eifersuchtswild
mit goldenem Zweig"* und verwandelte ihren königlich schönen jungen Ehe-
hengst, als er fliehen wollte, mit drei eigenen magischen Liedern vermutlich
im Stabreim, aber außerdem auch noch durch

"Gifte zum Vogel, besprengte mit Farben bunt sein Gefieder":

*"capta cupidine coniunx
aurea percussum virga versumque venenis
fevit avem Circe sparsitque coloribus alas"* (7, 189ff.).

Aber Ovidius Naso wußte noch mehr als Collega Vergil (*"Metamorphosen"*
14, 397ff):

*"Seine Gefährten indes, die oft vergeblich ihr 'Picus!'
Über die Felder geschrien und doch ihn nirgends gefunden,
Treffen auf Circe"* –

und fordern den König zurück *"und wollen wild mit der Waffen Gewalt auf sie stürzen"*. Sie aber

"Rief die Nacht und die Götter der Nacht aus Dunkel und Wirrnis",

schrie nach der fünfzigköpfigen Hekáte, und der Wald begann zu schweben, sein Boden zu stöhnen, seine Bäume zu erblassen, die Steine zu brüllen, und

"Hunde schienen zu heulen".

Hunde zu heulen – oder Wölfe? Oder Füchse? Oder Falken? Jedenfalls wurde es hündisch ernst, ließ Circe die Höflinge spüren, und deren bleiches

*"Antlitz berührt mit der giftgetränkten Rute sie jetzt, und
Über die Jünglinge kommen, sobald ihr Schlag sie getroffen,
Unholder Tiere Gestalten, und keinem blieb seine eigne"* (14, 413ff.).

Doch aus ihrem ehelichen König und Rossebezwinger oder *equom domitor* selbst war flugs und flatternd inzwischen ein bunt geflügelter Specht geworden. Der heißt in lateinischer Landessprache *picus*.

Seither hieß dieser König auch rückwirkend nur noch Picus.

Seinem Canens und dessen orphischer Passion für besungene, angesungene Vögel kann das nur umso willkommener, umso beseligender gewesen sein.

Aber Ovid behauptet, dieser Specht wurde eigens aus dem Könige neu erschaffen, *"als neuer Vogel"*, und übernahm da den Namen des Königs, der schon vorher Picus hieß wie andre eben Claudius oder Iulius, und italische Spechte heißen hinfort so wie jener König.

Vergils Kommentator Servius freilich berief sich noch um *annum Domini* 400 darauf, was ihm nun wieder *"die Bücher der Priester"*, aber auch Plinius *senior* und Vergil mitzuteilen schienen:

daß die Verwandlung dieses Königs in einen Specht *"nur erfunden wurde, weil er Augur war und zu Hause einen Specht besaß, von dem er die Zukunft erfuhr"*:

"fingitur, quia augur fuit et domi habuit picum, per quem futura noscebat".

Denn er besaß offensichtlich jenen Krummstab oder *lituus*, mit dem ein Tempel gekennzeichnet, aber ein Priester auch zum Zauberer und ein Augur zum Propheten wurde.

Spitze Spechte

Was Picus nun von alledem und in welcher Reihenfolge er es war, läßt sich heute nicht mehr definitiv entwirren oder ordnen. Picus ist heute Specht ist jener König ist Specht ist König und Mann, oder Männer sind Vögel, und Vögel sind Mannen sind Vögel sind Männer und hacken und pochen und stechen und bohren und picken. Immerhin zählen ja zur ornithologischen Ordnung aller *Specht- oder Klettervögel* jetzt noch ganze 76 Arten von *Bart-Vögeln!*

Für ebenso typisch männlich mögen Emanzen in derselben Ordnung die 31 Arten *Faulvögel*, Männer selbst hingegen die 15 Arten *Glanzvögel* halten. Die verwandte Familie der *Wendehälse* überrascht mit nur zwei, aber aphrodisiakisch umso effiziënteren Arten, die eigentliche Familie der Spechte jedoch, der *picidæ* selbst, mit nicht weniger als 207 verschiedenen Arten.

Die flattern natürlich überall herum. Ihr römischer Name *picus* soll angeblich erstmals beim Komödiënschreiber Plautus im 3. Jahrhundert vor Christus verbrieft sein. Doch in all den philologischen Ablegern jener *Babylonischen Sprachverwirrung* etwa seit dem 12. Jahrhundert vor Christos geisterte dieses Wort schon allenthalben umher und mutierte je nach Idiom und Himmelsstrich irgendwann zum kastilianischen *pico*, zum katalanisch oder nachbarlich französischen *pic* und zum umbrischen *peico*. Das Italiënische pickte sich liebevoll das lateinische Spechtlein heraus und machte aus *piculus* mit interpoliertem i einen *picchio*. Die Germanen hingegen fügten da lieber ein anlautendes S hinzu und sagten altnordisch *spihta*, dann *spoetr* oder *spettr*, altsächsisch, althochdeutsch und mittelhochdeutsch *speht* oder *speh*, im Mittelniederdeutschen endlich wie auch im Neuhochdeutschen *Specht*, im Schwedischen *spett* oder noch lieber *hackspett* wie im Englischen *woodpecker,* also für einen Holzpicker. Schon Aristophánes nannte den Specht auf Griechisch einen *Holzklopfer:* ohne alles Pikante; aber solche ganzen Wörter oder Silben von sonstwoher fügten auch die Portugiesen mit ihrem *picanço* und *picapau* hinzu.

Ähnliche Amplifikationen erfanden ihre iberischen Nachbarn sich für noch weitere solche Kunstfiguren wie in der Stierkampfarena den *picador* der *corrida*, im Barockroman jedoch den wunderbar bestechenden *pícaro* mit all seinem weltliterarischen Schelmentum. Dessen spitzzüngig freche Attakken werden da als *picaño* bezeichnet, und selbst in Deutschland hieß sehr viel später ein Tischler aus Guben, der ganze elf Jahre lang gar als königlicher Schelm und Staatspräsident amtierte, mit kaiserlichem Vornamen und aufgeblasenem Dehnungs-E einfach Wilhelm *Pieck*.

Sie alle, scheint es, leiten sich aus dem tödlichen Zustechen oder komischen Picken dieses treffsicher hackenden Vogels ab: von *picar*. Sogar noch die deutsche Spielkartenfarbe Pik ist bei der französischen Spitzhacke zu Hause, die ebenso heißt wie der dortige Specht: eben *pic* (oder *pique*).

Völlig unklar bleibt hingegen der griechisch antike Specht πιπω oder *pipo* mit seinem jählings zentralen P, aber im altindischen Sanskrit finden wir wieder *pika*: allerdings für den dortigen Kuckuck, aber Aristotéles weiß von seinem eigenen Kuckuck, daß ihn Habicht oder Falke nicht nur fressen, sondern sich zeitweilig auch in ihn verwandeln: Kuckuck ist dann Falke ist Habicht ist endlos.

Also kann getrost übernommen werden: Das römische *picus* ist indogermanisches *pĭko* oder *spĭko* und da vielleicht auch *(s)pĭ* für *spitz* oder *spitzes Holz*: global von Assam nach Westen bis Alaska und von Mumbai gen Osten bis Melbourne.

Schon als im unteren Eozän vor sehr, sehr runden 50 (oder meinetwegen 49) Millionen Jahren die Kontinente auseinander drifteten, vehementer Vulkanismus ganze Hochgebirge aufwarf und Poseidõns Mittelmeer entstehen ließ, gab es in feuchtem Klima mit tropischer Vegetation schon eine reiche Fauna, die unter etwa 49 bis 50 mal 100 oder 5000 Vogelarten auch schon eine Ordnung kannte, die wir heute *piciformes* nennen. Zu den sechs Familien dieser Spechtvögel zählten da zwischen Ostasien und Amerika auch die jetzigen *picidæ* mit jenen immer noch 207 Arten.

Allerdings wurden sie früher leicht auch mit Racken wie dem Bienenfresser oder dem erigiblen Wiedehopf, jenem *upupa* oder jemenitischen *hudhud*, verwechselt, von dem wiederum die antiken *Geoponica* einhellig behaupten, er sei überhaupt nur eine Metamorphose des Habichts, also mindestens auch des Falken. Aber im 6. oder 5. Jahrhundert nannte der griechische Grammatiker Hesýchios aus dem synkretistischen Alexándreia den Specht einen Pelikan. Und noch die heutigen Italiëner scheinen mit ihrer *pica* die Elster für das Weibchen der römischen Spechte zu halten.

Specht wäre demnach Wiedehopf wäre Habicht wäre Falke wäre Kuckuck
wäre Pelikan wäre Elster.

Oder Picus wäre einfach Horus.

Spitzfindigkeiten

In solche irrationalen oder gar schon mystischen Bereiche entführen auch literarisch so seriöse Autoren wie der afrikanische Grammatiker Nonius Mar-
cellus zwischen 5. und 2. oder der grobhin zeitgenössische Umbrier Plautus
im 3. Jahrhundert vor Christus mit ihrer gelegentlichen Überlieferung einer
Verwechslung von Spechten sogar mit Greifen, die namentlich in altoriënta-
lischen Kulturkreisen verbreitet waren und von dort nach Griechenland und
Rom übernommen wurden.

Greifen haben meist den Kopf eines Greif-Vogels (Adlers, Habichts, Falken) oder Schlangenkopf mit weit geöffnetem Schnabel, haben geflügelten
Löwenleib, Skorpionschwanz und Vogelkrallen. Meist sind sie Hüter von
Heiligem Feuer, Lebenswasser oder Weltenbaum und symbolisieren Herrschaft über Himmel und Erde, im Mittelalter als Wappentiere auch politische Macht.

Wohl deshalb wurden sie oft sogar, schon in jenem 6. Jahrhundert vor Christos vom Epiker Aristéas, später vom Aißchýlos, Heródot, Pausanías und
Plinius, noch später gar von Goethe zu ostasiatischen, nordischen oder einfach schon virtuëllen Goldwächtern erkoren.

Als Fabeltiere gehören Greifen zur Verwandtschaft von Basilisken, Drachen
und Schimären, von geflügeltem Pégasos, Kérberos mit seinen fünfzig (sei-
en es 49) Hundeköpfen, Phönix und, in Schillers Familienwappen, jenem
Einhorn, das Orpheus Rilke noch nach Jahrtausenden als *das Tier aus
Licht, das reine Tier"* bezeichnete. Insofern sind Greifen also Mischwesen
wie auch Hárpyien, Kentauren, Werwölfe, Nixen, Seirenen, Cherubim, Se-
rafim, Papageno und der ägyptische Sphinx. Tatsächlich wird der römische
picus selbst etymologisch bisweilen vom dorischen *phix* abgeleitet, das jedenfalls in Sparta, vielleicht schon in der illyrisch dalmatinisch-albanischen
Heimat einmal *den Sphinxen* bedeutet hat.

Das Bestiarium der *Klassischen Walpurgisnacht* ist spürbar unter uns. Aber
der Münchner Zoologe, den Zeitgenosse Goethe wegen seiner tollkühnen

Expedition zur exotischen Fauna im hyperboreïschen Brasilien bewunderte, hieß selbst sogar kurz und bündig Spix: Johann Baptist von Spix,

und der Landkreis Tirschenreuth im Norden jener Oberpfalz, aus der der Ritter von Gluck mit seinen Gesängen über Orpheus, die Pilger von Mekka und die Idylle des Heraklés stammte, kennt sogar heute noch ein tradiertes Brauchtum, das unverhofft als weiblich überrascht: *die Specht*. Dabei handelt es sich um ein vogelartiges und offenkundig transsexuëlles Weihnachtsgespenst, das mit schwarzem Schnabel, in blutigem Laken und mit Unheil verheißender Sichel (griechischer *drepáne*) jeweils am *Heiligen Abend* die Kinder erschreckt, doch für angemessen bereitgestellte Mahlzeiten ein fruchtbares Obstjahr garantiert. *Gla-gle-gli-glo-glu.*

Aber in welcher Verwechslung oder Verwandlung auch immer, ob nun als Buntspecht, Wiedehopf, Vogel Greif oder Sphinx: dieser internationale *picus* definierte sich mythisch über seine ewig gleiche Feindschaft zu Adlern oder Habichten oder Falken, in Griechenland freilich primär zu Reihern. Massaker an denen sind zwar nicht überliefert, dürften aber zumindest ein Wunschtraum gewesen sein, denn Gelege oder Brut der Reiher waren jedenfalls auf der dorischen Peloponnés durch das Hacken der Spechte an besetzten Baumstämmen oder gar durch deren Speisekarte in steter Lebensgefahr.

Freundschaft hingegen schlossen die Spechte in bevorzugtem waldigen Berglande just mit den dortigen Wölfen, also mit Reiherfeinden schon der aisopischen Fabel, wurden ebendarum gern auch dem Wolfsgotte, diesem Herrn aller Ausgestoßenen, und seiner mittelitalischen Asylgöttin Feronia beigegeben – als legendärer *picus Feronius* mit einem Heiligtum in der adriatischen Provinz Picenum und bei deren ansässigen *picentes* oder Picentern: nominell also angeblich jungen Spechten.

Aber die Wölfe in ihrer weltberühmten Einsamkeit und mit jenem *amatorium virus*, einem Liebeselixier in ihren Schwänzen, mochten eigentlich nur Papageien und mögen die bisweilen notfalls auch von bunten Spechten haben vertreten lassen.

Schlau genug hierfür scheinen die Spechte immer schon gewesen zu sein. Denn ihre Gepflogenheit, Mandeln oder Nüsse und Pinienzapfen in Baumspalten einzuklemmen, um so die Kerne herausklopfen zu können, erweist nicht nur hand-, besser: schnabelwerkliches Geschick, sondern zunächst mal Intelligenz und Fantasie.

Auch verfügten sie immer schon über legendäre okkulte Fähigkeiten. So vermochten sie zu bewirken, daß sich in einen Baumstamm mit Spechtnest kein Pflock oder Nagel hineinschlagen ließ. Versperrte jemand diesem Vogel irgend den Zugang zu seinem Nest, so wußte der ihn sich mit Hilfe des sogenannten Springkrauts, wohl der *pæonia corallina,* wieder zu öffnen. Sie gehört ebenso zur Ordnung der Hahnenfußgewächse wie auch jener überaus giftige Eisenhut, der als Aconitum bei Schillers Tod eine arge Rolle gespielt haben könnte. Kuckuck!

Aber der Specht war auf diese magische Pfingstrosenart derart angewiesen, daß sie nur nächtens gepflückt oder abgeschnitten werden sollte. Denn konnte ein Specht solchen Mißgriff nach seinem Zaubermittel bei vollem Tageslichte beobachten, pflegte er auch jedem noch so arglosen Botaniker gnadenlos die Augen auszupicken.

Andererseits war sein selber Schnabel, so ein Mensch ihn nur in der Tasche trug, schon ein Schutz gegen Bienen-, Hornissen- und Wespen- oder sonstige Insektenstiche. Auch das hat uns kein Geringerer als der ältere Plinius in seiner *Naturgeschichte* zuverlässig bezeugt.

Regen, Remus & Rom
Alles das beweist, daß diese Spechte klüger, informierter oder eben eingeweihter waren als andere, als normalere Geschöpfe, gar als unsereins. Sie haben das nicht zuletzt mit jener endlos kolportierten Anekdote gleichsam festgeschrieben, die in der Gründungssage der Picenter von einem *ver sacrum* beim mittelitalischen Volk der Sabiner berichtete. Bei diesem archaïschen Sühneritus, der zur Besänftigung meist des zürnenden Gottes Mars alle menschlichen und animalischen Erstgeburten eines festgelegten Frühjahrs gnadenlos hinzuopfern oder wenigstens abzuschieben gelobte, hatte sich solchen sabinischen Emigranten bei ihrem Exodus ein Specht auf die Fahne gesetzt und ihnen so den gesuchten Weg nach Asculum gewiesen.

Aber wer schon Wege nach Asculum oder sonstige Auswege kennt – der beläßt es vermutlich nicht hierbei: der weiß wohl noch mehr.

In Rom galt der Specht daher bald als Auguralvogel ersten Ranges und gehörte mit vokalen wie auch mit geflogenen Signalen zu *oscines* und *alites*
gleichermaßen: eine Rarität. Dem römischen Prætor Ælius Tubero prophezeite ein Specht so den tatsächlich nahen Tod. Specht zur Linken bedeutete
immer Unglück. Im mittelitalischen *Tiora Matiene* jener noch immer rätselhaften Aequer, denen der März ihr schwer erklärlicher zehnter Monat war,
gab es ein Orakel in Gestalt einer hölzernen Säule, auf der ein Specht die
Wahrheit oder Zukunft verkündete.

Schon seit Urzeiten soll er sogar einen Regen so vorausgesagt haben wie bei
unszulande seit *Olims Zeiten* nur der Pirol, der aber mit dem Specht, heißt
es, gar nicht verwandt sein soll. Wäre er aber, eben als Regenkünder, dennoch auch irgendwie irgendein Specht? Oder eben Specht als Regenkünder
in Gottes Namen doch auch Pirol? Sind Pirole etwa auch Propheten?

Denn jedenfalls soll ja auch jener legendäre König, bevor er selbst in einen
Specht (oder auch Pirol) verwandelt wurde, solch einen Vogel wie auch immer als sein persönliches Orakel besessen und seiner eifersüchtigen Ehefrau
Circe zu ihrem fatalen Zauberkunststück also selbst das Stichwort geliefert
haben: gar Pirol also selbst ein antiker Legenden-König?

Aber Spiel und Spaß rigoros beiseite: den inkompatibel echten Specht nämlich heiligten schließlich seine Künste allenthalben und ordneten ihn daher
gar dem zweiten Gotte der alten Italer gleich nach dem Iuppiter zu: dessen
Sohne Mars – als *picus Martis* eben.

Hierzu muß man sich abermals erinnern, daß *picus* dort ja nicht nur Specht,
sondern eben auch ein archaïscher König war. Aber Mars war ursprünglich
Gottheit gar nicht des Krieges, sondern der Bemessung, Begrenzung und
Zuteilung von Grund und Boden, also auch der Erträge, der Ernte, jeglicher
Vegetation, von Feld und Vieh, sogar der Witterung (wie zum Beispiel des
Regens: *dülilo-liu* ...).

Insofern also war Mars der Gott gerade auch von König Picus und jedem
anderen Landesherrn, der sich mit seinen Nachbarn in Katasterzwiste oder
Grenzstreitigkeiten einlassen mochte, und wurde so nach und nach indirekt,
aber zwangsläufig eben durch solchen Unfrieden auch zu ihrem Schlichter,
Schieds- oder Friedensrichter, schließlich unweigerlich und überwiegend zu
ihrem Hader- oder Kriegsgott.

Aber schon für jene seine ehemals friedlichen und zivilen Ressorts hatte
dieser Mars da die Weisheit des heiligen *picus (Martis)* und die Wachsamkeit des Hirtenhundes benötigt. So wurden Specht und Wolf zur Einheit und
ebenso seine ständigen Begleiter, Attribute und Symbole wie auch die phallische Lanze oder Pike. Demonstrativ trat Mars auch bisweilen für seinen
Picus ein.

Nur so auch ist die unglaubliche Geschichte von der Gründung Roms zu
verstehen.

Offiziëll war Mars ja der Ehemann der Venus (oder Aphrodíte), so androgyn und bisexuëll die auch sein mochte, und so auch Vater des bezaubern-
den kleinen Éros.

Aber außerdem wurde er auch von Ilia, einer Tochter des Albanerkönigs
Numitor, als Vater ihrer Zwillingssöhne ausgegeben, die sie im Schlaf unter trauernden Weidenbäumen (*"Aiaía"*) und just bei Vögelgezwitscher von
ihm empfangen und im Traume als zwei Palmen vorausgesehen hatte, denen
da aber nur ein Specht und eine Wölfin ersparten, unbarmherzig gefällt zu
werden. Wirklich gebar sie zum Schrecken ihres Sanctuariums, als dessen
vestalische Priesterin sie doch zu absoluter Keuschheit verpflichtet war,
zwei dioskurische Knaben. Doch selbst ihr göttlicher Begatter bewahrte diese *traviata* nicht davor, zur Strafe im Tiber ertränkt und dort noch vom
schwellenden Flußgott zwar verschlungen, aber wogend auch geheiratet zu
werden. Eben darum

"entströmt mit lieblicher Flut der Fluß Tiberinus,
Unter reißenden Wirbeln und gelb vom zahlreichen Sande
Stürmt er hinaus in das Meer" (Vergils *"Æneïs"*, VII, 30ff.).

Aber im selben Gewässer eben dieser naßforschen Flitterwochen ihrer unkeuschen Mutter wurden nun auch deren Säuglinge, diese vermeintlichen
Halbgötter oder Doppelsprößlinge des Mars, unter den Namen Romulus und
Remus in einem Kasten ausgesetzt, der aus Zink bestand und insofern retten
sollte, also auch schon wieder eine Arche war.

Göttergetier
Aber noch ehe diese Babies etwa in den Turbulenzen des mächtig ange-

schwollenen und kopulierenden Flusses gefährdet werden konnten, nahte
die Rettung. Denn:

"Buntfarbige Vögel ringsum und
In den Höhn, an die Ufer gewöhnt und die Böschung des Flusses,
Füllen den Äther mit ihrem Gesang und schwirren im Haine" (33ff.).

Unter denen hatte ein Specht als *picus Martis* den drohenden Notfall wohl
schon weise vorausgesehen und seinen Bruder Wolf alarmiert. Prompt blieb
jene Arche mit den neugeborenen Zwillingen im erotisierten Uferbewuchs
aus ragendem Kolbenröhricht und saftigen Feigenfrüchten hängen, der Wolf
erwies sich als spreewäldisch stillende Wölfin mit vakantem Gesäuge auch
für verhungernde Priesterinnen- und Gotteskinder, der Specht nun, selbst
singend oder nicht, als Kiebitz und Wachtposten, Ausguck oder Fleetenkie-
ker, aber auch schon als Aufseher, Obrigkeit oder Wasserpolizei und flugs
noch als Trockenamme der üppig gedeihenden Gotteswelpen: wer wüßte
nicht, fragten später Ovidius Nasos *"Fasten"*, *"daß ein Specht den Ausgesetzten häufig Nahrung brachte"* oder *"et picum expositis sæpe tulisse ci-
bos"*?

Das Idyll dieser obdachlosen Zwillinge mit säugender Wölfin und überflie-
gendem Spechte war noch lange in Gips und Stein auf antiken Pasten und
Gemmen zu bestaunen, bezahlte aber im ganzen römischen Weltreiche
durchaus auch auf den Münzen des täglichen Geldverkehrs immer mit.

Gar Goethe empfand in Michelangelos *Palazzo dei Conservatori* auf dem
römischen *Campidoglio* beim Anblick der *"Kapitolinischen Wölfin"*, wie
der etruskische Bildhauer Vulca aus Veiï sie gegen Ende jenes 6. Jahrhunderts vor Christus (oder auch vor Augustus) in Erz goß, und angesichts ihrer
beiden später ergänzten Säuglinge eben aus der Renaissance eines Pico della
Mirandola noch so *"hohes Vergnügen"*, daß er ihrer auch 25 Jahre später in
seinem Aufsatze über *"Myrons Kuh"* wahrhaftig *"nicht geschweigen"* konnte:

*"Wenn an dem zitzenreichen Leibe dieser wilden Bestie sich zwei Helden-
kinder einer würdigen Nahrung erfreuen und sich das fürchterliche Scheusal des Waldes auch mütterlich nach diesen fremden Gastsäuglingen um-
sieht, der Mensch mit dem wilden Tiere auf das Zärtlichste in Kontakt
kommt, das zerreißende Monstrum sich als Mutter, als Pflegerin darstellt,*

*so kann man wohl von einem solchen Wunder auch eine wundervolle Wir-
kung für die Welt erwarten."*

Wieviel wundervoller hätte diese gepriesene *"Wirkung für die Welt"* selbst
für Goethe sein können, wenn er schon gewußt hätte, daß Romulus und Remus keineswegs, wie damals noch vermutet, die Söhne des illyrisch dardanischen Trojanerheroën Ainéas, insofern also besagte *"Heldenkinder"* waren, sondern die veritablen Söhne des Mars: eines Gottes! Umso mehr hätte
ihn das Idyll von Bestie und obdachlosen Gottessöhnen berührt, wie es vermutlich über zwei Jahrtausende hinweg schon sämtliche beteiligten Bildhauer angespornt hatte.

"Sollte die Sage nicht", fühlte Goethe sich sogar zu fragen veranlaßt, *"durch
den bildenden Künstler zuerst entsprungen sein, der einen solchen Gedanken plastisch am besten zu schätzen wußte?"*

Diese Frage nach der Priorität von Henne und Ei stellt sich wahrhaftig noch
sehr viel weitreichender, wenn Wölfin oder Specht nicht als Bestien verteu-
felt, sondern umgekehrt sogar vergöttert oder vergottet werden. Das aber
war in der Überlieferung, wie Goethe sie freilich schwerlich kennen konnte,
schon durchaus der Fall.

Über die Zusammenhänge zwischen Wolf und göttlichem Sirius hat uns
kurz vor seiner eigenen Ermordung im heimischen N'Djaména schon Prof.
M'Baïkaïkel informiert. Aber auch der *picus Martis* galt nicht nur als heilig
und Attribut des Mars, sondern gar selbst als ein Gott der Wälder und Fluren. Dieser Specht war nicht nur Vogel und König, er war auch ein Natur-
dämon; transzendiert und numinos.

Doch keineswegs nahm er, wie andere Gottheiten in Tiergestalt, an einer
Menschwerdung teil. Er war auch kein Totem, das in seiner Tiergestalt dieselben Ahnen hatte wie ein Mensch. *"Vielmehr liegt"*, hat Georg Rohde in
Paulys Antikenlexikon betont, *"eine echte theriomorphe Gottesvorstellung
vor; Gott und Tier sind 'innerlich auswechselbare' Vorstellungen"*.

Wirklich waren sie so austauschbar, daß sie noch heute oft gar nicht auseinander gehalten werden können. Bisweilen ließ Gott Mars sich sogar von einem Specht vollgültig vertreten. Aber wann und wobei: in welchen Kriegen? Und wobei nicht?

Picus ist also nicht nur Specht oder König, und Bestie ist nicht nur human, sondern animalisch ist auch göttlich.

DRITTER UND LETZTER TEIL (folgt demnächst)

En avant, adelante, avanti

Fax von Pih Sing an Moritz Pirol

Kotau! Kompliment! Chapeau, du Schiller-Schelm! So pikaresk könnte es doch noch was werden. Die Wallstreet wackelt schon bedenklich.

Wie aber kommt es nun in all die morschen Milbenköpfe, wo es dringend hin muß? Nur mit Mut und weiterem *picaño*.

Es lobt und liebt Dich Dein Pih Sing

Cannes und Kannitverstan

dpa-Pressemeldung

In Cannes wurde bei den diesjährigen Filmfestspielen eine mongolisch-na-mibisch-deutsche Coproduktion unter dem Titel *"Ausklang"* mit der *Goldenen Palme* ausgezeichnet.

Dieser nostalgische Film, der sich auf eine Tagebuchnotiz von Ernst Jünger stützt, spielt auf einer schwelenden Plastikdeponie in Schanghai, wo ein greiser jüdischer Emigrant aus Europa nach letzten verwendbaren Ersatzteilen für Kühlschränke oder Fernsehgeräte sucht und dabei einem afrikanischen Jungen begegnet, der hier täglich die Schule schwänzt, weil er deren Sprache nicht versteht.

Diese beiden *outcasts* ohne gemeinsame Sprache freunden sich an. Sie wissen nicht, daß der Alte zur Partei der Plastikstapler, der Junge zu den Plastikverbennern gehört, aber stellen fest, daß sie beide plötzlich verstehen, was ihnen die vermüllten und verkohlten Plastikteile über eigene frühere Erlebnisse in aller Welt zu berichten haben.

Solche eingeblendeten Geschichten, die den größten Teil dieses Streifens ausmachen, stellen auf anrührende Weise eine kulturhistorische Bilanz der letzten Jahrhunderte dieses Planeten dar.

Hiernach können sich im Finale des Films auch der alte Jude und der junge Neger auf wundersame Weise verständigen. Sie gestehen sich ihre Trauer, daß all die entdeckten Kostbarkeiten dieses Müllplatzes schon in wenigen Minuten nach dem Muster Mumbai nuklear bombardiert werden sollen. Der letzte Schnitt dieses Films ist der Übergang von ihrer Liebe zur finalen Explosion.

Die Jury begründete ihre Entscheidung für diesen Beitrag mit der bewegenden Poësie und erschütternden Aktualität dieses Films.

Mit dieser Nachricht beëndet dpa *ihre Pressearbeit, weil* Radio Radikal *sie in einer sogenannt* Feindlichen Übernahme *aufgekauft hat. Unserer Kundschaft wünschen wir auch hierbei alles Gute.*

Picareske Piciformen

Brief von Moritz Pirol an minimale Minderheiten der Arche LL

DRITTER UND LETZTER TEIL

Wenn aber wirklich, wie beschrieben, schon in fernen Olimszeiten also Bestie durchaus human oder *animalisch* auch *göttlich* war, dann stellt sich die leibhaftige Verzauberung jenes altitalischen Königs plötzlich in einen veritablen *woodpecker* oder Specht ganz anders dar als bisher.

Seine Circe nämlich hätte dann ihren Ehemann und Monarchen, der immerhin auch über die Insignien eines Marspriesters und martialische Kriegstrophäen verfügte, eben für seine unabdingbare Liebe zu den Künsten jenes orphisch singenden Canens ganz und gar nicht bestraft, sondern eher belohnt oder ausgezeichnet und als wahren Gottesvogel mit Purpurtoga (*trabea*) und Schild (*ancile)* gar der eigenen Magie nur umso ebenbürtiger gemacht.

Denn schließlich stammte die Circe ja nicht nur doppelt, beidelterlicherseits, von Göttern ab, sondern hatte, wie gesagt, auch zwei Söhne, deren Zukunft und soziale Klassifizierung ihr keineswegs gleichgültig waren. Ob deren Vater oder Väter nun allerdings König waren oder Vögel oder sonstwas, ist angesichts auch noch des mütterlichen Lebenswandels heute umstritten.

Bruder ist Vater
Der eine dieser Söhne hieß Latinus, hatte wohl eher den Odysseus oder gar schon dessen Sohn Telémachos zum becircten Erzeuger, trat aber dennoch das politisch-monarchische Erbe des stiefväterlichen Spechts an. Er selbst freilich hatte dann patrilinear leider keinen Thronerben und verheiratete daher seine Tochter Lavinia mit Askánios, dem Sohne jenes illyrisch dardanischen Prinzen Aineías, der aus dem brennenden Troja geflohen und nach einer wahren Odyssee durch die mediterranen Lande ringsum schließlich in jenem 6. Jahrhundert vor Christus ausgerechnet im Latium dieses Latinus an Land gegangen war.

Aber Vergilius Mano, der noch im Jahrhundert vor Christos diese ganze Odyssee rund um das *mare nostrum* in epischem Volumen festhielt, wies auch ausdrücklich darauf hin, daß dieser dardanische Troër dem Sagenkreis wiederum jener selben Aurunker in und um Calvi entstammt, daß sein Aufbruch jedoch aus Troja damals bei einem Sonnenaufgang über dem mysischen Bergrücken Ida, heutigem Kazdağ, stattfand und als heliakisch vorankündigender Aufgang des ominösen Sirius begriffen werden sollte. Schiller freilich hat das schon so begriffen und dann so übersetzt:

"Der Stern des Morgens stieg empor
Auf Idas hoher Wolkenspitze
Und leuchtete der Sonnen Wagen vor ... "

(*"Der Sonnen"* ist hierbei zwar vermutlich als Singular gemeint, aber könnte
problemlos schon ein unterbewußter Plural sein und Doppelsonnen verkün-
digen: Sirius A und Sirius B!)

Wohl so oder eben dadurch jedenfalls brachte dieser immigrante Aineías
oder Herold des Sirius, rundum *"aus Europa vertrieben und Asien"* (Vergil),
auch noch die ganze griechische Kultur als ein unbewußtes Mitbringsel in
dieses latinische Italiën mit. Aber er gestand da:

"Wenn es Orpheus vermocht, zu rufen die Seele der Gattin,
Weil er der thrakischen Harfe vertraute, dem Klang seiner Saiten;
Wenn durch den eigenen Tod sich Pollux den Bruder erlöste,
Wandernd zum Licht und wieder zum Dunkel; was nenn ich den Theseus
Oder den Hercules noch? Auch mir ist Jupiter Ahnherr!" (*"Æneïs"*, VI,
119ff.)

Denn immerhin war dieser Aineías, der das sagte, ein Sohn der Aphrodíte,
so androgyn und bärtig oder bisexuëll die auch sein mochte, und insofern
nicht nur mütterlicherseits von höchster göttlicher Abstammung, sondern
auch ein Stiefsohn ihres Ehemannes Áres, der sich so liebend gern noch als
hiesiger Mars von Spechten vertreten ließ: Zeus selbst war also doppelter
Großvater dieses Aineías, der hier in Latium zum Ænéas mutierte.

Also wurde die Göttlichkeit der latinischen Königsfamilie durch ihre eheliche Verbindung nunmehr mit Askánios, Urenkel *ergo* des Iuppiter, zumindest aufgefrischt und all den römischen Kaisern *in spe* mit auf den Weg gegeben.

Denn ebendieser Askánios, mitgebrachter Sohn des Ænéas, nannte sich als
Ehemann nunmehr der Lavinia aus der hiesigen Sippe königlicher Spechte
erst Ilus, den Troër (oder Tro-Ilus?), dann Iulus, von dem sich das historische Geschlecht der Julier herleitet, wurde insofern also Stammvater Iulius
Cæsars und baute *Alba Longa*, das jetzige Castelgandolfo der Päpste und die
Keimzelle Roms. Das konnte dann vollends jener Romulus später nur deshalb gründen, weil Specht und Wolf ihn als Zwillings-Säugling aus der rettenden Arche gerettet hatten.

Aber besagter Latinus, der als Schwiegervater dieses Julus also die Geschichte des Römischen Weltreichs mit ins Leben rufen half, war vielleicht
auch weder der Sohn noch der Stiefsohn von Kirke und Picus, sondern erst

deren Enkel. Manche Überlieferung behauptet nämlich, sein eigener Bruder
(oder gar Stiefbruder) Faunus sei in Wahrheit sein Vater und daher Vorgänger auf dem Königsthron in Lavinium gewesen, wieder andere, Vater des
Latinus sei überhaupt der umtriebig gottesstämmige Heraklés, seine Mutter
aber Frau oder Tochter von Bruder Faunus.

Dieser Faunus aber, so viel steht fest, war definitiv der Sohn von Circe und
Picus. Ob Picus ihn als König oder als Specht gezeugt hat, ist freilich unklar. Denn mancher Chronist will auch wissen, dieser Faunus sei ein Sohn
des Mars gewesen. Aber da Mars sich ja bisweilen vom klopfenden, bohrenden *picus Martis* vertreten ließ: warum dann nicht eben auch hierbei?

Dann wäre Faunus allerdings nicht nur Dreiviertelgott, sondern auch ein
Stiefbruder jener marsgezeugten Zwillingsbrüder aus der Tiberarche zwischen Rohr und Feige. Und wenn Specht und Wölfin dieses Pärchen damals
retteten und Specht dabei König Picus war, kann ja *lupa Martis*, die Wölfin
des Mars, auch Prinz oder König Faunus gewesen sein, warum nicht: *"wie
denn überhaupt"*, erinnert Walter Friedrich Otto in Paulys klassischem Lexikon, *"sein Wesen kaum einen Zug enthält, der nicht auch für Mars charakteristisch wäre"*. Also auch das Wölfische. Oder eben Hündische. Oder
Hundssternige.

Das scheint auch dieser Faunus selbst als jener Erste oder Zweite König von
Latium 43 Jahre lang nicht vergessen zu haben. Weil Mars da schon weitestgehend als Kriegsgott mißbraucht und entwertet wurde, übernahm da
dieser sein Wolfssohn dessen vakante, aber authentisch martialische Ressorts und lehrte die archaïschen Völker und Stämme dort 43 Herrschafts-
jahre lang erst einmal die überlebenswichtigen Gesetze des Ackerbaus. Da
diese unweigerlich überhaupt ein geordnetes Dasein bedingten, unterwies er
sie parallel oder eigentlich schon primär in den Regeln von Gesittung und
Kultur.

Vielleicht ja eben deshalb hielt auch mancher Referent die Erfindung der
Landwirtschaft genuïn dem sibirisch-thrakischen Orpheus zugute. Denn als
singender Wiedergänger oder latinischer Canens und Galan auch von Vater
Specht mochte er ja dessen faunischen Sohn im orphischen Ackerbau einschlägig unterrichtet haben, warum nicht! Dieser wie jener jedenfalls, sei es
als *team*, lehrte seine Untertanen auch den engen Zusammenhang von Agro-
nomie und Götterverehrung. Sie dankten ihm das, indem sich zum Beispiel

seine Aboriginer, jene aboreaden Windeskinder, fortan *Faunigenae*, Faunsgeschöpfe, nannten und die Ethnie der späteren Vitelliër ihre ganze Herkunft direkt aus jener ehelichen Verbindung des Faunus mit Vitellia, einer fremden, sogenannten Gentilgöttin, abzuleiten liebte.

Aber dann erschien dieser Faun seinem sohnlosen Sohne und thronfolgerlosen Thronfolger Latinus nach der Opferung just von zweimal fünfzig (oder 49) Schafen oder Böcken auch wahrhaftig noch als prophetisches Orakel und sagte ihrer beider Volke den Ænéas und die römische Weltherrschaft voraus. Noch Vergil zitierte das wörtlich und beziehungsreich in seiner *"Æneïs"*:

"Eidame kommen von fern, deren Blut einst unseren Namen
sternauf tragen soll, aus deren Stamme die Enkel
alles Gebiet, wo Sol im Osten und Westen das Weltmeer
schaut auf kreisender Bahn, als Herrscher zu Füßen sich werfen" (7, 98ff.).

Auf kreisender Bahn, wohlgemerkt, und sternauf: *"recurrens in astra"*.

Faun und die Frauen

Nun war die Vollvergottung dieses martialischen Faunus gar nicht mehr aufzuhalten: hatte er doch mit seinem Prophetentalent und dämonischen Naturell die Fantasie des Volkes immer schon lebhaft zu verwundern und zu Mystifikationen oder Euhemerismen zu stimulieren vermocht. So kann da mit ihm ein archaïscher Gott in der relativ spät redigierten Königsliste der Laurentier seinen Platz gefunden haben, aber *"dies ist ebensowenig beweisbar wie umgekehrt"*, weiß im *"Kleinen Pauly"* der Experte Werner Eisenhut und erinnert dabei noch mit seinem eigenen Namen schon wieder primär an Schillers tödliches Aconitum. Kuckuck!

Jene geheimnisvollen Stimmen aber, die man in Latium bisweilen aus dem Dickicht dunkler Wälder rufen, gar militärische Siege der Römer verkünden hörte und die noch von aufgeklärten Autoren der Zeitenwende beglaubigt wurden, schrieb man diesem übermenschlichen Faune zu und nannte ihn daher mitunter auch *Fatuus* oder *Factulus*: den Schicksalhaften, das Gottessprachrohr. Ciceros spätere Behauptung, *"sæpe in præliis fauni auditi"* (*"De divinatione"* 1, 101), kann solche Faunsstimmen sei es in Schlachten, sei es

beim Zweikampf, aber durchaus auch beim Gerangel eines Beischlafs betreffen.

Schon Vergil hielt den Faun daher selbst für einen Gott: des Waldes, aus
dem er so rief. Viele andere nannten ihn folglich auch Silvanus, den Waldigen oder Wäldler. Aber die dortigen Agronomen sahen in ihm einen göttlichen Erfinder von Pflanzungen, Gärten, Äckern und Herden, überhaupt einen Gott aller freien Natur: der Berge, Fluren und Bäume oder sämtlicher
Pflanzen und Tiere, in Begleitung eines Hundes gar der Bauern und Hirten,
allgemein von Wachstum allüberall, eben Fruchtbarkeit.

Also opferte man ihm gern Böcke.

Man beschwor ihn auch selbst als lüsternen Bock und ließ sich nächtens
gern von ihm bedrängen: als einem Mahr, einem Alp, einem Incubus mit
aphrodisisch wundersamen Kräften.

Daher wurde die sexuëll stigmatisierte Feige zu seinem Attribut und gab
ihm auch den anzüglichen Namen *faunus ficarius*. Aber noch lieber fügte
man seinem *faunus* gleich den Namen *inuus* hinzu: *der Bespringer* und bezog das angeblich nur auf die Herden.

Also wurde er auch leichthin mit dem ägyptischen Mendes, dem griechischen Pan oder gar jenem priapistischen Exhibitionisten Príapos gleichgesetzt, den noch Ovid in seinen *"Fasten"* auf Lateinisch als *"den Roten"* bedichtete,

"der mit seinem Glied die scheuen Vögel erschreckt":
" ... quique ruber pavidas inguine terret aves" (1, 400).

Folglich ist dieser Faunus nicht nur Fatuus und Factulus, sondern ist auch
Pan ist Silvanus ist Inuus ist Príapos ist Mendes, und man traute ihm jegliche Begattung gleich im Übermaße zu. Schon Heródot in seinem 5. Jahrhundert vor Christos wurde bei einem Besuch im 16. unterägyptischen Gau,
damals Mendes und heute Tell el-Rubᶜ, zumindest Ohrenzeuge von der
spektakulären Unterwerfung einer Frau durch einen solchen bocksgestalten
Mendes oder Faun.

Demnach hielt man dem Faunus auch viele Ehefrauen zugute: die Palanto,
die Symæthis, die Vitellia, die Marica, die Dryope, wen auch immer, meist

aber jene Fauna oder wölfische Luperca, die seine Schwester, seine Tochter und mit einem Füllhorn in der Hand auch die Mutter seiner vielen animalisch geschwänzten Fauni, aber in ihrem Ziegenfell und als prophetische *Bona dea* oder Fatua auch die Göttin der gesamten Tierwelt war: der Fauna.

Trotzdem war sie prüde, verprellte ihren gierigen Ehevater gern ebenso wie auch andere lüsterne Bewerber und liebte den Alkohol deutlich mehr als jeden Mann. Als sie aber dazu überging, bei ihren alldezemberlichen Nachtfesten auf dionysische Mysterien- und Mainadenweise allen maskulinen Geschöpfen rigoros den Zutritt zu verwehren, mochte der Faunus dem Schicksal zum Beispiel des Orpheus entgehen wollen und schlug sie rechtzeitig tot.

Hierfür wurde er mit Bockshorn und Bocksfell bestraft, ließ sich aber von Frauen nicht mehr opfern und suchte sein Pläsier hinfort lieber anderwärts.

Als zum Beispiel der Heraklés, den ja manche auch für einen Enkel dieses Faunus halten, mit seiner auferlegten Omphále in einer Waldeshöhle ihres Tmõlos genüßlich die Kleider, also die Rollen tauschte, pirschte sich Faunus begierig an dieses pervertierte Lager heran und versuchte, daran teilzunehmen. Aber bei dieser Triole geriet er, vom vermeintlichen Kleidertausch genarrt, primär an den Heraklés, der ihn aber auslachte – oder anlachte: *in memoriam* seines unvergeßlichen Hýlas vielleicht? Zumal auf diesem Straflager, he? Seither jedoch, behauptet Ovid in seinen *"Fasten"*, bevorzuge der Faun die Sicherheit einer allgemein offenbarenden Nacktheit.

Seine nächste Liebe galt dann dem Kypárissos, schönem und musischem, sicher auch nacktem Knaben, bevor der vom Apóllon geliebt und getötet, hiernach zur doppelzapfigen Zypresse verewigt wurde.

Kurz, dieser Faunus war wirklich ein großer Erot.

Manche glauben, das sogar seinem Namen abzulesen, der eine Ableitung von *qui favet* bedeute: *der sich hingibt*. Aber andre verstehen das religiös und als Ausweis seiner Hingabe an Gott.

Vergöttert und vergottet
Dieser Faun, befanden sie alle mehr und mehr, sei König nicht nur in Latium, sondern sogar im legendären Ägypten, sei auch Gott oder Tier, aber ist auch Mann und ist Wolf ist auch Mensch oder Bock oder Gott und ist

alles. Wie auch im hyperboreïsch fernen Sibirien der Jakuten ein *ogus* schon Schamane war oder Sänger oder Prachttaucher oder Trommel oder Pferd oder Stier oder Falke oder Gott.

So verwechselten die Latiner den Faun sogar mit ihrem seirisch erigiblen Merkur, dem griechischen Hermés, der ja fünfzig (oder 49?) Rinder des Apóllon gestohlen hatte und daher zum Herden- und Weidegott berufen wurde. Also weihten sie in Laurentum, wußte mit seiner *"Æneïs"* noch Vergil,

"ihrem Gott der Weiden und Herden den Hain und den Festtag" (8, 601).

Von solchen Hainen oder lombardisch italischen *boschetti* erbitte, schildert er plastisch, schon seit ewigen Zeiten das ganze Volk

" ... sich Antwort in Zweifels Not; wenn hierhin der Priester
Gaben bringt und Lager nimmt in schweigender Nacht auf
Fellen geschlachteter Schafe und Schlaf hier sucht, dann schaut er
Bilder in Fülle; sie schweben in wunderbarer Weise,
Stimmen hört er in buntem Gewirr und genießt mit den Göttern
Wechselrede und spricht zum Acheron drunten im Abgrund" (7, 86ff.).

Noch Ovidius Naso bestätigt dann in seinen *"Fasten"*, Gott Faunus gebe in diesem Haine, der *"von keiner Axt berührt"* werde,

"den Schlafenden in stillen Nächten Antwort" (4, 650ff.).

Das waren dann also schon eindeutig Gottesverehrung und Traumorakel oder was man landläufig fälschlich als jenen Euhemerismus bezeichnet, wie er auch Heraklés im Idyll des Olympus zuteil wurde.

Auch dem Romulus wurde er zuteil, indem er nach Gründung Roms und belohnender Himmelfahrt flugs während einer Sonnenfinsternis nunmehr im Olympus meistens Quirinus hieß und neben Vater Mars dort ein Gott des Krieges war. Als solcher aber soll dann just er es gewesen sein, der auch seinen wölfischen Lebensretter Faunus aus Dankbarkeit offiziëll zum Gott erhob. Noch der Heilige Augustinus hat uns das zur Zeit jenes constantinischen Neffen Picus so bestätigt und mancher andere frühmittelalterliche Theologe diesen faunischen Gott vollends mit dem Heraklés im Olymp und dem Kastor verglichen, wie er den andern Dioskuren, seinen unsterblichen Zwillingsbruder Pollux, im Elysium besuchte.

Sie alle wurden als menschlich geborene Gottheiten noch von Vergil als *di facti*, *"gemachte Götter"*, vom Grammatiker Servius noch um den *annus Domini* 400 zu *di immortales ex hominibus fati* erklärt: zu *unsterblichen Göttern, die aus Menschen gemacht waren.* Aber Zeitgenosse Aurelius Augustinus, Kirchenvater aus Nordafrika, hielt solche pseudo-euhemeristisch vergotteten Heroën für poëtische Fiktionen: *poetica figmenta.* Schon damals also gingen die Dimensionen des Historischen, des artistisch Fingierten und des göttlich Transzendenten ineinander über und verschwammen so völlig untrennbar in irgend Virtuëllem – beladene, aufgeladene Vorboten unserer Unschärferelationen bereits.

Faunisches Festival

Wirklich wurden ihnen allen schon im frühen Rom Sanctuarien errichtet, dem Faunus *anno* 194 vor Christus ein Tempel auf der Insel, heutigen *Isola Tiberiana*, mitten in jenem turbulent kopulierenden Tiber, aus dem die martialischen Zwillingssöhne zwischen Kolben und Feige von Specht und Wölfin aus ihrer Arche gerettet wurden. Sein Stiftungstag war der 13. Februar.

Aber mitten zwischen diesem Datum eines Faunsfestes und dem beziehungsreichen Marsfest am 27. Februar, gar den Quirinalien des Romulus am 17. Februar wurden seit *Olims Zeiten* am 15. Februar die Lupercalien gefeiert: der älteste römische Staatskult. Die Zeremoniën für Faun, Romulus-Quirinus und Mars, kann man sagen, wurden quasi als religiöse Einheit verstanden und zelebriert.

(Ich selbst zähle noch Schillers schillernde Hochzeit am 22., Picos Geburt in Mirandola am 24. Februar und den Geburtstag dreier bester Freunde, vor allen denen aber meines euhemeristisch verstorbenen siamesischen Lieblingsmenschen Sawaang hinzu, eines absolut faunischen Propheten, der im selben geheiligten Zeitraum um den 20. Februar an einem Donnerstag bei Neumond im halbwegs laotischen Dorfe Samnohng am südlichen Ufer des Maekong in einer veritabel bethlehemitischen Bretterbude zur Welt kam, dort den Namen eines *Leuchtenden* oder *hell Erleuchteten* erhielt und vergleichbare 31 Jahre lang jeden, der konnte oder wollte, ein andächtig glückliches Staunen lehrte: ehe er selbst einem unguten Hausbau philiströs, bigott und böse zum Bauopfer fiel. Düdlio!)

Diese zentralen Lupercalien also, die mit all ihren Riten im Februar ganz dem römischen Gotte Faunus geweiht waren, wurden just an dem Platze begangen, an dem jene gleichfalls vergöttlichte Wölfin *Luperca* die Zwillinge des Mars gesäugt und sich nach vollzogener Rettung mysteriös verflüchtigt oder vor den Augen der anwesenden Hirten himmelwärts dematerialisiert hatte.

Diese Kultstätte hieß dann später zwar *spelunca Martis* oder *Grotte des Mars*, aber alle sonst hier verwendeten Eigennamen leiten sich vom lateinischen *lupus* ab, sind also durch und durch wölfisch und feierten hier primär den *Lupercus*, einen ursprünglich autarken Wolfsgott, der unlöslich mit dem Grenz- und Grundstücksgotte Mars verschmolz und auch *Lupercus qui favet*, der sich hingibt, oder *Lupercus faunus* hieß. *Luperci* wurden daher seine Priester, jene nackicht *"a saltu"* tanzenden Saliër genannt, die insofern also auch schon symbolische Theater-Wölfe waren.

Aber Zeitpunkt und Schirmherr dieser Lupercalien legten auch noch eine außerwölfische Auslegung nahe. Denn für römische Ohren und lateinische Zungen war der Name *Faunus qui favet* nur allzu verwandt mit dem Eigennamen *Favonius*. So hieß hier der griechische Zéphyros, feuchter, zeugungsfähiger Westwind und Frühlingsbote, aber auch Bruder des Boréas, also Onkel jenes orphisch so purpurflügelig geliebten Kálaïs und an der Ermordung des Hyákinthos ebenso beteiligt wie an der Verbrennung des toten Pátroklos auf seinem Scheiterhaufen, der vor Troja so nicht schlechter gebrannt haben dürfte als der in Saithai gute dreitausend Jahre später für meinen leuchtenden Freund Sawaang: auch unsere Fidibusse mag da jeweils ein hilfreicher Westwind entfacht und ihnen bei der dienlichen Trennung von Geist und Schlackenrest geholfen haben.

In Rom nun war eben dieser Favonius ein befruchtender Wind, der mit derselben Vorliebe wie auch Bruder Boréas allenthalben Stuten begattete.

Aber auch hier verhieß oder brachte er den Frühling, in dessen Wehen man freilich allüberall die Seelen der Toten wiederkehren fühlte. Selbst bei den viel barbarischeren Germanen war ja Gott Loki der Beherrscher des Windes ebenso wie auch Lotse ihrer Toten in die Siriusbereiche; noch bei den afrikanischen Dogon hingen Wind, Luft, Atem und Leben magisch zusammen, und bei den sibirischen Jakuten galt die Trommel des Schamanen erst als belebt, wenn sie zu atmen und auf dem Atem zu erzählen vermochte.

Auch das griechische Allerseelenfest wurde in diesem selben Frühlingsmonat begangen, an dessen 13. Tage man es in Rom also just mit dem Stiftungsfest des Faunus-Tempels auf der Tiber-Insel beginnen ließ. Denn *"Favonius und Totenseelen gehören zusammen"*, weiß in Paulys *"Lexikon der Antike"* auch der Experte Walter Friedrich Otto, verweist auf die Beziehungen zwischen Faunus und Orcus, aber auch darauf, daß jene wölfischen Lupercalien mit dem römischen Frühlingsanfang ebenso zusammenfallen wie mit rituëllen Totenfeiern. Frühling ist also Tod, aber Tod auch Frühling oder Lebensanfang.

Alles das hängt miteinander zusammen.

Wirklich liegen dann der tiefere Sinn und Anlaß dieser faunischen Lupercalien in einer ängstlichen Hingabe an die Totenseelen im Winde, einer sühnenden Austreibung alles Bösen, also Reinigung der Seele von allem ungut Begangenen, aber auch der Abwehr alles künftig Schädlichen, alles Unterirdischen, namentlich von Krankheiten und Seuchen wie Pest und OIRU. Tatsächlich wurde der Faunus bisweilen sogar von schuldbewußten Geschäftsleuten angebetet, sicherlich auch bestochen.

Ansonsten aber war die einbeschlossene Beschwörung von Heil und Segen bei diesen Lupercalien vorrangig auf baldige Fruchtbarkeit bezogen, die ohne vorausgegangene *februatio* oder Reinigung nicht möglich war. Daher betraf sie besonders die Frauen, die von den wölfischen Priestern hier spezifisch gereinigt wurden: *februabantur a lupercis*. Der Faunus wurde an diesem *dies februatus* als *Deus februus* sogar zum Reinigungsgott und gab als solcher gar noch unserem hiesigen zweiten Kalendermonat seinen heutigen lupercalisch lupenreinen Namen. Februargeborene kommen also eigens auf die Welt, um hier bevorzugt gereinigt zu werden. (Oder um selbst zu reinigen?)

Alles das oder mehr noch vermochte dann viele Jahrhunderte später jenen ersten und größten Kaiser Constantin, in den Reliëfs seines römischen Sieges- und Triumphbogens zwischen Forum und Colosseum auch des Faunus, des Silvanus, manches Flußgottes dankbar und ehrfürchtig zu gedenken. Selbst Martin Klauer, Vater jenes unseligen Ludwig, der Schillers *"Überbleibsel"* vermutlich köpfte, modellierte noch im klassischen Weimar nahezu anderthalb Jahrtausende später nicht zuletzt auch Faune.

Etwa zeitgleich damit und mit Schillers leiblichem Sterbeversuch in Jena
machten von Wien aus Mozart und sein Schikaneder eine Panflöte oder Syrinx weltbekannt, indem sie dieses betörende Instrument von Papageno, ihrem singenden Vogel- und Menschenfänger oder jenem pikaresken Vogel-
menschen, den seine Liebste freilich unerschütterlich stets nur ihren Engel
nennt, recht verführerisch auch auf der Bühne des Hoftheaters Weimar spielen ließen: im Libretto ihrer *"Zauberflöte"* als ein silvanisches *"Faunen-
Flötchen"*. Schon war Faun wieder Pan und beide ein Vogel im himmlischen Webicht. Kuckuck!

Nackte Flagellanten

Aber jenes faunische Wolfsfest in Rom pflegte mit dem Sühneopfer eines
Tiers eröffnet zu werden, das sich zur reinigenden Abwehr unterirdischer
Dämonen ergiebiger eignete und mit Hecáte, der fünfzigköpfigen Göttin
von Zauber und Tod, so eng verwandt war wie Cerberus, jener fünfzigköpfi-
ge Siriuszwilling mit dem giftigen Eisenhut in seinem Geifer.

Das konnte einschlägig nur ein Wolf sein. Da es in Rom aber keine Wölfe
gab, bediente man sich stellvertretend eines Hundes. Hunde galten in Rom
für so fruchtbar, aber auch chthonisch, daß selbst die *luperci*, jene priesterli-
chen Repräsentanten, Diener und Tänzer des Wolfsgottes, sie weder berühren noch beim Namen nennen durften. Aber sie als Opfertiere schlachten:
das durften sie.

Das blutige Opfermesser freilich wischten sie dann an den Stirnen zweier
eigens erkorener Jünglinge ab, die alles Ungute hieran nur dadurch abweh-
ren konnten, daß sie darüber lachten: das Verlachen als obligate Waffe also
gegen böse Geister oder gar als beschwörendes Ritual einer reinigenden
Wiedergeburt. Komödie als das *"höchste poetische Werk"* ja auch Schillers.

Erst nach einem Gebet zum göttlichen Faunus begannen dann jene lupercalisch wilden Umzüge, die ursprünglich eine Suche nach verlorenen Herden
symbolisierten, aus Umrundungen des Palatinischen Hügels, jener ältesten
römischen Ansiedlung, bestanden und an den Gründungswölfling Romulus
erinnern mochten. Ob es 49 oder 50 solche Umläufe waren, ist ebensowenig
überliefert wie ihre schwerlich vermeidbare Ellipsenform, wohl aber daß die
tanzenden, hüpfenden Priester und Anhänger des angebeteten faunischen
Wolfsgottes ihren alten Berg alle nackt umrundeten.

Denn auch der Gott, *"der durch ein Kleid genarrt war"*, wurde als nackte
Statue verehrt, *"liebt die Kleider, die die Augen irreführen, nicht und ruft,
zu der heiligen Handlung, die ihm gilt, nackt zu kommen"* (2, 357ff.).
"Selbst nackt", bedichtete derselbe Ovid das noch in seinen selben *"Fasten"*,
"befiehlt der Gott seinen Dienern, nackt zu laufen":

"ipse deus nudus nudos iubet ire ministros" (2, 287).

Doch solche Nacktheit war auch sonst rituëll und wurde bei sämtlichen Rei-
nigungszeremoniën, beim Umgang mit Geistern und Toten, aber auch schon
allenthalben beim Zaubern praktiziert. Sie mag dann auch den Flagellantis-
mus dieser lupercalischen Umzüge gefördert oder gar provoziert haben.

Mitgeführte Riemen nämlich aus Ziegenleder sollten vorgeblich aus den
Gezüchtigten alles Böse heraus- und lauter Gutes hineinprügeln. So geschlagen wurde anfangs jedweder, der dieser Prozession entgegentrat. *"Halbgott
Faunus"*, rufen noch die *"Fasten"* Ovids: *"dich verehren die gegürteten Luperci, wenn die geschnittenen Riemen die belebten Straßen entsühnen"* (5,
101f.).

Nach und nach aber sollen sich namentlich Frauen den prügelnden Nacke-
deis flehentlich in den Weg gestellt und sich Schläge auf Hände und Rücken
ausbedungen haben. Die sollten da nicht nur reinigen, sondern auch Unfruchtbarkeit beheben, Fruchtbarkeit fördern und leichte Entbindungen begünstigen. Tatsächlich sollen sich diese Schläge auf Hände und Rücken
oder irrtümlich sonstige Körperteile der Frauen sonderlich bewährt haben,
daher auch sonderlich inbrünstig ausgeführt worden sein. (Der pubertieren-
de Schiller hat solche wollüstige Prügel in Ermangelung von Frauen daher
seinen mitpubertierenden Dormitoriumskumpanen angedeihen lassen, aber
nicht nur im Februar und schwerlich pudelnackt.)

Freilich wußte in Rom damals jedermann, daß schon Romulus, nackt wie
auch sein wölfischer Zwillingsbruder Remus und *"das junge Hirtenvolk"* (2,
365f.), die endemisch grassierende Unfruchtbarkeit der römischen Frauen in
einem legendären Stoßgebet so bedauert hatte, wie es Franz Bömer uns pro-
saïsch aus den *"Fasten"* des Ovid übertragen hat:

*"Es wäre nützlicher gewesen, überhaupt die Frauen nicht zu haben: utilius
fuerat non habuisse nurus"* (2, 434).

So wurde die Züchtigung von Frauen auch mythisch anderweitig motiviert und tatsächlich bevorzugt. Alle, Schläger wie Geschlagene, waren es sehr zufrieden, genossen diese Prügelszenen leibhaftig und begleiteten sie wollüstig oder sado-masochistisch und schelmisch mit Scherz und Spott in ihren Reden.

Das alles trug dazu bei, daß diese Lupercalien mehr und mehr zur Volksbelustigung, zum Volksfest wurden. Aber nur umso polulärer und beliebter war da Faunus, ihr Wolfsbock, ihr König, ihr Gott.

Potentes Paar
Dieser Faunus selbst jedoch,

berichtet der afrikanische Christ und Schriftsteller Lucius Cælius Lactantius noch zur Zeit Constantins, des großen Onkels, in dessen Sterbestadt Nikomedeia,

Faunus selbst habe seinerseits seinem Vater Picus mit einem religiösen Kult gehuldigt, wie dieser auch schon seinem eigenen Vater.

Tatsächlich muß die Verbindung dieses faunischen Sohnes mit seinem väterlichen Specht ungewöhnlich eng gewesen sein. Oft treten sie literarisch als Gebrüder, als Paar oder Duo, fast zwillingshaft in Erscheinung, sei es als Specht und Wolf über jener Zwillingsarche am Tiber oder als dioskurische Symbionten der Wälder, wo sie gemeinsam ein durchaus neckisch wildes Unwesen trieben.

Picus, von dem man da nie recht unterscheiden kann, ob er schon Specht ist oder noch Mann, verband sich deutlich gern mit einem, der manchmal Wolf war, aber manchmal auch nackter Faun. Dabei werden bisweilen sogar die genetischen Rollen ausgetauscht, und Picus wird zum Sohn seines Sohnes Faunus, dieser zum Vater seines Vaters. Vater ist also Sohn ist also Vater – wie auch später in jener dogmatischen *"Wesensgleichheit"* von Nicæa.

Schon lange vorher jedoch hatte Picus als Sohn auch seinem Vater Faunus mit einem religiösen Kulte gehuldigt: jeder der beiden also jedem.

Im Falle von Päoniën jedenfalls, die die alten Italiër auch ihre *Rosen des Fatuus, fatuinæ rosæ* oder Faunsrosen nannten, war der Specht ein so fürsorglich zuhackender Augenausstecher keineswegs, um eine Verbarrikadierung seines Nestes mit diesem Springkraut zu verhindern, sondern als Komplize oder Parteigänger seines Fauns, wenn Menschen sich gegen dessen Schabernack und Schelmenstreiche mit dieser Pfingstrose etwa zu verwahren trachteten.

Das war also, weiß ich als Namensvetter des eingeweihten Pfingstvogels, wie ein Pakt, wie ein Bündnis, ein Kartell, unabdingbarer Zusammenhalt, *fraternité, causa pici causa lupi est e basta* und *sela. Düliloliu-düdlio* ...

In so verschworener Schutz- und Trutzgemeinschaft oder natürlicher *unio mystica* des Waldes wurde dieses vogelwölfische und proteïsch begabte Gespann bisweilen sogar, wie uns Plutarch erzählt, mit Kabiren oder Daktylen, jenen Fingermännchen, Däumlingen oder Schmiedekobolden gleichgesetzt, die wir aus dem Leben des Heraklés, aber auch aus Goethes *Klassischer Walpurgisnacht* kennen.

Picus und Faunus waren für die Römer mitunter auch diese phallisch-gnomischen Dämonen in den Berghöhlen der mutterväterlichen Kybéle oder Diana und hüteten dort Schätze, bereiteten Metalle, entdeckten da Schürfung und Bearbeitung des Eisens, verwalteten den ganzen Bergbau als *"erdleutlin"* oder thüringische Gütgen oder sorgten gar als historische Potentaten für jedwede Rohstoffgewinnung und Rüstungsindustrie bis hin zur Produktion von Eisenhelmen und Interkontinentalraketen oder *cruise missiles*.

Goethe hat solche überraschenden Zusammenhänge mit Tutor Mars just auf dem römisch stigmatisierten Schlachtfeld von Phársalos aufleuchten lassen und seine Daktylen dort nicht nur als Handlanger fataler Geldgier und Marktwirtschaft gebrandmarkt, sondern auch als effiziënte Spießgesellen jener Pygmäën, die zu Mördern an Reihern oder Schiller und zur Strafe hierfür von den Kranichen des Íbykos selbst massakriert werden.

Wie um solchen heillosen Verstrickungen ins Allzumenschliche zu entrinnen, die diesen beiden martialischen Königen, eben Pic und Faun, während ihrer laurentinischen Regentschaft von 37 + 43 = mindestens 123 rätselhaft behaupteten Jahren kaum erspart geblieben sein dürften, wurden sie in dieser Inkarnation als merkantil bewußte Daktylen oder Kabiren schon von griechischen Mysteriën und der artverwandten Orphik ausgleichshalber auch mit Kastor und Pollux, jenen gotteskindlichen Dioskuren, verschmol-

zen, in Theben sogar mit dem alterslos anmutigen Knaben Éros in welcher
seiner vielen Gestalten auch immer, aber stets mit dessen obligatem Hahn.

Das mag verstehen helfen, wie Kélmis, dieser Schmiedekobold und ominöse "Heizer" aus dem Trio jener idäischen Fingermännchen im Gefolge der
mannstollen Kybéle, erst zum Gespielen, dann zum Geliebten wahrhaftig
des knäbischen Iuppiter werden konnte: er soll mit seinem kleinen Gockel
oder Piep-Hahn ein ganz unwiderstehlicher Éros und Faun gewesen sein.

Nur beging er den unverzeihlichen und irreparablen Fehler, als ein Dämon
der Sinne nicht an die Unsterblichkeit seines himmlischen Liebhabers zu
glauben. Tatsächlich: dieser goldbeflügelte Bogenschütze körperlicher Begehrlichkeit hielt seinen alterslos leuchtenden Göttervater schon in dessen
strahlendstem Jugendglanze auf wahrhaft euhemeristische Weise für sterblich.

Vielleicht war das überhaupt, was Religionen später die Erbsünde nannten:
die ewig unvergängliche Dominanz des Geistes über die schnöde Materië zu
leugnen. Iuppiter jedenfalls strafte diesen metallisch aufgeheizten Amor, indem er ihn gnadenlos in die denkbar härteste und allerstofflichste, also uner-
lösbarste Materië des ganzen Kosmos verwandelte: in Stahl. Oder *chálys* also.

Dabei mag sogar noch eine Spur von göttlich pikantem Schelmenhumor im
nicht ganz gnadenlosen Spiele gewesen sein. Denn jene chalybischen Stahl-
produzenten am *Schwarzen Meere* galten ja als ewig nackte und umso exhi-
bitionistischere Erotomanen. Und noch zu Zeiten der Weimarer Klassik war
im Libretto der *"Zauberflöte"* vollends nachzulesen, wie zumindest in Wien
seinerzeit Papagenos musikables, jenes Vögel lockende Glockenspiel hieß:
"ein stahlnes Gelächter".

Denn Stahl, in der griechischen Antike noch durch das Ablöschen von er-
hitztem Eisen durch den Urin eines nur mit Farnkraut gefütterten Bockes
oder auch eines schillerisch rothaarigen Knaben hergestellt, war so, nicht
eben unkomisch, gleichermaßen ein ehernes Material des Krieges wie auch
Kriegsgott Mars auf jokose Weise Vater ausgerechnet des Éros. Umso sinnlicher also betört, singen Monostatos, "Mohr" aus "Libyen" oder "Mandé",
und dessen Sklaven zu Papagenos stahlnem Gelächter:

"Das klinget so herrlich, das klinget so schön!
Larala, larala!
Nie hab ich so etwas gehört und gesehn!
Larala, larala!" (oder *"gla-gle-gli, gli-glo-glu"*?)

Noch von einer Repertoire-Vorstellung berichtete Mozart seiner Frau: *"Das Glöckchenspiel im ersten Akt wurde wie gewöhnlich wiederholt"* (7. Oktober 1791). Nur einen Tag später, schon acht Wochen vor seinem Tode, ging er selbst auf die Seitenbühne *"bei der Arie des Papageno mit dem Glockenspiel, weil ich heute so einen Trieb fühlte, es selbst zu spielen"*, und in eine Pause seines Papageno Schikaneder hinein *"machte ich eine Arpeggio – der erschrak – schauete in die Scene und sah mich – als es das zweite Mal kam, machte ich es nicht – num hielt er und wollte gar nicht mehr weiter – ich erriet seinen Gedanken und machte wieder einen Akkord – dann schlug er auf das Glöckchenspiel und sagte halts Maul – alles lachte ..."* (8. Oktober 1791).

Vogelmensch Papageno aber kommentierte da und immer – *crossing over* und *unisono* mit seiner tollkühn promisken Duëtt-, aber Unpartnerin Pamina – dieses sein stahlnes Gelächter mit eisern "lachendem" Weitersingen:

"Könnte jeder brave Mann
Solche Glöckchen finden,
Seine Feinde würden dann
Ohne Mühe schwinden,
Und er lebte ohne sie
In der besten Harmonie".

Stahl also auch im Dienste einer musisch-komödiantischen Friedensutopie?

Aber mehr noch: als derselbe Papageno, dieses gutschillerisch gefiederte *"Mittelding zwischen Vieh und Engel"* oder geilem Stier und Cherub, auf das Finale zu vom esoterisch vereinnahmten *Lyrischen Paar* das versöhnliche, populäre und zukunftsträchtig reale *happy ending* der ganzen Oper übernehmen soll, gerät er in eine arge Bedrängnis, die ebenso dramaturgisch, wie aber auch massiv sexuëll ist: ihm fehlt die Partnerin! Erst jene uneindeutigen *Drei Knaben* müssen ihm mit ihren verblüffenden Frauenstimmen empfehlen:

"So lasse deine Glöckchen klingen,
Dies wird dein Weibchen zu dir bringen".

Was Librettist Schikaneder, diese Rampensau eines Wiener Vorstadttheaters
im Rokoko, hier anbietet, macht aus Mozart sofort wieder jenen zotigen Autor der Bäsle-Briefe. Denn ausdrücklich heißt es jetzt von Papageno: er
"nimmt sein Instrument heraus" und verwendet es eindeutig aphrodisiakisch:

"Erklinge, Glockenspiel, erklinge,
Ich muß mein liebes Mädchen sehn!"

Schon läßt *attacca* sich *"das Weib"* von den kuppelnden Eros-"Knaben" in
die aufgeheizte Szene schleusen, und Papageno insistiert obszön:

"Klinget, Glöckchen, klinget,
Schafft mein Mädchen her! –
Klinget, Glöckchen, klinget!
Bringt mein Weibchen her!"

Das rhythmisiert sich schon deutlich sexuëll und geht in ein gemeinsames
Techtemechtel über: *"beide haben unter dem Ritornell komisches Spiel"*:
Flugs steigert sich das zu ihrem weltbekannten Vögel- oder Kopulations-
und Vermehrungsduëtt:

"Pa-Pa-Pa-Pa-Pa-Pa-Papagena! / Pa-Pa-Pa-Pa-Pa-Pa-Papageno!"

Oder meint das tief innen noch immer *Pa-Pa-Pa-Pan-Pan-Pan-Panpage-
no*? Denn brünstiger kann nichts mehr sein.

So offenbart sich noch hier, daß selbst in *stahlnem Gelächter* der verwunschene Eros weiterwirkt.

Für wahre Orphiker freilich, wie sie hier immer beredter und informativer
werden, konnte Éros ja ohnehin nie und nimmer ein Kind des Krieges sein.
Denn sie verstanden Eros als jene weltbewegende Urkraft, die das Chaos
allen Anfangs zum geordneten Kosmos umzugestalten vermochte – im Anfang war die Liebe: als wundersames Amalgam aus personifizierter Him-
melsbläue, Unterwelt und alterslos schlängelnder Zeitlichkeit einem magischen Weltei entstiegen.

Darum hieß sie für Orphiker damals noch nicht Éros, sondern erst einmal schlechthin *der Ur-Erzeuger: Protógonos*. Der hatte noch vier Augen, beide Geschlechter, also sämtliche Samen in sich selbst, einen Drachen auf seinem Halse, viele Tierköpfe seitwärts und die brünstige Stimme eines jungen Stiers vom Lande. An den Schultern trug er goldene Flügel, mit denen er überall hinflog. So also allenthalben gegenwärtig, nahm dieser Protokreative vielerlei wechselnde Gestalt aus all seinen Samen an, war ein totales Mischwesen und insofern ubiquitär und recht eigentlich unbenennbar.

"Man darf dich nicht nennen", folgerte hieraus noch im 5. oder 6. Jahrhundert nach Christos die *Sechste Orphische Hymne* und begründete das widersprüchlichst so:

"Verborgen bist du;
du braust aber schwirrend dahin,
allstrahlender Sproß [...],
wirbelnd im Flügelschlage überall hin durch die Welt,
das strahlende, reine Licht bringend,
weshalb ich den Lichten dich nenne" – :

den *"hellhäutigen Ántaugés"* zunächst: Reflex – oder eben griechisch einfach *Phánes: Φάνης*. Das ist ebenso *Der Leuchtende*, wie auch Zeus es im ursprünglich Indogermanischen, wie es Kastor, der Dioskur, im messenischen Arkadien war, wie jeder Illuminat es irgend in jenem *"neuen Himmel"* des Ingolstädter Adam Weishaupt gern gewesen wäre und wie es สว่าง aus der bethlehemitischen Bretterbude an der Grenze zwischen Laos und Thailand tatsächlich als kurze Epiphanie zu sein schien: eine aufleuchtend einleuchtende, erhellende Erscheinung, ein lichter Schein, ein himmlischer Strahlenglanz, eine doppelt göttliche Sonne und unsre einzige Verheißung.

Ehrerbietig mieden die Orphiker jede Anrede dieses Urerzeugers bei seinem wahren Namen. Wir kennen so unerbittliche Huldigung auch aus anderen Religionen. Nur daß diese Orphiker nach stellvertretenden Platzhaltern oder Joker-Namen griffen: zum Beispiel onomatopoëtisch zu *Pan*, diesem genuïnen Lallwort für *Pa*, später *Papa* oder eher noch für jenes *pan*, das ebenso *Jedes* und *Alles* bedeutet wie *Elohim* anderwärts *Dieses und Jenes*.

Aber gläubige Erotiker nannten diesen ihren *Pa* auch *Príap, den phallischen Herrscher*, manche gar *Diónysos* oder auch *Diónysos Erikepais* oder endlich und schließlich, umfassend, ihren orphischen *Éros.* Das klang wohl am griffigsten oder handlichsten, auch am fruchtbarsten und hoffnungsvollsten, auch am griechischsten und kaschierte so seine vollkommen ungriechisch fremde Herkunft, Artung und Religion.

Dieser exotische, hyperboreïsche, dieser thrakisch-oriëntalische Éros, dessen Mysterien ein Exeget wie Will-Erich Peuckert noch 1988 als *"halb barbarisch, halb zerquält"* bezeichnete, hatte in all seiner samenträchtigen Doppelgeschlechtlichkeit zunächst autark eine mutterlose Tochter geboren: die *Ambrosische* oder *Heilige Nacht.* Mit ihr gemeinsam zeugte er in numinosem Ur-Inzest, der an so manche andere Schöpfungsgeschichte, auch die der Dogon erinnert, jene Urgöttin Gaía, die aus eigenem Füllhorn und gattenlos den Uranós zeugte und gebar, ihn dann heiratete und zum Vater letztendlich des Krónos mit der garstigen Sichel machte. Der jedoch entmannte so nicht nur seinen Vater, sondern zeugte mit seiner Schwester zunächst fünf Kinder, die er auffraß, dann noch den Zeus, mit dem erst der Kosmos der griechischen Mythen recht eigentlich seinen Anfang nahm.

Er basiert auf dieser erotisch archaïschen Vorgeschichte von Phánes und Sippe als auf einem Sockel allseitig allersinnlichster Chaotik.

Aber so ist Göttervater Zeus bereits der Urenkel seines Urgroßvaters Éros. Nur die Orphiker wußten das und gaben es esoterisch weiter. *"Die Welt des Zeus"*, bilanzierte Experte Peuckert, *"ist eine Wiederholung der Welt des Phánes".*

Damit war jener pantheïstische, jener liberale Synkretismus vieler vorgriechisch, außergriechisch heterogener Elemente vorgegeben und mit dem persisch thrakischen Unsterblichkeitsglauben an eine Seelenwanderung verschmolzen, wie er sich dann tatsächlich bildhaft in einem hellenistischen Flachreliëf des 2. Jahrhunderts nach Christos widerspiegelt, das den orphischen Éros als Phánes, aber auch als morgenländisch asiatischen Mithras darstellt: wie der seraphisch mächtig beflügelt inmitten von vier (boreadischen) Winden und zwölf Tierkreiszeichen dem Weltei entsteigt und von der Schlange der Zeitlichkeit gnadenlos umschlungen wird.

Dieses Reliëf befindet sich heute noch an seinem Fund- oder auch Entstehungsort: just dem etruskisch-emilianischen Modena, dessen Bürgermeister im frühen 12. Jahrhundert ein Manfredo Pico war – Ahne des großen Pico della Mirandola sowohl wie auch Nachfahre mindestens jenes constantinischen Kaiserneffen Picus, wenn nicht gar unseres sprichwörtlichen "Herrn Specht" mit seinem hingebungsvollen Faun in den Urwäldern jenes prähistorischen Latium.

Diese beiden jedenfalls, Picus und Faunus, zogen da aus jener Erbsünde ihres metallurgischen Art- und Gockelgenossen Kélmis und seiner lächerlich ewigen Bestrafung im pissigen Stahlbad des pubertierenden Iuppiter wann auch immer jede erdenkliche Überlebenslehre für die vor ihnen liegenden Jahrtausende.

Nur daher pflegten sie sich hinfort sehr viel weniger gern mit solchen Schmiede- oder Heiz-Daktylen und Kariben als vielmehr lieber mit Kureten verwechseln zu lassen. Die waren zwar in Klein-Asien zu Hause, selbst aber nicht mehr kleinwüchsig, sondern namentlich Jünglinge und Mitglieder uriger, aber musischer Dämonenkollektive oder Männerbünde. Da bewährten sie sich als magische Flötenspieler, kultische Waffentänzer, wirbelnd drehende Derwische oder Korybanten und sonstige Ekstatiker mystischer Kulturen zwischen Bosporus und Gibraltar: in einem anderen, einem ariëlhaften Großreich des schönen Geistes. Ihre Altäre wurden noch am hyperboreïschen Main, in Kärnten und Genf angebetet.

Wirklich, wenn Picus und Faunus auch zugleich noch seien es Kureten, seien es Kabiren waren, erklärt sich ihre unbegrenzte Verwandlungskunst nach Art jenes Robbenhirten Proteús, den die Dämonen unseres virtuëllen Vize- oder Pseudo-Olymp ja erst neulich aus der Nilmündung nahe synkretistischem Alexándria und geodätischem Behdet ins aufgeklärte Rokoko von Wolfenbüttel transplantieren zu dürfen beschlossen. Denn die Metamorphosen dieser beiden Könige von Laurentum waren ja wirklich proteúshaft grenzenlos und so irrational, daß da Übermenschliches energetisch im Spiele sein mußte.

Ohne Opferköpfe
Ebendas scheint auch Numa Pompilius, Roms zweiter König oder Nachfolger jenes Stadtbegründers Romulus, so gesehen zu haben. Als legendärer Sakralgesetzgeber wollte er seine *urbs* schon mitten in einer segensreichen Aufbau-, einer Friedens- und Sozialisierungsphase auch vom atavistisch überlieferten Bau- oder Ernte-, also Menschenopfer befreien.

Daher empfahl ihm Egeria, seine najadische Ehefrau und allgemeine Berate-
rin, den hierfür einzig kompetenten Iuppiter mit einschlägigen Zauberfor-
meln von seinem Olymp herunterzulocken.

Solche Formeln aber kannten hierzulande nur Picus und Faunus. So erwählt
waren sie tatsächlich.

Von seiner esoterisch listigen Eva auch noch in allen Details eines angemessenen Handstreichs beraten, ließ König Numa nun im Eichelhain am Fuße
des Aventinischen Hügels verlockende Gefäße mit duftendem Wein just neben jene Felsenquelle stellen, aus der *"fast nur Picus und Faunus zu trinken
pflegten"* (299). Der Trick gelang, Specht und Wolf schlürften erstmalig
"multo" oder *"reichlich"* Wein und schliefen an Ort und Stelle ein.

Da traten aus ihrem Versteck *"zwölf unbefleckte Jünglinge"* (*"duodecim ca-
stissimi iuvenes"*) und fesselten die Schläfer wie weiland König Mídas den
Silen oder sonstwer alles die betreffenden Dämonen: eine archaïsch weit-
verbreitete Menschentücke, diesmal sogar mit einem Eisennetz.

Plutarch und Arnobius, aber auch die *"Fasten"* des Ovid haben überliefert,
wie König Numa die beiden Gefesselten eingangs um Verzeihung, dann um
Vermittlung oder Hilfe bat. Aber *"wir sind Waldesgötter und haben unsre
Grenzen"*, sagte Faunus, seine Hörner schüttelnd (*"quatiens cornua"*), und
verwies in so übergeordneten Angelegenheiten provokant auf Iuppiter persönlich: *"Doch mit unserer Hilfe könnte es vielleicht gelingen"*.

Das bestätigte prompt Picus und versprach, ihre zugesicherte Freilassung
wunschgemäß zu belohnen. *"Was sie dann, der Fesseln ledig, taten"*, verschweigt sogar Ovid in seinen *"Fasten"*, *"und mit welcher Kunst sie Iuppiter
von seinem Himmelsthron herabzogen, das darf ein Mensch nicht wissen"*
(3, 322ff.). Aber Picus und Faunus, diese Erleuchteten: die wußten das.

Iuppiter kam tatsächlich und ließ sich mit dem schelmisch kecken Numa in
einen sophistischen Dialog angeblich über Entsühnung von Götterstrafen, in
Wahrheit aber über geopferte Menschenköpfe ein. Denn als Numa scheinheilig fragte, wie ein göttlich ahndender Blitzeinschlag irdisch gesühnt werden könne, sagte Iuppiter lakonisch: *"Durch einen Kopf"*.

"Gut", jonglierte da Numa, dieser gewitzte Vorkämpfer gegen das inhumane
supplicium capitis, *"dann nehme ich* caput cepæ: *den Kopf einer Zwiebel"*.

Als Iuppiter aber, plötzlich ganz humorlos, auf der Herkunft dieses Kopfes von einem Menschen bestand, bot Numa, dieser frühe Humanist, ihm dessen *capilles* an: das Haupthaar, das dem Gott aber nicht lebendig genug war. Also warf der feilschende König und kultivierende Haarspalter zusätzlich noch ein veritables Fischlein auf die Waage und bewegte damit deren Zünglein.

Nur hat kein Mensch so je erfahren, ob da auch schon von all den Enthauptungen die Rede war, die der Graf Tolstoi uns in der *Arche N*, fein säuberlich untertreibend, aufgelistet hat: von Cicero und Johannes dem Täufer, den Aposteln Paulus und Petrus, dem Heiligen Georg oder Oliver Cromwell und Thomas Münzer, Danton und Lavoisier oder Schiller. Oder erst mal den Kinderköpfen von Herzog Konrad dem Jungen, Helmut Hübener oder den Geschwistern Scholl.

Iuppiter jedenfalls soll, nun doch ganz Schelm, darüber herzlich gelacht haben und *"o vir colloquio non abigende deum!"* ausgerufen haben: *"Mensch, der du dich selbst vor einem Wortgefecht mit Gott nicht scheust!"* (Ovid, *"Fasten"*, 3, 344). Das war dann als sein göttlich humoriger und endgültig gemeinter Verzicht auf Menschen-, Bau- oder Ernteopfer zu verstehen. Seither, heißt es, habe es sie nirgends mehr gegeben.

Oder geben dürfen.

Geben sollen.

Aber ermöglicht hatte das Picus, der Specht.

Göttliches Vogellachen

Spätestens jetzt muß ich endlich deutlich beim Namen nennen, daß nicht nur Faunus, euhemeristisch oder nicht, vom König zum Gott erhoben worden war. Sein väterlicher Intimus Picus war schon lange vor den Römern nicht nur altitalischer König in Laurentum, sondern auch ein Gott dieses selben Namens.

Niemand weiß, was er zuallererst war: ob er als hilfreich gnädiger Gott auf diesen Thron in Latium herabstieg oder aber als König vergöttert und so vergottet wurde. *"Picus erscheint in der Überlieferung in doppelter Gestalt"*, ließ Georg Rohde in Paulys Lexikon festhalten: *"als italischer Lan-*

deskönig der Urzeit und als göttliches Wesen". Aber klar sei, daß solche
*"Doppelgestalt des Picus auf eine ursprünglich einheitliche Vorstellung zu-
rückgeht; zweifellos haben wir in ihm eine abgesunkene, einstmals hohe italische Gottheit zu erkennen",* die jedenfalls von Picentern, Æquern und Umbrern angebetet wurde.

Für sie und sonstwen alles war Picus sowieso der Stellvertreter des Mars,
aber der Sohn nur selten seines eigenen faunischen Sohnes, meistens jedoch
des römischen Gottes Saturnus.

Dieser aber war ja auch jener ursprünglich griechische Krónos, der sich, wie
gesagt, von seiner Mutter Gaía dazu anstiften ließ, seinen Vater Uranós mit
einer besonders scharfschneidigen Sichel zu entmannen und dadurch global
zu beërben. Nur aus Angst vor ähnlicher Behandlung durch seine eigenen
Kinder verschlang er sie alle fünf sofort nach ihrer Geburt. Aber das Sechste
wurde, wie gleichfalls bereits gesagt, in einer unterirdischen Höhle auf Kreta ausgesetzt und gerettet: es war Zeus. Der zwang seinen Vater, alle verschlungenen Geschwister wieder herauszuwürgen und hiernach zu emigrieren.

Krónos versteckte seine blutige Sichel auf jener Insel Drepáne, die ja sogar
vom orphischen Schamanen Ogus auf seiner argonautischen Geistreise aufgespürt wurde und die noch dem thrakisch bithynischen Geburtsdorf der
constantinischen Kaiserinmutter den besudelten Ortsnamen auslieh, und
flüchtete dann weiter und weiter bis ausgerechnet wiederum in jenes italische Latium, wo er sich pseudonym hinfort Saturnus nannte, als Gott des
Ackerbaus unbelangbar, wichtig und so geliebt wurde, daß man ihm in seinem Tempel auf dem römischen *Forum* sogar den Staatsschatz anvertraute.
Seither gilt er dort auch als Erfinder des verhängnisvollen Münzwesens, dieses aber daher leider auch als anbetungswürdig.

In der römischen Provinz Africa wurde dieser kronide Saturnus unter den
Namen Ammon, Amun, Ba'al Hammon oder Amma sogar zum Hauptgott
jedenfalls der Berber, der Phönikier und der malinesischen Dogon.

In Rom waren seine Saturnalien in jedem Dezember eine sehr populäre und
exzessive Vermischung von Erntedankfest und Karneval. Eben hierbei mag
er dann auch jene anonym gebliebene Menschenfrau geschwängert haben,
die ihm einen Sohn gebar, der später Picus hieß und wahrhaftig der leibhaf-

tige Stiefbruder sei es des griechischen Zeus war oder eben des römischen Iuppiter. Daher konnte er ihn auch für den König Numa so problemlos herunterbitten. Aber noch 300 Jahre nach Christus erklärte der afrikanische Rhetor Arnobius die beiden einfach für Gebrüder.

Als solche verschmolzen sie sogar miteinander und wurden zu ein und demselben, der ein Sohn des Krónos, Vater des Faunus und italischer König ist. Auf seinem Grabstein in Kreta, einem Zeugen ihrer beider Sterblichkeit, sei also zu lesen: *"Pikos oder auch Zeus"*.

Das bezeugen in den *Fragmenta Historicum Graecorum* sowohl Johannes, Bischof von Antiócheia im 5. Jahrhundert, als auch andere byzantinische Autoren. Wieder andere behaupten, zeitweise sei der Name Pikos schon in griechischen Mythen ein obligates Attribut des Zeus, als so verschmolzener *Pikos Zeus* sogar der Begatter jener Alkméne und insofern also auch der Vater des Heraklés gewesen.

Aber als dergestalt siamesischer Zwilling des Zeus wurde Picus bisweilen auch zum Gebruder von dessen Brüdern erklärt: so zum Beispiel des Meeresgottes Neptunus und des Unterwelts- oder Todesgottes Pluton, mit denen er denn folgerichtig ebenso identifiziert wurde wie schon mit Zeus.

Noch 1908 sah J. Harrison in Oxford unter Berufung sogar auf die *"Vögel"* des Aristophánes gleichfalls aus dem 5. Jahrhundert noch einen Zusammenhang des römischen Kultes um diesen Specht als heiligen Vogel des Mars mit dem obersten Himmelsgott Zeus oder Iuppiter, und 1921 verwies Otto Gruppe in München auf den *"Regenzauber des vorgriechischen Himmelsgottes, aus dem der griechische Zeus erwachsen"* sei, zugleich aber auch *"der Specht als Regen verkündender und deshalb heiliger Vogel irgendwie verwendet wurde"*. (Ist daher Specht nicht also doch auch Pirol ist auch Specht ist daher auch ...? Düdlio.)

Das eben habe ich nach demselben Lexikon von Pauly zitiert, in dem Georg Rohde *anno* 1941 solche Gleichsetzung von Zeus und Picus mit archaïschen Bestrebungen erklärt, *"die Weltreiche miteinander zu verknüpfen"*. Dafür beruft er sich auf ein ganzes Rudel antiker oder frühmittelalterlicher Autoren (Halbband 39, Spalte 1217) sowie auf religionsgeschichtlich globalistische Theoriën zur Einheit von Zeus und Picus oder Iuppiter und Specht.

Die Völker taten dann noch das Ihre, indem sie Zeus zum Donnerer (oder hyperboreïsch germanischen Donar) erklärten und den Specht zum Blitzvogel oder grollenden Spediteur von Blitzen, also zum blitzschnellen Zickzack oder Hickhack eines einschlägigen Kuriers zwischen Baum und Borke oder Hüben und Drüben oder Jenseits und Diesseits.

Denn Blitz ist ja Donner ist noch ein Blitz ist schon ein Donner.

Dann ist Specht auch Iuppiter ist Zeus ist Picus ist Vogel ist Gott.

Darum dürfte Picus damals nach seiner ehelich eifersüchtigen Strafverwandlung zum Specht so scheppernd über die Wälder hingelacht haben, wie nur diese schelmischen Vögel und Gott das können. Ihr Meisterschüler ist der umso beliebtere *Kookaburra* der Australier oder Rieseneisvogel (*dacelo gigas*) der Biologen oder *Jägerliest* der Deutschen oder *everybody's darling und Laughing John* oder eben *Lachender Hans*.

Vielleicht ja gar dieser noch wie auch Lachender Specht ist auch Faun, oder Wolf ist auch Mars ist auch Landwirt ist Grundbesitzer ist Landesherr ist König ist Mensch.

Also Mensch ist auch Tier ist auch Gott ist auch Mensch.

Und so weiter und so weiter und so weiter. Noch von den Dogon südlich von Nigerbogen und Timbuktu berichtete deren Teiresías Ogotémmeli Vergleichbares:

"Die Baumwolle spinnen, das Gewand weben und der Mann und die Frau, die ins Haus zurückkehren, um sich hinzulegen und zu zeugen, das ist alles eins" (Griaule, Seite 72). Doch *"so zu denken"*, folgerte der US-Oriëntalist Robert Temple, *"setzt freilich eine Auffassung vom Einklang aller Dinge voraus"*.

2(P + F) = *ppff* ...
Aber das alles oder alles das, meine lieben Minderheitsarchonauten, das schwang also unbedingt mit, wenn sich die emilianische Familie Pico della Mirandola quer durch die Jahrhunderte auf ihre Abstammung nicht nur vom Bürgermeister in Modena, sondern auch von Picus, einem Neffen Kaiser Constantins des Größten, berief. Sie war der genealogische Nachweis einer Gottessohnschaft allerersten Ranges.

Noch ihr Sprößling Giovanni Pico, ein Ur-, Ur-, Ur-, Ur- ..... Urgroßneffe dieses Neffen Picus warnte ja seinen eigenen Neffen Gianfrancesco Pico *anno Domini* 1492 eingedenk ihrer beider Familiengeschichte vor jenem Fleischestriebe, *"der gegen den Geist sich auflehnt und uns nach einem Trunke aus den Bechern der Circe in ungeheuerlich wilde Tiere verwandelt"* – sei es in den Specht Picus.

Nun als Renaissance-Philosoph versuchte er stattdessen gleichfalls, *"die Weltreiche miteinander zu verknüpfen"*, und strebte solche Einheit in der Vielheit oder Harmonie der Gegensätze mit jenem universalen Synkretismus seines *Himmlischen Jerusalem* an. In Gertrude Stein's strapazierte US-Formel von 1922 übertragen, hieße das Credo seiner *"Oratio de hominis dignitate"* von 1486

"Der Mensch ist ein Vieh ist ein Künstler ist göttlich".

Analog hätte man für ihn selbst und seine Liebe zu Ficino aus dem präantiken Schema P + F oder Picus plus Faunus oder Picus = Faunus legitim aktualisieren können:

Pico + Ficino ist Ficino gleich Pico. Ficino selbst hielt Pico ja in einem für seinen Sohn und seinen Bruder und sein *alter ego*.

Aber Pico, der in jeglichem irdischen Reichtum nur das Gift einer schleichenden Seuche sah, suchte daher, und sei es mit den Geißelungen flagellierender Fauns- oder Wolfsapostel, einen Weg von jedwedem Irdischen zum Himmlischen, *"vom Sinnlichen zum Intelligiblen, vom Zeitlichen zum Ewigen, vom Niedrigsten zum Höchsten"*, wie er zugleich auch für ihn die Metamorphose endlich des Körperlichen in Geistiges, des Bulgarischen in Vatikanisches oder des Menschlichen in Göttliches aufwies.

So also, meine lieben weniger als Wenigen, hatten die irrational poëtischen Mythen der Antike und die fabulierenden Fantasiën des Oriënts ihre Geistesprojekte an die frühmittelalterliche Mystik und diese alles das in die Transformatorengehäuse von Renaissance und jungem Humanismus weitergereicht. Diese ihrerseits haben sie inzwischen durch die rationalen Engpässe des aufgeklärten Materialismus hindurch einer Post-Moderne überschrieben, die sie nun wieder rück- und weiterwirkend mit ihren eigenen Höhenflügen und metaphysischen oder spirituëllen Utopiën zu kontaminieren trachtet.

Das Zeitmaß jedes einzelnen dieser Riesenschritte sind jeweils mindestens viele Jahrhunderte, die bei solcher Synopse freilich aus allen chronologischen Koordinaten auszuscheren scheinen.

Jener Canens aber, der ganz zu Anfang dieser folgenschweren Ereignisse einzig für den orphisch naturbewegenden Zauber seines Gesanges den geliebten Picus an die mythische Ornithologie verloren oder auch vermittelt hatte, fühlte sich hierbei als authentischer Orpheus so betroffen, daß er sich selbst auf seiner sehnsüchtigen Suche nach dem Herzensfreunde von Calvi in einen geflügelten Artgenossen verwandelte, den noch Ovid in seine weltliterarischen *Metamorphosen* aufnahm:

"Wie, schon sterbend, der Schwan sich singt sein eigenes Grablied,
So, im zarten Mark von äußerster Trauer zerschmolzen,
Schwand er und löste allmählich sich auf in die flücht'gen Lüfte" (14, 430ff.) –

er dematerialisierte sich so rätselhaft und verheißungsvoll wie auch jene römische Wölfin oder zum Beispiel der vielfach einbezogene Heraklés. Oder wie Jesus von Nazareth. Oder wie Schiller. Die alle lösten sich auf und blieben unauffindbar, aber gleichwohl nur umso vorhandener.

Die Camenen jedoch, latinische Musen, gaben einer Ortschaft südwestlich von Toulouse den erinnerungsseligen Namen jenes Singenden: Canens.

Daß aus diesem geografischen Canens aber inzwischen auf anagrammatische Rätselweise auch noch das provençalisch mediterrane Cannes mit seinen körperlos flimmernden Devotionalien für ratlos flatternde oder goethisch schweifende, pfeifende Musensöhne geworden sei, die in jedem Wonne- und Sterbemonat Mai an golden erachteten Palmstämmen rütteln und schütteln oder hämmern, dürfte eben ein weiteres solches irreal reales Fantasie- oder Luftgespinst sein.

Aber so könnte es freilich zum Beispiel, mit seinem akustischen Reim von Cannes zu Mann, eines weiteren unguten Maitags noch sehr viel später auch Klaus Mann, diesen vielfarbig aufrechten Zugvogel, inzüchtig bohrenden Mannesmann und anderen orphischen Wiedergänger jenes androgynen Canens, diesen faunischen Sohn eines hochgradig pikaresken Schiller-Panegyrikers und faustisch-heraklisch entschlüsselnden Spuren-Lesers, irrig dazu verleitet haben, sich nach endlosen Flug- und Fluchtversuchen unflügge

ausgerechnet hier in diesem vermeintlichen Cannes des Canens endlich zu
einem befreiten Ariël zu dematerialisieren und die gleichfalls androgyn tiri-
lierende Schwester seiner Inzucht auf dem dortigen Grabstein das Evangelium jenes musischen Arztes und Paulusgefährten aus Antiochía zitieren zu
lassen:

"Wer sein Leben verliert, der gewinnt es" (Lukas 9, 24) –

– analog zu just Enkélados Schillers so elementar benötigter Botschaft seiner ebenso inzestuösen Bruderbraut im ebenso mediterranen Messina,

über all die fantastisch körperlosen Fata Morganen dieser sizilianischen
Meerenge,

auch über deren kirkensisch verwunschene Skýlla und Chárybdis hinweg

dem ätnisch-vulkanisch dematerialisierten Empedoklẽs, zuvor schon *"ein
Knabe und ein Mädchen und ein Strauch und ein Vogel"*, hinterher-

und ins hyperboreïsch calabrische Regio jenes brüderlich orphischen Íbykos
mit seinen rufenden Kranichen hinübergesungen:

"Das Leben ist der Güter höchstes nicht".

Jedenfalls alle diese Singenden haben sich hier in diesem oder sonst einem
Canens oder Cannes eines leuchtenden Frühlings- oder Todestages zu Luft
oder Himmel und ewigem Leben aufgelöst und erlöst – wie auch jeder ihrer
jubelnden Gesänge und alles Gesegnetere immer und überall auch sonst.

Was sich nicht rechtzeitig irgend in Luft oder Himmel verwandelt und wei-
tersingt, wäre hienieden recht übel dran ...

weg ist Weg

Teletext: Tafel "Planen und Reisen" (Origina-l)

Bei einer Rundfahrt durch den Jemen ist der umstrittene Schweizer Universitätsprofessor Abraham Blaugold auf rätselhafte Weise verschwunden.

Regierungs- und Botschaftssprecher erklärten seinen Verbleib auf unterschiedliche Weise zunächst als einen Unfall, verirrte Recherche oder Suïzid, dann aber auch als Entführung, als Geiselnahme oder ge-plantes Versteck.

Der Verschollene oder Abgetauchte, sonst ein eher redseliger Kannegießer und Traumtänzer, hat auch keinerlei schriftliche Nachricht hinterlassen können, da er schon seit vielen Jahren in Graubünden das isolierte Leben eines gern gemiedenen Sonder-lings führte.

Wissenschaftliche und politische Beobachter erklärten schon seinen spek-takulären Rücktritt von der Kandidatur zum Oberbürgermeister in Jerusalem für ebenso konfuhs und unbegreiflich wie nun auch diese Reise in den benachbarten Jemen.

Die jemenitische Polizei schließt auch eine traditionelle Opferung nicht aus und hat Suchaktio-nen angekündigt.

Aus jüdischer Familie gebürtig, gehörte der Vermißte keiner Konfession an und galt als Athe-ist. Zuletzt soll er sich in auffälliger Begleitung eines etwas zwielich-tigen Dunkelhäuters aus New York befunden haben.

Finale Frist

Sondermeldung im Radio Radikal

Nach übereinstimmenden Beobachtungen von Observatorien in allen Kontinenten befindet sich ein ungewöhnlich großer Asteroïd im direkten Anflug auf die Erde.

Mit einem Durchmesser von etwa 100 Kilometern und einer Geschwindigkeit von rund 7 000 Stundenkilometern wird er auf Stufe 10 an der Spitze der einschlägigen *Torino*-Skala eingeordnet und dürfte die Erde in etwa einem halben Jahr erreichen.

Eine Deviation oder technische Umleitung ist in so kurzer Zeit nicht mehr möglich.

Der voraussichtliche Ort seines hiesigen Einschlags ist noch umstritten.

Ein materiales Überleben der Menschheit scheint ausgeschlossen.

Ein immateriëlles Fortbestehen bleibt da jedem Einzelnen anheim gestellt.

Noblesse oblige

**Medien-Telex von United Press International (UPI) New York, Australian
Associated Press (AAP) Sydney und Kyodo Tsushin (News Service) Tokio**

In Stockholm wird der diesjährige Nobelpreis erstmalig auch postum verliehen.

Ebenfalls erstmalig wird er für eine Spitzenleistung auf dem Gebiete der
Werbung vergeben. Das wurde durch ein *splitting* des *Nobelpreises für Literatur* ermöglicht.

Die *Schwedische Akademie* traf diese beiden Entscheidungen mehrheitlich,
um auf solche Weise den an OIRU verstorbenen Großunternehmer Joshua
Tanghobányi auszeichnen zu können.

Der neue Nobelpreis für Werbung beträgt in diesem Jahr 1, 1 Millionen
Schwedische Kronen und wird dem tschechisch-ungarischen Amerikaner
Tanghobányi für eine Werbekampagne verliehen, die mit ihrem witzigen
schwedischen Namen *"Snabb-snabb"* den gesamten Welthandel eminent beflügelt hat und in der Laudatio des Schwedischen Königs daher als besonders *"geistreich, humorvoll und effiziënt"* gepriesen werden dürfte.

Der Preis soll von Aufsichtsratsmitgliedern des *Tanghobányi-Konzerns* entgegengenommen und einem Mehrheitsbeschluß zufolge als Investition in
neue Firmengründungen verwendet werden.

Denn die *"apokalyptischen Profite"*, zitierte heute ein Sprecher des Konsortiums die Devise seines verblichenen Chefs, *"die boomen ja globaler denn
je"*.

Zusätzliche Quellen dieses Bandes

Diebels, Dagmar und Meffert, Tom: Der Richter und der Fanatiker. Dokumentarfilm im Fernsehen des Westdeutschen Rundfunks. Erstsendung: 14. November 2005

Flannery, Dr. Timothy Fridtjof: The Future Eaters. An ecological history of the Australasian lands and people. Melbourne 1994

Hildesheimer, Wolfgang: Mozart. Frankfurt am Main 1977

Küster, Konrad: Mozart. Eine musikalische Biographie. Stuttgart 1991

Mozart, Wolfgang Amadeus: Die Zauberflöte, K. V. 620. Eine große Oper in zwei Aufzügen. Libretto von Emanuel Schikaneder. Herausgegeben von Hans-Albrecht Koch. Stuttgart 1991

Müller, Kanzler Friedrich von: Unterhaltungen mit Goethe. Mit Anmerkungen versehen und herausgegeben von Renate Grumach. München 1982

Nohl, Herman: Friedrich Schiller. Eine Vorlesung. Frankfurt am Main 1954

Valentin, Erich: Wolfgang Amadeus Mozart. München 1985

Vergilius Maro, Publius: Hirtengedichte (Eklogen). Übersetzt und erläutert von Harry C. Schnur. Stuttgart 1968

Alle sonstigen Quellen der Bände 1 bis 3
sind im Bande PURPURFLÜGEL auf den Seiten 499 bis 523
angegeben.

Die Deutsche Bibliothek verzeichnet diese Publikation
in der Deutschen Nationalbibliografie;
detaillierte bibliografische Daten
sind im Internet über <http://dnb.ddb.de> abrufbar.

Hersteller: Books on Demand GmbH, Norderstedt
VERLAG <ORPHEUS UND SÖHNE> Hamburg 2007
ISBN 978-3-938647-02-8

MORITZ PIROL *www.moritzpirol.de*

Studium an den Universitäten Göttingen und Köln
als Schüler u. a. der Germanisten Wolfgang Kayser, Klaus Ziegler,
Richard Alewyn, Josef Quint, Albrecht Schöne;
von Wilhelm Emrich mit einer Dissertation über Strindberg promoviert.
Anschließend langjährige Theater-, Fernseh- und Hörfunkpraxis
als Dramaturg, Regisseur, Intendant und
unter wechselnden Pseudonymen Autor von
Bühnenstücken, Hörspielen, Fernsehspielen, Fernsehserien, Historischen Revuen
sowie Übersetzungen aus mehreren Sprachen
und Features, Essays oder Aufsätzen für zahlreiche Publikationen.
Schwerpunkt seit 1990: Erzählende Prosa – ↓

STERNGUCKER
ODER DAS IDYLL EINES OBDACHLOSEN

Band 1: PURPURFLÜGEL
ISBN 978-3-938647-00-4

Band 2: DOPPELSONNEN
ISBN 978-3-938647-01-1

NACH OBEN OFFEN. REFLEXE
Tagebücher
Band 3 (1996-1998): ISBN 978-3-938647-05-9
Band 4 (1998-1999): ISBN 978-3-00-013099-9
Band 5 (1999-2001): ISBN 978-3-938647-06-6
Band 1 bis 2 und 6 bis 7 sind in Vorbereitung

LIEBESBRIEF AN FREMDEN KÖNIG
ODER GANZ ANDRE MÄNNER
Männerporträts aus Thailand
mit 37 Fotos von Nohng Noh
ISBN 978-3-8311-0959-3

HAHNENSCHREIE
Band 1: ISBN 978-3-8311-0822-8
Band 2: ISBN 978-3-8311-0823-5

VERLAG <ORPHEUS UND SÖHNE>
www.orpheus-und-soehne.de